孔庆东解读鲁迅小说

# 人间呐喊

## 解读鲁迅《呐喊》

孔庆东 著

北京大学出版社
PEKING UNIVERSITY PRESS

**图书在版编目(CIP)数据**

人间呐喊：解读鲁迅《呐喊》/ 孔庆东著. — 北京：北京大学出版社，2022.7
ISBN 978-7-301-33004-3

Ⅰ.①人… Ⅱ.①孔… Ⅲ.①鲁迅小说 - 小说研究 Ⅳ.① I210.97

中国版本图书馆 CIP 数据核字 (2022) 第 073583 号

| | |
|---|---|
| 书　　　名 | 人间呐喊：解读鲁迅《呐喊》<br>RENJIAN NAHAN: JIEDU LUXUN《NAHAN》 |
| 著作责任者 | 孔庆东 著 |
| 责 任 编 辑 | 李书雅 |
| 标 准 书 号 | ISBN 978-7-301-33004-3 |
| 出 版 发 行 | 北京大学出版社 |
| 地　　　址 | 北京市海淀区成府路205号　100871 |
| 网　　　址 | http://www.pup.cn　新浪微博：@北京大学出版社 @培文图书 |
| 电 子 信 箱 | pkupw@qq.com |
| 电　　　话 | 邮购部010-62752015　发行部010-62750672　编辑部010-62750112 |
| 印 刷 者 | 天津光之彩印刷有限公司 |
| 经 销 者 | 新华书店 |
| | 660 毫米 × 960 毫米　16 开本　36 印张　479 千字 |
| | 2022 年 7 月第 1 版　2022 年 7 月第 1 次印刷 |
| 定　　　价 | 118.00元 |

未经许可，不得以任何方式复制或抄袭本书之部分或全部内容。
**版权所有，侵权必究**
举报电话：010-62752024　电子信箱：fd@pup.pku.edu.cn
图书如有印装质量问题，请与出版部联系，电话：010-62756370

# 目录

1　"年青"时候的梦呢 —— 解读《〈呐喊〉自序》

18　不做大哥好多年 —— 解读《狂人日记》（上）

42　到底爱不爱孩子 —— 解读《狂人日记》（下）

61　《狂人日记》的三重结构

68　谁懂孔乙己 —— 解读《孔乙己》

78　乌鸦与人血馒头 —— 解读《药》

104　曙光为什么银白色 —— 解读《明天》（上）

129　暗夜在狗叫里奔驰 —— 解读《明天》（下）

156　复杂的碰瓷 —— 解读《一件小事》

170　瞬间自愈的狂人 —— 解读《头发的故事》

194　辫子与话语权 —— 解读《风波》（上）

223　十八个铜钉的饭碗 —— 解读《风波》（下）

248　回不去的故乡 —— 解读《故乡》

| | | |
|---|---|---|
| 271 | **本来是通俗文学** —— | 解读《阿Q正传》(上) |
| 297 | **尼姑骂人断子绝孙** —— | 解读《阿Q正传》(中) |
| 323 | **为什么孙子画得圆** —— | 解读《阿Q正传》(下) |
| 349 | **端午、粽子和金庸** —— | 解读《端午节》(上) |
| 368 | **鲁迅外号方老五** —— | 解读《端午节》(中) |
| 392 | **咿咿呜呜莲花白** —— | 解读《端午节》(下) |
| 406 | **姓白不要叫白光** —— | 解读《白光》(上) |
| 419 | **教育是不是挖金子** —— | 解读《白光》(下) |
| 440 | **滥造滥毁的造物** —— | 解读《兔和猫》 |
| 466 | **比沙漠更可怕的寂寞** —— | 解读《鸭的喜剧》 |
| 496 | **开启了《朝花夕拾》** —— | 解读《社戏》(上) |
| 518 | **重视的是野外和散漫** —— | 解读《社戏》(中) |
| 544 | **其实什么戏也没看** —— | 解读《社戏》(下) |

# "年青"时候的梦呢

——解读《〈呐喊〉自序》

上课了。

我先说一下我们这个课的要求,很简单,一般来说就是听课,但是我觉得优秀的学生不听课也可以,我发现总有一部分非常优秀的同学不怎么听课,或者说不全部听课,因为他会了。这个要求,像我们老系主任陈平原先生讲的"对中才的要求"。但是像我们北大这样的学校不能满足于只教育中才,学生里肯定有天才,所以我们是为中才定规则,为天才留空间。要你真是天才,你爱干吗干吗,没人管你,你只要成才就行,你只要最后,对得起你自己,对得起社会,就可以了。基本的要求是通读鲁迅全部小说,这个话是吓人的话、骗人的话,其实鲁迅全部小说合起来就一本,鲁迅没有长篇小说,只有一个中篇小说《阿Q正传》,剩下都很短,鲁迅好多小说都几千字。你看看现在的小说家谁写几千字的,短篇小说都写好几万字,中篇小说十万字,长篇小说动不动就出上下卷、上中下卷,有的人出六卷长篇小说。说通读吓人,其实要是不思考地读,一下午就读完了。你要想深入思考地读，那一辈子也读不完。鲁迅小说，我现在有的时候还要拿出来读一会儿，随便读一段很过瘾。当然我们选这个课的同学，只读鲁迅的原作是不够的，应当适当地读一点研究鲁迅小说的论著。这方面论著很多，我就不开书目了，我原来想开点书目，后来想一开书目反而有了倾向性，因为鲁迅研究是现当代文学研究的基本功，研究鲁迅小说的文章和书太多了。也就是说要吃我们这碗饭的，大概总要涉猎一下鲁迅，所以你自己逮什么读什么吧，反正大家又不是研究生。我笼统地说请同学们研读若干鲁迅小说论著。注意一定不要只读我的文章和书，那是没出息的，一定要去多读，而且不要只读北大老师的，不要只读钱理群老师、孙玉石老师、严家炎老师的呀，也要读读其他学术单位的学者的论著，眼界要开阔。什么叫学术眼光呢？不只读自己喜欢的东西。有的文章你一看，观点和你不一样，你要硬着头皮看下去，了解你不喜欢的观点，这是一种很重要的训练，看看他怎么说的，你哪怕看到一半已经知道他是胡说的，你要看看他是在怎么胡说的，要培养这种素质。

　　读了这些小说原文和研究论著之后，我倒有一个希望，希望同学们尝试一下小说创作。我知道有很多同学是怀抱着文学的梦想，甚至怀抱着作家梦，考北大中文系、考其他学校中文系的。但是入学之后马上就被泼了冷水，被告知我们是不培养作家的。我也经常担任这种泼冷水的工作，告诉同学们我们这里不培养作家。我们以前每一次开学的时候，都由系主任或者其他老师来讲出这句话，后来我们给领导提了意见，觉得这样对同学们积极性伤害太大，能不能不说，反正你也培养不了。【众笑】培养不了作家你说我们不是培养作家的，后来我们就不说这句话了。但是我总觉得，我们这里不培养作家，但是不应该让学生远离创作。有的时候，社会上的人不了解，说你们北大中文系出了什么作家呀，没听说出了什么大作家啊。我就来调侃地说,你不了解中文系,中文系都是学习很差的同学才当作家的,那都是学习学得不好了,没什么饭吃了,才当作家。他说,你们都干什么啊?我说我们是决定作家的命运的,我说,哪个作家有名儿、哪个作家没名、哪个作家在文学史里占一行、哪个占一节、哪个占一章,不都是我们决定的吗?我说学习好的同学要当学者、当批评家,学习不好的才当作家呢。当然这样说是一种调侃,并不是真实的情况。

我倒觉得我们有很多学者,研究文学研究得不好,有一个重要原因是他没有亲身尝试过文学创作。这就是毛泽东提倡的——实践。你不需要当作家,但是你要研究作家,你连作家是怎么创作的那个感性认识都没有,这中间就必然有着深深的隔阂。就像作家要体验生活一样,作家创作要来源于生活,那我们研究作家,我们应该比作家更高级呀,我们自己吹牛,说作家是学习不好的,我们是学习好的,怎么体现你学习好啊?第一个,你读书读得多,读得深;第二个,作家干的事儿你也得干了。作家干什么事儿呢?两件事儿。一个是创作,你可以创作不过他,但你应该创作,这一点我觉得大家能做到,因为你们年轻,你们将来不做学问、不当学者,应该尝试着写诗、写散文、写小说。不要这么年轻就开始写论文,一写论文人就老啦,【众笑】你看孔老师头发为什么这么白呀?就是写论文写的。有人有个比喻,说诗歌就像少女,散文就像少妇,小说就像中年妇女,她有一肚子的故事,学术论文就像老太太,【众笑】饱经沧桑、非常刻薄。我希望同学们要尝试创作,也许你们中能有作家涌现,但不一定是为了当作家,自己要有艺术创作的冲动。另一方面,作家还干的一件事儿我们也要干,就是深入生活,去了解生活。我们怎么去评价作家写得对不对、好不好?如果我们自己不了解生活,我们怎么去判断?标准何在?在我看来,我们在这个方面要比作家做得更好、更深入，更广泛地深入群众，与三教九流打交道、交朋友。我们打开一本儿小说一看他写的生活，这生活我很熟！你写空军、海军、陆军，我都见过，你写民兵我也见过。真正地当一个好的文学研究者或者欣赏者，也是不容易的。若干年之后，你在家里，坐在沙发上看一个电影，看一个电视剧，你怎么能够得到一个高级的享受？你怎么能够选择到高水平的节目来看？你怎么比你的爱人水平更高？比你的孩子水平更高？怎么显示出你是北大中文系毕业的？这绝不仅仅是在这儿上了几十门课就能做到的。也就是说，我们这里要教书、要育人，这个人是怎么站起来的？其实是很辛苦的。心态可以放松，心态可以活泼，但其实要付出许许多多的汗水，越是在那儿显得很轻松、潇洒的人，你知道背后他读了多少书啊？就像大艺术家似的，台上十分钟，台下十年功一样。所以我鼓励大家，趁着年轻要多读书、多实践。这是我们这个专业的基本功要求。最后是希望大家来认真地完成作业。这个事情就不多讲了。

好，那么下面我们来缓缓地进入正题，讲讲鲁迅小说。我们首先来谈谈，鲁迅跟小说的关系。

我不知道现在的同学们在中学的时候是否学过《〈呐喊〉自序》这篇文章，现在的中学语文课本里还有没有这篇文章。我这代人的中学课本里有很多的鲁迅作品，鲁迅的很多重要作品都有，这篇《〈呐喊〉自序》也有，我们在中学的时候就学过了。不管大家有没有读过、学过，我们以《〈呐喊〉自序》为出发点，来谈谈鲁迅为什么写小说。

《〈呐喊〉自序》一开头是这样说的：

我在年青时候也曾经做过许多梦，后来大半忘却了，但自己也并不以为可惜。所谓回忆者，虽说可以使人欢欣，有时也不免使人寂寞，使精神的丝缕还牵着已逝的寂寞的时光，又有什么意味呢，而我偏苦于不能全忘却，这不能全忘的一部分，到现在便成了《呐喊》的来由。[1]

鲁迅的文字是有一种魔力的，你不读则罢，只要读上那么几句，就被它牵到一个情境里边儿去了，读上几句就会进入它的一个迷魂阵，读多了之后，你写文章不由自主地就受它影响，慢慢地你的思维会受它影响。鲁迅的话语好像说起来平平淡淡，很自然地就开始了——"我在年青时候也曾经做过许多梦"，可是他这话一说，就会唤起人的很多感触。已经并不年轻的人就会想起自己年轻时候做过梦，那些梦。

我记得，将近三十年前，大概就是三十年前，我听钱理群先生讲鲁迅，钱老师在课堂上也读这几句话，我听他说，"我在年青时候也曾经做过许多梦"，【模仿钱老师语气】我觉得这不是鲁迅在说话，是钱老师在说话，【众笑】他分明是说他自己做过许多梦。这个时候我很受刺激，当时我正很年轻，我就想到了我更年轻的时候，我想到了我的儿时，我想到我儿时就做过许多梦。"后来大半忘却了"，我就想，原来做梦呢——你看钱老师这样的人，他觉得这事儿挺重要；而鲁迅这个人，也觉得这事儿挺重要，看来做梦这事儿不是一个简单的轻松好玩的事儿，特别是做的梦会忘却。这个梦当然不仅仅是指我们生理上的梦。据科学家统计，人每夜要做好几个梦，醒来当时就忘了。我们有时会说"刚才我做了个梦"，没有人不做梦，你说你刚才做的那个梦，其实是你从好多梦中挑出来、印象特别深刻的那一个，肯定大半是要忘却的，忘却是没有办法的。有很多时候我也研究人到底会不会忘掉一些事儿，因为根据物理法则，一个事情只要发生了，被你的感官感知了，你就已经把它存盘了，它是不可能忘的，怎么会忘了呢？比如现在我说的每一个字儿你都听见了，听见了就在你脑海的某一个地方存住了，怎么会忘呢？不会忘。我说的

---

[1] 本书中引用的鲁迅《呐喊》原文根据1973年人民文学出版社《呐喊》校对。

话其实是你找不到了,不是忘了,是找不着了,你不知道放在哪个文件夹里面了。因为我们的大脑特别复杂,文件夹下面还有文件夹,是一个嵌套结构,由于我们没有一个很好的整理程序,所以不好找了。所以有的时候,你以为忘掉的东西又蹦出来了,突然被想起来了。既然忘了怎么会想起来呢?既然想起来了说明不曾忘,说明不会忘掉,只是找不到了。所以说记忆这个事是可以跨学科研究的。

那么鲁迅在谈小说创作的时候,一开始就写到梦,我觉得这是他的一个关键词,年轻、梦、忘却,这是人生的大事儿。我不知道同学们现在认为你人生中的大事儿是什么,你们这一代的大事儿是什么。人生有许多事情,什么是大事儿?考试是大事儿?考大学是大事儿?将来找工作是大事儿?挣钱是大事儿?成家立业是大事儿?可是我们看鲁迅这些人好像认为那些不是特别大的事儿,他们认为梦是大事儿,年轻是大事儿,忘却是大事儿。年轻时候做的梦忘却了,这一下子就触到了人类的精神生活的核心内容——原来这才是大事儿。

当我们忙忙碌碌了很多岁月,回头一看,这有什么意思啊?当你付出了许多的青春,付出了许多的梦,头发也白了,最后你追求的物质条件都实现了,你回头一看,这有什么意思啊?你最希望有的东西没了。我好像在某个文章里写过:你还记得你儿时的梦吗?你还记不记得你在某个旗帜下面的宣誓?你宣过的那个誓算数不算数?你宣的那个誓是为了骗人吗?是为了换一些物质的东西吗?这些是人生的大事儿。一旦回避掉这些事儿,你就自甘二流了,你就宣布你的人生失败了,你不是一流的人了,你没有资格跟一流的人对话了,人家玩儿不带你,一流的人是玩儿这些的。

那看来鲁迅是有着大的思考,或者说大的一种痛苦,对这个回忆他有分析。"所谓回忆者,虽说可以使人欢欣,有时也不免使人寂寞,使精

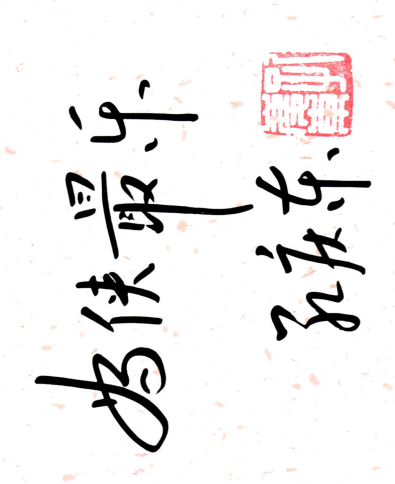

神的丝缕还牵着已逝的寂寞的时光,又有什么意味呢",这个话的里里外外都被他说到了,鲁迅讲话的时候不仅是一层,不仅是两层,不仅是三层,所有的层面都被他讲到了。所以鲁迅这个文章中的关联词语,使用得特别复杂。中学语文课上,同学们很讨厌老师分析鲁迅的课文、分析他的句法,也许这有老师讲解的原因,但是鲁迅本身的原文就是这么复杂。学习鲁迅,有的时候就是要带着痛苦去学,它就是痛苦的。它像多少树木烧成的炭,它是人类痛苦的结晶。你把鲁迅的这些语法搞清楚了,世界上就没有更难的东西了。有时候你把鲁迅的一个句群解决了之后,你再也遇不到这么难解的句子,读别的东西都特别快,都是顺流而下。有的人想造出鲁迅这样的句子,造不出来,因为没有这样复杂的思维。我们看鲁迅的这一段话一共就两个句号,它第二个句子你给它分多少层?你分一分它。

"寂寞"也是鲁迅的一个关键词。他一方面认识到这没什么意味,可是事实是"苦于不能全忘却"。一个是不能全忘却,第二个是苦于不能全忘却,想忘却,那他到底想不想忘却?钱理群老师有一本文集叫《拒绝遗忘》,这个姿态是一个很宝贵的姿态——拒绝遗忘。可是怎么做到拒绝遗忘?我在生活中就没有发现有一个人能够百分之百记住过去的事,包括钱理群老师本人,包括我自己。我很真诚地想记住往事,但是记住往事很难。因为我们永远是在当下的语境中去回忆往事,每一个回忆都受到当下的干扰,所以说回忆往事,不如说是抗拒当下。我们是用当下的语言、当下的思维,在当下的嘈杂的环境中去回忆往事,不同的人有不同的回忆。一件事我们在不同的时刻回忆,也会写出不同的叙述。

我们研究历史要记住大量的回忆材料。今天网上有那么多的"解密""真相",我看这几个词儿出现得特别多,我就告诉很多朋友,我说:凡是标榜解密的、标榜真相的,基本都不可靠。回忆这件事是最不靠谱的。很多记者到哪块儿去采访，回来就说"据当地老人回忆"，这种话是最不靠谱的。老人不也是孩子变的吗？有些老人会满嘴瞎话，当然老人不一定是故意骗人，这是人的本能，如果老人说的话都可信，世界上就不要学者了，把老人的话都记下来就是历史了。学者的任务是在诸多"老骗子"中去找那个真理。就好像一张地图被撕碎了，最后把它拼起来。怎么拼起来？无论怎么拼，那种现实主义的叙述方法永远不可能回归真相。我不知道在座有没有新闻传播专业的，新闻传播专业的总是糊弄自己的学生，说"今天的新闻就是明天的历史"。大家觉得很有幸福感——我就是刻凿历史的人，我今天写的新闻，明天就是历史了。是这样吗？这只是鼓励大家好好学习的一种煽动，历史就可靠吗？许许多多历史学工作者、历史学家，我们北大历史系的学者们在干什么？就是在鉴别已经写成的历史的真伪。历史是由什么写的，是由文字写的，怎么鉴别真伪，还得研究文字，文字与文字的关系，字、词、篇、章、句法、语法，从中找出缝隙，找出矛盾。所以更基本的学问在文字，在文字的组合。因为当你把一个事情写成新闻、写进历史的时候，你就已经删除了生活大量本来的血肉，企图把它连成一条绳索。生活不是绳索，比绳索丰富的是网络，是一张渔网，渔网中间还是空的呢，生活连那个空的都没有。

那哪一种文字表现方法最接近生活呢？小说。看上去最虚构的、最"扯"的一种文字表现方法，却最大限度地逼近了真实。我们今天知道网上大量信息是不可靠的，是造谣的，可后人如何知道呢？后人如果只看这些文字的话，会以为是真的，一百年后的人打开今天的某个页面，一看某某某的小三怀孕了，他怎么知道这是真的假的？某某某贪污五百万，他怎么知道这是真的假的？你能说今天的新闻是明天的历史？一百年后的人有那么傻？怎么了解今天这个活泼的时代，绝不是看这些，真正记录这个时代的是这个时代的小说,而不是历史。为什么所有的历史著作中最伟大的是司马迁的《史记》呢?就因为《史记》的写法和其他历史作品都不同,《史记》最精彩的部分全是小说,都是无法考证其材料来源的,充满了浪漫主义闪光的气氛的那种叙述文字。大家中学时学过《史记》的片段,你想一想你学过的《史记》的片段,你在解决了字词之后,解决了文言虚词、实词用法之后,你读到的是什么?那个感觉是历史的感觉吗?那是小说,那是精彩的文学。但是我们认为恰恰是司马迁这种写法保留了历史的真实。其他的那些觉得自己特忠实于历史、写着某年某月某日发生啥事的,那个历史是不被我们重视的,他觉得自己很忠实,早晚会有学者出来说,"这是假的,写得不真实",还能找出一个材料来推翻它。但是没有人推翻过司马迁的《鸿门宴》,尽管《鸿门宴》里写的那些细节我们都会疑惑他咋知道的,司马迁怎么知道的。他写樊哙闯帐那么虎虎生威、那么生动,樊哙拔剑把一块生猪肉切了就吃了,这谁看见了?这分明就是文学创作,但是我们都认为历史就是这样的。所以这个梦变成小说,最大限度地保留了这个梦。梦如果变成历史,好像保留的纯度就不如文学这么高。这是文学的一个魅力。我们大家都知道文学是假的,为什么还要看这个文学?其中跟梦有不可解的关系。

鲁迅《〈呐喊〉自序》后面这段话也很重要:

**在我自己,本以为现在是已经并非一个切迫而不能已于言的人了,但或者也还未能忘怀于当日自己的寂寞的悲哀罢,所以有时候仍不免呐喊几声,聊以慰藉那在寂寞里奔驰的猛士,使他不惮于前驱。至于我的喊声是勇猛或是悲哀,是可憎或是可笑,那倒是不暇顾及的;但既然是呐喊,则当然须听将令的了……**

你看这话还是绕来绕去,我们现在人的思维很难理解鲁迅了。我这一代——20世纪80年代上大学的人——还要读一会儿,反复地读两遍才能明白鲁迅的意思，现在的人都被微博折磨得不能理解超过一百四十个字的句子了。我发现现在网上的人，你只要写一个带关联词语的句子，他就理解不了了，你写一个"虽然但是"，他要么只知理解"虽然"这方面，要么只理解"但是"这方面。比如你转发一个帖子，你明明在前面已经写了转发了，他还认为这是你说的，就跟没看见一样。鲁迅的寂寞我觉得是活该的，是鲁迅自己造成的，谁让你写得这么复杂，谁让你想得这么深。这到底什么意思啊？"在我自己，本以为现在是……"这句话就很难懂，你到底是什么人啊？你直接说不行吗？"现在是已经并非一个切迫而不能已于言的人了"，把人绕进去了，"已"是停止的意思，"不能已于言"就是不能不说，得这么解释才行，总而言之是忘不了当日那个"寂寞的悲哀"，所以还要呐喊几声。

打一个对鲁迅很不恭敬的比喻吧，我家的猫要偷鱼，被我发现了，我揍了它一顿，不让它偷，但它远远地还是看着那鱼，过了一会儿很悲愤地呐喊了几声。它虽然知道偷不到这鱼了，但它不忍就这样寂寞下去，还要抗争，还要呐喊几声。或者它看见另一只猫还在那里想偷鱼，它也呐喊几声。当然也许它不一定是为了慰藉另外那只猫。但鲁迅的意思是说聊以慰藉其他的勇士。鲁迅这段话写在五四那个时代是有他具体的所指，是指他认为的其他的在做实际工作的那些人，比如说陈独秀等人。那么这个意义是可以扩大的，是可以超越时代的。比如我现在写一点文章，写一点文字，在我自己可能就是未能忘怀于"寂寞的悲哀"，但它客观上可能有一种效果，客观上使某些奔驰的猛士不惮于前驱了。所以天天都有这样的猛士来向我表示感谢，我心里很惭愧，我本来不是为了去慰藉他的，我本来只是为了我自己，或者我认为这话就该说，并没有想到它的客观效果，我并没有想到我的话会鼓舞人们去冲锋陷阵、去爱国，这并不是我的初衷。所以人有了实际的生活经验，回过来你会更加理解鲁迅。

鲁迅说"我的喊声是勇猛或是悲哀，是可憎或是可笑"，都顾及不了，可是有一点，"既然是呐喊，则当然须听将令的了"。"听将令"是鲁迅文学的一个重要的词汇，有很多学者研究"听将令"到底是什么意思，听谁的将令。曾经有人说，听将令就是听陈独秀的，这显然不符合实际，也理解得太狭隘。这个"将令"应该是半抽象的词，这个"将令"大概应该相当于我们后面说的"时代的召唤"。我们经常说时代的召唤，时代的一个要求，称之为"将令"。既然是时代的召唤，那就需要自觉地去听。如果是一个行政命令，一个组织加给你的，那是外在的一个命令，外在的一个命令听不听，那是另外一个性质的东西。

那么我们今天这个时代召唤的是什么？比如我上大学的时候，时代的召唤是实现"四化"，我们每次听到的时代的声音都是这个：实现"四化"，振兴中华。这个时代的声音是什么？这个时代为什么这么多人苦闷，为什么我看到的大多数年轻人无精打采，皮肤很好，目光呆滞？我走到祖国各地，都是这么多的青年向我倾诉他们的苦闷，我觉得我反而变成一个年轻人了，我活得倒是没心没肺的。那么多的人愁眉苦脸地向我请教人生的道路，有时候我觉得这很可笑，但这是一个事实。可是我并不是这个时代的年轻人，所以有的时候我想问问年轻人，你觉得这个时代的将令是什么？你们应该干什么？怎样免于我们国家再一次成为殖民地，免于这个国家四分五裂，免于这个国家有一天军阀混战？为了避免这种可能性，多少人正在浴血奋战。

所以，鲁迅说的"听将令"不是一个简单的小说创作的中心思想问题，是指涉时代，指涉民族国家，指涉整个人生价值观的大问题。鲁迅因为有了这样清醒的认识，他最后才这样说：

这样说来，我的小说和艺术的距离之远，也就可想而知了，然而到今日还能蒙着小说的名，甚而至于且有成集的机会，无论如何总不能不说是一件侥幸的事,但侥幸虽使我不安于心,而悬揣人间暂时还有读者,则究竟也仍然是高兴的。

有时读鲁迅的话挺让人生气的,你能不能把话好好说啊?这么长一句子,你到底是高兴还是不高兴啊?其实人本来就不是那么简单,今天我们有些记者逼着人都简单化——"你说你到底高兴还是不高兴啊",动不动把话筒很粗暴地伸到别人面前,"谈谈此刻的心情",这些记者如此惨无人道。其实人的真实的心情恰恰是鲁迅所表达的,人在任何时刻的心情其实都不是那么简单的、用一两个形容词可以表达的,并不是说鲁迅的心灵结构就和我们完全不一样,是他能够反省自己,并且能够表达出来。鲁迅说他的小说和艺术有很远的距离,是这样吗?这是有针对性的话,因为有的人主张艺术是所谓纯而又纯的,是跟人生没有内容上的相关的。鲁迅在前面讲了他的小说都是梦,都是他年轻时候的那些东西,那些痛苦。有些人不这么认为,有些人认为艺术就是风花雪月。鲁迅是针对那一种观点说的:你认为如果那是艺术,那我这不是艺术,可是你又不能不说我这是小说。鲁迅很谦虚地表达,说我今日还能蒙着小说的名,作品还能够出版,无论如何不能不说是侥幸,这话好像谦虚,又好像在气人:你说我这不是艺术,我这还出版了;可是出版了又使自己真的不安。真实的心情是真假参半,连真带假。而"悬揣人间暂时还有读者",这话是表明他高兴还是不高兴啊?其实鲁迅很自信,他知道自己的文字是受欢迎的,用今天的话说是我还有大量的粉丝,你说我这不是艺术,我还有这么多的粉丝。可是这些粉丝他又是悬揣。关键是鲁迅很喜欢用一个词,叫作"人间"。他的兄弟周作人也很喜欢用"人间"这个词,这是一种人间情怀。你看他们不用什么"社会"一类的词儿,"社会"就比较冷冰冰的,他用"人间",人与人构成的空间,这样说它就很有生命的感觉,人间还有读者。也就是鲁迅在别人定义的艺术与人间二者之间——如果二者是有距离的话——选择的是人间，为人间而写作。如果有同学学过现代文学史的话，知道现代文学史上第一个重要的文学团体叫文学研究会，文研会的创作宗旨是：为人生。鲁迅并不是文研会的成员，但鲁迅的创作显然是为人生的，为人生而创作，这是鲁迅的创作宗旨。

但鲁迅的这个"为人生"是不是就不艺术了呢？是不是标榜艺术的，艺术水平就高呢？事实不是这样的。鲁迅并不标榜艺术，可是事实证明，鲁迅的小说是最艺术的，没有人写小说在艺术性上能够超越鲁迅。世界各国的文学研究者对鲁迅小说都有着几乎一致的高度评价，只不过由于汉语本身的艰难，国外学者不容易体会汉语的高妙，而国内学者又由于大多数不能打通古今——我们研究现代文学的学者、研究当代文学的学者，有时候连一篇普通的文言文都读不好，研究古代文学的又看不起现当代文学——所以真正能够打通许许多多领域来看鲁迅的人，恐怕会越来越少。幸好鲁迅同时代的那些高水平的人，意识到了鲁迅的了不起。除了鲁迅同时代的人之外，和我们邻近的日本的学者、韩国的学者，有一部分的汉语修养很高，同时他们亲身有着革命斗争经历，有着为弱者呐喊奋斗的经历，这样的人，才能更深地理解鲁迅。

鲁迅的这篇《〈呐喊〉自序》，我曾经在以前上课的时候专门讲过，今天提出这么几段，主要是为了谈谈鲁迅为什么写小说，然后启发大家去考虑我们今天怎么看待小说的问题，我们为什么要听这个课。大多数人并不需要当鲁迅的研究专家，大多数同学只不过要选一个课来获得学分，这是我们现实的需求。那么我作为一个老师，给大家学分之外，还想给大家一点对人生有用的东西，这也是我现实地为大家做的一个考虑。

我们要考虑这样一个问题，我们今天要不要写小说。首先我想问同学，你读小说吗？这个问题似乎多余，我是中文系的同学我不读小说吗？二十年前不存在这个问题，但是今天真的存在这个问题。因为我调查了解过，全国大多数中文系的同学不读书，包括一部分北京大学中文系的同学，据我了解也不读书。我很遗憾，但是我也不能批评大家，因为这是一个普遍现象，它背后必然有深刻的社会原因，就是今天真的读书没有用了。今天呢，北京大学中文系的同学，北京大学中文系的很多研究生都不读经典文学作品。不是这些学生出了问题，是这个时代出了问题。我上大学的时候，如果哪个同学不读书，那是他个人的问题，今天这么多的同学不读书，所以才有这样的问题：你读小说吗？

我也跟其他专业的老师交流，比如我们当代文学的一些老师，邵燕君老师、臧棣老师、韩毓海老师、张颐武老师，我也问过他们相同的问题："你们课上的同学读小说吗？"你看邵燕君老师还组织同学们去读当代文学重要期刊。就在莫言刚刚获诺贝尔文学奖的那一周，邵燕君老师就问课上的同学，读过莫言的请举手，竟然没有人。所以，你读不读小说，这是个重要的问题，你不读那谁在读？连北大中文系的同学都不怎么读小说了，偶尔是老师指定你读你才去读，你自己有没有跑到图书馆去读一下午小说？我读大学的时候，有很多时间都是在读书中度过的，拿一本厚厚的《十月》，一个下午读完了，拿一本《花城》一会儿读完了，拿一本《收获》一会儿读完了，不是老师让读的，就是自己读的。我不但上大学的时候这样，我上中学的时候就是这样，我上中学的时候，每一张"片子"完成得都比同学们早十分钟或者十五分钟，剩下的时间就在读书。

那么我们都不读书，说明这社会没有人读，所以今天大型文学刊物没有销量，今天大型文学刊物都有大企业做赞助，比如说《人民文学》。《人民文学》就应该是十个中国人就有一个去读的，《人民文学》本身就应该是最有钱的刊物，不要说十个人中有一个，就假如说我们国家有一千万人买《人民文学》,你想《人民文学》得富到什么程度。《人民文学》居然要找一个大企业赞助,说明没有人读《人民文学》。

今天为什么大家都不读小说了?我们就要问一问小说的功能是什么。这不是我们这个课的内容,这是文学理论课的内容,或者小说理论课的内容。那么我们还是回到跟鲁迅差不多的时代去看看,我们不能去讲《文学概论》,我们来看一段梁启超的话,梁启超在他最重要的一篇文章《论小说与群治之关系》中讲小说有四种功能:熏浸刺提。这已经成了我们研究小说的老生常谈了,小说有这么多的功能,下面我们再来展开他的话。

梁启超讲的这四个字——熏浸刺提,他自己都有详细的解释:"熏也者,如入云烟中而为其所烘,如近墨朱处而为其所染。"他又举佛经里面的话,"迷智为识,转识成智",都是靠"熏"。"熏"就是我们说的"熏陶",文学作品有熏陶的作用。"浸也者,入而与之俱化者也",让你感同身受,让你身临其境,叫"浸"。"刺也者,能入于一刹那顷,忽起异感而不能自制者也",我们今天说"强烈的刺激",产生强烈的刺激,只有文学才有这个功能。我们今天看到各种新闻报道,无不冠以耸人的标题,事写得越来越奇怪,可是无论他写得怎么耸人听闻,怎么奇怪,你看完之后,觉得无非如此而已,不会深入人心。

梁启超对文学功能的论述,过了很多年,被一个叫毛泽东的人完整地体会、完美地体现了。其实毛泽东的文艺观,他对文学作品功能的认识,就是从梁启超这儿开始的。毛泽东和他领导的共产党把文艺功能运用得得心应手,就因他知道文学的作用,文学能够熏陶人、感化人、刺激人,使人成人上之人、自我提升的超人。梁启超说,"此四力者",这四个力合起来非常厉害,"卢牟一世,亭毒群伦,教主之所以能立教门,政治家所以能组织政党,莫不赖是",他已经预料到毛泽东了,【众笑】

他预料到了谁把他的话读懂了,谁就能成伟人,"文家能得其一,则为文豪;能兼其四,则为文圣",这是这么多人研究梁启超没看明白的事儿。

懂得了这些,我们才能明白鲁迅写小说——不论是写我们认为的著名的作品还是写非著名的作品,不论用心写的还是急就章——其实都是合乎梁启超所说的为了达到文学的某种熏浸刺提的功能,为人间而创作的。他抱着为人间而创作的目的,艺术追求自然含在其内。"为人生"和"为艺术"本来不应该是矛盾的,人生和艺术怎么能是矛盾的呢?你想你为了说话感化一个人,你为了说话好听,让他听你的话,或者你为了说话迷惑一个人让他爱上你,你肯定会想方设法提高说话技巧。如果反之,你只是为了说话提高说话技巧,没有对听话者的一种感情,没有一个目的,你这个技巧用什么做标准?你这个技巧不成了空中楼阁了吗?所以为什么说爱情是一所最好的学校呢?有很多人在写情书的过程中,提升了他的文学创作水平。当然现在人们都不写情书了,这个能力也弱化了。现在的人由于通信手段的方便,没有长篇大论地写情书的机会了,所以人的精神都变得粗糙、麻木不仁,联系太简单了——"一起去喝咖啡吧。""滚!"【众笑】二十年前这点儿事儿可费劲了,得来来回回写好多封信呢。所以方便有时候使人退化,科技进步了,人性退化了。

带着这个,我们最后提醒一下。我开头要讲的鲁迅小说是跟"希望"有关系的,当然"希望"并不是鲁迅的一篇小说,我提醒大家"希望"是鲁迅的一个关键词,鲁迅的很多小说跟"希望"有关系。鲁迅在《野草》的《希望》中有这样两段话,我念给大家听:

> 我只得由我来肉搏这空虚中的暗夜了,纵使寻不到身外的青春,也总得自己来一掷我身中的迟暮。但暗夜又在哪里呢?现在没有星,没有月光以至没有笑的渺茫和爱的翔舞;青年们

很平安,而我的面前又竟至于并且没有真的暗夜。

绝望之为虚妄,正与希望相同!

好,希望大家思考鲁迅的这一段话,回去想一想,鲁迅的哪些小说,哪篇小说跟这一段话有关系,可以用这一段话来阐释。

今天我们就讲到这里,下课!【掌声】

2014年北大选修课"鲁迅小说研究"第一课

2014年9月17日

# 不做大哥好多年

—— 解读《狂人日记》(上)

好,上课的时间到了。

还是推荐两本书。鲁迅研究,每年有很多成果、很多专著、很多论文、很多翻译,看也看不过来,有时专业的学者也看不了那么多。但是现在有人在搞一个《鲁迅研究年鉴》,把每年的比较好的鲁迅研究论著论述收集起来。河南文艺出版社出的《鲁迅研究年鉴》,对鲁迅研究有兴趣的可以去翻一翻,最近几年在陆续地出,这是一个非常好的鲁迅学的工具书。如果你对鲁迅研究、对鲁迅生平感兴趣,一定要看专业学者的论著。越是重要的问题,越不能随便到网上去人云亦云、道听途说,说鲁迅怎么样,鲁迅跟周作人怎么样,鲁迅跟他的兄弟媳妇怎么样 —— 不要听网上的胡说八道,要听严谨的学者的考证。这是介绍一下《鲁迅研究年鉴》。

前几次,我们讲了《彷徨》里的两篇鲁迅的作品,一篇是《孤独者》,一篇是《在酒楼上》。之所以用这两篇作品开头,我有我的考虑。

因为我们以往对鲁迅的印象主要是"呐喊"的印象,"呐喊"的印象在我们头脑里更为深入,我们总觉得鲁迅是披荆斩棘的这样一个战士,一个战斗者。这种印象是没有错误的,当然它是对的,但是呢,任何一个现象都要放在一个丰富的、复杂的语境里来考察。鲁迅为什么是鲁迅?鲁迅之所以是鲁迅是怎样形成的?在我看来,一定要结合《彷徨》和其他的作品才能更好地理解《呐喊》,所以我先讲了《孤独者》和《在酒楼上》,力图要突出鲁迅不被人知的内心世界的一面。

一个人为什么能够战斗,为什么能成为战士,我们要到他的内部世界去找原因。我想经过我们对那两篇作品的细读,我们对鲁迅可能有了一点新的认识。在课后和一些同学的交流中,我觉得好像有一些效果,好像同学们开始去接触鲁迅的内心世界。那么好,我们就暂且打住,学习评书的方法,花开两朵各表一枝,《彷徨》先到这里,我们回头来看《呐喊》。我们从《彷徨》杀回《呐喊》来,我们在读了《彷徨》两篇作品的前提下,再来看《呐喊》,也许会有不同的感受。

好,今天我们来读《呐喊》里非常著名的一篇小说叫《狂人日记》。我上中学的时候,语文课文里是有《狂人日记》这篇课文的,我不知道你们的语文书里有没有,据说好像没有了,据说《狂人日记》太深,或者说负面效果太大,怕孩子们中毒,好像很多人主张,不要让中学生读《狂人日记》,都读成狂人怎么办呢?那好,如果没读过,我们今天就细读一下,看看《狂人日记》到底是怎么回事。虽然没读过,但这篇《狂人日记》的作品肯定是如雷贯耳,大家肯定都知道,作为文学常识也应该了解。

《狂人日记》长期被看作中国现代文学史上的第一篇白话小说。但是现在根据考证,从时间上讲,也不能说《狂人日记》就是第一篇白话小说。因为在《狂人日记》之前,已经有不止一个人,不止一次用白话——这个白话不是《水浒传》那种白话,就是近现代的白话——发表过小说。比如有一个现代女作家叫陈衡哲,她在美国留学的时候,在留学生刊物上发表过《一日》,被认为是中国现代文学史上第一篇白话小说。

其实还有更早的,真正的用白话写小说的人是谁呢?是鸳鸯蝴蝶派,就是我写的教材里的这些人。这些人是中国真正的改革先锋,只不过他们对政治不感兴趣,他们是一些市场作家,市场需要什么,他们就写什么。他们是把市场和改革自然地结合起来,所以后来革命的成果他们是享受不到的。后来革命的成果都被五四这些文人享受到了,也就是说,我们中华人民共和国的成立是五四的胜利,是新文学的胜利。新文学胜利之后,历史的书写权就掌握在这些人的手里,所以鸳蝴派就成了反动文人,没落文人,腐朽文人。

但是,虽然从时间上讲《狂人日记》并不是第一篇白话小说,它之前有一些白话小说,但那些小说产生的影响甚为有限,可能集体加起来,推动了大家都愿意用白话来写小说,但是拿不出一篇作品来说它影响巨大,具有划时代的意义。从是否具有划时代的意义上来讲,《狂人日记》仍然可以说是中国现代文学的开山之作。如果读了《呐喊》自序就知道,《狂人日记》的产生背景是非常有趣的,就是陈独秀、胡适、钱玄同、刘半农这些《新青年》的闯将们捅了一个天大的"娄子",搞了新文化运动,每天在那里批判旧思想、旧道德、旧文学,弘扬新思想、新道德、新文学,可是弘扬的这个东西是个虚的,没有创作来证明,只有一个主张。主张是需要有创作来证明的。

《新青年》这些弟兄们很着急,因为自己在那里空喊,在那里叫卖——我的东西特别好,可一看,摊上没东西。所以鲁迅说他们"许是感到寂寞了"。寂寞了怎么办?他们就想,找谁能帮咱们撑撑门面呢?帮咱们树一杆大旗呢？大家商量来商量去，就想到在中华民国教育部，有一个小官僚叫周树人的，似乎很有才学，可这个人好像是一个"老奸巨猾"的家伙，如果能把他拉出来，嘻！那咱这买卖就做大了。【众笑】看《呐喊》自序就知道，钱玄同就三番五次地去说服鲁迅，但鲁迅不愿意跟他们一块儿混，鲁迅这时候都快四十岁的人了——跟你们混什么！鲁迅说不行，没用，他说有一间铁屋子，里面的人们都睡着了，你把人们都唤醒了，最后大家又打不破这铁屋子，在清醒中非常痛苦地死去，你以为对得起大家吗？我们知道鲁迅是深谋远虑的，但是呢，年轻人有年轻人的想法，年轻人有年轻人的一腔热血，说，既然把大家都唤醒了，你怎么知道就打不破这铁屋子呢？鲁迅是善于自我解剖的，善于自我质疑的，他一想，也对，好像我也不能否认他的这点希望，我如果否定他的这点希望，似乎逻辑上还不完备。

其实我觉得鲁迅自己恐怕也是有点寂寞了，你想他在五四之前这些年在干吗呢？没什么事干，收入很丰厚，每天就是玩点古董，到琉璃厂买点碑帖，回家玩玩，没什么事干。

鲁迅后来叙述这段历史，写得很冠冕堂皇，好像大家一块儿为了一个革命事业似的，但是参与过一点历史事件的人都会知道，很多宏伟的事业在开头的时候，不过是一些偶然的契机杂凑起来的。所以说有些事情是不能尝试的，一尝试，就上了贼船下不来了，尝试的这篇作品就是《狂人日记》，成了中国现代文学的开山之作。

鲁迅这个名字也是发表《狂人日记》的时候第一次使用，此前是用周豫才、周树人这些名字。使用"鲁迅"发表《狂人日记》后的很长时间，很多人也不知道，这个写《狂人日记》叫鲁迅的，就是教育部那个叫周豫才的人，更不知道他就是北大教授周作人的哥哥。因为在五四新文化运动刚开始的时候，周作人更有名气，周作人写了几篇很有名的论文，《人的文学》《平民文学》等，慢慢鲁迅的名气才更大起来。

我们知道，早期的文学创作是很幼稚的，旗帜举得很高，人道主义、个性解放啊；但是作品一看——你们如果不是搞现代文学的人的话，大部分作品是不必看的，的确很幼稚。幸亏有了鲁迅。所以说早期中国现代文学完全是靠鲁迅一个人在那支撑着。有了鲁迅，中国现代文学就有世界一流的作品；没有鲁迅，就连世界二流作品也没有。这是中国现代文学早期的一个情况。所以说鲁迅加入现代文学阵营，还有《新青年》阵营，就好像从华山绝顶下来一个武功高手一样，他下不下山，这个江湖的局面完全不同。

我们就看他下山的第一个作品，也可以用《水浒传》的一个话叫"投名状"，你要投奔、要入股，你不得立一功吗，看你这个立的功如何。这个投名状立得不得了，名垂千古。比如说，任何一个地方要介绍鲁迅，介绍鲁迅的影响，第一个要介绍《狂人日记》。1949年之后，台湾长期不讲鲁迅，台湾几代青年不知道世界上有鲁迅这个人，因为台湾当局把鲁迅等同于共产党，一直到1986年或1987年，才解禁，出版的第一篇小说也是《狂人日记》。

关于《狂人日记》，可能大家也都听到过了不同角度的解释，我们用细读的办法，看一看它的一些局部的思想。读《狂人日记》首先有一个非常重要的问题需要重视，即，我们说它是中国现代文学的开山之作也好，最重要的白话小说也好，它并非通篇是白话，在它正文之前有一段小小的序，这个小序是用文言写的。这是现代文学史上一个非常有意思的问题。第一篇这么重要的白话小说，像大炮一样的一篇小说，居然开头是文言。也就是说这个小说本身构成一对自我矛盾，它是白话小说，符合《新青年》的指导思想，但开头是一段文言。这段文言又有很深的意义。我们今天先来细细地读一下这一段。

这个文言的开头说，**某君昆仲，今隐其名**，昆仲就是兄弟，有这么一对兄弟，现在隐去他们的名字。开头的几句话，不仅是文言，还很像古代的笔记小说中的话。中国古代就有这种文言形式的笔记小说，《聊斋志异》那一类的，在晚清更多，所以开头就很像。这开头就写了"某君昆仲"，兄弟这个意象经常出现在鲁迅的笔下，在鲁迅的作品中，兄弟问题是一个非常敏感的问题。不仅仅是因为他自己发生了兄弟失和这样重大的影响中国现代文化史的事件——兄弟吵架，兄弟分家，兄弟打起来，这是经常发生的事情，但是你看人家，兄弟打起来，影响了整个中国现代文化史，【众笑】不得了。中国现代史上有"周氏三兄弟""宋氏三姐妹"，你看人家孩子怎么生的！

接下来我们看——你读鲁迅作品，你看他对兄弟这个事情是很敏感的，他说这个兄弟，今隐其名，**皆余昔日在中学时良友**；都是以前中学时候的好朋友。这很像是吕纬甫、魏连殳，吕纬甫、魏连殳不也是鲁迅过去的好朋友吗？这个模式是鲁迅喜欢用的。**分隔多年，消息渐阙**。分隔多年没信了，这也很像。**日前偶闻其一大病**，而日前听说其中一个得了一场大病，**适归故乡，迂道往访**，这开头虽然是用文言写的，但多么像《在酒楼上》：正好我回故乡绕道访问一下，探访一下怎么回事。整个结构很像一个梦境的结构。**则仅晤一人**，就见到一个人，**言病者其弟也**。原来鲁迅会见到的是兄长，得了病的是他的弟弟。**劳君远道来视，然已早愈，赴某地候补矣**。我麻烦你这么老远地来看我弟弟，我弟弟早都痊愈了。这都是以前大部分研究者没有注意的，也就是《狂人日记》这篇小说里，虽然写的是狂人，但开头就限定了，说这狂人已经好了，你要注意这狂人现在已经不是狂人了，这狂人现在是好人，下面讲的"他"狂不狂那是以前的事。

这个结构以前没有人注意，这很有意思。我们以前老说《狂人日记》，是革命的战斗号角等，这样写起码不完全。因为它不是通篇是号角的文章，它在开头就说这人已经好了，不但病已经好了，还"赴某地候补矣"。候补是过去的一种官僚制度，候补官等着空缺，有了空缺就补上去。这话什么意思呢？就是说这个人不但身体上的病已经好了，还重新回到了封建统治者的队伍中去，重新进入了体制。我们大家不管读没读过都知道，《狂人日记》是讲吃人的问题的，那么开头就告诉你，这个人现在还在吃人。

我为什么要先讲《孤独者》和《在酒楼上》？有这个背景，回来就能理解这个小序。如吕纬甫说的，像个蝇子飞了一圈又飞回来了，鲁迅特别喜欢使用这个结构，《狂人日记》一开始就这么写，开始就没写同志们冲啊，一开始就写这个人还在当官，还在吃人呢。这是介绍病情。

**因大笑**，于是大笑，**出示日记二册**，拿出两本日记来，**谓可见当日病状**，看这日记可见当时的病状，**不妨献诸旧友**。日记本来是个人很宝贵的生活资料、生活记录，他这个居然可以献给老朋友看，说明自己拿这事不太重视。这狂人，包括他的哥哥，不太拿这日记当成什么重要的宝贝，于是"我"就得到这日记了，同时下面介绍日记是怎么来的。

你看虽然下面正文是用第一人称写的，但并不是用作者鲁迅的第一人称写的，这个叫鲁迅的写作者，首先把自己择清了。下边这狂人不是"我"，"我"跟他没关系，"我"拿来这个日记，再给你。**持归阅一过**，拿回来读了一遍，**知所患盖"迫害狂"之类**。我们知道鲁迅是学过医的，迫害狂一类词都是现代西医传过来的，鲁迅回去一读才知道，原来那人得的是迫害狂之类的病。迫害狂我们知道，就是老认为有人害他。我读大学的时候，我们同一楼道的宿舍里是有迫害狂的，他老说别人往他的饭盆里倒了什么东西，每天都这样认为，所以他把饭上面那层刮掉再吃。

**语颇错杂无伦次**，日记里的语言是错乱的，没有逻辑的语无伦次，

**又多荒唐之言**；他先把事情给你搅乱，说是荒唐之言，我们就想到，《红楼梦》的叙事者也把自己写的《红楼梦》叫作荒唐言，"满纸荒唐言，一把辛酸泪"，其实都是"欲盖弥彰"的一种技巧。往往写作者很重视的文字，他说不重要；他非常肯定的人物，他说这是个坏人，贾宝玉，他说是个混世魔王，说贾宝玉不是什么好人。鲁迅说《狂人日记》是无伦次的荒唐之言。

**亦不著月日**，也没有标明具体时间，**惟墨色字体不一**，日记的笔迹深浅不一样，**知非一时所书**。强调真实感，知道不是一天写下来的，以证明它是真的。**间亦有略具联络者**，有的时候也偶然有一些互相能联系起来的，就是说狂人不是完全没有逻辑，如果完全没有逻辑日记就好像是伪造的，有时候好像又有逻辑，这才是真的。**今撮录一篇**，发表的不是原来的原文，是经过整理的，"我"给他整理、编辑一下，编辑成一篇，**以供医家研究**。这是供研究用的，说得很冠冕堂皇，像那么回事似的。**记中语误**，日记中的语误，文字错误，**一字不易**；都不改，保留着历史本来面目。

**惟人名虽皆村人，不为世间所知，无关大体，然亦悉易去**。里边的人名都改了，避免人家打名誉权官司。现在人动不动就打官司嘛，说我名誉权受侵害了，现在人的名誉权都很值钱的，每人都盼着有个机会自己去跟人家打官司，"你侮辱我了"。所以鲁迅把名字给你改掉了，易去。

**至于书名，则本人愈后所题，不复改也**。这句话也很重要，我们知道书名叫《狂人日记》，这《狂人日记》不是他哥哥给它取的名字，也不是"我"鲁迅给它取的名，"本人愈后所题"，是这个人病愈了之后，他自己给日记写的名叫《狂人日记》。这什么意思呢？就是他自己认为，自己那个时候是狂人。这个狂人是两个人，现在是好人，所谓正常人，他认为自己那个时候是病人，是不正常的人。

所以你要是读过后边，再反过来想这个小序，这个小序是很可怕的，非常可怕！他自己说自己那个时候是狂人——我那时候错了，我那时候不知道天高地厚，不知深浅，我怎么跟着他们干革命呢？我现在悔过，悔过自新。**七年四月二日识**。这个"七年"是民国七年，1918年。写小说之前，来了这么一段序，这个序跟后边的正文形成一种互相解释、互相对立、互相补充的关系。这个关系非常微妙，它们相互制约着。你读后边要记得前边，这样才能够探究这篇小说到比较深的地步。

下面我们读《狂人日记》的正文。我们知道正文不是鲁迅写的，是这么一个狂人写的，但其实都是鲁迅的艺术创作。他为什么弄了这么一个结构？这个结构本身也说明了打破铁屋子的艰难，因为有人会跑到这铁屋子上打一锤子，说，"这不是我打的，不是我打的"。

第一节开头就说，**今天晚上，很好的月光**。我们今天21世纪读这句话，可能感到不太新鲜、不太奇怪，你设想自己是一个1918年的北大学生，有一天早晨，同学说，哎，这一期的《新青年》出来了。你拿到了《新青年》，翻开，在那些喊口号的文章之后，翻到创作栏一看，有这样一篇小说叫《狂人日记》，文言序之后，是"今天晚上，很好的月光"——那么我告诉大家，中国第一次有这样开头的小说。1918年的北大学生读了这句话之后，一定感到非常新鲜，没有谁这样写小说的。你想，以前的中国小说都是怎么写？都是"某君昆仲"这样的写法，或者是"话说大宋宣和年间"，有头有尾。写小说却假装是在写历史，写小说端着写历史的架子，都是一副"为生民请命、为天地立心"的姿态，那是中国传统的小说。

我这样讲不是说那种写法不好，那是中国小说的正宗，那个小说写法是好的，而且是伟大的。我只是说中国的小说从来没有像"今天晚上，很好的月光"这样的开头，一开始它就不管时间地点。中国的小说是要把时间、地点、人物介绍得清清楚楚。哪怕就讲一个青年学生没考上大学的事，也要从"话说中华人民共和国"多少年开始，也要这么讲，然后讲到一件小事。可是这样的小说，"今天晚上，很好的月光"，一刀子就捅进了历史。你不知道这是什么时候，不知道这是什么地点，不知道是什么人，开头就是一个人好像在那里说话，"今天晚上，很好的月光"，所以读者看了这样的一句话之后，感到一种短兵相接的，一种说不上是快活还是恐怖的非常新鲜的感受就涌出来了。而如果前面没有一个小序，直接这样写，当时的中国人是不知所云的。前面还是用了一个序来铺垫。读者毕竟知道，虽然不能理解，但那是狂人、疯子说的话嘛，用疯子说的话就可以解释一切。

"今天晚上，很好的月光。"**我不见他，已是三十多年**；第一句话还算正常，这句话就可见他疯了，不正常了，怎么"我"不见月光已是三十多年呢？三十多年没见它了，好像不可理解。如果仔细分析的话，我们想，我们每天看见的东西，其实你没看见。我们生活中有很多人，就是几十年都没有看见过月亮，几十年都没有看见过云彩，真是这样。你觉得什么叫看见？从光学原理上讲，它投到你的视网膜上就算你看见了吗？那不叫看见，必须是心为之动才叫看见，心不曾为之动，你就没看见。

比如现在大家都在向前看，前面有很多东西，但是除了孔老师之外，你看见的东西很少，因为你不曾心为之动。可是有一个时刻，你忽然发现你不曾注意的东西被你注意了，这个时候叫看见。比如说后面的幕布，你一般不会注意它，你不会看见它，突然从一个圆洞里钻出一个脑袋，你看见它了，它引起你的注意了。

所以这狂人说，"我不见他，已是三十多年"，这里面有一点象征的意味，狂人以前没看见过月亮，现在突然看见月亮了，突然看见光明，它象征着一种觉醒。所以接着说，**今天见了，精神分外爽快**。我曾经写过一篇分析《狂人日记》的文章，讲《狂人日记》的几个层次，我们用一点专业的眼光来阅读这样的作品呢，必须同时用几个层次来读。一个层次是，你把它当一个疯子的话来看的时候，这写得非常真实、非常像，也非常可乐，就是说这是一个象征。那么再有一个层次，它是一个战士的话，不是一个狂人的话。

**才知道以前的三十多年，全是发昏；**这就印证了我刚才说的，看月亮不仅仅是看天上的那个球，那个大石块，而是看一种精神上的光明，**然而须十分小心。不然，那赵家的狗，何以看我两眼呢？**这是疯子的思维特点，有跳跃性、不具有逻辑关联，这叫"无伦次"。但是疯子的思维却最接近艺术家的思维。为什么人们经常说艺术家是疯子呢？艺术家思维跟常人不一样，他很接近狂人，因为他打破了日常的逻辑。你说你发不发昏跟赵家的狗看你两眼有什么关系吗？似乎没关系，但是好像又有关系。我们想一想那些作家、画家、诗人，想想凡·高，他们跟我们想法不一样，我们就把他们规定为狂人。

什么叫狂人，什么叫有精神病的人，什么叫有病的人，谁是有病的人，其实是被我们规定的。我们大家都认为这个东西是黄的，就他一人说是红的，怎么劝他都不听，老跟我们叫板，我们就说他有病啊。我们出于一片好心，一片善意，要让他转弯，让他回到正常的思维轨道上来，所以就把他送到安定医院，给他吃药，每天护士穿着白大褂，说："红白黄嘛，谁让你说红的？"【众笑】一定要把他改过来。他要想逃离那个环境，就必须和我们一样。但是我们怎么就知道自己是对的呢？我们怎么知道他是错的呢？大家可以看一看福柯的书，看看福柯的理论，他对这个问题有非常深的论述。大多数人其实有没有病，天知道。所以才会有朝一日又翻过来，我们被规定为有病。我们以什么名义，谁给我们的权力，去歧视、去嘲笑，甚至去迫害那些思想跟我们不一样的人？我们大家都认为某个事情是对的，就他一个人那么说，他就要倒霉。而恰恰在历史那些缝隙中，是这些疯子推动了历史的前进。

这里讲的三十年后看见月亮，就象征着一次觉醒，这个觉醒不仅是这个狂人的觉醒，也是现代知识分子的第一次觉醒。所以我们说现代不是一个简单的时间概念，而是这个国家、这个民族的一次断裂。中国现代知识分子知道，在以前漫长的岁月中，我们都在发疯，现在看见了新的光明。在这时候他分清了我与物，把自己与世界分割开来。人要觉醒，就必须把自己跟周围暂时分离开，分清主体和客体。第一节的最后一句说，**我怕得有理**。为什么怕得有理，他没说，留给人们去思考。这就是狂人日记的第一节，下面我们看第二节。

开头，**今天全没月光，我知道不妙**。这月亮是他的天气预报，是他的阶级斗争晴雨表。鲁迅是写月亮的高手，很多现代文学的作家都特别会写月亮，你看鲁迅写月亮，不仅仅是写自然的月亮。通过有没有月光知道妙不妙，好像是疯子的迷信，但是又非常合乎心境。**早上小心出门，赵贵翁的眼色便怪**：鲁迅的笔下好像姓赵的都不是什么好人，【众笑】我发现了这一点，鲁迅在好几个小说里都写姓赵的好像有问题。我想是不是跟姓赵的人当过皇帝有关系啊，好像人家当过皇帝，鲁迅不太高兴，就给他平衡一下。"赵贵翁的眼色便怪"：**似乎怕我，似乎想害我。还有七八个人，交头接耳的议论我，又怕我看见**。我们看这个描写，非常合乎医学上的对迫害狂的描述。医学上的迫害狂就是这样，老觉得别人很奇怪。别人很正常的言行，他觉得都跟他有关系。我每一年还会收到几次迫害狂的来信，他总说他的环境非常凶险，非常恶劣，周围的人怎么迫害他，跟这儿写的都很像。在我这个客观人看来，那都是很正常的情况。比如他说，每天早上上班，坐在他对面的同事，都要把茶杯弄得很响，就是想故意折磨他的神经。那在我看来是很正常的事情，他都认为是迫害。

**一路上的人，都是如此。其中最凶的一个人，张着嘴，对我笑了一笑；我便从头直冷到脚跟，晓得他们布置，都已妥当了。**这写得非常逼真！鲁迅虽然后来没有跟着藤野先生继续学医，但我觉得他已经学到很多本质的东西。学医最后也是要探究人的秘密，他已经把人的秘密都探究到了。你看突出"张着嘴"的这个形象，跟吃是有关的，他后文出现"吃人"的时候，前文都是有铺垫的。

**我可不怕，仍旧走我的路。前面一伙小孩子，也在那里议论我；**我们发现鲁迅笔下的小孩经常不太可爱，这个我们前面讲《孤独者》的时候讲过，鲁迅不像其他作家，一写到小孩的时候，赶紧要表现自己热爱孩子，赶紧表示自己很天真。你看鲁迅写的孩子并不好。**眼色也同赵贵翁一样，脸色也都铁青。我想我同小孩子有什么仇，他也这样。忍不住大声说，"你告诉我！"他们可就跑了。**我们感到这个描述、这个话，全是从狂人的眼睛里看出去的。我们感到由他来描述的这个世界是一个很异样的世界，和我们的眼光看上去的就是不一样。

比如有的电影是用小孩的视角来拍摄，你会感到不一样。我想有一天我们能不能发明一个——比如拍出来的效果跟狗的视觉效果一样的摄影机，用它来拍一个故事，完全用狗的眼睛来看。那在它的眼睛里人是很大的了，楼也很高大，那一定会给我们一种奇异的感觉。我们限于自己的感觉器官，不可能知道世界的真相。我们所知道的世界，是我们的眼睛、耳朵、鼻子感受到的，组成的这么一个世界。你换一套感觉器官，一定不一样。现在鲁迅想象着，狂人感觉世界是这个样子。

**我想：我同赵贵翁有什么仇，同路上的人又有什么仇；只有廿年以前，**就是二十年以前，**把古久先生的陈年流水簿子，踹了一脚，古久先**

生很不高兴。表面上看好像有一个人叫古久,他家有个陈年流水簿子,被狂人不懂事地踢了一脚。但是大家都能读出来吧,这句话分明是一个象征。用的这个名字再明显不过了,"古久""陈年流水",这象征着什么?传统。说《二十四史》也有道理,以《二十四史》为代表的传统是动不得的。不仅仅是历史、风俗、习惯、规定,都是不能动的,也不仅是中国人,很多国家的人都是这样,规定高于一切。你到任何一个地方去办事,他都会拿出一些规定来阻挠你,说我们这儿有什么什么规定,你那不行。你说那规定在哪儿,你要看一看,又没有。规定是不给你看的,他们内部掌握着某些规定,到处都有规定。

**赵贵翁虽然不认识他,一定也听到风声,代抱不平;**赵贵翁和古久先生是一伙的,"代抱不平"。**约定路上的人,同我作冤对。**这些人是一伙的,**但是小孩子呢?**那时候,他们还没有出世,何以今天也睁着怪眼睛,似乎怕我,似乎想害我。这真教我怕,教我纳罕而且伤心。赵贵翁和古久先生的仇恨我想明白了,但是想不明白小孩子为什么这样。

**我明白了。这是他们娘老子教的!**狂人很喜欢思考,一思考就想明白了,原来是教育造成的。小孩子为什么恨我?是他们的娘老子教他们的。我们知道,愚昧来自教育,愚昧的人来自愚昧的教育。人并不是天生愚昧的,这小孩假如生下来有赤子之心,他不一定恨我,为什么恨我呢?是有人告诉他,我是坏人。所以愚昧是来自愚昧的教育。我们有的时候会想,为什么现在有的孩子会有那么顽固的某种偏见,他们一定读了某一种书,集体读了某种书,集体受了某种灌输,才会有那种想法。你说它没有逻辑联系,但是又都能连起来。或许前面的小序里已经补充了,说这是已经编辑过的。

以下是第三节。**晚上总是睡不着。凡事须得研究,才会明白。**这是鲁迅的名言。毛泽东有一句名言叫"没有调查,没有发言权"[1],鲁迅有一句名言叫"凡事须得研究,才会明白"。不研究是不行的,你看这狂人都是晚上睡不着觉,在做学问、研究。

**他们——也有给知县打枷过的,也有给绅士掌过嘴的,也有衙役占了他妻子的,也有老子娘被债主逼死的;他们那时候的脸色,全没有昨天这么怕,也没有这么凶**。我是上中学时读的《狂人日记》,大家还没有学到,我就读了。在我那个教育体系中,读鲁迅的著作总是会受到极大的冲击,因为这和我受的很多教育观念不一样。按理说鲁迅写的这几种人,被知县打过的,被绅士打过的,被人占了自己妻子的,家里亲人被逼债死的,这都是劳动人民啊,都是无产阶级啊,在我看来,这都是革命的基本力量啊,都是好人啊。可是到鲁迅笔下他们好像不一样,鲁迅好像对这些人格外有意见;但是好像也挺同情他们。我当时觉得鲁迅这里边有很深的东西,也很符合我日常生活中的感受,我周围住的都是劳动人民,他们身上好像也不都是优点,有很多缺点,跟我关系也不一定都好。

后来我才知道鲁迅看问题的方法,他不全是用阶级的观点来看问题,他是有阶级论而不是唯阶级论,是这样看问题的。也就是说这些人本身是受苦人,可是对"我"却都这么凶,所以说,"全没有昨天这么怕,也没有这么凶"。那么所有这些人,他们对什么人凶呢?他们并不是对压迫者凶。我们看被压迫者,对先觉者凶。这是鲁迅作品中一个非常重要的命题:先觉者和群众的关系。

我们看《圣经》,《圣经》里这也是一个重要的主题。耶稣基督并不受那些教徒、群众的理解;相反,他受到的是有隔膜、不被理解甚至迫

---

[1] 毛泽东:《毛泽东选集》第一卷,人民出版社,1991年,第109页。

害。最后他为他们献出生命了，就死掉了。所以如果从文学的角度去看《圣经》，《圣经》是有一种悲壮感的。我并不喜欢基督教，宗教我都不喜欢，但是我知道，《圣经》是有一种悲壮感的。《圣经》的故事本身是动人的，也是符合人生的常态的，群众在多数情况下，对先觉者是恩将仇报的。这也没办法，谁让你是先觉者啊，先觉者必须承担这一份恩将仇报。你以为你是救别人的，别人不领你的情，因为他不知道你是救他的，大家都认为你是害他。群众对先觉者最凶，这个真相，我小的时候是一直不知道的，这是鲁迅告诉我的。我小时候一直以为好人有好报，这是阳光灿烂的世界，后来慢慢知道不是这样。

**最奇怪的是昨天街上的那个女人，打他儿子，**鲁迅写《狂人日记》的时候，中国还没有发明"女"字旁的"她"，所以这里都用单人旁的"他"。古代都一律用单人旁的"他"，后来为了表示对妇女的尊重，用了"伊"。鲁迅开始用"伊"，伊表示女性。用伊也不妥，因为日常口语中我们还是"他""他"的嘛，后来就发明了"女"字旁的"她"。是谁发明的？刘半农。刘半农发明了"女"字旁的"她"。《狂人日记》还是用"他"。

**嘴里说道，"老子呀！我要咬你几口才出气！"他眼睛却看着我。**我们看，在狂人的眼睛里，似乎别人是狂人，他看到的是一个疯狂的世界。这是相对的视角。**我出了一惊，遮掩不住；那青面獠牙的一伙人，便都哄笑起来。**正常的人，在他看来是青面獠牙的一伙人，变形了，在他看来都"大话西游"了。**陈老五赶上前，硬把我拖回家中了。**其实，我们把它还原到正常的叙事中去呢，应该是这狂人发疯，别人嘲笑他，家里的仆人去把他拉回去。

**拖我回家，家里的人都装作不认识我；他们的脸色，也全同别人一样。进了书房，便反扣上门，宛然是关了一只鸡鸭。这一件事，越教我**

猜不出底细。这个狂人已经被当成异类。

**前几天，狼子村的佃户来告荒**，你看取的这名也好，这个村子叫狼子村，佃户来告荒，**对我大哥说，他们村里的一个大恶人，给大家打死了；几个人便挖出他的心肝来，用油煎炒了吃，可以壮壮胆子。我插了一句嘴，佃户和大哥便都看我几眼。今天才晓得他们的眼光，全同外面的那伙人一模一样。**这里透露出几个信息，一个是吃人。我们今天使用"吃人"这个词的时候，经常是在比喻象征的意义上用，说"吃人的旧社会"。其实现实生活中，真的吃人，一直就没有断绝过。

我们知道原始社会是吃人的。很多人向往原始社会，说原始社会多好啊，平均啊、共产主义啊，说奴隶社会多罪恶啊，剥削啊、压榨啊！你不知道，原始社会好吗？原始社会是吃人的。后来因为省着不吃了，留着活口干活，这才变成奴隶社会的，奴隶社会是巨大的历史进步。原来是吃，后来吃人的人发现一次性消费太亏了，【众笑】不一次性消费，留着给我干活多好，所以奴隶社会是进步。到了奴隶社会，不再大规模地吃人了，但也偶尔吃人。到了封建社会还吃人。我们看到有多少历史记载中写，兵荒马乱的时候，一个城市被包围，什么东西都吃完了，草根树皮都挖绝了，地下的耗子全都挖出来吃了之后，最后就只好吃人了。还有的在历史上被赞扬的将军，为了鼓励士气，把自己的小妾杀了犒劳将士。吃人的事情从来就没有断绝过。你读《水浒传》更知道人肉包子的故事。

吃人的事一直不绝，一直到现在，有时候在一个地方还能听到，是生活中真有。鲁迅说的这个吃人的命题，是具有广泛的、普遍的、关乎人类的深刻意义的。

接着看狂人的叙述。**想起来，我从顶上直冷到脚跟。**

**他们会吃人，就未必不会吃我。**

这唤起了做一个人的恐惧感。虽然说一般会把人罩上一个恶人的名目，然后再来吃他，但是这个帽子可以扣到别人的头上，就也会扣到我们每个人的头上。我记得有一个欧洲人说过：当初他们杀犹太人的时候，我不是犹太人，我没有作声；后来他们杀共产党的时候，我不是共产党，我没有作声；再后来他们要杀"我"的时候，所有的人都不作声。就是说，你认为你跟别人不是一类人，跟你没关系，到最后你也会被罩上一个名目，被吃掉。所以狂人的觉醒就在于知道了人性的相通，恶人，善人，这是一个相对的概念。

**你看那女人"咬你几口"的话，和一伙青面獠牙人的笑，和前天佃户的话，明明是暗号。我看出他话中全是毒，笑中全是刀。他们的牙齿，全是白厉厉的排着，这就是吃人的家伙。**中国现代文学的第一篇白话小说，确实厉害，不得了！我们今天的人读了一半，你很可能会说："我写不出这样的作品——怎么能想象用这样一个办法，把一个深刻的思想这么形象生动地表达出来？"

狂人回到了现实中的吃人。**照我自己想，虽然不是恶人，自从踹了古家的簿子，踹了古久先生家的陈年流水簿子，可就难说了。他们似乎别有心思，我全猜不出。**人心和人心是隔肚皮的，况且他们一翻脸，便说人是恶人。大家都拼命想把自己归到好人堆里，但是有的时候你自己决定不了客观事实，人家一翻脸，就可以把你说成坏人。

**我还记得大哥教我做论，写八股文，写策论，无论怎样好人，翻他几句，他便打上几个圈；原谅坏人几句，他便说"翻天妙手，与众不同。"**这是我们古人写文章常用的办法，为了一鸣惊人，为了耸人听闻。现在写高考作文，这仍然是一个有效的办法，会有一种翻天妙手的办法。**我那里猜得到他们的心思，究竟怎样；况且是要吃的时候。**这段话是非常重要的，他开始推出一个非常重要又非常恐怖的结论来。

**凡事总须研究，才会明白。** 又强调了一遍，所以我们要读书，但是读书以后一定要研究。不研究书，有的时候还不如不读，那正好是上别人的当。**古来时常吃人，我也还记得，可是不甚清楚。** 不甚清楚就查，就研究嘛，**我翻开历史一查，这历史没有年代，歪歪斜斜的每叶上都写着"仁义道德"几个字。我横竖睡不着，仔细看了半夜，才从字缝里看出字来，满本都写着两个字是"吃人"！**

这是现代文学石破天惊的一段话。也许此前有不少中国人模模糊糊想到了这一层，但是没有一个人这样明确地说过。只有鲁迅，他把这层窗户纸一下子捅破了！"仁义道德"，还是"仁义道德"，但是从字缝里看出字来，满本都是两个字，"吃人"！我们要学语文、学文学，学什么？怎么学？最后你要能在字缝里看出字来，要看出它到底说的是什么，除了表面的意义，还有背后的意义，侧面的意义，暗含的意义。高人和我们的差别在哪儿？就是能看出我们没看出的东西。而这个没看出的东西，又不是他的胡说，而是他说出来之后，我们感到佩服。我们觉得是这样的，他把我们心里的一盏灯给点亮了。我们仔细去想，仁义道德不错，但是仁义道德伴随的的确是"吃人"。

鲁迅就把这个事指出来了，**书上写着这许多字，佃户说了这许多话，却都笑吟吟的睁着怪眼睛看我。**

**我也是人，他们想要吃我了！** 一旦明白了这一部吃人史，自己就会感到悚然恐惧。

下面看第四节。**早上，我静坐了一会。陈老五送进饭来，一碗菜，一碗蒸鱼；这鱼的眼睛，白而且硬，张着嘴，都是张着嘴的，同那一伙想吃人的人一样。吃了几筷，滑溜溜的不知是鱼是人，便把他兜肚连肠的吐出。** 一旦想到吃人这件事，就有一种恶心感，没法吃下去。你一旦对你吃的那个东西产生同类的、近类的情感，你就不会想吃它，除非你

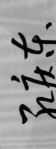

孙立军.

当我们忙忙碌碌了很多岁月，
回头一看，这有什么意思啊？
当你付出了许多的青春，
付出了许多的梦，
头发也白了，
最后你追求的物质条件都实现了，
你回头一看，这有什么意思啊？
你最希望有的东西没了。

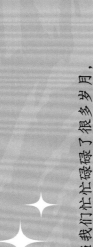

吃饭是天经地义第一要事。

孔法平·

不知道，稀里糊涂吃了。

我说"老五，对大哥说，我闷得慌，想到园里走走。"老五不答应，走了；停一会，可就来开了门。这个狂人处在被软禁的状态。

我也不动，研究他们如何摆布我；知道他们一定不肯放松。果然！我大哥引了一个老头子，用一个动词"引"，很好玩。慢慢走来；他满眼凶光，怕我看出，只是低头向着地，从眼镜横边暗暗看我。你看这很有意思，老头子跟狂人互相看，他们互为主体，看与被看的关系，在这一刻要颠倒，要混淆。以后你们学了更高深的文艺理论，再来看这个问题。

在文学作品中，"看"是一个很重要的问题，谁"看"谁，怎么"看"谁，这非常重要。包括你们看影视作品的时候，你们注意摄影机经常对准的是哪类人，哪类人经常被当作观赏的对象？你一看就会发现，摄影机经常对着的是女性。一男一女在屋里说话，摄影机是从男的肩膀后边打过去的，看着这个女的说。这都不是小问题，都是一个谁统治谁的问题。但是呢，这个狂人打破这个秩序，明明是老头来看他，大哥引老头来看他，现在他看这老头。

大哥说，"今天你仿佛很好。"我说"是的。"大哥说，"今天请何先生来，给你诊一诊。"原来是请个大夫来给他看精神病，本来是这样的一个事情。我说"可以！"其实我岂不知道这老头子是刽子手扮的！狂人自有一套逻辑，他认为老头子是刽子手假扮的。**无非借了看脉这名目，揣一揣肥瘠**：看看胖还是瘦，肉多不多，**因这功劳，也分一片肉吃**。你看他自己的逻辑还是清楚的，能够自圆其说的，都是在吃人逻辑下来描写。**我也不怕；虽然不吃人，胆子却比他们还壮。伸出两个拳头，看他如何下手。老头子坐着，闭了眼睛，摸了好一会，呆了好一会；便张开他鬼眼睛说，"不要乱想。静静的养几天，就好了。"**作为一个大夫，说这话没毛病，大夫会经常这么说，是好心。可是狂人不一样。

**不要乱想，静静的养！养肥了，他们是自然可以多吃；我有什么好处，怎么会"好了"？** 狂人有自己的解释，多疑。先觉者怎么成为先觉者的？首先要多疑。五四精神之一就是怀疑精神。什么是科学？科学不是一套知识，不是一套逻辑，科学首先来源于怀疑，科学不是建立几套新的迷信。我们中国人对待科学，就像对待一个新的宗教一样，一看见穿白大褂的——他会治病——就跟他去了，这是一种新的迷信。

**他们这群人，又想吃人，又是鬼鬼祟祟，想法子遮掩，不敢直捷下手，真要令我笑死。我忍不住，便放声大笑起来，十分快活。** 狂人叙述自己的时候，我们用一般的眼睛去看他，这就是发疯了嘛。**自己晓得这笑声里面，有的是义勇和正气。** 真的狂人是这样的。**老头子和大哥，都失了色，**面无人色，**被我这勇气正气镇压住了。**《狂人日记》完全可以换一副笔墨，用大哥的眼光来写。假如大哥写这件事，就是我们正常人的视角，说这疯子又发疯了，突然大笑起来，把我吓了一跳——会这样写。

**但是我有勇气，他们便越想吃我，沾光一点这勇气。老头子跨出门，走不多远，便低声对大哥说道，"赶紧吃罢！"**【众笑】写得非常逗，其实大夫说的是吃药。这人与人之间的隔膜，人与人之间的不能交流，表现得非常突出。我还想到《三国演义》里有一个细节，曹操在逃难的时候，到吕伯奢家准备留宿，他潜步入草堂后，听见有人说，"缚而杀之"，他以为是要杀他——其实人家是要杀猪来招待他，在那里把猪捆起来杀——于是他就先下手为强，拔出宝剑冲进去，把吕伯奢一家全都杀掉了，《三国演义》用这个情节来表现曹操的狠毒。其实曹操也是犯了一个语文错误，没有冷静地想这句话为什么非得那样解释，为什么是绑了他杀呢？它可能有别的意思。曹操再仔细想一下的话，就不会犯这个错误。

**大哥点点头。原来也有你！这一件大发见，虽似意外，也在意中：**

合伙吃我的人，便是我的哥哥！这个发现又进了一层，先是发现他们要吃我，现在更可悲的是吃人的人里边有我的大哥。

下边发了感叹抒情。

**吃人的是我哥哥！**

**我是吃人的人的兄弟！**自己被吃了，自己也不光荣，因为吃人的人是我哥哥。**我自己被人吃了，可仍然是吃人的人的兄弟！**这里面就凸显出一种人类的情怀，人与人本来是兄弟的关系，互相吃来吃去，是兄弟。有那么多民族的创世史诗里，描述这个民族的人早先都是一个母亲生的，都是兄弟。在我们人类的基因里面，流淌着一种兄弟的情怀，一种兄弟的情义。所以儒家讲四海之内皆兄弟。这个正题是四海之内皆兄弟，但是文明有一个副题，就是兄弟之间也互相吃，兄弟之间也互相残杀，包括民族之间的征战残杀。

我们再看第五节。**这几天是退一步想：假使那老头子不是刽子手扮的，真是医生，也仍然是吃人的人。**我们看这个狂人，做学问是非常严谨扎实的，一个问题反复想，首先想，那人是刽子手扮的；又想，假如不是刽子手扮的，也有可能真的是医生。他想问题比正常人都严谨周密。张爱玲说，"一个疯子的审慎"（《金锁记》），疯子想问题往往比正常人更严密、更审慎，正常人才漏洞百出。因为我们认定自己是正常的，认定自己的判断不会错；而疯子是反复推究，他有恐惧感，会反复想。假如是医生怎么样呢？医生也是吃人的人，下面有证据。**他们的祖师李时珍做的"本草什么"上，明明写着人肉可以煎吃；他还能说自己不吃人么？**人家有材料、有证据，连李时珍都说可以吃人，《本草纲目》上面记载着古代吃人的偏方。

**至于我家大哥，也毫不冤枉他。他对我讲书的时候，亲口说过可以"易子而食"；**易子而食是古代的真事。弹尽粮绝，草根树皮全部都吃尽，什么都没有了，但是物种要繁衍，要把根留住，怎么办？那就要吃小孩。但是自己的孩子舍不得吃，怎么办呢？交换，我的孩子给你，你的孩子给我。眼不见，吃下去，其实表面上是交换，实际上不等于还是吃自己的孩子吗？易子而食的惨剧古代是有的。

**又一回偶然议论起一个不好的人，他便说不但该杀，还当"食肉寝皮"。** 你看我们汉语里跟"吃人"有关的，跟"吃"有关的词太多了。如果想起来的话，可以做好大好大一篇文章。我们什么都是"吃"，我们被人欺负了，叫"吃亏"；我们吓了一跳，叫"吃惊"。无不可吃，你可以找到许许多多跟吃有关的，由"吃"这个词引申来的词，引申来的概念。跟吃有关的太多了，吃的思维深入我们每一个人的心。"吃犒劳""吃贿赂"，什么都是吃。周作人有一篇文章叫《吃烈士》，我们还可以"吃烈士"。

**我那时年纪还小，心跳了好半天。前天狼子村佃户来说吃心肝的事，他也毫不奇怪，不住的点头。可见心思是同从前一样狠。既然可以"易子而食"，便什么都易得，什么人都吃得。我从前单听他讲道理，也胡涂过去；现在晓得他讲道理的时候，不但唇边还抹着人油，而且心里满装着吃人的意思。** 这个吃人的意识已经深入骨髓，越挖越深刻。

我们再来读第六节，第六节就两行字。

**黑漆漆的，不知是日是夜。赵家的狗又叫起来了。**

**狮子似的凶心，兔子的怯弱，狐狸的狡猾，……**

这两行没头没尾的字，是狂人眼中的世界景象，人间景象，人间就是这样的。我们过去说黑暗的旧社会，我觉得"黑暗的旧社会"没有鲁迅这句话写得好，"黑漆漆的，不知是日是夜"，还有狗叫，这个世界里的人是什么样的人呢？有三种特点，一个是凶，像狮子一样的凶，有凶心；但是与凶同时，有怯弱，并不是真正的狮子、老虎那样，有雄才大略、威风凛凛的凶,是外表凶又怯懦;由于又凶又怯,所以要用狡猾来把它们统治起来,这就有狐狸般的狡猾。这是鲁迅对人间的看法,也是他对国民性批判的出发点,他认为这样的国民性是可悲的,是值得批判的。

*2006年北大选修课"鲁迅小说研究"第五课*

# 到底爱不爱孩子

——解读《狂人日记》(下)

上一次我们讲到《狂人日记》的第六节,"黑漆漆的,不知是日是夜。赵家的狗又叫起来了……"狮子、兔子、狐狸三种特点,组成一个凶险的世界景象。有狮子的凶,但是没有狮子的威猛,又没有狮子那种王者气象,狮子的凶加上的是兔子的怯弱,但是又没有兔子的善良。因为外强中干,所以只能用狐狸的狡猾来调整,这是狂人眼中的世界。自从他觉醒,他认清世界是这个样子,一个由这样的人、这样的生命组成的社会,显然是很糟糕的不适宜人类居住的精神家园。

下面我们看第七节。**我晓得他们的方法,直捷杀了,是不肯的,而且也不敢,怕有祸祟**。这个糟糕的世界,糟糕的人间,你很难说它好或者坏。评价一个人,评价一个团体,好或坏,这好像很简单,不足以说明真相。只有小孩才是简单的二元思维,好或者坏。其实真正的坏人,在我看来也是好人,一个坏人如果坏得光明磊落,我就认为这样做是对的 —— 我就干坏事,我就愿意干坏事,我偏这样做 —— 那么这样的人,我觉得坏得光明。我曾经高度评价金庸小说《连城诀》里一个叫血刀老祖的人物，我说你看人家这坏人，当得顶天立地，理直气壮，人活着就要干坏事，比谁干得坏，这样的人是好的坏人。还有《笑傲江湖》里的田伯光，【众笑】这也是一个好坏人，他知道自己在干坏事，他控制不住自己嘛，他就要干，所以后来他叫"不可不戒"了，这也是一个好坏人。还有《天龙八部》里的南海鳄神岳老三，也是一个顶天立地的好坏人。

这个社会很多的伪小人，就连"杀人""吃人"的办法都不是直接的，因为不敢，就制造出种种的迷信来。

那怎么办？又要吃人又不敢，怎么办？就利用群体的力量，**所以他们大家连络，布满了罗网，逼我自戕**。这是一个社会杀人的最高级战略，通过一种无形的力量，最好逼人自戕，其实这表现出吃人者的恐惧。我上次讲，我们人类历史上其实一直充满了真实的吃人，可是真正的原始社会的吃人，是直接的，没有恐惧。我曾经在一期《动物世界》节目里看到，好像是黑猩猩抓住猴子吃。它那当然主要介绍黑猩猩的智慧，它们分兵两路，一路在这边轰赶、恐吓，一路在森林的另一头埋伏好，猴子从树梢上一下蹿过去，这边伏兵四起，当时就把猴子抓下来。那个镜头是非常恐怖的，活活地把那猴子扯开就吃掉了，我就听见大猩猩发出那种高兴的叫声，很恐怖。

狂人想，**试看前几天街上男女的样子，和这几天我大哥的作为，便足可悟出八九分了。最好是解下腰带，挂在梁上，自己紧紧勒死；他们没有杀人的罪名，又偿了心愿，自然都欢天喜地的发出一种呜呜咽咽的笑声**。鲁迅这个词搭配得多好，"呜呜咽咽的笑声"。我曾经在一篇文章里就这么用过，我写文章喜欢随手引用一些典故，就用了"呜呜咽咽的笑声"。出版社从上到下没有一个人记得这句话，他们都认为我写错了，一定要把"笑"给我改成"哭"——哪有呜呜咽咽的笑声，一定是哭声，老孔写错了。【众笑】为什么呜呜咽咽就只能形容哭不能形容笑呢？我说语文课都怎么上的。

你看"呜呜咽咽"和"笑"这个搭配，也就是表面上哭，其实是高兴。有人死了，大家表面上要做出哭的样子，按照礼教要哭，其实心里是开怀大笑。高兴啊，高兴。**否则**，如果不是这样的话，如果不是你自杀，**惊吓忧愁死了**，退而求其次，把你吓死，**虽则略瘦**，因为吓死的可能要掉点膘，**也还可以首肯几下**。也可以，只要他们不动手，他们都很高兴。

我从这段话就悟出，我们无论受到再大的冤屈压迫，不可自杀。中国一百多年来，为文化压迫、政治压迫而自杀的人非常多，我对这些自杀者表示我的敬意，每有一个自杀的人，我都会哀悼他们，尊敬他们。

当然这个自杀有象征意义，一种是真的结束自己肉体的生命，还有一种就是魏连殳、吕纬甫式的，那也是一种自杀。你自杀之后，没有给这个黑暗以创伤，反而让他们觉得自己胜利了，他们少了敌手，他们还会继续地议论、嘲笑你，把你作为他们茶余饭后的谈资。所以鲁迅最后是取了不自杀的态度，虽然很痛苦，但是在战斗中去消磨这个痛苦并获得快乐。

小说到这里，还是狂人在继续剖析自己和剖析社会。**他们是只会吃死肉的！**为什么说这些所谓的文明杀人者，和我们原始的祖先，和我们彪悍粗犷的祖先不一样呢？因为我们彪悍粗犷的祖先是要吃带血的肉的，是吃活生生的生命。虽然野蛮，但是有生命力，是真实的。而这个文明只会吃死肉。

——**记得什么书上说，有一种东西，叫"海乙那"的**，鲁迅的生物学知识比较广博，知道它的西方名字，"海乙那"就是鬣狗，跟着大动物后面吃死肉的那种小狗，但是它们很厉害，一群一群的，大的动物都怕他。**眼光和样子都很难看；时常吃死肉，连极大的骨头，都细细嚼烂，咽下肚子去，**它们专门喜欢吃动物的尸体，我在电视上也看到过。我看电视最喜欢看的就是动物节目，看动物节目就想起几千万年前的我们，和今天的我们也差不多，很多道理都是相通的，你看动物之间的关系，真实地展示着我们人的关系。**想起来也教人害怕。**狂人又开始推理了，"海乙那"是狼的亲眷，狼是狗的本家，又开始说胡话了，**前天赵家的狗，看我几眼，可见他也同谋，早已接洽。**这整个一动漫世界啊，**老头子眼看着地，岂能瞒得我过。**

这段话下来很像意识流。鲁迅那时肯定还不知道什么叫意识流。后来我们以为从西方小说学到一种东西，叫意识流，就是按照人物思维、感觉自然流动的状态直接描写，中间好像没有什么逻辑联系，其实你仔细分析分析，意识流还是有联系的。我们在20世纪80年代初，把王蒙的小说叫作东方意识流，其实在现代文学中，已经有很多意识流的写法。鲁迅啊，郁达夫啊，这些人都尝试过，但是他们并不是有意这样写，并不是为了一种理论而创新。

**最可怜的是我的大哥，他也是人，何以毫不害怕；而且合伙吃我呢？这是一种推断，还是历来惯了，不以为非呢？还是丧了良心，明知故犯呢？**他问到底是哪种原因，或者是习惯了不以为非，习惯了就麻木了；还有一种是，知道是坏的，但是良心大大的坏，可以明知故犯。其实我看两种都有。在狂人的眼中，无论大哥也好，其他闲人也好，那个老头子也好，包括赵家的狗，都是吃人者，他们共同组成了一个"无主名无意识杀人团"。这是鲁迅在其他文章里概括的。我们这个社会其实是由这些杀人团组成的。你说他们是故意杀人呢，好像不是，不是故意的，也没有人策划，没有人组织，没有人领导，但就是天天杀人，这是鲁迅所感觉到的那样一个社会。鲁迅把这种感觉说出来当然主要是为当时的富国强兵，为国家的振兴。

一方面我们渴望实现现代化，你说，给一个偏远的山村通电，给每家送一台电视机，是不是好事？绝对是好事，村民们肯定非常高兴，"村村通公路，村村有电视"工程，好啊！但是这个山村里一旦有了电视，人马上就变了，马上知道世界上有个萨达姆，是个坏蛋。他们谁也没见过萨达姆，但是他们就这么认为萨达姆是坏人。如果我们有一天通过电视，举手表决杀死萨达姆，大多数人都会举起手来。可怜的萨达姆就这样死去。【众笑】因为大家都知道他是坏人嘛，恶人是可以被打死的，恶人是可以吃的，这就是我们今天这可怜的世界。你以为民主了，你以为你参与那个世界的事务了，真的是这样吗？我们很大程度上都被变成"海乙那"了，一群一群的"海乙那"。

可是怎么办？面对这样的世界怎么办？狂人表态了：**我诅咒吃人的人，先从他起头；要劝转吃人的人，也先从他下手**。狂人前面是分析啊、剖析啊、认识啊，认识了这个世界之后，有了判断，现在他要采取革命行动了。列宁说，没有革命的理论就没有革命的行动。[1] 前面，狂人已经有了革命的理论了：仁义道德里面就是吃人。然后讲得很详细，怎么吃、不肯直接杀了等。现在怎么改变这个世界？第一，诅咒，第二，劝转。

发现了世界的黑暗，首先，你要表态，或者诅咒，就相当于我们现在说的批判，经常要批判。凡是我们认为不合理的事情，首先要诅咒它，说它不合理，批判它，但是呢，这只是一个舆论上的表态。其次要劝转，就是劝他们不要这样。那么在狂人看来，从谁开始呢？从他的大哥开始，从和自己最亲近的人开始。你看他好像批判传统，可是这个途径又很合

---

[1] 《老一辈革命家论党的建设》，中共中央政策研究室党建研究局编，党建读物出版社，2001年，第671页。

乎儒家之道。儒家讲的治世之道"修齐治平",就是先从自己开始,先自己觉悟,然后齐家,然后治国,然后平天下。

当时的很多改革者,首先想到的都是打倒帝国主义,都是想很远的事情,可是很多有远见的人,不是不同意打倒帝国主义,但是他们认为那是比较远的事。像鲁迅、像老舍,你看他们的文章里可有打倒帝国主义这样的呼喊?没有,他们强调的是由近及远。帝国主义为什么欺负你,因为你自己肯定有问题。他们不由自主想到的是跟儒家的道理一样的,先自己觉悟了,之后,去劝转自己的兄弟,还是"修齐治平"的顺序,还是儒家讲的这一套。修身,把自己弄好了,然后齐家,然后治国平天下,一步步扩大出去。当然我们也不能说这个顺序就是最妥当的,不能说这是一个标准答案,凡是要改造社会就得按这个顺序,也许别的也可以,也许你先打倒帝国主义也可以,以攻为守嘛。

帝国主义国家的办法就是以攻为守,在自己矛盾尖锐、一团糟的时候,就发动侵略战争,把矛盾指向国外。一旦侵略战争胜利了,把别的国家打得丧权辱国、赔款割地,自己的矛盾就全部解决了。把人家的钱拿回来一分,国内的矛盾就没有了。这是帝国主义擅长使用的一招,从鸦片战争开始就是这样,我们当时都不明白,其实英国在欧洲混不下去了,东印度公司就要垮台的时候,它跟我们决死一战。我们不知道怎么回事,以为来了一帮海盗,不就要香港吗?给它!结果这一战,用围棋术语来说,对中国是个"无忧劫",对英国是个"生死劫",它必须打赢这个"劫",打赢这个"劫",大英帝国就继续繁荣下去了。

好,我们看第八节。**其实这种道理,到了现在,他们也该早已懂得,……**这个狂人啊,一方面说疯话,另一方面又很冷静。他想到:我能推理出来的事情,他们不知道吗?我们有很多爱思考的人,再平庸的时代,也有很多人爱思考。比如说在北大校园里有多少热血青年,冷静的青年，理性的青年，天天在思考。他们在宿舍里讨论，除了讨论那些风花雪月之外，肯定有很多时间在讨论国家大事，这是我相信的。可是，在我们批判这个、批判那个的时候，应该想到，我们想到的道理，那些被我们批判的人想不到吗？这个时候你们的思考可能可以更深入一层。那么，狂人就想到了，那些吃人者也应该想到了这些问题。既然大家想到了，为什么改变不了？后面的省略号，表示狂人在思考。

**忽然来了一个人：**我读小说读多了，发现小说就这样，凡是省略号后面加"忽然"，往往是什么呢？往往是一个梦开始了。你可以读下去印证这是不是一个梦。但是狂人说的话本来就没有逻辑，"忽然来了一个人"，**年纪不过二十左右**，是个年轻人，**相貌是不很看得清楚**，一般梦里的人都是看不清楚相貌的，不信你回忆回忆你做的梦。你早上起来回忆回忆你的梦，你可以记得故事情节，但是你描述一下梦中那个人的相貌，一般是记不清楚的。你锻炼自己的记忆力、分析力，可以早晨起来用这个办法，坐起来五分钟，想想昨天晚上做的梦都是什么，很有效果。**满面笑容，对了我点头，他的笑也不象真笑。**描写得很像梦境，**我便问他，"吃人的事，对么？"** 狂人说的话像疯人一样的发出来，他一语中的地直接问，**他仍然笑着说，"不是荒年，怎么会吃人。"** 我立刻就晓得，他也是一伙，喜欢吃人的；他破案采取的办法很有意思，是直觉破案方法，凭直觉断定这人也吃人。**便自勇气百倍，偏要问他。**

**"对么？"逼问他。**

**"这等事问他什么。你真会……说笑话。……今天天气很好。"** 这是中国人常用的打哈哈的办法，敷衍的办法。

后来我发现不仅仅是中国，凡是强盛过的大国，人们都喜欢谈天气。英国人也是，特别喜欢谈天气。英国人为什么喜欢谈天气呢？有人说是因为伦敦首都天气不好，老有雾，得关节炎的人很多。我看不是这样。是因为一个国家的人曾经长时间地过过好日子，无忧无虑，要有绅士风度，所以一般不直接谈自己的专业问题。凡是高手很少谈自己的专业，都谈些无关紧要的。你看这英国绅士在一块儿聚会的时候，谁谈自己的工作？没有，都说"哈哈""今天天气不错""呵呵"都是这样。我看中国也是这样。可是呢，国家已经沦落了，这个毛病还没改，还是要谈天气。

**天气是好，月色也很亮了。可是我要问你，"对么？"** 狂人和来的年轻人，形成了两种对立的态度，一个是认真，一个是敷衍，就是马虎吧。有一个日本学者总结鲁迅的思想，说他的重要思想之一就是批判中国人马马虎虎的态度。五四的时候，很多人都发现了中国人的这个毛病，不单是鲁迅，还有胡适。胡适也批评中国人凡事都搞"差不多主义"，什么事情都说差不多。一个人生病了，到哪里看？他会说找个医生看，是找个人医还是找个兽医呢？他会说差不多。胡适拿这个来调侃中国人。其实马马虎虎、敷敷衍衍是一种大国的风范，本来是大国的一个姿态，它真的不在乎，国家太大、太强盛了，你要块香港，给你。这是说你真的强大的时候，这个态度可以说是一种绅士风度——你不就要这个最惠国待遇吗？给你。

但是悲剧在于，其实你已经不是强盛的时候了，其实你已经失败了，在走下坡路了，人家强盛了，你还马马虎虎，那么这个时候更大的悲剧就会接踵而至。也只有危机，才会使一个生命、一个群体重新认真起来。而这个时候，这些先觉者们努力的一个目标，就是要让中国人重新地认真起来，认真到春秋战国时候的那个样子，认真到三国两晋南北朝时候的那个样子，这个国家才会走向强盛。

现在狂人和梦里的年轻人就展开这样的一种对质。**他不以为然了。含含胡胡的答道，"不……"** 他还没有说完，狂人就接过他的话来讲，

"不对？他们何以竟吃？！"不给他退缩的机会，一步追一步，一句咬着一句。

"没有的事……"他还在敷衍，想顾左右而言他，但是狂人抓住他不放。

"没有的事？狼子村现吃；还有书上都写着，通红崭新！"一个是白纸黑字写着，通红崭新的字写着，还有一个是事实，就发生在身边的事实，狼子村现在就在吃。

**他便变了脸，铁一般青。**狂人终于打到那个人的心坎上，打到他的要害上了，他变了脸色。**睁着眼说，"有许有的，这是从来如此……"**

我们看这个称作狂人对立面的这种设立，他们对待事情的态度，首先是马马虎虎，敷衍，然后是拒不承认，一旦被逼得无可转身，被逼到墙角，不得不承认的时候，他们还有一个法宝，说是"从来如此"。比如你指责你的单位、你的班级、你的社区，有某些事不对了，他们一开始是马马虎虎，后来是不承认，然后你把所有的东西都拿出来逼迫他们承认了，他们说，我们从来就是这么做的，我的前任就是这么做的，多少年了就是这么做的，这叫"从来如此论"。可是狂人发出了一声振聋发聩的怒吼：

"从来如此，便对么？"

从来如此便对吗？在我们学过现代逻辑的人看来，这句话非常容易理解，可是在那个时候，在公元1918年，这是石破天惊的一声呐喊。

如果说鲁迅这部小说集叫《呐喊》有这样那样的理由，有这样那样的表现，这一句话就是整个这本小说集的最点题的文眼。哪句话表现出了呐喊精神呢？这句话就表现出来了——"从来如此，便对么？"我想当时很多青年人看到这句话会非常激动，甚至可能有人会潸然泪下。因为"从来如此"这几个字压迫了多少人，就因为这是习惯，这是传统，就不能变——我们从来是如此的——惯例，规定，规则，我们就生活在这些东西之下。所以"从来如此，便对么"这么一句简单的话，却最简明地表达出了五四精神，这是一个最响亮的变革的呼声。你原来想不到这句话的时候，很多问题你都感到郁闷，想不清楚，一旦你明白了，听到这句话，就会豁然开朗，像房顶被掀开那样："啊，从来如此的事，未必是对的啊！"很多问题，都随着这句话解决了。

这句话其实就是五四时候五四精神的一个核心，叫怀疑精神。五四的一个重要命题是怀疑。什么叫科学？如何避免把一种科学变成新的迷信？科学精神的实质是怀疑，而不是肯定，不是崇拜。不是认为什么东西是科学的就对，而要怀疑，连"从来如此"都可能是错的。从来太阳都是从东方升起来的，但是没有任何人可以证明，明天太阳还是从东方升起来，我们只是根据习惯，推测明天太阳还是从东方升起来而已，你不能证明明天太阳还从东方升起来。所以有了"从来如此，便对么"，很多问题都迎刃而解了。

这句话给了我们后人无数的恩德。因为有了鲁迅的这句话，我们今天的青年、中年、老年，很多事情不必循规蹈矩了。我们的母亲父亲再不像以前教训子女说"哪有小孩子这样的""哪有大闺女家这样的"，这些话你可以理直气壮地去反驳了，不是从来如此就是这样，你可以说我们现在就时兴这样，你可以用很多话来反驳老人，反驳领导。

可是当时说这句话的人本身，是孤独者，他要遭受迫害的。对方说，"**我不同你讲这些道理；总之你不该说，你说便是你错！**"当你在道理上完全战胜了对方，对方还有办法，就是不给你讲道理，说你讲道理，你就错了——"你说便是你错"。回到这一节的开始，他们心里懂不懂得呢？其实心里懂得。但是天下有一些事是做得说不得的，有一些事是说得做不得。比如说你和别人吵架，你辱骂他的时候，你辱骂他的那些话是说得的，但是做不得。【众笑】天下还有一些事是做得，不能说，说不得。你越活会有越多的人生体验。这个人就用这个道理来压迫狂人，"你说便是你错"。

**我直跳起来，张开眼，这人便不见了。**可见刚才这一段是做梦，梦中和反对派进行激烈的辩论，在辩论中明确了自己的思想。有时候搞不清楚你的思想时，你就可以采取狂人的办法，在心里边假想一场辩论，你设置一个对手来向你挑战，你跟他辩论，辩论来辩论去，你就把自己的思想整理清楚了。

**全身出了一大片汗。**这个梦看来做得很累，狂人出了很多汗。**他的年纪，比我大哥小得远，居然也是一伙**；那人是年轻人。鲁迅早年受进化论影响很大，总认为年轻人是好的，孩子更好，但是我们学过《孤独者》，知道他后来不这么看了。你看现在，他并不认为年轻人就一定是好人。**这一定是他娘老子先教的。**鲁迅这个时候很注重环境，他不再简单地把达尔文进化论运用到人生领域，而是认为环境很重要。**还怕已经教给他儿子了**；那个时候二十岁的人已经有儿子了，**所以连小孩子，也都恶狠狠的看我。**这个传统是这样传下来的，吃人传统是代代传的，小孩子从小就被教会了这套思想，认为这样说话的人是坏人，是狂人，是恶人，是可吃的。这才是狂人眼中可怕的世界。

但是到这里，毕竟狂人开始了他的革命行动，开始了他的反抗，并且有了他鲜明的旗帜，叫"从来如此，便对么"。《狂人日记》发表这么多年了，中国大多数人还没有听过这句话，这是中国很可怜的地方。你不信你到街上去问问："'从来如此，便对么'这句话谁说的？"【众笑】大多数人不知道。如果有一天大多数人都知道这句话是鲁迅说的，中国便不是这个样子，肯定不是这个样子。我们都认为这句话在学校里上过学的人都知道，可是街上就有那么多人不知道，你到机关里去问，大家都不知道。

别人觉得我平时说话很随便，其实我到处都是引用前人的话，引用无数现代作家的话。大多数情况下，别人听不出来，就那样说过去了。你表面上看我很幽默，很和蔼地笑着，其实另一个我万分悲哀，真是万分悲哀。这些话上学的时候学过，你咋就忘了呢？我心里边真是这样想的。当然有的时候你说"从来如此，便对么"，还是有很多知音的，肯定有人知道，这是鲁迅说的，鲁迅说的话太多了。这是梦，第八节讲这个可怕的梦。

下面我们继续来看第九节。**自己想吃人，又怕被别人吃了，都用着疑心极深的眼光，面面相觑。**……越写越可怕了。自己想吃别人，可是呢，别人跟你是一样的，他也要吃你，那怎么办？人和人之间是不能沟通的，都面面相觑，是又提防又想占有，又贪婪。这种对人性的分析，和多年以后德国、法国的存在主义哲学是一样的，只不过当时鲁迅可能还不知道有存在主义这种东西。有很多学者指出，鲁迅和存在主义思想有相通之处。萨特、加缪、海德格尔等讲的存在主义为什么能够风靡几十年？因为它指出现代人的生存困境。现代人生活失去了乐园，失去了精神家园，我们活在世界上，是这样一种精神状态。

狂人下面想，**去了这心思，放心做事走路吃饭睡觉，何等舒服。**他先想到假如，假如我们这么生活，多舒服啊！**这只是一条门槛，一个关头。**如果大家都这样想的话，好像这问题就解决了。**他们可是父子兄弟夫妇朋友师生仇敌和各不相识的人，都结成一伙，互相劝勉，互相牵掣，死也不肯跨过这一步。**

说得太深刻了！我们现在的社会不也依然是这样？大家每天互相劝勉着，就是要进取，就是要成功。我们每天说的那一套，都是薛宝钗说给贾宝玉的话，都说你要好好学习，将来好好工作，谋得一份差事，光宗耀祖。你说这话错了吗？好像也没错，我们每天互相勉励的都是这些话，正是因为这些话织成这张网，把我们自己陷在这里边。

贾宝玉为什么不喜欢薛宝钗？因为贾宝玉是我们中国社会的第一个狂人。《红楼梦》为什么能够从所有的才子佳人小说中脱颖出来，它伟大在哪里？它塑造了贾宝玉这第一个觉醒者，他再也不愿意通过科举考试的道路，加入"无主名无意识杀人团"。他平时似乎跟宝姐姐还谈得来，只要宝姐姐一说这些"仕途经济"的"混账话"，他就恼了。他为什么喜欢和林妹妹在一起？因为林妹妹从来不劝他，"啊，去考北大清华吧"，【众笑】从来没有说过这些混账话，所以他们两个人之间才能心灵相通。可是多数人都是互相劝勉，互相劝勉要往这条路上走。

好，我们看第十节，狂人想明白了就准备行动了。**大清早，去寻我大哥；他立在堂门外看天**，这大哥看天呢，大哥很正常。**我便走到他背后，拦住门，格外沉静，格外和气的对他说**，狂人还挺沉静。

"**大哥，我有话告诉你。**"狂人开始革命行动了，这是启蒙者的行动。

"**你说就是，**"他赶紧回过脸来，**点点头**。对疯子嘛，得小心。【众笑】

"**我只有几句话，可是说不出来。大哥，大约当初野蛮的人，都吃过一点人。后来因为心思不同，有的不吃人了，**"为什么有人不吃人了？他想的原因是"心思不同"，也就是觉悟了。社会改革必须从少数精英的自我觉悟开始，然后其他人先觉后觉。五四运动时期，周恩来、邓颖超等组织的社团就叫觉悟社，觉悟在当时是一个很先锋的词。"**有的不吃人了**"，"**一味要好，便变了人，变了真的人。**"鲁迅这里有"真的人"的概念。鲁迅笔下多次出现这个概念——真的人。这不是道教中那个真人，不是张三丰张真人，是"真的人"。这个概念大概跟尼采有一点关系。从生物学的意义上讲，人已经站在食物链的顶端了，我们可以吃一切动物，但是人之间又分很多等级，你不能满足做一个人，人的等级里，还有

"真的人"。

"有的却还吃，——也同虫子一样，有的变了鱼鸟猴子，一直变到人。有的不要好，至今还是虫子。这吃人的人比不吃人的人，何等惭愧。怕比虫子的惭愧猴子，还差得很远很远。"鲁迅的这个思想是非常深刻的，这背后当然是受尼采的超人思想影响，但是这又不是一个抽象的超人思想。鲁迅这个时候，1918年，没有接触过马列主义，但其实相同的意思，恩格斯已经表达过了。恩格斯说，人与人的差别要比人和猴子的差别还要大。英雄所见略同。鲁迅讲，这样的人和那样的人相比，比虫子和猴子之间的距离还要差得远。

下面举例子。"易牙蒸了他儿子，给桀纣吃，"这个历史事实朝代不对，表示狂人记忆混乱，"还是一直从前的事。谁晓得从盘古开辟天地以后，一直吃到易牙的儿子；从易牙的儿子，一直吃到徐锡林；"我们知道徐锡林起义，跟秋瑾同时的，徐锡林趁阅兵的时候拔出手枪，杀死了安徽巡抚恩铭，然后马上他就被捉住了，是革命的烈士。徐锡林被杀之后，恩铭的卫队就把徐锡林的心肝挖出来炒着吃了。这就是一百年前的事情。因为这个家伙是"坏人"嘛，革命党就是"坏人"，"坏人"的心肝是可以吃的。鲁迅用这两个例子，把古代史和现代史都联系起来了，从易牙、桀纣到徐锡林。

"从徐锡林，又一直吃到狼子村捉住的人。去年城里杀了犯人，还有一个生痨病的人，用馒头蘸血舐。"我们日常生活中有很多吃人的象征，大家都学过鲁迅的《孔乙己》《药》，这都是吃人的延续。药是人血馒头，这不也是一种变相的吃人吗？

"他们要吃我，你一个人，原也无法可想；然而又何必去入伙。吃人的人，什么事做不出；他们会吃我，也会吃你，一伙里面，也会自吃。"狂人的话其实不狂，这是很标准的革命宣传语言，我们在向反动派做策反工作的时候，都是这么说的——"国民党兄弟们，你们快过来吧！你们是一伙的，但是你们内部有矛盾，你们长官欺负你们，压迫你们""过来吧，我们这边有白菜吃"。

"**但只要转一步，只要立刻改了，也就是人人太平。**"我们看他劝他大哥改的方法——"转一步"，还是内修之法，觉悟，只要你觉悟就能改好。这和孔孟所讲的，和后来中国禅宗所讲的办法是一致的。禅宗讲的也是，人首先要觉悟，只要觉悟了就好。"**虽然从来如此，我们今天也可以格外要好，说是不能！大哥，我相信你能说，前天佃户要减租，你说过不能。**"佃户要减租的时候，大哥说"不能"，所以他知道大哥会说这个词。他希望他大哥说出像广告上的话："我能！"【众笑】

当初，他还只是冷笑，随后眼光便凶狠起来，一到说破他们的隐情，那就满脸都变成青色了。跟梦里的人一样，脸色变青，没有血色。大门外立着一伙人，鲁迅用的词都非常有力量，人本来就是站着的，他说"立着一伙人"，把人和狗弄到一块儿去了。赵贵翁和他的狗，也在里面，都探头探脑的挨进来。有的是看不出面貌，似乎用布蒙着；有的是仍旧青面獠牙，抿着嘴笑。鲁迅写的是一个群像，这个群像就是杀人团的群像。你如果想知道杀人团是什么样的，这段描写就是。

我认识他们是一伙，都是吃人的人。可是也晓得他们心思很不一样，一种是以为从来如此，应该吃的；一种是知道不该吃，可是仍然要吃，又怕别人说破他，所以听了我的话，越发气愤不过，可是抿着嘴冷笑。再次说明真理是不得人心的，明白的人"越发气愤不过"。

这时候，大哥也忽然显出凶相，高声喝道，

"都出去！疯子有什么好看！"大哥点破他是疯子。

这时候，我又懂得一件他们的巧妙了。他们岂但不肯改，而且早已布置；预备下一个疯子的名目罩上我。用疯子的名目罩住。将来吃了，不但太平无事，怕还会有人见情。佃户说的大家吃了一个恶人，正是这方法。这是他们的老谱！革命是要先有理论才有行动，吃人也是一样，也是要先有吃人的理论，然后才有吃人的行动，有一个吃人的合法性。

陈老五也气愤愤的直走进来。如何按得住我的口，我偏要对这伙人说，

"你们可以改了，从真心改起！要晓得将来容不得吃人的人，活在世上。"

这是狂人的革命宣言，这就是狂人的革命宣言，说什么呢？"将来容不得吃人的人，活在世上。"我们看，后来共产党的宣传，用的完全是鲁迅的这个句子——"消灭反动派""消灭害人虫""消灭侵略者"等，都是用这个句式，只不过把它这个句子的成分换一换，"容不得吃人的人，活在世上"。

"你们要不改，自己也会吃尽。即使生得多，也会给真的人除灭了，同猎人打完狼子一样！——同虫子一样！"这激烈的言辞很像革命烈士英勇就义前喊的口号，句法、句式惊人地相似。就是说，你们早晚要被消灭光的，因为你们不配活在这个世上。

那一伙人，都被陈老五赶走了。大哥也不知那里去了。陈老五劝我回屋子里去。屋里面全是黑沉沉的。横梁和椽子都在头上发抖；抖了一会，就大起来，堆在我身上。这表示他又睡着了，又入睡了。

万分沉重，动弹不得；这是做噩梦魇住了，他的意思是要我死。这是梦的意思，梦是一个象征，我晓得他的沉重是假的，他梦里感到沉重，又说"我晓得他的沉重是假的"，他对梦的体会这么细微。便挣扎出来，出了一身汗。可是偏要说，狂人勇于抵抗沉重。

"你们立刻改了，从真心改起！你们要晓得将来是容不得吃人的人，……"狂人不屈地在喊着革命口号。

下面是第十一节。**太阳也不出，门也不开，日日是两顿饭。**好像坐监牢的感觉。

**我捏起筷子，便想起我大哥；晓得妹子死掉的缘故，**狂人提起他的妹妹，也全在他。**那时我妹子才五岁，可爱可怜的样子，还在眼前。母亲哭个不住，他却劝母亲不要哭；大约因为自己吃了，哭起来不免有点过意不去。如果还能过意不去，……**

这一方面好像是狂人在胡说八道，另外呢，鲁迅用新制造出来的虚构的这样一个妹妹的形象，代表一种纯洁幼小的生命被吞吃，在历史长河中有多少像妹妹这样形象的无辜的生命被吃掉。

**妹子是被大哥吃了，母亲知道没有，我可不得而知。**

**母亲想也知道；不过哭的时候，却并没有说明，大约也以为应当的了。**写到这儿的时候，令人格外痛心。**记得我四五岁时，坐在堂前乘凉，大哥说爷娘生病，做儿子的须割下一片肉来，煮熟了请他吃，**这是"二十四孝"里的"割股疗亲"，鲁迅为什么那么痛恨"二十四孝"？鲁迅并不否定孝，孝是对的，但是什么叫孝？"二十四孝"所提倡的那种孝，是不是真的孔孟之道？

**"煮熟了请他吃"，才算好人；母亲也没有说不行。一片吃得，整个的自然也吃得。但是那天的哭法，现在想起来，实在还教人伤心，这真是奇极的事！**他想起自己妹妹的惨剧，思想快到极端了。

第十二节。**不能想了。**

**四千年来时时吃人的地方，今天才明白，**狂人忽然扩大了自己的生存时间，好像从四千年前一直活过来一样。他代表全人类来反思审视我们的历史。**我也在其中混了多年；**狂人说这个吃人那个吃人，现在到自己了。**大哥正管着家务，妹子恰恰死了，他未必不和在饭菜里，暗暗给我们吃。**"我"自以为觉醒了，其实"我"也吃过人的。他吃过自己妹妹的肉。

**我未必无意之中，不吃了我妹子的几片肉，现在也轮到我自己，……**
真的启蒙者、先觉者，能够扪心自省，他能够反省自己，不是觉得自己道德至高无上可以随便去指责别人。所以鲁迅才说，他的确时时解剖别人，但更严厉无情的是解剖自己。由己推人再由人返己。

**有了四千年吃人履历的我，当初虽然不知道，现在明白，难见真的人！**

我们看鲁迅这沉痛的革命。为什么说鲁迅是真正的革命家？他的革命是从自我开始的，并且他并不因为自己有了革命思想，就认为自己有优越性，自己就可以分享胜利果实，将来就可以对别人颐指气使，自己掌握了真理，可以去教训别人——不是。

他认为自己"难见真的人"。鲁迅呼吁要出现真的人，但是他说自己不属于，这是鲁迅"历史中间物"的意识，这是鲁迅研究中的一个专门术语。鲁迅认为自己不过是个历史的中间物，他的使命不过是跟黑暗捣乱，真的光明到来的时候，鲁迅没有了，真的人里边没有鲁迅。这是他的一个梦，是他的一个梦想，说得更通俗一点，他是一个牺牲者。

真正的革命为什么难呢？你勇于做牺牲者，并不是为了革命胜利以后去当官做老爷，而是革命过程中，你自己牺牲掉了，你什么都没得到。像毛泽东这样的人，一家六个烈士[1]，这才是真正的伟人，真正的伟大的革命家，他拯救了这么多人，他自己得到什么？所以毛泽东说，他的心和鲁迅是相通的[2]。

什么叫真正的牺牲者？我们知道什么叫革命、什么叫解放吗？《狂人日记》这样写下去，那是越来越深刻，深刻得越来越可怕。但是鲁迅知

---

1 《毛泽东生平实录》，竞鸿、吴华编，吉林人民出版社，1998年，第13页。
2 《毛泽东与中国传统文化》，李玉秀、鲁谆主编，武汉出版社，1994年，第504页。

道自己的文章要发表在什么地方，在什么情况下发表，鲁迅后来说过，我心中最核心最黑暗的思想没有说出来，怕青年们接受不了。

所以《狂人日记》最后第十三节，是这样结束的：

**没有吃过人的孩子，或者还有？**

**救救孩子……**

这是《狂人日记》最后的结束。

所以你说鲁迅到底爱不爱孩子？他好像很不爱孩子，没有写出几个可爱的孩子来；但是这里，他发出了那种对孩子的真的爱，对纯洁的生命的真爱。同时他给这个小说最后留下一个微茫的希望。鲁迅自己心里想的肯定不是这么简单，但是他把这个希望给了别人。

就像他一篇文章里说的，他自己肩住黑暗的闸门，放别人奔向光明的世界，而最后，自己跟这个黑暗，同归于尽。

所以说，《狂人日记》的意义不仅仅是第一第二的问题，而是说《狂人日记》的意义是唯一的。有了《狂人日记》，就好像中国有一个黑暗的闸门，忽然被一个瘦小的老头儿给顶起来了。我们都从他肩膀旁边奔向那个微茫的光明的所在。当然以后到什么地方去，以后还有新的曲折，那是以后的故事，但是从此，中国的确不一样了。

*2006年北大选修课"鲁迅小说研究"第六课*

# 《狂人日记》的三重结构

昔日读《狂人日记》，虽为它那现实主义与象征主义的高妙融合所折服，并且又听说还能用表现主义阐释其风格，但是从小说全篇的有机整体上，并未窥出其中"水穷云起"的所以然来，甚至以为作者的成功之处就在于逼真地摹写了"语颇错杂无伦次""间亦有略具联络者"这种典型的狂人思维表达方式。进而归功于鲁迅先生扎实的医学功底。近日重读，稍有意留心于小说的内在结构，不知不觉之间，由作品语句的高容量与多义性，悟出它的结构整体存在着三个侧面，分别构成了小说的双重现实本体和象征本体。这种解读方式不免有点机械论的嫌疑，但作为一种赏析途径，至少是可以成立的。

小说的第一重结构是它的客观结构，也就是作者站在"清醒人"的立场，通过展示"狂人"日记中的所见所思，向"医家"和我们这些"清醒人"透露出的故事的真相，因此，我们用"清醒人"的眼光，用与作者在小序中所表明的同样立场，透过狂人的那些"荒唐之言"，能够得知故事的"本来面目"大体上是这样的：

一个三十多岁的受过新式教育的知识分子，忽然患了"迫害狂"。街上的人们看见他便免不了要"交头接耳的议论"，同时也因为他的精神失常而怕他。一个妇女不让儿子接近他，并且当着他的面打了儿子。围观的人们"都哄笑起来"，他家的负责照顾他的仆人陈老五便把他拖回家中。

家里的人自然把他当作病人看待，把他关在书房里，怕他出去乱说乱动。家里人一面过着日常的生活，如听取佃户的告荒等，一面让他在书房里静养，派陈老五照顾他的饮食起居。

一天，大哥请了一位老中医何先生来给他看病。何先生让他"不要乱想。静静的养几天"，大概还开了服什么药，叮嘱大哥说道："赶紧吃罢！"

有一天，狂人做了一个梦，梦见一个二十岁左右的人同他辩论"吃人"的事。

一个大清早，狂人在堂门外向大哥发表他的狂话，劝大哥不要吃人，引来许多人看热闹。大哥很生气，赶人们出去，喝道："疯子有什么好看！"陈老五过来把人们都赶走，把狂人又劝回屋里。狂人做了个噩梦，醒来又是满口狂言。家里人便不再让他出去。狂人在屋里又胡思乱想了一些天，病就好了。后来到某地去做了候补官。留下了两册病中的日记，自己题名为《狂人日记》。

以上这个客观结构，只是一个很平常的狂人发疯的故事。据说《狂人日记》发表之初，并未引起振聋发聩的"轰动效应"，许多读者从"本文"能指中读出的正是上述这一"所指"。一般的读者不会注意到作品中事实上存在着多个叙述人，一般读者只认同一个叙述人，即小序的述说者。而小序的述说者既不是作者，也不是正文的主人公，而是作者所假设的一个"正常人",一个"清醒人"。这个人所操的完全是一套传统社会中正规知识分子的话语,并把这套话语笼罩在正文的"胡言乱语"之上,用这套话语的光圈照射正文的话语,使小序与正文之间形成"看"与"被看"的关系。于是,小序好比摄影机,正文好比影片的画面,读者就好比观众,自然而然用摄影机所强加给的视点去观看正文。所得出的印象和结论自然又回归到小序的阅读起点。就这样,建立起小说的客观结构。这个结构在中国传统文学中是一种常见的转述模式。例如笔记小说,无非是向人展示一些奇人怪事,叙述者暗中与读者达成一种默契,在共同观看中获得一种自我安全感,在非常态的奇人怪事中确认自己的常态。如果小说只有这个单向的一维结构,那么,它就只不过是旧文学中的一个随喜者而已。显然,这个结构并非《狂人日记》的价值核心所在,但它又是确实存在的。把这个问题明确地表述出来,可以说,这个结构是小说的物质基础,是其他结构的承担者。但是这个结构却是寓于另一个结构显现出来的。

小说的第二重结构是它的主观结构,也就是"狂人"把他所看到的世界,用"狂人"的心理意识进行分析、推理之后,以"狂人"的语言展现给我们的幻象。这里,"狂人"自己以为是站在"清醒人"的立场的,根据这个立场,那么,故事就变成了这样:

有一个狂人发昏了三十多年,有一天晚上望月的时候,猛然觉醒。他发现自己的觉醒已被别人察觉,不禁担心别人要来加害,同时也想起以前踹了"古久先生的陈年流水簿子"等冤仇。这时人们也正要害他,连家里人都装作不认识他,把他关进书房。他从人们的言行猜测到人们要吃他,并且从古书上看见:"满本都写着两个字是'吃人'!"

大哥请来一名刽子手,假扮成医生,以看脉为名,"揣一揣肥瘠"。刽子手说"赶紧吃罢"。于是狂人发现大哥也是吃人者的一伙。他日夜思考着这件事，决定先劝大哥改过自新。然而大哥不听，并且说他是"疯子"，这样将来吃他的时候，人们就会给予理解。

此后家人便把他死死关在屋里，他想起妹子的死因，明白妹子是被大哥吃掉了，并且说不定自己也吃了几片。于是他疑问世上还有没有没吃过人的孩子，他在思考中苦苦挣扎着。

小说的这个主观结构和客观结构一起，组成了作品的现实本体。前者建立于后者之上，后者则寓于前者之中。于是，这两个结构便形成了一组既同一又冲突的矛盾系列。兹列下表略作对照：

|  | 客观结构 | 主观结构 |
| --- | --- | --- |
| 第一节 | 狂人看赵家的狗 | 赵家的狗看我两眼 |
| 第二节 | 路人议论狂人 | 他们已布置妥当了 |
|  | 赵贵翁也在其中 | 听到风声"代抱不平" |
|  | 小孩子也在议论 | 是他们娘老子教的 |
| 第三节 | 一个女人打孩子 | 眼睛是看着我的 |
|  | 家人关他入书房 | 我越发觉得可疑 |
|  | 佃户说打死恶人 | 这明明是暗号 |
|  | 大哥教过他作论 | 翻脸便说人是恶人 |
|  | 看书时产生幻觉 | 满本都写着吃人 |
| 第四节 | 陈老五送进鱼来 | 不知是鱼是人 |
|  | 大哥请来医生 | 这是刽子手扮的 |
|  | 医生让他静养 | 养肥了可以多吃 |
|  | 医生说赶紧吃罢 | 哥哥是吃人的一伙 |
| 第五节 | 李时珍说人肉可以煎吃 | 真是医生也仍然是吃人的人 |
|  | 大哥讲易子而食 | 满怀吃人的意思 |
| 第六节 | 狂人又听到狗叫 | 他们又凶又怕又刁 |

(续表)

|  | 客观结构 | 主观结构 |
| --- | --- | --- |
| 第七节 | 海乙那只吃死肉 | 他们是要逼我自戕 |
|  | 大哥不怕吃人 | 不以为非丧了良心 |
| 第八、九节 | 梦中辩论吃人 | 自己吃人又怕被吃 |
| 第十节 | 人们来看热闹 | 我认识他们是一伙 |
|  | 大哥不让看疯子 | 他们用疯子罩上我 |
|  | 狂人又做了噩梦 | 他的意思是要我死 |
| 第十一节 | 狂人想起妹子 | 妹子是被大哥吃了 |
|  | 大哥说割股疗亲 | 一片能吃整个也能 |
| 第十二节 | 大哥管着家务 | 我也吃过妹子的肉 |
| 第十三节 | 狂人发狂到极点 | 救救孩子 |

以上这两个对立统一的结构组成了小说的双重现实本体。其中的第二重结构——主观结构，是怎样从第一重结构——客观结构中脱颖而出的呢？第一个关键在于"狂人"二字。小说的正文是以狂人的口吻叙述的。在这里，"狂人"既是被看者，同时又是一个"反看"者。他不像一般影片中的人物那样，只是被动地让人观看，被动地在摄影机前表演。他违反了"被看者"的纪律，他在被摄影机观看的同时，也在向摄影机进行讲述。这在电影技术上属于"看镜头"的大忌。但还有第二个关键，便是"日记"。日记是一种"看"的文体，日记操纵在"狂人"的笔下，在这里，他是全权的执行导演。他不断向摄影机前拉来他所选定的场景和演员。在小序中开动的摄影机，到了正文中，处于一种定位状态，它只设定了一幅画框，告诉读者画框中的是狂人，是不正常的。但它定位之后，画框中的狂人却反客为主，通过镜头直接向读者喊道：我是正常的，摄影机才是狂人，才是不正常的。于是，看与被看的关系受到颠覆。

读者只要投入一些情感，就会摆脱小序所设定的画框，从而不把狂人的日记当作笑话看待，而是认真思考，他是不是一个"狂人"，他的话对吗，进而对小序的话语产生怀疑，看出作者的意图既不是向我们讲述一个"迫害狂"患者的病例，也不是让我们听信一个精神病人的妄语，而是通过似狂而狂的满纸荒唐言，让我们从中听出一种"真的人"的声音来，这声音的本体没有直接出现，而是附着于小说的现实本体之上，把一种超越作品表面意义的思想内涵打印到读者的心中。这便是小说的第三重结构——象征结构。

正是由于这一象征结构的存在，作品的主题才达到了惊人的深度和高度。在这一结构中，狂人、大哥、赵贵翁、古久先生、赵家的狗乃至月亮、太阳，都变成了一种喻体、一种意象甚至是一种符号。尽管对于它们的具体象征意义不免会产生许多分歧的见解，但读者毕竟能立足于小说的现实本体之上，看出这是一个先觉者反抗黑暗的心路历程。这样，狂人的疯话便又都成了真话。根据这个结构，读者所看到的简单述来就是：

先觉者终于觉醒了，但他马上就陷于孤立。所有的人都把他看作异物，不论富人、穷人、读书人，连小孩子也是如此，人们对他又怕又感到奇怪，只能把他作为"疯子"来理解，先觉者从历史中，从现实中清醒地看出人与人之间自古就是互相残害，互相吞噬，不过害人之前总要搞个名正言顺的名目，比如，把被害者说成"恶人""疯子"等。大家心里各怀鬼胎，"自己想吃人，又怕被别人吃了，都用着疑心极深的眼光，面面相觑。……"然而先觉者反躬自省，发觉自己不但要被人吃，而且也曾是吃人者中的一员，吃过自己的同胞骨肉。先觉者决心向人们揭示出真理，劝世人改过自新，然而这只能招来更深重的迫害。他明白自己无能为力，他甚至对那些被传统思想从小就毒害了的下一代也失去了信心。

他万分痛苦地挣扎着。最后不是被黑暗的社会所吞没，就是重新加入吃人者的行列中去，二者必居其一。

对《狂人日记》的象征结构，还应做十分细致的微观挖掘，从中可以发现许多鲁迅的具体世界观和精妙的艺术手法。这个象征效果的产生，是由于作品的"能指"和"所指"之间产生了非线性联系，而这种非线性的不稳定特征恰恰是对已有文化秩序的一种动摇。只要确认这种动摇，就同时应该感悟到作品能指的多义性。无论仅从客观结构还是主观结构来理解这篇小说显然都是笨伯，但认定"狂人"就是新文化运动先驱，或者对其进行阶级定性，也同样是胶柱鼓瑟，没有理解它波长深远的颠覆力。象征结构未必就是解读这篇小说的最好方法，但起码可以帮助我们深入思索《狂人日记》何以具有如此之高的艺术地位，何以具有如此之大的历史影响。

把这篇小说分为三重结构来研讨，不过是为了一种操作上的方便。小说本身的巨大成功不在于它具备三重结构（或者从其他角度来分析所得出的几重结构），而在于作者能以超人的艺术功力，将这三重结构天衣无缝地结合为一体，宛如一柄精纯锋利的三棱匕首，既刺穿了几千年吃人社会的沉重黑幕，又让人在它精致完美的艺术面前，甘心下拜。可以说，鲁迅小说讲究精炼含蓄，讲究结构的内在组合的艺术风格，从《狂人日记》开始，就已经成熟了。

选自"鲁迅著作解读文库"《走进鲁迅世界·小说卷》
（高远东等编著，北京工业大学出版社，1995年）

# 谁懂孔乙己

—— 解读《孔乙己》

我昨天晚上在CCTV11戏曲频道——我喜欢看戏曲——看了豫剧《阿Q与孔乙己》,演得很好,把阿Q的故事和孔乙己的故事结合在一起演,唱得也很好,我一边备今天的课,一边想孔乙己。那么,我们下面说说这个《孔乙己》。

《孔乙己》小说很短。想到《孔乙己》,你们想到什么意象?有好多好多……有酒、有茴香豆,还有孔乙己穿的那个长衫。"茴香豆"今天已经被注册了,"孔乙己"这个商标已经非常值钱了。"孔乙己"商标价值几十亿美元。它最早值几千万的时候,日本人来买,那个老板没卖,绍兴人是很有头脑的,鲁迅小说里面的东西基本都被他们注册成商标了,"孔乙己""茴香豆""咸亨酒店"都被注册了。那么,你看鲁迅能够把孔乙己这个人物写得这么深入人心,和围绕孔乙己的一些意象是有关的。其中含义很丰富的是那件长衫,孔乙己不能没有那件长衫。不论你把这篇小说改编成什么样,改编成京剧也好——这个戏大概不好改编成芭蕾舞吧（这阿Q跟吴妈来一段双人舞）——改编成别的也罢，这长衫就不可免。这个长衫对孔乙己就这么重要，因为这长衫不一样。那么孔乙己在咸亨酒店喝酒的人中，独特性在哪儿呢？他是穿长衫而站着喝酒的唯一的人，这就是他的不可取代，本来过去秀才穿长衫的很多，鲁迅就能找到这么一个独特的。长衫很脏很破，上面有补丁，但他非要穿着，因为长衫是他的身份，可是代表他身份的那个长衫又是如此的破烂不堪，这个长衫其实就是象征着传统社会、传统文化。传统文化好啊，传统文化不是不好，可是当传统文化不能保护我们的时候，已经这么脏这么破的时候，这个传统文化就该洗了，就该换了，所以这不仅是写孔乙己穿的衣服。看见那件长衫，你心里就不是滋味，但孔乙己如果脱了这身长衫，跟阿Q一样，光着膀子，坐在墙根抓虱子，那又不是孔乙己。昨天我看的那个戏在结尾有些地方处理得很好，阿Q最后被拉着去刑场，去给他送行的人里边，两边看客里边，有吴妈，他和吴妈的戏不说，还有孔乙己。孔乙己也来了，用两个手拄着走来的。然后，阿Q一看孔乙己来了，他说：孔乙己，你的长衫呢？阿Q发现孔乙己没有长衫了。阿Q心想：孔先生你不能没有长衫啊，没有长衫不是孔先生了。阿Q还是很尊重知识分子的，认为孔老师必须穿长衫。【众笑】孔乙己说——孔乙己这回有点儿明白了——长衫已经不重要了，长衫啊我把它换了酒了，换了酒和茴香豆了，来给你送行。然后走到阿Q的囚车前挣扎着，把酒和茴香豆递给阿Q。阿Q最后跟他痛饮，然后两个人告别。这个情节设计得还是很好，说明作者对鲁迅作品的理解还是蛮有深度的，就是他抓住了长衫这个意象。我觉得孔乙己这个"长衫"如果交给庞德先生的话，庞德先生也可以写诗；交给日本朋友的话，他们可以写成俳句——穿长衫而站着喝酒的人啊，半个秀才也考不上。【众笑】我觉得这就可以是一首意象派的诗了，可以充分地去想，就是抓住这一关键点：穿长衫而站着喝酒。

要么你穿短衫,穿短衫的人就站着喝酒;要么你穿长衫坐着喝酒,到里面去要酒要菜。而孔乙己是穿长衫站着喝酒的,所以有这个背景,他这个"排出九文大钱"的意象也同样深入人心。你想,到柜台上拿出钱来摆这儿的人一定很多,只有孔乙己与众不同。他终于有了钱,有了现钱可以一个一个摆出来了,当然了,我们老师已经讲过,"排"字用得好,排字用得特别精彩,他"排出九文大钱"是个意象。他这叫排场,这是孔乙己的排场——今天是这个现钱。这是讲《孔乙己》里面的"穿长衫",长衫是一个意象。

还有一个意象在《孔乙己》里面比较重要,我觉得大家未必能想出来,我替大家说一下这个意象,我在别的地方讲过。在小说的开始,这小说的叙事视角是一个小伙计,《孔乙己》这个小说为什么各国的朋友都喜欢?我记得我在中文系讲课,有好多韩国同学,还有日本同学说,孔老师,我们最喜欢《孔乙己》。我说,对啊,鲁迅自己也喜欢《孔乙己》,但是我还没有仔细去研究为什么韩国、日本的同学喜欢。不过我讲一个原因,《孔乙己》的视角很低,它是用小伙计的眼睛来看孔乙己,十一二岁的小伙计看孔乙己,他不一样,所以孔乙己这个形象就显得格外值得同情、可怜。我说如果换成咸亨酒店的掌柜的来写《孔乙己》,那这故事就完全不一样了,开头就是"孔乙己还欠十九个钱呢",应该是这样开头,叙事味道不一样。小伙计叙事孔乙己这里面有一个重要的词,这个词——因为我是多少年来反复读鲁迅的作品,我也是近年来才觉得这个词很重要——就是"羼水",往酒里面"羼水"。我们不要以为现代才有奸商、假冒伪劣,人性永远有贪婪的一面,只要顾客看不见,就往里面掺水,就有假冒伪劣。往酒里面掺水,好像这个习惯是自古以来就有的,所以往酒里掺水的笑话也特别多。有一个笑话说,掌柜的,你今天这酒里面掺的水太多了,掌柜就说对不起对不起,今天忘了掺酒了。【众笑】

大概平时是往水里多掺点酒才行。《孔乙己》的第二段就讲：

> 我从十二岁起，便在镇口的咸亨酒店里当伙计，掌柜说，样子太傻，怕侍候不了长衫主顾，就在外面做点事罢。外面的短衣主顾，虽然容易说话，但唠唠叨叨缠夹不清的也很不少。他们往往要亲眼看着黄酒从坛子里舀出，看过壶子底里有水没有，又亲看将壶子放在热水里，然后放心：在这严重监督之下，羼水也很为难。所以过了几天，掌柜又说我干不了这事。幸亏荐头的情面大，辞退不得，便改为专管温酒的一种无聊职务了。

我这人喜欢恶搞，曾经专门把这个《孔乙己》的故事改成我们北大中文系考研的故事：《孔乙己考研》。我说北大中文系的格局是跟别处不同的，是一个曲尺形的院落什么什么的，等毕业之后我也就留在系里面，因为干得不好，系主任不喜欢我，说我干不了这种大事，但因为导师的面子大，所以我还是留下来了，当一个小秘书。当我这样恶搞的时候，我的心就和这小伙计的是一样的，我就想这小伙计不肯掺水，是一个善良的人。那么往酒里面掺水，我觉得这跟孔乙己有关系。我发现《孔乙己》这篇小说从头到尾设计在一个酒店里来写，为什么不设计别的场合来写？孔乙己出现都是出现在喝酒的场合，"孔乙己"是通过喝酒来呈现的。孔乙己跟酒是有关系的，我们都注意长衫了，没人注意这个"酒"。孔乙己活动的场景显然主要不是这酒店，他应该在家里面看书啊。我觉得昨天晚上的戏演得很好，演了孔乙己在家里面看书，想圣贤的话，然后他去偷书，偷书的时候正好看见阿Q跟吴妈那什么呢，所以孔乙己怦然心动——哎呀，这也是我的梦想；忽然又觉得这样做不对，什么非礼勿听，非礼勿言，非礼勿视；然后劝这个吴妈不要搭理阿Q，阿Q是流氓等。就是说孔乙己的主要活动场面不应该是酒店，但是只有写在酒店，我们才这么喜欢这篇小说，孔乙己才这么得到同情。而且因为这个酒是黄酒，要温，这里面还有"温酒"。黄酒如果冷着喝是不好的，黄酒要温，古人喝酒是要温着喝，《三国演义》有"温酒斩华雄"。有现钱可以喝好的酒，像孔乙己经常喝不到好的酒，喝酒这里面有人与人之间的感情，有人与人之间的"温"。这个小伙计因为不会掺水就改为温酒了。而酒里面掺了水，如果我们超越物理学，超越商务、法律这些概念，我们从美学上讲，酒里面掺了水，给人是什么样的一个印象呢？我替大家说出来，就是"凉薄"两个字。这个酒里面掺了水，就应对着人情凉薄。在这个人人喝酒、人人喝得脸发烧心发热的这样一个场合，却独独没有人同情孔乙己。孔乙己在这个场合感到的是冷，孔乙己是冷。小说的最后也是一个冷的季节，它总是到中秋，中秋过后秋风一天凉比一天，后来又到中秋，"我到现在终于没有见 —— 大约孔乙己的确死了"。所以我想，为什么鲁迅写孔乙己，韩国同学、日本同学，也就是说我们东亚人民，能够感受到"冷"？我们之所以读了这么短的一篇小说那么同情孔乙己，是因为我们心里都感到那个"冷"，但是这个冷，鲁迅没有说出来，他棒就棒在这里 —— 就是没有加一个主观的词。如果是一般的人，一定要写上"啊，多么可怜的知识分子啊"，那小说就糟了。小说好就好在一句这样的话都没有说，就从一个小伙计的眼睛里看这么一个人，他几次来酒店，人们都笑话他，半个秀才考不上，每次人们都听到他的一些传闻，腿被打折了等。喝酒是为了讨一点温暖，孔乙己好不容易弄点钱来要喝一碗酒，要喝热的，喝下去之后他觉得生活很好，绝对有温情，可是小说一开头就打好基础了，这个酒店是要掺水的！这个酒店的经营原则是要掺水的。这个咸亨酒店就是人物活动的世界，就是时代，就是中国，全中国的"酒"都是"掺水"了！鲁迅笔下的中国，就是人情寡淡的一个国度，传统文化说得很好，仁义道德，那讲仁义道德你这个国家为什么不行了？就因为仁义道德只落到纸上，现实中的那个中国是麻木的，是凉薄的，是缺乏同情心的，人和人之间的痛苦是不相沟通的。所以通过这个意象，更能够突出孔乙己的命运，孔乙己的命运通过几次喝酒就展示得淋漓尽致了。（注：本段的"掺"字，鲁迅原用的"羼"。）

我们看孔乙己这个人物形象，这个形象我们都熟悉了，但是我们想一下，把他跟《狂人日记》结合一下，孔乙己不也是一个不正常的人吗？《狂人日记》里面的人明明确确地说他是狂人，《孔乙己》这里面没有说，但其实他也是个狂人，但他不是一个战士型的狂人。用医学角度看，孔乙己有没有精神病，得看你的标准是如何制定的，他起码心理上存在严重的问题。其实在中国漫长的光辉灿烂的古代社会里，大多数人不去考科举是正常的，没有任何压力。考上了光荣，考不上正常，因为科举考试一共就录取那么点人，每三年才录取那么点人，全国那么多人，考不上无所谓，考不上在乡里帮着乡上维持维持秩序，坏一点的人就鱼肉乡里，包揽诉讼，都可以，没人管。所以我们注意那个时候并不是科举让人有那么大的压力，然而却产生了孔乙己这样的人，他在那个社会里是不正常的，而且居然考那么多次没考上，还没什么进步。鲁迅写的这样的人不只孔乙己，《白光》里还写了一个人，这样的人居然考十几次考不上，没什么进步。我们看《孔乙己》这个小说的时候，知道这个人物水平的确有限，他就惦记着什么回字有四种写法，不但一般老百姓不理解他，就是在向往科举考试的知识分子群里，这也是个可笑的卖弄，是一个雕虫小技，他没什么思想。他现在年年考，考不上，大家嘲笑他，小说一写出来，他在我们眼中是一个可怜的人，我们读者都同情他，但是我们有没有想一下，假如孔乙己考上了呢？他的考不上里面有运气的成分，他每一届都考，说不定有一回就考上了。而且考上的人里面就有孔乙己这样的人，这样的人考上了就相当于狂人病好了，当了官了。孔乙己现在是没有考上，被人吃，他考上了就是他吃人了，可悲在于这儿，他不是一个简简单单的值得同情的人。老舍的《龙须沟》里面写了一个疯子，于是之扮演的程疯子，程疯子在旧社会里被迫害疯了，然后到了一个好的社会里恢复正常了，他就唱数来宝："要讲修，都得修，为什么先管龙须沟？"

那么孔乙己给人带来的双重感觉，是由于什么造成的呢？是由于小说的视角造成的。我提醒过大家，《孔乙己》的视角是一个小伙计，那么我再进一步分析下这个小伙计，这个小伙计又不是一个固定的观察者，我们如果来读《孔乙己》原文的话，会发现主人公"我"不是一个一以贯之的人。他开始说鲁镇酒店的格局怎么样，什么什么怎么样，"这是二十多年前的事"，有了这一句"这是二十多年前的事"说明现在讲故事的人已经是个成年人；而小说主要的故事情节中，看孔乙己挨打、看孔乙己喝酒的那个小伙计是个少年人，这里面存在着两个小伙计，一个少年、一个成年。正因为有两双眼睛在看，或者说有两台摄影机在拍这个故事，所以《孔乙己》带给我们的是两个调子。

有一个是哀。我们看孔乙己的确值得同情，考不上，穷，被嘲笑，孤独，最后可能被打、死了等，这都是孔乙己被同情的一面。但是你总觉得这个人和祥林嫂是不一样的，他和杨白劳更不一样，我们同情孔乙己的这种同情和同情一个善良、正直、勤劳、勇敢的劳动人民是两回事，我们同情祥林嫂、同情贺老六、同情《红色娘子军》里面的吴清华都不是这种同情，因为在对孔乙己的同情中其实有一种否定性的东西存在。我们对孔乙己同时有怒，鲁迅说的"哀其不幸，怒其不争"，在孔乙己身上能够感觉到。这是因为，小说不光是用一个少年的不懂事的小伙计的眼光看，这里还有一个成年人的眼光，在这个小说里面滴水不漏的这两个视角是混在一起的，你看中间讲的故事都是非常具有现场感的，到后来又说"我到现在终于没有见"，这个"现在"指的是讲这个故事的时间,一直到讲孔乙己的时候还没见过这个人,所以"大约孔乙己的确死了"。

因为这两个小伙计都是边缘人,所以产生了这样一个复调的效果,就是小说中对孔乙己的态度是不确定的。也因为这个不确定,可以产生再创作的空间。我之前说我看了豫剧《阿Q与孔乙己》,就因为鲁迅的小说提供了这样的空间,它可以把阿Q的故事和孔乙己的故事结合在一起,那里面把孔乙己写得比较正面,写孔乙己是个比较正直的知识分子,他很有才华,考不上怨这个制度。其实,如果不是中国封建社会到了末路,哪个朝代都有考不上的,你不能说因为那个朝代里面能找出一个孔乙己来,就说那个时候不好,那个时候不好不因为有人考不上,那是另有原因。

《孔乙己》是鲁迅自己最喜欢的小说。《孔乙己》很难得的也是鲁迅自己很得意的是什么呢?就是"不动声色"这几个字儿。你看《狂人日记》是很动声色的,但是它是借一个狂人:狂人发狂大家都可以理解,狂人嘛,他可以大动声色,大声疾呼吃人的问题。《孔乙己》呢,其实也是写吃人,可是呢,半个字儿都不提,说得非常轻淡,轻描淡写,你看开始马上就换了一种文笔。

**鲁镇的酒店的格局,是和别处不同的:** 头一句话就非常舒缓,就放在这儿了,讲一个酒店格局,**都是当街一个曲尺形的大柜台,**曲尺形的,**柜里面预备着热水,可以随时温酒。做工的人,傍午傍晚散了工,每每花四文铜钱,买一碗酒,——**这是二十多年前的事,还告诉你这是二十多年前的事,**现在每碗要涨到十文,**他要不这么说,我们对这个物价是没有概念的,没有感觉。——**靠柜外站着,热热的喝了休息;倘肯多花一文,便可以买一碟盐煮笋,或者茴香豆,做下酒物了。如果出到十几文,那就能买一样荤菜,但这些顾客,多是短衣帮,大抵没有这样阔绰。只

**有穿长衫的,才踱进店面隔壁的房子里,要酒要菜,慢慢地坐喝。** 你看,整个一大段跟"孔乙己"三个字儿没关系,也不知他要说什么;这么闲,闲成这样的一篇小说,这么开头。这种"不动声色"也开创了一个道路,古代小说也没有这样写的。《狂人日记》是很难模仿的,《孔乙己》也很难模仿。有人模仿过,我们来对比一下。

有一个人写了一篇《孔乙己考研》,【众笑】这是中文系要离开五院的时候为留恋五院而戏作,是这么写的,每一句都是模仿的,句句对应的。"北大五院中文系的格局,是和别处不同的:当街是一个曲尺形的大院落,院里面茵茵的绿草,素雅的楼阁。进楼就是几间办公的场所,里面预备着热茶,可以随时开会。念书访学的人,傍午傍晚没处去,每每携几本破书,来喝一杯茶——这是十多年前的事,现在大抵都喝可乐了——在楼道里站着,热热的喝了聊天;倘肯多喝两杯,便可以知道那是老生,或者是进修教师,比较熟悉系情了。如果肯喝到十几杯,那就非本系教师不能办了。但这些喝客,多是上课帮,大抵没有这样清闲。只有已经不大上课的博导帮,才踱进收发室隔壁的房子里,要纸要笔,慢慢地坐喝。"【众笑】

你看他每一句都在竭力模仿,但是已经没有了鲁迅的那个"不动声色"的味道了。我们读了这段文字,一看这个作者就另有所图,对吧?马上就知道他想干另外一个事儿,他下边憋着坏呢,他不知道要讽刺什么人呢!我们能看出他有一个创作的欲望,已经透出纸面了,他已经不是《孔乙己》那种冷静了,这一比就知道。

我们看《孔乙己》的结尾,多么的冷静。孔乙己悲惨的故事讲完了,**自此以后,又长久没有看见孔乙己。到了年关,掌柜取下粉板说,"孔乙己还欠十九个钱呢!"到第二年的端午,又说"孔乙己还欠十九个钱呢!"到中秋可是没有说,再到年关也没有看见他。我到现在终于没有**

**见—大约孔乙己的确死了**。不断有人说最后一句话是个病句，说鲁迅不会现代汉语——"大约孔乙己的确死了"，是大约死了还是的确死了？大约就不是的确，的确怎么是大约？这种人我们不去跟他抬杠，但是我们就想啊，他抓住了一个问题，要没有最后这句话这个独特的表达，这个冷静还不够味儿；加上最后一句，显得很没心没肺。鲁迅这个小说明明是要写一个最值得同情的人，最可怜的人，偏偏要显得没心没肺，一句同情的话没有。

有一个著名的武侠小说作家叫宫白羽，是新中国成立前的，金庸和梁羽生都受他的影响。梁羽生为什么叫"羽生"呢？就是受白羽的影响。白羽当年向鲁迅请教创作问题，鲁迅亲自给白羽改过小说。白羽小说中有一句话，写的是："可怜这个老人就这样两手空空地回去了。"鲁迅把"可怜"给他去掉，改成"只是"，"只是这个老人……两手空空地回去了"，就这两个字儿的修改，白羽茅塞顿开，马上就知道了创作的一个奥秘，就是要隐藏自己的感情。你一写"可怜"——你觉得是可怜啊——那个深度就浅了。不写可怜，这是鲁迅写《孔乙己》的奥秘。我们现在，都受那种新闻媒体的影响，使劲说一个事儿可怜，使劲说一个事儿可笑，结果是事倍功半。千古可怜的孔乙己，叙事者一句话都没说他可怜。他到底死没死，一般像我们这种水平低的人就会说，"孔乙己说不定惨死在什么风雪之夜了吧"，我们会这样结尾的。他说"大约孔乙己的确死了"，弄一个伪病句来结尾，这是《孔乙己》这个小说的格式的特点。

> 本文为2009年4月21日北大选修课"鲁迅小说研究"第六课、2020年10月27日北大选修课"鲁迅小说研究"第五课中与《孔乙己》有关的内容集合而成

# 乌鸦与人血馒头

——解读《药》

我们今天讲"鲁迅小说的意象"。

鲁迅的小说随着岁月的流逝越发显得高大,和他同时期的那些人写的小说,都没人读了,除了我们这些专门搞专业研究的还记得他们。我们一开会就是讨论这个小说家、那个小说家,恐怕人民群众都不知道了吧?谁知道啊?谁知道跟鲁迅一块儿活着的那些人留下过什么话啊?它们都流传不下去。孔夫子说"言而无文,行之不远",就是说如果你这个话说得不艺术,很快就消失了,鲁迅的话为什么说它艺术呢?它是有意象的。

今天,我们看一篇大家很熟悉的、也是我非常喜欢的、意象非常集中的一篇小说,叫作《药》。《药》我们上中学时都学过,但我想我们中学的教学未必从意象这个角度来讲。鲁迅先生自己说他最喜欢的小说是《孔乙己》,从我自己的感受来说,我最喜欢的鲁迅小说是《药》。当然我这种喜欢不光是喜欢他艺术上的精炼,艺术上的好,可能也有我个人的原因。鲁迅的小说中，我最喜欢《药》，跟我个人经历有关系。

提到《药》，我想人人都会脱口而出"人血馒头"，这个意象太了不起了，鲁迅真是天才！这怎么想出来的，真是古今中外只此一家，把先觉者和愚昧的群众的关系用一个馒头就写出来了。我去年在一篇博客里专门写馒头，因为有一个读者给我写信，他说，孔老师你的文章有时候写得太俗了，太世俗，里边经常写你吃吃喝喝，吃个破馒头、吃个大葱也写到文章里去。他好心建议我吃馒头就不要写到文章里去。我觉得这是一个带有普遍性的问题，就专门写一篇文章，讲馒头的了不起，但是我还没有专门讲鲁迅的"人血馒头"，我重点讲了《龙江颂》里，龙江村发大水，老百姓被困在山顶的时候，"忽然间红灯闪群情振奋，毛主席派三军来救江村，东海上开来了救生快艇……乡亲们手捧馒头热泪滚"。谁说馒头不能写出来？要看语境，更不要说鲁迅写的人血馒头。

《药》这篇小说的意象非常多，不仅仅是人血馒头，我们来回顾一下这篇小说。这篇小说太好了，我记得我当年上中学的时候是可以背诵的，因为太好了。所以我平时说话经常用《药》里的话来说，但是别人不知道我说的是什么。我们来看一下。

我首先说下《药》创作的时间，是1919年4月，就是九十年前这个时候。我们今年（2009年）不是纪念五四运动九十周年吗？特别是在这个季节，四五月份，五四我觉得是最重要的一件事，我今天来看看这篇《药》，心里也别有感触。

《药》一开始的这一段就让人非常难忘：**秋天的后半夜，月亮下去了，太阳还没有出，只剩下一片乌蓝的天；除了夜游的东西，什么都睡着。华老栓忽然坐起身，擦着火柴，点上遍身油腻的灯盏，茶馆的两间屋子里，便弥满了青白的光。**

这一段描写，你怎么琢磨都是千锤百炼，但是又那么自然，这一段简直就是一个意象。在语文课上，老师可能会讲，这里介绍故事发生的时间，或者说是环境描写。他为什么非得这么写呢？我们小时候写作文总习惯于写晴空万里、阳光灿烂，都这样写，表示社会主义很好。我记得上二年级的时候，我的作文被拿到全校去朗诵，震惊了五个年级所有的同学，因为我的作文里不写阳光灿烂、不写晴空万里，一开始就写"早上起来乌云沉沉"，全校都蒙了，然后下边第二段是，"因为今天我们怀着沉重的心情参拜烈士陵园"。

鲁迅的描写不是一般的景物描写，不是一般地介绍故事发生时间，当然有这个作用，但这是顺便，鲁迅写的这一段就是中国意象，这就是当时的中国，你要能看出这就是中国，就明白了——"秋天的后半夜，月亮下去了，太阳还没有出"不是简单的比喻，你不好随便说月亮代表什么、太阳代表什么。意象在于说不了那么清楚，你不要说那么清楚，就好像古人说"关关雎鸠，在河之洲"，你不要非得说那鸟就是才子佳人一样，跟才子佳人有关系，但那鸟不是才子佳人。鲁迅这里的太阳和月亮也没有具体的所指，这整个的意象是当时的中国——"只剩下一片乌蓝的天；除了夜游的东西，什么都睡着。"他塑造的，除了意象还有意境，这就是意境，这个意境是冷的。即使有人起来点着火、点了灯，这个灯弥漫的是青白的光，不是黄的光，他怎么不说是微黄的光？如果是黄的光，就有暖意在里边，他写的偏偏是青白的光。整个茶馆里边没有一点儿让人感到可亲的，那个灯还是遍身油腻的，让人不愿意接触。一开始这个意象就出来了。所以我评价这一段，那是千古传神之笔，古代小说里没有这么好的描写。

下面的描写就像戏剧场面一样。《孔乙己》里面用的是一个小伙计的视角，《药》是全知全能的叙事，它可以随意进出。

"小栓的爹，你就去么？"是一个老女人的声音。里边的小屋里，也发出一阵咳嗽。这好像是一个舞台，一个舞台式的场景。我们可以想象这个画面，一开始是由外面摇到屋里边，然后灯点着，声音出来，一个灯影移进去。

"唔。"老栓一面听，一面应，一面扣上衣服；伸手过去说，"你给我罢。"这个大家都熟悉了，我看这就像电影镜头一样。看到第三段之后，你觉得这电影镜头非常慢，慢慢地摇，下面的光弥漫得谜一样，慢慢地散开。我们现在的电影节奏都很快，一边打着导演、演员人员表，情节已经开始了，这是现在电影的节奏。

**华大妈在枕头底下掏了半天，掏出一包洋钱，**这洋钱就是银圆，银圆为什么叫洋钱？因为清朝的时候银子非常多，你看，华老栓他们家这么穷，他们家都有银圆，他们家都有洋钱，这其实是清朝巨大的经济贸易能力的一个反映。尽管这个时候中国已经很穷了，老百姓已经很苦了，但是家里还有洋钱。这个洋钱主要是西方帝国送来的，他们从非洲抓了奴隶到美洲去开采了银矿，然后拿着银子来买中国的东西。几百年下来，他们的银子百分之六十以上都到了中国人手里，中国人不买他们的东西，只买中国的东西，中国什么都有，造成巨大的贸易顺差。他们钱越来越少，怎么办呢？就打，通过战争把中国的钱抢走，所以中国的洋钱越来越少。

**交给老栓，老栓接了，抖抖的装入衣袋，又在外面按了两下；便点上灯笼，吹熄灯盏，走向里屋子去了。**老师讲这段的时候应该去介绍这段的动词，这段的动词是写得非常棒的，每一个动词都不一样，这确实是一个经典段落。那**屋子里面，正在窸窸窣窣的响，接着便是一通咳嗽。**连量词都用得非常好，对比"一阵咳嗽"和"一通咳嗽"。**老栓候他平静下去，才低低的叫道，"小栓……你不要起来。……店么？你娘会安排的。"**鲁迅从人物的语言里，展现情节和性格。通过这句话我们就知道他们家有个孩子叫小栓,而且这对父母对小栓是很疼爱的,小栓似乎有病,鲁迅借助了这个戏剧手法。如果是中国古代的白话小说,那么介绍到这儿起码得用两千字,那要讲好多好多——他家有一个独生子,叫华小栓,是从三岁起得了什么什么病,要这么讲下来,讲到这儿麻烦死了。看鲁迅写到这里,信息量是特别大的。

**老栓听得儿子不再说话,料他安心睡了;便出了门,走到街上。**我们看老栓走到外面的描写,出了门,街上是什么样儿的?**街上黑沉沉的一无所有,只有一条灰白的路,看得分明。**这是写实,但又不完全是写实,又像是象征。老栓走的这条路就是当时中国人民的路,是当时中国的路。"黑沉沉的一无所有",这是这个路的环境,然后有一条路是灰白的路,意境还是冷的,镜头还是慢的。**灯光照着他的两脚,一前一后的走。**这不是废话吗?有时候,精炼就体现在废话上。为什么要写这两句?"灯光照着他的两脚,一前一后的走",就是他的走没有意义,孤独,在这"一前一后的"描写中写出来了。

**有时也遇到几只狗,可是一只也没有叫。天气比屋子里冷得多了;老栓倒觉爽快,仿佛一旦变了少年,得了神通,有给人生命的本领似的,跨步格外高远。**"跨步格外高远"这句话是我常用的。比如哪天我看见哪个同事、朋友今天很高兴,他奔过来了,我说:你今天跨步格外高远哪。这个人如果对鲁迅小说熟悉,他就知道我说的是《药》里面的这句话,他如果没有反应,我就知道又是一"笨蛋",【众笑】还中文系教授呢,什么也不知道。就是说像这样的话,大家都应该知道,就是说孔老师随便说一句话,可能都是引经据典。

**而且路也愈走愈分明,天也愈走愈亮了。**这笔法真好。明明是一条灰白的路,但是华老栓越走越分明,越走越亮了。一般人知道,这说明时间过去了,天快亮了。——是这样吗?不是。这是说他心里面有了光明，不知道什么原因，他心里就有光明了。所以鲁迅的景物描写、环境描写，都不是单独的，而且也不是一个简单的陪衬。他要讲的意思已经放在这里边了，不用另外陪衬一个东西。就好像鲁迅说的那两株枣树一样——我家后园里有两株树，一株是枣树，一株还是枣树，这不是废话，他的心情已经放在那里边了。你说我读不出来，读不出来是你的事，不能怨作者。

**老栓正在专心走路，忽然吃了一惊，远远里看见一条丁字街，明明白白横着。**街，好像有生命一样。街，横着，因为有一道横街，他说有一条街是横着。**他便退了几步，寻到一家关着门的铺子，蹩进檐下，靠门立住了。好一会，身上觉得有些发冷。**

下面是几个人说话：

"哼，老头子。"

"倒高兴……。"

我就觉得这两句话特别棒，没头没脑的这么两句话，好像学过的人都记住了，我记得上中学的时候，我们同学就老说这两句话："老头子。""倒高兴……。"也不知道什么意思，我到现在也不明白是什么意思。我看过有人写文章分析，说这"老头子"到底说的是谁，这话到底是谁说的，分析得好像也有点儿道理。但我也不去管它，我就知道这两句写得好。好在什么地方？我觉得越是废话越研究不清楚。只要你忘不了，就说明它伟大。不然你怎么忘不了？不信你写这么两句，别人就记不住。

**老栓又吃一惊，睁眼看时，几个人从他面前过去了。一个还回头看他，样子不甚分明，但很象久饿的人见了食物一般，眼里闪出一种攫取的光。**这是鲁迅笔下常见意象，鲁迅笔下的一些人，眼睛能吃人，眼睛里有"攫取的光"。所以看到那些人的眼睛，你觉得好像是狼的眼睛。我们平时看不出来,鲁迅就能看出来这种光来,所以他笔下常写这种人。

**老栓看看灯笼,已经熄了。按一按衣袋,硬硬的还在。**这是语文课一定要讲的,"硬硬的还在"多么好。**仰起头两面一望,只见许多古怪的人,三三两两,鬼似的在那里徘徊;定睛再看,却也看不出什么别的奇怪。**上面这一段,老栓来到丁字街口的这段环境描写,是一个什么意象?合起来,这是一个非人的世界。你看这哪里是写人间?街横着,人是那样的,眼光是那样的,这不像人间呀,这是非人的世界。所以在鲁迅看来,那个时候的中国就不是人的世界。

**没有多久,又见几个兵,在那边走动;衣服前后的一个大白圆圈,远地里也看得清楚,**其实这些场面,换一个角度描写,就可能很光明,或者很正常。但是由于用鲁迅的这种笔法来写,就显得很恐怖。同样的画面恐怖不恐怖,也是由其他要素决定的。最近有人在网上放了一些恐怖片儿,叫什么北京的灵异事件,还有什么匈牙利灵异。现在拍恐怖DV的很多,然后找人去做试验,看把人吓到什么程度。我不知道大家有没有看过鬼片儿,我看过好多鬼片儿,看鬼片儿可以锻炼人的胆量。比如说鬼片儿往往鬼出来的时候,配着恐怖的音乐、尖叫,这样就烘托出那个恐怖的事件、恐怖的气氛,或者它给你一个心理暗示,告诉你这是恐怖的,鬼要来了,或者一个恐怖的东西要来。但是假如我们把恐怖片的音乐换成柔美的轻音乐,换成克莱德曼演奏的《水边的阿狄丽娜》,我们马上就不害怕了,鬼不是鬼了,好像是一个幽静的少女,马上就变了。所以同样的画面,如果不是用鲁迅的这种笔法来写,句子可以还是那些句子,效果却不一样。

**走过面前的,并且看出号衣上暗红色的镶边。——一阵脚步声响,一眨眼,已经拥过了一大簇人。那三三两两的人,也忽然合作一堆,潮一般向前赶;将到丁字街口,便突然立住,簇成一个半圆。**这些好像没有灵魂的生物，就是中国人。不管是兵也好，是民也好，是什么政治立场的人也好，在鲁迅看来都一样，这就是中国人。但是你如果以为鲁迅就恨这些人，就看不起这些人，那又想简单了。当我说愚昧的群众的时候，是不是我恨不得让人民群众死，对这些人民群众没有感情？

**老栓也向那边看，却只见一堆人的后背；颈项都伸得很长，仿佛许多鸭，被无形的手捏住了的，向上提着。**我看到这些，心里面五味杂陈，首先是佩服鲁迅写得真好，就是这样的，我也见过许许多多这样的场面。我知道鲁迅为什么恨看客，看客就是这样，好像有个无形的手提着他们去关注。现在我们在街上很少看到这种场面了，为什么，因为这种场面都移到网上了，网上每有一个耸人听闻的消息出来，我就看见成千上万的鸭伸长了脖子去看，伸长脖子去问，去感兴趣，你以为他们关心国家大事？不是，都是看热闹，看灾难，看别人倒霉，看有什么胡说八道的事情，看明星走光等。多好看！你这个时候要看到是有一只无形的手，捏着他们脖子去看。

**静了一会，似乎有点声音，便又动摇起来，轰的一声，都向后退；一直散到老栓立着的地方，几乎将他挤倒了。**我们学过这篇小说知道这里发生什么事了：杀头，就是杀头。我想现在网上假如有一个杀头的事情，肯定点击率极高，肯定有许许多多的人去看。当然看的人各有各的理由，都能找出理由来，一个一个看，每个人都有理。但你如果不看他们的理由，你就看到了这只无形的手。不要以为有了网络就进步了，有了网络也许倒退了，不一定比那时候好。我在这里评价，鲁迅写杀头场面处理得千钧如一发。杀头的场面有很多人写过，直接写得很恐怖、血淋淋的小说也有，我在别的课上读过，头可能滚下来，骨碌出去。但是鲁迅不那样写，鲁迅不是炫耀那个场面，鲁迅是心痛于这些看杀头的人。很多人批评中国野蛮，中国专制，说你看你们中国还有杀头。在鲁迅看来杀头不杀头不重要，中国的关键问题是为什么有这么多人愿意看杀头。这才重要。为什么有那么多人愿意看见别人倒霉？

"喂！一手交钱，一手交货！"一个浑身黑色的人，站在老栓面前，眼光正象两把刀，刺得老栓缩小了一半。这几句我觉得用电影没有办法表现，用电影、电视剧怎么表现啊？这只能用动漫来表现。我是支持中国大力发展动漫产业的，动漫都被日本占据了。你看这写得多好，"一个浑身黑色的人"，其实一个人再穿一身黑也不可能浑身黑色啊，鲁迅这一笔就好像"啪"一个动作，一笔刷上去，这人就是一个黑色的人了。然后注意，鲁迅不写别的，写眼光，他特别注重写眼光，眼光像两把刀，这个刀不是说把人杀了，把人刺痛了，不是，他就是刺得老栓缩小了一半，老栓本来这么高，那人眼光"啪"一射过来，这人"啪"一缩小。这要是做成动漫太棒了，就把鲁迅的意思表现出来了。

那人一只大手，向他摊着；这时整个画面就是一只手，一只手过来。一只手却撮着一个鲜红的馒头，那红的还是一点一点的往下滴。这个画面是永远不能忘记的，永远也忘不了！鲁迅没有说那是什么，妙就妙在作者从头到尾什么都没说，要说的东西都是我们给加上去的，我们加的"辛亥革命不成功""辛亥革命没有发动群众"，所有这些都是我们后来加上去的。谁告诉你这是辛亥革命了？一定是辛亥革命吗？一定是1911年吗？别的年头不行吗？1939年不行吗？你学东西不要都学得那么死，不要非得找那鲜红的馒头，馒头可以变啊，馒头可以变成汉堡包啊。但是妙就妙在这个馒头不仅仅是一个实体，它有医学上的根据，中国的中医里有很多偏方，有很多奇妙的方子，有的变成了老百姓的传说，传说人血可以治肺痨，直到我小的时候。

我是大城市长大的，而且是在中国文明程度很高的哈尔滨长大的，哈尔滨人是目空一切的，不把北京、上海放在眼里。哈尔滨很早就是国际化大都市。但是即使这么文明发达的哈尔滨,也有这种迷信,所以我觉得哈尔滨是骄傲自大的,它不知道自己愚昧,它觉得自己了不起。

我小的时候听到,哪块要枪毙犯人,就有人去走后门,如果在公安局里认识人,就用馒头去蘸死刑犯的血,最甚的是脑浆,然后就说这能治病。我小时候没有反省,觉得这东西是真的,因为周围的人都这么说,大人都这么信的,而且走后门还很不容易,你得认识公安局的,还得认识刑警队的,还要给人家送礼,送一瓶酒,送一条烟什么的,才能得到这个馒头。那时候我没有读过鲁迅的《药》,后来读了,哎呀,那心里不是个滋味!有的时候是有了生理上的反感。

**老栓慌忙摸出洋钱,抖抖的想交给他,却又不敢去接他的东西。那人便焦急起来,嚷道,"怕什么?怎的不拿!"老栓还踌躇着;黑的人便抢过灯笼,**鲁迅写人特别绝,他不是从任何一个地方学来的,我觉得这就是美术。后来我们知道这个"黑的人"是康大叔,是刽子手,但是他现在没有任何具体描写,就是"黑","黑的人"。后来我到了北京,知道北京人把这个"黑"用作一种道德上的评价——"黑"不仅仅是一种颜色,"你丫太黑了",这很有意思。我说这个"黑"用得很好,北京人确实是语言天才,这个"黑的人"就是"你丫太黑"的"黑"。"黑的人"不仅仅是说他的打扮,更是说他给人的感觉"黑",他的心灵黑,他用一个破馒头蘸血,其实是利用自己的职权来发财。**一把扯下纸罩,裹了馒头,塞与老栓;一手抓过洋钱,捏一捏,转身去了。嘴里哼着说,"这老东西……。"**

这一段又是分析动词的绝佳段落,这连续一连串的动作都用不同的动词,近十个动词的转化,确实太棒了,但也确实太难学了,谁也学不到鲁迅这个出神入化的程度,每一个动词用得那么棒。

**"这给谁治病的呀?"老栓也似乎听得有人问他,但他并不答应;他**

的精神,现在只在一个包上,仿佛抱着一个十世单传的婴儿,"十世单传"的婴儿用的是什么典?你读过什么小说里面有"十世单传"?唐僧。**别的事情,都已置之度外了。他现在要将这包里的新的生命,移植到他家里,**当时最新的词——"移植"。**收获许多幸福。**这也是我读了之后觉得可以这么搭配,"幸福"可以"收获"。

**太阳也出来了;**开头写太阳还没有出,现在太阳出来了。但是,太阳出来了可能是假象,我们中国人民一百年来,经常以为太阳出来了,然后就高枕无忧了。**在他面前,显出一条大道,**"显"字用得非常好,用了"显"就表示这是他主观世界中的大道,未必真有一条大道。**直到他家中,**后面也照见丁字街头破匾上"古□亭口"这四个黯淡的金字。

这是《药》的第一部分,放到任何国家都是一流的小说,字字珠玑。严家炎先生评价鲁迅小说说,一出手就是成熟的,一出手就是一流的,说得非常准。《药》的第一部分,就给人留下了好多意象,有的就是作为一个环境描写过去了,有的是要延续下去,"人血馒头"在下面还要继续出现。在第二部分里。

**老栓走到家,店面早经收拾干净,一排一排的茶桌,滑溜溜的发光。但是没有客人;只有小栓坐在里排的桌前吃饭,**我们下面看小栓的形象,小栓是什么样,**大粒的汗,从额上滚下,夹袄也帖住了脊心,两块肩胛骨高高凸出,印成一个阳文的"八"字。**这是写一个孩子的形象,被痨病折磨得瘦弱不堪的形象,这从医学上很准确地说就是患了痨病,患了晚期肺病的少年的形象。但这个形象你又总觉得分明就是"东亚病夫"的形象。我们老说"东亚病夫",其实真正检查身体,那个时候中国人的身体并不比外国人差。我在另一次课上讲过,八国联军进北京的时候,德军曾经下过一个命令,在西直门检查进出城门的所有中国人,检查他们的身体。统计结果令他们主帅非常吃惊。进出西直门的中国男人,身体状况全部达到德国参军的水平。中国并不一定是医学意义上的"东亚病夫",不是我们身体多么不好。而那个时候,欧洲人身体不好,饮食状况不行,传染病流行。但是有"东亚病夫"这个称呼不在于你有多少真的病人。所以他写的这个华小栓的形象,不只是一个医学角度上的病人,而是这个民族的意象,我们不用去统计中国有多少痨病患者,统计出来也没那么多,但是你就觉得华小栓代表的就是那个时候的中国人,是那个精神状况,是精神状况得了痨病。

老栓见这样子,不免皱一皱展开的眉心。他的女人,从灶下急急走出,睁着眼睛,嘴唇有些发抖。

"得了么?"

"得了。"写得语言很神秘。

两个人一齐走进灶下,商量了一会;华大妈便出去了,不多时,拿着一片老荷叶回来,摊在桌上。老栓也打开灯笼罩,用荷叶重新包了那红的馒头。小栓也吃完饭,他的母亲慌忙说:

"小栓——你坐着,不要到这里来。"

一面整顿了灶火,老栓便把一个碧绿的包,一个红红白白的破灯笼,一同塞在灶里;一阵红黑的火焰过去时,店屋里散满了一种奇怪的香味。

这一段我读得很是难受,但是又欣赏他用词的准确,特别是颜色。鲁迅小时候画画画得不错,长大以后常年关注美术,对中国的美术事业做了很大贡献,包括晚期木刻什么的,他的视觉审美感特别好,你看他写小说、写文章,用词构造画面的能力极强。

"好香!你们吃什么点心呀?"这是驼背五少爷到了。这人每天总在茶馆里过日,来得最早,去得最迟,此时恰恰蹩到临街的壁角的桌边,便坐下问话,然而没有人答应他。"炒米粥么?"仍然没有人应。老栓匆匆走出,给他泡上茶。这是当时中国老百姓的日常生活,天下好像太平无事，还是日常的样子。

"小栓进来罢！"华大妈叫小栓进了里面的屋子，中间放好一条凳，小栓坐了。他的母亲端过一碟乌黑的圆东西，你看鲁迅总是回避把那个东西写出来，他总是闪烁其词，总用别的东西代替——红的什么，这里因为烧过了，所以变得乌黑的。我就在想，鲁迅怎么知道蘸了血的食品烧了以后是黑的呢？是不是试验过了？轻轻说：

"吃下去罢，——病便好了。"

小栓撮起这黑东西，看了一会，似乎拿着自己的性命一般，心里说不出的奇怪。十分小心的拗开了，焦皮里面窜出一道白气，你们自己烤过馒头吃没有？小时候烤过馒头吃就有体会了，我小的时候如果不是在家里吃，就会到外面想办法弄了馒头，把它烤熟了，就是这样的。白气散了，是两半个白面的馒头。下面是破折号，——不多工夫，已经全在肚里了，却全忘了什么味；面前只剩下一张空盘。吃完了就吃完了呗，干吗写面前这一张空盘？你要是从意象的角度去理解就明白了，这空盘不是写一个盘子，重在这个"空"，不在这个"盘"。所以你就知道怎么欣赏好的文学作品，好的作品没一个字是废话，没一个字是闲的，都有用。假如变成影视作品，这时候要给这个空盘一个特写，空空的，要停一会儿，然后由小提琴拉一声，显示出、突出这个空盘，告诉你，一场空。

他的旁边，一面立着他的父亲，一面立着他的母亲，两人的眼光，都仿佛要在他身上注进什么又要取出什么似的；便禁不住心跳起来，按着胸膛，又是一阵咳嗽。

"睡一会罢，——便好了。"

小栓依他母亲的话，咳着睡了。华大妈候他喘气平静，才轻轻的给他盖上了满幅补钉的夹被。

读过这段之后，你想可怜的老百姓啊，一方面父母爱儿子的拳拳之心，非常感人，非常值得同情，好不容易攒点钱疏通了关系，找到刽子手，买了这个人血馒头，怀着这么多的希望。另一方面我们站在一边都知道，这完全没用，这就是一个"空盘"。而作者说什么话了吗？作者一句话都没有说，作者只要说一句话，马上就坏了，马上就变成了二流作家。如果鲁迅这里说一句——"多么愚昧的人民啊"，马上变成三流作家了，二流都不是。

**店里坐着许多人，老栓也忙了，提着大铜壶，一趟一趟的给客人冲茶；两个眼眶，都围着一圈黑线。** 鲁迅的小说最终能用一个横断面来写，这是五四小说一个特点：写横断面，从人生的一个横断面切下去，然后在这个横断面里展示纵的关系。中国传统的小说是纵着讲，从头往后讲。那么之所以能让横断面反映纵的关系，它是借鉴了中国古代史传文学的传统：在一个场面里，巧妙地引出另外一个场面所需要的信息。比如这里面，写华老栓冲茶，却说他"两个眼眶，都围着一圈黑线"，这有什么用呢？这是说他昨天晚上没睡好。但是鲁迅并不在开头的时候写，这里一笔就带出他的操劳、他的忧伤，都在这里面。

**"老栓，你有些不舒服么？——你生病么？"一个花白胡子的人说。**

**"没有。"**

**"没有？——我想笑嘻嘻的，原也不象……"花白胡子便取消了自己的话。** 我们讲语文课的时候说这叫借代，用人的一部分来表示人，有一个人长着花白胡子，就说这人是花白胡子，但是它其实不仅仅是借代的作用。鲁迅把这些不重要的人都用一个生理特点来代替，仅仅是为了省事吗？仅仅是为了不写他的名字张三李四吗？有花白胡子就写花白胡子，长着红鼻子的人就叫红鼻子，仅仅是为了省事吗？不是。他写这些人，用一个生理特点、用一个身体局部代替，要注意，这些都跟这个人的本质、跟他的灵魂、跟他的精神没有关系，总体上加起来这是一群没有灵魂的人。鲁迅最重视的就是人的灵魂,管你什么花白胡子、红鼻子,还有驼背。

"老栓只是忙。要是他的儿子……"驼背五少爷话还未完,突然闯进了一个满脸横肉的人,披一件玄色布衫,玄就是黑,散着纽扣,用很宽的玄色腰带,胡乱捆在腰间。刚进门,便对老栓嚷道:

"吃了么?好了么?老栓,就是运气了你!你运气,要不是我信息灵……。"那时候就讲究信息灵通,他信息灵通。

老栓一手提了茶壶,一手恭恭敬敬的垂着;笑嘻嘻的听。满座的人,也都恭恭敬敬的听。华大妈也黑着眼眶,这叫呼应,前面说华老栓眼眶"围着一圈黑线",这里又道华大妈"黑着眼眶",这其实是对仗的写法,但是并不写成对联,在两个地方有上联和下联,你得能找到,你找到了你才是作者的知音。"华大妈也黑着眼眶",笑嘻嘻的送出茶碗茶叶来,加上一个橄榄,老栓便去冲了水。每一个细节都不能省,包括加上这个橄榄,别人不加橄榄,这个人就加上橄榄。

"这是包好!这是与众不同的。你想,趁热的拿来,趁热的吃下。"横肉的人只是嚷。

"真的呢,要没有康大叔照顾,怎么会这样……"作者用不着介绍这是谁了,全从对话中反映出来,华大妈也很感激的谢他。

"包好,包好!这样的趁热吃下。这样的人血馒头,什么痨病都包好!"语言中有忌讳的,痨病是不能说出来的,但是康大叔却脱口而出,他没有忌讳。

华大妈听到"痨病"这两个字,变了一点脸色,似乎有些不高兴;但又立刻堆上笑,搭讪着走开了。这康大叔却没有觉察,仍然提高了喉咙只是嚷,嚷得里面睡着的小栓也合伙咳嗽起来。合伙用得很妙。

"原来你家小栓碰到了这样的好运气了。这病自然一定全好;怪不得老栓整天的笑着呢。"花白胡子一面说,一面走到康大叔面前,低声下气的问道,"康大叔——听说今天结果的一个犯人,便是夏家的孩子,那是谁的孩子?究竟是什么事?"

写到这里,我想大多数人还没意识到,"夏"和"华"有什么关系,以为就是随便取一个名儿,可能是我们读到后来,能琢磨的人才发现,这两家一姓华一姓夏,这就是华夏,这就是中国人,这时候才知道。所以你说这个东西要是翻译成外语,那必须加以注释,而一旦加上注释,等于事先告诉人了,就没有意思了,必须不加注释,浑然天成,这才是艺术。

这一段茶馆描写是非常棒的。我也非常喜欢老舍先生的《茶馆》那个话剧,我估计老舍可能读过鲁迅这篇《药》,但是没有材料证明,他对这段茶馆描写怎么样感兴趣。当然老舍肯定很熟悉那时候的茶馆。但是用茶馆来展示社会各界的人、展示他们的灵魂、展示他们的心灵,《药》是第一批。所以茅盾先生评价,鲁迅小说开辟了中国现代小说所有的道路。中国现代小说一开始就进入高峰,他在这个高峰向下泼了一盆水,这水就从四面八方流去,就成了很多条小溪、河流。

"谁的?不就是夏四奶奶的儿子么?那个小家伙!"康大叔见众人都耸起耳朵听他,便格外高兴,横肉块块饱绽,这也写得好,肉能够饱绽,越发大声说,"这小东西不要命,不要就是了。我可是这一回一点没有得到好处;连剥下来的衣服,都给管牢的红眼睛阿义拿去了。——第一要算我们栓叔运气;第二是夏三爷赏了二十五两雪白的银子,独自落腰包,一文不花。"是夏三爷得到了赏赐,夏三爷报案自己得了赏,可见姓夏的孩子还是自己家的人告发的,自己家的人告发他们革命党。

小栓慢慢的从小屋子里走出,两手按了胸口,不住的咳嗽;走到灶下,盛出一碗冷饭,泡上热水,坐下便吃。华大妈跟着他走,轻轻的问道,"小栓你好些么?——你仍旧只是肚饿?……"看来没什么效果。有一种痨病的症状就是不断地吃,但是吃了也不胖。

"包好,包好!"康大叔瞥了小栓一眼,仍然回过脸,对众人说,"夏三爷真是乖角儿,要是他不先告官,连他满门抄斩。现在怎样?银子!——这小东西也真不成东西!关在牢里,还要劝牢头造反。"

"阿呀,那还了得。"坐在后排的一个二十多岁的人,很现出气愤模样。

我们看康大叔是中年人,问题是这里写出一个二十多岁的人。按理说青年应该有点进步思想吧,在鲁迅笔下都一样,男女老少都一样,在鲁迅笔下,连孩子都是吃人的。鲁迅从来不伪善,说孩子是祖国的花朵,孩子多纯洁啊,没这事。孩子只要一受教育,便污染了,只要一受教育就学坏了,他就有"分别",而这个"分别"是大人给他的,是社会给他的。所以鲁迅并不是简单地认为青年人就好,鲁迅说,我看见了杀青年的也是青年,这是非常深刻的,这就是群众的态度。

"你要晓得红眼睛阿义是去盘盘底细的,他却和他攀谈了。他说,这大清的天下是我们大家的。你想:这是人话么?"这个话对我们今天来说也是老生常谈了,这是俗话,可能在那个时候,在康大叔看来这不是人话,这大清的天下怎么是我们大家的呢?但是在这个好像可笑的描写里,鲁迅却写出了我们中国最重要的问题。

我们中国一百多年来,一百五十多年来,辛辛苦苦,死了这么多人,干什么?就是要建立现代民族国家。什么叫现代民族国家?现代民族国家跟传统国家有什么不一样?现代民族国家是大家的,是我们每一个人的。如果说中国落后的话——在这个问题上我们落后了,不是别的落后,不是干活落后,不是做买卖落后,都不是。你要说市场经济,中国两千多年的市场经济,中国秦汉的时候市场经济就极为发达,中国全部是自耕农，自耕农不可能自给自足，中国谁家不花钱、谁家不买东西、谁家不赶集？所以中国很早就有什么期货啊，股票啊，好多种。落后和市场经济毫无关系。

但是有一个问题，到了近代，西方先进入了现代民族国家。现代民族国家是契约国家，这个国家是我们大伙的，这个国家就像一个大的公司一样，我们是股民，有大股东，有小股东，最穷的人也是一个小股东，这是国家。而中国人说这个国家是老刘家的、老朱家的，是爱新觉罗老爱家的——不是我家的。这是一个最重要的区别。所以这时候有一个人说这大清是我们大家的，康大叔说这是混账话，不是人话。你不要以为康大叔愚昧，康大叔背后有一套非常完整的意识形态支撑，康大叔代表着千千万万人，都认为这是混账话，不是人话。

"红眼睛原知道他家里只有一个老娘，可是没有料到他竟会这么穷，榨不出一点油水，已经气破肚皮了。他还要老虎头上搔痒，便给他两个嘴巴！"

"义哥是一手好拳棒，这两下，一定够他受用了。"壁角的驼背忽然高兴起来。你看大家不过问思想的事情，只是要看热闹。

"他这贱骨头打不怕，还要说可怜可怜哩。"

花白胡子的人说，"打了这种东西，有什么可怜呢？"

康大叔显出看他不上的样子，冷笑着说，"你没有听清我的话；看他神气，是说阿义可怜哩！"

有几个人在这里谈天说地，把这作为谈资，但是背后我们看到的是那个革命者的孤独。我们想象这个革命者在牢里，还要宣传革命，可是他宣传的这个对象，是这样看他的，对他打、骂、嘲讽、可怜。他们认为你是应该可怜的，你还可怜我们呢，你有病啊。

听着的人的眼光，忽然有些板滞；话也停顿了。小栓已经吃完饭，吃得满头流汗,头上都冒出蒸气来。我们不去讲他的病了。

"阿义可怜——疯话,简直是发了疯了。"花白胡子恍然大悟似的说。

"发了疯了。"二十多岁的人也恍然大悟的说。

所以这有一个问题:谁发了疯?疯子是谁?如果你学过一点心理学,学过精神病学的话,你要知道疯不是一个客观存在,疯是被规定的,谁是疯子,谁不是疯子,这不是一个客观的科学认定,这是一个权力问题。有权的人,有权的集团,可以把他想说成疯的人命名为疯。比如说,我们关在精神病院里的那些人中的大多数并不承认自己是疯子,那么我们为什么把他关在那里面呢?是因为我们认为他是疯子。那我们怎么就能认为他是疯子,把他关起来呢?他怎么就不能把我们关进去呢?因为他们人数少,他们没有权力,而我们有权力。比如,我现在讲课,忽然有一个人上来打我,我们大家都认为他有病,把他扭送到一个地方去。我们想,我们为什么有这个权力呢?因为我们人数多,我们大多数人认为这样做是不对的,但是他如果不理解,他说他认为这样做是对的,我们不用跟他讲道理,我们还是把他抓走。所以这个疯是被规定出来的。

所以,每到一个时代的转折点,就要在这个"疯"上做文章,要重新界定什么人是疯子,什么人不是疯子。苏联经常把一些他们认为犯了政治错误的领导人说成精神病,把他们关起来。那么,这里面的"发了疯",这个"疯"是鲁迅的一个关键。别忘了,中国现代文学第一篇白话小说叫《狂人日记》,重点就是解决谁是疯的问题。对这个问题有兴趣的同学可以看我写的一篇讲演,我在301医院里的一篇医学讲演,叫《医学与人性》,里面有很多篇幅是涉及精神病问题的。什么是精神病?精神病是怎么来的?当然我是借鉴福柯的理论,有兴趣的同学去看福柯的书。鲁迅很早就涉及这个问题,

**店里的坐客,便又现出活气,谈笑起来。小栓也趁着热闹,拼命咳**

嗽；康大叔走上前，拍他肩膀说：

"包好！小栓——你不要这么咳。包好！"

"疯了。"驼背五少爷点着头说。

那么这一节绝妙地画出一幅愚众图。鲁迅最沉痛的就是他一边悲痛，一边画这个图，这个图就是愚众图。鲁迅最喜欢画愚众图，鲁迅的许多小说里都有愚众的场面，画得栩栩如生。看了之后，你是又恨又佩服。就是这样的，你再睁眼看看自己周围，你经常遇到这种图。

我上大学时就发现，上了大学就孤独，上完大学再回到自己家乡去就孤独，不管你的家乡是农村还是城市，不管是上海，还是哈尔滨，只要你上了大学，上了一个学期，就见效。特别是上北大，上了北大一个学期，你出去就孤独，你出去马上发现周围的眼睛就不一样了，你能发现觉醒的眼光，你能发现包容的眼光，你开始跟别人没有共同语言，要挣扎好几个学期，才能适应，才能重新找到一种对话的方法，可能有一半要对立，你跟你往日的同学好朋友没有办法对话。你认为一个人是正常，他认为是疯了。《药》里面茶馆这场戏写得非常好。当然，《药》最后一节为更多学者所分析，最后一段的意象是非常鲜明的。大家都回忆一下。

**西关外靠着城根的地面，本是一块官地；中间歪歪斜斜一条细路，是贪走便道的人，用鞋底造成的，**鲁迅特别喜欢写路，《故乡》里写路，这里又说这条细路是贪走便道的人用鞋底造成的，**但却成了自然的界限。路的左边，都埋着死刑和瘐毙的人，**"瘐毙的人"就是在监狱里面关死的人，**右边是穷人的丛冢。两面都已埋到层层叠叠，宛然阔人家里祝寿时的馒头。**用什么形容不好，他非要用"馒头"？所以我说鲁迅比较"坏"，而且写出了社会黑暗，阴间也很拥挤。

**这一年的清明，分外寒冷；杨柳才吐出半粒米大的新芽。天明未久，**

**华大妈已在右边的一坐新坟前面，排出四碟菜，一碗饭，哭了一场**。我没有研究过绍兴地区的民俗，可能这四碟菜一碗饭就是祭奠儿子的一种形式，祭奠儿子的规矩估计是这样的。通过这个场面，鲁迅就不用交代了，我们就知道华小栓死了，华大妈儿子已经死了，到新坟祭奠。**化过纸**，烧了纸了，**呆呆的坐在地上；仿佛等候什么似的**，鲁迅不止一次写失去孩子的母亲，很多人都认为鲁迅很冷，鲁迅好像缺少温情，其实是不对的。鲁迅是最热的人，没有人怀着比鲁迅更博大的爱。

你看鲁迅并不称赞群众，他从不说什么群众伟大，群众的眼睛是雪亮的，鲁迅没有这么说。鲁迅经常写群众的缺点，但是他写群众的缺点就像父亲说孩子的缺点一样，是那样的心情。你得观察他写了什么，他经常写失去孩子的母亲，他又不是女的，怎么老去体验这种感情呢？我经常被他这样的描写所感动。而且孩子也不见得是多么好的孩子，母亲也不见得是多么好的母亲，就是普普通通的人，失去一个孩子。那母亲可能很愚昧，但都是那样动人。再愚昧的父母失去孩子，也是生命中的大悲痛。这个时候你看看华大妈，尽管前面写得那么愚昧，这个时候你都同情。

**但自己也说不出等候什么。微风起来，吹动他短发，确乎比去年白得多了**。就用一个她白发多了就写出她的伤心，孩子没了，生活没内容。

**小路上又来了一个女人，也是半白头发**，这里写得太好了，《药》是绝妙的一个戏剧，天然的戏剧，**褴褛的衣裙；提一个破旧的朱漆圆篮，外挂一串纸锭**，如果一开始写华大妈怎么来，这里就要重复，他写华大妈已经在坟上，然后再来一个，让两个人都不重复。三步一歇的走。忽然见华大妈坐在地上看他，便有些踌躇，为什么踌躇呢？要自己去想。**惨白的脸上，现出些羞愧的颜色**；嘿，她竟然羞愧，两个老太太嘛，她见到另一个老太太为什么要羞愧呢？头发都一样白啊，她见到她羞愧。**但终于硬着头皮，走到左边的一座坟前，放下了篮子。**

这时候我们才明白她为什么要羞愧，因为她的儿子埋在左边，左边不是正常死亡的，右边是正常死亡的老百姓家的孩子。左边的，前面已经说了，是死刑和瘐毙的犯人的坟。所以她到左边去上坟，有点羞愧。这么细微的心理，鲁迅能够捕捉到。但是"终于硬着头皮"去，因为那是她的儿子，不管犯了什么罪，不管他是怎么死的，都是她的孩子。所以我想，现在假如一个坏人，哪怕是贪官污吏死了，他的亲人怀念他，我觉得都是感人的。

**那坟与小栓的坟，一字儿排着，**我要提醒一下，鲁迅写"一字儿排着"，这是北京话，鲁迅受北京的影响很大，在北京住的时间长了，会说"一字儿"了，这不是绍兴话。**中间只隔一条小路。华大妈看他排好四碟菜，一碗饭，**你看，他非得说是四碟菜一碗饭，说明这是绍兴当地祭奠儿子的规矩。**立着哭了一通，化过纸锭；心里暗暗地想，"这坟里的也是儿子了。"那老女人徘徊观望了一回，忽然手脚有些发抖，跄跄踉踉退下几步，瞪着眼只是发怔。**这完全是用身体语言来表现，表现得像戏剧场面一样。

**华大妈见这样子，生怕他伤心到快要发狂了；便忍不住立起身，跨过小路，低声对他说，"你这位老奶奶不要伤心了，——我们还是回去罢。"**华大妈很善良，没有因为她是乱党家属而歧视她，按我们有段时间的话说，这是反动家属，这是要杀头的。但她还是去关心。

**那人点一点头，眼睛仍然向上瞪着；也低声吃吃的说道，"你看，——看这是什么呢？"**

**华大妈跟了他指头看去，眼光便到了前面的坟，**鲁迅特别喜欢写坟，凡我不喜欢的东西他都喜欢。**这坟上草根还没有全合，露出一块一块的**

| 乌鸦与人血馒头——解读《药》 | 99

黄土,煞是难看。再往上仔细看时,却不觉也吃一惊;——分明有一圈红白的花,围着那尖圆的坟顶。

坟上有一圈花,当然后来我们读了鲁迅的叙述,鲁迅后来说,这花是他故意放的。按照鲁迅自己的本意,如果鲁迅狠心的话,就不写这个花,坟上是没有花的。而且按照鲁迅的思想,按照当时的实际,就是没有花的。鲁迅为什么写这个坟上还有花呢?是为了我们,是为了读者。鲁迅要是写这坟上连花也没有,太惨了,将来一点希望也没有了。所以我说鲁迅有大爱啊,鲁迅不愿意把世界写得那么黑暗,他愿意给青年留一点希望,他自己不太相信这个希望,但是他把它给我们,所以他写有花。

**他们的眼睛都已老花多年了,但望这红白的花,却还能明白看见。花也不很多,圆圆的排成一个圈,不很精神,倒也整齐。**这花的意象是什么?这是革命的种子,这是革命的未来,这是革命的队伍!"不很精神,倒也整齐",不是写花,这是写幼稚的早年的革命。

**华大妈忙看他儿子和别人的坟,却只有不怕冷的几点青白小花,零星开着**;那是自然长出来的,不像人家的花是有人献的。既然这坟上有人献花,说明党组织还在,是这个意思。虽然鲁迅不是党员。**便觉得心里忽然感到一种不足和空虚,不愿意根究。那老女人又走近几步,细看了一遍,自言自语的说,"这没有根,不象自己开的。——这地方有谁来呢?孩子不会来玩;——亲戚本家早不来了。——这是怎么一回事呢?"**通过华大妈的疑问就肯定了这个可能性,暗示给读者,这就是他的同志们给他献的。但是老太太不会这么想,老太太不会明白。**他想了又想,忽又流下泪来,大声说道:**

"**瑜儿,**"革命者的名字出来了,前面只是说他姓夏,这时候出来"瑜",夏瑜。瑜是玉器,周瑜的瑜,宝贝的意思。我们看看,一个叫夏瑜一个叫华小栓,一个瑜一个栓,一个是玉器,一个是木头,不一样。"瑜儿","他们都冤枉了你,你还是忘不了,伤心不过,今天特意显点灵,要我知道么?"他四面一看,只见一只乌鸦,站在一株没有叶的树上,我非常喜欢这篇小说,因为这篇小说里面写了好些鲁迅喜欢的意象,乌鸦又是一个。我们不喜欢的东西鲁迅都喜欢,他喜欢乌鸦。北京人是最不喜欢乌鸦的,叫它们乌老鸦。便接着说,"我知道了。——瑜儿,可怜他们坑了你,他们将来总有报应,天都知道;你闭了眼睛就是了。——你如果真在这里,听到我的话,——便教这乌鸦飞上你的坟顶,给我看罢。"

这段话很难评价。一方面她是爱孩子,母子情深,她以为这是孩子显灵,她觉得他冤枉,这个老母亲多么希望儿子是冤枉的啊,也就是说她不希望儿子是革命党,她希望那些传闻都是假的,希望她儿子没有说过"这大清的天下是我们大家的"这种不是人话的话。她希望儿子和花白胡子、二十多岁年轻人一样,如果那样她反而心里高兴。她儿子是革命党她反而不舒服、不高兴,所以她希望她儿子是冤枉的。这个滋味太复杂了。而且她希望他显灵。

**微风早经停息了;枯草支支直立,有如铜丝。**这草写得太好了,铜丝一样。**一丝发抖的声音,在空气中愈颤愈细,细到没有,周围便都是死一般静。两人站在枯草丛里,仰面看那乌鸦;**这是一种什么场面?这个场面用什么来表现呢?用木刻来表现。**那乌鸦也在笔直的树枝间,缩着头,铁铸一般站着。**魅力无穷的场面——鲁迅的经典意象,铁铸一般的乌鸦站在那。

**许多的工夫过去了;上坟的人渐渐增多,几个老的小的,在土坟间出没。**

**华大妈不知怎的,似乎卸下了一挑重担,便想到要走;**华大妈虽然很同情这个夏大妈,但是她"卸下一挑重担"。她在这个老太太面前多少找到了一点优越感：我儿子是正常死的，你儿子是死刑，你儿子是乱党。所以在两个老太太身上写出的这种人民愚昧之深，是让人心痛的，刀割一样。所以这个国家落后在哪儿？落后在这。就是在革命思想遍布全球的时候，中国的多数老百姓是这样对待革命、对待革命党的，连懂都不懂。**一面劝着说，"我们还是回去罢。"**

**那老女人叹一口气，无精打采的收起饭菜；又迟疑了一刻，终于慢慢地走了。嘴里自言自语的说，"这是怎么一回事呢？……"** 她虽然给孩子上了坟，其实坟里坟外是两个世界，都是有隔膜的，她永远也理解不了她的孩子。

**他们走不上二三十步远，忽听得背后"哑——"的一声大叫；两个人都竦然的回过头，只见那乌鸦张开两翅，一挫身，直向着远处的天空，箭也似的飞去了。**

乌鸦这个形象有什么寓意？乌鸦代表了什么、象征着什么？目前暂时我同意的一种说法是，乌鸦是革命的意象。因为乌鸦在中国传统文化、民俗中是象征不祥，不吉利的。北京人都喜欢听喜鹊叫，不喜欢听乌鸦叫。但是中国古代乌鸦是好的动物。古代乌鸦是神鸟，"佛狸祠下，一片神鸦社鼓"。现在日本还保留着中国古代的传统。我在东京住一年，东京全是乌鸦，而且老百姓还喂乌鸦，市政府还派人养活乌鸦，乌鸦长得特别肥。到了日本我才知道，为什么鲁迅给乌鸦的量词叫"匹"，【众笑】真是一匹一匹的乌鸦，极为肥壮。但是乌鸦在日本养得这么肥壮，我都不觉得它像革命者了，就没有革命者的气质。鲁迅笔下的乌鸦不能胖，它必须黑，让人感到神秘、遥远、有隔膜，似乎有一种不祥，不知道它要带来什么东西。这就是晚清民初那个时候，革命在老百姓心中的印象，鲁迅用了乌鸦的意象。

我觉得这篇小说写出了老百姓不明白革命——这不仅仅是一个辛亥

革命的问题，如果把《药》仅仅看成辛亥革命的总结，那有点太往毛泽东思想上靠了。毛泽东是从政治家的角度去解释历史的发展，鲁迅是从一个更广大的、比毛泽东更广阔的视角来看中国文明，而且它具有更大的普遍性：先觉者和落后群众之间的矛盾，可能古今中外都是如此——即使放到美国、英国、法国都如此，即使放到法国大革命，放到英国革命，放到克伦威尔那个时代，一样有类似的故事发生。只不过在这个时候，鲁迅所最关注的是当下中国如何发展。

2009年北大选修课"鲁迅小说研究"第七课<br/>2009年5月9日

# 曙光为什么银白色

——解读《明天》（上）

我们今天讲鲁迅的希望的问题。

之前我们讲到鲁迅对希望的叙述："绝望之为虚妄，正与希望相同。"我们说，鲁迅不迷信希望，那么他就绝望吗？也不是。鲁迅认为绝望也是假的，既然没有希望又哪来的绝望呢？这是很辩证的，两头联系起来看，你不曾有着巨大的希望，你也就不会绝望。

当然，鲁迅不是一下子就能做到在绝望和希望之间，两者都不依赖。鲁迅到了五四的时候，已经是个中年人了，鲁迅一生也就活了五十多岁，我们把鲁迅最后若干年叫鲁迅的晚年。按照我们今天的人均寿命，鲁迅去世得太早了。在青年时代他的思维就相当于一般的老年人的思维，他有老年人的城府。"希望"是鲁迅的一个关键词。我们由他这个关键词，回溯他一个简单的作品，早年写的一首诗，叫《梦》。我讲现代文学史的时候，会提到这个作品。鲁迅主要不是一个白话诗人，但是鲁迅写的简单的几首白话诗却是最好的。既是最好的诗，也可以看成佛教里的佛偈一样。

《梦》写的是：

> 很多的梦，趁黄昏起哄。
> 前梦才挤却大前梦，后梦又赶走了前梦。
> 　去的前梦黑如墨，在的后梦墨一般黑；
> 　去的在的仿佛都说，"看我真好颜色。"
> 颜色许好，暗里不知；
> 而且不知道：说话的是谁？
>
> 暗里不知，身热头痛。
> 你来你来！明白的梦。

这首诗在当时会显得比较深刻，今天我们读过很多诗的人读起来不那么费解，比较好懂。"梦"就是人的理想，人的希望。那么对待梦的态度，鲁迅很早就想清楚了，"很多的梦，趁黄昏起哄"，每到日夜不清楚的时候，就会有一些梦来。鲁迅说，"我在年青时候也曾经做过许多梦"，我们中国就做过许多梦，中国在黄昏的时候，在由白天被人家打入黑夜的时候，就做了许多梦。前面的梦没有做完，后面的梦又来了，这就是"前梦才挤却大前梦，后梦又赶走了前梦"，不断地一个梦接着一个梦，我们也可以说旧中国像梦魇一般。那么这些梦里哪个梦好呢？鲁迅说了，"去的前梦黑如墨，在的后梦墨一般黑"——都一样。人们总以为后面的梦比前面的梦好，这是常犯的错误，这是人性的弱点。

我们每天被一些媒体欺骗，就因为我们老有希望，老认为这回是真的，所以我们喜欢看这样的标题——"某某某真相""某某揭秘""某某大起底""大结局"，喜欢看这个东西。你一天不能改变这个恶习，你就一天给人家当牛做马,你的思想就被别人奴役着。面对所有这样的文字、这样的标题,应该轻轻地一声冷笑,或者给一丝善意的怜悯的笑:哈哈,小骗子又来了!【众笑】应该用这样的态度对待这样的文字。真相,是不可能标榜揭露真相的,"揭露真相"其实是第二次撒谎,哪有那么容易的事情,你一点击就能看见真相,那我们还上什么学啊?但是他们都说它是"好颜色",关键是说话的是谁,谁给你编的这个梦?所以鲁迅最后呼唤的是——"你来你来!明白的梦"。我们能不能有一个明白的梦?

可是梦一旦明白,就不是梦了,矛盾就在这里,我们做的梦总是不太明白的,比如说美国梦是什么?中国梦是什么?我们可以装很多内容,当装到一定程度的时候,就发现它不是梦了。梦一定带有模糊性,带有不确定性,它难于把握就在这里。鲁迅看明白了之后,他就不再做梦了,他就抛弃了虚幻的希望,然后达到绝望,绝望之后再去战斗。这是鲁迅精神世界的一个发展的逻辑。

鲁迅用诗歌和其他文字表达的这种对理想、对希望的看法,同样体现在他的小说里。我们用鲁迅的小说来印证一下。大家都熟悉的一篇小说叫《故乡》。《故乡》里有这样两段文字,是读过《故乡》的人永远难忘的。你可能会把《故乡》大部分情节说得不太准确了,但是这两个画面你记得一定很清楚,这就是他跟闰土交往时的描绘:

> 这时候,我的脑里忽然闪出一幅神异的图画来:深蓝的天空中挂着一轮金黄的圆月,下面是海边的沙地,都种着一望无际的碧绿的西瓜,其间有一个十一二岁的少年,项带银圈,手捏一柄钢叉,向一匹猹尽力的刺去,那猹却将身一扭,反从他的胯下逃走了。

这是小说前面部分的一个描写。鲁迅特别善于用重复的修辞手法，在小说的结尾处又有这一句话体现：

> 我在朦胧中，眼前展开一片海边碧绿的沙地来，上面深蓝的天空中挂着一轮黄金的圆月。我想：希望是本无所谓有，无所谓无的。这正如地上的路；其实地上本没有路，走的人多了，也便成了路。

很多老师学生都会背最后一句，这变成一个庸俗的口头禅，"走的人多了，也便成了路"。特别是很多中国人喜欢抄近道，在草坪上踩出一段路来，说"走的人多了，也便成了路"。很多人不注意这句话："深蓝的天空中挂着一轮金黄的圆月"。我上中学的时候，身边有个同学，他学习成绩不好，成绩不好不意味着他没有深刻的思想，在我看来，他是故意不好好学习，他其实对文学作品有着极深的理解。他读鲁迅的时候，就被这句话打动，他就拿着一张纸，用圆珠笔在纸上画深蓝的天空，中间留着一圈白，指金黄的圆月，他就觉得这句特别好。他上课成天沉溺于这些小活动，不好好做题，所以他高考成绩很差。我很惋惜，我觉得他如果好好学习，考上北大哲学系，我们国家一定多了一位哲学家，这是我对我这个同学的遗憾，但是我始终记得他做的那些小活动。

这句话我认为是《故乡》的一个文眼，《故乡》这篇作品到底是写什么的？你仔细看这句话就看明白了，"深蓝的天空中挂着一轮金黄的圆月"。月亮不是每天都圆的，我们古人，我们农业文明国家，早都发现这个规律——初一的时候是什么样的，初二初三是什么样的，初七初八是什么样的，十五的时候是什么样的，十四十六是什么样的，廿九三十是什么样——而且根据月亮不同的形状，都用不同的名词加以概括。圆月叫什么呢？圆月恰恰就叫：望。除了望，还有其他的字：朔，初一；晦，三十。你要注意到这句话是《故乡》的文眼，就马上明白了《故乡》写的是什么。《故乡》写的不是豆腐西施的故事，写的不是回忆我的少年朋友闰土二三事，都不对，《故乡》写的也不是三农问题的悲哀，《故乡》写的就是这个字：望。

  《故乡》写的恰恰是希望的问题。所以中间特别写了闰土很迷信。可是鲁迅说，我们知识分子的所谓希望，还不如闰土手里拿的那个东西来得更切实。我们知识分子嘲笑老百姓迷信，说他拜佛，拜神仙，拜偶像，拜牌位，但那些东西毕竟还是看得见摸得着的。我们知识分子说的这个希望，在哪儿呢？这不是我们自己立的一个牌位吗？连形状都没有。他最后说的这个"路"，其实也是希望。少年闰土，那样一个红润、健康、活泼的少年，在那样的圆月下的那种生命力，过了几十年变成了那样一个麻木的农民，见了伙伴之后开口说：老爷。主人公"我"在京城奔波，希望又在哪里？为什么而奔波？家乡当年很风流的、很让人羡慕的豆腐西施，现在变成那样一个恣睢的女人。所以鲁迅最后又把希望放在孩子身上，看着那个宏儿。但是这恐怕也是鲁迅一种自我安慰，或者是安慰别人，安慰读者。鲁迅后来连孩子也看透了，孩子长大不还是闰土吗？不还是豆腐西施吗？

  但是鲁迅没有否定要走路，不因为如此就不走路了，路还是要走的，然而你要认识到，这路不一定通往幸福，不通往幸福还要走。这是鲁迅对希望的具有哲学深度的开掘。当然，路后来有别的人走，别的人走成功了，走成功的这个人，他说和鲁迅的心是相通的。他也不指望着胜利，他只是为了战斗，只是为了走路，反而胜利了。不寄托胜利，不怨天尤人，坚定地走自己选定的正确的路的人，才以最快的速度建立了新中国，给这个国家所有的人，都找到了路。

这是《故乡》百读不厌的原因。《故乡》，1921年写，1923年的时候进入课本。近百年了，就没退出过课本。光看故事，《故乡》没什么故事。这小说怎么这么伟大？你怎么读都有味道，就是你能不断地发现它新的意义。我今天给大家讲一个"望"的意义，过几年或许还有别的学者发现它别的深刻的意义。在座的同学们中将来有学者，也可能还会有新的发现。这就是文学的了不起，文学没有终极答案，因为优秀的文学作品是人生的浓缩，人生没有终极答案，所以好的文学作品，可以不断地研究下去。

从《故乡》这里我讲了一个"希望"，我们用对"希望"的理解，来细读鲁迅的一篇小说《明天》。《故乡》是太有名的鲁迅小说，那么这个学期，我就要讲一些鲁迅非著名的作品，《明天》就是鲁迅的非著名作品之一。很多人不知道鲁迅有这样一篇小说，这个小说用我们世俗的话来讲，确实没什么意思。

我们北大中文系今年设立了创意写作专业硕士，我今年（2014年）也招了一个写作硕士，中午和这位同学见了面，谈谈对创作的理解，我这位学生可能喜欢读一些更有情节的，带有玄幻的、悬疑的、推理的，最好是写男女爱情的这样的作品，这是大多数人都喜欢的。我们今天的人，没有人会主动地读鲁迅《明天》这样的作品，读读《阿Q正传》还觉得挺有意思，可能也就当一个滑稽小说在读，读鲁迅其他的很多小说，会觉得没劲。

《明天》原载于1919年10月，五四运动不到半年的时候，在《新潮》——我们北大有个新潮社——上原载的。我们看看小说的原文。

开头很奇怪，开头是：

*"没有声音，——小东西怎了？"*

这是典型的西方小说的开头，中国传统小说没有用一个人说的话开头的,何况人还没有出现,只是一句话,凌空传来一个声音,还是没头没尾的一个声音,这种小说的写作方法就叫切入式。你的生活正在原原本本进行着,突然就切进来了,切进来一块,这是随便切进来的,不是整块的,不是沿着线条、不是沿着缝隙切入的,就是随便一刀切进来。中国传统小说都是原原本本讲故事,我们常说的时间、地点、人物一定介绍好——"宣统元年,晚秋时分,在宣武门外,有一个老人用沙哑的声音说:'小东西怎么了?'"【众笑】我们传统小说是这样写的。

鲁迅这样的写法我们今天已经习惯了,今天很多在座的同学都会这样写,可是在1919年,九十五年前的时候这样写,等于是拒绝大多数读者,等于拒绝百分之九十九点九的读者,没有中国人会愿意读这样的小说,也真的读不懂:这是什么呀!这是小说前面被撕掉了吧?到前面去找,他们一定认为前面被撕掉了。但这确实就是小说的开头,这代表着一种世界观——西方人的世界本来就是破碎的,本来就是随便一刀可以切入的,本来就是不讲完整性的。当然是不是西方从古以来就这样,我们还有待考证,但起码文艺复兴以后的西方世界就是这样,上帝已经死了,世界任我宰割。就像他们吃饭一样,一手拿刀一手拿叉,两件凶器,随随便便地切割,然后拿着凶器往嘴里捅。【众笑】但是在一百年前,文明与野蛮被颠倒了,因为你被打败了,被打败了就证明你是野蛮的,胜利者有资格宣布自己是文明的。

所以我们要接受这种写法,还要习惯这种写法,除了这样调侃之外,还要认识到,这种写法有好处:它很精简,精炼,有很高效率,不必从头道来,可以用很少的篇幅就把它要表达的意思表达出来。那么精炼是什么所需要的呢?是工业文明所需要的,开头就是人物的话。至于读不懂,读不懂你往下读啊,随着后面的信息的涌入,你会明白前面信息的意思。这种小说就把读者也拉到创作的过程中,让你参与思考。不是作者思考完了给你,而是把你拉进来,你和我一块儿思考这句话怎么回事。作者创作的时候也可以随便从一个原点开始,随便在脑子里想出一个画面来、想出一个声音来,就从这句话开始。我们看现在的电影,经常用一个破碎的场景开头。不过大家发现没有,电视剧很少这种开头,电视连续剧往往还是习惯于有头有尾的叙述,这说明电视剧是满足文化水平比较低的观众的,电视剧一定要有头有尾,前面铺垫很久很久,还要先唱一首主题歌,让你情绪调动起来,再由远及近地这样来。而电影往往是高端的。

开头一句话:"没有声音,——小东西怎啦?"平常的一句话,但是这里是带问号的,没头没尾,鲁迅善于写没头没尾的话,但是又很传神。如果我们把它想象成一个影片的话,是一个声音破空而来,然后一个近景,近景是个特写镜头——红鼻子。

**红鼻子老拱手里擎了一碗黄酒**,如果你读鲁迅的文字比较多,会知道鲁迅很不喜欢红鼻子的人,因为在生活中,有一个红鼻子的学者攻击鲁迅,鲁迅是有点儿"坏"的,鲁迅如果活在今天,他如果写微博,没有人是他的对手,他会把所有疯狂咬他的"疯狗"都收拾一遍的。【众笑】他写小说的时候这人跟那人没什么关系,他也忘不了把这人塑造成一个红鼻子,而这是不是一种纯粹的生理攻击呢?人家鼻子红就攻击人家?大家别忘了鲁迅是学过医的,如果进行一下医学上的分析,红鼻子是由什么引起的?红鼻子往往是跟道德不端有关系的。【众笑】不是说所有道德不端的人都是红鼻子,有一部分人鼻子会红,所以鲁迅愿意写这个细节。为什么我们生活中不太喜欢红鼻子的人呢?有点道理。红鼻子这人也没名没姓,叫老拱,红鼻子就不太可爱,加上一个这样的外号"老拱",这形象合起来好像不太正面。假如你是导演,你选一个什么样的演员演红鼻子老拱?

给红鼻子老拱一个特写,然后他手里擎了一碗黄酒,这个形象很好,**说着**,我们就知道这话是红鼻子老拱说的,**向间壁努一努嘴**。然后镜头一转,第二个人物进入画面。**蓝皮阿五**,这人也很有意思,不知道为什么叫蓝皮阿五,但是一红一蓝,这个画面色彩搭配很好,一个红鼻子一个蓝皮,蓝皮阿五是皮肤发蓝呢,还是戴着蓝头巾?不懂,不论什么意思,反正这两个颜色突出在画面上。

蓝皮阿五**便放下酒碗**,一个人擎着酒碗,一个人放下酒碗——鲁迅是美术大师,构图极其严谨,没有一个字多余。就像我昨天晚上看的《红色娘子军》一样,它之所以经典,就因为像古人形容美人西施一样,不可增一分不可减一分,不可多一个音符不可少一个音符,不可多一个动作不可少一个动作,千锤百炼。鲁迅的文字也是这样,他随随便便写的,都是经过千锤百炼的。红鼻子说了这句话,蓝皮阿五便放下酒碗,**在他脊梁上用死劲的打了一掌**,为什么用这么大力气打他呢?这两人之间有矛盾吗?还不是。他**含含糊糊嚷道**:"含含糊糊嚷"说明喝了很多酒。这种写法确实很精炼。就是说,我们近代学习的西方小说的一些写作方式,鲁迅运用得炉火纯青,而且利用汉字的优势,写得比欧美人更加精炼。

"你……你你又在想心思……。"蓝皮阿五结结巴巴、含含糊糊地说"你又在想心思"。原来两个人是开玩笑,并不是要打架。看来老拱想的心思不太正能量,他才要使劲儿打他一打,原来是两个酒友,在调侃,这一看是两个不太正经的酒友。

茅盾先生一直到我们专业的很多前辈学者,包括严家炎先生都论述过,鲁迅是中国现代小说的开创者,鲁迅开创了现代小说的多种模式。这就是一种模式,鲁迅的小说一篇和一篇不一样。《明天》这一篇,就是用没头没脑的人物语言开头的,这是鲁迅的一种开创。以后很多作家都会这种开头——原来可以这样写小说啊！1919年以后就有人这样写了。大家想想金庸的小说有没有以人物语言开头的？按理说武侠小说都应该平铺直叙，"初春三月……"有一个短篇叫《鸳鸯刀》，它当然不是像鲁迅这样，没头没脑的一句话开头，但因为金庸那本小说本来就是想写成剧本儿的，所以开头就很有镜头感。

我想如果有同学喜欢创作，应该尝试多种的结构方式。小说开头可以有多少种方式？平铺直叙有平铺直叙的好处，里边也可以创新；这样没头没尾也可以。我们要不断地去探索语言的边界在哪里。比如我现在很自觉地尝试所有的文体，所有的表达方式，它的边界在哪里？这个话到底还可以怎样花样翻新地说？怎样说得这世界上谁都不懂，但是又没有错误？因为现在网络时代，一方面是给你提供了很多的平台和可能性，另一方面接受者越来越不动脑，理解不了一重数据，何况二重、三重。多数信息，是造谣的信息，即使不是造谣，他还误读呢。所以尝试语言的边界，恐怕是我们文字工作者的一个责任。

往下看，他是以特写开头，以声音开头，然后出来两个人物，这两个人物在哪儿我们不知道，第二段才开始介绍。

**原来鲁镇是僻静地方，还有些古风：不上一更，大家便都关门睡觉。深更半夜没有睡的只有两家：一家是咸亨酒店，几个酒肉朋友围着柜台，吃喝得正高兴；一家便是间壁的单四嫂子，他自从前年守了寡，便须专靠着自己的一双手纺出绵纱来，养活他自己和他三岁的儿子，所以睡的也迟。**

看了第二段我们想，按照传统小说的写法，本来应该先写"中国南方有个地方叫鲁镇，这里很僻静"，"颇有一些古风"，下面说这段话，再说在咸亨酒店有两个酒鬼，一个叫红鼻子老拱，一个叫蓝皮阿五，他们两个喝酒，怎么怎么样，然后听见没有声了，老拱说："小东西怎么了？"

本来小说应该这么写，可是鲁迅在当时采用了最先锋的写法，把声音和画面先放在前面，后面再来叙述背景。大家自己去想，这两种写法，各有什么优劣？有什么长短？

如果采用传统的平铺直叙的方法，它不会突出重点，它会给人感觉是顺理成章的事。现在这样一写，就会突出开头的那个话，它有点奇怪，不合理，它的不合理处在这里给它解释了：鲁镇僻静，有古风。这个话看起来是没有褒贬的，可是在这里，你总觉得是有褒贬的，就因为它调整了顺序，没有褒贬的话就变得有褒贬，好像是讽刺，好像鲁迅并不喜欢这种古风。下面说了，大家早睡觉，深更半夜没睡的只有两家。他通过写这两家，才有多种效应，第一，我们知道了刚才那两个酒鬼在哪里喝酒，第二，他又一次写了咸亨酒店。

鲁迅在不同的小说里都写共同的地点，多次写鲁镇和咸亨酒店，这种写法叫连环格。在一部小说里写的地名、时间、地点、人物，一般人会想，这是虚构的，小说嘛，作者编的。第二部小说里还有，第三部小说里还有，它就变成一个有真实感的东西——哦，原来真有这回事。即使你理性上知道这还是虚构的，这是整体虚构，但是它仍然增加了真实感。这种连环格的写法主要用于武侠小说，武侠小说经常用。都有好事者给金庸的不同小说统一考证起来，比如说降龙十八掌，最早是谁发明的，最早是谁使用的，从谁手里传到谁手里的，萧峰与郭靖是什么关系，【众笑】它是可以考证出来的。

于是就好像这个世界上真有这么一个伟大的组织——丐帮，像人家西方的共济会一样。中国要有这丐帮就好了，就不至于被人家殖民啦。可惜事实上我们没有丐帮，但被金庸写得好像有。好像真有降龙十八掌，真有《易筋经》，真有那些神秘的武功一样，因为它不断地重复，互相印证。鲁迅是新文学作家，他本能地就会这一招。他就老写鲁镇，老写咸亨酒店。而他们家乡确实有一个咸亨酒店。它把实和虚就融为一体，增加真实感。虚的东西会变成真的东西，会比确实存在过的更真。

从这一家咸亨酒店，介绍了这两个酒鬼，到另一家间壁的单四嫂子——这个名字挺有意思，后面我们再分析——这里边出来一个人，叫单四嫂子，"他自从前年守了寡"，大家注意这个"他"用的是单人旁的"他"。我们虽然是读文学，顺便可以做一点文字考证，这就说明鲁迅写这篇小说的时候，"她"这个字还没有发明。在座的女同学不要埋怨鲁迅，不是他不尊重妇女，那时候还没有这个字。那时候男的女的都用一个字，都用"他"。

我们今天已经经过了伟大的妇女解放，不需要再去装得特别尊重妇女，所以我想发一点不同的声音，我们就统一用"他"有什么不好吗？谁也没说这个"他"是男性专用的啊，我们就统一第三人称，都用这个"他"不也挺好吗？但是后来我们非得说这个不行，这个压迫妇女，男的女的不能共用一个他，非得给女的专用一个。一开始没有专用的，鲁迅在另外的小说里称呼女士，用了一个第三人称，叫"伊"。在座的女同学，你们愿意我们用"伊"称呼你吗？这儿来了一个女同学——"伊"来了。【众笑】好像大家并不愿意这样，也就是说，你的出发点是好的，是尊重妇女，可是结果大家似乎不愿意接受。

我们今天回过头去看鲁迅还有当时的其他作家用"伊"写的那些作品怪怪的。当然我们知道他们是为了尊重妇女。所以后来一个叫刘半农的作家，发明了这个"她"。刘半农还写了一首诗叫《叫我如何不想她》，从此"她"就发明了，这是我们汉语中一个独特的、跟人家西方对应的、专指女性的这样一个"她"，但鲁迅写《明天》的时候还没有。鲁迅的作品是混乱的，三个人称都有，指女性的时候有"他""她"，还有"伊"。所以要冒名鲁迅的作品是很难的，里边有很多技术指标，可以简单地通过一个"她"就考证出鲁迅作品的写作年代,《明天》是1919年10月发表,但7月就写了。

"他自从前年守了寡,便须专靠着自己的一双手纺出绵纱来",她是纺纱为生的,这是劳动妇女,"养活他自己和他三岁的儿子",她儿子三岁,她前年守寡,说明儿子生下来不久,丈夫就去世了。"所以睡的也迟",这是讲僻静与古风。

**这几天,确凿** —— 确凿(záo),本来过去读确凿(zuó),**没有纺纱的声音。但夜深没有睡的既然只有两家,这单四嫂子家有声音,便自然只有老拱们听到,没有声音,也只有老拱们听到。**

鲁迅很善于运用动和静的对比,讲得很清楚,别人怎么知道她家有声没声呢?"只有老拱们听到",老拱本来是一个人,现在被加上一个"们",这写的是一类人,这一类人其实是鲁迅笔下常出现的"闲人"。鲁迅特别善于写"闲人"。我们往往注意大作家笔下的重要人物,其实真正善于研究文学的会注意他们的闲笔,小说家会注意他们的"闲人"。像鲁迅、老舍这样的人特别善于写"闲人"。有时候创作水平主要不是体现在中心人物上,而是看那些边缘人怎么写。

鲁迅的《明天》并不是什么一流的作品,但是我们看,他没有松懈。前面介绍完了之后,又回到情节上来。

**老拱挨了打,仿佛很舒服似的喝了一大口酒,呜呜的唱起小曲来。**他到底舒服不舒服?挨了打应该不舒服,但又"仿佛很舒服似的喝了一大口酒,呜呜的唱起小曲来"。其实这两个家伙也是底层的人,乡间无赖,反正喝点酒,也不能说就是什么坏人,他们喝酒是以评论单四嫂子家有没有声音作为下酒菜的,所以蓝皮阿五打他一下,他好像很高兴,还唱起小曲来了。

可是这两个人并不是小说要描写的主人公。主人公在这儿呢,**这时**

候,**单四嫂子正抱着他的宝儿**,前面已经说她有孩子,这里自然就介绍出她孩子的名字"宝儿",**坐在床沿上,纺车静静的立在地上**。一个纺车他会这么写,纺车是静静立在地上,好像有生命一样。**黑沉沉的灯光**,灯光竟然用黑沉沉来形容,这没见过,**照着宝儿的脸,绯红里带一点青**。鲁迅用颜色,那是大师的用法。宝儿的脸是绯红里带一点青,小说没有写宝儿怎么样了。**单四嫂子心里计算:神签也求过了,愿心也许过了,单方也吃过了,要是还不见效,怎么好?** 看了这几句话,我们马上就明白孩子病了,但是作者没有告诉我们孩子病了,不用告诉,这就叫现代小说,现带出来的。

什么叫现代小说?不是用白话写的小说就叫现代小说。我们古代就有白话小说,宋元就有白话小说,明清更有白话小说,《水浒传》就是白话小说,虽然和现在的白话有所不同。那是不是五四欧化的白话写出来的小说就叫现代小说呢?不是,白话仅仅是一个语言标志,还有其他的标志。我们注意什么叫现代,现代写法就得格外精炼,以一当十,没告诉你孩子病了,你自己自然会知道孩子病了,通过一两句话我们知道许多许多的信息,就是我们今天说的信息量很大。孩子病了之后,从这句话就知道单四嫂子求过神签,许过愿,都不见效。孩子还吃过单方,谁给出过一偏方,都吃了,"还不见效。怎么好?"

单四嫂子在心里还计算说,——**那只有去诊何小仙了**。鲁迅的小说也是使用标点的典范。中国现代文学还有一个标志就是使用现代标点符号,古代都是没有标点符号的。鲁迅的小说里标点符号的使用很复杂。

我们今天的《标点符号用法》是国家语委语言文字应用研究所制定的,这个怎么制定的?得以大量文学作品作为依据,首先你得看鲁迅怎么用破折号的。我们举例子,鲁迅是绕不过去的。

"——那只有去诊何小仙了",这个"诊"字用得很好,什么叫"诊何小仙了"？怎么不说那只有去求何小仙了，只有去看何小仙了？去诊何小仙，可能也是一个方言的用法。但有时候方言恰恰是古文，方言恰恰更精炼。"去诊何小仙"，这里介绍出一个人名来，没去介绍这个人是干什么的，鲁迅妙就妙在这，用一个姓名你就能知道他是干什么的。我们都很清楚何小仙是干吗的，是个大夫，号称姓何，这个大夫可能有点效验，治好了很多病，所以就有人送他一个外号，或者他就自己吹嘘叫何小仙。由这个还可以判断，也许是家传呢，也许他父亲叫何大仙，或者何半仙，都可能，这是一类人，我们中国是把能治病的人叫作仙。"那只有去诊何小仙"，"只有"二字说明了何小仙还不能随便"去诊"，这好像是后面很重要的一关，一般的还不能去，说明到那里去是一件大事，轻易不能去。这个何小仙儿有这个用途。

**但宝儿也许是日轻夜重**，鲁迅做医生是不成功的，半路弃医从文，但好像他的医学没白学，都用上了。他知道小孩的病一般是日轻夜重，白天好像没事，晚上重。**到了明天**，小说的题目出来了，叫"明天"，这很妙，古代小说没有点题这一说，《水浒传》不会写着写着就告诉你《水浒传》，《三国演义》不会写着写着就告诉你《三国演义》。现代小说有点题，它隐含着，你得自己发现，不注意就过去了，你得有深厚的古代文学修养，然后去读现代文学会发现这些地方。题目为啥叫"明天"呢？你写的不是夜里吗？可是这里出现了"到了明天"，**太阳一出**，我为什么说这一段叫希望出场？在单四嫂子心里希望出场了，希望来了。孩子病了，轻易还看不了何小仙。到了明天太阳一出，**热也会退，气喘也会平的：这实在是病人常有的事**。这不是一般人的心理吗？我们都会这样想，包括我们自己病了，夜里咳嗽得很厉害，天亮就会轻，人之常情。

可是人之常情就怕写，写作有很神秘的功效，事情发生就发生了，说了就说了，只要一写出来，马上就具有了别样的意义。单四嫂子这个心情一写出来，我们会觉得好像怪怪的，会替她格外担心，如果让你预料那情景，你就会预料到明天一定不这样。会预料到明天是不这样的，才会有这样的文字交代，"这实在是病人常有的事"。我们读到这，也可以揣测说这是希望出场。

单四嫂子是个什么人呢？**单四嫂子是一个粗笨女人，不明白这"但"字的可怕**：谁说"但"了？是作者说的。那这里作者怎么就进入作品了呢？这是现代小说的笔法。古代小说里没有这个笔法，不会讲着讲着说李逵不明白"但"字的用法。**许多坏事固然幸亏有了他才变好，许多好事却也因为有了他都弄糟**。现代小说作者可以在小说叙述中加进自己的哲学思考，这一句话是论"但"字的两面性，鲁迅就巧妙地把它加在字里行间了，然后很自然地回到情节叙述中，回到叙述流中。

**夏天夜短，老拱们呜呜的唱完了不多时，东方已经发白**；看来他们是喝到了后半夜，他们一散也就东方发白了。**不一会，窗缝里透进了银白色的曙光**。你看鲁迅用颜色，每次读这些细节，我五体投地。你想改成别的色吗？没法改，你就知道写到这儿是天人的境界。为什么不说"不一会儿天就亮了"？不很简单吗？不能那么写。鲁迅先说"东方已经发白"，然后"窗缝里透进了银白色的曙光"。曙光可以写成很多颜色的，按鲁迅的常用写法，写成绯红的曙光不行吗？也行啊，暗粉色的、暗紫色的都行。他非要写银白色的曙光，为什么？难道说他观察过那时候的天就这色？

这还是跟明天所包含的希望有关。银白色是一种什么色？在色调上说，是冷色。虽然天亮了，但是冷色，还是从窗缝里透进来的。你看见他写银白色，你身体不是暖的，你身体是寒的。曙光本身就包含了鲁迅对曙光的看法。你读到银白色的曙光会觉得，恐怕宝儿的病好不了。他没有透露给你时代的信息，但是用文学描写的手法，增加你的不祥之感。

| 曙光为什么银白色——解读《明天》（上） |

所以，我们不常说洗脑吗？其实洗脑莫过于文学，不知不觉你的感觉已经变了，前面刚说希望，这里用鲁迅的话讲，就是希望之为虚妄。曙光是有的，谁说没有曙光？而曙光是银白色的。

我在一篇谈作文的文章里说，我小时候有一篇作文，低年级写的作文被拿到高年级去挨着班朗诵，不过因为写了一句"东方露出了鱼肚白"，其实那是在小说里跟人家学的，然后老师就说，你看二年级孔庆东写得多好啊，连五年级都写不出来，人家写东方露出了鱼肚白。后来再写作文全校都写鱼肚白。我说那个小学生就会卖弄辞藻，自己不知道什么叫鱼肚白，他觉得这很时髦，觉得这个能骗人。现在一想，那不就是一个死鱼肚子白吗，那一点都不生动。所以颜色形容词是不可乱用的，鲁迅非常慎重用形容词。

**单四嫂子等候天明，却不象别人这样容易，觉得非常之慢**，我们读着读着就觉得鲁迅或者说作者，怎么能那么深刻地进入人心，他写的单四嫂子不是粗笨女人吗？可是他好像进入这个粗笨女人的心里一样，她一点都不粗笨。我们觉得没文化的、愚笨的一个人，你一旦进入她的内心，按照她的心灵去思考，你就发现她心理非常丰富。

我们怎么样去跟劳动人民打成一片？不是用所谓慈善的姿态给人点儿钱，给人点儿物质上的帮助，表示一下自己的慈善，表示自己善良，表示自己有爱心。其实表示自己有爱心的背后，还有很多不干净的东西，当然能够表示也不错了。我现在也不批评这些人，能够做慈善就算是好人，但是要细究背后是有问题的。真正地想劳动人民之所想，想那些连高中都考不上的同学之所想，你得进入他的内心，去想他怎么感受这个世界。鲁迅就有这个本事，所以鲁迅是圣人，所以鲁迅是佛。中国能这么细致入微地进入别人的心灵、跟着别人去思考的人，只有两个，一个是鲁迅，一个是毛泽东，别人都做不到。

这里不是单四嫂子在想,是鲁迅能这么仔细地去觉得天亮得非常之慢,**宝儿的一呼吸,几乎长过一年**。第一,鲁迅是男的,第二,他是高级知识分子,第三,那个时候他也还没有有孩子的经历,他怎么体会得这么深?一个粗笨的劳动妇女的孩子病了,夜里盼天明的这种心情,不是光靠想象就能想象得到的,这是一个人修为到了佛的境界,你想谁就是谁。

**现在居然明亮了**;天亮是自然的事,我们受过科学训练的人都知道,你盼不盼它天亮它都天亮。但是"居然明亮了",明天的"明"在这里出现了好几次:天明、明亮。**天的明亮,压倒了灯光**,这不废话嘛,干吗要写这废话呢?废话不废,有灯光是没有希望的,有天的明亮才有希望。——突然又一个破折号,有了这个破折号省了多少字?所以破折号不要乱用,用必有用。**看见宝儿的鼻翼,已经一放一收的扇动**。这一段要拍电影很难拍,因为前面的心情不知道怎么展现,反正得有一个特写,一个小孩的鼻子一收一放。小孩的鼻子一收一放说明呼吸紧张,我小的时候就观察过其他小朋友感冒生病了的样子,确实挺可怜的。我前几年还亲自守护过一只小猫临终,非常可怜。我半夜把它抱到给猫狗急救的急救站去,眼看着它死在我手里,然后天又下着大雨,我非常悲伤,一个普通的小生命就这样没有了。最后的时候,你看看那小猫的鼻子一收一收一收,非常可怜,都是生命。但是鲁迅怎么能够去想这样的情景,也许比较小的时候他就真的看见过,就用到了这里。可这个时候天就真的是亮了。

**单四嫂子知道不妙,暗暗叫一声"阿呀!"心里计算:怎么好?**第二次计算了,怎么好?**只有去诊何小仙这一条路了**。前边有一个铺垫,这里只有一条路了,**他虽然是粗笨女人,心里却有决断**,决断二字在这里绝对是赞美的词,**便站起身,从木柜子里掏出每天节省下来的十三**

个小银元和一百八十铜钱，站起身一个动作，从木柜子里掏出一个动作——站起和掏出，"每天节省下来的十三个小银元和一百八十铜钱"，我没有去计算相当于今天人民币多少钱，大概合今天人民币上千块钱，是她节省下来的，连整带零，**都装在衣袋里**，看到这里我们知道前文为什么说只有去诊何小仙了，原来这是她最重要的财产，全部的家当，都装在衣袋里，**锁上门**，抱着宝儿直向何家奔过去。前边写得很慢，这里突然节奏加快，一句话几个动作全说出来。但是写动作是为了写人，这又是中国小说的长处，前边给你展示了西方小说的技巧，这里全是中国小说的长处，中国小说的长处就是不直接写人物心理，用几个动作就告诉你他什么心理了。《水浒传》不会告诉你李逵在那里默默地想，他只告诉你李逵立在那里胡乱地吃着，就完了，他立着在那里吃着，你要知道他多么馋、多么急。这里鲁迅没有写单四嫂子有什么母爱，到了现在庸俗作家的手里一定会歌颂："这就是母亲的爱啊！世上只有妈妈好。"鲁迅的笔下你就妄想，不可能找到这样的话。

去了，**天气还早**，**何家已经坐着四个病人了**。这就是写单四嫂子家的事吗？顺便一比，就给你透漏很多信息。通过何家已经坐了四个病人了，你知道了什么信息？第一，何小仙可能确实有点本事，单四嫂子来得就算早了，天刚一亮一看孩子不对就抱着来了，可是来了之后只能排第五，现在已经四个人了，说明何小仙可能有点本事；第二，说明人民健康水平很差很差，在鲁镇这样一个僻静的、还有古风的地方——我们知道再落后，环境也没有污染吧，没有地沟油吧，没有注水肉吧——那么小的一个地方，这么早居然来了四个病人，我们就知道老百姓健康水平很低下。那个时代环境可没有污染，经济还没发展，但是老百姓生活很差，一句话带出好多信息来。

**他摸出四角银元**，**买了号签**，挂了个专家号，这就一个专家，但也得挂号。**第五个轮到宝儿**。下面开始看病，**何小仙伸开两个指头按脉**，怎么按脉的不写，专门写**指甲足有四寸多长**，这是一个特写镜头。鲁迅对中医没有什么好感，这来自他亲身的一些体会。今天很多全盘否定中医的人也经常拿鲁迅举例，说你看鲁迅就是否定中医的。其实鲁迅并没有用一篇文字全面地否定中医，他只是实事求是地描写了这些江湖上的传统医生身上存在的问题。不是说中医就好或者西医就好，而是说一个国家没有一个现代的、健康的、为人民负责的医疗制度，什么医也不行，神医也不行。这何小仙看来是有点名气的，名气怎么来的？鲁迅特别会写那些劳动人民看不懂的东西，别的看不懂，就先看见指甲四寸多长。

**单四嫂子暗地纳罕**，她很奇怪，"纳罕"好像显得比"奇怪"更奇怪，**心里计算**：单四嫂子很会计算，**宝儿该有活命了**。这一句话写出劳动人民的可怜，他们不懂医，什么也不懂，她就看见四寸多长的指甲，她认为宝儿就该活命。劳动人民是迷信的，他迷信那些形式主义的东西，认为那些形式主义的东西里面寄托着希望。鲁迅并不否认劳动人民是迷信的、是落后的、是愚昧的，他很多笔墨是批判劳动人民愚昧的，但是同时他并不因为劳动人民愚昧，就认为知识分子怎么好，知识分子看见何小仙的四寸长的指甲不会迷信，但我们迷信什么呢？假如我的孩子生了病，我抱着他去北京儿童医院，我一看见走廊走过来几个穿白大褂的，我说孩子有救了，我们迷信的是白大褂。白大褂不就是四寸长的指甲吗？有区别吗？没有区别。他如果是为人民服务的，他指甲长指甲短，穿白大褂穿黑大褂都能给孩子治好病，他如果不是为人民服务的，便都是谋财害命的歹徒，哪有什么区别？可惜多数人看不到这一点，鲁迅站在单四嫂子的心灵立场可怜她，她看见指甲长就认为孩子有救，因为一般人不会留那么长的指甲，这是"神医"的象征。

**可是，但总免不了着急，忍不住要问，便局局促促的说**：人民确实可怜，鲁迅的很多小说都写出人民有多可怜，大家可以参看鲁迅的一篇小说叫《离婚》，劳动人民是怎么被统治阶级忽悠的。统治阶级、主流媒体，并不跟劳动人民讲理，它用一些劳动人民听不懂的话来忽悠你，使你觉得它讲的是真理。

下面是对话。

"先生，"医生叫先生，"——**我家的宝儿什么病呀？**"我们看何小仙怎么回答。

"他中焦塞着。"

"不妨事么？他……"

"先去吃两帖。"

"他喘不过气来，鼻翅子都扇着呢。"

"这是火克金……"

我读《明天》很多次，每次读到这里，满腔愤慨！不为劳动人民服务的知识分子就是这副德性。其实知识分子自己有时候也是被压迫者、被剥削者，为了讨一口统治者的残羹剩饭，自己不去反抗，自己反过来要在更弱者的身上谋利，给统治者当帮凶。劳动人民确实愚昧，但是不为劳动人民服务的知识分子利用他们的愚昧去吃他们的血和肉。劳动人民不懂什么叫"中焦"，不懂什么叫"火克金"，今天很多人也不懂。他说的未必没有道理，我想何小仙也不是骗人，不会故意把金克木说成火克金，他说的可能是对的，但他说的对和不对，对于单四嫂子来说有什么意义呢？没有意义，他就是通过这一套术语垄断了知识。

**何小仙说了半句话，便闭上眼睛；**这就叫权威，权威就得说话让人听不懂，凡是说话让劳动人民懂的，那都是没学问的。怎么做到有学问？说话让人家不懂，最好说半句话，所以，**单四嫂子也不好意思再问。**再问就显得自己愚昧了，**在何小仙对面坐着的一个三十多岁的人，**鲁迅也不写他是什么人，**此时已经开好一张药方，指着纸角上的几个字说道：**

**"这第一味保婴活命丸，须是贾家济世老店才有！"**

鲁迅对医学界太了解了，我对中医也比较熟，这种场面我也都经历过，凡是有范儿的名医，他只是这么半文半白地随便说几句话。我自己也找名医看过，也亲身体验过，名医坐在这就随便说几句话，当然因为他认识我，跟我是朋友，所以说得不那么玄虚，他说几句玄虚的，我说几句更玄的，把他震住，【众笑】以防骗我。对面一定是有一个高级助手，按照他说话的意思，已经把药方开好，然后说：孔老，您的方子开好了。都是这样的。

那么这药并不是从何小仙家直接拿出来，"须是贾家济世老店才有"，我们看，这个时候是医药分离，我们今天医疗界的一个问题是医药不分，医生直接卖药，这是今天医患矛盾的一个重要因素，我们都主张医药要分家，可是医药分家就能把问题解决吗？那个时候就是医药分家，他家也不卖药，何小仙并没有赚你的药钱，他赚的是专家门诊挂号费，没卖药，但是他告诉了你药到哪儿去买，药"须是贾家济世老店才有"。就好像我们北大开方子，我们不卖药，但是告诉你这药只有清华才有。那明眼人一看就知道北大清华勾结好了，这两个是一家的，你开方子，要人家到他家买药。

**单四嫂子接过药方，一面走，一面想。他虽是粗笨女人，却知道何家与济世老店与自己的家，正是一个三角点；** 单四嫂子想的不过是一个地理图，但是"三角点"这么一读，却明白了，原来这是医、药、患者的三角关系，这个"三角点"不仅仅是一个地理图，这是一个生物链的三角关系。单四嫂子没去想那个，只是想怎么快、怎么近。**自然是买了药回去便宜了。于是又径向济世老店奔过去。店伙也翘了长指甲慢慢的看方，慢慢的包药。** 我们看这人身上有很多生理特点可写，鲁迅专门写长指甲。我们今天很多单位的很多工作岗位要求员工不得留长指甲，因为影响工作，长指甲的一定是工作节奏比较缓慢，长指甲就是闲人的代表，什么人留长指甲？公主、王妃才留长指甲。那么鲁迅专门写何小仙是长指甲，这"店伙"也翘了长指甲慢慢地包药。你今天到同仁堂看看，那柜台服务员不可能是长指甲。

她急，人家不急。**单四嫂子抱了宝儿等着；宝儿忽然擎起小手来，**鲁迅很会用"擎"这个动词，**用力拔他散乱着的一绺头发，这是从来没有的举动，**鲁迅观察孩子也观察得这么细，孩子病重的时候，心里面烧得难受、痛苦，没法表达，就随手乱抓，抓他妈妈的头发。他没有写孩子病得怎样，他用动作把这个可怕的情况写出来了，所以**单四嫂子怕得发怔。**这是两条线，一条线是写这病情的发展，另一条线在写人世百态。这个时候，我们想象不到，现代小说到了中国没几年啊，怎么到了鲁迅手里变得这么厉害，我们只能感叹，他这个人太牛。

下面又回到天气。**太阳早出了。单四嫂子抱了孩子，带着药包，越走觉得越重；**重是生理感觉，其实也是心理感觉，**孩子又不住的挣扎，路也觉得越长。没奈何坐在路旁一家公馆的门槛上，**路旁还有公馆，有个有钱人家，**休息了一会，衣服渐渐的冰着肌肤，**"冰"字用得何其好，衣服冰着肌肤，单四嫂子感到衣服是凉的、冰的，**才知道自己出了一身汗；**而这个汗是冷汗，汗已经冷了。**宝儿却仿佛睡着了。他再起来慢慢地走，仍然支撑不得，**鲁迅把一个劳动妇女心理变化写得如此之细腻，举世无双，我们就没有看到过。**耳朵边忽然听得人说：**

**"单四嫂子，我替你抱勃罗！"似乎是蓝皮阿五的声音。**

这个"似乎"用得也妙，她听出来是谁的声音了，但是为什么用"似乎"呢？因为她此时神志恍惚，所以模模糊糊地听到这是阿五的声音。

**他抬头看时，正是蓝皮阿五，睡眼朦胧的跟着他走。**蓝皮阿五为什么"睡眼朦胧"？因为他睡得晚，也刚起，一句话带出了情节。

**单四嫂子在这时候，虽然很希望降下一员天将，助他一臂之力，却不愿是阿五。**一个可怜的劳动妇女多需要有人帮她忙，多需要有人学雷锋，可是不希望是阿五，**但阿五有些侠气，无论如何，总是偏要帮忙**，这个侠不帮忙还不行，非要帮忙，**所以推让了一会，终于得了许可了。**"许可"二字用得非常调侃，得了"许可"，**他便伸开臂膊，从单四嫂子的乳房和孩子之间，直伸下去，抱去了孩子。**鲁迅写这个动作也是一绝，**单四嫂子便觉乳房上发了一条热，刹时间直热到脸上和耳根。**

鲁迅对生活细节观察得无以复加！这放到一般的所谓革命作家的笔下，一般都写劳动人民直接遭受统治阶段及其走狗的压迫凌辱，那样的小说我们在左翼作家的笔下不难看到。鲁迅同样是革命家，鲁迅很少写统治阶级的人怎么直接欺压劳动人民，鲁迅经常写劳动人民怎么欺压劳动人民。蓝皮阿五一看也是个低收入阶层，不好好劳动，爱喝酒，在咸亨酒店半夜喝酒呜呜唱，还起这么早，可是他要占阶级姐妹的便宜。单四嫂子丈夫死了，这么可怜，孩子病着，现在抱着孩子走这么远的路，很沉重，出一身汗，要不你就不帮忙，你要帮忙就好好地帮着抱着孩子走，他是假借要帮着抱孩子去占一个妇女的便宜，占一个寡妇的便宜。

他昨天晚上跟红鼻子老拱喝酒的时候，拿人家开玩笑，本来就是很不正经，结果红鼻子老拱没干什么事，他反而直接下手了。鲁迅在这写出一个劳动者的多重的屈辱，这种屈辱你又是说不出来的，你能说他耍流氓吗？人家好像没耍流氓，你不能说蓝皮阿五耍流氓，人家做得很光明正大，而且还得了"许可"了。他肯定说了很多次"我帮你抱吧，我帮你抱吧"，最后单四嫂子只好答应他抱了。可他的真实目的不在抱孩子，而单四嫂子心里是知道他要干什么的，她是没有办法，这就叫乘人之危。

乘人之危的侠还是侠吗？我讲侠的时候就讲，到晚清的时候，中国侠文化全面沦落，国家不昌，没有侠了。出来的侠是假的，是蓝皮阿五，这样的人算"侠"，算"行侠仗义"。

**他们两人离开了二尺五寸多地**，鲁迅很会调侃，**一同走着**。这男女是要分开的，男女大防是要保护的，这就是蓝皮阿五的礼教。**阿五说些话，单四嫂子却大半没有答**。说明他们说不到一块儿去。这阿五说些什么话，我们也可以想象。**走了不多时候，阿五又将孩子还给他，说是昨天与朋友约定的吃饭时候到了；单四嫂子便接了孩子**。他到底帮不帮人家？看来是假的，就是为了趁机占个便宜，然后找个借口说有事走了。**幸而不远便是家，早看见对门的王九妈在街边坐着，远远地说话：**

蓝皮阿五走了，下面又引进一个，也是带数字的人，王九妈。鲁迅愿意给人物的名字都加上数字，除了这是真实生活的写照之外，他还显示出这样的人的很多意思。

我讲《祝福》的时候，就提出一个问题，是谁杀死了祥林嫂？这是二十多年前的事了，后来全国的中学老师都学会了这么讲，一讲《祝福》都问学生："谁杀死的祥林嫂？"那么今天我们讲《明天》，同样也可以提这样一个问题：是谁在压迫单四嫂子？带着这个问题，希望大家回去读鲁迅的《明天》。

剩下的作品我们下一次再讲。

祝大家国庆愉快！好，下课！【掌声】

2014年北大选修课"鲁迅小说研究"第二课

2014年9月24日

# 暗夜在狗叫里奔驰

——解读《明天》(下)

好,上课的时间已经到了。不知道大家国庆长假过得如何?国庆假期比较长,每一天都有一个比较幸福的明天。昨天之后,这个明天变得不那么美好了,昨天想到明天不太愉快。不过,虽然到了今天,我们还是讲《明天》。

"明天"这个词,是非常有哲理、非常有诗意的一个词。我们没有考证过从何年何月开始,中国人开始使用"明天"这个词。我们没有见过孔夫子使用"明天",好像也没有见过司马迁使用"明天"。也就是说面对同一个物理现象、一个天文现象,古人和我们的感觉是完全不同的。比如古人可以说"次日",次日是明天吗?显然不是。古人可以说"旦日不可不蚤自来谢项王",旦日、翌日,也不是明天。那么其他民族语言中有没有"明天"这个词,我也没有考证过,英语中"tomorrow"是不是我们汉语中"明天"的意思?

我们在国庆前就讲"明天"的问题,看上去一个非常简单的没有故事的事件，在鲁迅这支笔下面，越写好像还越惊心动魄。像单四嫂子这样一个可怜的妇女，不过就是孩子生病了嘛，我们平时谁注意这样的事呢？"南方系"可曾报道过这样的事件——某省某县某乡某村某个妇女孩子病了，会报道这样的事吗？只有鲁迅会写这样的事。那么谁来帮、谁来助、谁来救单四嫂子这样的妇女呢？好像应该有侠客。

上次我们就讲了她遇见了一个似乎是侠的人，可是这个侠的所作所为是趁机揩油，趁机要占她的便宜。这个所谓的"侠"在鲁迅笔下写起来也很有意思，"他们两人离开了二尺五寸多地"，这个侠还是颇知廉耻的，他知道阿Q所说的男女之大防，所以他要离开二尺五寸之地，男女授受不亲。"一同走着。阿五说些话……走了不多时候，阿五又将孩子还给他"，阿五找个机会又走了。这时候又换了一个人出场——王九妈。鲁迅特别善于运用数字，鲁迅把数字运用得也是出神入化，他随便给人起的名儿里面很多都带数字，但这个数字在他笔下看起来又很自然，好像又不能更换。比如说王九妈，一看好像是她老公叫王九，那个时候家里生八九个孩子并不罕见。在我小的时候，我们那一片儿里还有一家，他家十二个孩子。我同学谁也不敢惹，因为他有九个哥哥。【众笑】当然这生得确实太多了，那时生五六个孩子太普遍了。

王九妈出场了，问她："单四嫂子，孩子怎了？——看过先生了么？"前边说的何小仙是被尊称为先生的。

"看是看了。——王九妈，你有年纪，见的多，不如请你老法眼看一看，怎样……"她在何小仙那儿看了一回，但是现在她又遇见一个年纪大的，又想让她看看。他写的都是单四嫂子的心情，不论什么人都被她当成一根救命的稻草，哪怕有一句话说得有用呢。王九妈怎么给她看的呢？

"唔……"

"怎样……？"

"唔……"**王九妈端详了一番，把头点了两点，摇了两摇。**

这些生活中的细节，我们一般都不会注意，就忽略过去了。很多事情就怕写，怕呈现，只要一呈现出来变成特写镜头，它的本质就出来了，这就是文学的厉害。历史、哲学都没有文学厉害，文学厉害在哪儿？就是它重复说，什么事情都怕重复，只要重说一遍立刻就颠覆了原有的存在状态。比如我们人说话，不论是说得庄严还是随便，特别讨厌别人重复，你想，不论你说什么话，旁边有个人跟着你重复，你一会儿就生气了，一会儿就跟他打起来了。你为什么特别生气？就因为他每重复一次，都是对你的否定，都是对你本质的血淋淋的揭露。所以人不怕别人跟你对抗，不怕别人提意见，怕别人重复。你看我现在态度很好，假如我说一句，下面有个学生重复一句，一会儿我就火了，因为重复显然是比直接的对抗更阴险，这就是重复的威力。

**宝儿吃下药，已经是午后了。单四嫂子留心看他神情，似乎仿佛平稳了不少；**这要在语文课上讲这就是病句，怎么似乎还仿佛呢？这就像《孔乙己》里边著名的一句话，"大约孔乙己的确死了"，到底是大约死了还是的确死了？所以鲁迅这样的大师又善用病句。一般人说病句我们要给他纠正，正常人少说病句不说病句，但是到了最高级的境界是怎么个样子呢？是故意地说病句，故意地念错别字。你这样才能明白为什么说"似乎仿佛"，他是在这里加重单四嫂子的心理感觉，她希望他平稳。到底平稳没平稳？

**到得下午，忽然睁开眼叫一声"妈！"**这到底是转好还是转坏的标志呢？**又仍然合上眼，象是睡去了。**前边用了"似乎仿佛"，这里又用"象"，这全是母亲的视角。我为什么说鲁迅是佛眼呢？这个时候小说的叙事者就好像一个佛，佛有四万八千像，佛随时可以进入每一个众生的心灵，佛可以随时变成你、变成我、变成他，这时候佛就变成单四嫂子，他就是单四嫂子，他看着自己的孩子像是睡去了，谁知道睡没睡去呀，也许是被病折磨到不行了。

**他睡了一刻，额上鼻尖都沁出一粒一粒的汗珠**，一个小儿生病的状态被他写得这么细致，第一个原因是鲁迅自己是学医的，第二个是他善于观察生活，第三个是他自己就有一个弟弟、一个妹妹死去。我说过很多次，在那万恶的旧社会，生十个死好几个，还不论有钱人、没钱人，鲁迅这样的家庭一样死了一个弟弟一个妹妹。你现在找一家，问他死了几个弟弟、几个妹妹？没有。这就叫伟大的进步！

**单四嫂子轻轻一摸，胶水般粘着手**，要是没有亲历写不出这种比喻来，这一定是亲历的，**慌忙去摸胸口，便禁不住呜咽起来**。"呜咽"写得非常准确，不是嗷一声哭起来，是呜咽起来，因为她一直就担着心，这个结果对她来说是她不希望看到的，但并不是特别出乎她意料的。她一直怀着明天那个希望，可是正像鲁迅所说，希望同时就包含着绝望。鲁迅说的希望和绝望的关系，并不是他作为一个高级文人自己的那种特别凌空的妙想，而是建立在亿万民众切实的生理感觉的基础上，只不过民众自己没有办法总结，不会总结，鲁迅替人民总结出来了，越有希望就意味着更大的绝望。

**宝儿的呼吸从平稳到没有，单四嫂子的声音也就从呜咽变成号啕**。为什么刚开始是"呜咽"后来是"号啕"了呢？因为事实摆在眼前了，确实这样的。**这时聚集了几堆人**，这个量词使得何其好，这个量词用的是"堆"。"堆"一般是形容东西的，形容物品，这时用来作人的量词，他其实用一个"堆"字，就彰显了非人。**门内是王九妈蓝皮阿五之类**，这是一类，**门外是咸亨的掌柜和红鼻子老拱之类**。两类——门内门外，依凭的是跟单四嫂子关系的远近，邻居就在门内，不是邻居的在门外。

鲁迅写这几堆人不是按照阶级来写，这是鲁迅和那些革命作家的重大不同。革命作家怀着对无产阶级的同情也好，怀着阶级斗争的悲愤也好，都蛮有正义性的。但是革命作家有一个问题，就是从概念出发，不是从生活实际出发。鲁迅并没有现在的这样一个清晰的阶级图景，说每当发生一个事情，无产阶级怎么样，地主阶级怎么样，鲁迅不是那样来创作的。

**王九妈便发命令**，我们说王九妈的所作所为用什么词好呢？有的时候我想跟鲁迅"挑战"——能不能换个词啊？想了半天，换不了，想了半天是"发命令"写得好，王九妈发命令，就像一个大军官一样。她为什么能够发命令？就因为她岁数大。**烧了一串纸钱；又将两条板凳和五件衣服作抵，替单四嫂子借了两块洋钱，给帮忙的人备饭**。首先是孩子死了，很多人聚集，这些聚集的人干吗呢？在王九妈的命令下干事。人死了必须要做一些事，这些事被鲁迅写得干巴巴、冷冰冰，和生命是没有关系的，就是一个自然的程序反应，一个系统中一个因素出了事，其他因素的反应。一个孩子死了，这里要烧钱，烧钱之后又要给来了的人吃饭，为了吃饭得有钱，没有钱怎么办呢？用两条板凳和五件衣服作抵——可能单四嫂子的家也就这点东西——替单四嫂子借了两块洋钱，给帮忙的人备饭。鲁迅没有说这些人都是无聊的看客，而是客观地写出了看客文化。这样的国家能搞现代化吗？这样的国家能建所谓公平社会吗？这样的国家能抗日吗？这样的国家能够解决战争的问题吗？首先得解决这些问题。

好，下面开始办事了，具体地展开了。**第一个问题是棺木**。人死了得有棺木，孩子也得有。**单四嫂子还有一副银耳环和一支裹金的银簪**，真有家底是吧？但是每个老百姓家里都有金银，也挡不住这个国家的殖民地化，挡不住这个国家要四分五裂、风雨飘摇。从单四嫂子把这点金银都拿出来就表示，这个国家也没多少家底了，每个家都是这个国家的缩影。遇见事了怎么办？最后的这点东西拿出来了，最后的财物没有了。

**都交给了咸亨的掌柜，**你不要以为咸亨的掌柜就能够保住、传下去这点金银，他们家将来也会破产。你再去看茅盾的《林家铺子》，这些小商人的金银还不是被大商人弄去？大商人怎么办呢？你再去看茅盾的《子夜》，最后都像长江一样滚滚地流向上海，从上海运到了美国。这就是我们旧中国为什么受苦受难、为什么穷的原因，我们祖先从唐宗宋祖到乾隆爷给我们攒下来的那些金银财宝哪去了？

**托他作一个保，半现半赊的买一具棺木。蓝皮阿五也伸出手来，很愿意自告奋勇；**他愿意办这差事，从中有油水可捞。**王九妈却不许他，**王九妈知道他是什么东西。**只准他明天抬棺材的差使，**只给他分配了适合他干的工作，只出力的。**阿五骂了一声"老畜生"，他很生气，怏怏的努了嘴站着。掌柜便自去了；晚上回来，说棺木须得现做，后半夜才成功。**好在那时候拿了钱还是办事的。我们现在说那些看客不好，是站在一个比较高的道德角度来判断，现在楼里面随便谁家死了老人、死了孩子，好像连看客也没有。看客必然还有一层温情脉脉的面纱，他帮助人是假的，不是发自真心的，但表面这些文章还是要做的。

**掌柜回来的时候，帮忙的人早吃过饭；**鲁迅很注重吃饭的问题。有些人不明白我为什么老写吃饭，我的回答都不是标准答案，都是糊弄你玩儿的。看看鲁迅，看看马克思，看看毛主席就知道了，伟人没有不注意吃饭的。吃饭是天经地义第一要事，吃饭能看出人生百态，人忙这忙那都是为了吃饭，所以必须通过吃饭来看人。他没写帮忙的人干什么事，写的是"帮忙的人早吃过饭"。**因为鲁镇还有些古风，所以不上一更，便都回家睡觉了。**这都是胡扯，主要是吃完饭没事了，就回家睡觉，在这儿主要是为了吃这顿饭。

**只有阿五还靠着咸亨的柜台喝酒，老拱也呜呜的唱。** 这又是鲁迅重复的地方，反复的重复就使一个场景、一个事件的意义不断地变化。形容唱的有很多形容词，用得最多的是"啊啊地唱""呀呀地唱""哇哇地唱"，这里鲁迅特别用"呜呜的唱"。"呜呜"跟"呀呀"有什么区别？"呜呜"很像哭又很像动物叫，用来形容这个没文化的粗鄙的红鼻子老拱很合适。人们都走了，事儿都忙完了，其实他们忙的那些事跟孩子有什么关系呢？不过是要拿人家钱吃人家饭。所以人都走了，才是单四嫂子的世界。

**这时候，单四嫂子坐在床沿上哭着，宝儿在床上躺着，纺车静静的在地上立着。** "哭着""躺着""立着"。**许多工夫，单四嫂子的眼泪宣告完结了**，你可以回过头去想，她一直在哭，哭到眼泪都没有了，**眼睛张得很大，看看四面的情形，觉得奇怪：** 她为什么奇怪？因为这一天她都是在别人的摆布中，她这一天其实是没有理智的，是别人让她干什么就干什么，都是王九妈他们替她做了主。不知道大家有没有经历过婚丧嫁娶这些事，如果你家里亲戚有这些事，有机会一定要参与，那比上课重要。如果和上课冲突，一定要旷课去参与，那是最好的课。我从小有这事就参与，越参与我考试成绩越好。要看切实的人生。一个人家出了事，这家人好像是犯了罪似的，他一家人以后就不能做主了，非常奇怪，他家所有的事都被别人做主，突然不知道从哪儿冒出这么多人来告诉人家干这个、干那个，指挥这个、指挥那个，而且大家都觉得很正常，都习以为常，只有我一个小孩在旁边站着。我觉得特奇怪，我说他家的东西，这时候别人怎么可以随便拿？而且别人都特正义，做什么都是对的，他们家跟孙子似的，什么都不能做，我从小就特奇怪这件事。而且我小时候，大家知道那还是毛主席时代，新中国都建立多少年了。就可见鲁迅所描写、所批评的这些事没多大改变，这得用什么力量才能够改变？不要说彻底改变，就是明显改变都行。这个时候人都走了，才是她自己的世界。

**所有的都是不会有的事。他心里计算：不过是梦罢了，这些事都是梦。明天醒过来，又一个明天出场，自己好好的睡在床上，宝儿也好好的睡在自己身边。**我第一次读《明天》，读到这儿都快哭了。这个妇女这么可怜，而且鲁迅写得这么逼真！真是这样，当一个人在非理性状态下被别人摆布这么一天，最后剩下自己一想：这是真的吗？这不是真的，凭什么我的孩子就死了？多希望这些都是一场闹剧，一场梦！等我再睡觉醒来，跟原来一样！能够体会得这么深刻，鲁迅一定有类似的心理经历。**他也醒过来，叫一声"妈"，生龙活虎似的跳去玩了。**这些事都是不值得写新闻的，不值得学者做文章的，但是值得写小说。非常高明的小说家也不知怎么写这个，那些写武侠、写言情的作家，觉得这也没劲，只有鲁迅，你看上去他什么都没写，好像说的都是废话，但正是他写的这些，却最拉近生活，变成了最闪光的文字。我们不去分析它的真实性，回过头来再看看现实。

**老拱的歌声早经寂静，咸亨也熄了灯。单四嫂子张着眼，总不信所有的事。——鸡也叫了；东方渐渐发白，窗缝里透进了银白色的曙光。**他写的是"曙光"，你们写作文写过曙光没有？现在写作文不都要捏造各种自然景象吗？网上还有各种资料，如何写早春、晚春，如何写早春的晚霞，都有资料，都可以抄。我相信你再抄也抄不到"银白色的曙光"，你和其他人可能都睡懒觉，没有谁看过曙光，看曙光的人很少；好容易起个大早，北京没有曙光可看。看过曙光的人可能会遇到银白色的曙光，那很罕见。我去旅游，有时候跟着人一块儿去看日出，太阳出来的前后大家都不好好看，都在那欢呼雀跃，要么就照相，把美好的时刻都耽误了。在我看来，你既然好容易看个日出，又看到了，应该怀着宗教般的虔诚，谁也不能说话，静静地沉浸在这个时刻里面，把你整个的生命都投到这曙光中去，留下一个永远难忘的黎明，那才叫看日出。现在的人跟自然完全是隔绝的，不懂什么是幸福，不懂什么是享受，所以也看不到银白色的曙光。这里用银白色，而不用其他色，显然又是根据这个小说的语境。银白色的曙光给人是什么感觉？冷，这是一个冷色的曙光。鲁迅喜欢用"绯红"之类的词，但这时候他不用，绯红色的曙光，那就是暖色了，这里恰恰用的是冷色，冷冰冰地告诉这个妇女，事实就是如此。

天都亮了，你等的明天已经来了。然后，**银白的曙光又渐渐显出绯红，太阳光接着照到屋脊**。大家可以比较一下当代文学和现代文学。当代文学越来越少地描写自然景象，几乎没有。你随便找一本现在的小说选刊，比如《人民文学》之类的，看看上面的小说，都是直接说人和事，很少描写景物、天气。你翻一本现代文学的小说看看，不论中间讲的是阶级斗争、暴风骤雨什么的，下面老有景物的描写，这是很有意思的。

**单四嫂子张着眼，呆呆坐着；听得打门声音**，之前如何听不见打门的声音？她可能还在希望这些都不是真的，梦还可能再延续一段。"听得打门声音"，**才吃了一吓，跑出去开门。门外一个不认识的人，背了一件东西**；先不说背的是什么，先说背了一件东西，**后面站着王九妈**。这个特写忒棒了，你想成电影画面：开了门，先是一个模糊的中景，一个人背着东西，后面站着一个王九妈，前面出场过，这个时候再一推，这个东西是棺材。

**哦，他们背了棺材来了**。再怎么做梦，事实由棺材来证明。

棺材来了，那就开始入殓吧。**下半天，棺木才合上盖：因为单四嫂子哭一回，看一回，总不肯死心塌地的盖上**；这个叙事的角度非常妙，这个时候他不是站在单四嫂子的角度上描写，前面他的视角是这个女人，现在的视角是什么视角？好像是个"公知"的视角，鲁迅不知不觉地换成了"公知"的视角。因为是"公知"的视角，单四嫂子反而是一个讨厌的人、是个捣乱的人、是个破坏程序正义的人。按照"公知"的视角，该怎么办就怎么办——孩子死了，买了棺材放进去不就完了吗？可是一大早棺材就背来了，下半天，棺木才合上盖。为什么这么不圆满呢？因为有人捣乱，谁捣乱呢？当事人。因为单四嫂子"不肯死心塌地的盖上"，因为她哭一回看一回。那这事儿怎么解决的呢？

**幸亏王九妈等得不耐烦，**这个时候王九妈是个正面角色，她是好人，维护了社会正义、维护了程序，**气愤愤的跑上前，一把拖开他，才七手八脚的盖上了。**不能再胡闹了，她七手八脚地盖上。

一般来说，按照中国传统封建礼教，老人入殓的时候，孩子们要表演几回。一般棺材要三次才盖上。第一次盖棺材的时候，子女们号啕大哭地扑上去，不让盖棺材，说"你不能走啊，让我再看你一眼"等；或者老公死了，妻子也是这样表现。第二次再表演一回，第三次大家假装把他拦住，然后再盖上。礼教往往有一些表演，一定程度的表演我们是认可的，应该允许人有这样一种仪式。但是反过来一般不行，比如说孩子死了，大人不会这样悲痛地去表演；妻子死了，丈夫不能一而再、再而三地往棺材上扑，好像你离不了女人似的，那要被人笑话。

大家想一想《红楼梦》，《红楼梦》里面秦可卿死了，她的老公公贾珍的表现就非常异常，非常出奇。儿媳妇死了，他表现得比儿子还要悲痛，都活不下去了，他是真心地要往那棺材上扑，拉着儿媳妇，不能让这儿媳妇走。曹雪芹是通过这样客观的描写，暗示出他跟儿媳妇有不正常的关系，那是违反礼教的，按礼教不能那样。

可是单四嫂子这可不是表演，人表演没有表演大半天的，累也累死了，她是确实舍不得她的孩子。因为她"表演"得过分，那些维护礼教的看客都不能忍受了，真的很气愤——太不懂事啦，哪有这样不懂事的女人？王九妈代表封建礼教，要把她拉开，大家七手八脚地把棺木给盖上，这事得办完。

**但单四嫂子待他的宝儿，实在已经尽了心，再没有什么缺陷。** 这个缺陷是从礼教的角度说的。大家并不关心母亲和孩子之间的感情，大家关心的就是出了一件事，这事应该怎么办，这事办得圆满不圆满。这是两种思维方式。鲁迅故意换视角来描写，就是要质疑这种"公知"思维方式。"公知"们是没有人性的，"公知"们要的就是所谓程序正义，要的是他们统治的那个世界的圆满。而鲁迅的存在就是给你们的世界不圆满！鲁迅为什么是不可战胜的？因为他并不要推翻你们的世界，鲁迅不是要推翻这个黑暗的世界，鲁迅的态度只有一个，就是我坐在这儿、我站在这儿、我活着、我说话、我沉默，本身就证明着你们的世界不圆满。如果圆满了怎么有我呢？所以鲁迅是不可战胜的，他不要推翻你。

那么从"公知"们的视角来看，**昨天烧过一串纸钱，上午又烧了四十九卷《大悲咒》**；烧多少卷《大悲咒》，肯定是当地的风俗。**收敛的时候，给他穿上顶新的衣裳，平日喜欢的玩意儿，——一个泥人，两个小木碗，两个玻璃瓶，**——这都是孩子的玩具，很可怜，这是穷人家孩子的玩具，**都放在枕头旁边。后来王九妈掐着指头仔细推敲，也终于想不出一些什么缺陷。** 王九妈很尽心尽力，因为她在当地的权威，必须依靠办这些事办得圆满来不断地巩固，这是她权威的来源。每个事必须有这样一个人出场。我小时候生活的市民社会也是这样的，办什么事最后总要征求老人的意见，征求这个楼、这个院里老人家的意见，"您再给看看，还缺什么不，还有什么不周到的地方再给看看"，有时候老人还真能给指出一两条大家不注意的细节。婚丧嫁娶很重视这一点，因此大家更尊重这些老人。

而像王九妈那样的老人，想的就是这些东西。一篇小说的笔墨越偏重这些，就越凸显人情的寡淡。人情没有，有的都是程序。那时，民间自有法，这就是约束人的外在的一些规定，这就是法，这些法很严密。

下面看单四嫂子把事办完了。

**这一日里，蓝皮阿五简直整天没有到**；他为什么没有到呢？因为他来的时候，光是干活没有油水，王九妈已经指定他只能帮着扛棺材，那这事他是不来的，所以简直整天没有到。**咸亨掌柜便替单四嫂子雇了两名脚夫，每名二百另十个大钱，抬棺木到义冢地上安放。**好在还有义冢，就是公共的埋人的地方。**王九妈又帮他煮了饭，凡是动过手开过口的人都吃了饭。**吃饭很重要。我从小注意，每家婚丧嫁娶的时候，谁有资格去吃饭，也是有潜规则的，老人们都知道，谁有资格吃，谁没资格吃，谁有资格全家去吃，谁有资格只能这家大人去吃，或者一个大人带着一个孩子去吃，这些都很微妙，比今天的法律法规要细致多了。**太阳渐渐显出要落山的颜色；吃过饭的人也不觉都显出要回家的颜色，**吃完饭了还在这儿干吗——**于是他们终于都回了家。**

当初圣人建立礼教是为了什么，这是一个值得思考的问题。如果说礼教都是坏的，那当初我们的圣贤不可能是坏人吧？我们用数千年的时间建立、修订、改善、完善这些礼教，婚丧嫁娶应该怎么样，出门见人怎么样，上课怎么样，怎么样对待天地君亲师，这些东西建立之初，显然应该是正能量的东西。毛主席在《为人民服务》中说"村上的人死了，开个追悼会"，后面说"寄托我们的哀思，使整个人民团结起来"，毛主席这句话就说出了礼教的本质。本来古今中外所有的礼教应该是这样一个目的：通过一定的仪式，表达我们对死者的哀思，这个哀思是共同的，通过表达哀思使我们团结起来，活着的人彼此关系更好。这才是圣人立礼教的目的。

正因为旧的礼教崩溃了，所以毛主席要建立新的"礼教"——《为人民服务》《纪念白求恩》《愚公移山》，建立了崭新的社会主义"礼教"。单位的人不论是司机是炊事员死了，单位的人给他开追悼会，党委书记致悼词，工会主席把钱送到他们家，问家里有什么困难没有，"孩子接班吧，孩子大了没有？初中毕业了吧，接班"。使人民团结起来，这就是毛主席时代中华人民共和国不可战胜的原因！因为我们八亿人民是一个人。

礼教本来是干这个的，可是万事万物会演变，会耗散。现代物理学中讲的耗散论，用到人文社会科学界也是一样的，任何一个好的东西慢慢都会耗散掉。礼教也是这样，孔孟之道说得很好，可是到了鲁镇这里，大家不过是拿礼教来吃饭。因为他们能吃这样的饭，所以吃完饭就回家了。

这篇《明天》，通过死一个小孩儿，写的又是一个鲁迅前面所写的吃人的主题。这些人是吃饭，但是合起来都在吃人，你还找不着谁是凶手。你不能说谁就是坏人，谁要承担责任，谁都没有责任。人与人之间真情没有了，就剩下一些或明或暗的法律、一些潜规则，人就成了非人，每个明天都成了昨天。

但是落到这个妇女的头上，她是有自己独特的生理感受的。**单四嫂子很觉得头眩，歇息了一会，倒居然有点平稳了。**因为大家都走了，鲁迅写一个人独处时候的感受。**但他接连着便觉得很异样：遇到了平生没有遇到过的事，不象会有的事，然而的确出现了。他越想越奇，又感到一件异样的事：——这屋子忽然太静了。**这个感受写得太好了！世界上能写出这种感受的、跟鲁迅差不多的只有一个萨特，所以曾经有学者研究鲁迅和存在主义的关系，他们之间未必是互相直接阅读过文字，但是圣人的心是相通的，他们能够隔着时空产生同样的感受，就是屋子太静的感觉。比如说现在下课铃响了，你们大家"呼"都跑出去，剩我一个我也不会感到这个教室太静,这个静显然不只是一种物理现象,它不是简单地用物理能够解释的。

**他站起身,点上灯火,屋子越显得静。**很奇怪,点上灯火,屋子亮了是不是能够压抑住这个静?可是点上灯火,越显得静。**他昏昏的走去关上门,回来坐在床沿上,纺车静静的立在地上。**纺车多次被描写,如果我们把它改成影视剧,如何拍这个纺车?如何把纺车拍出有生命来?这很难。这是画面做不到的。**他定一定神,四面一看,更觉得坐立不得,屋子不但太静,而且也太大了,**第二个感觉:大。**东西也太空了。太大的屋子四面包围着他,太空的东西四面压着他,**叫他喘气不得。单四嫂子感到有压迫,感到有压力,这并不奇怪。任何一个有同情心的人写这个题材,一定都会写单四嫂子的痛苦,写她被压迫。换到革命作家的笔下,一定会写单四嫂子受到一些有形的压迫:地主、汉奸、日本鬼子、坏人……

当时我们的革命为什么不成熟,为什么后来会遭受失败?为什么我们的江山会沦陷?革命从一开始就有问题,革命作家从一开始就有问题。他们跟鲁迅比,那差着十万八千里。你看鲁迅写那祥林嫂,有哪个坏人天天出来欺负祥林嫂吗?没有。鲁迅写这单四嫂子,是有形的东西压她吗?不是,压她的恰恰是三个词:静、大、空。这可以说写得太妙了!太伟大了!她觉得她家屋子大,她家屋子叫大吗?她家能有多少平方米的房子啊?能有三十平方米吗?二十平方米都没有,按常识也就十平方米八平方米的一间小屋。她们家太空了,是不是把东西都卖了,没家具了就显得空?

静、大、空,跟物质都没有关系。这里面才用得着资产阶级经常讲的那种抽象的人性,恰恰在资产阶级所看不起的、最没文化的、最粗笨的一个女人身上,有着人之所以为人的、最细腻的对生命的感受,对宇宙的感受。人只有到了这个时候，才会感受到一些本质性的东西。而平时我们在嘈杂的世界里边，心灵被蒙住了，听不见真的声音，感受不到真实的空间大小。而单四嫂子，突然她的生命被切断了、中止了，好像一个突然被整理过磁盘的、被格式化后的电脑，现在是崭新的一台电脑，崭新的一个机器，她恢复了最初的那些生命感受，它才有静、有大、有空。

比如一个人曾经自杀被抢救过来了，然后他决心好好活下去，他会有一些最初的感受，最新鲜的感受。能写出这种感受的作家，一定是自己感受过、品味过，感受过、品味过的人才能写出这样一个单四嫂子，一个普通妇女，能够进入她的内心。鲁迅这时候想的不是她是什么阶级的人，这就是一个人。她也可能是一个有钱的阔太太，当她所有生命都崩毁之后，也会有这样的感觉。说到写抽象的人性，鲁迅最会写抽象的人性，但一旦写出来，她又毕竟是一个有阶级的人，恰好现在要写的是一个最底层的、粗笨的妇女。这样对比它就更惊奇。如果写一个北大女博士毕业了，孩子死了，有这种感觉不奇怪，问题她是单四嫂子。

**他现在知道他的宝儿确乎死了；再三地肯定，不愿意见这屋子，**因为见这屋子就想起孩子的死。**吹熄了灯，躺着。**下面这些都是鲁迅的想象了。**他一面哭，一面想：想那时候，自己纺着棉纱，宝儿坐在身边吃茴香豆，瞪着一双小黑眼睛想了一刻，便说，"妈！爹卖馄饨，我大了也卖馄饨，卖许多许多钱，——我都给你。"**普普通通的一个小孩说的话，让鲁迅这么一写，催人泪下。因为这段不是先写的，如果在小说开头这么写也可以，那也是一种写法，但是在单四嫂子一再不愿意相信孩子死、最后不得不确认孩子死了之后，再出现这段话，它就格外感人。

这一段是很多学者喜欢引用的，这是《明天》里面的名段：**那时候，真是连纺出的棉纱，也仿佛寸寸都有意思，寸寸都活着。**这写得太好了！前面为什么老写纺车呢？前边不止一次说"纺车静静的立在地上"，我们看，"纺车静静的立在地上"，在单四嫂子看来，这棉纱纺出来的寸寸是生命！活着！那纺纱跟他的孩子有关系。

**但现在怎么了？现在的事，单四嫂子却实在没有想到什么。——我早经说过：他是粗笨女人。他能想出什么呢？他单觉得这屋子太静，太大，太空罢了。**鲁迅这个重复是很厉害的。他写祥林嫂也是这样，祥林嫂讲她的阿毛的故事就是重复，一个字都不改，这里又是这样。鲁迅能够写单四嫂子这些感受，再一次体现出写故事的人有一颗大悲悯的心。一般人也都具有本能的同情心，我们也能够写一些弱势群体被压迫和他们的痛苦等，但是能够以人家的心当自己的心、钻到人家的心里写出人家那样好多的感受来，是非常难的事。感同身受，有赤子之心，做到这种境界的人就是佛。

我国古代儒家的知识分子，有多少人愿意为生民立命、为天地立心？很多人愿意做到，但是实际上做不到。他们顶多把一个事情写得很深刻，很有情趣，但是写到这个程度的人，没有！曹雪芹也没有。曹雪芹写《红楼梦》里的刘姥姥，写得很细腻了，写得非常活灵活现了，但是刘姥姥是一个被调侃的形象，调侃背后显出她的聪明，刘姥姥心里边流淌的泪没有写出来。刘姥姥进大观园，就是打秋风去了，忍受了种种屈辱，她不知道那是屈辱吗？她是装傻，她还不是为了给孩子们弄口吃的？那么大岁数什么不知道？什么都知道。你们家不就是有钱吗？我不就是到这儿来求着你们家的吗？所以在这儿做种种粗俗的表演，逗他们开心。

要换了鲁迅，会用另外的笔墨去写。当然我们不能去超越时代要求作者，作者的修养不同、立场不同，我们只是说如果鲁迅去写刘姥姥，不会用这种写法，当然《红楼梦》里面也写得很了不起了。像单四嫂子、祥林嫂这样的人，是不会产生于五四运动之前的，她是旧人，但是是崭新的形象。这些人是旧社会的人，新社会不应该再有这样的人。所以我讲《祝福》的时候会说：祥林嫂死了，新中国才会诞生。新中国不会有祥林嫂这样的人了，那才意味着这个国家新了，否则还是旧中国。但是这些形象，是鲁迅创作出来的，不创作出这样的形象，我们就告别不了这样的人物。这是鲁迅再次通过静、大、空来表达他的悲悯。

**但单四嫂子虽然粗笨，却知道还魂是不能有的事，他的宝儿也的确不能再见了。** 这里我们比较一下她跟祥林嫂。祥林嫂希望死后能跟亲人见面，这里说单四嫂子知道还魂不能有，她是比祥林嫂更聪明一点，更不迷信一点吗？**叹一口气，自言自语的说，"宝儿，你该还在这里，你给我梦里见见罢。"于是合上眼，想赶快睡去，会他的宝儿，苦苦的呼吸通过了静和大和空虚，自己听得明白。** 这些都是神来之笔。当你真的进入另外一个人内心，很多大作家都回忆说是好像附了体一样，这时候写作是不由自己控制的，这笔一行行自己就唰唰唰写下去了。我觉得鲁迅这时确实是单四嫂子附了体，他能写得如有神助。再一次重复静、大和空虚，再一次重复有什么用？一般人乱用重复就会显得讨厌、啰唆，鲁迅每一次重复都有神笔。这里是"苦苦的呼吸"，本来她想赶快睡着了，好去会她的宝儿，因为根据迷信这魂儿还没走远，可是越想赶快睡越睡不着，因为只能听见自己呼吸，呼吸还是苦苦的，之所以听得明白，是因为静，大，空虚。

如果你想写一个人心灵的痛苦，一定要好好看看《明天》怎么写心灵深处的痛苦，怎么通过外物、通过生理感受写心理痛苦。你直抒胸臆，只能说我痛苦啊、痛苦得不得了，没有办法让人家感同身受。而通过鲁迅的写法，你会知道什么叫睡也睡不着，这就是睡也睡不着的感受。而从单四嫂子自己的心灵矛盾，我们就能看出她作为一个母亲的伟大。我们今天不常说母亲伟大吗？当然母亲不仅有伟大的一面，母亲也有她的凡俗处，还有很多负能量的东西，那是由另外的作家去写。比如说在莫言的笔下，母亲的形象和传统是完全相反的，那是他的另一种创造。可是鲁迅写单四嫂子也好，祥林嫂也好，没有说一句她们身上有着伟大的母爱，没有一句这样的话，但是你能看出她的神圣处，她的身上有着闪光的东西，她自己未必意识到，所以我把它叫"凡人的神圣处"。

**单四嫂子终于朦朦胧胧的走入睡乡，全屋子都很静。** 终于啊，不知折腾多久，她睡着了。"全屋子都很静"，这时候镜头拉开，从她家的窗口拉出来，**这时红鼻子老拱的小曲，也早经唱完；跄跄踉踉出了咸亨，却又提尖了喉咙，** 根据前面知道，他唱完走了一般是后半夜了。**唱道：**

**"我的冤家呀！——可怜你，——孤另另的……"**

你看单四嫂子，一个年轻的寡妇，孩子刚死，大家七手八脚地刚帮她办完了孩子的丧事，还都是邻居、乡亲，这红鼻子老拱夜里喝了酒之后，又开始用醉鬼的歌声去调戏人家。对比一下前面的礼教，对比那些七手八脚的程序的圆满、正义，那些东西对人之所以为人有什么用啊？在这里，我们感受到了存在主义所说的：人与人之间是狼的关系。人在宇宙中是一个孤独的存在，没有其他外来因素组织黏合的话，作为生物链的最高等级的这种动物，注定要互相残杀、互相迫害。因为这个时候别的动物都已经不是我们的对手，你要获得更多的资源就要去屠杀别人、屠杀朋友。要避免这样的悲剧，就要团结，就要组织，要有人情。那谁来组织？谁来团结？谁建立、谁恢复我们的人情？这是更大的一个课题。

老拱这么唱着，**蓝皮阿五便伸手揪住了老拱的肩头，两个人七歪八斜的笑着挤着走去。** 这写得活灵活现，笑着还挤着，互相打闹着，觉得这事可有趣了，可开心了。没有人去想另外的一个人心里面是什么状态，心里面是多么痛苦。我们会骂这种人没良心：你长人心了吗？我们也许在网上会很义正词严地骂这种人,而我们想想生活中,有多少人真的去关心别人的喜怒哀乐?所以在五四那个时候,很多作家都在写人与人之间缺乏爱、缺乏同情。叶圣陶先生第一本短篇小说集就叫《隔膜》。很多人都不约而同地想到中国之所以积贫积弱,隔膜是最大的问题。人家一千万人口的国家,假如有一百万是团结的,就可以打败你四万万人口的国家,因为你四万万人口的国家,可能有着四万万的N次方的矛盾。

这个时候鲁迅写的孤独不是知识分子那种孤独。我们现在一说孤独就觉得是一种很清高的、别人都不理解我的那种思想,特高雅。我们20世纪80年代上大学的这拨人可喜欢标榜自己孤独了,20世纪80年代的时候孤独是一种时髦,你想让别人觉得你很高级,读了很多书,很有思想,你就自己坐在三角地,拿个饭盆在那儿敲,别人一看这人很有思想,他很孤独耶!不出一个星期他就找到新的女朋友了。后来知识分子终于落得报应,有人说孤独是可耻的。

那么鲁迅在这里写出了一个劳动妇女的孤独,谁能理解她的孤独?她如果孤独了,这个民族还有不孤独的人吗?鲁迅写的是这种状态。你看红鼻子老拱、蓝皮阿五这么没良心,没心没肺的,等哪天他家里出了事也是这样,他自己是看客,他家出了事别人也是看客。他俩关系很好,假定有一天红鼻子老拱家里出了事,你以为蓝皮阿五会慷慨地帮助?不会的,一样还是偷奸、耍滑、揩油,等事办完了,再来表示自己很侠肝义胆。

小说的最后一段。单四嫂子早睡着了,老拱们也走了,咸亨也关上门了。事情全部结束了,万事大吉了。**这时的鲁镇**,鲁迅笔下的典型场景鲁镇,**便完全落在寂静里。**落在寂静里,那么还有什么呢?**只有那暗夜为想变成明天,却仍在这寂静里奔波;另有几条狗,也躲在暗地里呜呜的叫。**

我前面问过大家为什么老拱唱歌是呜呜地唱，文学的作用就在这里，很多事情不要明说，一明说就不是文学了。不要明说，只有描写，你自己去领会。小说结尾几条狗在呜呜地叫，因为老狗唱完了，该它们唱了。我曾经在一篇文章的结尾化用这句话，"那暗夜为想变成明天，仍在这寂静里奔驰"，那位编辑没有读过鲁迅的《明天》，非常吃惊，说老孔真伟大啊！能写出这么好的句子来。他不知道这其实是偷鲁迅的话，读到鲁迅这句话，当时我就镇住了，当时就傻掉了。明天是由暗夜变成的，他把暗夜写得这么有生命，暗夜想变成明天，暗夜还在奔波，暗夜在运动。一个人有多少个夜里不睡觉才能想出这种句子来，这得跟夜的关系多好、多瓷实！没事就看着夜，于是在他的眼睛里看来，这夜是运动的，这夜不是静态。我们到了晚上看这夜都打蔫，看它是静的。

鲁迅这种人，一到半夜来精神了，点上一支烟，沏上一杯茶，在那里看，他越看这夜越动，他就看出，"你动什么呢？哦，想变成明天"，这圣人是这么来的。他知道这暗夜是想变成明天在那儿奔波，暗夜也不容易，时间在前进，可是有几条狗在那叫，结尾的意象太有意思了，这是一个什么世界啊？闹了一阵，死了个孩子，没心没肺！一个寡妇，睡着了想跟她孩子见面，但是她到底梦没梦见她孩子啊？不管了，没写。

鲁镇安静了。他笔下典型的场所又出现了——鲁镇。福克纳、马尔克斯等很多作家一辈子擅写一个地方，莫言、沈从文等也写他们家乡，都写得挺好，但是他们的家乡都不能代表中国，莫言写的高密能代表中国吗？虽然高密现在开始搞旅游了，开始种上了红高粱——这得感谢莫言，文学反过来创造生活——但是莫言写得再好，他的高密不是中国，不能代表中国。而鲁镇可以代表中国。鲁迅写的鲁镇就是老中国的缩影。所以茅盾写《鲁迅论》就总结出鲁迅写的是老中国的儿女。

你看完鲁迅就知道，这中国不革命不行了，中国不动不行了，中国必须变化，要变革。但这话不是鲁迅说的，鲁迅没说，他只是把这事写完了，就暗夜奔波了，剩下的事你们去想，你们去干，那不是他干的事。然后茅盾就开始写都市，茅盾开始写革命，必须变化了。鲁迅完成了自己鲁镇的工作，鲁镇所代表的中国是什么样呢？是寂静，是死一般的寂静，但是死中有活，那个暗夜是想变成明天的，可是明天还没到来，暗夜在奔波，在寂静里奔波，不是轰轰烈烈地奔波，是有一种东西在运动，这个东西要变成明天，可是很难。它不但是孤独的，是寂静的，那边还有狗在叫，在呜呜地叫，这是老中国的一个意象。大家闭着眼想，把它变成一个画面，这是一幅什么画？要把它变成一幅油画或者一组动漫，怎么画这个画面？你想它就是一个典型的东西，典型的画面。

所谓"明天"这个词，一共出现了四次，小说就结束了。小说不是大团圆的结尾，也不是什么惊心动魄的悲剧的结尾。鲁迅的小说，有的人说好像在不该开始的时候开始了，在不该结束的时候结束了。这后边呢？没有后边，就完了。

鲁迅在《呐喊·自序》里提到《明天》一笔，鲁迅说：

> 但既然是呐喊，则当然须听将令的了，所以我往往不恤用了曲笔，在《药》的瑜儿的坟上平空添上一个花环，在《明天》里也不叙单四嫂子竟没有做到看见儿子的梦，因为那时的主将是不主张消极的。至于自己，却也并不愿将自以为苦的寂寞，再来传染给也如我那年青时候似的正做着好梦的青年。

一到鲁迅自己说话，就变得格外的不明朗，变得格外的缠绕。接着前面我们对《呐喊·自序》的分析，总而言之他是讲他写小说要听将令。但其实他也不怎么听将令，他跟谁都不一样，但他给自己的一个解释是听将令，也就是说他理解的将令是这样的，所以他说用了曲笔。这个曲笔，根据上下文来看，是说他本来不愿意这样写，他认为这不是真实的，但是为了别的目的故意这样写了，这是"曲笔"二字的意思。

就这个意思我们看，他说在"瑜儿的坟上平空添上一个花环"，我们看《药》的小说结尾，两个老太太去上坟，在夏瑜的坟上就有一个花环，小栓坟上没有花环，所以这个老太太心理就平衡了，她觉得她儿子虽然是犯罪死的，但竟然有人献花，老太太本来觉得儿子是乱党，还不如人家华小栓是得痨病死的。就在老百姓眼里，得痨病死还是个光荣，她儿子的死是可耻的，因为他竟然说大清的天下是我们大家的，他死了活该。老太太本来很自卑，但是上边竟然有一个花环。我不知道你们中学时学《药》语文老师怎么讲的，让没让大家分析这花环怎么来的，花环代表什么意思。过去经常说，这花环象征着革命的希望，将来革命会胜利的，因为革命同志来给他献花了，说明革命同志们在集结，有更大的革命暴风雨要来临等。可是鲁迅说这是曲笔，按照鲁迅本来的意思，这坟上是没有花环的，这是我为了哄你们高兴，故意写上去的花环，要按照鲁迅自己的想法，这坟上什么都没有，他母亲就是自卑的，就是认为自己的儿子是乱党，死了还见不得人，还不如华小栓得痨病死了，这才是中国老百姓真实的想法，所以花环是曲笔。

他又举了一个例子，就是《明天》这里面的，结尾说单四嫂子想早点合上眼，那么艰难地，最后终于朦朦胧胧地睡着了。睡着了，到底梦没梦见她儿子？按照鲁迅的想法，就可以写她没梦见她儿子。鲁迅是直面人生的惨淡，正视淋漓的鲜血，鲁迅自己是打碎一切希望，鲁迅要把小说写下去，就一定写单四嫂子没梦见她的宝儿，说不定梦见的是跟宝儿毫无关系的一些乱七八糟的事，但是如果那样写，人生就太悲哀了，太悲痛了！鲁迅是绝对有功能够写出比金庸笔下的《连城诀》还要悲惨的人生，但是即使金庸写《连城诀》，写到最后也不忍心了，最后《连城诀》的主人公狄云跑到大雪谷里边，竟然看见水笙在那里等着他。看到最后的时候很感人，我知道金庸先生挺不住了。【众笑】前边人生一片黑暗，人与人之间的关系全是狼的关系，什么男女爱情、师生感情、父女亲情全是假的，人和人之间就是人吃人，一个长篇小说写到底真不容易啊，写到底金庸终于挺不住了，终于让男主人公见到了他的心上人！人心最后是软的。

但是短篇小说可以写得没有结尾，鲁迅就这么终止了，没有写她做梦没有看见儿子，鲁迅推给主将，说主将不主张消极的。我们没有查到哪个主将说不主张消极的话，是陈独秀还是李大钊，说不主张消极？没这事，是他自己理解的。其实还是后一句话是他真实的解释和心境，他自己觉得生活够苦了，人生太苦了，人生阴暗面太多了，他自己一个人咀嚼着这些寂寞就够痛苦了，看一看青年人活得挺快乐，正做着好梦，你干吗一盆水给人家泼过去，把人家好梦都浇灭了，非得告诉人家人生很苦闷、很痛苦、这都是假的。所以鲁迅的这种心情才是佛的心情。

如果我们到一些著名的寺庙去，庙里的佛像雕得比较好、艺术性比较强的话，你看佛的表情，佛是面带微笑的，那是一种什么样的笑？我们看看龙门石窟，看看敦煌莫高窟，那些佛的那种笑是个什么笑？我觉得很像鲁迅的笑，他有无限的秘密没有告诉你——可怜的人们呐，你现在觉得快乐吗？那就快乐吧，别的事我不会对你说的，除非你已经知道了，那我告诉你，对，就是这样的，就咱俩知道，别告诉他们啊。这才是佛！佛不是把知道的真理百分之百地成天到处宣扬，敲着锣说"开会啦！讲真理了"，【众笑】不会这样的，那不是佛，那是骗子。所以孔子说"不愤不启"，你自己有所觉悟，老师才跟你讲道理：哦，你已经发现了，老师告诉你，是这么回事——我也从这条路走过来的，你说得对，但是其他同学还没发现,那就让他们做梦吧。这才是好老师。鲁迅是把自己全部的生命烧在这里面。即使像《明天》这样的在鲁迅作品中不算一流小说的作品,也同样包含着鲁迅这颗佛的悲悯的心。

我们回过头来简单地看一下主人公。主人公名叫单四嫂子,我说过鲁迅很会起名字,这个"单"有两个读音,给人的直觉念"dān",所以看见这个姓,我们就觉得她是一个孤单的人,她正好是个寡妇,跟一个小儿子相依为命,儿子又死了,就更加孤单。但是它作姓的时候,读"shàn",这个"单"又通善良的"善"。所以鲁迅给这个人物起的姓是精心安排的,她叫张四嫂子、王四嫂子力度没有这么强,也不是不可以,也可以,那就随便取,我们一般人都会随便取一个虚构的名——老王老张,我们都会这样搞。但是"单四嫂子"这个"单"用得很好,她是善良的、粗笨的、孤单的寡妇,最底层劳动妇女。我们可以把她跟祥林嫂做对比,命运不同,都没有受过哪个巨大的邪恶势力的直接压迫,或者政府的压迫——把她的地抢走了,把她的房强拆了——没有遇到这么大的悲剧,好像没发生什么事,是自然的悲剧,你找不着凶手。但就是这样的人,最卑微的生命,却牵连着这个国家。国家大了有时候就会忽略许多卑微的生命,觉得这一两个人、十个八个人有什么了不起,不就是闹一闹吗?我们会觉得跟国家没关系,其实是有关系的,关系还很直接。

就小说艺术来说,这个小说也是很高妙的,本来没有事,没什么情节,比如刚才让大家写新闻,你能写出什么情节来——宝儿患病期间,本地名医何小仙给他医治……这都算什么情节?所以这样的小说格外需要剪裁的功夫。鲁迅是做了若干个画面的剪裁,写单四嫂子家中发生的悲剧,他特别剪裁了红鼻子老拱和蓝皮阿五,这两个人是不可或缺的,这两个没心没肺的家伙反衬出了悲剧之沉重,叙事信息先透露、后透露都很有用。画面是非常凝重的,鲁迅是一个天才的画家,我们前面分析过了颜色的使用。

语言是出神入化，鲁迅作为一位古文大师，是摆弄古文字的，鲁迅早期写的文章的字我们都不认识，半天才看一页，老得查字典，这样一个人来写白话文，那简直是天下无敌。网上有人问，鲁迅的白话文比毛主席还厉害吗？我说当然了，毛主席的文章固然伟大，但他不是搞学问的，他没研究过古文字，这方面鲁迅是无敌的。这小说还有它高妙的反讽艺术，今天我们分析的盖棺材那一段就是反讽，还有关于吃饭的一些描写，鲁迅不直接表达自己的愤慨，都是用反讽的手法写出来。

就《明天》小说的标题，我们回顾一下。"明天"这个词我一开始就说，不是自古就有的，孔子、司马迁那时候不说"明天"。"明天"有一个意思是：月光满天。月光满天叫明天。元稹有一句和白乐天的诗："闻君别爱弟，明天照夜寒。"这"明天"不是tomorrow，是月光满天照着寒夜的意思，这是"明天"本来的第一个意思。第二个意思，"明天"就是明亮的天空，这很简单，是一个缩写。很晚很晚这词才产生我们今天的这个意思，就是今天的下一天，应该是佛教在中国普及很久了之后，甚至可能是波斯的拜火教进入中国之后，"明"这个字大规模地在现实生活中使用，跟明教有关系，跟张无忌他们都有关系，之后才有"明天"。

而一旦人们习惯了使用"明天"，我们的世界观会改变，我们对时间的感觉会不一样。今天使用"明天"经常作为对今天的逃遁，今天的事往明天推，以为明天是一个切实的存在。因为词是对应着物的，我们老以为有一个词就会对应一个物。当我们制造出"天马"这个词的时候，我们会恍恍惚惚以为真有一种动物叫天马，本来理智上知道没有，但感情上觉得有。明天也是一样，明天有吗？有明天吗？其实从来没有明天，当明天来临的时候它已经是今天，世界上不曾有明天，明天是一个概念。可是我们制造了这种概念之后它有用，可以逃避今天。

我很小的时候，在我的桌子上写了一句话：今日事今日毕。这是一个很通俗的哲言，但这句话我觉得特别有用，它让我很小就不把希望放在明天，我要努力，今天累死了我也要把这事儿干完。因为明天是不存在的，明天来的时候还是今天，我永远活在今天，没有明天。还有我们说的各种变体，"明儿""明儿个"。但是它之所以能吸引人，之所以能欺骗人，跟"明"这个字是有关的，它和次日、翌日都不一样，说"次日"的时候冷冰冰的，没有感觉，一说"明天"为什么有感觉呢？因为它是一个"日"一个"月"，光明的，亮的，所以它跟希望相关。明天天然地包含着希望的意思，也就是说"明天"这个词，天然就是骗人的，这个词天然地带有欺骗性。所以鲁迅才要写《明天》，明天才有这么深的寓意。而小说整个的寓意又是一个反讽，因为对单四嫂子和祥林嫂这样的人来说，没有明天，她希望着明天，可是对她来说恰恰没有明天。她每一个今天都是痛苦的，每一个今天都是地狱。所以好的社会，应该是今天就好，然后再唱明天，唱不唱明天都无所谓。

这个小说给我们留下一些念想，一些思考。四个"明天"我们说过了，我们还可以仿照讲《祝福》的方法问大家，谁害死了宝儿？宝儿当然是生病死的，但是宝儿如果活在今天不会死，活在有合作医疗、赤脚医生的时代不会死，但是活在那个时代就死了。谁能救单四嫂子？我们国家变成印度那样的所谓民主国家，能不能救单四嫂子？印度直到今天，仍然有千千万万的单四嫂子每天这样生活，孩子每天这样死去。大量的非洲国家、拉丁美洲国家、菲律宾等那些国家多民主啊，谁能救单四嫂子？单四嫂子这样一个最粗笨的善良的底层劳动妇女，活在什么时候相对比较好，又怎么样去实现？这是一个问题。

鲁迅所拈出的"明天"这个概念，恰恰是一个现代化的概念。全球现代化以来，各种主义不断给我们灌输的都是明天，基督教也好、资本主义也好、社会主义也好、共产主义也好，这里边都有明天，所以在一定的意义上，它是互相连接的。我可以随便想起很多流行歌曲，比如《明天的太阳》，有一年春晚上唱的就是《明天的太阳》；还有一首流行歌曲，《我们的明天比蜜甜》；《明天会更好》也是一首歌，我们不由自主地都认为明天好。这不是古已有之的概念，这是现代化的概念，活在现代化的蘑菇云之下，我们认为明天好。

尽管我刚才简单地说了明天不存在，但这只是我个人的一个分析，它不能穷尽道理，不能穷尽真理。所以最后留下一个问题让大家回去思考：什么是明天？

今天就讲到这里，下课！【掌声】

2014年北大选修课"鲁迅小说研究"第三课

2014年10月8日

# 复杂的碰瓷

—— 解读《一件小事》

我们上这门鲁迅的课，本来讲鲁迅的小说就行了，没有必要讲别的，但是我想还是在这里引用鲁迅先生的一首诗，来表达一下鲁迅对于普通民众，对于我们这个多灾多难的中国的感情。这首诗，可能大家不熟，我把它写在黑板上！

> 云封高岫护将军，
> 霆击寒春灭下民。
> 到底不如租界好，
> 打牌声里又新春。

这是鲁迅一首叫作《七绝·二十二年元旦》的诗，我曾经评论过这首诗，收在我一本很不著名的书里面，叫《井底飞天》。二十二年，是民国二十二年，是公元哪一年啊？你可以加上11，比如民国元年可用1

加上11，就是1912年，这首诗是写的1933年。元旦是旧称，本来我们中国过去每年阴历过年的那天叫元旦，元旦是第一天嘛，我们后来采用西历了，把我们自己的元旦改叫春节了，把"元旦"这两个字让了，让给公历的第一天，叫元旦，所以这里的元旦其实是春节的意思。春节很多人都要写诗，鲁迅也凑热闹，写了一首诗。春节的时候应该是四海升平，大吉大利，欢乐祥和，但是鲁迅却写了这么一首诗。表面看上去挺不错，读到最后好像还很喜庆。"云封高岫护将军"，初看是一幅很美的写意画，写意山水，高高的山有云雾环绕着，多好，好像还有点仙意，但是妙就妙在云护的是谁呢？护的是将军，将军者，杀人者也！原来道骨仙风之地里面藏着磨刀霍霍之人。人们就会想，将军是谁啊？你一看历史，1933年的1月，那时候中国发生了什么事呢？"剿共"！当时蒋介石发动了第四次对中央苏区的围剿，总部设在哪里？总部设在庐山。蒋介石在庐山上训练军官干部团，从庐山上下来的军官被井冈山上下来的打得落花流水！同样是江西的两座山，这个时候庐山护将军就不是一般的山水图了，这里面就大有社会学的含义了。妙就妙在护字，大家可以体会，这是一幅很好的图。要完整地理解第一句还应该和第二句结合起来——"霆击寒春灭下民"，霆者，暴雷也，霹雳也，雷霆万钧的霆，霹雳叫霆。这里的"霆击寒春"并不是指我国发生的冰雪自然灾害，不是指霜冻，而是指飞机轰炸。鲁迅在一篇叫《天上地下》的文章中说，"中国现在有两种炸，一种是炸进去，一种是炸进来"，炸进去就是围剿，是将军们在高山上策划好的，叫炸进去，炸到苏区里面去。炸进来的是谁呢？炸进来的是日本人。这首诗写作的时候距一·二八事变一周年仅两天，那个时候有"一·二八""满洲国"《淞沪停战协定》等，今天有些人公开宣扬的所谓国民党抗战，就是这样一幅图景，国民政府在日本人面前节节退让，日本人天天炸进来，将军们不管或者说不怕。鲁迅说了,"总而言之,可靠的国之柱石,已经多在半空中,最低限度也上了高楼峻岭了,地上就只留着些可疑的百姓,实做了'下民'"[1],所以甭管炸进来还是炸进去,将军们已经被护得万无一失,只有寒村里的下民百姓,遭受饥,等待命。那么据鲁迅所摘的《申报》的"南昌专电",也就是国民政府专电"日内除飞机往匪区轰炸外,无战事",就是国家的飞机只去轰炸苏区,"三四两队,七日晨迄申,更番成队飞宜黄以西崇仁以南掷百二十磅弹两三百枚,凡匪足资屏蔽处炸毁几平,使匪无从休养。……"国家不是没有钱,不是没有飞机,不是没有炸弹,有!炸"匪",由很多很多下民组成和支持着的"匪",炸起他们来国民党是这样的欢腾、勇敢!但是过两年一遇到日本人,马上就丢盔卸甲,高级将领投敌者六七十人!上百万的国军一转眼变成伪军,这就叫"国民党抗战"!我们不能歪曲历史,如果国民党真心抗战的话,我们会死几千万老百姓吗?会有《南京!南京!》这样的电影上演吗?而此时,日本正三路进攻的热河冀北各县,在日寇轰炸下死伤无数!所以鲁迅的这两句诗格外沉重。表面看来是用世外的眼光写天上,貌似山水画;细玩字义,可以看出其中的愤慨和悲哀。这是多么无耻的政府!这是多么不幸的人民!

应该看到这是一幅大写意的全景,少了一部分就不完整了。除了不能够公开描写的共产党红军之外,中国的几种主要人物都在诗里了。将军们云中筹划,百姓们村里挨炸,一片天空两个世界。但是还有第三个世界,第三个世界就是后两句写的——租界!租界是个很奇怪的东西,很好玩的东西,既属于中国又不属于中国,其中住的很多人,身为中国人却不管中国事,或者说不站在中国的立场上管中国事。

---

[1] 鲁迅:《"多难之月"》,《鲁迅选集》(三),中国青年出版社,1991年,第298页。

不管老百姓怎么被"灭",我们中国永远有一批人,既不用担心挨炸,也不用躲入高山,在洋人的保护伞下,过着世外桃源的生活。有人说没看见鲁迅写抗日文章啊,第一,这些人可能不熟悉鲁迅,说这话的人都不懂鲁迅,也不读《鲁迅全集》。第二,读也读不懂,他们以为只有每天喊"打倒日本帝国主义"的人才是抗日。鲁迅确实没有喊过打倒日本帝国主义,鲁迅连"打倒国民党反动派"都没喊过,鲁迅对他们很客气,鲁迅都称他们"将军"啊,鲁迅很"蔑视"劳动人民,叫他们"下民"。如果你这样读的话,那就没办法对话了。鲁迅说,"昨年东北事变详情我一点不知道,"你看鲁迅不爱国,东北东三省都没了他不知道,"想来上海事变诸位一定也不甚了然。就是同在上海也是彼此不知,这里死命的逃死,那里则打牌的仍旧打牌,跳舞的仍旧跳舞"[1]。

我记得我有一次课上说过,上海一·二八事变之后,中日两国军队打得正欢,有很多上海人说:"走啊,到苏州河去,看打仗去。"看打仗!所以,"到底不如租界好"。初看可乐,再看就乐不起来了。有那么一些人,一边打着牌,在欢乐玩笑声中,不知不觉就迎来了新春。新春与旧年仿佛没什么不同,不存着什么轰炸、围剿、死亡,洞中数日世上千年。所以我们看鲁迅的这首诗,其实继承了古人写的那种"朱门酒肉臭,路有冻死骨""战士阵前半死生,美人帐下犹歌舞",古人写的只不过是贫富差别,鲁迅写的是一个民族在大敌当前之际,不同的社会群体所呈现出的不同的状态。

统治者中有那么多无耻的人,被统治者是那样可怜,还有夹在统治者与被统治者之间的那些闲人,闲人中有一小部分是汉奸。统治者无心

---

[1] 鲁迅:《今春的两种感想——十一月二十二日在北平辅仁大学演讲》,《编年体鲁迅著作全集 插图本 1928-1932》,福建教育出版社,2006年,第513页。

救国,被统治者无力救国,闲人们无所谓国不国。这个时候的鲁迅的心情,1933年的心情可想而知……我们说他对旧的世界已经看得透得不能再透了,但是新春在哪儿?他说"打牌声里又新春",这是反讽,打牌声里的新春和昨天有什么区别?和元旦之前的那一天有区别吗?没什么区别。所以这里边,仔细的艺术上的分析我不讲了。其实这诗里边有些词鲁迅都改过,比如"高岫"原来叫"胜境",里边有几个字用得非常好,"封""护""击""灭"……都是写得非常棒的。我想介绍鲁迅的这首诗,来表达一下我们对某些境况的感觉,或许跟某些人稍微不一样吧。

我们今天讲鲁迅小说的复调问题。上次讲了《狂人日记》,好像引起大家的很大兴趣,课后有同学来提问跟我交流,还有给我发信息的等等,看来《狂人日记》确实是现代文学史上顶顶重要的作品,今天大家还能够对它这么感兴趣。

我们来讲一篇鲁迅小说中非常简单的作品,叫《一件小事》,非常简单,大家大概是初中学过这篇小说吧。

《一件小事》从文体上看,既像小说又像散文。我模模糊糊记得我小时候学这篇文章的时候老师就说:你看鲁迅先生多了不起,他同情劳动人民,他觉得劳动人民比自己强,自己反省知识分子有自私自利的思想,劳动人民那么高大,须仰视才见。特别是**独有这一件小事,却总是浮在我眼前,有时反更分明,教我惭愧,催我自新,并且增长我的勇气和希望**。他觉得这两句话非常好。

《一件小事》这个作品很多人觉得不是小说。比如说我参与编中学教材的时候,老师们说鲁迅《一件小事》应该放,但是放在散文单元还是放在小说单元是个问题,那就要争论。有的说《一件小事》是散文,有的说是小说。不管谁有道理,反正争论的存在就说明这个文体特殊。强调它是小说的说它是虚构的,认为它不是小说的就会问,你凭什么说它是虚构的呀?这儿第一人称是"我",而且你一查鲁迅的生平,这儿跟鲁迅真实生平一样。我们今天暂且认为它是小说,即使它是小说,里面也有一些杂文因素,我们主要看它第一段,开头就说:

**我从乡下跑到京城里,一转眼已经六年了。其间耳闻目睹的所谓国家大事,算起来也很不少;但在我心里,都不留什么痕迹,倘要我寻出这些事的影响来说,便只是增长了我的坏脾气,——老实说,便是教我一天比一天的看不起人。**

我们看了这第一自然段,如果不看下边的话,你怎么知道这是小说呢?这是一篇杂文的开始也可以吧,下面可以有一万种可能。所以老师教给我们第一段应该怎么写,那都是靠不住的,老师会说第一段和后边有什么关系,其实有一万多种关系。假如有一个人,他没有读过《一件小事》,就给他这一段,请他在后面续写八百字,肯定人人不一样,有续出小说来的,有续出戏剧来的,有续出散文来的,各种文章都会出来。

这一段本身就是杂文,讽刺性的杂文。先说"我从乡下跑到京城里",这个"跑"有投奔的意思,暗含着一般人所认为的"城市比乡村好,何况是京城呢"。他来了这么多年,六年了,"其间耳闻目睹的所谓国家大事"——把国家大事就给讽刺了。一般乡下人到北京来,都觉得知道一些国家大事非常厉害。我刚才来上课路过图书馆,看见北京大学一个保安哥们领着一个朋友,正在参观北大校园,说:"你看这就是北大图书馆。"那个哥们很羡慕。我估计那哥们是外地刚来的,是他老乡。从乡下刚到京城来,会觉得京城一切都很伟大,但小说中"我"来了六年了,加上一个"所谓",就把它给否定了。

"国家大事,算起来也很不少",下面"但在我心里,都不留下什么痕迹"这一句话包含了对中华民国这几年来的全部否定。中华民国建国后这几年有多少大事啊,北洋政府时期光总理就换了多少啊,换了近十个总理,现在除了专门研究总理的外,一般研究北洋史的都数不出来。

"倘要我寻出这些事的影响来说,便只是增长了我的坏脾气",他一步比一步说得厉害,"老实说,便是教我一天比一天的看不起人",下面完全可以写一篇看不起人的杂文,比如说列举一些达官贵人的坏事、社会上的歪风邪气,或者批判北京文化——原来觉得北京很好,现在看北京不好——等,可以写好多。但是我们知道下边写了一个车夫的故事。

这个车夫的故事也很有代表性,因为五四的时候很多人都写过车夫的故事。车夫的故事可以专门写论文研究的,鲁迅写过,胡适写过,徐志摩写过,闻一多写过,写得最有名的是老舍的《骆驼祥子》。所以现在老北京,特别是南城的人,都把从事这一行业的人叫祥子,从蹬三轮的到出租车司机,都叫祥子。你问路:"到一个地方怎么走?""我不知道,那儿有个祥子,你问那祥子去。"祥子成了代名词。《一件小事》的结尾,就是他讲了那个车夫的高大之后,他变成反省:**这事到了现在,还是时时记起。我因此也时时煞了苦痛,努力的要想到我自己。几年来的文治武力,在我早如幼小时候所读过的"子曰诗云"一般,背不上半句了。**这跟第一段是呼应的,跟我们中学作文的要求很吻合,首尾呼应,而且还不是简单地重复:"独有这一件小事,却总是浮在我眼前,有时反更分明,教我惭愧,催我自新,并且增长我的勇气和希望。"

如果你高考作文能写出这样的句子,那绝对是好文章,非常有力,又不空洞。但是我们看这文章是杂文的笔法,既有自我的反省,又有对社会的批判,等于把中华民国政治上的功劳都否定掉了。这不是客观评价,如果是客观写历史的话,中华民国再不好也有若干好事吧。北洋军阀再糟糕,那毕竟是一群很有学问的人,除了自己贪污腐败之外,也给国家做了不少事。总之每届政府都有好事，再坏的政府也有好事，再好的政府也有坏事，那是客观写历史。

但是杂文是不讲客观的，杂文就是要戳破眼前这个迷雾，大家都觉得改了民国就好了，民主了嘛，没有皇上了。人们都是头脑简单的，以为推翻专制没有皇帝就万事大吉了。在鲁迅看来这种民主还不如专制。批判民主的人不一定拥护专制，要明白这个道理，批判中华民国的人不一定要回到清朝去，他就是拼命说这民国不如清朝，也不是要回到清朝去，他的重点是批判当下。

我们看鲁迅的《一件小事》，分明是放了一个小说的框架。你们有没有学过鲁迅的《范爱农》？《范爱农》是回忆性散文，而且范爱农是真的人，可是《范爱农》却很像小说，笔法非常像小说，鲁迅的小说和杂文是有互通性的。

但是我们读《一件小事》的时候，总觉得这和我们所写的好人好事的作文距离非常远。我们小时候就写好人好事，有时没有好人好事就自己编一个，经常编捡钱包的故事，捡钱包都编了无数次，全国有那么多人倒霉，天天丢钱包。但是我们写来写去，总觉得和这篇《一件小事》不一样，所以，我们重新读一遍小说就会发现，我们经常忽略了这里边的一个重要人物。我们一般讲《一件小事》只注意到这里有一个"我"，有一个高大的车夫，这个车夫多么了不起，负责任，我们没有注意还有一个重要人物叫伊，这个伊被我们给忘了，啊，伊被我们给忘了。

> 跌倒的是一个女人，花白头发，衣服都很破烂。伊从马路边上突然向车前横截过来；车夫已经让开道，但伊的破棉背心没有上扣，微风吹着，向外展开，所以终于兜着车把。幸而车夫早有点停步，否则伊定要栽一个大斤斗，跌到头破血出了。

> 伊伏在地上；车夫便也立住脚。我料定这老女人并没有伤，又没有

别人看见,便很怪他多事,要自己惹出是非,也误了我的路。

我便对他说,"没有什么的。走你的罢!"

车夫毫不理会,——或者并没有听到,——却放下车子,扶那老女人慢慢起来,搀着臂膊立定,问伊说:

"你怎么啦?"

"我摔坏了。"

我想,我眼见你慢慢倒地,怎么会摔坏呢,装腔作势罢了,这真可憎恶。车夫多事,也正是自讨苦吃,现在你自己想法去。

我就读到这里。大家看看这一段的描写真实不真实?如果你认为它是真实的,那它和我们刚才总结的中心思想不是有巨大的矛盾吗?我小时候读这段的时候就怎么也不理解,不理解的事情我不下结论(从小我就有这好习惯),我就等几十年后下结论。今天我可以下结论了,这在今天咱们叫"碰瓷",这就是一个"碰瓷"的。现在在马路上经常有,就是利用你开车、利用交通堵塞,在你的车前慢慢倒下了,假装是你的责任然后索赔。现在每个城市里都有一个人数非常多的"碰瓷"群体,他们以此为生。你明明知道他是故意的,但是由于他就揪着你不让你走,你耗不起时间,最后给他一百块钱、两百块钱就私了了,最后总是这样。我就多次遇到过这种人。我前两个星期去北京郊区一个中学做报告,他们的老师开车来接我,路上就遇见这样的情况,情景完全相似:一个老人,本来在那安详地站着,看见我们的车是一个年轻的女老师——一个戴着眼镜的年轻女子——开的,他算定了对象,忽然就从马路边横截过来,"我眼见你慢慢倒地"。然后这个女老师就非常纠结,她大声说:我没撞着你呀,大爷,我没撞着你,是你自己倒的呀,等等等等。那天解决得还比较顺利,因为那个老头毕竟表演得不太到家,一点儿伤也没受,而且他还把车撞了一下,后来就算了,没给他钱。但在我脑子中一下子就涌现了《一件小事》。如果我们引入了这个要素再来看《一件小事》,这个文本岂不是非常复杂?

  这个文本是非常复杂的。我觉得他所写的这个车夫就更高大,不是我们以前理解的简单地同情弱者、同情老太太。我讲的这个车夫是天天在路上跑的,他比乘客更知道什么叫碰瓷。在车上的这个"我"都知道她"慢慢倒地",没有"摔坏","装腔作势",那个车夫更应该知道。但是那个车夫却负起了这个责任,搀着老太太的胳膊,去了巡警分驻所——我们现在叫派出所——找警察,他负起这个责任来了。"我"坐在车上,**直到看出分驻所里走出一个巡警**,才掏出一把铜圆,让巡警给他,然后才来反省自己。假如车夫知道这个人是有意制造交通事故,但他不但不责怪她,反而还负责任,那么不论这个车夫心里怎么想,现在坐在车上的这个知识分子,对这种行为给予了肯定,并由这个行为来反省自己。我觉得这是《一件小事》真正不同凡响之处。以前我们觉得这篇文章很别扭,到底别扭在哪里?这里出来了。当然,有人说这不算小说,甚至有很多学者说,这小说有什么意思,没劲啊,这不是小学生作文吗?但是不然。我们写了那么些年作文,没有一个能写到这种程度,就因为没有弄明白这个问题。它写的不是简单地撞了一个人后负责,妙就妙在这个人可能是假的,有极大的可能是假的。当你遇到一个可怜人,他为了谋生,采用某种不太符合道德的方式来谋生的时候,你怎么对待他?这其实是我们经常面对的人生问题。比如我们出门经常遇见乞丐,我经常研究乞丐,在坐地铁的时候,当一个乞丐唱着歌慢慢过来的时候,我看着他的面容,我就在构思他一生的故事,我在想,他能不能二十年前是个小学老师呢?他如果是职业乞讨人,收入甚至可能比你的还多。北京的乞丐收入是非常高的,我看过很多相关材料,据说西单、东单一带的乞丐月收入三万以上,所以那个地段都被有势力的丐帮垄断了。丐帮内部争夺是非常激烈的,背后都有权力的支持。即使是在北五环一带的乞丐收入也超过刚毕业的大学生。当你知道了这些情况之后,你还给他钱不给他钱?我觉得这个时候才是一个拷问。如果说有一个穷人从你面前走过,你给不给他钱,这个问题是非常简单的,不构成什么严重的问题,有钱就给,没钱就不给呗。现在是你知道他有这样的背景,他的手段不太光明正大,他可能比你还富,他早上起来现化的妆,他穿的衣服都是行头,都是租来的——有的抱小孩的妇女,孩子都是租来的,一天几十块钱——当你知道这些之后,你还给不给他钱?有的时候你不想就算了,一想就很痛苦。有时候我一想就想得很痛苦,甚至我想,给他多少钱?这就是知识分子的精神负担,因为这个时候你的脑海中就有两个以上的声音在对话。而这样一个具体的小事,会牵扯你整个的人生观。

比如说5·12大地震,我们大家可能都捐了钱,你捐多少钱?这是一个问题。第二,你通过什么途径捐钱?你捐了钱告不告诉别人?你要不要在网上公布,表示我捐了多少钱?都是问题。所以,每一次美好的善良的举动中,都包含着部分丑恶、丑陋。当你知道了这些丑恶、丑陋之后,你还跟不跟着混?比如有人发起组织一个募捐活动,你知道这里面很多人是为了出名,有很多人是腰缠万贯,有的人是表演等,但是,这里面又确实有很多人是真诚的,那你参不参加这个活动?我觉得在这些问题上,鲁迅像陀思妥耶夫斯基一样,他能够直面,我们大多数人最后就不直面了,算了,不想了。那么,他能够直面,并且能够勇敢地拷问自己,他说陀思妥耶夫斯基是"拷问","拷问"两个字说得非常好,像拷打一样,心里会痛,想一些问题的时候心里会很难受,所以我觉得这才是真的知识分子。

五四一代的知识分子出于对旧中国的绝望,要建立一个新中国,他们引入了民主啊、科学啊、自由啊、人性啊，引入了一大套新的概念，企图用这套概念来建立一个新中国。在这个进取中，鲁迅跟别人有点儿不一样，鲁迅发现这群知识分子其实可能有点自大，他在民间发现了真正的道德——民间伦理道德。我最近刚看一本民间文学论著，周福岩老师写的，研究一个叫耿村的村庄的故事，从它的故事模式中来看民间伦理道德。我们知识分子总以为自己有道理，能够去启蒙人家，最后往往发现自己很虚浮。民众尽管有这样那样的缺点，但是最终的正义就在他们身上，就在那些文化水平不如我们的人身上，他们比我们有道德有伦理。毛泽东把这个意思说得太清楚了："最干净的还是工人农民，尽管他们手是黑的，脚上有牛屎，还是比资产阶级和小资产阶级知识分子都干净。"[1]

而这个意识，在五四那个时候——知识分子极度膨胀的五四时代——鲁迅是最清醒的。鲁迅在《故乡》里面对闰土的态度、对杨二嫂的态度，都是复杂的。按理说那个时候是最应该批判闰土这种麻木愚昧、不觉醒、奴隶思想等啊。很多知识分子都拿这些东西一股脑地加在民众头上，其实是精神上的"霆击寒春灭下民"。而鲁迅不然，鲁迅看见闰土要烛台香炉的时候，想到的不是讽刺他愚昧，讽刺他迷信，鲁迅说我们知识分子所谓的那个理想、希望，不也是这东西吗？我们说的德先生、赛先生不也是我们每天在精神上给他下跪给他磕头的那个香炉烛台吗？鲁迅想到的是这些。想到这些的时候，鲁迅就觉得我们并不比闰土高啊，我们凭什么就看不起闰土？但是鲁迅也不抬高人民，他也不把人民神圣化，他看见人民身上的缺点，不是用来证明自己高贵，而是两面镜子互相照。

---

1　毛泽东：《毛泽东选集》第三卷，人民出版社，1991年，第851页。

所以从这个意义上，我们体会鲁迅小说中内在的矛盾是一个活的矛盾，列宁说《资本论》是活的辩证法[1]，它的两面可以不断互相生成。我们看闰土这两面，包括我们看杨二嫂"豆腐西施"，你觉得"豆腐西施"好像挺讨厌，那么自私，有挺坏的一面，但是杨二嫂的这种生活方式是由当地所有的文化体制、生活方式造成的，你又不能不承认杨二嫂是一个非常能干的妇女。所以《故乡》这样的小说的复调产生于作者不是抽身事外，而是能够设身处地。鲁迅和五四时代的其他知识分子的一个很重大的区别就是他经过极度的苦闷，他翻译了日本的《苦闷的象征》，经历极度的苦闷之后，他重新把自己投入民众队伍中去，虽然他其实站得最高，但是他把自己放到民众中去，所以他就看到了别人看不到的一面。这不但是鲁迅和共产党知识分子的区别，也是他和自由主义知识分子的区别，既是和陈独秀的区别，也是和胡适的区别，也是和他兄弟周作人的区别。他们都和鲁迅不一样，他们都把自己看成一个很绝对的、高高在上的人，虽然他们的立场不一样。陈独秀是共产党领袖，救民于水火；胡适就看中国人太愚昧、不懂科学、不讲卫生，要救他们，启蒙他们；周作人讲人性，讲平和等。他们都是不"看"自己，而鲁迅是"看"自己的。所以那几个人都写不了好的小说。好的小说里面要有作者的灵魂在挣扎，我们尽管看不见作者，但是能够体会到这个灵魂在挣扎。如果能够体会到那个灵魂在挣扎的话，那不但说明你看到了好小说，也说明你自己文学鉴赏水平不低，文学鉴赏水平是比较高了。当然我们不能经常看这样的小说，经常看这样的小说比较痛苦。我昨天写的博客文章叫作《硬书读罢读软书》，人不能老读硬书，人读书要软硬结合，读点难啃的书、读点痛苦的书，然后再读点快乐的书、读点浅薄的

---

[1] 王亚南：《〈资本论〉研究》，福建教育出版社，1988年，第432页。

书,人不要每天都活得那么深刻,活得深刻两天、浅薄五天比较好,这个节奏比较好。

我今天的课可能给大家讲得沉重了点,希望大家能够轻松五天,然后下个星期五我们再见。

今天就讲到这啦,下课。【掌声】

# 瞬间自愈的狂人

—— 解读《头发的故事》

今天我想讲另外一个问题：鲁迅的小说与他的杂文的关系。

文学史写鲁迅，基本要分成两块来写，即使你把他放到一章里 —— 有的文学史是把他放到一章里，然后鲁迅分两块：前边以小说为主，后边以杂文为主。但是很少有学者注意到，这两块之间的联系。

鲁迅的小说和鲁迅的杂文有什么关系？大部分人是这样认为的：鲁迅，一开始是个小说家，早期主要写小说，顺便也写杂文，这是前期鲁迅。到后期他就变成杂文家，以杂文为主，写了一点小说。这是一个大体的判断，这个判断有时间上的依据，有一定的合理性。我们可以客观点说，鲁迅的创作生涯确实存在着这样一个移动现象：早期小说多，到后来小说少，慢慢杂文越来越多，到最后全部写杂文了。特别是他生命的最后几年，在上海的几年 —— 就是杂文时代，写的全部是杂文。

后期小说他不再写了，就靠前期出版的这几本小说，因为这些小说不断地重印，他就吃它版税就可以了。每年书局给他一笔稿费，就可以了。上海报纸上几乎天天都有他的杂文。小说的版税是他每年固定的金钱来源，而杂文创作是他每天的零花钱来源，这是他两块大的收入。

但是这样讲只是一个非常表面的描述。其实鲁迅在他创作生涯的一开始，就有杂文的因素；鲁迅直到临终写的文章里边，仍然有小说的因素。世界上那么多写杂文的，怎么出名的几乎就只有鲁迅呢？很多人觉得，别的东西写不好我就写杂文吧。鲁迅活着的时候，很多人就学习鲁迅，鲁迅死了之后，很多人高举鲁迅旗帜，以示我们还有"鲁迅风"等。中国也的确有的是东西可批判，可讽刺，可以写，但是真正能称得起杂文家的却没有几个。

从很早就开始有一些人为鲁迅后期遗憾，说鲁迅可惜了，晚年不写小说了，光写杂文。对于这个现象的评价可分两种。一种是热爱鲁迅的人，感到遗憾——你看鲁迅这么伟大，多写几本小说多好啊，特别是他居然没有写一部长篇小说。这是一个拥护鲁迅、热爱鲁迅的人的一个遗憾。

攻击鲁迅的人认为，这更是一大罪状：鲁迅算什么作家啊，算什么大作家啊，算什么文豪啊？没听说过一个大文豪一本长篇小说都没有，写的都是一些废品的杂文，偶尔写了几篇小说，没几篇好的，勉强地说《阿Q正传》还凑合吧。这是贬低鲁迅的人。

可不论是前者还是后者，他们有一个共同点，就是都认为不写小说是没水平的表现，是一种遗憾。因为在他们脑海中，文类是有等级的，文类有一个金字塔，写小说的较高级，写小说较高雅；写文章，写什么《纪念刘和珍君》，写这些东西价值要低一些。

你如果去归纳好了他的这种观念，疑问就出来了：你这种观念是从哪儿来的呢？谁告诉你写小说就高级，就表示有水平，不写小说就遗憾呢？假如在古代，你会有这个观念吗？在古代恰恰相反，是倒过来的。

在古代一个人如果一辈子坚持写杂文，那是大文豪——韩愈、柳宗元、苏东坡，苏东坡为什么名气那么大？在于他一辈子坚持不写小说。假如苏东坡晚年为老不尊，写了两篇小说，那坏了，名誉就自我毁坏了，然后人们会说：这个人，很有才气，哎呀，晚节不保，竟然写了两篇小说。就坏了。

古人也有文类金字塔，文类等级概念是有的，但是古人认为写文是高级的，写诗次之，写词就比较下流了，写小说，不堪入耳！所以写小说的人都不敢署真名。写词虽然稍微下流，那还可以写真名，表示自己有点风流才情，有人愿意署上真名——周邦彦，写上。写小说的人就是赤裸裸的流氓，没人署真名。所以到现在我们不知道《红楼梦》谁写的，不知道《金瓶梅》谁写的。所有的考证都是猜测，都不是板上钉钉的。没有一个人敢说，我证明《红楼梦》就是一个叫曹雪芹的人写的。世界上有没有曹雪芹这个人，都不是一定的，都不是板上钉钉的。就因为写小说在古代是下贱行为。

可是就这么几十年的工夫，观念完全变了，大家居然认为不写小说是一个没有才华、没有水平的象征。其实这种观念，就来自我们晚清以后，对西方文类观念的简单的搬运和挪移。其实西方古代也不是这样，这也就是近一二百年的事情，认为小说，是一种重要的文学体裁。

为什么写小说变得重要？我们不去批评古代的人，也不去批评西方的人，我们只是分析，为什么写小说变得重要。大家可以看一看米兰·昆德拉的有关小说的一系列论述。我们前面讲的小说的复调理论，也有助于大家理解。因为小说的世界，是一个众生喧哗的世界。美国有一个著名小说家叫福克纳，他有一本书叫《喧哗与骚动》，这里用的是《圣经》里的概念，人间，就是众生喧哗的。这个众生喧哗的起源，就来自巴别塔的建造。人们要在地上建一个通天塔——巴别塔，人要通过这个巴别塔来上天。上帝一看，不好！这人要是上了天，就管不了了。上帝怎么来收拾人呢？就让在四面八方修建这个塔的人，语言互不相通，大家语言互不相通就不能准确地沟通信息，所以这个通天塔就造不成。通天塔造不成，人就永远留在大地上，成为上帝的羔羊。《圣经》上说，这是上帝的好意，上帝为了让人乖乖地做羔羊嘛，获得幸福嘛，平安和谐嘛，我还管你们嘛，过年杀两只吃吃吧。这是上帝的意思，但是正因此就造成了一个众生喧哗的世界。

而在古代以史诗为代表的文学作品中，在我们中国由四书五经和历史著作构成的古代的文字系统中，是有一个统一的、宏大的声音的。什么是是，什么是非，非常清楚。而到了文艺复兴之后，人类进入一个众生喧哗的时代。这个众生喧哗的时代没有一个统一的声音了，小说就制造了这样一个复调的世界。

自从小说兴起之后，神就开始逐渐退场，直到尼采宣布上帝死了。其实尼采宣布上帝死了的时候，上帝已经死了好久了。尼采是人类中最敏感的一个，他最早指出了这个事实。其实尼采不指出这个事实还好——他不指出这个事实的时候只是上帝死了，当尼采指出上帝死了之后，很快，人就死了。

比如说在今天，地球上每天奔走的这六十亿个东西，到底是不是人？很难说。到底人有多少亿，这是很难说的。很多奔走的不是人，只是一种高级灵长类动物。因为人失去神性之后，人性很快就没有了。人性和神性必须结合在一起。如果一个人的身上一点神性都没有，一个人一点严肃的东西都没有，一点正经没有，那他很快就会发生兽性。因为在人的两边，一边是神性一边是兽性，这两边平衡，人性才能维持，如果神性完全没了，那你肯定得加速地向兽性移动，人性就没有了。

小说就应对着这样一个世界，所以越是经典的小说，我们分析起来就越没有中心思想。研究得越深，就越发现解构主义很有道理。越是经典的作品越可以无限地解构，每一种说法都可以不断地被颠覆，被推翻，被模仿，被戏弄。

我说小说众生喧哗只是客观地描述它的一个状态，不意味着它在伦理价值上的高和低，好或者是坏。众生喧哗导致的一个后果就是，主体性的耗散。我们前面讲了鲁迅小说，强调了鲁迅小说高扬的主体性，鲁迅小说的一大价值在于它的主体性——整个鲁迅思想——但是主体性会耗散掉。耗散是结构论里边的一个术语，任何一个系统，随着它的运转，会不断地耗散下去，直到耗散为零。从整个宇宙到任何一个家庭，任何一个单位，包括一个人的知识系统，都是这样。

小说作为一种文体，本身就具有很强的耗散性。小说里面有不同的人，不同人的对话，某一个时期的人总结这个小说是这个意思，下一个时期的人就会总结出另一个意思来。比如说《西游记》的主题到底是什么，你们学过《西游记》的片段吧，老师会说《西游记》这部小说表现了什么，反映了什么，你们还记得吗？如果忘了就最好，因为记得那个东西已经没用了。它没用了不是说你老师讲得不好，老师讲得再好，也没用了，因为它有一个自然的耗散过程。老师说《西游记》表现了孙悟空大无畏的英雄气概，可以，没错，换一个时期可以说它表现了一种对自由的无限向往——那就是20世纪80年代的声音。现在我们说它表现了一种自由精神，反抗封建专制，每一个时代都有每一个时代的解读，不意味着前一个时代错了。就好像我们现在号召青年人要更解放、要更有个性，不意味着以前的时代要青年人守纪律就是错的。我曾经说过，冬天穿棉袄是正确的，不意味着夏天穿背心儿是错误的，因为现在冬天了，所以你应该穿棉袄，你不要否定夏天的那个衣着。

鲁迅意识到小说作为一种文体的耗散性，所以，他越到后期，越喜欢杂文。鲁迅曾经有过小说创作的计划，甚至包括长篇小说创作计划，后来他没有写，表面的原因是他很忙，每天都要写杂文。鲁迅每天写杂文相当于今天的人每天写博客，他不写不行，每天有人跟他论战。我们今天看，只有鲁迅的文章保留下来，以为他无聊，不是，每天多少种报纸上都是包围着他的声音骂他的文章，每天骂他的文章很多。我们活在今天，受的教育让我们觉得鲁迅是正确的或者鲁迅比较伟大等，你若活在鲁迅那个时代，是一个普通人，你不知道谁说得对，或者你认为鲁迅的名气大，认为他对。你看文章，别人讲得也很有道理，那些骂鲁迅的人也很有道理，他们也有好多事实啊，这个人说，我昨天跟鲁迅吃饭，这个老头子发了脾气，这个人一点儿也不怎么样，心胸狭隘；那个人说，你看，我是一个开书店的，我觉得给鲁迅的稿费已经够高了，他还来找我们打官司，又向我们要了多少多少钱，这个人人品很差。全国每天有各种各样对鲁迅的攻击，普通人也不知道鲁迅是什么样的，但是这些文章后来都淹没了，只有研究者才去看。

鲁迅后期以写杂文为主，和他坚持写作的主体性是有关的。杂文作为一种文体，它的思想当然也不可能说完全不耗散，也可能耗散，但是由于它是正面提出作者的观点，所以它的主体性相对来说是能够得到鲜明的表现。

我们今天写杂文的人非常多，报纸上网络上，杂文写手满天飞，但是我看来看去，看不出有什么人的杂文能够像鲁迅的那样保留下去，包括一些已经成为著名杂文家的人的杂文很多都是鲁迅思想的再版。比如说台湾著名的杂文家，一个李敖，一个柏杨，基本上就是——我们不能说他们抄袭，但几乎没一篇跳出鲁迅的范围，没有一个道理是他们自己发明的。他们针对的事是新的事，比如说李敖骂国民党，针对的这个事是现实中新发生的，但是那个批判逻辑全部是鲁迅的，很难找出一个写杂文的人真的另外自成一家，李敖、柏杨还都是了不起的真正的杂文家。

今天更多年轻的写杂文的人，误以为杂文就是随便讽刺谩骂，把杂文理解为一种技术上的简单的文体，认为自己第一不会写诗，第二不会写小说，第三不会写剧本，又不愿意写美文，不愿意写祖国大好河山……什么都不愿意写，看什么都不顺眼，就写杂文。在这种风气下，我们不可能出现优秀的杂文。因为他们忽略了鲁迅杂文的几个重要问题，就像我们讲鲁迅小说一样，鲁迅杂文有几个重要的性质被忽略了，一个就是我们刚才讲的主体性，除此之外还有学术性和艺术性。鲁迅的杂文为什么能够经历时间，至今不朽？因为鲁迅有学问，这是一个非常重要的原因。杂文其实非常难写，因为杂文作为一种文章本身是片面的，你想七八百字、一千多字、两千字，把一个问题揭露得很深刻，那一定是抓住重点来说，抓住重点就容易不计其余，没有学问的人写起来一定会片面。鲁迅怎么就能做到辩证呢，因为他有学问，他写这一点的时候，心里边有别的那几点，他写一个侧面的时候，能够照顾到其他侧面。他学问太大，在所有写杂文的人里边没有人能赶上他。中国有很多大学者，可惜那些大学者又不怎么写杂文，如果那些大学者写杂文的话就了不起。

还有一个人写杂文有可能达到跟鲁迅差不多的成就，这个人是毛泽东。但是毛泽东太忙，他忙着那些真正的匕首和投枪。毛泽东有一些文章是非常犀利的，三言五语把人放倒，这是毛泽东的厉害。毛泽东在新中国成立以后不怎么写这种杂文，但是他经常有些谈话——我们看毛泽东的谈话，美极了，毛泽东有时专门找几个干部来聊一聊，或者实在没事了，就跟警卫员聊一聊，三五句话，跟鲁迅一样，就把一个人画活了，他这个人怎么怎么样，三五句就说得栩栩如生。比如他说《三国演义》，

"周瑜是个'青年团员'"[1],说得非常好。毛泽东同志不写杂文是非常可惜的。他杂文写得好也因为他有学问,他肚子里装着二十四史,可谓掌上千秋史。

鲁迅的杂文有艺术感,他是把它当小说来写,当成艺术品来写。所以我有时候提醒读者注意,其实古今中外没有任何一个空间是完全言论自由的,到哪个国家去都不可能言论自由,只不过不自由的范围不一样而已。在中国这种东西不能说,在那个国家那种东西不能说,有的国家不能攻击别的民族,有的国家不能攻击妇女,有的国家不能够对同性恋表示不满,有的国家不能对吃某种食物表示不满,都一样,哪个国家都有严格限制,有的国家可以随便骂总统但不能骂你的上司,不能骂你的老板。

正是因为言论不自由所以产生了语言的艺术,要是言论百分之百的自由,想说什么就说什么,那世界就没劲了,那就没有艺术了。因为不自由,有些话不能说,你还想说,还想让别人明白,你就得提高语言水平。这话说出来什么纪律都没犯,一点毛病没有,你还可以装糊涂,说我没说啊,但是你已经说了,而且别人都明白了,这叫语言艺术。鲁迅的杂文,就是在那个言论非常不自由的高压时代写出来的。

这是杂文的几个特点。我们看一看这几个特点,同时是鲁迅小说具备的。在鲁迅的小说中、杂文中贯穿着几个这样的共性。而小说跟杂文比,其实小说好写,因为小说可以编,可以虚构,小说有匠心就行了,需要匠心的东西好写,只要有操作规程的东西都好办。杂文不好写,因为没有规矩,怎么写都行,好像兵法上说的兵无常形。写杂文往往会针

---

[1] 毛泽东:《毛泽东1953年6月30日接见中国新民主主义青年团第二次全国代表大会主席团成员的谈话》,《毛泽东著作选读》,转引自《毛泽东评说中国文学》,曲一日主编,吉林人民出版社,1998年,第355页。

对一个现实事件,比如现在有人找碴,有人要跟你打一架,你的任务就是打架,没别的,什么都没布置,用多少兵,兵怎么布置,都是随便来。在学校里,老师教我们怎么写记叙文,怎么写议论文,有人教过你怎么写杂文吗?没有。就因为杂文属于武术里的散打,你如果其他的功夫都好,散打水平就高。太极、少林、八卦、形意、空手道、跆拳道、拳击、摔跤、互点式、猛虎式全会,还会相扑,那你散打肯定厉害,别的东西好散打就好。如果别的什么一点都不会,专门去学散打,那不行。我们现在好多人就是别的东西都不行,专门写杂文,他就写不好。所以鲁迅的杂文之高在于这个。

在鲁迅的小说中,他很少发言,这是鲁迅小说的一个特点,他知道小说应该怎么写。虽然很少发言,但是他的小说有很强烈的针对性,具有批判性,具有学理性,具有反复可以阐释和评论的空间,这几点不就跟杂文是相通的吗?从《呐喊》到《彷徨》到《故事新编》,我们都能够找到鲁迅小说中的杂文因素。我们找两个作品来说一说,一个说得简单点,一个说得多一点。先说一下我们上次讲过的《一件小事》,上次讲《一件小事》的复调问题,思想性问题,我们今天还可以从语言上看看,它有没有像杂文的地方。

下面我们来从头到尾细读一篇鲁迅《呐喊》中的小说《头发的故事》。这是鲁迅小说中很独特的一篇,为什么独特?就因为这个小说没有情节,没什么故事。通篇是两个人说话,更确切地说,是一个人说话,就是一个人发议论,所以这篇小说中人物的话被很多学者引用来当成鲁迅自己的观点,用来分析鲁迅的思想。我们北大的严家炎先生和钱理群先生都引用过《头发的故事》里的话。如果说它是小说,那小说人物的话怎么等于鲁迅的话呢?说明在这些学者的头脑里认为这是杂文,人物等于作者。

我们看看《头发的故事》。鲁迅的小说都不长，这是发表在1920年的一篇小说，我来读：

**星期日的早晨，我揭去一张隔夜的日历，向着新的那一张上看了又看的说：**

**"阿，十月十日，——今天原来正是双十节。这里却一点没有记载！"**

鲁迅小说的开头总是不同的，鲁迅知道小说要形象，所以他没有像我们一般写记叙文那样，"某年某月某天"就代表时间了，写时间应该艺术一点，用揭日历的办法，"揭去一张隔夜的日历"。大家现在家里一般都没有日历了，现在都是挂历，或者挂历也没有，是看电脑。我们小的时候家里每年都要买日历钉在墙上，每天撕一张。我觉得那个时候好，在很多问题上我拥护过去，特别是撕日历。撕的这个动作特别好，"哧"撕掉了，那是我昨天的生命，特别是那"刺啦"一声令人心痛，令人珍惜生命。你知道今天不好好过，明天又"刺啦"没了。每天"哧哧"撕特别好，后来撕得心疼我就不撕了，每天我都舍不得撕，就卷起来，每一张我都卷起来。卷到下半年，很厚很厚卷不动了，我拼命地拿着大夹子卷着，把一年的日历完整地保存下来。我现在还保存着小时候一本完整的日历，上面记载着一些"今天考试""今天跟某某约会"等，今天都成文物了。当时并没有文物意识，我只是觉得撕掉心里受不了。

撕日历这个感觉很重要，而小说里这样写就有了时代感，因为现在再也没有撕日历的了。很好玩的是，这个"我"向着新的那一张看了又看说，"阿，十月十日"。我们知道十月十日是双十节，是中华民国国庆，按理说国庆这一天对于一个国家的国民是最重要的，你还要看了又看才知道吗？为什么要这么写呢？我们今年（2009年）是新中国成立六十周年，难道要10月1日那天早上才发现——啊，今天国庆啊。我想我们都不会这样的，你肯定提前好几天就知道了，头一天晚上你知道明天国庆，肯定知道，你不需要十月一日早上起来打开电脑屏幕看了又看——"啊，今天是十月一日"，不会这样的。

小说开头故意这样写，就是对中华民国的讽刺。你若读鲁迅读多了就知道，鲁迅是有机会就跟中华民国过不去，他不放过任何一个"歪曲和污蔑"中华民国的机会，只要发生坏事，他就大书中华民国多少年多少日，段祺瑞政府用刺刀，屠杀学生，他一定这么写，他把坏事直接和中华民国联系起来。

你说鲁迅是不是不爱国啊？不能简单地这么看。小说开头给人一个很深的印象：国民没有意识到十月十日，意识到了之后又发现日历上面没有记载。我们现在出版的各种日历、月历，比如说各个单位印的月历，关键的日子上面一定会记上。我现在最喜欢香港出的各种日历，香港很有意思，因为它把中国的重要日子，英国的重要日子，全都记上。所以它的日历上面密密麻麻的，每天都有事，不是复活节，就是三八妇女节，要不就是建党、建军节，什么都有。这个很有意思。

可是鲁迅这个时候日历没记载国庆，说明出版日历的人，也不爱国，他对中华民国也没感觉。这只是一个开头，下面说：**我的一位前辈先生N**，注意，这里出现了一个人物N，这人物没有姓名，用一个N代表，我不知道鲁迅是不是真有先见之明——我们现在这个N是很流行的，N多，N多年，N多人，这个N确实非常有代表性，N先生可能是好多人。"我的一位前辈先生N"，**正走到我的寓里来谈闲天**，"我"住在公寓里，是知识分子，**一听这话，便很不高兴的对我说：**

"他们对！""我"是埋怨这日历上为什么没有记载，为什么不记得今天是国庆，可是这N先生的意思是，"他们对"，"**他们不记得，你怎样他；你记得，又怎样呢！**"

这个"我"虽然看了又看，毕竟还是有国庆意识的，还知道今天是双十节，有很多人看了看也不知道。这个N先生批评说，你知道又怎么样呢？这种语气我们是不是似曾相识？现在我们生活中就有很多，你觉得自己很认真，你关心天下大事，愤慨不平，但会有别人说："那又有什么用呢？你说得都对，又怎么样呢？"

**这位N先生本来脾气有点乖张，时常生些无谓的气，说些不通世故的话。**我们看这个评价，透露出这个小说把"我"描写成一个俗人，这是在俗人眼中看到的这个人乖张，生没用的气，说不通世故的话。**当这时候，我大抵任他自言自语，不赞一辞；不说不评价，他独自发完议论，也就算了。**

这种态度是社会上大多数好人对于激进分子的态度。比如你身边有这种激进分子每天批评国家，每天批评学校，你觉得这人挺怪，但是也挺可怜的，他说的事也对，但是你又不愿意跟他掺和，所以你就不加评论，让他说完了就算了，让他说完了，"走吧，咱们去吃饭去了"，一般都这么对付他。

下面基本上都是这个N先生的发言，下面并没有两人去吃饭。如果有，那就变成小说描写了。**他说：**

**"我最佩服北京双十节的情形。早晨，警察到门，吩咐道'挂旗！'"**那时候警察挺负责，到了国庆节警察挨家挨户让他们挂旗。**"'是，挂旗！'各家大半懒洋洋的踱出一个国民来，"**大家品一下这个味道，各家"踱出一个国民来"，为什么不说踱出一个人来，踱出一个或男或女来，一定要说踱出一个国民来呢？讽刺"国民"。中国人特别重视名目，我们现在不也经常这么议论？我们现在不是国民，我们是"公民"，或者说我们是"纳税人"，你觉得你叫"纳税人"，事情就变了？那个时候叫国民，其实这个"国民"是讽刺对象。**"撅起一块斑驳陆离的洋布。"**他不说这是国旗，而是"斑驳陆离的洋布"，还是"撅起一块"，像地上挖一块土。

| 瞬间自愈的狂人——解读《头发的故事》 | 181

这个"撅",这么一个字,表示很费力,"这样一直到夜,——收了旗关门;几家偶然忘却的,便挂到第二天的上午。"可见那个时候大家对挂国旗完全是不感兴趣:跟我没什么关系,警察让挂的,所以就找一块挂了。

"他们忘却了纪念,纪念也忘却了他们!"这是N先生说的话,但是假如没有前边这一大段开头,《头发的故事》就从"我最佩服北京双十节的情形"开始,这不就是杂文吗?他只不过找了一个N先生替他说这些话而已,时时点题,"他们忘却了纪念,纪念也忘却了他们",这都是鲁迅式的话,这N先生很像鲁迅,但是鲁迅自己装成"我",装成一个俗人,另找一个人说他的话。

"我也是忘却了纪念的一个人。倘使纪念起来,那第一个双十节前后的事,便都上我心头,使我坐立不稳了。"这个人是愤激的人,愤激的人不是不记得,其实他记得最清楚,记得最清楚的人才要说什么"难得糊涂"的话。一般人在家里写"难得糊涂",这都不对,你本来就糊涂,还写什么"难得糊涂",真正的大清醒的人才写"难得糊涂"。下面这段回忆是非常沉重的:

"多少故人的脸,都浮在我眼前。几个少年辛苦奔走了十多年,暗地里一颗弹丸要了他的性命;几个少年一击不中,在监牢里身受一个多月的苦刑;几个少年怀着远志,忽然踪影全无,连尸首也不知那里去了。——"

N先生所记得的双十节不是一个简单的日子,他记得的是生命。这几个分号隔开的是一个革命的全景,有被暗杀的革命青年,坐牢的革命青年。可是结果怎么样?

"他们都在社会的冷笑恶骂迫害倾陷里过了一生;现在他们的坟墓也早在忘却里渐渐平塌下去了。"

虽然鲁迅老看不起中华民国,老讽刺中华民国,但是他最知道中华民国来之不易,他知道中华民国是多少热血青年抛头颅洒热血换来的。换来中华民国了,可是这些人都被忘却了,坟都塌了没人修了。鲁迅为什么在《药》里给瑜儿的坟上加一个花环呢?完全是一片菩萨之心。现实生活中坟早就塌了,没人去献花,都忘了。由此可见鲁迅为什么老批评中国人健忘。

2007年的时候我在日本,我非常佩服日本这个民族不健忘,他们其实什么都记得。说他们不记得南京大屠杀,那是故意的,假装不记得,其实记得比谁都清楚。他们明治维新的那些烈士都被立碑纪念。他们不光记得这些,就是当年他们俘虏的北洋水师的水兵,最后在日本老死了,他们也给他立个碑,也记着:这是大清的兵,什么时候死在这里。当然那个墓几乎没有人去过,我找到那个墓,虽然他们是俘虏,但我在墓前鞠了躬,我认为他们是曾经保卫过这个民族、付出过生命的人,是可敬的前辈。我们中国革命先烈的墓前也有人献花,但那是党组织指定的,是组织上让他们献的。前两天我还给李大钊献了一朵花,并不是个人献的。我马上就想到《药》。

这个N先生看到的是中华民国还没有成立几年,这个墓都倾塌下去了。

"我不堪纪念这些事。"我想,一个人读《头发的故事》,读到这里恐怕忘了这是小说了,越读就越发现这跟作者说的没有什么区别。然后这里这个"我"进来插了一句话,"我们还是记起一点得意的事来谈谈罢。""我"不愿意回忆这些沉重的事。

**N忽然现出笑容,伸手在自己头上一摸,高声说:**

"我最得意的是自从第一个双十节以后,我在路上走,不再被人笑骂了。"

下面是点题的,头来了。

"老兄,你可知道头发是我们中国人的宝贝和冤家,古今来多少人在这上头吃些毫无价值的苦呵!

"我们的很古的古人,对于头发似乎也还看轻。据刑法看来,最要紧的自然是脑袋,所以大辟是上刑;"古代最厉害的刑罚就是砍头,犯了大罪要砍头,砍脑袋是最重要的。"次要便是生殖器了,所以宫刑和幽闭也是一件吓人的罚;"除了砍头,宫刑是次要的罪,司马迁就是免于死刑,判了宫刑。"至于髡,"就是割头发,"那是微乎其微了,"就是人犯了小罪,微乎其微,为了表示惩罚,就割头发,这也是一个刑。"然而推想起来,正不知道曾有多少人们因为光着头皮便被社会践踏了一生世。"其实和尚剃光头,也经过漫长的被社会嘲笑的时光。

"我们讲革命的时候,大谈什么扬州三日,嘉定屠城,其实也不过一种手段;老实说:那时中国人的反抗,何尝因为亡国,只是因为拖辫子。"

鲁迅对历史的看法是非常深非常独到的。我们今天一说扬州、嘉定大屠杀,很容易想到是反抗异族侵略,爱国,但是鲁迅不简单这么认为。他认为其中有一个重要的因素,是不愿意剃发结辫。因为清入关最重要的措施就是男的必须改变自己的发式,像他们一样,把前面都剃光了,后面结上辫子。我们这二十年来荧屏上盛行辫子戏,电视里每天都大辫子晃来晃去,演着清宫戏。我们不评价为什么老演这个戏,就说电视剧里那些辫子,都是被美化了的,都不对,看上去都是油黑发亮的,脑袋前边露一点,后面很多头发,实际不是这样。真正的清朝人的头发,是前面全部剃光,后面就留一小撮,留一小圆块,然后编一条小辫子。所以外国人为什么骂我们是猪?因为那时候我们的辫子像猪尾巴一样。正因为留的辫子比较小,所以一旦被人揪住就非常疼。老百姓不是说"被拽住辫子了"吗?一旦被人拽住辫子,他就老实。如果头发占半个脑袋,乌黑油亮得跟大姑娘一样长的辫子，攥着没有那么疼。冯骥才先生所写的《神鞭》中，为什么傻二的辫子那么厉害？就因为他跟别人都不一样，别人留不了那么粗那么神奇的辫子。从明朝改清朝，从清朝再改民国，这两次改朝换代，都跟辫子有巨大关系。这是辫子问题。

"顽民杀尽了，遗老都寿终了，辫子早留定了，洪杨又闹起来了。我的祖母曾对我说，那时做百姓才难哩，全留着头发的被官兵杀，还是辫子的便被长毛杀！"

我们知道老百姓把太平天国的人叫作"长毛"，就因为头发不一样。

"我不知道有多少中国人只因为这不痛不痒的头发而吃苦，受难，灭亡。"

我觉得鲁迅完全可以由这个头发做一篇大的论文，这里头是学问，完全可以做论文。那个时候还没有人这么深刻地论述。今天我们也有很多历史学家写头发史，写中国人的头发变化史。头发不简单是一个生理问题，在更多的时候是政治问题。我上大学的时候，北大就流行长头发，男生都留了大鬓角，留了很长很长的头发。我一回家，我爸就骂我是流氓，说怎么上了北大都变成流氓了。我爸认为这都是"长毛鞑子"，认为男的头发长都不是好东西。但是那个时候这时髦，代表个性解放，代表思想解放，我们就是要留这样的头发。到了20世纪90年代以后就又变化了，每个时期的头发都不一样，我们20世纪五六十年代城市里的男性，留那种分头。所以这些头发不仅仅简单地是一个审美的问题，里面都包含着你的政治选择，你的政治立场都隐藏在里面。

**N两眼望着屋梁，似乎想些事，仍然说：**

**"谁知道头发的苦轮到我了。"**

鲁迅可能意识到这么写下去就是一篇杂文了，为了证明这不是一篇杂文，中间不时穿插点"废话"，什么"N两眼望着屋梁"，这不是"废话"吗？表示说我还注意到这是个人物。

下面还是长篇大论：

"**我出去留学，便剪掉了辫子，这并没有别的奥妙，只为他太不便当罢了。**"当年清入关的时候，头发对他们来说不是什么障碍，因为他们是骑在马上作战，你也够不着他的辫子，车如流水马如龙的，千军万马杀过来了，你咋注意抓他的辫子去？而且，由于把头发都剃光了，一旦头受伤，还便于包扎。所以，那个时候这是一个优点。可后来不打仗了，男的后面都拖了这么一个东西，"不便当"就来了，特别出了国之后。很多人到了外国，为了适应环境就剪了辫子。我们国家最早到美国留学的一批少年，到了美国，受不了人家嘲笑，就把辫子剪掉了，大臣还写信向朝廷告他们，然后朝廷把他们都撤回来了，其中有一个罪状就是关于这个头发。

"**不料有几位辫子盘在头顶上的同学们便很厌恶我；监督也大怒，说要停了我的官费，送回中国去。**"这一段N先生的话，完全是鲁迅自己的经历。鲁迅完全可以用自己这段经历来写杂文，但现在他把它变成人物语言。

"**不几天，这位监督却自己被人剪去辫子逃走了。去剪的人们里面，一个便是做《革命军》的邹容，**"我们知道，革命军马前卒邹容，和鲁迅是一伙的，"**这人也因此不能再留学，回到上海来，后来死在西牢里。你也早已忘却了罢？**"其实我们现在要不是上学的话，没有人记得邹容。

"**过了几年，我的家景大不如前了，非谋点事做便要受饿，只得也回到中国来。我一到上海，便买定一条假辫子，那时是二元的市价，带着回家，**"一条假辫子两块钱，相当于现在一百五十块钱左右，可见，是大有行市的，很多人要买假辫子，很多人从国外回来辫子给剪掉了。"**我的母亲倒也不说什么，**"这段话完全是鲁迅自己的经历，鲁迅就是这样，从日本回来之后就买了一条假辫子戴着回家,"然而旁人一见面,便都首先研究这辫子,"因为中国人已经知道,出去留学的这些人,出国都基本上把辫子给剪了,回来后忽然发现他们脑袋上还有辫子,大家都来研究,"待到知道是假,就一声冷笑,"就像我们今天发现有一个从哈佛回来的文凭是假的一样,比如方鸿渐的就是假文凭,就这样去想。"将我拟为杀头的罪名;有一位本家,还预备去告官,"有一些本家本来要去告他,"大义灭亲"啊,"但后来因为恐怕革命党的造反或者要成功,这才中止了。"怕万一他们这伙成功怎么办,给自己留个后路。

"我想,假的不如真的直截爽快,我便索性废了假辫子,穿着西装在街上走。"这就是鲁迅年轻时候做过的,假辫子已经被人研究透了,已经失去伪装的意义了,他干脆扔掉假辫子,就这样了,撒开膀子走。

"一路走去,一路便是笑骂的声音,有的还跟在后面骂:'这冒失鬼!''假洋鬼子!'"我们知道鲁迅在《阿Q正传》里塑造了一个假洋鬼子的形象,这个假洋鬼子是被嘲弄的,是一个反面形象。但是实际上鲁迅自己就被人叫过假洋鬼子。大量的正面的人物,要救国救民的留学生被人叫作假洋鬼子。你不能把所有的假洋鬼子都否定,孙中山等人都曾被叫过假洋鬼子,只要你把辫子剪了就是假洋鬼子了。很多假洋鬼子的言论跟鲁迅也很接近,也批判中国人有奴隶性等,这是当时时髦的一种思想。

"我于是不穿洋服了,改了大衫,"穿中国服装,大衫,"他们骂得更利害。"怎么的都要骂你,反正你是假洋鬼子就不行,只要你把头发剪了。

"在这日暮途穷的时候,我的手里才添出一支手杖来,拼命的打了几回,他们渐渐的不骂了。只是走到没有打过的生地方还是骂。"这个听着有意思。晚清和民国初年,有一种很时髦的东西叫作"文明棍",那个时候有点地位表示自己儒雅的男人,都要手里拿一根文明棍,走道其实很好也要拄着走,特别是教授,拿一根文明棍上课,颇有风度,颇有派头。但是我们知道文明棍经常用在不文明的地方,经常用来打人,所以鲁迅叫手杖了。

"这件事很使我悲哀,至今还时时记得哩。"你看这个N先生,代表的是一种先觉者,他要改革中国,可是他却用文明棍去打了那些他要救的民众,这个事情,是很复杂的。他要救的这些人是天天要攻击他的人,他要推翻的那个统治者不一定来迫害他,对他构成最大迫害的是他要救的这些人。"横眉冷对千夫指",这'千夫'是谁?是这些人,他们天天骂他假洋鬼子,这不就是'千夫指'吗?每天指着他骂。他要救他们,但现在他首先要拿起文明棍打他们,所以悲哀。为什么悲哀?悲哀是这样的悲哀。"我在留学的时候,曾经看见日报上登载一个游历南洋和中国的本多博士的事,"这个日本博士很有名,"这位博士是不懂中国和马来语的,人问他,你不懂话,怎么走路呢?他拿起手杖来说,这便是他们的话,他们都懂!"这个本多博士的话是很多人的文章里都引用过的,他用手杖开路,他的语言在表面上是一种赤裸裸的殖民者的语言,殖民者到了被压迫的殖民地,不用会殖民地的语言,只要用暴力开路就行了,只要打,他们都懂。"我因此气愤了好几天,谁知道我竟不知不觉的自己也做了,而且那些人都懂了。……"

殖民者的话,竟然是真的,你要反抗殖民、你要反抗暴力,可他说的是对的,他说你们就是有奴性,他确确实实地指出了他为什么就是殖民者,你为什么就是被殖民者,他把道理说得很难听,但事实是这样。我们是不是从这里可以明白,鲁迅为什么很少直接批评殖民者,鲁迅很少直接去批评说日本人侵略了我们,去喊"打倒日本帝国主义",鲁迅就不干这个事,鲁迅把更多的精力用在那些深怀不幸的同胞们身上,他在拼命地想启发他们：你们为什么愿意被他们打了才听话呢？你们为什么不能反抗呢？他这些话不是直接讲出来的，但是我们看了这个小说，它的功能和杂文是一样的。

"宣统初年，我在本地的中学校做监学，同事是避之惟恐不远，官僚是防之惟恐不严，我终日如坐在冰窖子里，如站在刑场旁边，其实并非别的，只因为缺少了一条辫子！"这是在晚清的时候，革命者、先觉者为人处世的艰难。

"有一日，几个学生忽然走到我的房里来，说，'先生，我们要剪辫子了。'"你看，青年人开始觉醒了，青年人要采取革命行动了，他们喊这个老师为先觉者，他们要受老师的影响，要跟老师一块儿革命，可是，老师怎么办呢？"我说，'不行！'"这老师却不同意同学革命，学生说，"'有辫子好呢，没有辫子好呢？''没有辫子好……''你怎么说不行呢？'"你看，老师说没有辫子好，可是他不让同学剪辫子。"'犯不上，你们还是不剪上算，——等一等罢。'他们不说什么，撅着嘴唇走出房去，然而终于剪掉了。"我们看最早革命的这些人，反而不是多么激进地怂恿自己的学生去革命，因为他们知道革命的苦。

所以他要学生等一等，这是鲁迅的思想：人是最重要的，人是第一的，有再好的名目，革命也好，爱国也好，他不愿意牺牲学生，不愿意学生像自己一样，再经历同样的苦，他自己可以经历。但是学生像他年轻的时候一样，不听他的话，把辫子剪了。

"呵！不得了了，人言啧啧了；我却只装作不知道，一任他们光着头皮，和许多辫子一齐上讲堂。"这个很可笑。

"然而这剪辫病传染了，第三天，师范学堂的学生忽然也剪下了六条辫子，晚上便开除了六个学生。这六个人，留校不能，回家不得，一直挨到第一个双十节之后又一个多月，才消去了犯罪的火烙印。"

果然像他所预料的，剪了辫子的学生马上被开除了，开除之后没人来救，一直等到中华民国成立，等到推翻了旧政权之后，他们才被平反。但这不叫平反，这时代已经变了，叫什么平反。这时候，本来全国都要剪辫子。

"我呢？也一样，只是元年冬天到北京，还被人骂过几次，后来骂我的人也被警察剪去了辫子，我就不再被人辱骂了；但我没有到乡间去。"

后来剪辫子，就是被警察强迫剪。所以我们想，什么是真正的革命？到了中华民国的时候再剪辫子，已经不算革命了。在清朝的时候，那些剪辫子的人才是真正的革命者，哪怕是附庸革命，也要付出危险的代价。而中华民国成立了，本来就应该剪辫子，你这时候再剪没什么了不起。

这就像在中华民国之前剪辫子一样，我们佩服到了中华民国时候却不剪辫子的那些人，比如，北京大学著名教授辜鸿铭先生。在蔡元培当校长的时候，我们北大有一个每天拖着辫子来上课的老先生辜鸿铭——著名英国文学专家，英语讲得比英国人都好，英国教授要向他请教英语的典故。但是，他拖着辫子来上课。社会上很多媒体攻击他，有人给蔡元培校长写信，说北京大学是什么思想新潮的地方，怎么能允许这样的人来上课呢？蔡校长回信说，他教的是英国文学，如果你们谁能代替他，我就把他开除。辜鸿铭是北大一个奇人，不是他一个人拖着辫子，他每天坐一黄包车，他的车夫也是留着辫子，每天这主仆二人，拖那二条辫子，来到北大上课。他上课，前面放一小茶壶，一茶杯，一套放那儿，他的仆人坐在第一排，还不时上来给他倒茶，那情景非常可乐。但那是大学者，他的言论都是和中华民国的民主时代不相符合的。比如中华民国讲男女平等，他说不对，就应该一个男的娶四个妻子，你看茶壶，都是一个茶壶四个杯子。是不是他真的这样想的？不能这样简单地把他说成一个老封建，一定不是这样。他这番话在清朝不一定这么讲，他专门到了中华民国的时候保留着辫子，说这样一些怪话，是因为他有非常深远的文化忧虑。那么，过了一百年，我们今天看，辜鸿铭就不再可笑，而是变得像鲁迅写的《一件小事》里一样，"须仰视才见"，今天我们能有辜鸿铭这种气节的人越来越少。

N显出非常得意模样，忽而又沉下脸来：

"现在你们这些理想家，又在那里嚷什么女子剪发了，又要造出许多毫无所得而痛苦的人！

"现在不是已经有剪掉头发的女人，因此考不进学校去，或者被学校除了名么？"

下面这个话是名言，经常被引用作鲁迅的话：

"改革么，武器在那里？工读么，工厂在那里？"

鲁迅不是反对改革，他是说你没有提供好改革的条件，不要怂恿人去做无谓的牺牲。

"仍然留起，嫁给人家做媳妇去：忘却了一切还是幸福，倘使伊记着些平等自由的话，便要苦痛一生世！"

我们看这种思想和鲁迅《呐喊》自序的思想是一样的，你不能够创造一个妇女解放的条件的话，你光给她们一些平等的思想，不是让她痛苦吗？

"我要借了阿尔志跋绥夫的话问你们："

下面这句话是鲁迅名言：

"你们将黄金时代的出现预约给这些人们的子孙了，但有什么给这些人们自己呢？"

这是鲁迅非常精彩的语言之一。我们每一个时代都给人们许诺、许愿，许了很多黄金时代给人，说你现在奋斗，到你孙子那辈就实现共产主义了，或者就民主自由了，或者就什么什么了，总是许这么一个愿。但鲁迅说的是，你给这些人什么呢？你把幸福预约给他的子孙了，那预约能不能实现是不靠谱的，因为到那个时代又有那个时代的革命了，这些人可怜，什么也没收到。

"阿，造物的皮鞭没有到中国的脊梁上时，中国便永远是这一样的中国，决不肯自己改变一支毫毛！

"你们的嘴里既然并无毒牙，何以偏要在额上帖起'蝮蛇'两个大字，引乞丐来打杀？……"

这个话我觉得也是鲁迅送给青年人非常有用的话，就是你明明没有毒，你却告诉人家你是毒蛇，你不是引人来打杀你吗？所以，很多青年人是这样很无谓地很可怜地牺牲了。

**N愈说愈离奇了，但一见到我不很愿听的神情，便立刻闭了口，站起来取帽子。**

刚才那句话说得多么精彩，越说越精彩，越说越到高潮的时候，忽然不说了，他看人不爱听，拿起帽子——这有点像小说笔法，神来之笔。

**我说，"回去么？"**

**他答道，"是的，天要下雨了。"**

这句话说得很传神，刚才他明明陷在另一个世界里，在另一个世界里眉飞色舞，忽然他注意到天要下雨了，这么快地回到现实世界中来，说明他是一个饱经沧桑的人，他随时可以出入理想世界、思想世界和现实世界。他讲得那么激烈的时候，忽然天要下雨了，他要走了，不说了。你看刚才他那一番言论，明明是个狂人，一番狂人的话，连叙事者"我"都听不进去，不太愿意听，他忽然就说"天要下雨了"。

**我默默的送他到门口。**

**他戴上帽子说：**

戴上帽子把头发遮起来了，《头发的故事》都是跟头有关系。

"再见！请你恕我打搅，好在明天便不是双十节，我们统可以忘却了。"

这个结尾很好。他是一个狂人，但是可以瞬间就好，这个狂人用不着写两个月的狂人日记，发泄了一通，瞬间好了，天要下雨了，他要走了，不狂了，好了，这个人很有代表性。在我们的身边就存在着这样的——我把他叫作间歇性狂人。现在我们这个时代，让一个人做一个完整的狂人不可能，没有完整的狂人的生活空间，但是很多人可以做间歇性狂人，就是一会儿发疯了，表现出另一面，过一会儿饿了，吃饭去。很多人完全可以做间歇性狂人，这样的人有代表性。

这篇小说完全是以杂文笔法，通过对头发史的整理——不是学术性的，是杂文式地、艺术性地点了几点，有个人的经历，有历史的追述——他要表现的是民族性问题，表现的是如何改革中国的问题，他提出了很多重大命题。这些重大命题在鲁迅其他的作品、其他的杂文里都能够得到呼应，所以很多鲁迅研究学者都不简单地把《头发的故事》当成一篇小说，而当成研究鲁迅思想的重要文本，它不过是装上了一个小说的框架而已。鲁迅小说杂文化做得最突出的，是他《故事新编》那本集子里的很多小说。

今天《头发的故事》就讲到这儿。

2009年北大选修课"鲁迅小说研究"

2009年5月19日

# 辫子与话语权

——解读《风波》(上)

同学们好，我们开始上课。今天天气不错，无风无浪，我们挑这么一个日子来讲一个叫《风波》的小说。

讲《风波》这个小说，我加了个副标题，叫"鲁迅小说意象"。我若干年前，上一轮讲鲁迅小说的时候，有一节课就专门讲的鲁迅小说意象，不过那次讲鲁迅小说意象用的是另外两篇小说，《故乡》和《孔乙己》。我不知道那个讲课的录音大家能不能找到，以后也许有机会会出版。今年我换一个作品，用《风波》来讲。其实《风波》，整个小说作品倒不一定适合讲意象，讲意象还是用《故乡》《孔乙己》来讲比较合适。我重点想发挥一下"风波"题目。"风波"是什么意思？你在心里用十秒钟，自己想一下什么叫"风波"？假如解词的话，怎么样解"风波"这个词？

当今国人的语文水平为何每况愈下？是不是我们有一天把高考语文分数调为200分，把英语调为20分，然后国人的语文水平就提高了？会不会这样？我对此不抱乐观态度。我当然主张压低英语分数，语文分数最高，这也是我的主张，但是我并不认为这样就解决问题了。大家都经过高考，知道我们高考的语文卷子出得是什么样子，那样的卷子能考察出一个人的语文水平吗？比如说在座随便一个同学，你和我一起参加高考，一起答那个卷子，你跟我能差几分？你跟我差不了多少分。我们两个人之间分数的差距能体现我们两人语文实力的差距吗？那是不可能的，我的语文应该比你高一万分！那张卷子怎么能体现你我的差距呢？我这样说就夸张了，也就是说这体现不了班里两个同学之间的差距。我们的题型就有问题，比如说我这一代人上语文课、做语文试卷，我们都有这样一个题型叫解词。我在这里给大家透露一个学好语文的秘诀——我有很多秘诀，但是我一般不告诉你，告诉你秘诀你就容易投机取巧——我告诉你，如果你有弟弟、妹妹，或其他亲戚要高考，他们要自己考语文的解词，你学过的任何一个词你要会解。大家都是稀里糊涂地混过来，因为现在高考、中考、日常考试，不考解词，或者出一个题，这题的内容本来应该是解词，但出题者先给你写好了答案，让你判断对错，哪个是对的，哪个是错的。判断题是最毁人的，应该是给教授以上的人出的，你基础知识都没有，你判断什么呀？你会不会解词啊？不会解词，"以其昏昏使人昭昭"。所以语文水平要提高，有很多题型要改，比如说要解词，比如说要修改病句，我们现在没有修改病句题，只有判断病句题："下列句子哪个是错误的？"然后你蒙对一个。当然我们也谅解，如果出解词题、出改病句题很难阅卷，因为让你修改一个病句，可以改出一万种来，哪个算对的？阅卷老师会很头疼。但为了阅卷老师方便，就毁了我们整个民族，我们整个民族天天说着病句，说着自己并不理解的词汇，这样我们就不能精微地掌握每一个概念，理解每一个概念是什么意思。

回到刚才的题目，"风波"是什么意思？"风波"可以翻译成外语吗？问题就来了。中国人怎么能随便弄两个字就组成一个词？这词看上去谁都懂，一较真你就解释不了。没有人不懂"风波"，当我们第一次接触"风波"这个词儿的时候我相信基本没有人去查字典，这就是汉语的伟大。我很小就读长篇小说，不用查字典，我大概都知道那什么意思，我看到字就知道是什么意思了，不知道的根据上下文猜也猜着了。我曾经举了个例子，我第一次看见"接吻"这个词，不知道啥意思，也不好意思查字典，但是估计就那事，不用查字典，能明白。这只有看汉字能做到，其他语言中这个词不认识就是不认识，就得查。我们在这里计较这两个字好像不是在讲现代文学，好像在讲古代文学了，古代文学和现代文学是那么严格一刀就能切开吗？

我们看鲁迅这个小说用"风波"，我们先来看看汉语里的"风波"是什么意思。《楚辞·九章》里就有这个词："顺风波以从流兮，焉洋洋而为客。"这里的"风波"是它最本来的意思，"风波"就是"风"和"波"，顺着"风"和"波"可以解释，但解释就没有意思了。庄子也用过"风波"——"我之谓风波之民"，这个"风波之民"跟前一个"风波"有关系，但是已经不是前一个"风波"了，绝不是在大风里坐在波上的人叫"风波之民"，这个"风波"是动荡、不安定的意思。中华民族是个喜欢安定的民族，我们很多地名都带"安"，带"定"，偶尔有个地名带"波"，前边要加上一个"宁"——要宁了波，没有叫"起波"的，要把这波宁下去。后世还有用"风波"的，唐朝元稹的诗里"不辞狂复醉，人世有风波"，这个"风波"意思已经比较深了，不是"风"和"波"，也不是一般的不安定，是人世有风波，有纠纷，有患难。到宋朝"风波"已经成了我们常用词了，范仲淹有句话："老夫屡经风波，惟能忍穷，固得免祸。""屡经风波"不是说他去打鱼，他去摇船，不是在水上，也不是一般的不安定，东倒西颠的。读到这个"风波"的中国人，我们活在这个语言系统中的人一下就看明白了。

那追根溯源,"风波"这两个字为什么能给人心理上产生一种那样的感觉?因为这两字——"风"本来是空气流动,但是它又不仅仅是动,不仅仅是空气流动,现在五级风,一会儿谁知道是六级还是四级呢,它是变化的,不可预测的,这个概念跟风有关;而"波"可以望文生义,水皮儿是"波",水纹起伏叫"波",好多语言里没有"波"这个概念,好多语言里有"浪",浪不是波,风波和风浪一样吗?风波和风浪是不一样的。毛主席号召青少年"到大风大浪里去锻炼"[1],他没说到大风大波里去锻炼,那是不一样的,一个字不能换。而这个"波"又是连续的。所以我为什么说鲁迅是伟大的文字学家,鲁迅使用文字不要说超越,没有人能够看齐,他随便写篇现代白话小说,他命名的题目都是不可替换的,他的《风波》,我们在这样一个语言系统内去理解。

我不知道在座的你们是学什么语的,你想一想,用你学的那个语言,"风波"怎么翻译?外语"风波"翻译成什么?能有这样一个对应的概念吗?英语讲到"风波"的时候大概有这么几个,"disturbance""storm",大家注意看这是不是我们汉语中"风波"的意思?第一个是"骚乱"。第二个是"风浪",这是风和浪放到一块儿了,风是暴风雨。勉强有一个解释,"storm in a teacup",茶杯里的暴风雨,茶杯里的风浪,勉强类似于"风波"。也就是说英语里面没有这样一个词——"风"加上"水皮儿"具有多重含义,两个字构成一个充满张力的新的美学概念。白俄罗斯语里面,"шторм"是个风暴的意思,没有"风波"这个词。日语"騒ぎ",看"骚"我觉得倒翻译得挺好,它翻译成"风波"确实带有骚动的意味,但是它已经远离了这个词源,没有"风"也没有"波"。韩文"왜"就是

---

1 《在游泳中学会游泳》,《上海机械》,1966年第9期。

"波纹"两个字的拼音,那"风"没了,它在引用这个汉语词的时候,在多少年的运用过程中就剩下"波",没有"风",你看见这个"вл",你想到的那个形象和一个懂汉语的人看见"风波"想到的是不一样的,它没有风的流动变化,光是看得见的波纹了。

所以我们从几个角度,用几刀这么切下去,马上你就知道"风波"是什么意思了。这叫解词。读书,首先要明白词,明白词首先要认字,认字不是知道发声,不是会念就叫认字,是知道这个字的来龙去脉。所以我再强调一遍,你如果知道五百个字的来龙去脉,天下没有难事了,天下的事都包括在这几百个字里,你干什么都轻松,干什么都摧枯拉朽。

我把这一组词摆在这里:暴动、动乱、风波、事件。大家大概能够知道"风波"的烈度、强度是多少,这样我们来体会鲁迅写《风波》,《风波》里写的内容和题目之间是怎么样匹配的。

《风波》这篇小说,发表于1920年9月的《新青年》,也就是五四运动("政治上"的五四运动)一年之后。根据"鲁迅日记",是8月写的,8月写的9月就发表了,很快。可是我们知道鲁迅的小说一般都不写当时发生的事,你看他经过五四运动,他没有小说是写五四的,他不会写一篇小说叫《火烧赵家楼》。那多好的题材啊,一定有人写,写这种题材的一定是通俗小说家。我们认为像鲁迅这样的非通俗小说家,一般是不赶时髦的,他不去抓那个最吸引人眼球的题材,他写的东西都好像不咸不淡,当然我们相信鲁迅要写《火烧赵家楼》一定也写得好,但那不是他最关心的事。你想这个时候,1920年,还是五四高潮的时候,五四之后北大学生已经走到民间,去集合更多的社会大众、工农大众,要掀起更大的社会狂飙,有一伙人正酝酿成立中国什么党,所以鲁迅想的不是这些,鲁迅想的跟别人不一样,他竟然写了这么一篇小说。

下面我们就来细读《风波》这篇小说的原文。我们也许有的同学喜欢那样的讲课方式，就是讲一个专题，就像我说讲"鲁迅小说的意象""鲁迅小说的修辞手法"等，那样讲课也是一种方式。过两次课，我请一位鲁迅研究专家来给大家做专题报告，讲鲁迅小说的某一个专门的问题。我觉得我们这种细读的方法，就像我们练武功一样，随着一节课一节课时间的流逝，你的内功真的就练成了，你的真力就充满了。我们现在的教育，就像我们的语文考试一样，为什么毁人？你看着一节课一节课老师一二三四给你们讲了很多很像知识的东西，其实考试的时候这些东西都没有用，什么都留不下，它不是知识。不论你学的是金融还是法学，学的都是假招式，都是不能打人的功夫。只有一个字一个字，一句话一句话地，融到你血液里的东西，才能让你出去之后随便一抬手，发现躺一批，你都不知道人家是怎么躺下的。这时候你才觉得：哦，原来北大真是桃花岛啊。你才有这个感觉。

我们来看《风波》小说的开头，开头很像一个戏剧的布景。

**临河的土场上，**这个"场"，经常要读cháng，其实农民读得倒是对的，应该是cháng，场院，在古诗中这个字经常是当平声字来用。**太阳渐渐的收了他通黄的光线了。**上一次讲《明天》我就讲过鲁迅特别擅于使用色彩，比如他说曙光是银白色的；他随便写个开头，太阳渐渐地收了它的光线了，这光是通黄的。鲁迅写小说，很像李白、杜甫等写唐诗，你看上去好像语不惊人，用的都是常用字眼，但是他这一用就特经典，你就没有办法改。

最近央视拍一套唐诗的微电影，请我给他们当顾问，我就给他们导演及有关人员都上了一课，我说，你们懂诗吗？首先你把诗都读错了，就在那瞎编故事，每一首唐诗后面你都想编一个俗套的爱情故事，或者暴力故事。你先把诗读懂好不好？把这些平常的字眼读懂，你老觉得这些平常的字眼拍不出什么来，是因为你不认字，你再好好读读。"通黄的光线"形容太阳,还真没在别的地方遇到过,但这话老百姓好像也能说出来。通黄的光线有什么奇怪的?但是真没有遇见过,我们遇见的都是"金黄的",我们写太阳都是"金黄的太阳"。还有比"金黄"更好的吗?鲁迅写得好,用"通黄"。"金黄"和"通黄"的差别在哪儿?

**场边靠河的乌桕树叶**,一个乌桕树叶写出地方特色,一看乌桕树叶,我们知道这地方不是我们东北,好像也不是河北。**干巴巴的才喘过气来,几个花脚蚊子在下面哼着飞舞**。你看就这么几个场面描写,气氛就出来了。我上一次说了,当代小说已经不写场景了,不写自然景物了,鲁迅那个时代自然景物是很重要的。现在的作家已经不会写这样的场面了,我们看上去好像并不难,但我们生活中也遇不见。

**面河的农家的烟突里,逐渐减少了炊烟**,这一定是在农村生活过很久,细心观察的人才能写出来的。让你写这么一个场面,你顶多写"冒出了炊烟",你能够想到"减少了炊烟"是什么样吗?你得看多少次炊烟,才能写出"减少了炊烟"?既然减少了,那表明前面冒出来了,早就有,慢慢地越来越少。"减少了炊烟"是什么意思啊?饭做好了,火熄了才减少了。**女人孩子们都在自己门口的土场上泼些水,放下小桌子和矮凳;人知道,这已经是晚饭的时候了**。这个角度转换非常自然。小说开头是个大的镜头视角,是第三人称全知叙事,是上帝的眼睛看着这片土地。然后到了最后一句,镜头突然变成了一个特写,现在似乎不是全知视角了,说一句"人知道",那个"人"就是"人们"的意思,但具体是哪些人,谁知道呢?其实是作者要告诉读者是"晚饭时候"。换成当代作家,这些都可以省略,就一句话"晚饭时候……"然后往下写就行了。我们现在很多写"晚饭时候",因为前边他都不会写,就是"晚饭时候……"当然这样写也可以,也是一种写法,我们现在很多小说是这样的,但这两种写法的感觉是不一样的。我不知道在座的有没有写作专业的同学，今年（2014年）不是有写作专业吗？新设了一个专业嘛，从写作学的角度看，它有差别。晚饭时候，下面怎么样，什么什么怎么样，这是一个叙事体；晚饭前面加上这样一个布景，它变成一个戏剧体。既然这里写得这么详细，就要在这里演戏，这里要开戏了，就像农村孩子看见来了一个戏班子在搭台子布景，知道一会儿要演戏。所以我们完全可以把它改成一个戏剧小品去看这个布景！

第二段，晚饭时候怎么样了呢？刚才是妇女孩子布置桌子板凳，**老人男人坐在矮凳上**，分工写得很详细，老人男人是不干活的，坐在矮凳上。**摇着大芭蕉扇闲谈，孩子飞也似的跑**，跑得很快，**或者蹲在乌桕树下赌玩石子。女人端出乌黑的蒸干菜和松花黄的米饭，热蓬蓬冒烟**。我很喜欢看，也很喜欢写吃的东西，我很喜欢看饮食，饮食我很注意，我也说过鲁迅也特别喜欢写吃的，喜欢写饮食。大家读了这句话，我不知道你是有食欲还是没食欲。你要是理性地去想，应该没什么食欲，太简单的饭菜了。你要我去想，因为我是东北人，在我看来，进了山海关就没有大米可吃，在我看来，关里大米都不是大米，都是粗粮，只有我们东北大米才是大米。也就是说农家即使吃米饭，也没什么菜，就是乌黑的蒸干菜，酸菜。我们现在有什么所谓的梅菜扣肉，梅菜扣肉你把这肉去掉，它不能有油，就剩下那个黑菜，就是那个饭，普通农民吃的是那个饭，你要理性地想，没什么可吃的。但是被鲁迅这么一写，似乎还可吃，还有点食欲。正是因为鲁迅在乡下住过，他在外祖母家住过，所以他能写出这种饭的状态来，一般的米饭他能写出"松花黄"，观察细致、带着感情他才能写出"松花黄"来，一般人会写"泛黄的米饭""发黄的米饭"，他能写出"松花黄"来。什么叫"松花黄"，那还得想，我也想不出来。我记得我上大学的时候就骗南方同学，我说你知道什么叫松花蛋吗？就是我们松花江的鸭子下的蛋。就是这个"松花黄"，还可以有诗意的想象。"热蓬蓬冒烟",饭怎么会冒烟呢?饭冒的不是蒸汽吗?冒的蒸汽写成冒烟,他写的是天气之热。前面已经铺垫了,在那样热的天气下,花脚蚊子都嗡嗡叫的那么热的天气下,明明冒的是蒸汽但看着像冒烟。我们在三伏天吃饭的时候,你会感觉那个汽是烟。一般人,像我们这些知识分子可能没什么食欲,一定是劳动人民,劳累了一天才有食欲,他看见这些饭都是香的,所以描写吃的东西关键是怎么勾引人家的食欲,怎么把读者的食欲调动起来,不在于写的是不是山珍海味。也就是从理性的角度说,这是农民非常普通的生活、低层次的生活,粗茶淡饭,劳累一天正常的吃饭。可是鲁迅在这里加了一句这个很"缺德"的话——**河里驶过文人的酒船**,他跟我一样坏,随时不忘挤兑一下知识分子。**文豪见了,大发诗兴,说,"无思无虑,这真是田家乐呵!"** 鲁迅不论是写杂文还是写小说,都是老百姓说的,夹枪带棒,明明是往北京走,他路上要把山东、河北都搅得不安,鲁迅是大文豪,他去打老虎,一路上顺手打了很多豺狼、野狗,都这么打的。这个小说写得不是这帮文人文豪,但是既然写到这里了,顺便刺他一刺,这就是鲁迅的风格,你说招你了你骂我?但是,他又说得确实中肯。多少知识分子不了解老百姓的生活,不知道真正的苦和乐,把面朝黄土背朝天的痛苦生活说成农家乐。鲁迅的讽刺,有时候也引我们反思,我有时候不是光嘲笑人家,要反思自己我有没有这时候。我有时候到一个地方去,老觉得这地方挺好,你看老百姓过得多快活啊,我也想这样啊,其实我那种想法恐怕就是"农家乐"的想法:想把自己在城市里、在学术界活得紧张枯燥转移出去,做一个梦,寄托在劳动人民身上。可是劳动人民的真实生活并不是我想象中那样的,或者说我只看到了一面,劳动人民也有他的快乐,但是不是我们想象的那种?这些文豪就把农民都想象成陶渊明了,他说你们这些人都是陶渊明呐。比如说我晚上出去散步,到广场上一看：哦呦，好几百大妈在跳舞，一看那拨又好几百，这样的有好几拨，我说中国人民很快乐呀，有的时候我也很受感染，我也进去跟他们跳行不行？但是理性告诉我这只是她们生活的一面，她们跳完舞回家还是各有各的忧愁，但是这并不妨碍中国人的另一种精神，晚上该跳舞跳舞。生活，是复杂的。鲁迅本来是写土场上的生活，顺便刺一下不知道百姓疾苦的文人。那么小说的笔法刺出去怎么收回来呢？对鲁迅来说就太简单了，一句话就收回来了——

**但文豪的话有些不合事实，就因为他们没有听到九斤老太的话。**我们看这个叙事者进退多么自如，他说拉开就拉开，说回来就回来，这种跳进跳出的手法很像二人转。二人转的灵活之处就在于后面的叙事者随时是我、随时是对方、随时是观众、随时是第三者、随时是旁边那个拉弦的。大家有机会去看二人转的时候，一定要理性地去思考它的叙事技巧，它的叙事技巧是集中华文学技巧之大成，可以说是最高级的一种形式。这么多文人雅士看不起二人转，去骂它，为什么它生命力那么蓬勃？有人说有的人就是靠二人转讲黄段子，那现在有很多绿色二人转一样受欢迎，不讲黄段子，一样把一些人骂得狗血喷头你还听不出来，你还抓不着它的把柄，这就是它叙事技巧之高——怎么掌握身份转换。《风波》这里马上要回到全知叙事了，突然插进一个人，而又插得这么自然，这人物叫九斤老太：

**这时候，九斤老太正在大怒，拿破芭蕉扇敲着凳脚说：**九斤老太大怒，拿的扇子是破芭蕉扇，敲着凳脚，"**我活到七十九岁了，活够了，不愿意眼见这些败家相，——还是死的好。立刻就要吃饭了，还吃炒豆子，吃穷了一家子！**"这种没头没尾地突然插进一个人的语言，是西方小说技巧，中国传统小说不这样，中国传统小说中一个人物说话，一定是前面铺垫好了为什么说，不会让读者感到吃惊，这个人物一定先介绍好了，无论是刘备还是李逵，上场不会说这样的话。像戏剧舞台上一个人上来一定要先介绍"在下某某某"，"在下海淀人氏"，他一定先把自我身份介绍一下。突然来了一个人说些没头没尾的话，那个信息藏在话的背后，需要读者参与，参与就是强迫你进入某个阵营。现代小说的一个功能是呼唤人、召唤人参与一件事，我讲现代文学的时候讲过，现代文学的一个功能是组织功能。组织什么？组织现代民族国家。文学怎么能够发挥组织功能呢？它是通过多少次的召唤，召唤你参与思考，通过无数次这样的参与思考，我们就变成一个共同体。古代小说是不召唤你参与的，古代小说把读者叫作看官，读古代小说是一件很休闲的事情，你爱读不读，你读了之后它很高兴，它很受宠若惊，它不断地给你解乏，恐怕你读不懂——"看官，你道这人是谁？"——恐怕你想不明白，下面给你介绍这人是谁，来龙去脉讲得很清楚，不让你费一点脑筋，所以古代看小说的人看的是世界的闲风景，自己可以置身事外：这个国家跟我没什么关系，我看了很高兴很愉快，不论看武松、看西门庆，都好玩。这不是说它没有教育意义，它的教育意义是间接的。而现代小说不一样了，它不把重要的信息直接给你，不再替看官解决一切问题，而是要求看的人参与进来，所以读到这里你不由自主地去想：哦，这是个老太太，这老太太七十九了，她觉得这些人败家，她为什么活够了呢？为什么这么生气呢？原来是要吃饭的时候还有人要吃豆，因为吃豆，老太太担心把家里吃穷了。

九斤老太这个话虽然是破空而来，但是非常有力量，又似曾相识。即使我们现在生活在一个小家庭里，各位的父母早已经没有这样的观念，但是你仍然觉得这样的老太太好像见过，这个老太太的声音是这么的熟悉，能够穿越历史，响在我们耳畔。

**伊的曾孙女儿**，上一次我讲过"伊"和"她"，鲁迅这个时候——

1920年——写小说的时候，女性第三人称用的还是"伊"。"伊的曾孙女儿"六斤，这很有意思，鲁迅数学是很好的，但有时候也不好，一会儿我们再说。九斤老太的曾孙女儿叫六斤，一算好像正好，八斤、七斤、六斤。"六斤"**捏着一把豆，正从对面跑来，见这情形，便直奔河边，藏在乌桕树后，伸出双丫角的小头，大声说，"这老不死的！"**这个写的农家情景如画。这个时候如果你说这有点儿农家乐，还有意思，但绝不是陶渊明那种乐，是另一种充满劳动人民生活气息的农家乐。我们认为中国人不都是讲孝顺的吗，鲁迅不从观念出发，他写的是生活的实际。你到农村看看，大量的孙女儿，是可以骂老人的，经常骂老人的，可以骂老人"老不死"。

下边儿这个话很绕：**九斤老太虽然高寿，耳朵却还不很聋，但也没有听到孩子的话，**"虽然"后面有一个"却"、一个"但"，这个"但"把"却"又给"却"了一次。虽然高寿，耳朵还好使；虽然耳朵好使，还没有听到孩子的话，是这个意思。**仍旧自己说，"这真是一代不如一代！"** "一代不如一代"现在已经成了类似成语一样的一句话了。可是我们总觉得这句话又不像鲁迅发明的似的，就像那句著名的"黄河之水天上来"，我们总怀疑这不是李白发明的，可是又的确找不出别人写过。伟大的语言就是这样，听上去好像早就存在，不过是圣人发现了，可是我们又没有它早就存在的证据。在鲁迅之前我们还真没有看见谁写过"一代不如一代"，但好像这话已经响了千百年，被鲁迅一写，就进入词典了。我们现在提到"一代不如一代"都知道，这是鲁迅笔下九斤老太的名言，我们今天常说这个话。我前两天还在微博上借四书五经来讲这句话，我说我的师祖一代，四书五经都是倒背如流的；然后我的老师一代，四书五经是什么样的；到我这一代是什么样的；我学生是什么样的；我学生的学生是什么样的。有的人马上就概括出来："一代不如一代"。

然后下面来解释了。**这村庄的习惯有点特别，女人生下孩子，多喜欢用秤称了轻重，便用斤数当作小名**。这个习惯能不能较真儿？要较真儿的话，那有多少孩子得重名啊？因为论斤数，你孩子生下来大概也就那么几个斤数，还能有十多斤，或者三斤以下的？大概也就集中在四五六七八，也就这么几个。但是呢，他解释了九斤老太的名字。**九斤老太自从庆祝了五十大寿以后，便渐渐的变了不平家，愤愤不平了，常说伊年青的时候，天气没有现在这般热，豆子也没有现在这般硬；总之现在的时世是不对了。何况六斤比伊的曾祖，少了三斤，比伊父亲七斤，又少了一斤，这真是一条颠扑不破的实例。所以伊又用劲说，"这真是一代不如一代！"**

这段话画活了这个九斤老太。九斤老太为什么能够成为一个典型人物？就因为这么一篇普通的小说，"九斤老太"能进文学人物词典。我们在生活中经常说某某是九斤老太，就因为她太有代表性了。孔老师今年整好五十大寿，所以我要拿九斤老太来作为镜子，我要警惕自己，不要以后变成"不平家"，见了学生就说：我年轻时天气没有现在这么热，豆子也没有现在这般硬——因为现在牙不行了，不是这个豆子以前没这么硬。但是好像这个规律很难逃脱。我年轻的时候，我就看着系里这些老师过了五十岁之后有没有变化，哎，真有变化，那还真不是鲁迅瞎编的。我是用自然科学的方法一个一个盯着，某老师五十岁、某老师五十岁了，然后今年盯到自己了，所以我说我要小心。

但是九斤老太的话说的都是个人的生理感受吗？真的没有实际的对应物吗？我们可以查历年的天气资料，这一查发现，还确实天气越来越热，人家科学家取了个名儿叫"全球变暖"，看来九斤老太说得有道理，还不是她自己完全的感觉，这是真的假的虚的实的结合在一起的。天气确实比以前热了，原来还不是说我们现在这时候才热，九斤老太那时候就热了，晚清民初天气就热了。这是不是说清朝、明朝的时候天气确实稍微凉快？这有待于大气物理学家去考证。有从全球气候角度写世界历史的，气候的变化影响到粮食作物的生长，影响到农业和牧业的不同，然后影响在哪里发生战争，确实有这个原因，但这不是九斤老太所想的。九斤老太是根据这样一些具体的实例，得出一个普遍性的结论、真理性的结论："一代不如一代！"

所以也不能简单地去否定九斤老太，如果简单地把她否定掉，说她胡说八道，那她就不会是典型人物了。说"一代不如一代"的人，一定是找到了很多证据，这个证据本身是存在的，但是对这些现象的解说可能不同。比如从我们学者对四书五经的掌握来说，肯定是一代不如一代：我的祖师那一代人是背在肚子里的；我的老师那一代就背得不行了，背得残破不全了；到我这一代虽然背不了，我知道到哪儿去查，我一查能查着；到我学生那一代可能查都不会查了。现在中文系的学生还有谁会查四角号码、会查《康熙字典》、会查《尔雅》？现在的中学生有谁还查《新华字典》？最简单的字典都不查，动不动就到网上去查，家里面已经不买工具书了。你家里没有二十本工具书你叫人吗？所以我要说得刻薄一点，人是每天要查工具书的，那个字典要翻得乌黑，要翻烂了才行。从这个角度说是"一代不如一代"。

但是一代不如一代，换一面——是不是在另外的角度，这个时代有我们说的所谓进步呢？我们从背四书五经的角度来说确实是一代不如一代了，但有些方面我们一代比一代强。比如说我家里随便买一个家用电器，我看了半天说明书我还看不懂，而我家的孩子不用看说明书，他鼓捣鼓捣就会操作了，这个方面是不是又可以证明时代在进步？为什么我自以为对文字掌握得这么好的人，看了说明书还不会摆弄，那是不是说明我的教育里缺少某种东西，我在某个方面不如现在的"90后""00后"？他们在某个方面比我们这代人强？需要总结一些新的东西。这两方面都考虑到，我们才能准确地理解九斤老太，才能更好地研究这样的人物形象。研究人物形象不是仅仅从理论出发，要基于生活事实之上。

下面说，**伊的儿媳七斤嫂子**，看，鲁迅犯数学错误了吧？反应过来哪一点错了？如果是她的儿媳那是八斤对吧？这里明明写的是七斤，应该是她的孙媳，这个七斤八斤，你看鲁迅自己绕进去了，如果他说全村都这么起名，我估计肯定起乱了，如果全村人的小名都是六斤七斤八斤，那得有多少人走错家门。一喊"七斤吃饭了"，回来一帮孩子。"七斤嫂子"**正捧着饭篮走到桌边，便将饭篮在桌上一摔，愤愤的说**，这个妇女形象就写得很生动。"**你老人家又这么说了。六斤生下来的时候，不是六斤五两么？**"七斤嫂子开始跟她做学问，开始学术辩论，"**你家的秤又是私秤，**"你看用的是"你家的秤"，这明明是一家人，她现在角度却不一样，说"你家的秤又是私秤"，"**加重称，十八两秤；**"我们知道过去的秤是十六两秤，所以有一个成语叫"半斤八两"，因为一斤十六两，而她家的秤是十八两的，"**用了准十六，我们的六斤该有七斤多哩。**"十八两秤的六斤五两，大家算一下换成十六两秤应该是多少？应该七斤多对吧？七斤嫂子算得没错，她是有证据的，她的数学很好，人家瞬间就知道，换成十六两的正经秤是七斤多。然后下面还有深论，"**我想便是太公和公公，也不见得正是九斤八斤十足，用的秤也许是十四两……**"她真狠！七斤嫂子一出场说的这一番话就不寻常，她是一个农家妇女，就这几句话，逻辑材料的使用绝对是个学者的水平，她如果上了大学，参加全国大学辩论赛，那绝对是一流的选手，就这么几句话多么有力，用事实用数据，然后还逼近一步，你说我那个，我先把我这个守住了，然后再去攻你，你那也许是十四两，还要推翻你那个结论。但是晚辈在长辈面前，就好像是秀才遇见兵，无论你多么有理，老人不管，老人就一句话"一代不如一代!"

这个写得生动如画,把旧式农村的人情风俗写得这么深入又这么生动的,没有人超过鲁迅。鲁迅是最有学问的人,但是又是最了解农民的人。

**七斤嫂还没有答话,忽然看见七斤从小巷口转出,便移了方向,对他嚷道,"你这死尸怎么这时候才回来,死到那里去了!不管人家等着你开饭!"**

如果把这话翻译成西方语言一定受到误解,这话怎么翻译?其实鲁迅一句话写出劳动人民的夫妻感情。所以好多汉语不好的外国朋友、汉学家读鲁迅小说读不懂,读到这里说"你这死尸",他会这么想:哎,七斤难道死了吗?没有死,没有死说他是死尸?哦,她恨他希望他死。一般人会这么想。我在某个国家遇到一位教授,翻译鲁迅小说的,他向我请教问题,有一个地方,他觉得还翻译得挺好,他翻译《阿Q正传》,阿Q最后不是画圈没画圆吗?阿Q想"孙子才画得很圆……"他翻译说:"阿Q虽然画不圆,他把画圆的希望寄托在自己的子孙后代身上。他相信革命胜利之后,他的孙子就能画得圆。"刚开始我就说,错了,不对,不是那个意思,他还跟我辩论,他说他汉语很好,我说不是你汉语好不好的问题,你不了解中国人的生活,你不知道这个"孙子"是什么意思。所以你一定要知道中国人民的生活,你才知道这个"死尸"是什么意思。

如果是小夫妻,特别过去是包办婚姻,女人刚嫁过来时间不长,她能管她丈夫叫死尸吗?是不会的。一定是两个人共同生活时间已经很长了,一般是有了孩子了,生活中已经相濡以沫,说什么都不影响他们真实的感情交流,到了超越语言的阶段,感情非常好的时候,才能够像禅宗说的"不立文字,直指人心"。所以禅宗是建立在中国人民日常生活基础上的。两个朋友关系非常好才能够随便说骂人的话,一接电话:"哎,是你这孙子啊,快来啊!"是吧,这是非常好的朋友。非常好的夫妻才这样,或者关系不好的夫妻,用这样的语言,表示关系还好。一对夫妻一旦说话很严肃、很正经、很尊重对方的时候,也就差不多快掰了。"我告诉你张大民同志"——这一会儿就要办手续了,一定是;"你这死尸怎么这时候才回来,死到哪里去了",说得非常狠时,其实我们知道,这恨就是爱,恨就连着爱。我们还可以去研究心理学,为什么女人说话特别狠,为什么女的对男的说话经常使用这些要死要活的语言?这是很有意思的一个课题。反过来,男的对女的一般不敢使用这些词,比如说你跟女朋友约会,女朋友来晚了,你能说"你这死尸死到哪去了"?男生是不敢的,女生可以。它是什么道理?这是可以做论文的。看前两句之后你要经过分析,可是加上后一句不用分析就知道了,前面说的话那么狠,后面"不管人家等着你开饭"这句话是充满爱意的,这句话其实把前面的话都推翻了。特别是在众人面前,在大庭广众面前,中国的礼教要求人不能表现得很亲热,表现亲热的话一定要正话反说,爱用恨来表达,真正要表达的意思要含蓄着说,好像是埋怨对方,其实是向对方撒娇嘛,说白了这其实是一个撒娇的话,其实是说"人家等你等这么长时间,还不来吃饭啊,等得可着急了",其实是这个意思。但这个意思要这么说别人会起哄,那农民会起哄了,所以一定要这样说,这才是正经夫妻。谁说劳动人民粗俗没有感情?劳动人民一点都不粗俗,非常细腻,你把这句话想办法给换换试试,你换不了。所以说七斤嫂还是个语言专家,前面她是反抗九斤老太的压迫,一板一眼非常有理有据,现在她看见丈夫了,说这番话非常柔情,但是说得又像刀子一样狠。而这些劳动人民的一颦一笑被鲁迅捕捉得是这么准确,他可是一个书香门第,大户人家的子弟,又在北京教育部当了这么多年的官,现在要写小说写家乡这点事,提起笔来能写得这么深刻！五四新文化、新青年这帮人幸亏把鲁迅忽悠进来，要是没把鲁迅忽悠进来参与，鲁迅就这么在教育部当个官儿终了，中国多大的损失啊！因为没有人能写出这个东西来，经过鲁迅这么写了之后很多人才会了——哦，原来可以这么写夫妻对话啊！你一想，生活中就是这样的，生活中本来就是这样的。

下边由七斤嫂转到七斤，**七斤虽然住在农村，却早有些飞黄腾达的意思**。鲁迅写这些农民，就像我上次讲单四嫂子一样，不按照阶级来写，他脑子里没有一个固定的阶级观念，说无产阶级应该什么样的、雇农应该什么样的、贫农应该什么样的，他先考虑的不是阶级，他先考虑具体的这个人的生活状况，是什么阶级你们去分析。七斤住在农村有飞黄腾达的意思，**从他的祖父到他，三代不捏锄头柄了**；什么叫飞黄腾达？就是不捏锄头、不下地干活就算腾达了。**他也照例的帮人撑着航船，每日一回，早晨从鲁镇进城，傍晚又回到鲁镇，因此很知道些时事**：就是他在村里是有地位的，有地位是因为知道时事，可是他知道什么时事呢？**例如什么地方，雷公劈死了蜈蚣精；什么地方，闺女生了一个夜叉之类**。读到这里我们会嘲笑七斤，可是放在鲁镇那个乡下的语境里边，七斤就是一个知道很多信息的达人。我们回过头来要反思自己，我们今天知道那些乱七八糟的事以为自己就通晓世间了，我们其实还是七斤，跟七斤没有差别。七斤从鲁镇得到的消息就是我们从新浪、从腾讯得到的消息，没什么区别。不要以为我们有了硕士、学士文凭就不是七斤了，我们不过也是想在另一个空间里面飞黄腾达。我们知道的那点事，其实还原了本相，不过还是雷公劈死蜈蚣精的事。**他在村人里面，的确已经是一名出场的人物了**。就是上得了台面的、被人尊敬的出场人物。**但夏天吃饭不点灯，却还守着农家习惯，所以回家太迟，是该骂的**。这里写出七斤的阿Q一面，他很像阿Q，来往于镇上和村里。因为来往于镇上和村里，就有了文化两面性，就可以两面看不起，阿Q到了城里就觉得乡下不好，因为一些称呼不一样，他就可以两边蔑视，而七斤也是如此，但是节约的习惯还是守着的，因为回来太晚了，吃饭就要点灯吃，点灯吃就费油，这一点他必须守，因为回来太迟，所以人家骂他是有道理的。

**七斤一手捏着象牙嘴白铜斗六尺多长的湘妃竹烟管，**为什么这么仔细地写他的烟管？这是写他地位不一样，跟别人稍微不一样，他有飞黄腾达的希望，他要摆一摆他的范儿。**低着头，慢慢地走来，坐在矮凳上。六斤也趁势溜出，**因为他爹回来了，他不怕老太太了，所以叫"趁势溜出"，**坐在他身边，叫他爹爹。**孩子跟他爹爹撒娇，**七斤没有应。**

"一代不如一代！"九斤老太说。

读到这里我们可以知道这完全就是一出戏，从开始的布景，到现在一个一个上场的人物、九斤老太不断地说她的"名言"，这就是一个戏剧小品。但是读起来很好玩，要演挺难的，具体演对演员要求比较高，因为要求内在的动作性比较强。七斤既然是个人物，可是为什么低着头呢？显然是有事了。小说的题目叫"风波"，风现在才起来，前面都是铺垫。

**七斤慢慢地抬起头来，叹一口气说，"皇帝坐了龙庭了。"**

你看，慢慢地，还叹一口气，这是鲁迅的技巧。中国文学描写是讲究辩证法的，要写一个粗人你要写他怎么细，要写一个细人你要写他怎么粗，要写一个了不起的紧张的事偏要慢慢地写。"风波"肯定有一件事要说，但具体怎么说呢？前面铺垫了这么久，由一个很窝囊的人慢慢地抬起头来，还叹了一口气说，这话只要一说出来就是一件大事——"皇帝坐了龙庭了"。这个话在1920年的读者读起来可能不难思索是一件什么事，因为时间过去没多少年，还知道这事儿，那么过了这么多年，可能我们读就需要有点历史知识了，要知道什么叫"皇帝坐了龙庭了"。学过历史的知道这是张勋复辟，不是改朝换代，不是清入关。"皇帝坐了龙庭了"说明原来就有皇帝，因为什么事皇帝从"龙庭"走了，下去了，现在又坐了，发生了如此之大的事。

**七斤嫂呆了一刻**，说明这句话很有震撼力，七斤嫂呆了一刻，时间还不短。**忽而恍然大悟的道，"这可好了，这不是又要皇恩大赦了么！"**我们要注意七斤嫂这个人物的语言，七斤嫂这个形象完全是靠她的语言塑造出来的，前面的两番讲话已经表明她智商非常高，反应非常快。她被七斤的一个消息给打呆了一刻之后，迅速地又反应过来，反应过来她说的是什么呢？她说的话是把这个消息做了一个正面价值的判断，她说这个事是个好事："这可好了，这不是又要皇恩大赦了么！"你们家又不是罪犯，皇恩大赦跟你们家有什么关系啊？你们家又不像鲁迅一样，家里有老爷子在监狱里押着，一个普通农民，大赦跟你们家没关系，你为什么说"这可好了"呢？也就是说她已经从七斤的神色中预料到，这个事对她们家不利，她不希望这个事情对他们家不利，她也不希望她老公很不高兴，她想宽慰他，同时还想刺激他说出"真的不利"——说出真相。所以她瞬间说的这个话，是一般人都说不出来的，她竟然说了这么一个不沾边的话。

果然七斤就顺着她的意思要说出真相——**七斤又叹一口气，说，"我没有辫子。"** 到这里，这个"风波"起来了，就是"皇帝坐龙庭"跟你们家有什么关系呢？原来涉及辫子的问题。

"皇帝要辫子么？"

"皇帝要辫子。"

"你怎么知道呢？"七斤嫂有些着急，赶忙的问。

"咸亨酒店里的人，都说要的。"

"皇帝坐龙庭"这么一个事传来传去，通过咸亨酒店那些人，通过上次我们说的红鼻子老拱之类的人，传到七斤这里，竟然变得这么严重。他做了什么事吗？没做什么事，就是一个辫子的问题。辫子代表着立场。立场是现代化的一个重要的关键词。古代的人民可以没有立场，这伙人来了给这伙人当兵，那伙人来了给那伙人上税，谁把天下平了，你给谁当老百姓，统治者也不追究老百姓的立场。古代倒是很宽容，不追究草民的立场。你有本事把天下平了，老百姓都是你的。曹操曾经发现手下很多人给袁绍写信，打败袁绍之后有人报告，说咱们这部队里边谁谁谁当年军心动摇，给敌人写信，曹操命令一把火把信都烧了，当众烧掉，这是笼络人心，不咎既往，同时也说明立场不太重要。曹操知道当时我兵危势寡，大家心向敌人，这是情有可原的，人性嘛，都想投降，那现在我胜利了，不追究他们，把他们的那些信都烧了，让他们现在都是死心塌地跟着我，不追究立场。可是现代化是要追究立场的，从法国大革命开始，每个人要站队，你是革命党还是保皇党？你是红的还是白的？在这样一个现代化的语境中，我们能不能找到跳出立场之外的生存空间？为什么到了现代，各国文学中"桃花源"意象这么重要？人非得有个立场吗？没有立场的空间到哪里去找？我们今天很多的辩论、争论、吵架，往往都是因为立场，当然其中有很多是语文的问题。去掉语文，都在争立场，有些立场是不可超越的，那么有没有一些立场是可以超越的？比如留不留辫子的问题，留辫子就代表拥护皇帝，不留辫子代表拥护民主共和，能不能这样地去看？而大多数人看不透，大多数人很重视这个立场。鲁迅不是没有立场的人吧？鲁迅是立场非常坚定的人，但鲁迅就能超越这个立场。鲁迅最早就看出，剪了辫子的人不见得是拥护民主共和的人，鲁迅最早地看出，脑袋上的辫子剪了，心里的辫子还留着，这比脑袋上那个辫子还重要。

七斤嫂这时从直觉上觉得事情似乎有些不妙了，因为咸亨酒店是消息灵通的所在。那里代表传媒，**伊一转眼瞥见七斤的光头，辫子剪了，便忍不住动怒，怪他恨他怨他；忽然又绝望起来，装好一碗饭，搡在七斤的面前道，**搡字用得多好！不是端、不是送、不是放、不是摆，是"搡"在他的面前，"**还是赶快吃你的饭罢！哭丧着脸，就会长出辫子来么？**"按理说，中国是男尊女卑的社会，七斤嫂也严守着这男尊女卑的规矩，可是我们看出来，在夫妻中间实际上能够撑得住天下的是七斤嫂。在他们看来已经大祸临头了，可是这个时候，七斤嫂还用愤怒的口气，愤怒的动作，其实是给她丈夫以信心，告诉他该吃饭吃饭，不要愁死，哭丧着脸有什么用啊，先吃饭。就是说她是有感情，同时有理性的。

　　那么怎么办？这个问题解决不了，现在又有一个人出来了，我把他写的叫"'专家'来了"，这和我们今天很相像，"公知""专家"都是混在一起的。**太阳收尽了他最末的光线了，**鲁迅其实也是写时间，时间是有画面的，太阳收了它最末的光，**水面暗暗地回复过凉气来；**你要在黄昏的夏天的水面待过才懂。**土场上一片碗筷声响，人人的脊梁上又都吐出汗粒。**这个"吐"用得非常棒。**七斤嫂吃完三碗饭，**家里摊上这么大事了，七斤嫂哗哗吃了三碗饭，这写出这样一个妇女拿得起放得下，老公辫子都没了，还能有心吃三碗饭，了不起。**偶然抬起头，心坎里便禁不住突突地发跳。**她不是个没心没肺的女人，心里还在突突跳呢，但是该吃饭吃饭，所以七斤嫂的素养绝对可以当红色娘子军连长，她如果有机会革命，是一个杰出的革命者，智勇双全，可惜那个地方不是闹革命的地方。**伊透过乌桕叶，看见又矮又胖的赵七爷正从独木桥上走来，**如画一样，你们想象舞台后面一座独木桥，那边走来一个新的人。**而且穿着宝蓝色竹布的长衫。**鲁迅给人物起名字喜欢用数字，这我们上次就讲了,但是他用的数字一般都是大于四的,他不用老二,不用老三,他自己兄弟三人,他恐怕别人有胡乱的猜想,所以他用的数字一般都是大于四。前面已经用过"七斤""七斤嫂"了,又出来一个人还带"七",当然这也证明当时人家生育的情况,生七八个孩子太普遍了,叫"赵七爷"的不少。

赵七爷,我们看这专家的专业水平,**是邻村茂源酒店的主人**,看来这家里不属于劳动阶级,**又是这三十里方圆以内的惟一的出色人物兼学问家**;前面我们看过七斤那学问了,所以对赵七爷也不能有过高的期待。**因为有学问,所以又有些遗老的臭味。他有十多本金圣叹批评的《三国志》**,其实是《三国演义》,老百姓分不清《三国志》《三国演义》。**时常坐着一个字一个字的读**;这显得有点迂腐,《三国演义》要一个字一个字地读,这对"学问"有点嘲讽。下边我们就明白他有什么学问了,**他不但能说出五虎将姓名,甚而至于还知道黄忠表字汉升和马超表字孟起**。这在农村就算专家了。**革命以后,他便将辫子盘在顶上,像道士一般;常常叹息说,倘若赵子龙在世,天下便不会乱到这地步了**。在辛亥革命以后有一个现象,就是很多人把辫子盘在头顶上,然后戴一帽子盖着。这个现象很有意思,这些人为什么把辫子盘存头顶?是为表面上看他没辫子了,但是他没有剪掉,他并不是要把辫子剪掉,你知道辫子要养得很长费很多年月,年轻小伙子头发长得快,也许两年能长出那么长来,那中年人长不了那么快,所以很多人把多年好不容易长的辫子盘在头顶上,为什么?万一皇上回来了呢。这是中国人的聪明,中国人知道政局是动荡的,政局是不一定的,今儿这人关在监狱里,明天这人就出来了,明天这人就翻案了,对吧,什么事都是靠不住的。所以聪明人要把辫子盘在头顶上。盘辫子这个举动很值得分析,而赵七爷就属于盘辫子的人。现在他出动了,以一个"专家"身份出动了。**七斤嫂眼**

晴好，赵七爷的形象是从七斤嫂眼睛里看出来的，**早望见今天的赵七爷已经不是道士，却变成光滑头皮，乌黑发顶**；我们看七斤嫂观察事物，这才是真专家，虽然不读书，**伊便知道这一定是皇帝坐了龙庭，而且一定须有辫子，而且七斤一定是非常危险**。我们从七斤嫂出场讲的几句话到现在来看，她做事全是有扎实的依据，完全符合北大学风 —— 勤奋严谨，求实创新，如果再加上兼容并包就可以当北大校长了。你看她做事全是一板一眼，特别扎实，她通过观察赵七爷的服饰，证明了那个传闻 ——"皇帝坐了龙庭"。**因为赵七爷的这件竹布长衫，轻易是不常穿的，三年以来，只穿过两次**：她记得很清楚，**一次是和他呕气的麻子阿四病了的时候，一次是曾经砸烂他酒店的鲁大爷死了的时候**；我们看鲁迅随便举两个人名，一个是"大"一个是"四"，没有老二和老三，**现在是第三次了，这一定又是于他有庆，于他的仇家有殃了**。平平淡淡的农家生活，被鲁迅就写得跌宕起伏，很有意思。我们如果整个读完这篇小说，我建议大家写个《赵七爷小传》，可以专门给赵七爷立个传，这个人挺有意思，挺值得一写。

　　**七斤嫂记得，两年前七斤喝醉了酒，曾经骂过赵七爷是"贱胎"，所以这时便立刻直觉到七斤的危险，心坎里突突地发起跳来**。这七斤嫂心坎里老跳，她内心其实很爱这个家、为这个家操心的，现在这家就她一个明白人，老太太是那样儿的，老公是那样儿的，就她一个明白人，但她又是一个妇女，上不了台面的妇女，她用自己可怜的这样一个地位，要为这个家谋幸福，所以她要超水平地发挥她的才智。下面镜头转到赵七爷：

　　**赵七爷一路走来，坐着吃饭的人都站起身，拿筷子点着自己的饭碗说，"七爷，请在我们这里用饭！"**我们看这是一个大人物来视察的情况。**七爷也一路点头，说道"请请"，却一径走到七斤家的桌旁**。——他是有目的而来的,直奔七斤他们家。**七斤们连忙招呼,七爷也微笑着说"请请",一面细细的研究他们的饭菜。**这里都用"研究"这样的词,鲁迅是真的把他当"公知"来写了,"公知"梳妆打扮一番,这么严肃地出场,不容易。作为一个戏剧,一定要有戏剧冲突,有戏剧冲突才是真正的开戏,戏剧冲突来了:

**"好香的干菜,"**这是开场白。据说有些人找人谈话的时候,第一句话说的都是普通的话:"天气很热了""吃月饼了吧""今天中午的粥不错吧""你的问题交代了吗?"一般都是这样开始的,赵七爷也是如此来"双规"七斤了:"好香的干菜","**——听到风声了么?**"风波的"风"出来了,**赵七爷站在七斤的后面七斤嫂的对面说。**你看他选的这个地方。

**"皇帝坐了龙庭了。"七斤说。**你看好像没有描写七斤的任何表情动作,就好像七斤现在是个行尸走肉一样,干巴巴地说这么一个信息——"皇帝坐了龙庭了"。

**七斤嫂看着七爷的脸,竭力陪笑道,"皇帝已经坐了龙庭,几时皇恩大赦呢?"**她明明知道怎么回事了,七斤嫂早就知道跟她家辫子有关系,她还在这里装糊涂,还要用障眼法糊弄赵七爷一下,先把话题岔开,岔到皇恩大赦这里去,她在不利的情况下,做努力的自我保卫,甚至想反击。

**"皇恩大赦?——大赦是慢慢的总要大赦罢。"**我们看这是大人物说话,不直接反驳小人物,**七爷说到这里,声色忽然严厉起来,"但是你家七斤的辫子呢,辫子?这倒是要紧的事。你们知道:长毛时候,留发不留头,留头不留发,……"**这个高潮起来了,涉及生死之大事,鲁迅写过《头发的故事》,写过《示众》,写过很多跟辫子、跟头有关的事,我们看这如此不重要的一个身外之物,中国古人很重视,不但中国古人重视,好像其他国家的人也未必不重视，我在韩国的时候。就看过韩国有一次学生运动就是抗拒政府限制他们的发型，我好像还专门写了一篇短文，政府限制中学生要梳什么头，然后学生认为这是限制他们人权，好像我们中国倒没有这个情况，没有规定说中学生、大学生必须留什么发型，可是在古代这是很重要的，重要到发和头是矛盾的——留发不留头，留头不留发。

**七斤和他的女人没有读过书，不很懂得这古典的奥妙，但觉得有学问的七爷这么说，事情自然非常重大，无可挽回，便仿佛受了死刑宣告似的，耳朵里嗡的一声，再也说不出一句话。** 这么有能力的，这么伶牙俐齿、智勇双全的七斤嫂，本来有飞黄腾达机会的七斤，就被这一句话给打倒了。鲁迅为什么要把七斤嫂写得非常能干，写得非常强，他如果把他们都写得很窝囊，就显不出这个风波的重要性，一定要把七斤嫂写得已经非常厉害了，但你那么厉害，都抵不住小小的这样一个传言，不过就是咸亨酒店的一帮闲人说，"皇帝坐龙庭"了，你没辫子不行，你看整个社会都变了。

而像七斤这样的人的确是承受不起，不掌握话语权，连正确的信息渠道都没有的普通民众，真是活得可怜，他们其实并没有很高的奢求，吃着那碗松花黄的饭，吃什么乌黑的干菜，他们也能满足，本来挺好，可是这样的生活过不下去，人家也不读书，也不会跟你们夺权力，可这样的生活维持不下去。到底让不让留辫子这种事——鲁迅从这里写到了中国最要害的问题。那么，鲁迅此时此地写的这些问题，我们要想想，当时那些北京的学生走向民间去跟工农结合，我们要把这个图景合起来思考，这是五四新文化运动的伟大意义，在他们共同做的这些事中，中国在慢慢地改变，中国在经历新的"风波"，再过一年，有一个中国的某某党成立，中国走向一个新的未来。但是如果不认识到这些问题的话，凭什么那些人会成立那么一个组织呢？这是话语权的问题。鲁迅一般不写劳动人民吃饭权、睡觉权、喝水权，这些物质生活在鲁迅看来不是最重要的，鲁迅写的人民的痛苦都是跟话语权有关的——不让说话，不知道说什么话，甚至不知道消息正确的来源，被一个知道黄忠叫黄汉升的人就能镇压住，这是鲁迅小说反复重复的一个主题。

但是，这个尖锐的冲突被另外一个声音给打岔——这个声音似乎比赵七爷有力，永远比他有力，"**一代不如一代，——**"九斤老太正在不平，趁这机会，便对赵七爷说，因为他提到长毛了，老太太接这个话茬说，"**现在的长毛，只是剪人家的辫子，僧不僧，道不道的。从前的长毛，这样的么？我活到七十九岁了，**"大家可以算这是哪一年，张勋复辟那一年。我们算，出现太平天国长毛那一年，九斤老太是一个年轻姑娘，是吧。"**活够了。从前的长毛是——整匹的红缎子裹头，拖下去，拖下去，一直拖到脚跟；王爷是黄缎子，拖下去，黄缎子；红缎子，黄缎子，——我活够了，七十九岁了。**"我上次讲鲁迅最了不起的修辞就是重复，重复的功能是多种多样的：第一是逼真，现实生活中就是这样；第二，它塑造人物形象；第三，它构造整个作品的气氛，人民的生活就像九斤老太说的话一样，不断地无聊地重复。九斤老太没有别的生活内容可以夸耀，她所夸耀的就是往昔，而且她是没有立场的，她也不知道长毛是什么人，她认为长毛也是过去的比现在的好，她认为现在这些学生也是长毛，这些剪人家辫子的学生，跟过去的长毛是一伙人，但是不如以前的那个长毛。不如在哪儿呢？以前的长毛比较漂亮，整匹的缎子裹头，一匹一匹的看着爽，现在这个不行，剪完的辫子是僧不僧道不道的。她不愿意进入现在这个社会。所以我说鲁迅是语言大师，不是说这个九斤老太是，当然九斤老太这个话本身也是很文学的，她说的"红缎子裹头"你好像看见了一样。

**七斤嫂站起身，自言自语的说，"这怎么好呢？这样的一班老小，都靠他养活的人，……"** 她为什么对自己的丈夫好、关心这个家？因为她知道，七斤虽然窝囊，但是家里指着他挣钱，这家里是靠他养活，她不能让自己的丈夫倒霉。

**赵七爷摇头道，"那也没法。没有辫子，该当何罪，书上都一条一条明明白白写着的。不管他家里有些什么人。"** 读了这段话之后，滋味儿是复杂的。你要单看赵七爷，他是非常可笑可鄙的，完全是胡说八道，哪部书上写着这个呢？没有一部书上写着这个，他还说"一条一条明明白白写着的"，还不管"家里有些什么人"，可是你读了之后又很沉重，因为虽然并无此事，可是劳动人民并不知道。统治者靠什么统治人民？并不是靠刀枪，没那么多刀枪，基层哪有什么武力呀？古代社会连警察都没有，更没有城管，靠什么统治人民？靠书。书就是最大的暴力工具。所以现代社会，或者说我们真正追求的民主社会是什么？是信息民主，是让每个人有公平的受教育权、获知信息权，有差不多的分析问题、解决问题的能力，没有这个能力，你那个民主就是骗人的。只要有一个所谓的专家，一说书上写着什么，劳动人民就吓得发抖，你给他选票有什么用？我们现在说一人一票，给七斤一票，七斤嫂一票，九斤老太一票，这社会就民主了？他们所有这一票都会赞同赵七爷那一票，赵七爷说选谁，他们都跟着选谁。因为赵七爷会说书上都写着呢。书是个太吓人的东西。

我从小生活在三教九流的劳动人民中间，我深刻地知道那些劳动人民对书的敬畏，而我身边的那些劳动人民基本上都是扫了盲的，都是识字的，都是可以读报纸的人，他们仍然敬畏书。我小的时候是个尊重知识的年代，我们楼里有一个老师，全楼都尊重这个老师，有什么事都去问他，而不管他是教什么的。我很小的时候，当我能读长篇小说了之后，我就成为那一片儿最受尊敬的人，叔叔阿姨爷爷奶奶有什么难事儿都来找我，其实我解决不了，但他们老来找我，就逼得我必须成为他们中间的大学者以能够给他们解决这些问题，家里的电路，我都得给搞清楚，家里的水路我得搞清楚，基本的写一些信的事情，包括他单位要考什么东西，我都要给他解决。那个时候才知道劳动人民是渴望知识的，你给了他们真正的知识，他们那种高兴，比给他们多少钱都快活。多少年他们家都没有人能跟书离得这么近，他们身上流淌的血液使他们那么尊重说是能看这么厚书的人。所以要把书还给人民，才是让人民有真正的民主自由。而把这个事儿看清楚的就两个人，一个鲁迅，一个毛泽东。鲁迅是用他的笔写出来书对劳动人民的重要；毛泽东是用他的权力，真正地把学校还给人民。

好，《风波》我们今天就讲到这儿，下次继续"风波"。下课。【掌声】

2014年北大选修课"鲁迅小说研究"第四课

2014年10月15日

# 十八个铜钉的饭碗

—— 解读《风波》(下)

好,同学们我们今天继续来讲《风波》。

回到七斤嫂这里:**七斤嫂听到书上写着,可真是完全绝望了;**前面已经铺垫了,七斤嫂是一个非常厉害的角色,一般人都说服不了她,单纯的赵七爷也未必被她放在眼里,可是她一听到书上写着就绝望了。**自己急得没法,便忽然又恨到七斤。**没办法的时候就欺负自己老公。**伊用筷子指着他的鼻尖说,"这死尸自作自受!造反的时候,我本来说,不要撑船了,不要上城了。他偏要死进城去,滚进城去,进城便被人剪去了辫子。从前是绢光乌黑的辫子,现在弄得僧不僧道不道的。这囚徒自作自受,带累了我们又怎么说呢?这活死尸的囚徒……"**她即使急得没法的时候,依然是充满语言天赋的,你看她造的这骂人的词,天下奇闻,这个肯定是病句,但这个病句是这么生动鲜活,什么叫"活死尸的囚徒"?很费解。但是你骂出来是这样的痛快。前面已经骂了七斤是"活死尸",还要加个"囚徒",恶毒之上还要再加恶毒,但是这种对自己丈夫恶毒的咒骂反而透出了她对丈夫的关爱,她为什么这么着急呀?就是怕她丈夫被杀头嘛,或者坐牢嘛,怕的就是家里倒霉。而且你看她骂人的过程中无意识带出来她很欣赏她老公从前的辫子,叫"绢光乌黑",这是她自己造的一个成语,这个成语还用得非常好,可以分析什么叫"绢光乌黑",名词做形容词用——像绢那样闪闪发光,说明她原来很欣赏她老公的头发。一个年轻男人的头发那么亮,他可不是抹油抹亮的,不是用什么洗发水洗出来的,那说明身体好,一个年轻男人有那么一条"乌黑""绢光"的大辫子,说明身体状况非常好。她很欣赏她老公原来的辫子,本来她可能不舍得让他剪去,但是造反了嘛,造反就得剪,上了城让人剪去了。她可能原来也有犹豫,没想到这事真惹祸了,人家书上写的,没办法,所以她对七斤的切齿咒骂里正表现了她对他的爱。

可是不论你是爱还是恨,事到如今又有什么办法呢?文天祥说"辛苦遭逢起一经",世上的所有事情都和这个书是有关系的,爱恨情仇、悲欢离合都跟那个遥远的书是有关系的。大家知道"伟大"的中华民国百分之九十以上的人都是文盲,不要说偏僻的乡下,就是北京上海城里的人,多数还是文盲,这样的一个国家,即使有钱又有什么用呢?把人民组织起来、团结起来,靠的是文字符号,大家没有统一的符号可用,就不能形成一个想象共同体,就不能凝结成一个现代民族国家,现代民族国家就是一个庞大的股票公司,得给每人发股票,这股票大家都认识,我们今天拥有的各种证件、密码,都是这种"股票"的变体。而像七斤、七斤嫂这样的人,跟这个国家有什么关系呢?你统计人口的时候他们在这个国家的四万万五千万之内,可是他们跟这个国家是没有利益相关的。我们能要求这样的人去爱国?要求这样的人将来去抗日?跟他们有什么关系呢?你看他们在家里面这一段风波,这国家好像是很遥远的一个专门收拾他们的东西,这个国家是怎么回事他们都不知道呢,就惶惶不可终日了。

**村人看见赵七爷到村,都赶紧吃完饭,**知道有戏了,他来是要有戏的,村人赶紧把饭吃完,**聚在七斤家饭桌的周围。七斤自己知道是出场人物,被女人当大众这样辱骂,很不雅观,**七斤的想法写得很准确,如果不是当着大众,这样辱骂是可以的,当着大众被女人这样辱骂,很不雅观,他想的是雅观不雅观,这其实是老百姓很自觉的、朦朦胧胧的礼教意识。女人随便训斥丈夫是不合礼教的,不雅观,总要反抗一下,要维护礼教,**便只得抬起头,慢慢地说道:"你今天说现成话,那时你……"**他想反驳,他在讲道理。我们看鲁迅捕捉女人的逻辑,女人是不讲道理的,一句话——**"你这活死尸的囚徒……"**只一枪把人打倒在地,这个现场写得真是生动。

我们大体上讲,传统社会是男尊女卑的,可是在不同的阶层情况又有差异。在劳动人民阶层,男尊女卑的情况没有那么严重,在劳动人民阶层,妇女拥有很大的权力,只有在大户人家、上流社会、地主老财的家里,妇女才真正是奴隶。为什么呢?和劳动不劳动有关系。因为劳动者阶层,妇女是参加劳动的,是家里的主要生产力之一,家里的物质来源,妇女占有很大的比例;而在上层社会妇女是不干活的,特别是三妻四妾们是不干活的,她们是家里被消费的对象,当然没有地位,没有地位是合乎马克思主义的解释的。而像七斤嫂这样的人,她家里少了她还不行,干活、养儿育女,包括"外交"事宜,都要靠她,所以劳动的妇女的地位是高的。历次革命、起义都是劳动阶层的妇女往往更有革命性,其中还会涌现出比男人还英雄的人物来,就像我去年讲的"红色娘子军"一样,在妇女承担繁重劳动的一些省份,人家那里的妇女本来就很能干,所以一旦革命的时候会出英雄。

鲁迅不参与那些贵族妇女的女权运动，而在他的笔下，他真诚地同情这些真正被侮辱被损害的女性，像七斤嫂这样的人，换一个好的环境，一个好的文化环境、经济环境、政治环境，绝对是女强人。

下面又插进来一个人——

**看客中间，八一嫂是心肠最好的人，**我想八一嫂肯定不是8月1号出生的，不是为了纪念建军节，我估计她丈夫出生的时候是八斤一两，她丈夫应该是八斤一两，所以她叫八一嫂。可是她丈夫不在了，**抱着伊的两周岁的遗腹子，**八一嫂是个寡妇，抱着一个两周岁的遗腹子。我看到八一嫂想起我们讲过的《明天》，很担心，不知道她会不会成为单四嫂子。**正在七斤嫂身边看热闹；**也是看热闹，**这时过意不去，连忙解劝说，"七斤嫂，算了罢。人不是神仙，谁知道未来事呢？便是七斤嫂，那时不也说，没有辫子倒也没有什么丑么？况且衙门里的大老爷也还没有告示，……"**我们看这个村的妇女说话逻辑都很清楚，都可以进行论文答辩的。但是一般粗粗看来不经意的描写，是一个很真实的描写，首先我们感觉很真实，但是这真实中又有作家的选择。他选择的这个人物很好，抱着两岁遗腹子的年轻寡妇，本来是看热闹的，但是她过意不去，为什么过意不去？然后下面是解劝，她解劝的这番话是很有道理的，可是这个道理背后是有立场的，她的立场向着谁呢？一看很清楚，她的立场向着七斤，她的立场是不利于七斤嫂的，而且她还抓着七斤嫂以前的证据，说你那个时候可不是这个态度，所以她把七斤被七斤嫂压回去的后半截的话给说出来了。七斤本来要说这个话的——你看你当时也是说这事没什么——被七斤嫂一句话给骂回去，然后八一嫂替七斤说了说。

我看过一些心理学著作、社会学著作，当人家夫妻两个吵嘴的时候，如何劝解？如果你是男的，一定要向着男的；如果你是女的，一定要向着女的,这样才能有效化解。如果你是男的,你向着那家女的说话,如果你是女的,你向着那家男的说话,这架就劝不了了,一般来说是火上浇油。假如说我邻居一男一女吵架,我过去了,我说:弟妹别理他,走,咱俩看电影。这是劝架吗?这是搞破坏。八一嫂的立场是向着七斤的,也可见七斤平时确实有人缘,七斤在这个村里之所以还算个人物,他是有威望的,有人缘的,有很多人对他好,这个时候七斤嫂训他,有八一嫂出来替他说话。这一说话,就又产生了风波里的风波。

七斤嫂没有听完,**两个耳朵早通红了**;为什么两个耳朵早通红啊?是被人家说对了,当初真有这么一回事,当初她不是那么高明,当时她说没什么,她赞成把辫子弄掉。鲁迅没说她脸红,是两个耳朵早通红了,这个写得好。她耳朵通红了怎么办呢?我们看她怎么反击的。**便将筷子转过向来**,原来是指着七斤的,现在转过筷子,**指着八一嫂的鼻子,说,"阿呀,这是什么话呵!"**你看到这个话,马上想起《故乡》里的豆腐西施来,鲁迅的家乡看来出这种厉害女人。"八一嫂,我自己看来倒还是一个人,会说出这样昏诞胡涂话么?"这太厉害了,"那时我是,整整哭了三天,"老百姓说话一般喜欢用"三"这个数字,哭一天也叫三天。"谁都看见;"这是没法证明的,这属于网络语言,"连六斤这小鬼也都哭,……"这儿拉出一个必须证明、说的绝对是铁证的、不敢不证明的证人,可是六斤现在也没给她证明,**六斤刚吃完一大碗饭,拿了空碗,伸手去嚷着要添**。六斤没有帮助她妈妈,**七斤嫂正没好气,便用筷子在伊的双丫角中间,直扎下去,大喝道,"谁要你来多嘴!你这偷汉的小寡妇!"**我们看七斤嫂,如果是在外交场合上,威风凛凛,可以四面树敌,同时也可以八面无敌。你看她这语言反应多么机敏,自己本来被别人抓住了,在绝地反击中,她抓住了对方最怕的一句话"偷汉的小寡妇",好像是骂自己的女儿,其实是借自己的女儿骂八一嫂,而八一嫂确实是个小寡妇，这一句的杀伤力最大，所以说寡妇不敢随便得罪人。这一场戏写得非常精彩，又简练，三言五语写农村妇女吵架。所以说一般人为什么不敢惹农村妇女呢，你跟她吵架没有任何便宜可占，她都是非常奇怪的逻辑，说话都是天上一句地上一句的。

**扑的一声，六斤手里的空碗落在地上了，恰巧又碰着一块砖角，立刻破成一个很大的缺口。七斤直跳起来，捡起破碗，合上了检查一回，也喝道，"入娘的！"一巴掌打倒了六斤。六斤躺着哭，九斤老太拉了伊的手，连说着"一代不如一代"，一同走了。**

**八一嫂也发怒，大声说，"七斤嫂，你'恨棒打人'……"**

小说到这里发展到高潮，这是最高潮的段落，如果是在戏剧舞台上，这时候动作性是最强烈的，有打有骂，还把东西打破了。但是妙就妙在打破的正好是个饭碗。

有很多小说，你读了很多次，花很长时间，你印象很深，你觉得这确实是一个好小说，但是大多数人不知道自己为什么喜欢这个小说。说也说不清楚，说了半天都是情节，可是那些情节分明在别人的小说里也有。鲁迅的小说有什么情节啊？《风波》虽然写得这么热闹，有什么情节啊？不就是一家吃饭，人家来一个传言，他们家就吵起来了吗？这情节有什么可写的？但是你读了之后是这么难忘，它竟然成为百年经典。艺术的妙处都是在你不知道的地方，都是盲点。就好像街上走过一个美丽的女性，你一眼爱上她了，多少年你都不知道你为什么爱上她。你可以找出很多理由，可能都不对，你这辈子未必都能悟出来。一定是你的盲点，你不知道怎么回事。

那么我个人提出《风波》这篇小说的一个文眼就是"饭碗"二字。京城里传来的遥远的信息——皇帝坐"龙庭"不坐"龙庭"——传到这边远的绍兴乡下，它到底影响老百姓什么东西？老百姓为什么惶恐？影响的是饭碗,日子没法过了。我们现在这个社会,有了很大进步,但这个时代你看看,它就直接影响了人的吃饭。虽然是偶然地打孩子,孩子没拿住,碗摔了,这是个很偶然的事情,可这个事情恰好成为小说的高潮,这个事情引起了在场人的极大的注意。

"扑的一声","手里的空碗"……晚饭已经吃完,碗是个空碗,掉在地上,"破成一个很大的缺口"。我们看假如这是电影,此时是特写镜头。刚才是中景,然后筷子一戳是个近景,然后碗掉在地上,是特写。本来七斤正被训了,这个碗一破,七斤就要直跳起来。尽管他们家不是这村里最穷的——七斤都不用种地了,他是撑船的,应该有零星的收入——可是一个碗破了对他很重要,所以他直跳起来了,通过七斤的动作写出这个碗的重要性。碗本身是重要家具,对劳动人民来说碗是重要家具。现在谁家碗是重要家具啊?现在碗是不算家具的。

过去婚丧嫁娶,那个碗都要数清楚的。我小时候参加人家婚礼葬礼,那个碗都要数清楚,因为一家没有那么多的碗,要从邻居家借,借很多碗,谁家借几只,谁家借几只,要清清楚楚。有的风俗习惯是娘家人要偷碗偷筷子,我不知道你们那个地方有没有,我们北方的很多省份,娘家人来吃晚饭要偷碗偷筷子,表示我们姑娘不能白给你们,姑娘你们留下了,我们得拿点东西走,所以一定要偷碗偷筷子。但是有的碗跟筷子是不能偷的,因为不是婆家的,是婆家借来的。所以婆家要派一个人告诉娘家人,哪些碗可以偷,哪些碗不能偷,"不是我们家的,那是隔壁老刘家的,不能偷",互相都知道,它是一个礼仪风俗。所以碗从来是个重要的象征。就在新中国成立后,我小的时候,碗已经不怎么值钱了,但是,它是个象征,它跟人的生存是关联着的。

七斤这么大一个男子汉这么关注这个碗,"捡起破碗",还"合上了检查一回",还检查破损的程度。他为什么大骂一声?他一看,碗确实破损了，不可复原，所以才很愤怒地打孩子，一巴掌打倒了，很用力地打孩子。孩子也没什么错，是冤枉的，孩子并不是自己把碗打碎的，孩子打了碗是因为她妈妈。他不敢去打自己的媳妇儿，去打孩子，这是迁怒，这不符合儒家说的"不迁怒，不贰过"，在这里，父母打孩子，父母确实没有道理，但是打了便也打了，孩子也就是躺着哭，然后由老人把孩子拉走。老人"连说着'一代不如一代'"，她这句话是可以评价一切事的，是万应灵丹，任何事情都可以用这句话来结尾。七斤嫂闹了这么一场，显然是冲着八一嫂，八一嫂也生气了，大声说："七斤嫂，你'恨棒打人'……""恨棒打人"也是当地的成语，就是你拿孩子撒气其实是骂我。这个高峰是以打破碗、打孩子呈现出来的。

下面就到了赵七爷。**赵七爷本来是笑着旁观的；但自从八一嫂说了"衙门里的大老爷没有告示"这话以后，却有些生气了。**他本来是觉得这个事对他自己绝对是有利的，他旁观、幸灾乐祸压迫别人，可是人家八一嫂那个话对他的权威是有挑战的，他说书上明明白白一条一条写着，可是八一嫂说衙门里没有告示，衙门里的告示也是文字啊，它和书一样代表权力，可是那个权力没有出现，人家没看见衙门里的告示，这对他的权威形成挑战，所以赵七爷不干了。**这时他已经绕出桌旁，**不在台后了，直接到前台，**接着说，"'恨棒打人'，算什么呢。大兵是就要到的。"**我们看，"书的威胁"受到挑战之后，图穷匕首见，直接大兵到。书为什么这么可怕？书后面是有大兵的。"你可知道，这回保驾的是张大帅，"说张大帅别人还不懂，"张大帅就是燕人张翼德的后代，"他的学问又用上了，这是专家学者的学问用上了，他读过《三国》，"他一支丈八蛇矛，就有万夫不当之勇，谁能抵挡他，"他两手同时捏起空拳，仿佛握着无形的蛇矛模样，向八一嫂抢进几步道，"你能抵挡他么！"这好像动漫一样，这个场面完全可以改编成动漫，此时作者想的情景也是一个动漫情景。

可是这个情景在可笑之余，让人深为感叹。

在我们看来赵七爷算个什么东西啊，不学无术的一个乡间混混，可是他竟然能够这样威风凛凛、作威作福，他能把这些老百姓都吓唬住。就因为老百姓连他这点可怜的知识都没有，他能够从'张勋复辟'的张勋身上想到张飞，这在农村就叫"学问"，你看不起他没有用，就这点破学问能唬人，因为那些人完全没有现代知识，张勋是谁根本就不知道，他只要说张大帅，然后由张大帅联想到张飞，再联想到丈八蛇矛，老百姓就老实了。

然后呢，鲁迅写得很好，说他握的是"空拳"。统治阶级压迫劳动人民其实真的有那么大的实力吗？没有，他们其实是空虚的，他握的是空拳，他拿的丈八蛇矛是无形的。他首先解除的是劳动人民的思想武器、精神武器，你被他吓住了，你就被他随便摆布了，他想怎么着就怎么着了，就好像人家说的"你不拥护民主，民主来了杀你全家"。这一帮说"民主来了杀你全家"的"好汉"们，不就是赵七爷吗？所以鲁迅并不直接写什么所谓阶级斗争，他在一个一个具体的画面中就给你呈现出什么叫阶级斗争。这就是阶级斗争，它的阶级斗争是非常真实的，同一个阶级的人也互相斗争，你看七斤嫂和八一嫂，她俩是一个阶级的，她俩是有斗争的，但是他们同时都被赵七爷所镇压。可赵七爷有什么东西呢？就是无形的东西。而赵七爷也很可怜，他只能欺负八一嫂，欺负这样的劳动妇女，向人家抢进几步："你能抵挡他么！"

**八一嫂正气得抱着孩子发抖**，本来是被七斤嫂气的，七斤嫂的话太恶毒了，她是被同阶级的劳动妇女所欺负，现在火上浇油，又**忽然见赵七爷满脸油汗，瞪着眼，准对伊冲过来，便十分害怕，不敢说完话，回身走了**。其实如果是面对七斤嫂，她虽然说不过七斤嫂，但还能抵挡一阵，可是这"无形的蛇矛"她是抵挡不了的，赵七爷的话她是抵挡不了的，因为她不知道赵七爷后面还有多少"学问"。赵七爷后面有许许多多的"学问"哪！赵七爷一看得胜啦，**赵七爷也跟着走去，众人一面怪八一嫂多事，一面让开路，**我们看众人责怪的是谁呢？众人责怪的是八一嫂，这个敢于说衙门里没有告示、敢于挑战权威的人，众人拿这样的人当敌人。众人让开路，**几个剪过辫子重新留起的便赶快躲在人丛后面，怕他看见。**也就是赵七爷的一个握着空拳、仿佛握着丈八蛇矛的样子把所有的人都镇压住了，不但镇压住了八一嫂，把周围的众人都镇压住了。**赵七爷也不细心察访，通过人丛，忽然转入乌桕树后，**你看写他的这个路线，非常潇洒。**说道"你能抵挡他么！"跨上独木桥，扬长去了。**赵七爷得了大胜。

从鲁迅所描写的赵七爷这样的人，我们能够看到当时中国农村知识界的情况。我在这里写了"劣绅"两个字。晚清以后到中华民国，这个国家为什么国将不国？这个国家四分五裂、乌烟瘴气、民不聊生、饿殍遍野，这个国家的组织结构发生了很大的变化。我们知道现代国家，是高度纳税的国家，税收的相当一部分是养活国家机器，然后由一个庞大的国家机器来运转这个社会，不论社会主义、资本主义都一样，就是要有庞大的国家机器。

传统社会的国家机器是弱小的，吃皇粮的人很少，皇权不下县，当然这是个相对的说法，不能绝对地讲皇权不下县。从形式上讲，县以下，政府不管，乡、镇、村、庄谁来管？乡、镇、村、庄的人民生活的秩序谁来维持呢？有乡间的知识分子，我们把他叫"绅"，我们用这个词翻译外国的词叫"绅士"。"绅"本来是个好词，绅原来是那种高级制服中间那根大带子。劳动人民一般不能系那么宽的大带子，只有有身份的人系，这个带子代表身份，叫"绅"。

我们知道共产党革命的时候，有一个词叫"打倒土豪劣绅"，既然打倒土豪劣绅,我当时就想(因为我从小对语文感兴趣),既有劣绅,就必有良绅,对吧?也就是说绅并非天然是劣的,否则前边不必加定语,前边既然可加定语"劣",就可加定语"良"。可是我们以前没听说这"绅"前边非得加一个定语,我们听的就是"乡绅","乡"不是个性质形容词,乡绅就管乡下的事,传统社会是靠乡绅来维持基层社会的。乡绅可能有点儿权力,也可能没权力,他就是靠一种道德文化上的威望,村里有什么事都去找这个乡绅来解决。有的时候乡绅家就兼地主,但是也不尽然,有的时候这个乡绅可能也很穷,就是村里一个老秀才,这村里出什么事大家都来问他,连地主家也来问他,这种情况也有。

乡绅主要是由那些科举没有考中的知识分子和做了一阵官儿退休回乡的知识分子构成的。古代的知识分子和乡村保持着终生的关系,不是说通过一场考试做了官就变成城里人,就农转非了,古代没有农转非这一说。古代的人当了官也基本不在城里买房子,谁听说过李白、苏东坡到处买房子啊?在哪上班、在哪当官,在哪儿买一套商品房,没听说吧。他是走哪儿住哪儿,不可能没地儿住。没有人担心说我这辈子没地儿住,没有人买房子。而有房子的却往往是穷人,比如说现在他在长安有一个小院,他就靠李白住他们家活着,李白、王维、孟浩然到这儿来住在他们家,给他点钱,他活着。李白走了,别人来了,贺知章再来住他们家,但人家不买他房子,没人买房子。

我们想想,今天农村还有知识分子吗?还有绅吗?我不知道你们有多少来自农村,想想你的老家,你的老家可还有绅?咱不说良、劣,有没有劣绅?有劣绅都行!咱们共产党不是要打土豪劣绅嘛,有没有劣绅可打?好像只有劣,没有绅。乡干部、村干部,欺男霸女,出卖集体财产,这种事情我每周收到的材料太多啦。当然我不是说所有的乡村干部都坏,但是比例相当高,非常惊人。乡里边就没有来讲道理的绅了,而传统社会不是这样。传统社会的退休官员不是赖在长安城里、洛阳城里不走,他退休就回乡下去了,把自己家里修一修、祖坟修一修,别人叫他老员外,他回到这里还是维持一方的道德文化。他的家乡不断地能出举人、出秀才。我们看古代历史也好,戏曲也好,小说也好,考中进士、考中什么什么的,往往都是普通的县、镇的,没听说过住在皇宫旁边的年轻人就能考上。改变国家的、成为国家栋梁的,往往不是中心城市的人,当然这另有社会学的原因可以研究,我们就说"绅"这个事儿。本来传统社会,这样就可以运转了,可是自从废科举之后——清朝末期废了科举——人才和朝廷之间就切断了关系。这个时候你有文化,你想念书,得念新学堂、洋学堂,你的身份、你的钱、你的尊严天然地就来自鬼子,你跟鬼子不发生关系你想吃好饭?

那个时候有很多的人嘲笑假洋鬼子。我们把假去掉,真洋鬼子也很多,那个时候只要在外国留学过,回来都担任不低的职位。那时候国家也不知道他们在外面都干了什么,不懂啊,你回来说自己是博士,那不得了,出去混个两三年回来就可以说我是某某大学博士了,马上当个副司长、当个校长,不成问题。

我们现代、当代的知识分子都哗哗地往城里涌,宁肯在城里面当"北漂",也不回到家乡去。所以家乡剩下些什么人?只有赵七爷这样的人。我们看赵七爷的知识储备,他科举肯定是考不上了,他成天就研究"黄忠表字汉升",成天就研究这些学问哪能考得上呢?他是绝对考不上的,但是他足以在乡下横行霸道,因为比他有学问的人都走了。比他有学问的人是谁呢?周树人哪,周树人、周作人、周建人都走了,鲁迅在北京混得好了,把全家都接走了,把老太太都接走了,连鲁迅他妈都不在这儿住了。这个时候我们就想起闻一多的一首诗叫《死水》,就留下"一沟绝望的死水",臭蚊子、臭虫,你们在这儿飞吧。

所以农村的结构被破坏了，农村的土豪劣绅不讲道德地榨取着这些可怜的草民，这国家怎么能强大？靠城里那些人能保卫这个国家吗？这个国家是不可能强大的！这个国家城和乡就掰开了，由此我们就明白共产党为什么要打倒土豪劣绅。打倒土豪劣绅是为了恢复伟大的良绅传统，是要恢复良绅，是要让我们广大的农村重新有文化，要让有良心、有道德的知识分子走入农村，变成良绅。只不过我们不叫良绅而已。共产党派了多少知识分子大学生走遍穷乡僻壤！当然走了几十年，不能说每个村都走过了，但是大多数农村地区都有知识分子、科学家、人文工作者来过，传递现代科技、文明、卫生等。

我们看到新中国成立前中国的广大农村为什么到处是南霸天、黄世仁，文学作品也许夸张了他们坏的程度，也许实际上不可能一个人做那么多坏事，但是他有代表性。到处都是南霸天、黄世仁，这个国家就是一个弱的国家；老百姓都认为赵七爷这样的人有学问，只要这个现实不改变，这个国家就是任人欺凌的一个状态。

那么赵七爷固然不好，我们看看所谓的民众。**村人们呆呆站着，心里计算，**这个"计算"用得很好，计算是个新词，是个大词，鲁迅善于大词小用或者小词大用。一计算呢，**都觉得自己确乎抵不住张翼德，**这张翼德，怎么能抵得住呢？**因此也决定七斤便要没有性命。七斤既然犯了皇法，**这是一个事实了，确实犯皇法了，想起他往常对人谈论城中的新闻的时候，就不该含着长烟管显出那般骄傲模样，所以对于七斤的犯法，也觉得有些畅快。鲁迅写出人心血淋淋的一面。**他们也仿佛想发些议论，却又觉得没有什么议论可发。嗡嗡的一阵乱嚷，蚊子都撞过赤膊身子，闯到乌桕树下去做市；他们也就慢慢地走散回家，关上门去睡觉。七斤嫂咕哝着，也收了家伙和桌子矮凳回家，关上门睡觉了。**

七斤嫂是个非常厉害的角色，如果在毛泽东领导下的社会主义新中国，七斤嫂是什么人呢？推荐大家看一个作品，李准著名的小说《李双双小传》，后来还拍成著名的电影《李双双》，是我们百花奖的影后张瑞芳演的。七斤嫂就是一个活生生的李双双。这样一个非常泼辣能干的，经常"欺负"老公的妇女，在社会主义时代，是带领全村——用我们今天的话说——走共同富裕道路的，这样一个乡村女干部。可是她必须有一个好的氛围，好的社会主义时代，得大家理解她，大家跟着她干。同样是这么能干的一个女人——我想七斤嫂可能比李双双还能干——遇见的是这样的村人，她再能干怎么样呢？最后也是收了家伙和板凳回去睡觉去了，自己咕哝去了，你再能干能怎么样？所以说七斤嫂这样的能人发挥不出来。

鲁迅所指出这些人的缺点，毛泽东都看得清清楚楚，毛泽东深入研究现代作家就研究鲁迅一个。但是毛泽东守口如瓶，他没有骂过劳动人民一句，他只是引导着他们走，他只是把这个七斤嫂变成李双双。鲁迅深刻地知道七斤嫂是什么样的，但是恐怕鲁迅没有做过李双双的梦，鲁迅恐怕想不到将来有一天七斤嫂会变成李双双。

鲁迅说没有一定是非的人才是流氓，随时改变是非，这才是真的流氓。鲁迅这里写得很好，"嗡嗡的一阵乱嚷"，写的是蚊子，也是人，他们就像这些蚊子一样。这样的贬低人民群众的话也只有作家能说，政治家不敢说，哪个政治家都不敢这样说自己的人民，一说就犯错误，这样的话由作家来说，因为它是真实情况。人民群众就有动物性的一面，但是你不要把他们看死了，不要说他们永远就这样了，很多人成天全盘否定中国就是因为把人都看死了。每个民族的人民都有这样的时候，都有这样的时代，关键是这个社会怎么组织，换一种组织方法石墨就变成金刚石，它由分子结构决定了。还是这些人，过不了一代人的工夫能出刘胡兰，出邱少云，出李双双，而此时这就是一盘散沙。所以鲁迅充分地写出了老百姓的"散"。因为你散,统治者才可以以一敌万。

**七斤将破碗拿回家里,坐在门槛上吸烟;但非常忧愁,**这忧愁是知识分子的一种状态,七斤会忧愁,**忘却了吸烟,象牙嘴六尺多长湘妃竹烟管的白铜斗里的火光,**鲁迅加了这么多定语,这么长,突出他的忧愁,本来这是他炫耀的一个象征物——有这么好的烟管。**渐渐发黑了。他心里但觉得事情似乎十分危急,也想想些方法,想些计划,但总是非常模糊,贯穿不得:"辫子呢辫子?丈八蛇矛。一代不如一代!皇帝坐龙庭。破的碗须得上城去钉好。谁能抵挡他?书上一条一条写着。入娘的!……"**

这一段完全是意识流的写法,就是人的没有逻辑的、互不关联的、纯自然的意识流动。我们在20世纪80年代的时候把这个意识流吹得不得了,啊,伟大的写作方法!那个时候凡是这么胡乱写的都变成著名作家了。写一段互相不关联的话都被人们认为是创新,只有我们研究现代文学的学者说,这不早就有吗!不就是胡言乱语吗?不就是胡思乱想吗?阿Q不就是这样吗?你翻翻《阿Q正传》,鲁迅写阿Q就是这样的,阿Q躺在土谷祠里,看见烛火一吐一吐的,就想着"造反?有趣……来了一阵白盔白甲的革命党",轮流想一下村里的各种女人……这不就是意识流吗?鲁迅写七斤的时候,自己可能不知道这是意识流,如果把它连续写,写几千字就叫意识流小说。七斤的意识流动,就表现了劳动人民六神无主,他想想一些方法、想一些"计划",但真的想不出,不是他智商低,智商高也没用,我们替他想都想不出,我们能想什么办法?因为你没有得到充分的信息,你知道张大帅是谁啊?你不知道吧。充分的信息不掌握,又没有处理信息的能力,只能胡思乱想,他想的这些话语里唯一一句有用就是:"破的碗须得上城去钉好。"就这一句有用,因为这一句可以落实,可以自己掌握、可操纵,别的跟他都没关系。

所以劳动人民自有劳动人民的痛苦，草民有草民的忧愁。忧一千、愁一万最后还得吃饭，最后还是饭碗问题——谁能够真正获得中国的领导权，其实就是说谁解决了人民的吃饭问题，特别是农民的吃饭问题。在旧中国百分之九十以上的人口都是农民的情况下，中国的最主要问题就是农民的吃饭问题。

只有毛泽东看清楚了，中国最关键的问题是农民吃饭问题，不是好人吃饭问题，农民也包括坏人。像七斤的那些邻居们，你能说他们是好人、坏人？就是一堆糊涂人，就看你往哪个方向引导。解决了他们的饭碗，给他们破的碗都钉好了，这碗捧住了不再打碎了，尽管碗里的饭不太丰盛，哪怕碗里面是稀粥呢，他也会跟着你走，跟着你把这碗稀粥变成米饭，这就是饭碗问题的重要，在所有的七斤的意识流里边突出的是这个破的碗。

这个小说的高潮过去，下面是风波的延续，风波的传导性，风波后面有没有风浪啊？

**第二日清晨，七斤依旧从鲁镇撑航船进城**，他叫航船七斤嘛，**傍晚回到鲁镇，又拿着六尺多长的湘妃竹烟管**，鲁迅不断重复这个道具，**和一个饭碗回村。他在晚饭席上**，他们家还有席，**对九斤老太说，这碗是在城内钉合的，因为缺口大，所以要十六个铜钉，三文一个，一总用了四十八文小钱。**我们现在谁家碗打了，没有人再去补它，扔了算了，不要说打了，碗旧了可能都不用了，就扔了。我们家看见碗不好了先当猫食碗，先给猫用，过一段时间猫也不愿用了。可是过去这个碗很珍贵，碗没有随便扔的。我也发现劳动人民很重视这个碗，其实碗不怎么值钱，他不愿意扔碗，就因为他可能懵懵懂懂地觉得碗是个象征，碗不能随便扔。

我上大学的时候和班里的南方同学交流过，我说我们北方碗坏了拿去修，用一个词叫"锔"，锔着，现在不知道同学们还会不会遇到这样的情况，我们小时候街上就有锔锅、锔碗的，他这一路吆喝着"锔锅锔缸、锔锅锔缸"，【学吆喝】锅、缸，所有的这些容器他都可以给你锔好。我问我们班几个南方同学，他们不知道，他们说："我们那不是锔，都是钉。"我说钉好像比锔更要技术，锔是用一种特殊的黏合剂，把裂缝、打破的地方重新给你粘在一块儿，粘在一块儿再给弄平了，把接缝处尽量弄得平滑。有的时候会锔的高级的匠人锔得比原来还结实，你以后这个碗再不会在这个地方打破，打破都是在别的地方，就是说他手术技巧比较高。我们南方同学说的都是钉，我没有看过钉的碗，我很希望能看到这样的图片、视频，到底怎么钉的呢？我一想，钉上不是有缝吗？钉上不漏吗？但我想可能不仅仅是钉，在钉的附近一定也有黏合剂，它才能让它不漏，这是很开我眼界的，中国南方北方不一样。

七斤是到城里去钉合的，那说明乡下连这个小工业、手工业都没有，要到城里钉的。因为缺口大，用十六个铜钉，这还挺贵，"三文一个，一总用了四十八文小钱"，四十八文小钱我不知道相当于今天多少钱，算下来得好几块钱了吧，钉这个碗还是蛮贵的，这碗对他们家来说是比较重要的。但是他这么详细地说钉碗这个事，侧面透露出来的是生活其实没什么变化，昨天说得那么悬乎的事，那么吓人，他今天从鲁镇又到城里去了，晚上又回鲁镇了，没有危险，没有人逮他，没有人抓他，而且他还竟然堂而皇之地去把碗修了。这一段是突出"依旧"这个意象，整个依旧没变。可是——

**九斤老太很不高兴的说，"一代不如一代，我是活够了。三文钱一个钉；从前的钉，这样的么？从前的钉是……我活了七十九岁了，——"** 九斤老太也是语言大师，会以一力降十会、不变应万变，她说"一代不如一代"永远是没错的，而且她永远可以拿现实的东西现灌，现实的任何一个细节不如从前,九斤老太这样的老年人说的话,你觉得也是句句能找出材料证实的,我们周围的老人总是说现在的什么跟以前的是不一样。上次课我反省,说我过了五十岁了也会这样,因为我记性特别好,我能记起的许许多多以前的各种细节跟今天不一样。通过九斤老太的话更凸显出"不变",鲁迅最善于写的就是"不变"。中华民国国家老宣传变,现在也老宣传变,鲁迅小说就着力写不变。没变,还那样。

**此后七斤虽然是照例日日进城,他也没有变化,但家景总是有些黯淡**,"家景""有些黯淡"写得很暧昧,并不是说经济收入不好了叫家景黯淡,是**村人大抵回避着**,延续刚才说的,村人的动物性,**不再来听他从城内得来的新闻**。要离他远了,怕他倒霉了。**七斤嫂也没好声气,还时常叫他"囚徒"**。不是天天叫,不是不断地叫,而是时常叫他囚徒。

我们看知识分子经常是有口头忌讳的,比如说你怕你的老公坐牢,按照传统的知识分子的规矩,你就不能老说囚徒这样的词,得回避,老说囚徒你不是咒你老公进监狱吗?但七斤嫂这样的泼辣的劳动妇女好像不是,她要反其道而行之,她担心自己丈夫会坐牢,偏偏要说破,她担心他有性命之忧,也要说破,"你这活死尸""活死尸的囚徒",她是从反的方向把这个咒语给打破。

那么日子就这样一天天过吗?**过了十多日**,十多天过去了,我们学历史也知道,张勋复辟的闹剧就十来天,但是他们可不知道,过了十多日,**七斤从城内回家,看见他的女人非常高兴,问他说**,"你在城里可听到些什么?"

"没有听到些什么。"

"皇帝坐了龙庭没有呢?"

"他们没有说。"

"咸亨酒店里也没有人说么?"

"也没人说。"

这个咸亨酒店在这里就相当于当地的一个大媒体。咸亨酒店的人也没人说皇帝坐"龙庭",可见越对于小老百姓,传媒越重要。因为我们有的时候还可以看破传媒,不听传媒的,老百姓完全被控制在传媒的手里。有时候你回去越和那些草根民众接触,你就发现他们对听到的消息非常看重,你跟他们传递消息的时候也要注意,因为真的会影响到他的生活,你随便说一点京城里的传闻、北大里的传闻,对他可能很重要。

"**我想皇帝一定是不坐龙庭了。**"这是七斤嫂的结论,她怎么能做出这样的结论呢?她另有做学问的依据:"**我今天走过赵七爷的店前,看见他又坐着念书了**",这是证据一;证据二,"**辫子又盘在顶上了,**"证据三,"**也没有穿长衫。**"为什么说七斤嫂是一个了不起的人物呢?给她一定的条件,她不只是李双双,她能够从生活中的材料中,敏锐地捕捉到对自己非常重要的信息加以推理判断。而我们读了小说读到这,没有人不同意她的判断,她的判断一定是有道理的,观察赵七爷她就能判断出政治走向。赵七爷一定另有渠道,他得到坏消息不会跟大家说,但他会改变自己的生活,第一,他老实了,消停了,不再出来折腾了,在家坐着念书;第二,辫子不敢放下来了,辫子又收起来了,准备下一次复辟了,准备李大帅再来、王大帅再来了;第三,长衫——就那件宝贝衣服,准备向皇上献媚的那件衣服——也不穿了,这几个证据合起来——皇帝不坐"龙庭"。所以我说七斤嫂了不起,真是人才。

"⋯⋯⋯⋯"

她这么说了一番之后,七斤是无言以对,七斤没什么话讲,没什么可补充的。七斤嫂还尊重他:"**你想,不坐龙庭了罢?**"

"**我想,不坐了罢。**"

七斤是他媳妇的应声虫,说的完全是废话,大主意是七斤嫂拿的,

十八个铜钉的饭碗——解读《风波》(下)

七斤嫂决定了这个事情就过去了,皇帝"不坐龙庭"了,风浪不会来了,风波没有转化成风浪,一场风波消弭。当然我们学过历史知道,在北京这场风波消弭并不容易,是有刀光剑影的,是有军阀之间的斗争的,不然张大帅真的要保护皇上坐"龙庭",因为全国人民不同意复辟,所以就变成一个闹剧。可是在那样的地方,劳动人民的生活就差点受影响,还真的摔了一个碗,但是,终于谢天谢地,皇帝不坐"龙庭"了。

小说的最后一段:

**现在的七斤,是七斤嫂和村人又都早给他相当的尊敬,相当的待遇了。到夏天,他们仍旧在自家门口的土场上吃饭;大家见了,都笑嘻嘻的招呼。**为什么能够这样恢复往日的尊严呢?因为皇帝没坐"龙庭"。就因为皇帝没坐"龙庭",就因为中华民国尽管不堪,毕竟是中华民国,毕竟没了皇上,是现代共和国了。**九斤老太早已做过八十大寿**,她现在应该说我活了八十岁了,不是活了七十九了,**仍然不平而且健康**。越不平越健康,因为她把心中的郁闷都吐给别人了,自己活得倍儿通透。**六斤的双丫角,已经变成一支大辫子了**;这个梳成一只辫子,**伊虽然新近裹脚,却还能帮同七斤嫂做事,捧着十八个铜钉的饭碗,在土场上一瘸一拐的往来。**这个结尾太妙了!

从小说结构来看,《风波》明显要比我们第一次讲的《明天》要好。《明天》还需要深入地挖掘、品味,《风波》读到后半段就会微笑,你不知道为什么读到这里你会微笑。那我们要分析我们微笑的是什么?

一切都没有变化,风波虽然过去了,人民照样生活,好歹中华民国民主了、共和了,投票选举大总统了,虽然是假的——假的也比有皇上强,我们一般是这么想。风波过去了。可是,人民呢?人民没变化,你们在城里闹民主、闹共和,这才是真正的中国——真正的中国没有变,七斤、七斤嫂和邻居的关系没有变,九斤老太没有变。而最大的讽刺是,鲁迅专门写了六斤新近裹脚。晚清的革命有很多革命的内容，其中之一就是反对缠足，革命胜利了，辛亥革命胜利了，中华民国建立了，国家竟然没有人推广这些事。你看我们中华人民共和国一成立，国家马上把很多旧的东西都停止了：所有的妓院一夜之间查封；把所有的抽大烟的人一夜之间养起来，不再供应大烟；马上派人去各个村，教人不要再缠足，不许再三妻四妾等；包办婚姻、买卖婚姻都废除，说干就干。可是中华民国没有这个力量，也不是说中华民国这些人不想这么做，是没有这个力量。所以农村没什么变化，该裹脚还裹脚，这真是一个莫大的讽刺，我们想着一个小姑娘裹着脚，一瘸一拐的——她是中华民国国民。我们画一幅六斤的漫画：新裹着脚，捧着一个十几个铜钉的饭碗，在那一瘸一拐地走着，旁边写着"民国范儿"。这才是真正的民国范儿，这才是真正的中华民国的生活，当然是中华民国早年。

而小说的最后仍然停留在饭碗上，它预示着中华民国最大的问题还是个饭碗问题。这是1920年，鲁迅写的是20世纪10年代的事，一九一几年的事。一直到一九四几年，这三十多年的中华民国，人口增加得非常可怜，很多人仍然饥寒交迫而死——家常便饭。你想新中国成立以后，三十年的时间人口就翻了一番，而且毛主席时代就已经开始提倡计划生育了，那个时候说的是两个正好，两三个都可以。要按照太平盛世没有战乱，三十年人口翻一番来算，那从1840年到1949年，近一百一十年的时间，人口应该翻几番？你自己一算就知道了。1840年中国就四亿多了，那到1870年，三十年翻一番嘛，人口应该八九亿，再过三十年，1910年，那你算算。所以说有多少人就这样没了。每死一个人，就断了一支人。比如一个人死了，她要不死的话，到二三十岁又是一个育龄青年，可以继续生孩子。中华民国的时候，年年饿死非常多人，还不算战乱。所以中华民国最大的问题仍然是饭碗问题。这个饭碗是充满铜钉的，不是一个铁饭碗，不是铜饭碗，不是金饭碗，是补过缺口的饭碗，这个饭碗还是捧不住的饭碗。读到后边你是微笑，你不可能大笑，这个讽刺是意味深长的，你思考时间长了，会像被一根针突然扎一下。这是《风波》为人称道的一个地方，从结构上，从画面上都为人称道。

说到饭碗，小说有一个疏漏，他最后说"十八个铜钉"，前边说的是十六个。有人早就发现这个问题了，鲁迅自己也觉得这事说不过去，他1926年给李霁野写的信说："六斤家只有这一个钉过的碗，钉是十六或十八，我也记不清了。总之两数之一是错的，请改成一律。"人家也没给他改，他这个版本就这么流传下来了。因为前边说的是十六个嘛，而且说了一个三文，一共是四十八文，说得很清楚，所以应该是十六个，鲁迅就在后边写蒙了，我估计他光顾着恨中华民国了，给中华民国多钉两个钉，所以钉了十八个钉。这是他小说的一个疏漏。不要认为是印错了，确实是他自己写得不严谨，应该是十六个钉。

小说很热闹，但人物不多，就这六个人，都带数字的：九斤老太、六斤、七斤、七斤嫂、赵七爷、八一嫂。数字都很大，人就是六个。配角是村人。但是无论主角配角都写得非常典型，每一个人都深刻地代表了一类人。九斤老太，成了我们日常生活用语，你在很多俗语词典里可以查到"九斤老太"，是个词条。其他的人物里，七斤嫂和赵七爷尤为精彩。鲁迅写出了七斤嫂农村草根妇女的泼辣精明、遇事不慌，他把她写得越厉害，就越证明劳动人民软弱无力，这么一个厉害的人物都抵御不了一个莫须有的风波。而赵七爷这么一个不堪的人，都能够镇压住七斤嫂，我们更能知道统治阶级凭什么统治。那些配角当然是鲁迅笔下经常出现的看客——麻木不仁的看客。

除了这些活生生的出场人物之外，有几个虚线的人物，一个就是坐了"龙庭"的皇上，老百姓永远不知道皇上是什么，想象他们都是天上的人，他不知道要坐"龙庭"的溥仪简直就是一个窝囊废。大家可以看看溥仪写的《我的前半生》，他是在共产党教育下，知道什么叫"人"了（不是说思想觉悟了），他才知道自己小时候活得根本就不是人。那皇上当得，吃饭喝水这些人生的基本技能都不会，结了婚，正常的男女之事不会。后来到了共产党这里，他一开始认为让他劳动是迫害他，干两天活之后他忽然发现这饭是香的，原来馒头这么好吃，原来饺子这么香，才知道做人的乐趣。然后有个女同志爱上他，他才知道什么叫爱情，世界上还有这种事儿，他以前不知道。但是劳动人民哪知道皇上是什么，都想着皇上和天上龙是一样的。还有张大帅、张翼德，这些抽象的词儿，都是压在老百姓心上的一个个大石碑，我们看来没有价值的东西都能压迫老百姓。这里边的话语权有两个，一个是代表媒体的咸亨酒店，一个是代表文类金字塔、代表经典的《三国演义》——你说《三国演义》算什么经典著作啊，但在老百姓那里就是，一个能说几句《三国演义》的人就有话语权；咸亨酒店，一个闲人们议论的地方，就代表媒体。所以媒体是国家机器，媒体怎么能掌握在帝国主义者手里呢？这是说一下这个人物。

《风波》的笔法也非常棒，明暗两线，以小写大。其实他写的是张勋复辟，要是换一般的作家，会正面写张勋复辟，然后去写写他们怎么骚扰周围百姓的。鲁迅根本就不写你的正面，不扯你，写的就是七斤他们家的事儿，你去想张勋复辟是多么扰民，鲁迅通过这个风波写那个风浪。这种以小写大的方法我把它叫"风波格"，我说鲁迅小说开创了一格，叫"风波格"。我们可以想起许许多多小说有类似的风格，比如大家学过的孙犁的《荷花淀》，那么伟大壮阔的抗日战争，他就写几个妇女对丈夫的态度，这几个妇女好像并不太先进，还挺落后的，有点拖后腿，孙犁就写这么几个妇女，最后展示的是抗战中人民的思想觉悟，人像荷花那么美，参军风光。大家不熟悉的一个话剧，余上沅的《兵变》，也是一个信息说要兵变了，大家就乱成一团，最后没有兵变。没有兵变都这样，如果真的兵变会如何呢？当代文学中，茹志鹃的《百合花》不知道大家读过没有，她也不写大部队作战，就写一个小战士和一个卫生员三次见面，就写出那个大的战争。我在新加坡讲《百合花》，新加坡学生都哭了，我也很奇怪，资本主义国家的学生怎么会哭，会为解放军流泪呢？原来没有想到。巴金的《家》《春》《秋》是鸿篇巨制，长篇小说，他其实也是通过偏远的一个家族的事情，写整个国家的变化，通过四川闭塞的天府之国写遥远的五四运动的影响。没有五四运动，哪有觉慧和鸣凤这样的故事？还有一个四川作家，他的作品我觉得其实比巴金写得好，但是没有得到那么多的重视，他写的《死水微澜》《大波》，题目就跟"风波"是一样的，它表面刮过的风吹起波浪，后面酝酿着大的风暴，这种以明写暗、以小写大的手法，我把它叫"风波格"。

鲁迅的语言不用说了，我们通过刚才分析都知道了。鲜活的语言来自作者敏锐的观察，非常有现实性，来自现实生活，能够提炼。不是把老百姓的话抄下来就能生动，鲜活的语言显然是提炼的，提炼中见学问。九斤老太和七斤嫂的话尤见提炼的功力。

最后强调的是小说的意象。像辫子，就是一个意象，革命带来的影响，改朝换代带来的影响体现在辫子上。问题最后聚焦在饭碗上。说一千道一万，辛亥革命也好，皇帝也好，能不能解决饭碗问题，核心是饭碗。

小说的人物与情节都带有速写与漫画性，增加了小说意象的丰富性。所以我说我们通过《风波》一样可以体会到鲁迅小说从古典文学那里得到的神韵，它不次于《孔乙己》《故乡》这样的作品。

好，今天的《风波》我们就讲到这里。

下课!【掌声】

2014年北大选修课"鲁迅小说研究"第五课

2014年10月22日

# 回不去的故乡

——解读《故乡》

各位同学好,我们开始上课。

昨天是鲁迅的忌日,鲁迅去世八十四周年。鲁迅走了这么多年了,不知道他有没有预想过,他死后五十年、八十年、一百年,人们还会不会再研究他,他的话还有多大的分量,还有多大的影响力。

鲁迅自己说过,不希望后人记得他、研究他。他说的是:"收敛,埋掉,拉倒。"但这个话,分明是带有一种沉重。他说这个话的意思是:我的文字是攻击黑暗的,应该和我所攻击的黑暗,一同消亡掉。我很希望有一天我失业,我很希望有一天,人们不记得这个人,这个人的名字。这看上去就很沉重。

我们这个课的同学,水平比较高,提的问题比较有分量,前一次还有同学问,鲁迅的笔名是什么意思,我就顺便说了一下:鲁迅的笔名有多种解释,鲁迅自己解释,他母亲姓鲁,所以他为了表示尊重母亲,叫鲁迅。那实际上还有多重意思。我们如果有一点古代史的知识就知道,周树人的周和鲁在古代是一家，周鲁一家。另外这个"鲁"，有一种谦虚的意思，就是说我不聪明，我很鲁，我很鲁莽。但是鲁不要紧，这后边还有个"迅"呢，虽鲁，却迅！鲁不要紧，迅就可以。有点类似勤能补拙的意思。

但其实还有一个意思，这个"迅"是鲁迅很喜欢用的，他早期笔名里头就有"迅"——"迅行"。"迅"这个字，有一个本义是什么呢？是"小狼"，就是我家现在最小的那只猫的名字，我现在养三只猫，最小那一只叫小狼。鲁迅是很喜欢一般人不喜欢的动物的。狼在各个民族中从来都是负面形象，近几十年来，狼才有正面形象的描写，有齐秦唱的《北方的狼》，这其实直接来自鲁迅小说的意象。鲁迅小说《孤独者》里面，有一匹受伤的狼。鲁迅很喜欢狼，"迅"本来的意思是小狼。

鲁迅笔下很多的意象，有些应该说好像已经弱化、淡化了，但另外一些仿佛是强化了，越来越浓烈了。

我们进入《故乡》的正题，"乡"这个字，本来的意思跟吃饭有关系，就是聚餐的意思，相对而食我们叫"乡"，由这个字演化出四种意义。

我们现在说的"故乡"一词，已经是诗情画意的了，说出来就是意象化的，和它的一组同义词都不一样的。很早很早，"故乡"就进入诗歌，连刘邦这么没文化的人，都能留下千古名句，就因为说了一句"威加海内兮归故乡"，这是千万人的梦想。做一番宏伟的事业之后干吗呢？得回故乡嘚瑟去，不留在首都买房子。在首都买房的全是傻帽儿。为什么做了一番事业不回家去呢？都要回家。可是现在千千万万的人不回家，这不是一种时代病吗？你家里明明那么好，却都不回去。不但刘邦想回去，连花木兰都想回去。花木兰，一个女扮男装的，建立了那么多的功业，天子要赏赐她，她不要，要一匹马回家去。李白的"故乡"，则更超越了一个具体的地儿,还成了千万人的一个图腾。

从这一点,我们往下来看"乡"这个字承载的文化意义。我们现在的人跟古代的人说故乡,已经有了很大的不同,因为我们处在一个现代化的进程中,某些地方,似乎已经完成了现代化,有些地方半完成、没完成,有一些地方还在前现代。在这个语境下,我们来思考"乡"这个字,这个字是不是越看越陌生?有很多常见字,你觉得就在眼前晃,可是仔细一看,却忽然陌生了。就像我们的父母,你不能仔细看,仔细一看你的父母,你发现有点陌生:哎,这是我爸爸、我妈妈吗?有点儿不认识哎。平时天天看,但是你没有仔细看过,一旦仔细看,你说:"哎,妈妈你怎么有白头发了?"这一瞬间你才是认得你母亲。

而"乡"这个字,从来是跟农业社会联系在一起的,农业社会的人,在一起聚餐,才形成了乡。它是农业文明的产物。我们生活在工业社会的人,老喜欢歌咏故乡,正是因为那是我们失去的东西,有的是我们亲手摧毁的东西。乡所构成的空间,不是一个简单的行政单位,我们说乡里乡亲的,是什么意思呢?怎么不说城里城亲的呢?怎么不说校里校亲的呢?乡里乡亲是什么意思呢?在那样一个社区里边,人与人大部分是熟悉的。传统社会是熟人社会,一个村儿里的人肯定都认识,一个乡里的人,大部分都认识,有的呢,即使不知道他家具体的情况,大概知道他是哪个村儿的:你看那个小伙子,哪个村儿老刘家的。所以过去的人是生活在这样一种熟人关系中,长期地互相扶持着。那样的社会,为什么安定团结、欢乐祥和呢?互相都认识,谁好意思干坏事呢?他家没锁门,你好意思去偷他家东西吗?他家大人不在家,你好意思欺负他们家孩子吗?

现代文学出现了那么多的作品,其中乡土文学是很重要的一支,但并不是说,只要写农村就叫乡土文学。鲁迅专门有一个定义,说乡土文学其实是寄寓文学。具体地讲，就是这个乡土，不是写乡土的人住在那里，应该是作者已经到了城市，寄生在外地，进入现代化序列，回过头去写农村。这个"寓"，是住在别人这里。我们知道公寓，公寓就不是你们家的住宅，所以鲁迅把这种乡土文学就叫作寄寓文学。

正是晚清民国之际，一批青年人来到城市，寻找新的生活，来到之后，很容易就失望了：城市这么坏，原来以为我们家不好，这儿好，结果这儿还不如我们家，或者说各有各的不好。一批人投入写作，鲁迅把这一批写作者叫乡土文学作家，当然，鲁迅自己带头，写了乡土文学，鲁迅的好多作品都是乡土文学，包括他的代表作《阿Q正传》。他如果在自己的家乡，是写不好这样的作品的。我们写一个地方，往往写得最好的时候是身在他乡。比如说老舍，老舍写北京写得最好的作品，都不是在北京写的，恰恰是在其他地方写的，在山东写，在重庆写，才能写得好。

在鲁迅的影响和支持下，涌现了一批乡土文学的青年作家，后来也都是很有名的，像许钦文、彭家煌、蹇先艾、王鲁彦、台静农。台静农后来到了台湾，成了台湾的一流作家，山中无老虎。如果讲现代文学的话，这些我都会具体讲，在这里就点到为止。这一批人写的乡土，是他们自己曾经生活过的地方，他们到了城市回过头儿去写。有的怀着留恋：我们家乡有很好的很美的风俗。有的是批判：我们家乡那个风俗可野蛮、可落后了——有的地方抓到小偷，扔到水里淹死，有的地方，大哥去世了，弟弟娶了嫂子。如何评价这些，都有一个视角问题，你站在什么立场看待它。比如说冥婚，两家的孩子定了亲，可是这孩子已经死了，怎么办呢？两家不忍心嘛，就给两个死去的年轻人也办一个婚礼。这种怀念也好，批判也好，都表现了在现代化过程中，人与传统乡文化的一种难舍难分的关系。可是毕竟，中国要往前走，不论是往社会主义方向走，还是往半殖民地方向走,总是城市要消灭农村。如果当时不是有一支强有力的共产党力量,要以农村包围城市的话,农村可能崩溃得更快。

在这种情况下,沈从文用他的小说"伪造"了一个湘西。现在很多老师,拼命吹捧沈从文,说沈从文笔下的湘西多么美丽,也不知道他去没去湘西看过。其实在沈从文写作的时候,湘西就不是那个样子,那是沈从文幻想的,还有那么一片讲人伦的净土。可是你仔细看《边城》,《边城》里干净吗?《边城》里资本的力量已经很强大了。现在很多人,因为沈从文,都纷纷到湘西去旅游,去凤凰看一看。那儿没法儿看啊。我有一年去那里开会,我们去看看沈从文的墓,在路上,就有小女孩抱着花儿向我们兜售,而且那小女孩还做出一副可怜的状,要打动人买她的花儿——"请买一束花献给沈从文爷爷吧。"听了之后,我心里万分难受,一个纯真的小姑娘,就被金钱的力量打造成这个样子,她变得如此虚伪做作,这哪里是沈从文写的湘西呢?你能从她身上看到翠翠?这是到了沈从文笔下的乡。

那么,毛泽东时代有《山乡巨变》这些小说,不讲了。到了改革开放时代,你们中学的时候,必读书目中有一部路遥的《平凡的世界》吧?《平凡的世界》里边的一个主旋律是什么?就是对这片土地很有感情,但是这里太落后,我要告别平凡。《平凡的世界》其实是要告别平凡,要一心走向世界。孙少平那个压抑不住的强大的力量,要到外面去,要看外面的世界,这是路遥那一代,20世纪80年代作家的心声。

那么到了现在呢?现在呢,有人哀叹:哎呀,你看现在的青年人是忘了革命的历史了!我说你平静点儿吧,他连反革命的历史也忘了,两边是平等的,两边儿是等同的。

好,那我们下面看看鲁迅的故乡。鲁迅很多作品是乡土文学,他大量写自己的故乡。我们不断地出入文学与历史,因为鲁迅作品影响大,我们就要研究这个人,要研究这个人,就要研究他的故乡,他的背景,他的生平等,于是大家都知道了鲁迅是绍兴人。当然绍兴不是靠鲁迅一个人出名,绍兴文名太大了,本来就是一个小县,现在也变成市了,好多地方撤县改市了。我们对很多地方的了解,经常是不在一个层面上的。

鲁迅笔下的绍兴,大多数人也没去过,所以那个绍兴,也是一个被文学化了的绍兴。鲁迅不断地加重绍兴的文学化。鲁迅笔下有两个常见的地名,一个叫鲁镇,一个叫未庄。为什么叫鲁镇呢?就是要跟他这个笔名混淆,让你以为他真叫鲁迅,鲁迅嘛,就是得生活在鲁镇。然后他还制造另外一些人,比如说鲁四老爷之类的,好像真有那么一伙儿人在那儿过着那样的生活。这都是作家的诡计,很多作家都是这么搞的,写一篇作品成名了,就以它发展成一个连环系列,混淆真假,让读者错以为他的故乡就是这样的。我们看福克纳也是这样的,莫言也是这样的。

你看金庸的小说,也是互相呼应的,这部小说的人物出现在另一部小说里,你一看就说:"啊?原来真有这人啊,他又来了!"这种虚实结合,本来是一种并不难理解的写作技巧。鲁迅让阿Q生活在未庄,其实已经暗示你了,未庄是不存在的村庄,没这么个村庄。但是他告诉你好像有,这在叙事学上,我把他叫作狡猾的叙事者。鲁迅就是这样一个狡猾的叙事者,他不断地跳进跳出,他很自由,这一点很像东北的二人转。

所以我们研究鲁迅,经常一方面从纯文学的角度研究他的文本,同时脑海中不断地出现现实中的一些画面,虚和实不断地被这个叙事者给混淆,而这正是作者要达到的目的。鲁迅写小说,不是要给你讲一个什么好玩儿的故事,现在我们看小说更不是要看故事。看故事,我们天天看新闻就够了,你每天拉一页新闻标题,什么悲惨的奇怪的事没有啊，什么事儿都有。所以我们现在从消费故事的角度，已经不必再看小说了。

鲁迅的《故乡》这篇小说也是这样的。早有学者考证出，里面的闰土是谁，真有这么一个农民，跟鲁迅从小很好，长大分别，这个人叫章运水，他的命运跟闰土怎么怎么一样，哪块哪块不一样，哪块是鲁迅虚构的，哪块是他夸张的。周作人新中国成立后写了一篇文章——因为他顶着文化汉奸的名目，就得靠吃鲁迅，不断地回忆一些鲁迅的材料，"骗"政府给他钱——他也考证出豆腐西施这个人也是有的，他也认识，这个人本来叫宝林大娘。宝林大娘不像鲁迅写得那么刻薄，这个人还不错，周作人写了她另一面儿，很善良。种种的这些考证加起来，就让我们更加眼花缭乱，就更觉得这个事是有的，这个故乡是存在的。而鲁迅自己的叙述呢，又不是完全虚构，跟他的生平存在着极大的关联度。

鲁迅是在新文化运动中，忽然时来运转，本来在家乡，准备被埋没一辈子了，忽然被他的老乡蔡元培拉到北京来了。蔡元培先生为了培植自己的力量，就拉了一个绍兴帮，弄一帮绍兴人——我是不是上次讲过了，我们北大就有绍兴派——其中就把周树人先生弄来了，弄到教育部。当然我们说一个什么什么帮，不见得说他们就是结党营私的，是互相有一个照应。鲁迅在北京站稳了脚跟之后，挣的钱也多了，随便就能买个四合院。那个时候，像鲁迅这样的人，一个月挣好几百大洋。一个四合院只要八百大洋，那也就是几个月的工资，几个月的工资攒一攒，就能买下来。所以他要回家乡去搬家，要把全家都搬到北京来。

鲁迅搬家本身就是一个现代化的局面。我们看看古代的人，在京城做官，谁回家把全家都搬了来？有这样的人吗？除非做了皇上，那不得不搬了。你不做皇上，做个什么御史之类的，哪有把全家搬来的？都是当官，当到五六十岁告老还乡，当官儿期间都不买房子，都是租房子住，最后带着钱,带着一大堆什么金钱美女,回家乡去,这是传统社会,叫衣锦还乡。而鲁迅所代表的现代知识分子,只要在城市混好了,全家都接来。鲁迅是回去把全家都搬来了。他离开绍兴的时候是1919年的12月29日,年底离开;而他写《故乡》这篇小说,是1921年的1月,中间只隔一年,离他生活中这个实事很近,这个事到今年(2020年)刚一百年左右。鲁迅作品的内容,与他的实际生平,是一个互文的关系。我们不是讲过小说与杂文吗?他的小说、杂文是互文的。有些小说好像是虚构讲别人的事,这个小说里第一人称"我"应该是虚构的,可是我们都知道这个"我"分明又一部分跟鲁迅本人是高度有交集的。所以这个小说本身在叙述中又隐含着杂文,杂文和小说混在一块儿。我们来看《故乡》本文,《故乡》大家都熟了,我们就不全文引用,不全文讲解了,我们就挑一些跟意象有关的,我们看看鲁迅的《故乡》是怎么塑造意象的,这个意象跟我们传统的诗文有什么不同。

《故乡》开头大家都很熟悉了,是非常有音乐感的叙述:**我冒了严寒,回到相隔二千余里,别了二十余年的故乡去。**鲁迅的小说是非常讲究音乐感,非常有节奏的,是可以朗诵的。只要你一朗诵鲁迅小说,你整个人生的调子,马上就缓慢下来了。

**时候既然是深冬;渐近故乡时,天气又阴晦了,冷风吹进船舱中,呜呜的响,从蓬隙向外一望,苍黄的天底下,远近横着几个萧索的荒村,没有一些活气。我的心禁不住悲凉起来了。**

**阿!这不是我二十年来时时记得的故乡?**

我们看小说一开头这几段,每一段里都出现"故乡"这个词,他分明是要塑造一个故乡,打造一个故乡,描绘一个故乡,他是怎么打造这个故乡呢?合起来一看,整体都是冷色的,突出了一个冷。我们上一次说《孔乙己》突出一个凉,《故乡》突出了一个冷,比凉的温度更低。

"严寒"开头,第二段强调"深冬""冷风""苍黄",村子是萧索的,没有一些活气。我现在到外地去,当车路过一些农村地区的时候,心里边儿就涌上这两个句子:"苍黄的天底下,远近横着几个萧索的荒村,没有一些活气。"鲁迅那个时候,乡村里还有很多年轻人,现在农村哪有年轻人?现在的农村都是老年人,发生了很多违背人伦的事情,传统文化都被彻底地破坏掉了,所以心情就悲凉了。

我们想,我们中国传统写故乡,没有写得这么惨的吧?即使故乡不好,也没有每一段都把故乡使劲往冷了写,那这地方分明是不能住了、没法住了,作者不想住了,才要这么写。这就是现代化来到中国之初,故乡之演变,一个来到京城混事的成功人士对故乡的感受,而且鲁迅不是坏人,鲁迅是有良心的,是这个国家最有良心的人,最好的知识分子。可是,他对故乡已经是这个感觉,他对故乡不是没有感情的,是有感情——"二十年来时时记得",可是开篇是这样写他的故乡。

后面这段,我们看就颇有点像杂文了。**我所记得的故乡全不如此。我的故乡好得多了。**哎,眼前不就是你的故乡吗?怎么又出来一个"我的故乡"?**但要我记起他的美丽,说出他的佳处来,却又没有影象,没有言辞了。**他记得的那个好的故乡,空洞了,没有影像和言辞了,是抽象地记得。**仿佛也就如此。于是我自己解释说:故乡本也如此,——虽然没有进步,也未必有如我所感的悲凉,这只是我自己心情的改变罢了。因为我这次回乡,本没有什么好心绪。**

我们也可以想,其他的作家,在现代文学时段,在"伟大"的中华民国,回到自己故乡去是什么感觉。假如沈从文回到凤凰去,他会不会感到冷?那里还有翠翠吗?满地的杀人放火,而且那个地方更野蛮。真实的湘西,大家应该看看《湘西剿匪记》,新中国成立后大规模剿匪时,全国有几百万国民党土匪,其中湘西就有几十万个,解放军牺牲了十几万，就是在剿匪过程中，那才是真实的湘西。沈从文只不过是自己不敢杀人放火，与环境不合，又有点文化，所以来到北京。来到北京投考燕京大学，考试得了零分，于是激起了他对城市的极大仇恨——我一定要写一个美丽的乡村，气死你们。其实沈从文如果自己回到故乡去，也未必有好的心绪。

而鲁迅虽然在北京很成功，他在教育部权力很大，管很多很多事，有实权，可是呢，他回到家乡却心绪不好。**我这次是专为了别他而来的。**人家回故乡，都是好心情，浪子回头、衣锦还乡之类的，他是为了"别他而来的"。**我们多年聚族而居的老屋，已经公同卖给别姓了，交屋的期限，只在本年，所以必须赶在正月初一以前，永别了熟识的老屋，而且远离了熟识的故乡，搬家到我在谋食的异地去。**我们看，又跟吃饭有关系。

"乡"这个字本来就起源于吃饭，而且是面对面吃饭，在一块儿对着吃饭。而中国就有一个强大的力量，老要在一块儿吃饭，有事没事要在一块儿聚餐。虽然现实中的故乡没有了，但是只要一聚餐，好像还有个虚拟的东西存在，在我们杯盘狼藉之中，有一种温情存在。而鲁迅这个人，还是为了吃饭，却要抛弃故乡，吃饭的地儿改在大城市了，在那里谋食，在教育部谋食，在一个强暴的现代化秩序里谋食，为了这个谋食，要卖掉老屋，把卖掉老屋的钱拿到北京来。鲁迅这两段话，你说是小说语言还是杂文语言？这是杂文混于小说。

我讲过我的一个师兄弟跟钱老师的争论：鲁迅到底是杂文家还是小说家？我说是意象家，他在这里通过对故乡这个意象的打造，来表达他的思想。

第一个意象是故乡，第二个意象，是我们只要读过《故乡》的人都会记得的，就是他塑造的那个进入世界文学画廊的瓜田少年闰土的形象。

这时候，我的脑里忽然闪出一幅神异的图画来，鲁迅自己就是一个大画家，我们知道，他有当美术家的这个智慧，非常会构图：**深蓝的天空中挂着一轮金黄的圆月，下面是海边的沙地，都种着一望无际的碧绿的西瓜。其间有一个十一二岁的少年，项带银圈，手捏一柄钢叉，向一匹猹尽力的刺去，那猹却将身一扭，反从他的胯下逃走了。**我上学的时候，这个字读"zhā"，后来，语言学家考证，说应该读"chá"，现在这个字读"chá"了。"zhā"和"chá"感觉上都差不多，读到这个字的时候，我都觉得有一种刺痛感，觉得这东西能刺人。

你看没有什么神奇的文字，很简单的一个构图，是这么有魅力。当时我并不明白什么叫意象，但知道这不是一个简单的画面，这是只要人读了就会永远难忘的。我相信这段话翻译成任何外语，也不耽误它的这个意象的传达，它是这么让人久久难忘，所以很多画家也都想努力把它画出来，好像现在最有名的是语文课本上的一幅，这个画得我觉得还画得很认真，比《祥林嫂》好。祥林嫂，鲁迅写得太厉害了，画画没法儿百分之百地传达，但这个闰土是画得很传神的，而且还注意到给他画上一条辫子，因为这是清朝的小孩。画作基本上把作品中闰土的形、神都表现出来了，主要的要素都在，月亮、蓝天、瓜地，神情也很好，有那种饱满的少年气象。

不论哪个社会，小孩儿总是元气饱满的，代表着生命，而且这个画家很会构图，故意把他的小肚兜画成红色的，使整体的冷色调中有了一丝暖意，这种构图是非常好的。所以我相信，很多人尽管心灵中都有自己的一幅瓜田少年图，但是看到这个，还是能够认同的。但是人心呢，凡是看到好的东西，时间长了，就忍不住想调侃，想解构，所以慢慢地就有人来解构这个画儿，再加上长期的中学语文教学中，周树人先生带给我们的压力，很多人就忍不住要调侃周树人，所以就出现了这样的画儿，《周树人与猹》，其实是《银河护卫队》里找出来的画儿。你看，这是一个树人嘛，【众笑】他说这是周树人，这个是猹。猹到底是什么动物？多少人写了文章考证，有不同的说法，有说是刺猬的，有说是獾猪的，也有人说猹就是这个样子的。于是呢，就有人把这个对起来，说这个电影就是"周树人与猹"。这么一搞，好像我们出了一口恶气，调侃了一下周树人先生。但是这个调侃本身，也说明了原来的那个意象的经典，它的经典性带给我们压力，凡是带给我们压力的经典，我们总喜欢给它恶搞一下。

不论怎么恶搞，它有一个基本的东西恶搞不掉，你可以把闰土恶搞了，可以把猹画得很渣，可以解构闰土，但是月亮还在，天空在，瓜地在，你尽量地去解构这个闰土好了，你还可以把闰土画成别的，你可以把猹画成你最讨厌的那个同学，都可以，但是整个构图是鲁迅的文笔所奠定的。这样一个构图怎么这么有魅力，有这么大的魅力？我们后文再说，这是《故乡》的第二个意象。

还有第三个意象，第三个意象是两个孩子雪地捕鸟，这也是读了之后很难忘的，这是通过闰土的回答展现出来的。

"这不能。须大雪下了才好。我们沙地上，下了雪，我扫出一块空地来，用短棒支起一个大竹匾，撒下秕谷，看鸟雀来吃时，我远远地将缚在棒上的绳子只一拉，那鸟雀就罩在竹匾下了。什么都有：稻鸡，角鸡，鹁鸪，蓝背……"

一个孩子的话，首先很逼真，然后通过孩子的话他竟然画出一幅这么漂亮的画来，让人非常羡慕。我是大城市长大的孩子，虽然我们小时候也很快乐，有很多游戏，但是没有拿一个竹匾在雪地里逮鸟这种经历。当然我们东北的冬天也太冷了，不可能趴在那块儿时间长了，人在外边必须得活动着，蹬着脚划子啊，或者滑冰啊，打雪仗啊，或者假装打冰球——拿一个东西,找一个萝卜头儿当冰球在那儿打——或者追汽车,怀里揣着十个雪球儿追打公共汽车……我们小时候是干这些坏事儿的,人家闰土小时候玩的雪地捕鸟。

那么他写的这段好在哪儿呢?冷的环境中显出暖意,冷中之暖突出了人间温情,小孩之间的感情。他后面见到成年闰土,那个麻木的闰土之后,那个冷漠,恰好是在这个暖的衬托之下。人只有在小孩儿的时候,没有进入现代化序列,没有进入什么经济学、法学这些乱七八糟的东西之前,才有真情,才有真正的无价之宝。就两个孩子,也不懂什么叫阶级,这些概念都没有,就在一块儿玩儿,雪地捕鸟儿多好啊。

我们现在的孩子什么游戏都没有,买来很贵的玩具,他看都不看,玩儿两下就扔一边去了,别的不会,不会动手,不会动脑子。长大一点就玩电子游戏,电子游戏不是游戏啊,是假游戏,是虚拟游戏。你自己的身体不参与的游戏怎么叫游戏呢?一定要身体参与。所以现在的人玩的一切都是假的,都是虚拟的。听的歌,都是从耳机里传来的,看的跳舞,是从视频上看的。你有多少次看见活人?你的同学老师给你唱歌跳舞,就在你眼前,他的身体运动着。你抓过鸟儿吗?抓过鸡、抓过狗、杀过猪吗?你花多少钱能买那样的日子啊!你挣了很多很多钱,但是你买不着那样的东西了。

我前不久去郊区一个富豪的农场,他种了好多各种各样的东西,我看了之后很喜欢,摘下来我们就吃。他说:"哎呀,这个不干净啊,小心啊!"我看他养了四头黑猪,看了非常亲切,然后指着一只最大的猪,说:"你呀,你也就活到春节,春节就杀你。"就是说,你到这样一种肆无忌惮的、很自由的时候,你忽然觉得,哎呀,生活在农村是很好的。我就说:"你们这些亿万富豪,活了一辈子,为什么又回来当地主啊?你在城里住多好啊,为什么要天天早上起来饿着先去种地呢?"他说:"我现在才知道,现在的生活是人的生活。哎呀,原来当人的成本这么高啊!"人要先花五十年的时间去赚钱,我不知道他付出了什么,才能在北京近郊买这么大一块土地,养猪、养鸡、养鸭、养狗,种茄子、种辣椒、种豆角儿,人绕了一圈儿,原来还是要回到故乡去。他小时候也是个农民,挣了这么多钱,跟那么多官员打交道,在应酬上花了那么多精力,不过就是要当闰土嘛,不过就是要过这样的生活。我想冬天下雪的时候,他也很高兴走在他的农场里面,而这些东西本来是不需要花钱的。所以现在送礼,送什么礼?最贵重的礼是纯天然的,你说:"我自己家养的猪,纯天然的、绿色的,切二斤肉,提搂着给你送去。"这是无价之宝。我说:"我小时候,毛主席时代不就这样吗?切一块肉送给你,和这是一样的。"

前面讲的是暖意的生成,我们要注意人家鲁迅这样的人是怎么通过描写,把画面变成意象的。你写一段抓鸟儿,怎么就不能成意象?小说里边得有诗歌的效果。这是鲁迅《故乡》这篇小说的第三个意象。

我们再来看第四个意象,也是我们读了之后,就不可能忘记的,这是一个人,叫豆腐西施。周作人考证出来这个人叫宝林大娘,但是鲁迅说她叫杨二嫂,杨二嫂有个外号——豆腐西施。鲁迅给谁起外号那太厉害了,这个外号一辈子都脱不掉。这是个虚构的人物,可是经他这么一写,那个形象深入人心,我们对这个形象就再也没法产生好感。

**我吃了一吓,赶忙抬起头,却见一个凸颧骨,薄嘴唇,五十岁上下的女人站在我面前,两手搭在髀间,没有系裙,张着两脚,正像一个画图仪器里细脚伶仃的圆规。**

这个比喻太独特了!怎么描写一个刻薄女人?这个鲁迅,不多不少,用白描之笔描画:颧骨,凸;嘴唇,薄,岁数、姿态、手怎么样,脚怎么样。最后他用一个圆规比喻人,我想这是文学史上的第一次。谁能想到用圆规比喻人呢？所以我估计鲁迅在学校里拿圆规上课的时候，一定精力不集中，没准儿他在学校里玩圆规的时候就想，这像一个刻薄女人。没准儿那个比喻早就埋在他心里了。

圆规是个现代化的东西，大家上学的时候都使用过圆规，但我想好像没有人会喜欢这种东西。有谁喜欢圆规吗？反正我是不喜欢圆规的，我喜欢曲尺，还喜欢卷尺，我喜欢量角器，喜欢三角器，我喜欢很多的尺，带刻度的东西。还有一段时间，我就搜集精度很高的量器，但是我就不喜欢圆规，为什么不喜欢呢？它是带尖的，很细，站不住，它的美学形象很恶，圆规的美学形象不好，但是我们谁也没有想到用这个东西去形容人，鲁迅就逮着了。同时圆规象征着现代化，它是个现代化的东西。要形容一个人瘦骨伶仃，可以有很多选择，鲁迅就想到了圆规，可见他对这个东西也没有好感——圆规是现代的，代表着科学，它很锋利，它能伤人，能无意中伤人，圆规其实也是一个凶器。

那经鲁迅这么一写，不但把这个杨二嫂写得没有办法让人亲近，连这个外号里包含的"西施"都给解构了。一个豆腐西施，让我们多多少少有一点对原来的西施的印象也不大好了，甚至觉得西施是不是有点儿刻薄，本来西施让人觉得很可爱的。所以意象用于人身上，威力是很大的。用意象写一个人好，你永远觉得他好，你想起少年闰土，觉得他永远好，甚至可以用少年闰土去形容一些我们所喜欢的少年，或者类似少年的形象。比如我的博客里边，介绍曹文轩老师：曹文轩，我给他的意象叫"麦田里的少年"。尽管曹老师六十多岁了，但是在我心目中，曹老师永远是一个麦田里的少年，这是我心目中的形象，我觉得他永远是个年轻老师。很多白发苍苍的老师，我上学的时候他们很年轻，所以我老觉得他们还年轻。

几个意象分析过去之后，这篇小说就到了最后了，我们都熟悉这个小说，最后的时候我们发现杂文又来了。

我躺着，听船底潺潺的水声，知道我在走我的路。我想：我竟与闰土隔绝到这地步了，但我们的后辈还是一气，宏儿不是正在想念水生么。我希望他们不再象我，又大家隔膜起来……然而我又不愿意他们因为要一气，都如我的辛苦展转而生活，也不愿意他们都如闰土的辛苦麻木而生活，也不愿意都如别人的辛苦恣睢而生活。他们应该有新的生活，为我们所未经生活过的。

鲁迅在《野草》里《影的告别》中说过几个不乐意。这里有三个不愿意，这三个不愿意指三种生活，三种生活的共同点是辛苦，不同点是，一个辛苦辗转，"我"是辛苦辗转，代表知识分子灵魂没有依托，失去故乡到处漂泊；闰土倒是一辈子在故乡，可是他是麻木的，过得辛苦而麻木；又要不离开故乡，又要比闰土过得好，怎么办呢——辛苦恣睢，想方设法占便宜、欺负别人。所以在鲁迅看来，这三种都不好，他都不愿意。他想应该有新的生活，新的生活是什么呢？他也不知道，或者此时不知道，反正是"未经生活过的"，能不能有不辛苦、不辗转、不麻木、不恣睢，有温暖的故乡、温暖的人情、良好的秩序、健康的人品的一个生活环境？假如有，怎么打造？这是他留给读者的思考空间。

而这一段话，可以脱离小说情节而存在，可以从其他情节引出来的，它是鲁迅的杂文。所以他躺在船上，听船底的水声，想的这些事，本身也是充满了画面感，有意象的，似乎前面讲的这个故事，是为这些话服务的，这就是我们说的严肃文学、精英文学的特点，它和通俗文学的不同。

我们一般人，特别是传统社会的人，没有那么多的新闻，拿小说当新闻，他看小说主要是为了知道奇怪的事，知道哪儿哪儿又杀人了，哪儿哪儿又离婚了，谁娶了八个老婆，喜欢知道这样的事。可是现代小说的功能变了,所以你看鲁迅的小说里,这些部分反而是很重要的,不仅仅在于前面讲的什么故事。

到了最后,甚至有的老师还让大家背诵最后这两段,这是《故乡》这篇小说最后的一个意象:

**我想到希望,忽然害怕起来了。闰土要香炉和烛台的时候**,因为他收拾东西,有一些东西就送给邻居了,送给闰土,闰土要香炉和烛台,**我还暗地里笑他,以为他总是崇拜偶像,什么时候都不忘却。现在我所谓希望,不也是我自己手制的偶像么?只是他的愿望切近,我的愿望茫远罢了。**这里讲的希望、愿望都是一个意思。鲁迅很年轻的时候,就发现了所谓的科学的弊端,所谓的反对迷信的弊端,所以鲁迅说"迷信可存,伪士当去"。

鲁迅在年轻的时候,一方面号召要提倡科学,却大声疾呼要保存迷信,全世界几乎只有他一个人有这么锐利的眼光。他在讲闰土的那段话里,我们看,知识分子喜欢批评别人崇拜偶像,不知道自己也是有偶像的。五四运动的时候,我们说的德先生赛先生、民主与科学,不就是我们的偶像吗?后来我们说的革命啊、解放啊,再后来说的什么人权哪,不都是偶像吗?只是你自己不承认罢了。鲁迅自己,看到并且承认了——我的那个希望,其实是我手制的偶像,是我自己打造出来的偶像。二者相比,人家闰土的希望,还是拿在手里的,有香炉,有烛台,很切近,而我们说的那些东西在哪儿呢?那些东西很渺茫,而且很容易发生变化。

在这种你说它是小说也好,说它是杂文也好的情况下,鲁迅又重复了一遍此文的经典意象。鲁迅的小说中,经常用的最笨的一个修辞方法,就是重复。重复这个修辞手法要慎用,用不好容易让人觉得啰唆,怎么又来一遍,怎么又说一遍呢?这个最朴实的修辞手法用得最好的只有两个人，第一个是屈原，第二个就是鲁迅。屈原的《楚辞》，重复来重复去，就那两个声音，但是你不觉得烦，再有就是鲁迅，鲁迅用得特别精炼。这幅画刚才不画过一遍了吗？几乎不动地又给你画一遍：

**我在朦胧中，眼前展开一片海边碧绿的沙地来，上面深蓝的天空中挂着一轮金黄的圆月。**他又画一遍，但是你却觉得，看这一遍的时候，心里特别舒服，好像此时此刻就应该出现这么一个特写。然后他说了他最想说的那段话：**我想：希望是本无所谓有，无所谓无的。这正如地上的路；其实地上本没有路，走的人多了，也便成了路。**

这段话千万人都能背，我大概在二十年前的时候，有一次课上讲鲁迅的《故乡》，讲到最后一段，有一位日本同学发言，日本同学说，孔老师，我认为鲁迅最后的这一段写得不好。我说，为什么？他说，这段话是多余的，小说已经结束了，他不是搬完家，坐了船走了吗？故事已经结束了，为什么要说这段话？这段话不需要有。

我觉得这个日本同学提的问题很有价值。日本人很少提问，日本的教育文化传统是要学生尽量不提问，提问是对老师的不尊重，提问是给老师捣乱。如果提问，一定要慎重考虑以后才能提。我不知道大家怎么想的，他说最后那段是多余的，那么当时我说，你说得有道理，从小说叙事的角度来看呢，小说确实可以说结束了。你说没有最后"我想"这三行，就到上面的"天空中挂着一轮金黄的圆月"，不是也很好吗？也留有余味啊，作为小说也是完整的啊，你读者爱想什么想什么嘛。我说鲁迅如果这么写，它也是一个优秀的小说，没有疑问的。但是鲁迅却非要写后面这段话。也就是说，在鲁迅看来，小说的任务主要不是讲故事，或者是说，讲故事呢，它的任务还没有完成。讲故事有一个目的，他还要把这个问题再点一点，把这个目的点出来，尽管他不直接揭谜底，但是他尽量地给你最充足的一个启发。

小说结束了，如果鲁迅不写最后这几行，我们自己能想到这样的话吗？如果我们能想到，那算鲁迅画蛇添足，哪怕有三分之一、四分之一的人能想到，都算他画蛇添足。但是我觉得，想到的人百分之一都没有，而他想到了，他就送给我们了。而我们为什么那么愿意背，又觉得这段话很好背呢？鲁迅的话是不好背的，但是现在差不多所有人都知道，"其实地上本没有路，走的人多了，也便成了路"，然后还有各种版本的调侃，地上本没有啥，走的人多了……这个句式都套用了，说明它很有魅力，这是鲁迅的独创。这说明这个话，鲁迅不说，我们不会。所以从这个角度说呢，它不是多余的，这正是一个现代小说的特点。虽然作者没说话，"我想"的"我"不是作者，这个"我"仍然是小说中的人物，但作者借小说中这个回家搬家的人物之口，借叙事者之口，说出作者想说什么。所以我们读到这里，也可以把这一段当成杂文语言，这是鲁迅的杂文。杂文和小说有机地统一起来，这是鲁迅小说最后的意象。

好，我们回过头来总结这篇小说，为什么不论你调侃也好、质疑也好，你动摇不了这个小说核心的意象呢？这个小说核心的意象，就是那一轮圆月——"深蓝的天空中挂着一轮金黄的圆月"，你不论用哪国语言表达，或者用文言表达，翻译成诗词都可以，这是这个小说最核心的一个意象。那么，鲁迅为了点明、启发我们这个意象，反复地说希望、愿望等。后来鲁迅还说了很多跟"望"有关的话——绝望。

那我们就想一想，"望"这个字是怎么写的呢？"望"这个字，像很多汉字一样，本身就是有意象的。我们现在写"望"字，是由三部分组成：一个"月"，一个"亡"，一个"帝王将相"的"王"。"望"是常用字，这个字在甲骨文的写法中"月"这个部分原来是眼睛，是目，是一个人站在平台上往高看，这叫"望"。我们简单地解释为仰视为望。"望"这个字，本来就不是随便看都叫"望"的，我们现在有点滥用这个"望"

了，往地下看也叫"望"。"望"本来的原意是往高看，仰视叫"望"。仰视最容易看见的，最耀眼的，最夺眼球的，当然是月亮。太阳是不可仰视的，人仰视来仰视去，望的主要对象是月亮，于是这个字，就逐渐跟月亮捆绑在一起，这个偏旁，这个部分也就由"目"变成"月"了。

跟"望"相对的是"朔"，今年（2020年）正好国庆节与中秋节重合，国庆节那一天正好是阴历八月十五。八月十五是什么日子？就是望。古人把初一叫"朔"，把十五叫"望"，一个阴历的月份，过去叫一个朔望月，而"朔"和"望"都是跟月有关的，都带"月"。所以，"深蓝的天空中挂着一轮金黄的圆月"，这个图像翻译成文字就叫"望"。也就是鲁迅写来写去，写了一篇叫《故乡》的小说，把它浓缩成一个字就是"望"，鲁迅就写了一个"望"。这是这个小说最后的答案。

其实鲁迅一辈子关心的重要问题之一就是"望"的问题。"望"这个字所有的含义都可以凝聚起来：希望、愿望、绝望，盼望，都在这里。这个字也是贯穿我们整个20世纪的中国人的一个常用字。我们望了多少回？有多少种望，多少种盼望？多少次被欺骗？多少次觉醒？多少次重新希望，再绝望？所以鲁迅最后采用的人生姿态，就是绝望中抗争。绝望中抗争跟希望，有没有什么关系？

回到小说中，也是每个人有每个人的"望"。闰土有他的"望"，闰土的"望"是什么？为什么说闰土是麻木的呢？闰土的"望"就是年成好，风调雨顺，多打点儿粮食，够吃，能把孩子养大，他满足于一种生物性的生存，这就是他的"望"。所以这种"望"是应该被超越的，是应该抛弃的，一个人怎么能就这样活着呢？但是就那个年代来说，能活下来就不错了。

另一种人，杨二嫂有她的"望"，就是有便宜就占。你不是回来搬家吗？你在京城当了大官，那你应该不在乎这些东西，我拿点儿算什么啊？我该拿就拿点儿，不许别人拿，不让我拿我就偷，那这是杨二嫂的"望"。我看还有专门的学者在考证，埋在灰里那个碗，到底是谁偷的，到底是不是杨二嫂偷的，现在好像分成两派意见，一派认为是杨二嫂偷的，另一派认为是闰土偷的。

我发现越来越多的人为杨二嫂这样的人辩护，这也说明了我们这个时代的"望"。我们这个时代怎么越来越多的人为反面形象辩护？在我小时候那个年代，如果做一个统计，《西游记》里最喜欢谁，那没有疑问的，都选孙悟空，现在不然了，现在投票孙悟空肯定排不了第一，第一的肯定是猪八戒，猪八戒第一，第二也肯定选沙僧。孙悟空的形象在人们心中的地位怎么越来越低呢？人们的"望"不一样了。

还有"我"的"望"是什么？宏儿和水生有他们的"望"，这是叙事者希望的，他们应该有自己的什么"望"？一代人有一代人的"望"。这让我们想起《春江花月夜》，《春江花月夜》的一个版本是"人生代代无穷已，江月年年'望相似'"，另一个版本是"只相似"。"望相似"这个版本，让我们想起"月"和"望"的关系。人生一代一代地过去，多少人、多少代人，在这里看那个月亮，人为什么要看月亮？绝不是为了科学考察。我们现在的科学教育是很讨厌的，科学教育让我们一看月亮就想：啊，距离地球38万公里。这一切东西全部毁了。所以"望"与"月"的关系也许有一天也会被颠覆掉，就像故乡变成空洞的能指一样，也许多少年以后，人类将发射一个人造月亮，晚上发的光比月亮强五十倍，这就叫"亮如白昼"，跟白天一样。那时候"月亮"这个东西就毁了，人类生活肯定是更方便了，但是我们千万年那个"月亮"就没有了。

所以这个小说，我们看到最后发现，原来是个谜语，谜底就在这儿，就是"望"，原来鲁迅写一篇小说是打了一字——望。在我体会，很多优秀的文学作品，其实都是谜语，都带着谜底谜面。我今年寒假的时候，没事儿,和我的一些粉丝们在群里,进行谜语教育,讲了若干谜语课,然后让大家自行猜谜语,后来自己编了一本小书叫《打虎上山》。在谜语这个领域,有一个黑话,就是猜谜语叫"打虎""射虎",谜语跟虎一样。所以这个小说看到最后,你如果看透了才明白,他回去,告别故乡、永别故乡、抛弃故乡,其实是为了希望。但是如果只写到这儿呢,他只写了一半,可怕的是,他发现希望原来是虚妄。为了谋食,他把全家弄到北京来,但弄到北京来的时候,他心里就觉得这不太靠谱,好像知道自己在北京不能待到终老,不能待下去。后来果然,北京不容鲁迅,鲁迅退出了教育工作,退出了大学,逃到厦门,在厦门又待不住,逃到广州——革命的大本营——又待不住,逃到上海。逃到上海住在什么地方呢?一半是租界,一半是华界。他只能永远活在两面夹击的状态里,希望与绝望并存的状态里。鲁迅最后悟到,希望原来是虚妄的。这是鲁迅《故乡》打造的一个跟希望有关的意象。

这又让我们想到一首古诗《旅次朔方》,这首诗有的版本说作者是刘皂,有的说是贾岛,不管是谁,这首诗很好:

> 客舍并州已十霜,
> 归心日夜忆咸阳。
> 无端更渡桑干水,
> 却望并州是故乡。

作者在太原住十年了,要回忆家乡咸阳,那就回去吧,刚一渡过桑干河,回头看看住了十年的太原,觉得这里是故乡。对于漂泊在外的人,这是常态,所以这首诗引起我们的共鸣。将来如果你们在北京待时间长了,觉得北京也是故乡。我老觉得哈尔滨是我的故乡,可是我十八岁就上北大来上学了,我在北京的时间是两个在哈尔滨的时间,其实我是个北京人了,我如果到很多地方去,我会怀念北京,我觉得这儿挺好啊。对于一个现代化旅程中的人,经常有这种两头空的感觉,有两头空的故乡。

那么最后,我们深化一下鲁迅《故乡》这篇小说的意象的哲学意义。这个意象的迷人之处在于它包含着永恒。经过深层次解读之后,我们会发现,故乡原来不一定在我们的身后,不是现实中身后的那个东西,买一张高铁票就能回去的地方。亡故的东西,才是永恒的。希望还存在的时候不能永恒,希望破灭了之后,才能永恒。鲁迅说,走的人多了,也便变成了路——其实是走的人多了,就成了永恒。我们自己所创造的东西,看看有多少人走,我们自己走,别人也走。鲁迅开创的路有很多人在走。我开始说了,鲁迅希望我们忘掉他,可惜我们还要走他的路,还要研究他的思路,还要研究他的作品,在我们的研究中,鲁迅成了永恒。

好,《故乡》就讲到这里,下次我们讲鲁迅其他的小说,下课。【掌声】

2020年北大选修课"鲁迅小说研究"第四课

2020年10月20日

# 本来是通俗文学

## ——解读《阿Q正传》(上)

今天我们来讲一篇很不庄严的作品。我们之前讲完了《狂人日记》,《狂人日记》可能是最能代表鲁迅《呐喊》风格的。中国现代文学一开篇,是这样一篇作品,这样一篇严肃得不能再严肃的、字里行间都流淌着血泪的作品。我们有时看一个作家的作品觉得很好,自觉不自觉地就希望他沿着这个顺序写下去、沿着这个样子写下去,不加改变,或者变本加厉。我们不能够轻易地理解一个作家还有其他的侧面。其实你想一想,我们已经讲的这几篇作品,已经很不一样了。今天再看看《阿Q正传》。

如果你们不知道这是鲁迅写的,你们骤然遇到这样一部作品,也许有的人会怀疑:这是鲁迅写的吗?就像当年很多读者不相信《鹿鼎记》是金庸写的一样。他们认为金庸只能写《射雕英雄传》、写《天龙八部》,怎么会写出《鹿鼎记》这样不严肃的作品呢?其实世界上的事情本来就是这样:表面上看上去不严肃的东西,可能是最庄严的,你看上去不苟言笑、道貌岸然的家伙,其实是最下流的。为什么古今中外这么多哲人都要大讲辩证法,年年讲代代讲?就是因为人们很容易被表面的现象所迷惑。如果你看《阿Q正传》前面的部分,你怎么看都觉得它太不正经、太不严肃了。但因为我们现在学作品,语文课就这样培养我们,先告诉我们作家时代背景,把这个调子给定下来了——这是鲁迅写的一部重要作品,而且还是他的代表作,一定有很深刻的思想意义——所以你就不去注意你自己的第一反应了。

我小的时候看文学作品有一个得天独厚的好处,就是那时能看到的书不多,我到处去找书看,听说谁家里有一本书就到谁家里把它借来、想办法拿个什么东西把它换来。这些书经常是不完整的,有的时候没头没尾,有的时候第一页或好几页都被撕去了,不知道作家是谁,没有任何介绍,我从开头就看,从一个情节开始入手看。我觉得这种看书方法挺好,当时觉得很遗憾:人家看的有头有尾的,我看的没头没尾。现在回想起来这是一种偏得,因为我能够零距离地接触这本书,不知道它的时代背景,作家是谁,没有任何别人的旁白解说,就我一个人对着这个故事,我就进去了。多少年之后,我也不知道这个书是谁写的。

后来我上了北大,学了文学史,老师讲到某一个作家写了某一篇作品,怎么越讲我越熟悉呢?恍然大悟:啊,原来是孙犁写的那什么哪,原来是茅盾写的那什么啊。我才知道原来我小时候都看过。这时候我才觉得,人,赤裸裸地接近文学作品是多么好。你们还记得《天龙八部》里面虚竹的艳遇吗?虚竹在那场艳遇中——我觉得那场故事写得非常好,具有很深的象征意义——他们彼此不知道对方的身份,不知道是否门当户对,不问一问"你是大三的吗?""我是研一的",【众笑】不知道对方的知识构成、文化水平。

我觉得良好的阅读文学的状态就应该类似,就凭你生命的本能去接近这个作品。如果你在这种状态下,一读《阿Q正传》能直觉地感到这是一部了不起的作品,那说明你的文学水平是非常高的。什么叫一个人有文学鉴赏能力?判断他在文学方面造诣是不是很高,不是看他是不是拿到中文系硕士博士文凭、看他写过什么什么论文。这就像古董鉴赏家一样,我们说哪个古董鉴赏家水平高,不是看他写了什么论文,而是你给他一件东西,他短时间内,略一看一敲就知道这东西是哪朝哪代的、值多少钱。这才叫功夫。随便给你一百篇作品,你看来看去能选出最好的,这就是功夫。

据说当年李清照写完了那个"寻寻觅觅,冷冷清清,凄凄惨惨戚戚"之后,她的老公赵明诚很嫉妒,自己也照着样子写了若干首,据说写了十几首,和李清照的作品混在一起给他的朋友看,朋友说:你这些词写得还都不错,我最喜欢的一首就是"寻寻觅觅"。【众笑】赵明诚当然是很沮丧,但同时格外地钦佩李清照,觉得李清照确实了不起。你能从一堆作品中找出最好的来,你的感觉就是最好的。这个功夫可以说就叫作"于百万军中取上将首级",人必须得练出这种功夫来。

《阿Q正传》的产生背景也是很有意思的,因为我写过一段研究《阿Q正传》的文字,我就来介绍一下。1918年鲁迅写了《狂人日记》之后,他说"一发不可收"就写了一系列的小说,同时他又写杂文。鲁迅是什么都干的人,伟人嘛,从来就不规定自己应该干什么必须干什么,就是逮着什么干什么,这是伟人的一种表现状态。但它的反证不能成立,不能说逮着什么干什么的就是伟人。到处请他写文章、写杂文,到处请他上课、做讲座,反正他每天忙得不亦乐乎。你如果跟他生活在一个时代,你不会觉得这是一个伟人,你觉得他特别俗,每天干大大小小许多俗事,跟你在一块儿,你没觉得他多么伟大。长得又瘦又小,一个小老头,每天穿一双黑胶鞋,冬天不穿棉裤,这一个人怎么是伟人呢?

特别是，今天我们看他的作品印成一本一本都很精美的书，觉得好像很庄严，他的作品其实当时都发表在破破烂烂的报刊上。当时的印刷技术很差，有时新的期刊一拿过来就散页了，那报纸就像马粪纸一样，粗粗拉拉的。《阿Q正传》本来就发表在报纸上，而且是连载小说。我们想到连载小说就会想到通俗小说，就会想到市场文学、不严肃文学，这个划分不知道是怎么来的。我们回到文学的原生态中去。你不要在餐桌上看这是玉米这是大米饭，你回到田野里能分出各种植物来，这才是本事。大学者都不是在餐桌上来分辨东西的。你看袁隆平，这么大的名气，天天在地里面走，穿个靴子，他要保持对他那个研究对象的零距离接触。

就在1921年年底——1921年应该是五四新文化运动达到高峰的一年，从《狂人日记》开始经过两年多，到第三年达到高峰，此后可能就走下坡路——北京有一个著名报纸的副刊，叫《晨报副刊》，《晨报副刊》上有一个专栏叫"开心话"。这和今天的报纸很相似了，今天的报纸有那么多的副刊，副刊上有那么多的专栏，我们一看到"开心话"就知道这是一个很俗的专栏，写一些有意思的事，让读者一笑。我今天就接到这一类栏目的约稿：孔老师，我们开了一个什么什么栏目，我们很喜欢你，你怎么怎么样，希望你给我们写一个专栏。这大概就是"开心话"一类的。我前几年曾经比较反感，有些误解，觉得这编辑怎么这么低俗呢。后来这种情况多了，我就不反感了，原来人民群众需要这个，原来越来越多的人民群众的脑袋都被洗成这种东西了，他们都想要开心话。后来我又想到鲁迅不就写过这些东西吗，原来在"开心话"这个栏目里，依然可以写不开心的东西，那何必计较这个名目呢？所以，有的时候就答应他们，这叫作将计就计。【众笑】

就在1921年底北京这个"开心话"专栏每天都写这些开心的小玩

笑、写一些段子的时候，有一天出现了一篇有意思的文章，就叫《阿Q正传》，而且作者署名叫"巴人"。鲁迅并不是所有的作品都署名鲁迅的，鲁迅的笔名有一百多个，考订鲁迅的笔名也是鲁迅研究中一门具体的学问，到底哪个是鲁迅写的、哪个不是鲁迅写的，这都很有意思。《阿Q正传》的署名叫"巴人"，很多普通的读者就不知道这是周豫材先生写的，甚至他的一些朋友也不知道这是他写的。看这个名字，一般人就说，"啊，这是一个四川人写的吧"，现在应该说"是重庆人写的"。所以在《阿Q正传》发表的过程中，有很多的川渝人士感到惴惴不安，以为是自己认识的某个人在揭发自己的隐私，都在想：这是谁干的呢？我干的这点事他怎么都知道了呢？很有意思。

《阿Q正传》的作者，一开始写的这些文字非常合乎《开心话》的题旨，很合乎这个栏目的要求，开始就在文章的名目、立传的通例、传主的名字等问题上反复地纠缠考证，你看第一章开始就这么讲：

**我要给阿Q做正传，已经不止一两年了**。这第一句话就是幽默的，"正传"是一个非常庄严的东西，《阿Q正传》本身是有一种互相矛盾的效果的。"阿Q"是一个莫名其妙的土名字，而且这个土本身还是有矛盾的，"阿"是中国的土名字的叫法，Q又是一个外文的字母，而"正传"本身是一个非常庄严的词，正传是要给高级人物写的，你现在给一个海淀区的地痞无赖写正传，那么搞笑的效果就出来了，所以从一开始就显得很不正经。

可他这个不正经呢，敷敷衍衍写了一大篇，**但一面要做，一面又往回想……而终于归接到传阿Q，仿佛思想里有鬼似的**。他表面上的调侃，其实中间有一个东西，你怎么辨别出这个不正经的东西是了不起的呢？就是你应该感到它中间有一个坚忍不拔的东西。他在表面的不正经当中，实际上一有机会就要散布他正经的东西。这就是小卒与百万军中的大将的区别。

"仿佛思想里有鬼似的。"这个思想里的鬼是什么？是鲁迅多年所积淀的、他要写出一种民族的灵魂来的东西。反思民族性、反省民族性、刻画民族性，是鲁迅五四时期坚持要做的一件事，"要画出这样沉默的国民的魂灵来"[1]，这是鲁迅的原话。其实鲁迅认为的国民的灵魂，他已经用杂文直接写出来了，但是光写出来还不够，他还要画出来。因为直接写的东西可能太深刻，影响理解、影响传播，如果画出来，可能就行走得更远。孔子不是讲"言而无文，行之不远"吗？所以很多人可能不知道中国人的缺点是什么，国民性的劣根性在哪里，但是很多人都知道阿Q了，很多普通的人都知道阿Q，都觉得这家伙可笑，好像我不能成为这样的人。这个目的已经达到了。

下面他就在文章的名目上反复地纠缠，说文章的名目名不正言不顺，然后又分析为什么不写成"内传"，不写成"本传"——举了外国的例子——"大传""小传"，反正最后就是说为什么要写成"正传"，一定要把这个道理讲得特别扎实，就好像必须得写这个"正传"了。这里当然有和当时风靡一时的考证学调侃的意思。鲁迅本人是一个考证大师，但是什么东西一旦蔚然成风，就俗了。这两年流行一本书叫《恶俗》。什么是雅，什么是俗，不是固定的，是变动的。当一个事刚一时髦的时候，它是雅，很多人一蜂拥上来的时候，它立刻就变成俗了。

第一个穿喇叭裤的人，第一个戴蛤蟆镜的人，第一个染黄头发的人，可能都是雅的，但是当半数以上的人都这样做的时候，它就变成俗了。你再为这种行为去辩解，说它如何高尚，这就恶俗了。考证也是这

---

[1] 鲁迅：《俄文译文〈阿Q正传〉序》，转引自李希凡《〈呐喊〉〈彷徨〉的思想与艺术》，上海文艺出版社，1981年，第72页。

样，有很多人不认真，就有很多认真的人来考证，说《水浒传》是谁写的，《红楼梦》是谁写的，这是很严肃的。结果大家都考证来了，考证来考证去，足球也是中国人发明的，什么什么都是中国人发明的，这时候这个东西就恶俗了，所以鲁迅就调侃这个东西。你看他连为什么要给阿Q作"正传"都写得这么堂堂正正。

他一边写着调侃的话，其实一边就开始了对传主的介绍和描述。在讲"第二，立传的通例"的时候就开始讲阿Q的姓氏。有一回，他似乎是姓赵，但第二日便模糊了。然后讲赵太爷跟他的关系：阿Q正喝了两碗黄酒，便手舞足蹈的说，这于他也很光采，因为他和赵太爷原来是本家，细细的排起来他还比秀才长三辈呢。他比秀才长三辈的意思就是说赵太爷是孙子。其时几个旁听人倒也肃然的有些起敬了。那知道第二天，地保便叫阿Q到赵太爷家里去；太爷一见，满脸溅朱，朱色的朱，意思是说满脸绯红，满脸杀气。喝道：

"阿Q，你这浑小子！你说我是你的本家么？"

阿Q不开口。

赵太爷愈看愈生气了，抢进几步说："抢进"写得很形象，这样一个村里的富豪人家对村里的阿Q这样的一个人居然用"抢进"这样的动作。"你敢胡说！我怎么会有你这样的本家？你姓赵么？"我们看看赵太爷的逻辑，阿Q如果不姓赵，你应该拿出一个证据来，说他本来姓什么，比如说"你爸爸不是姓刘吗？你应该姓刘啊，怎么到我们家姓赵来了"或者找出什么证据来证明他不姓赵。但是赵太爷不是这么做的，赵太爷是说"我怎么会有你这样的本家"，关键在于"你这样的"。也就是说一个人该姓什么不是由你的血统决定的，而是由你的身份决定的：你这样不对，你这个样子就不配姓赵。这里姓不姓赵有个配不配的意思。"赵"不得了啊，百家姓的第一个，老赵家有人当过皇上啊，能随便姓吗？这姓赵是不能随便姓的。阿Q以前的历史我们不知道，反正他现在这个样子看来是不配姓赵了。起码在赵太爷生活的这个地方、这个村庄里，他已经不配姓赵了。他好像在调侃，其实非常严肃的故事、非常严肃的主题已经展开了。

我们今天虽然不会说一个人配不配姓什么，但配不配这个问题在其他领域依然存在。"你也配是北大学生吗"这样的话也有，就是说他是不是北大学生主要是看他配不配，不是用别的东西来做证据。我还记得好像前年吧，我开鲁迅的课，好像课前有两个同学因为占座位吵起来了。因为已经上课了，其中一个没有争过就愤然离去了，离去的时候说了一句"你也配听鲁迅"，【众笑】当时大家听了都笑了。这同学很生气，就是说我们在生气的时候好像还有一个配不配听鲁迅的问题。所以这个姓赵，关键有个配不配的问题。在这里已经透露出，赵太爷跟阿Q的思维其实是有一致性的，尽管地位不同。阿Q说自己姓赵也没拿出什么证据来，他为什么一定要姓赵？其实还是为了"配"自己的某种身份，觉得姓赵好像就好了似的。

然后阿Q因为这件事情，**谢了地保二百文酒钱，**"谢"字都用得非常好。怎么还谢他呢？其实是被迫的、被勒索的，被勒索叫作"谢"。比如今天你出门，你开车或者骑自行车，被警察训了一番，为了免于更大的惩罚，你可能要"谢"警察一百块钱。这就是这个"谢"字。

由于这个插曲，《阿Q正传》就不能准确地确定这个人的姓，**此后便再没有人提起他的氏族来，所以我终于不知道阿Q究竟什么姓**。阿Q被写成了一个失去了姓的人，这就很像《鹿鼎记》的结尾，一定要用一段文字来说明韦小宝不知道他父亲是什么人物。韦小宝是一个找不到自己父亲的人，他的父亲可能是中国的几个主要民族的某个人，汉蒙回藏都可能。韦小宝的母亲特别强调了，肯定不是洋鬼子，就是说如果有洋鬼子来，我们拿大扫把把他打出去，但是别的族都有可能。这样一个好像很不正经的调侃，寓意和阿Q没有姓是一样的：阿Q可能是任何一个中国人，他就是中国国民性的代表，他极力想把自己弄得地位高贵，但是无法证明；韦小宝也是一样的，他努力地往上爬，爬到鹿鼎公那样高的位置，再封就封王了，再往上走就篡位了，但他的根还在丽春院。他母亲说有一个回民经常来，韦小宝的鼻子很像回民，然后说他的眼睛像喇嘛，从这个调侃中可以看出，他就是中华民族的代表。

这就是先用一大篇文字写阿Q的姓，他没有姓，然后再考证他的名字。他的名字原来大概是阿Quei，但是鲁迅不知道该写成哪个Quei，是富贵的"贵"还是桂花的"桂"，鲁迅搞不清楚，所以把它的韵母都省去了，就单留下一个声母，把他的名字叫作阿Q，把这篇作品就叫作《阿Q正传》。好像每隔一段时间就有一些人跳出来写一些文章说我们都读错了，因该读阿Quei，说哪有叫阿Q的，生活中绝对没有一个人叫阿Q，浙江一带有很多人叫阿Quei，按照鲁迅原来的写法他应该叫阿Quei。这些考辨文章也都有道理，其实叫他阿Q还是阿Quei都无所谓，都不影响这篇作品的思想。

大多数人叫他阿Q的时候，我们也就叫他阿Q，万一哪一天大多数人都改了，都叫他阿Quei，我们再叫他阿Quei也可以。我一上大学，我们宿舍里就争论起来了，有的人说："啊？原来你们一直都读阿Q啊，我们那里一直都读阿球。"有的说："不对，我们那里都叫阿零。"还有一个省的同学说："我们那里最有意思，我们那里都叫阿皮蛋。"【众笑】我才长了知识，原来这东西确实很像皮蛋。我觉得这些调侃也都很有意思。总之他是一个值得调侃的不正经的人物。鲁迅用了上千字，竭尽其考证之能事。

鲁迅到了第四点，又说到他的籍贯。姓赵按理说应该是"陇西天水人",赵匡胤的后代,但他又不见得姓赵,籍贯便不能决定。他住在哪呢?未庄。这是一个虚构的名字,未庄,就相当于咱们的未名湖,实际上是说它没有名字。未名湖大概原来也没有名字。其实未名湖也好,未庄也好,都留下一个想象的空间,不肯用一个名字把它确定了,不叫赵家庄、李家庄。未庄,就可能是中国的任何一个村庄,它在暗示它的普遍性。

所以后来有一些学者努力去考证鲁迅写的到底是哪一个具体的人、哪个地方的具体的事,从出发点上可能就错了。他们甚至去考证鲁迅到底跟谁有仇,哪个村子里有一个人得罪了鲁迅,鲁迅就编成了这么一个故事。这种研究文学的方法从根本上就是荒谬的,很接近于去考证《红楼梦》里的谁谁谁是生活中的某个人,考证《红楼梦》里的哪个人物、哪个故事跟清朝的历史有什么关系,这种研究从一开始就是不及格的。但是恰恰是这些研究很能"妖言惑众"。因为大多数人并不懂得文学跟生活的关系。哪能那么研究文学呢?那就直接读历史算了吧。所以鲁迅指出:考据是不可迷信的。文学作品关键不是去写一个真事,而是活画出灵魂,提炼出来的抽象出来的灵魂,才是关键。

第一章鲁迅最后讲,别的都不确定,只有一个可以确定,就是阿Q的"阿"字非常正确,绝无附会。他说只希望有"**历史癖与考据癖**"的**胡适之先生的门人们,将来或者能够寻出许多新端绪来**,其实鲁迅早预料到了,后来不断有人去考证阿Q是谁。**但是我这《阿Q正传》到那时却又怕早经消灭了**。这都是反话。一代一代去考证的这些学者都被消灭了,不朽的只有《阿Q正传》,不朽的是阿Q,这个经不起考证的阿Q反而是永垂不朽的。这就是"尔曹身与名俱灭,不废'阿Q'万古流"。历史竟是这样写成的。

小说里写的阿Q的故事是从第二章开始展开的。第二章展开之后,读着读着你就发现这个故事不太开心了,开始严肃起来了。所以后来,小说就被弄到别的栏目上去了,就不被放在《开心话》里面了。当时编辑报纸的叫孙伏园,也是当时非常有名的现代作家,是鲁迅的一个朋友,鲁迅就是答应他的约请来写《阿Q正传》的。但是写着写着,孙伏园觉得刺越来越多,也不觉得开心了,所以从第二章开始就给移到"新文艺"栏目去了,觉得放在"开心话"里好像委屈了它。到了这里,鲁迅就越写越惊心动魄了。

第二章"优胜记略",延续第一章的风格,大词小用,比如说他的什么"行状"啊。一般来说,没有什么人关心俗人的行状,俗人那有什么行状好写呢?其实每个人都是平等的,每个人都有一个世界,都有一个曲折的故事。现在网络上每个人都可以自己开一个博客,很多人的博客没有人去看,只有少数几个人去看。但是你有时间的时候,浏览一下这些人的博客,你不去想他是不是名人、是不是重要的人物,你会发现,每个人真的是有一个丰富的世界。你进去之后,连续看两天三天,你就会觉得这个人很有意思,就会对他发生感情,会关心他,会挂念他,会想"今天他干什么去了"。你做一下这样的试验,很有意思,会打破很多妄想,会真切地感到"人和人是一样的吗"这个问题。

你看鲁迅写《阿Q正传》,就把他当作一个伟人来写。当你把他当成伟人的时候,他就有可能成为伟人。司马迁给很多的人物写了列传,那些人就因此而真的不朽了。假如没有人给他们写,他们就湮没了,他们就被认为是普通的市井无赖,但是司马迁把他们写成豪杰,他们就不朽了。阿Q也是,没这么个人,鲁迅编了这么一个人,他就流传下来了。所以有的时候我们可能要更多地记住那些普通人,记住自己的亲人,记住自己的同学,记住他们有意思的那些事情。

一切都是不固定的,**阿Q没有家,住在未庄的土谷祠里;**你看,他住在一个慈善机构里。庙里面是可以随便住的,是村里的慈善机构,他靠这样的地方来生活,**也没有固定的职业,只给人家做短工,割麦便割麦,舂米便舂米,撑船便撑船**。这是很经典的一段话。我有时看我的某些朋友比较勤快、比较助人为乐,我就说:"你看你这个人多好啊,'舂米便舂米,撑船便撑船'。"很多人不知道我用的是什么典故,就咧着个嘴傻笑:"呵呵,我是那样的,我是那样的。"

**只是有一回,有一个老头子颂扬说:"阿Q真能做!"这时阿Q赤着膊,懒洋洋的瘦伶仃的正在他面前,别人也摸不着这话是真心还是讥笑,然而阿Q很喜欢**。其实这话里面是有讥笑的,很可能是半真半假的,但毕竟是被别人评价,只要被别人评价了他就很高兴。我昨天看了一个电影,就是王志文和范伟演的,范伟是一个民工,有一天晚上做了一件好事,救了一个大学生,他非要报纸表扬他自己。王志文是编辑,证实不了这件事。其实他只是需要自己上一回报纸,就说明自己做了一件好事。人有时候很需要别人评价他一下,有的时候你不是真心地评价,对方也很高兴。你看这个老头子其实就不是真心的,他说"阿Q真能做",这句话也是我常说的,有时候我跟我的同学聚会,或者跟我的学生聚会,我就调侃他们,我说"某某,真能做",他们有的时候听出来了,就说我很坏,说我说他是阿Q。

阿Q是这么一个普通的人,但是他又很有自尊,他又看不起一切。我们看阿Q的性格慢慢地出来了。他自己是一个无业游民,处在社会的下层,可是这样的人,有自尊的一面,他看不起别人。看不起别人用什么来支撑自己呢?用空想。**他想:我的儿子会阔得多啦!** 他一个是说我的老子阔,我们家先前很阔,再一个就是说我儿子很阔。

阿Q的这个特点值得我们经常警惕,因为我们自己经常会这样想。为什么会经常这样想呢?因为它有合理的一面,你不能把它全部否定掉。

当一个人、一个群体、一个民族，处在发展低潮的时候，处在劣势状态的时候，这样想是难免的。当我们民族最困难的时候我们这样想：我们有光辉灿烂的古代文化，我们还有将来光辉灿烂的共产主义社会。这样想绝对是有合理性的，它在一定程度上可以激励我们战胜困难，但是关键是它要激励你去干活、激励你去奋斗。如果它不能激励你去干活、不能激励你去奋斗的话，那你就会变成阿Q。阿Q就想：我老子比你阔，我儿子比你阔。但他就是不想我现在干什么，甚至不想儿子怎么来，那儿子怎么会比别人阔呢？连儿子都没有啊。所以并不是这样想就错误，必须是想要和干结合起来。

还有，阿Q的城乡观很有意思。他进了几回城，又很鄙薄城里人。为什么呢？**三尺三寸宽的木板做成的凳子，未庄人叫"长凳"，他也叫"长凳"，城里人却叫"条凳"，他想：这是错的，可笑！**他认为城里人错了，长凳怎么叫条凳呢？没学问。**油煎大头鱼，未庄都加上半寸长的葱叶，城里却加上切细的葱丝，他想：这也是错的，可笑！**他站在未庄的立场上看不起城里人。

那他完全认同未庄吗？也不是。反过来他又看不起未庄人，认为未庄人没有见过那样的城里的煎鱼，没有听过他们把长凳叫条凳，觉得自己见多识广了。我们看阿Q因为进了一趟城，回来之后产生的思想变化：既看不起城里又看不起未庄。这很像现在的什么人啊？"海归"嘛。【众笑】你以为阿Q土吗？阿Q一点都不土，阿Q其实就是未庄的"海归派"。因为进过城、见过世面，所以回来一面看不起未庄，同时还表现自己看不起城里的一面，而且还能找出证据来，因为他们搞错了。阿Q是没文化，有文化就可以写一部比较文学史、比较文化论，比较一下未庄与城里文化的异同。

阿Q觉得自己有这么多的优点，可是他自己有一个生理上的缺点，就是长了癞疮疤,因此阿Q避讳这个"癞"字,后来跟"癞"有关的都避讳,"光""亮",到后来连"灯""烛"全都避讳。这又是中国文化的一个特点。中国文化要避讳名目,非常重视名目。鲁迅、胡适、周作人都指出,中国人是名教的奴隶。如果说中国人有什么教的话,有一种教,叫名教。中国人特别看重名目,把名字看得很神秘、很神圣。有些乡下就有这样的说法:后边有人叫你名字的时候,不可答应,你一答应,你的魂就被他摄走了。所以很多小孩比较聪明,很小记住了大人的话,听见有人在后头叫他的名字,决不回头也不作声,赶快往前走,叫得越急走得越快。【众笑】大人就说这孩子聪明,怎么叫都不答应。

中国人很崇尚名字,而且名字之间一定要避讳,这是中西文化的一大不同。你看外国人经常是孙子的名字跟爷爷的名字是一样的,爷爷叫约翰,孙子还叫约翰。你问他:"你为什么叫约翰啊?"他说:"我爱我的爷爷,我纪念他。"有的时候,爷爷叫约翰,他喜欢爷爷,还给自己的小狗也起名叫约翰,他说:"我爱我的爷爷,我爱这条狗,我要把他们联系起来,就叫一个名字。"这在中国是大逆不道,【众笑】在中国怎么能这样呢?一定要分开,一定要避讳。你看咱们有谁的名字和自己知道的长辈名字一致的吗?没有,一定要区别开。不但皇帝的名字,皇家的东西要避讳,就是自己家里的东西,清楚着呢。所以中国文化有它的特点。

这个避讳有它一定的道理,但是发展到阿Q这样的极端又变成没道理了,他变成不顾事实的避讳。其实避讳一开始是有实用目的的,它为了现实生活中不发生混淆,不发生混乱。可是到了阿Q这种地步,又有什么实际意义呢?没有实际意义。你头上长了癞疮疤,人家说"这屋里灯真亮啊",你就不高兴。你不高兴说明你认为说"这屋里灯真亮"就是在说你。当然这也说明了汉语的奥妙,汉语里面双关语太多,可以暗示人、调侃人的这一类文学太发达。

他越避讳，人家就越拿这个当回事；其实你不避讳倒没什么。我们看好朋友之间、好同学之间，不用避讳，比如说这个同学有什么毛病、有什么缺陷，其实不用避讳，没有人真正在乎，都知道不会有恶意。你越避讳，反而增加了隔阂。阿Q就是这样。有很多闲人就来调侃他，一看到他就说"哙，亮起来了。""原来有保险灯在这里！"他们就故意去欺负他。阿Q也没有办法，他只好说："你还不配……"意思就是说你们还不配长癞疮疤呢。这时候的阿Q就显得很可怜了。所以《阿Q正传》写着写着，你对他的态度会复杂起来，有时候觉得他可怜，有时候觉得他可笑，有时候又觉得可恨。为什么一部"阿Q"说不完，研究来研究去研究不清楚呢？因为你对他的态度是变化的，不能一言以蔽之的。

那么，闲人们继续撩拨他，发展得尖锐了，只好打起来。阿Q在形式上打败了，被人揪住黄辫子，在壁上碰了四五个响头。为什么他的辫子是黄的呢？因为营养不好，所以辫子不能乌黑发亮。所以头发黄了本来是营养不良的象征，没想到今天成了时髦。陶渊明《桃花源记》里写"黄发垂髫，并怡然自乐"，没想到今天到处都是桃花源了，【众笑】到街上一看，到处都是"黄发垂髫"。

阿Q被人打了之后怎么想的？"我总算被儿子打了，现在的世界真不象样……"人生失败是难免的，特别是在当今这个社会中。按照当今社会的游戏规则，我们当中大多数人都是失败者。你刚获得胜利，就把你这样胜利了的编成一组，这里面大多数人又是失败的。你不是在你们小学考第一吗？给你弄个重点中学你排第二十；你好不容易在你们中学排了第一名，给你弄到北大来，让你排第五十。反正总是要把大多数人弄成失败者。在这种情况之下，人必须有一点心理抵抗能力，去想一想自己的成绩、骄傲、光明，否则活不下去。

但是阿Q有这种想法，他不是去想自己真正的长处。比如你在某些方面失败了，你想一想自己真正的长处，这是一个正常的心理补偿机制。而阿Q想的是"被儿子打了"，那个人真是他的儿子吗？并不是。于是这样他就抹杀了胜负，把胜负给填平了。后来人们就知道他的这种精神胜利法了，揪住他之后就抢先对他说："阿Q，这不是儿子打老子，是人打畜生。自己说：人打畜生！"

阿Q两只手都捏住了自己的辫根，歪着头，说道：他又不肯照着人家的原话说"打畜生"，他说：

"打虫豸，好不好？我是虫豸——还不放么？"他比畜生又降了一格，更轻。

所以阿Q是两极，一极是自尊、自大，一极是自轻、自贱，他在两极中上下跳动，一会儿自大一会儿自贱，而不管是自大也好，自贱也好，都是没来由的、没根据的。不论说人家是他的儿子，或者说他自己是个小虫，都没有根据。然后好歹就是把这受苦受难的时间混过去。

有时你细想阿Q，他其实挺辛酸的，人实在没办法，怎么办呢？就是想各种办法把那种遭罪的时间混过去。混过去之后，**不到十秒钟，阿Q也心满意足的得胜的走了，**他不是悲惨地走了，他是得胜地走了。为什么得胜呢？**他觉得他是第一个能够自轻自贱的人，**你看别人都做不到我这境界，你看我这境界多高啊。人家说我是畜生，我还不止，我说我是虫豸。你想，**除了"自轻自贱"不算外，余下的就是"第一个"。状元不也是"第一个"么？"你算是什么东西"呢！？**

所以阿Q是不可战胜的，这样一个人就变成不可战胜的人了。他怎么着都是最好的，他打过你有打过你的理由，他打不过你有打不过你的理由，他自己处在一种飘飘然的状态中。问题是这种状态并不能真的使人幸福，假如真的能使你幸福也好，它和我们说的"安居乐业"可不一样，我们平常说的"安居乐业"是真有所"安"有所"乐"，阿Q是自己无所安无所乐的情况下，硬说自己活得幸福。我们必须区分这一真一假。

然后阿Q干什么呢？他就去赌博，赌博是他的精神生活。可是赌博又不是他的强项，他也偶然赌胜，又被人家抢走了。鲁迅写他赌胜这一回，就写出了穷人是保不住自己那点福气的。即使你偶然地发了财，由于你的能力、你所处的社会地位，你保不住这个财。我们看一看西方社会，每个月都有中大奖的人，每个月都有一个人一揭晓获得了一百万，其实就是穷人一下子发财了。但是你有没有追踪看一看，这些人后来都怎么样了？每个月都有发大财的人，这些人是不是都成了资本家，成了富豪，成了议员了？是这样的吗？

有些人就调查了，发现大多数这些中了彩票的人，一年两年之后又恢复了原来的贫困，印证了我刚才说的，穷人是保不住自己的福气的，他没有能力，不知道怎么用那个钱。那个钱不是自己挥霍掉了，就是不会理财赔掉了，或者被别人骗去了，或者买一些他自己认为有价值其实很没价值的东西，或者被别人忽悠着买点这个证券、那个证券，几个月就完了。所以这些人多数最后还是回到原来的状态去了。而那个中了彩票的人，如果原来是社会地位比较高的人，那个钱对他是有用的，因为他知道怎么用那个钱。

阿Q好不容易赢了一堆很白很亮的洋钱，转眼就没有了，他这回才有些感到失败的苦痛了。因为这个真的心痛，眼看着一堆洋钱，没了。这是真正的心痛。可是这回怎么办呢？这回没有人打你，你不能说"儿子打老子"了，也不能自轻自贱了。阿Q有办法，别人想不出的办法。**他擎起右手，用力的在自己脸上连打了两个嘴巴，热刺刺的有些痛；打完之后，便心平气和起来，似乎打的是自己，被打的是别一个自己，不久也就仿佛是自己打了别个一般，——虽然还有些热刺刺，——心满意足的得胜的躺下了。**

**他睡着了。**

我们看阿Q维持自己生存的办法是精神分裂，【众笑】他必须把自己分裂成两个人，最迫不得已的时候，人生最痛苦的时候，他把自己分裂成两个，一个来打另一个，一个来欺压另一个，这时候就假装自己是打人的那个人，被打的是另一个。其实这已经是人苦得不能再苦的时候了。但是鲁迅不写得那么惨，他似乎用调侃的办法写出来。我们在嘲笑之余去想，这样躺下去就真的心满意足了吗？他制造出——用弗洛伊德的理论来说——一个超压抑的本我，这个本我是极其痛苦的，极为压抑的东西。

这是讲阿Q这一个人，我们把他放大到一个民族。一个民族没有办法的时候，被压迫得很厉害的时候，也有一个办法，就是民族自我分裂，这个民族的一部分人去欺压另一部分人，就相当于阿Q擎起了右手去打他的脸，打得越痛越好。这部分人就觉得自己活得很好，觉得自己是世界一等公民了，觉得自己很幸福，但是他们的幸福是以很多很多人的加倍痛苦做基础的，那些人做基础，这些人就感觉幸福了。而整体上这个民族并不幸福，这个民族作为一个完整的生命，仍然是痛苦的，还不能像阿Q这样心满意足地躺下睡着，只能是一部分人心满意足躺下睡着了，另一部分人是睡不着的。这是阿Q的"优胜记略"。

第三章"续优胜记略"，优胜记略的续集。到了这里，我们看到鲁迅前面写的是插叙，是概括地说、举例地说他以前的历史。现在由于赵太爷又打了他，他谢过地保钱之后，用精神胜利法使自己高兴起来，而从此之后，大家对他仿佛尊敬起来，为什么呢？因为他毕竟跟赵太爷发生了关系。虽然还是奴隶，但是赵太爷骂过他、打过他，在别人的眼里他就变得有些异样，就变成一种圣物了，一般人就不敢惹他。所以**阿Q此后倒得意了许多年。**

下面讲**有一年的春天，他醉醺醺的在街上走，在墙根的日光下，看见王胡，一个人叫王胡，在那里赤着膊捉虱子，他忽然觉得身上也痒起来了**。我不知道在座的你们有没有捉虱子的经历。你们现在生活特别好，可能非常讲卫生，很多人都不知道虱子长得什么样。我小的时候是生过虱子的，也捉过虱子，我还到农村去住过。我到农村去住了两个月，身上爬满了虱子。所以我很知道捉虱子是怎么回事，我捉虱子很有经验，水平不次于阿Q。【众笑】所以我读了这段，特别想笑。

当年宋朝的时候，徽宗和钦宗不是被金人掳去了，被关在黑龙江那边吗？然后他们给自己的大臣写信，说自己生活很痛苦，说"朕最近身上长了一种无名小物，状似琵琶"，问此乃何物。他们不知道长的虱子是什么东西，说像小琵琶一样，想起宫中宫女弹的琵琶来了。

**这王胡，又癞又胡，别人都叫他王癞胡，阿Q却删去了一个癞字**，为了避讳，把人家"癞"字删掉了，就叫王胡。然后阿Q就坐下来跟他一块儿在那里捉虱子。其实农村人农闲的时候坐在阳光灿烂的墙脚下捉虱子，是一种很正常的文化娱乐活动，【众笑】挺有意思。待着没事，两个人在那比捉虱子。但阿Q这个人，争强好胜的心太大了，他捉个虱子也要跟人家王胡比。他越看越不平，因为他看不起的这个王胡捉的虱子很多，**自己反倒这样少，这是怎样的大失体统的事呵！他很想寻一两个大的，然而竟没有，好容易才捉到一个中的，恨恨的塞在厚嘴唇里，狠命一咬，劈的一声，又不及王胡响**。他咬死这虱子还没人家咬得响。我听说我们北方地区抓虱子一般不咬，但一些南方地区抓虱子是要咬的，大概是多少有点血吧。【众笑】所以**他癞疮疤块块通红了**，就骂这个王胡**"这毛虫！"** 挑衅。

**"癞皮狗，你骂谁？"** 你看他们两个人骂对方都是抓住对方的生理特点，王胡有胡子，他就骂他毛毛虫；他有癞，就骂他癞皮狗。可见，其

| 本来是通俗文学——解读《阿Q正传》（上） |

实王胡也是个阿Q，王胡是另外一个阿Q。所以他们两个人就打起来了，但是他打不过王胡，被王胡打了一顿。其实鲁迅也可以写王胡，他只是从众多的阿Q里挑一个最弱的来写，他打架也打不过别人，于是被王胡打败了。

**在阿Q的记忆上，这大约要算是生平第一件的屈辱，**为什么赵太爷打他，他不觉得屈辱，王胡打他他觉得屈辱呢？**因为王胡以络腮胡子的缺点，向来只被他奚落，从没有奚落他，更不必说动手了。**现在他看不起的人竟然把他打败了，他觉得时代变了，**皇帝已经停了考，不要秀才和举人了，因此赵家减了威风，因此他们也便小觑了他么？**

大家可以看看鲁迅的另一篇小说《风波》。中国这个国家里，任何一点政治变动，会影响到最边远的地区，皇家的一点变动会影响到老百姓每一天的生活。因为皇帝不重视秀才和举人了，而老赵家是有秀才和举人的，赵家的人不受重视了，所以连赵家人打过骂过的阿Q也不受重视了，王胡居然敢打他了。这也是未庄的政治风波。

这个时候，他又看见钱太爷的儿子，假洋鬼子。假洋鬼子这个名目是当时的通称，当时很多人把海归派叫假洋鬼子。鲁迅自己也是个海归派，鲁迅是从日本归来的嘛。但是从日本回来的被从英美回来的人嘲笑，认为他们是假海归，认为只有从英美回来的才是真海归。鲁迅从日本回来，因为在日本剪了辫子，所以在街上买了一条假辫子装在里边，回到家里就被别人指指点点，说"看，假辫子，辫子假的，假洋鬼子"。鲁迅自己也被人叫过假洋鬼子。所以我们不能笼统地说海归派就如何如何，假洋鬼子就如何如何，被叫做假洋鬼子的人中，有一些人是有真才实学的，海归派里有很多人有真才实学，凡是有真才实学的人的地方就有假冒的骗子，鲁迅在《阿Q正传》里写的假洋鬼子属于后者。他回到家里来之后，**腿也直了，辫子也不见了，**为什么腿直了呢？主要是因为他穿裤子了。以前中国人是穿长袍马褂，把两条腿挡住，所以你不知道他的腿是直是弯。后来穿了西装，两条腿就赤裸裸地走着，大家也就觉得他的腿直了。他穿的是一种很窄的裤子，以前是穿宽的裤子。**他的母亲大哭了十几场，他的老婆跳了三回井。**【众笑】写得很夸张啊，跳井至于三回，可见是假的。就好像有人说"我每个礼拜都戒烟"，肯定是假的，不然怎么每个礼拜都戒烟呢？

我们看阿Q虽然地位很低，却有自己的文化观念，他看不起这样的假洋鬼子，其中一个理由是他有假辫子。**辫子而至于假，就是没有了做人的资格；他的老婆不跳第四回井，也不是好女人。** 你不要以为他没有上过学就没有文化观念，他有文化观念。劳动者的文化观念，往往都直接来自统治者。虽然列宁说，任何一个社会里有两种文化，一种是统治者的文化，一种是被统治者的文化，但这两者不是截然对立、水火不相容的，也不是平等的、势均力敌的，而是统治者的文化就是占统治地位的文化，因为它有话语权、有教育权、有传播权，它处在绝对优势地位。所以大多数被统治者自觉不自觉地，其实是按照统治者的思维在思考的。正像现在大多数国家是按照美国的思维在思考一样，包括你反对美国，其实都是按照美国的思维在反对它，因为它的文化占优势。所以阿Q的思想其实是富人的思想。

然后他就骂假洋鬼子：

"秃儿，驴……"

**不料这秃儿却拿着一支黄漆的棍子——**就是阿Q所谓哭丧棒，我们今天知道这棍子是什么，应该叫文明棍。这是中西文化碰撞之后，中国人赶时髦的一种新的装饰。学习英国绅士、学习美国绅士，很多男人出门拿着个棍子拄着，不管年纪大还是年纪小，十七八岁也拄着个棍子走。有一阵儿据说大学里也流行，很多大学生拄个棍来上课，【众笑】很有意思。这叫文明棍,那时候很多东西都冠以"文明"二字,就像后来很多东西都冠以"革命"二字一样,但老百姓不知道这叫文明棍,老百姓一看,这不就是哭丧棒嘛。阿Q骂了这个假洋鬼子,假洋鬼子就用这个哭丧棒打在他的头上,**拍的一声**。

"我说他!"阿Q指着近旁的一个孩子,**分辩说**。他还想狡辩,说我不是说你,我说别人。

**拍!拍拍!**

**在阿Q的记忆上**,这大约要算是生平第二件的屈辱。幸而拍拍的响了之后,**于他倒似乎完结了一件事,反而觉得轻松些,而且"忘却"这一件祖传的宝贝也发生了效力**,所以阿Q一个是自大一个是自贱,还有一个宝贝叫"忘却"。人受了屈辱之后,如果能够忘却,这也可能是一件好事吧,总觉得心理平衡了嘛。但有的时候人偏偏苦于不能忘却。

一个人受的苦难,一个民族受过的屈辱,并不是说过了很长时间就可以忘却的,那个东西刻的痕迹太深了,不想一个实实在在的办法把它平复掉,想依靠忘却,恐怕是做不到的。有时候你以为忘却了,其实是藏在另一个硬盘里边,有时候不小心它就跑到界面上来了,那时候引起的灾害可能会更大。所以我们不要以为自己已经轻易地把某件事情忘却了,更不要希望对方忘记你曾经给人家的伤害。你曾经做过对不起别人的事,你以为随着时间的流淌对方就会忘记了,不要这样去想。该补偿的补偿,该道歉的道歉,绝不要希望对方会忘却。即使对方死了,有一天他孙子想起来,没准会发生更大的误会。你看一看《飞狐外传》,江湖上的恩怨仇杀。有的人总是提倡宽容,宽容的前提是要忘却,涉及一个很复杂的问题。

但是阿Q就真的能忘却吗?他只是表面上以为忘却了。如果真的忘却了,他应该平和地生活,不再去闹别的事情,但是我们看阿Q怎么样。

他挨了打之后，碰见一个人，**但对面走来了静修庵里的小尼姑。看**，他遇见一个比他更弱势的人。阿Q是社会最底层的人，但是还有比他活得更弱的人，就是女人。同样是劳动者，同样是社会底层的人，女人是更低的。鲁迅在杂文里说过，还有比女人更低的，就是孩子。人为什么可以安于自己的奴隶地位？就是永远能找到比自己低的人，再去欺负他。即使孩子，他也有办法，因为孩子长大之后还会有自己的孩子。所以奴隶永远世世代代怀着幻想，这奴隶社会就没有办法改变。只要你永远想着不是去对付强者，而是想着去对付弱者，那你那个屈辱的身份就没法改变。

阿Q现在看见尼姑了。平时他看见尼姑也要唾骂，**而况在屈辱之后呢？**我们看阿Q能忘却吗？没有忘却，但他要复仇，却找到了一个比自己更弱的人。

"我不知道我今天为什么这样晦气，原来就因为见了你！"他想。

他迎上去，大声的吐一口唾沫：

"咳，呸！"

小尼姑全不睬，低了头只是走。阿Q走近伊身旁，突然伸出手去摩着伊新剃的头皮，呆笑着，说：

"秃儿！快回去，和尚等着你……"我们看阿Q平时好像很正经，但是遇见小尼姑却公然地耍流氓，公然地骚扰人家侮辱人家，这是可以抓起来的，这要是现在，马上可以把他带走，尼姑如果有手机，可以马上报警。【众笑】

"你怎么动手动脚……"尼姑满脸通红的说，一面赶快走。惹不起他，要走。

酒店里的人大笑了。旁边的人看热闹，**阿Q看见自己的勋业，功劳、功勋，得了赏识，**便愈加兴高采烈起来：

"和尚动得,我动不得?"他扭住伊的面颊。

中国社会里,普遍对宗教界人士有偏见,认为和尚尼姑一定在一块儿乱搞。这不知道是哪里来的。你如果看古代的白话小说,它只要写的是庙里的事情,往往写的不是禁欲主义的事情,写的恰恰是禁欲主义的反面,庙经常被写成淫乱活动的场所。老百姓普遍有这种观念。

所以阿Q的行为被周围人看成英雄的举动。酒店里的人大笑了。**阿Q更得意,而且为满足那些赏鉴家起见,再用力的一拧,才放手。**

看到这里,我们对阿Q就不是可怜和同情了,而是觉得可恨,觉得阿Q欠揍,恨不得揍他一顿。为什么呢?因为你本来是受压迫的,你本来是吃过别人屈辱的人,但是你没有能力去反抗、去复仇,你却欺负一个更善良、更软弱的人,这叫什么呢?这叫"在狼面前你是羊,在羊面前你是狼",这样的人格叫变态人格,典型的变态人格。你看准了人家善良你才欺负人家,你算准了你自己不会吃亏你才动手。这就是鲁迅《狂人日记》里写的那几句话:狮子的凶残、兔子的怯懦、狐狸的狡猾。其实这是一种卑怯的人格。有时看他这样的举动,你就不同情他,你说,"阿Q活该,人家打你也活该,谁叫你这么卑怯,原来你是个这么坏的家伙"。

就因为跟小尼姑这么一战,**他早忘却了王胡,也忘却了假洋鬼子,似乎对于今天一切"晦气"都报了仇;而且奇怪,又仿佛全身比拍拍的响了之后更轻松,飘飘然的似乎要飞去了。**其实这是很悲惨的事情,鲁迅用轻松的笔调来写。

**"这断子绝孙的阿Q!"**远远地听得小尼姑的带哭的声音。鲁迅写东西永远是简单中透着复杂。小尼姑是最低下的,她无可再欺负别人了,被阿Q欺负了,她只有骂阿Q一声来作为报复。但是她骂阿Q骂的是什么呢?骂的是"断子绝孙的阿Q",这尼姑是信佛教的,但她骂人的话是用儒家伦理来骂的。因为你如果是真正的佛教徒的话，断子绝孙不断子绝孙对人并不重要，只有儒家思想才讲传宗接代的重要性。也就是说这个尼姑的思想也是一团糨糊，【众笑】也是混乱的，并不是她自己真正信仰什么东西，她一着急，她骂阿Q就骂断子绝孙，说明这尼姑认为传宗接代仍然是很重要的事情，我让你不能传宗接代，就是对你最大的报复、最大的伤害。鲁迅写一个阿Q，其实带动所有的人，他们都是有缺陷的，都是有性格缺陷、思想缺陷的，所以这样的民族不能进步，所有的人都是不觉悟的。

那么听了尼姑的骂，"哈哈哈！"阿Q十分得意的笑。他非常高兴。

"哈哈哈！"酒店里的人也九分得意的笑。

也就是说，这些人毫无孟子讲的羞恶之心。人要觉悟，必先有羞恶之心，你知道什么事情应该害臊，什么事情不能做，即使没有人惩罚你也不应该做，做了之后自己于心不安，这是自觉的起点，人因此可以觉悟，否则就不可能觉悟。包括小尼姑也不觉悟，小尼姑只不过是认命而已：我没有办法，被他欺负一下，然后我就骂他，我骂他断子绝孙。其实尼姑的思想还是阿Q的思想，我们完全可以把它分析出来，就是阿Q的精神胜利法——没有办法，受人欺负，于是就想：你打了我，虽然你打了我，但是你断子绝孙了。所以尼姑也胜利了，所有的人都胜利了。所以生活就不会改变，生活就日复一日地这样继续下去。

所以阿Q的优胜史是所有人的优胜史，整个未庄的人，整个中国的人，都活在虚幻的优胜中。而这正是鸦片战争之后整个中国的写照。从1840年鸦片战争，经过半个多世纪，一直到晚清，20世纪初年，很多中国人还活在这种虚幻的优胜中。明明是被人家打了，觉得自己是被儿子打了，无所谓；明明割地赔款，觉得人家就是贪小便宜，我们中国地大物博，给他点东西嘛，一个香港，一个小破渔村嘛，给他，还要哪？澳门，给他，都给他。大家觉得中国没受什么损害。不就要管我们的海关吗？我们正好还省点心呢，管吧。大家不觉得屈辱。少数先觉者觉得屈辱了，一起来反抗马上被弄下去，然后又重新恢复到优胜的状态中，总是觉得自己活得好。

自己活得好，有一个办法，忘却，很快把前面的事忘掉，然后内部分裂，内部一部分人活得好，来证明全体活得好。活得好的那部分人的幸福，是不能平均到活得不好的那部分人的头上的。

今天我们就讲完第三章，下次我们继续讲。

2006年北大选修课"鲁迅小说研究"

# 尼姑骂人断子绝孙

## ——解读《阿Q正传》(中)

我们在春天读鲁迅，要有一点克己复礼的功夫，要耐着点性子。说实在的，鲁迅的文字跟春天是有矛盾的。鲁迅很少写春光烂漫的好天气，写了也是讽刺的，比如在《藤野先生》里面，写在那个春光烂漫的樱花底下，那帮"清国"的留学生，一个个"盘着""油光可鉴"的"大辫子"，"还要将脖子扭几扭，实在标致极了"，这是鲁迅讽刺的笔法。鲁迅写自己的生活，叫作"惯于长夜过春时"，还记得这首诗吧。本来大家都觉得挺好，都出去踏青，他却是"惯于长夜过春时"，春天在他的印象中是漫漫长夜。所以鲁迅喜欢写秋天、写冬天，写这样的季节。

我们今天继续来讲《阿Q正传》，上次已经说了阿Q的"优胜记略"。在鲁迅的这种调侃的笔法中，隐含着鲁迅的一种担忧，这种担忧就是关于奴隶性的担忧。人是非常容易成为奴隶的，这是鲁迅终生都在思考的一个问题。他很早年的时候就发现，人容易被统治，人愿意统治别人，但是能够统治别人的人是少数，大多数人自觉不自觉地就愿意当奴隶，并不是强迫你当奴隶。有的一开始是强迫的,后来就成了习惯。人有时就是有这样一种习惯的奴隶性。

而鲁迅就对这个扭曲的东西特别警惕。鲁迅就举自己的例子。有一阵,北洋政府克扣教师的工资,北京的大学老师、中学老师就去索薪,有"索薪风潮",老师们斯文扫地,手挽着手到政府门口去要钱,是很丢人的一件事。后来连一部分官员也被欠薪。政府说政府没钱,不发给你们工资,你们算是捐献了,白劳动了。鲁迅既是老师又是官,两边的工资都拿不到。可是在闹风潮的过程中,政府偶尔就做一点让步,政府有时就忽然通知,说下星期发三成的工资,然后有一些条件,什么人能够来领,什么人不能够来领——不闹事的可以来领,闹事的不能领,然后还要在一个保证书上签名。那这个时候你去不去领?鲁迅就检讨自己,说听到这个消息之后,自己很快地就去领了,就飞也似的去领了,因为当时本能似的要花钱,马上就去领了。

领回来之后,鲁迅这个人又多疑,又老解剖自己,他从这个事就发现,人是很容易就变成奴隶的。而且是你心甘情愿地做奴隶。假如某一段时期兵荒马乱,到处都是强盗,乱杀人,把人不当人,人连牛马也不如——有句话叫"离乱人不如太平犬",你连太平犬都不如——这个时候出来一个大强盗,出来一个豪杰,他很有办法,把其他的小强盗都收拾了,然后他现在对广大的民众提高待遇,给予略略等同于牛马的待遇,并不把你当人,你跟他的牛马差不多,这个时候就怎么样了呢?这个时候万民欢腾,山呼万岁。这种时期在历史上就叫中华民族繁荣时期、欢乐祥和时期、强盛时期、天下太平时期。

鲁迅总结的——因为他是总结性的——难免有夸张,但是这夸张背后他说出一个本质来:其实人是非常满足于做奴隶的,因为还有更惨的境遇等着你。只要给略略等同于牛马的地位,大多数人就满足了。满足了之后还不停止,他还要去嘲笑那些不肯做奴隶的人。这是更可怕的。假如说有少部分人不满足,坚持不去领工资,说"凭什么我正常地劳动你只给我三成工资呢?你这个政府还是不对。我不领你的工资,我继续罢课,我继续索薪,我要求你发给我百分之百的工资",这个时候会发生什么情况?那些愿意做奴隶的人,会转过头来站在政府一面,去压迫、迫害这些坚持气节的人。这是更可怕的情况。

少数的不愿意屈服的人,往往不是消灭在统治者的手里,而是消灭在曾经跟自己一个阵营的人的手里。包括现在的世界局势,也是这样,世界上有少数不愿意向美帝国主义屈服的国家,对他们迫害嘲笑最严重的并不是美国,而是少数刚刚吃了几天饱饭的这些国家。这些国家自以为可以看不起人家,自己当了孙子还要强迫人家当孙子,人家不肯当就嘲笑人家,给人家泼了一盆又一盆的污水,其实自己对人家毫无所知,自己所知道的关于人家国家的信息,全部是来自强势媒体,全部是来自霸道的媒体。自己做了奴隶不自知,还要别人再做奴隶。

为什么说鲁迅的作品是不朽的?你看到他的作品,你不思考则已,一笑就过去了,"啊,说得真好玩",可以笑过去;但是当你一思考,你就笑不出来了,你会感到刺骨的痛,会看到阿Q既是你,又是你身边的同伴,是你许许多多的同胞。"优胜记略"讲的并不是几个小故事,阿Q欺负小尼姑。其实你想一想,我们自己又能比阿Q强到哪里去?我们自己不就是刚刚好了一点,刚被人家打了耳光,然后我们见到小尼姑也去欺负人家吗?我们给人家泼了多少污水?所以说看到这样的情况,我们应该低下自己的头,好好地想一想。

好,我们来看第四章,阿Q还有更可乐的事情。

第四章是讲恋爱的悲剧,阿Q也要谈恋爱。他讲阿Q是从人的大欲、七情六欲讲起。先讲了**有些胜利者,愿意敌手如虎,如鹰**,他不愿意敌手很弱，这样他就胜利得无聊。可是阿Q这样的人不是这样的，他永远得意。人家范仲淹说进亦忧，退亦忧，阿Q是进亦乐退亦乐，他永远是乐的，失败了也是乐的，战胜更弱者也是乐的。所以说**他飘飘然的似乎要飞去了！**

可是这次胜利似乎与别次的胜利不同，因为这一次是对一个异性的胜利。虽然说是精神胜利法，但是由精神关联到肉体，他肉体上有些异样了，他回到土谷祠没有好好地睡着觉，觉得自己的大拇指和第二指有点古怪，因为刚抹过小尼姑的头皮嘛，**仿佛比平常滑腻些。不知道是小尼姑的脸上有一点滑腻的东西粘在他指上，还是他的指头在小尼姑脸上磨得滑腻了？**……鲁迅调侃阿Q的本能被刺激起来。

还有小尼姑说的"断子绝孙的阿Q！"这句话，其实也是跟男女之事有关系的。阿Q从此就想，**不错，应该有一个女人，断子绝孙便没有人供一碗饭，……应该有一个女人。夫"不孝有三无后为大"，而"若敖之鬼馁而"，也是一件人生的大哀**，其实这明明是关于男女之事的一种本能，明明是要娶媳妇，他却找一个冠冕堂皇的借口，说"不孝有三无后为大"，好像娶媳妇不是为了自己，是为了家族延续香火。阿Q没有文化，但是他受传统正统的影响是深入骨髓的，所以说阿Q的思想**其实是样样合于圣经贤传的，只可惜后来有些"不能收其放心"**了。思绪飘荡开，浪漫主义了，收不回来了，然后他就想：

"女人，女人！……"他想。

"……和尚动得……女人，女人！……女人！"他又想。

因为他没有更多的词。阿Q写一篇作文那就是充满了"女人、女人"，他没有别的。【众笑】

我们不能知道这晚上阿Q在什么时候才打鼾。但大约他从此总觉得**指头有些滑腻，所以他从此总有些飘飘然；"女……"**他想。阿Q的这段话，我读大学、读研究生的时候，常跟同学拿来调侃的。

**即此一端，我们便可以知道女人是害人的东西。**这里鲁迅发挥他的杂文笔法。鲁迅小说的一个特点是他的小说里时常有杂文的成分，有议论。

**中国的男人，本来大半都可以做圣贤，可惜全被女人毁掉了。**这个话不代表叙事者的意见，"不代表本台立场"。我们读书一定要知道，哪些是作者真正的话，哪些是反话，哪些是半真半假的话。这里显然是鲁迅讽刺的话。**商是妲己闹亡的；周是褒姒弄坏的；秦……虽然史无明文，我们也假定他因为女人，大约未必十分错；而董卓可是的确给貂蝉害死了。**

我们看一看中国历史上所谓的四大美人，为什么她们几个叫"四大美人"？谁能证明她们几个是美人？她们留下照片了吗？留下三围数据了吗？【众笑】都没留下来啊，你怎么知道她们是四大美人呢？我们一分析就知道了，原来四大美人都是祸害了国家，凡是祸害一个国家的才有资格称为美人。【笑】跟今天评价标准不一样，美人都要祸害一个政治集团才行。

所以，**阿Q本来也是正人，我们虽然不知道他曾蒙什么明师指授过，但他对于"男女之大防"却历来非常严**；其实我们去想、去接触生活，你才发现越是生活在底层的民众其实越正经。我们觉得好像有文化的人才文明，其实不然。我们所说的有文化不过是有文凭，在什么学校上过学而已。你看看那些村里、庄里、屯里的民众，他们其实比我们更讲究。

文明意味着必须有所忌讳，他们比我们忌讳更多。特别是在一些人的基本的事情上，比如说生老病死、生儿育女。农村里死了一个人，大家轻易不说"死"这个字，都是说谁谁谁"老了"，谁谁谁的爷爷"走了""过去了"等，没有说"死"的。而恰恰在我们这些自以为有文化的人的嘴里，随便地就说出那些字来，说"哪个系的某某教授死了，昨天死了，挺可惜的"。其实这样说并不是不尊重他，只是没有养成一种习惯。我们随便就说谁死了，某个女同学怀孕了，经常这么乱说。农村人决不这样讲，"怀孕"这样的话哪里说得出口？要说"有喜了"。【众笑】到底谁更文明，谁更有文化，这是颇有一点相对论色彩的。所以阿Q这样的人，是有男女之大防的。文化到底是通过什么途径传播的？这是值得思考的。

他的学说很奇怪，但是又很普通：**凡尼姑，一定与和尚私通；一个女人在外面走，一定想引诱野男人；一男一女在那里讲话，一定要有勾当了**。这样的说法是把欲望和自己的嫉妒联系在一起的。他对这种事情是很痛恨，**往往怒目而视，或者大声说几句"诛心"话，或者在冷僻处，便从后面掷一块小石头**。他好像很仇恨这种事情，但这个仇恨的背后，其实是欲望。我把它叫作"急于灭欲"。他其实心里有这个欲望。怎么压抑这个愿望呢？他自己满足不了，就去嫉妒别人、破坏别人、仇恨别人，来解决自己欲望的问题。而事实上中国的普通民众从来不能用正常的态度去思考宗教问题，大多数人看见和尚尼姑，总认为他们之间有故事，许许多多的文学作品都把宗教场所描写成淫乱场所。原来我以为只有中国是这样，后来看外国也是这样，外国也经常描写修道院里纵欲的故事，原来这有一种人类的普遍的心理。

**谁知道他将到"而立"之年，竟被小尼姑害得飘飘然了。** 阿Q二十多岁一个小伙子，本来很正经的，与男女之大防是很严的，被小尼姑害了。阿Q回忆他五六年前，**曾在戏台下的人丛中拧过一个女人的大腿，但因为隔一层裤，所以此后并不飘飘然**，毕竟还有隔阂，这一次呢，小尼姑没有隔阂，所以**足见异端之可恶**。

"女……"阿Q想。

他对于以为"一定想引诱野男人"的女人，时常留心看，他把阿Q心理写得这么细致。然而伊并不对他笑。他对于和他讲话的女人，也时常留心听，然而伊又并不提起关于什么勾当的话来。哦，这也是女人可恶之一节：伊们全都要装"假正经"的。所以阿Q很郁闷。他有一种矛盾的心情：又希望人家正经，又希望人家不正经。其实这是在他生活的那个社会里，对女人进行了妖魔化的处理，他们不能够正常地看待女人。女人要么是圣贤一样的圣母，要么是淫妇，他们总是两极地看待。这是一般地讲讲阿Q的男女观，下面有他真正的恋爱故事了。

这一天，阿Q在赵太爷家里舂米，晚饭后就在那里吸烟，算是休息。这有一个女仆，叫吴妈。这吴妈，是赵太爷家里唯一的女仆，洗完了碗碟，也就在长凳上坐下了，而且和阿Q谈闲天：劳动人民之间互相聊聊天，"男女搭配，干活不累"嘛。【众笑】

吴妈说话也很有意思："太太两天没有吃饭哩，因为老爷要买一个小的……"你看她在聊正常的家常，说主人家里的事情，可是阿Q呢？阿Q想的是：

"女人……吴妈……这小孤孀……"阿Q想。

"我们的少奶奶是八月里要生孩子了……"他们在各想各的，一个在扯着别人的事，像现在的小保姆，在讲昨天看的电视剧；而阿Q这个工人呢？他在想对方。"我们的少奶奶是八月里要生孩子了……"这是吴妈说的。

"女人……"阿Q想。【众笑】阿Q很执着啊。

阿Q放下烟管，站了起来。

"我们的少奶奶……"吴妈还唠叨说。

没想到下面发生了突然的事件："我和你困觉，我和你困觉！"阿Q忽然抢上去，对伊跪下了。【众笑】这段可能没有人读了会不笑的，这太可笑了。因为他的语言和行动结合得是这么的生硬,你看他向一个女的跪下,很像一个欧洲中世纪的骑士做的对女性的动作,但是嘴里说的是最土的话。为什么可笑呢?就可笑在这种雅俗的结合上。所以这一章叫"恋爱的悲剧"。

但我们看阿Q对吴妈的这个举动是恋爱吗?按照我们今天的观念这不叫恋爱。恋爱是你对一个特定的异性发生的依恋、缱绻的感情,必须是特定的异性。那么阿Q想的并不是吴妈本身有什么值得爱的地方,吴妈只不过是一个女人的代表,他想的是"女人……女人……女……"也就是说他要在一个异性身上找到所有异性的共通点,这叫欲望。

欲望和爱情的区别在这里,他想的是只要是异性就可以,而真正的爱情有时反而会抑制欲望。有过比较深的恋爱经验的同学可以去回想一下,没有的同学你将来记着这件事,【众笑】肯定的,两个人特别爱的时候,会抑制欲望。你欲望特别强的时候,你不是特别想对方的个体特点,而是把她当成整个异性的代表,这时候就是欲望比较强烈。

阿Q此时就是这样,并不了解吴妈是怎么回事,他也不想这吴妈是喜欢看韩剧呢还是喜欢看日剧啊,他不考虑这些,他只是把她作为一个女人,一下子就跪下了,说出这么直截、这么直爽的话来。所以,**一刹时中很寂然**。一个晴天霹雳打了下来。

**"阿呀!"吴妈楞了一息,突然发抖,大叫着往外跑,且跑且嚷,似乎后来带哭了。**这对吴妈是个太大的打击了,一个是阿Q说的话她没有想到,一个是阿Q这个动作她也没有想到。那时候还没有电视剧,不知道阿Q是从哪里学来的,兴许是城里学来的。吴妈如果是今天一个现代的女性,肯定就会骂他"流氓",这分明是一个流氓。阿Q的做法虽然说很可笑,但其实他还不是流氓,是很真诚地表达欲望,他没有别的办法,没有人教给他,他也没看过好莱坞大片,不知道怎么一步一步进行。

阿Q对了墙壁跪着也发楞，他不知道发生了什么事情，变成了一种茫然的状态，这个事情居然没有成功。他就想去舂米。蓬的一声，头上着了很粗的一下，他急忙回转身去，那秀才便拿了一支大竹杠站在他面前。犯错误是要付出代价的。

"你反了，……你这……"

大竹杠又向他劈下来了。阿Q两手去抱头，拍的正打在指节上，这可很有些痛。他冲出厨房门，仿佛背上又着了一下似的。

"忘八蛋！"秀才在后面用了官话这样骂。显然这是犯了他们家规了。

阿Q奔入舂米场，一个人站着，还觉得指头痛，还记得"忘八蛋"，因为这话是未庄的乡下人从来不用，专是见过官府的阔人用的，所以格外怕，普通的下层民众，你如果用很粗的话骂，没有什么效力，他不怕。他怕的是一些平常听不着的，虽然是骂人的话，但是带有几分文雅的，拽两个词，他就害怕了。比如说现在，"王八蛋"这个词其实很俗了，你现在骂普通人"王八蛋"他也不会害怕。你如果说"人怎么可以无耻到这种地步"，【众笑】他就很害怕了。因为这个威力很大，背后好像有强大的力量一样。所以说选择骂人的话是一个学问。在阿Q这个时候，一个"忘八蛋"已经把他吓住了。这个时候，关于"女……"的思想却也没有了。而且打骂之后，似乎一件事已经结束了，他就照例去干活了。

你看阿Q很善于忘记，一转身就忘了。人为什么容易成为奴隶，就是因为容易忘记。人想保持奴隶地位，忘记痛苦是最好的一个途径。你不要老觉得自己地位是屈辱的，你要老觉得自己不错，比上不足比下有余，这样就能安做奴隶。

可是阿Q忽然听得外面很热闹，他生平本来最爱看热闹，便即寻声走出去了。渐渐寻到内院看见很多人，赵府一家连两日不吃饭的太太也在内，还有间壁的邹七嫂，真正本家的赵白眼，赵司晨。我们看他给这两个本家起名，一个叫赵白眼，一个叫赵司晨，白眼是狼、狗，司晨是鸡，就是说，他们都是鸡犬之辈。

**少奶奶正拖着吴妈走出下房来，一面说：**

**"你到外面来，……不要躲在自己房里想……"** 少奶奶给她做思想政治工作，怕她到主楼上去跳楼。

**"谁不知道你正经，……短见是万万寻不得的。"邹七嫂也从旁说。**

我们看在这场事件中，受到很大损害的不只是阿Q，吴妈也受了很大的损害。而这个损害到底是谁带给她的，是不是完全是阿Q带给她的？你看一旦出了这个事，吴妈就面临着是否要寻短见的问题。在晚清的社会里，有的女人胳膊被人家男人摸了一下，就会挥刀把胳膊砍下，说这个胳膊是被臭男人摸过的。这样的人会被县政府写进县志，加以表彰。阿Q是受那种文化教育的，吴妈也是。吴妈认为受了奇耻大辱，才有了寻短见的可能。所以大家都劝她说"谁不知道你正经"，意思就是说大家都知道你是模范女人，没事，我们都相信你。

**吴妈只是哭，夹些话，却不甚听得分明。**

**阿Q想："哼，有趣，这小孤孀不知道闹着什么玩意儿了？"** 阿Q还不知道这事跟自己有关系呢，他想打听，走近赵司晨的身边。这时他猛然间看见赵大爷向他奔来，而且手里捏着一支大竹杠。他看见这一支大竹杠，便猛然间悟到自己曾经被打，和这一场热闹似乎有点相关。阿Q是非常麻木的。忘记、麻木，都是他的特点。自己惹了祸自己还去看热闹。

然后他自己就跑回土谷祠，跑回土谷祠又觉得冷，因为衣服落在那里了，又不敢去取衣服。这时候地保进来了。地保说：

**"阿Q，你的妈妈的！你连赵家的用人都调戏起来，简直是造反。害得我晚上没有觉睡，你的妈妈的！……"** 地保把他教训一番，最后肯定是勒索了。因为在晚上，所以应该加倍送地保酒钱四百文，他正没有现钱，便用一顶毡帽做抵押，并且订定了五条件：

一　明天用红烛——要一斤重的——一对，香一封，到赵府上去赔罪。

二　赵府上请道士祓除缢鬼，费用由阿Q负担。他们使用当地的土法律、土法规来收拾阿Q。

三　阿Q从此不准踏进赵府的门槛。

四　吴妈此后倘有不测，惟阿Q是问。

五　阿Q不准再去索取工钱和布衫。地保把它都扣掉了，因为这样一场所谓的恋爱闹剧。

阿Q自然都答应了，可惜没有钱。幸而已经春天，棉被可以无用，便质了二千大钱，履行条约。然后剩下的钱，统统喝了酒了。他拿去的香烛赵家也并不点，说太太拜佛的时候可以用，留着了。那破布衫是大半做了少奶奶八月间生下来的孩子的衬尿布，那小半破烂的便都做了吴妈的鞋底。一点都不浪费，榨取到他每一丝布条，都榨取完了。

在这个故事中，表面上看来阿Q很可笑、很活该，其实在这背后，鲁迅写出阿Q的苦，只是阿Q自己不觉得、不觉悟而已，他自己麻木、忘记。但是我们站在一个正常人的角度看，这对阿Q是很大的耻辱、很大的痛苦。阿Q犯了什么罪了吗？犯了什么法吗？尽管阿Q的举动是那么的可笑，或者是讨厌，但是我们想他其实没犯什么法。他说的话很不像话，那顶多批评教育一番就拉倒，不至于被罚款，罚这么多的款，罚得人家连衣服都没有了。所以阿Q这种人连恋爱的权利也没有，连行男女之事的权利也没有，唯一的机会都给剥夺了。阿Q是活得很惨的。

我们过去几十年讲劳动人民的痛苦，总是讲肉体的痛苦，或者吃不饱饭之类的，或者被地主打什么的，其实你看像鲁迅这样的大作家，一般不这么写。他重点写的是人的精神痛苦，往往还要写他在情欲方面的痛苦。阿Q连释放情欲的条件都没有。老舍先生写《骆驼祥子》也是这样，他不是写骆驼祥子吃不饱饭，骆驼祥子有时候还能去吃点猪头肉，还能去喝点酒；他的痛苦不在那个方面，而在他连正常的人生的本能问题都解决不了。这是人生的一个大痛苦。这是写阿Q的一个恋爱的闹剧，写得太典型了，所以人们看过之后都难忘。不但阿Q成了不朽的经典人物，人们连吴妈都记住了，吴妈也是一个经典人物。我们接着往下看。

第五章讲阿Q的生计问题。因为他已经被剥夺光了，怎么办呢？虽然说春天了，但是没有衣服，这是一个物质上的匮乏。还有周围的人际关系都被破坏了，因为有了这样一次流氓事件，阿Q变成了一个人见人怕的不安分的恐怖分子了。**仿佛从这一天起，未庄的女人们忽然都怕了羞，伊们一见阿Q走来，便个个躲进门里去。甚而至于将近五十岁的邹七嫂，也跟着别人乱钻。【众笑】**这个话是非常有意思的，**而且将十一岁的女儿都叫进去了。**

也就是说不管是老的小的，只要是异性，都要躲避瘟神一样地躲避阿Q。为什么会到这么荒唐的地步呢？其实这里说的是，表面的禁欲之下掩盖的是色情狂的倾向。一个地方要来压抑情欲，就说明这个地方有严重的色情狂倾向。不然为什么会躲避呢？比如说有一个地方兵荒马乱，土匪来了，连六七十岁的老太太都要跑，这就是说那些土匪来了，你假如不跑的话，六七十岁的老太太也难于幸免，这是一个道理。这写出未庄的一个群像，可笑的群像。

**阿Q很以为奇，而且想："这些东西忽然都学起小姐模样来了。这娼妇们……"**阿Q仍然使用那种思想来想这些女人。

其后，阿Q的生活境况越来越困窘了。**其一，酒店不肯赊欠了；其二，管土谷祠的老头子说些废话，似乎叫他走；其三，他虽然记不清多**

少日,但确乎有许多日,没有一个人来叫他做短工。就像没有人来找孔乙己干活一样,阿Q的生计断了。别的都可以,**只是没有人来叫他做短工,却使阿Q肚子饿**。这时候精神胜利法不再管用了,问题指向肉体了,指向第一本能,威胁到生存了。他想干活,人家都拒绝他,都说:

"没有没有!你出去!"

这时候一打听才知道别人有事不找他,找一个叫小Don的人,简称小D,这也是一个穷小子,**又瘦又乏,在阿Q的眼睛里,位置是在王胡之下的**,在奴隶队伍中仍然有等级,奴隶们自己是分很多等级的。为什么奴隶便于统治?为什么奴隶们反抗时的第一任务首先是使奴隶们团结起来呢?就因为奴隶自己是互相倾轧的。为什么恩格斯要说"全世界无产者联合起来"?就因为全世界无产者不肯联合起来,而全世界的资产者早都联合起来了。奥秘就在这里。所以阿Q、小D、王胡这些人其实都差不多,但是他们自己却分了上中下。

**谁料这小子竟谋了他的饭碗去**。若干年前我看过一个报道,说在美国,一个读书的学生在一个饭馆里打工。有一天,他的手指头受了伤,不能打工了,然后这个饭馆的门口就来了很多的中国学生,并不是来看望他,而是来谋他的饭碗的,谋他离去之后那个空缺的。

阿Q没有想到小D居然能谋他的饭碗,他很气愤。几天之后,他遇见了小D。"仇人相见分外眼明",他跟小D反而是仇人。于是两个人就打了一仗。他说:"畜生!"阿Q怒目而视的说,嘴角上飞出唾沫来。

"我是虫豸,好么?……"小D说。

小D说话的口气分明是阿Q第二,他又是一个小阿Q。当他遇见一个比自己强大的人,他就自轻自贱,你骂我是畜生,我自己评价自己,比畜生还不如,我说我自己是那个小虫。所以小D的姿态,一开始非常低调的。可是,**这谦逊反使阿Q更加愤怒起来**,然后他扑上去,**伸手去拔**

小 D 的辫子。然后两个人就打架，互相拔住对方的辫子，四只手拔着两颗头，都弯了腰，在钱家粉墙上映出一个蓝色的虹形，彩虹一样的形状，至于半点钟之久了。这分明是一部漫画，鲁迅给制成一个动漫了。

"好了，好了！"看的人们说，大约是解劝的。

"好，好！"看的人们说，不知道是解劝，是颂扬，还是煽动。他俩的打架引来了很多的看客。

然而他们都不听。继续打，打了半天，**头发里便都冒烟，额上便都流汗**，然后两个人就一块儿放松。两个人互相威胁：

"记着罢，妈妈的……"阿 Q 回过头去说。

"妈妈的，记着罢……"小 D 也回过头来说。

鲁迅有意用这样的重复，在于强调阿 Q、小 D 是一种人，他们的打架是兄弟之争，用革命的理论来说是阶级兄弟之争。革命为什么不容易成功？革命死了很多人，好不容易，但是又容易被篡夺成果，容易再一次失败。革命为什么这么艰难？因为反革命太容易了，做坏人太容易了，办好事太难了，最大的难点在于内部矛盾。

这一场"龙虎斗"似乎并无胜败，也不知道看的人可满足，都没有发什么议论，而阿 Q 却仍然没有人来叫他做短工。

有一日很温和，微风拂拂的颇有些夏意了，阿 Q 却觉得寒冷起来，但这还可担当，第一倒是肚子饿。而且所有的衣服都没有了。他穷得叮当响之后，**他早想在路上拾得一注钱，但至今还没有见；他想在自己的破屋里忽然寻到一注钱，慌张的四顾，但屋内是空虚而且了然**。

阿 Q 并不是一下子要去做什么坏事的，他首先是生活所迫。世界上没有天生的盗贼、没有天生的坏人。有一部印度影片《流浪者》，是很有名的影片，它里面用一个很动人的故事，讲的就是这样一个道理。法官拉贡纳特固执地认为法官的儿子永远是法官，贼的儿子就永远是贼，穷人就注定了是坏人。这就是一种血统论，不承认人是由环境改变的。然后有个跟他作对的黑社会头子叫扎卡，就决心跟他置口气，扎卡就把拉贡纳特的儿子弄去，让他从小在黑社会里长大，结果法官的儿子成了贼。人由于生活所迫，什么事都可能干出来。

你会说：偷别人的东西就不行，这么简单的道理，你怎么尽讲歪理啊？当我们看到一个人讲的是那么浅显的歪理，我们应想一想，他不可能那么无知。当大家都在说太阳围着地球转，一个人忽然说地球围着太阳转，你应该想他不可能那么无知，我们看见的事情他应该看见了，他必然发现了其他的材料，才有这样的说法。阿Q是不是天生的坏人？故事写得很清楚，是一无所有了，他才想别的办法。什么办法呢？首先是走到尼姑庵那里偷萝卜，**拔起四个萝卜，拧下青叶，兜在大襟里。然而老尼姑已经出来了。**

老尼姑说："阿弥陀佛，阿Q，你怎么跳进园里来偷萝卜！……阿呀，罪过呵，阿唷，阿弥陀佛！……"

阿Q这个时候就耍无赖："我什么时候跳进你的园里来偷萝卜？"阿Q且看且走的说。

"现在……这不是？"老尼姑指着他的衣兜。

"这是你的？你能叫得他答应你么？你……"

这是小无赖经常用的伎俩：你说这是你的，你让它答应一声。而且好像江南一带的小无赖都有这一套。金庸写韦小宝，还有杨过小的时候，思维都是类似的，都是这一套小坏蛋的思维。

然后阿Q就跑了，还掉了一个萝卜，最后吃了仨。但是不能老靠吃萝卜啊，**待三个萝卜吃完时，他已经打定了进城的主意了。**

阿Q要进行一趟精神冒险之旅，他曾经进过城，现在准备进城了。进了城就开始了另外一种生活方式。所以第六章叫"从中兴到末路"。鲁迅始终都记得自己写的是正传,所以他用的词都是大词,"中兴",这都是些传记用的词。"中华民族中兴时期""某某人走向末路的时期",用在阿Q身上,这叫史家笔法。

鲁迅没有具体写阿Q进城之后干了什么,镜头一转,他又回来了。**在未庄再看见阿Q出现的时候,是刚过了这年的中秋。人们都惊异,说是阿Q回来了,于是又回上去想道,他先前那里去了呢?** 也就是说当一个人不在的时候,大家并不去想他,没有人关心不在场的人,这和《孔乙己》的道理是一样的,孔乙己不来那个酒店的时候没有人想他,孔乙己来的时候大家尽管快活,孔乙己不来的时候大家便也这么过,没有人关心说"他现在命运如何了"。阿Q也是这样,没有人想他;他回来了,大家注意他了。

虽然阿Q上城,但是只有赵太爷、钱太爷和秀才大爷上城才算一件事。大家不理阿Q。后来大家之所以理他,是因为**却与先前大不同,确乎很值得惊异。天色将黑,他睡眼蒙胧的在酒店门前出现了,他走近柜台,从腰间伸出手来**,这个情节我们很熟悉,这很像孔乙己。孔乙己是排出多少钱,"温两碗酒……这一回是现钱"。而阿Q这回回来,比孔乙己要阔绰得多。**满把是银的和铜的,在柜上一扔说**,我们记得《孔乙己》是怎么写的,孔乙己是"排出",很寒酸,毕竟是知识分子。阿Q人家是"一扔"。"**现钱!打酒来!**"**穿的是新夹袄,看去腰间还挂着一个大搭连,沉钿钿的将裤带坠成了很弯很弯的弧线。未庄老例,看见略有些醒目的人物,是与其慢也宁敬的**,阿Q现在变成醒目的人物了,所以人们尊敬他。其实与其说人们尊敬他,还不如说是尊敬钱。**现在虽然明知道是阿Q,但因为和破夹袄的阿Q有些两样了,古人云,"士别三日便当刮目相待",所以堂倌,掌柜,酒客,路人,便自然显出一种疑而且敬的形态来。**这个态度很有意思,这正是孔子讲的对待鬼神的态度。鬼神的事到底有没有呢？孔子说敬而远之，不去细究。

"豁，阿Q，你回来了！"

"回来了。"

"发财发财，你是——在……"

"上城去了！"

这一件新闻，第二天便传遍了全未庄。新闻马上就在BBS上发表了，【众笑】说阿Q从城里回来了。人人都知道了阿Q的中兴史，阿Q中兴了。所以在酒店里，茶馆里，庙檐下，便渐渐的探听出来了。酒店，茶馆，其实是乡下的媒体，经过媒体一打听就打听出来了。这结果，是阿Q得了新敬畏。

据阿Q说，他是在举人老爷家里帮忙。……但据阿Q又说，他却不高兴再帮忙了，因为这举人老爷实在太"妈妈的"了。这一节，听的人都叹息而且快意，因为阿Q本不配在举人老爷家里帮忙，而不帮忙是可惜。鲁迅就是以这种调侃的方式，非常细腻地来探究我们国民的隐秘心理。对于比自己混得好的人，这些国民是一种什么态度？又羡慕，又希望他倒霉。听见阿Q在富人家里做事，就很羡慕；一听见他又不干了，又很高兴。

据阿Q说，他的回来，似乎也由于不满意城里人，他又把那一套理论说了一遍。他们将长凳称为条凳，而且煎鱼用葱丝，加以最近观察所得的缺点，还有新的收获，是女人的走路也扭得不很好。然而也偶有大可佩服的地方，即如未庄的乡下人不过打三十二张的竹牌，只有假洋鬼子能够叉"麻酱"，城里却连小乌龟子都叉得精熟的。因为他有些新的收获，所以听的人都赧然了。听阿Q讲城里新闻的人都很佩服他，因为毕竟是"海归派"讲"海外"奇闻嘛，所以大家都很佩服。

阿Q还有更劲爆的新闻："你们可看见过杀头么？"这是未庄人没看

过的。**阿Q说，"咳，好看。杀革命党。唉，好看好看，……"** 阿Q看过杀头，这是可以向乡亲们炫耀的，但是他并不知道杀的是什么人，革命党是干什么的他也不知道，他只知道杀革命党"好看好看"。在阿Q随便的一句话里，我们就感到了鲁迅对革命党的那种复杂的态度。革命党被杀是革命烈士，可是革命党为什么被杀呢？还不都是为了阿Q这些人吗？那个时候革命党大多是知识分子，富贵人家子弟，正是因为救阿Q这样的人，他们才死了的。可是阿Q他们根本就不知道，还说好看好看，这是中国难以变革的原因。

然后这么一说呢，别人都害怕了，凛然。他一看王胡也在那里，就**忽然扬起右手，照着伸长脖子听得出神的王胡的后项窝上直劈下去道："嚓！"**

**王胡惊得一跳，同时电光石火似的赶快缩了头，而听的人又都悚然而且欣然了。从此王胡瘟头瘟脑的许多日，并且再不敢走近阿Q的身边；别的人也一样。** 其实人一旦拥有了某种话语权，整个的生活状态就不一样了。阿Q因为掌握了独家新闻，所以生活就变样了。

**阿Q这时在未庄人眼睛里的地位，虽不敢说超过赵太爷，但谓之差不多，大约也就没有什么语病的了。** 这句话大概是调侃胡适的。

**然而不多久，这阿Q的大名忽又传遍了未庄的闺中。** 因为阿Q带回来一些东西，一些旧的衣物，卖给这些妇女。这很像20世纪80年代我们说的"倒爷"，最早有从香港弄回一些电子表的倒爷，那时的倒爷在人们心中是很受尊敬的。有的人就去找："还有没有电子表啊？""还有没有蛤蟆镜啊？""还有没有港版的牛仔裤啊？"阿Q的地位就相当于那拨人，所以这些人都盼着阿Q去，阿Q是最早的走私犯。

于是从浅闺传进深闺，不但一般人家来买，连赵府上的人也来买，他们应该猜到阿Q这些东西都不是正路来的，可是这些人贪小利，不管阿Q这些东西是怎么来的，一定要赚这个便宜。可是阿Q这些东西总是有限的，最后卖光了，赵家想买的几个东西，阿Q说没有，他说"**现在，只剩了一张门幕了。**"大概是门帘子之类的东西，然后赵太爷还让他把它拿来。可见村里的这些人，包括赵府，表面上是书香门第、诗书传家的这样一个家庭，其实一旦面临真正的经济利益，他们也能做出窝赃、销赃这样的事情来。

你让他们来发言，他们会说阿Q是贼，会说阿Q不道德等等，但是他们自己不过是更巧妙的贼而已。由于不满足，赵太爷就说**做这路生意的大概是**"老鹰不吃窝下食"，自己夜里警醒点就行。这个消息传出去，阿Q卖给邹七嫂的裙子，邹七嫂第二天就去染了颜色，把蓝的染成黑色的了，为了避嫌，而且将阿Q可疑之点传扬出去了，这于阿Q很不利。

地保上门把他的门幕拿走了，其次，是村人对于阿Q的敬畏忽而变相了，虽然还不敢来放肆，但是却开始远避他，**只有一班闲人们却还要寻根究底的去探阿Q的底细**。其实阿Q还不是一个主要的贼，**他不过是一个小脚色，不但不能上墙，并且不能进洞**，只站在洞外接东西。有一天他们去作案，里面忽然发生什么事情，有人大嚷起来，**他便赶紧跑，连夜爬出城**，逃回未庄来了，**从此不敢再去做**。所以阿Q只是一个小贼而已。这样一个漏网的小贼，就在未庄足以掀起风波来。

这一段对阿Q态度的变来变去，写出整个未庄民众的奴隶性来。阿Q假如真的在城里混好了，做了买卖，成了一个小商人回去，他们还要尊敬到不知什么地步呢。所以阿Q好不容易中兴，忽然又没落了，又到了末路。我们想对于阿Q这样的人，到底怎么样才能翻身？到底怎么样才能获得真正的好的生活？阿Q可笑、可怜、可恨，但是他到底怎么样才能好呢？想来想去想不出辙的时候，就只有彻底变更秩序，变更游戏规则，用一个词概括就叫"革命"。当所有的可能性都想尽了之后，问题还没有解决，那只好重玩。就像打牌一样，怎么玩大家都觉得有问题，这规矩不好，那只好改变规矩。所以下面一章就叫"革命"，这又是一个更辉煌的词。

**宣统三年九月十四日**——鲁迅喜欢大书年月日，其实这一天就是公元1911年11月4日，是辛亥革命之后绍兴府光复的那一天。但是鲁迅在破折号里却说，**即阿Q将搭连卖给赵白眼的这一天**——你看鲁迅是把一个宏大的日子和具体小民的生活细节联系起来，说这一天有一只乌篷船来了，**乡下人睡得熟**，但是经过调查，知道是举人老爷的船来了！

**那船便将大不安载给了未庄**，人们知道城里发生了大事情，举人老爷居然到乡下来，存他的东西，把他的箱子塞在太太的床底下。城里闹了革命党。有的说革命党，**便在这一夜进了城**，个个白盔白甲：**穿着崇正皇帝的素**。在鲁迅看来辛亥革命不成功就在于它离民众太远。它的目的是解救民众，而民众根本不知道革命党是干什么的，民众认为革命党还是反清复明的天地会，他们认为革命党是穿着白盔白甲的，是为崇祯皇帝申冤的。在一般人看来，这些人都是韦小宝的手下，是天地会的，哪里知道什么叫革命。

阿Q倒是知道革命党的，今年还亲眼见过杀掉革命党。但他却**以为革命党便是造反，造反便是与他为难**，所以一向是"深恶而痛绝之"的。阿Q作为一个被压迫者、被统治者，他的思想和统治者是一样的：革命党是坏人。但是革命党却**使百里闻名的举人老爷有这样怕**，所以阿Q有些神往、有些快意。革命怎样才能获得群众？你使群众不喜欢的人害怕、使骑在群众头上的人害怕了，群众才感到革命对他有点好处。阿Q感到快意了，所以阿Q的思想也发生变化了：

"革命也好罢，"阿Q想，"革这伙妈妈的命，太可恶！太可恨！……便是我，也要投降革命党了。"阿Q觉得自己身份很高，"连我这样的人都要投降革命党了"。

阿Q近来用度窘，最近生活不太好，经济情况很糟。他想到这个，喝了酒，飘飘然起来，就喊：

"造反了！造反了！"

未庄的人都看他。

"好，……我要什么就是什么，我欢喜谁就是谁。"然后就唱《龙虎斗》里面的唱词。

赵府上的两位男人和两个真本家，也正站在大门口论革命。鲁迅用了一个大词，叫"论革命"。然后听见阿Q唱歌，赵太爷就叫：

"老Q，"赵太爷怯怯的迎着低声的叫。

阿Q不知道自己的名字前会加一个"老"，所以他不知道是叫自己。

"老Q。"阿Q不理他。

"阿Q！"秀才只得直呼其名了。

阿Q这才站住，问道，"什么？"

"老Q，……现在……"赵太爷却又没有话，"现在……发财么？"

"发财？自然。要什么就是什么……"你看，革命其实还没有到达，只有革命的风声传来，革命的八字还没有一撇呢，阿Q这样的人，已经引起了人们的恐惧。那些应该是革命对象的人开始恐惧了，他们开始恐惧阿Q。

"阿……Q哥，象我们这样穷朋友是不要紧的……"赵白眼惴惴的说，似乎想探革命党的口风。

"穷朋友？你总比我有钱。"阿Q说着自去了。

大家都怃然，没有话。于是阿Q的地位重新获得改变。

这一节又很像鲁迅写的《风波》那篇小说。革命中心地带的一点点风吹草动，到达边缘的时候都会产生很大的蝴蝶效应。其实阿Q跟革命根本就不沾边，但是它足以改变他的处境。

阿Q回到土谷祠之后，老头子对他很和气，请他喝茶；他又要了两个饼，又要了一支蜡烛点上，**独自躺在自己的小屋里**。他说不出的新鲜而且高兴，**烛火象元夜似的闪闪的跳**，他的思想也迸跳起来了：下面是阿Q的意识流想法：

"造反？有趣，……"下面这段话是非常经典的："**来了一阵白盔白甲的革命党，**"你看阿Q想的革命党是什么样的——白盔白甲，"**都拿着板刀，钢鞭，炸弹，洋炮，三尖两刃刀，钩镰枪，**"这些革命党拿着古今中外的各种奇怪武器，【众笑】有炸弹，还有三尖两刃刀，像演戏一样，"**走过土谷祠，叫道，'阿Q！同去同去！'于是一同去。……**""阿Q！同去，同去"这个话是非常经典的。这是阿Q在想闹革命的场面，下面这段话就是讲阿Q革命是什么场面：

"**这时未庄的一伙鸟男女才好笑哩，跪下叫道，'阿Q，饶命！'**"你看，叫"阿Q，饶命"，生死问题出来了，革命看来要杀人。"谁听他！"别人求饶，阿Q的想法是，不饶命。阿Q有委屈、有苦、有冤要申、有仇要报："谁听他！"

我们想革命总是要死人的，要报仇、杀人，那么阿Q应该先杀谁呢？按照我们对革命的理解，首先应该先杀阶级敌人，应该先杀赵太爷嘛，但是阿Q下面的话很有意思："**第一个该死的是小D和赵太爷，**"赵太爷和小D是放在一块儿的，而且小D还排在前边。

我为什么中学的时候读了鲁迅的书就觉得鲁迅是真的了不起呢？因为他打破了小学时候我所接触的革命理论。我小时候接受的革命理论是农民起义胜利了应该把地主老财、恶霸抓出来枪毙了，这是革命。但是我看鲁迅的这个写法，发现阿Q要先杀的是小D，一开始觉得这么不合情理，但是跟生活中的经验一对比，又觉得是事实，是这样的，这才是真实情况。生活中那么多的阿Q，一旦革命成功，他要杀的就是小D。而我们革命之后，有很多政策上的错误也好、执行上的错误也好，都跟这个有关。也就是说革命的过程中充满了血腥、错误，这是革命后来被颠覆的内因，革命本身存在重大错误，而革命为什么会有错误，是现在很多学者，不论左派右派都在严肃思考的问题。

阿Q首先要杀小D和赵太爷。"还有秀才，还有假洋鬼子，……"他想到谁就是谁，"留几条么？王胡本来还可留，但也不要了。……"我们看，只要跟他有过睚眦之仇的，不管谁，一律杀掉。所以读到这里停下来思考，你就会觉得挺麻烦的。我们之前读第一段的时候会想，阿Q很可怜啊，要阿Q幸福，要改变他的命运，别的办法都不行，只能革命，我们第一个想法是革命是合理的，革命有合理性。可是读到这里发现，很糟糕，一旦革命之后是这样一种情况，阿Q革命之后要把小D这些人都杀掉。其实我们想，就算是秀才、赵太爷，难道都该死吗？如果公平合理地来报仇的话，恐怕赵太爷也未必就有死罪啊，包括假洋鬼子，难道就有死罪吗？这是阿Q革命的第一个目的：杀人。下面一段，阿Q革命的第二个目的：

"**东西，……直走进去打开箱子来：元宝，洋钱，洋纱衫，……秀才娘子的一张宁式床先搬到土谷祠，**"这阿Q真愚昧啊，你直接住到人家家里不就完了吗？【众笑】非要把床搬到他那个破土谷祠里去，这是很土的想法，反正是要抢东西。"此外便摆了钱家的桌椅，——或者也就用赵家的罢。自己是不动手的了，叫小D来搬，要搬得快，搬得不快打嘴巴。……"他思想完全是乱的，刚才小D不是被杀了吗？【众笑】现在又让小D干活，脑子是乱的。

我们看阿Q革命的两个目的，第一个是杀人，第二个是抢东西、分东西。很多人革命恐怕就是这个目的。当然阿Q还有第三个目的，是这样的：

"赵司晨的妹子真丑。邹七嫂的女儿过几年再说。"前面说了，那个女孩才十几岁，过几年再说。"假洋鬼子的老婆会和没有辫子的男人睡觉，吓，不是好东西！秀才的老婆是眼胞上有疤的。……吴妈长久不见了，不知道在那里，——可惜脚太大。"阿Q把他所有的偶像都数了一遍，把村里值得注意的女同志都想了一遍，每个还都有缺点，他还都看不上。但是不管怎么有缺点，不管怎么找错，都说明这是他的欲望。

我们看阿Q革命的三大目的：杀人、分财、要女人。我为什么觉得鲁迅了不起？这是1921年的时候啊，伟大的中国共产党刚刚成立，还非常弱小，那时候革命可以说具有百分之百的合理性。我写过一本书叫《1921谁主沉浮》，专门写1921年的文学史，我讲了，1921年，中国是一个绝对需要革命的年代。可是就在这样一个年代里，革命具有百分之百合理性的时候，鲁迅已经想到革命的不良后果。鲁迅伟大在哪里？一方面他义无反顾地支持革命、同情革命，说革命是对的，不革命阿Q是没有出路的，但问题是他又想到了另一面，革命之后是这样。

我有一篇文章叫《阿Q的革命》，也是我在那本书里面写的一节，就探讨阿Q革命的问题。这是中国一百年来的一个巨大矛盾：革命是有合理性的，但是革命又有这么严重的问题。就是因为革命的主体是有问题的，由谁来革命、革命人的素质是有问题的。所以在和创造社的那些人，在和那些革命文学家进行辩论的时候，鲁迅强调，必须首先是革命人自己要先革了命，用今天的话来说，就是他强调的是革命主体的问题。

革命的一切都跟它的主体有关系。正因为阿Q这样的人，有这样的素质，他是这样的性情，所以他一旦革命之后，就会出现这种情况。而这时候革命还没有成功啊，共产党刚刚成立，鲁迅就预料到了。我们看以后的革命发展。到20世纪30年代、40年代、50年代的时候，革命固然取得了很大成就，有很多正面的东西，但是像阿Q这样的革命者，不也是一大片一大片的吗？

**阿Q没有想得十分停当，已经发了鼾声**，他睡着了，睡着之后呢，他当然想革命，这是一个梦想啊。可是革命党没有来叫他，他怎么办？他自己去革命了。到哪里革命？他到尼姑庵去革命。阿Q可恶就可恶在这里，革命党没有找他，他就自发革命，可他就找那个最好欺负的人，到尼姑庵去革命了。然后老尼姑问他：

"你又来什么事？"伊大吃一惊的说。

"革命了……你知道？……"阿Q说得很含胡。

"革命革命，革过一革的，……你们要革得我们怎么样呢？"老尼姑两眼通红的说。革命从理论上来说本来具有正义性，可是对这样的老尼姑来说，这革命分明是个倒霉的事情。她说"革过一革"了。

"什么？……"阿Q诧异了。

"你不知道，他们已经来革过了！"好像土匪来了一样。

"谁？……"阿Q更其诧异了。

"那秀才和洋鬼子！"

**阿Q很出意外，不由的一错愕；老尼姑见他失了锐气，便飞速的关了门，阿Q再推时，牢不可开，可是，再打时，没有回答了。**阿Q本来想欺负一下尼姑庵，可是尼姑庵已经被别的革命党"捷足先登"了。

就在上午，赵秀才消息灵，知道革命成功了，于是他们就来革命。假洋鬼子等人也是把尼姑庵作为革命的对象，他们想起**庵里有一块"皇帝万岁万万岁"的龙牌，是应该赶紧革掉的，于是就革掉了。因为老尼姑来阻挡，说了三句话，他们便将伊当作满政府，在头上很给了不少的棍子和栗凿。**我们看，阿Q欺负小尼姑，这些人欺负小尼姑，其实心里是一样的，专门在人家尼姑头上做文章。然后，**尼姑待他们走后，**一检点,龙牌固然已经碎在地上了,而且又不见了观音娘娘座前的一个宣德炉。他们把文物给抢走了,知道那东西还值几个钱。这些人好像是很有身份、很有地位的,想得跟阿Q一样,也是要抢东西,抢走一个宣德炉。

这事阿Q后来才知道。他颇悔自己睡着,但也深怪他们不来招呼他。他又退一步想道:

"难道他们还没有知道我已经投降了革命党么?"

他以为自己心里表示投降革命党就是革命党了,他不知道加入革命党是要履行手续的,是要走很复杂的程序的。

1949年中华人民共和国成立之后,香港有一个年轻小伙子叫查良镛,他向往革命,拥护新中国,他想参加革命,就兴冲冲地从香港北上,来到中华人民共和国外交部,要求参加革命工作。我们的乔冠华同志说:"小伙子,你的想法很好,但是你不是党员啊。这样吧,我建议你先到中国人民大学学习几年,表现好了你就可以入党,然后你就可以到外交部工作了。"小伙子查良镛一听这事很麻烦,说:"那算了吧,我还是回去吧。"幸好他回去了,然后就成了最著名的武侠小说家,叫金庸。【众笑】原来当革命党还是挺麻烦的,不是你想当就能当的。正因为不容易当,所以革命又避免了很多不该发生的祸事。阿Q的革命只讲了一半,大家回去之后有心思、有心情,可以好好地思考一下,阿Q到底应该怎么办?

2006年北大选修课"鲁迅小说研究"

# 为什么孙子画得圆

## ——解读《阿Q正传》(下)

上课之前我给大家推荐两本跟武侠有关的书，一本是最近（2006年）新世界出版社出版的《江湖外史》，作者叫王怜花。王怜花是我的好朋友，当年我俩住在一个宿舍，这是他的笔名，提起他的真名也是大名鼎鼎的，那是真正的北大醉侠。这本书有个副标题叫"既生金庸 又生古龙"，其实他比我研究武侠有心得体会得多了，我读武侠小说都是受他们这些人的影响。他论武侠没有我们学院的酸腐之气，完全是用自己的生命去面对原作。有很多人喜欢他的文笔，他就是写《古今兵器谱》的那位王怜花。为什么叫王怜花呢？因为他的女儿叫花花，【众笑】所以他叫王怜花。

还有一本在我看来也是武侠书，写的是当代最有名的侠客——雷锋。这本书大家可能都知道了，很多媒体都推荐过，《雷锋1940—1962》，生活·读书·新知三联书店出版的。关于雷锋的书特别多，好像大家都了解雷锋。我自己也觉得这本书确实很不错，这里面有大量的图片、雷锋一些日常生活的记载，读过之后会让大家对雷锋的形象有比较新的认识。这是老生常谈，推荐两本书。

趁着今天风和日丽，我们把《阿Q正传》讲完。最后也要"大团圆"，好不容易沙尘暴过去了，今天把它"大团圆"了。

我们上一次读到了《阿Q正传》的第七章，要革命。今天我们看第八章，就是"不准革命"。上一次我们已经分析了，阿Q之所以要革命，不是受了革命的宣传，他不懂革命理论，也没有人来组织他，但是他为什么要革命呢？革命对于阿Q来讲是一种生存的本能。

人为什么要革命？对于像彭湃那样的革命家，革命可能是一种理论的促使。他自己家是一个很有钱的人家，他一把火把自己家田契烧了，然后去领导人家革命。

但是读了阿Q的故事，我们知道，对于阿Q这样的人来讲，革命是本能，不革命阿Q没有办法活。即使比阿Q生活得稍微好一点的人，在那样的环境下，不革命怎么办？所有的路都已经堵死了，不革命他什么问题也解决不了，他既不能有一口饭吃，也不能传宗接代。革命并不是外在于我们的生活的，革命就是生活的必需。革命不一定要杀人，革命可以一点一点地，今天吃面条，明天不能吃面条了，明天吃饺子，这本来也是革命。但是如果所有这些小小的革命你都给扼杀掉，不许的话，那就要杀人。

所以《阿Q正传》讲得非常分明，对于阿Q这样的人来讲，革命是必需的。他可能不知道革命这个词，反正他认为这个秩序必须改变。只有改变秩序，历史才能延续下去。一部中华文明史为什么延续这么多年？就是因为这个民族其实是最善于革命的，尽管这个概念似乎是从西方来的，但是为什么能从汉字中找出这样一个词来翻译revolution？为什么从汉字中能找到"革命"这两个字？你们去想一想。

可是阿Q这样的发自本能的革命欲望，其实是一种很卑微的愿望，却不能实现。阿Q的这个愿望都不能说是卑微，应该是可鄙的——我们上次分析了，他革命之后都要干什么，要干那些事情。由于自己要活，由于心里积压了太多的仇恨，所以他革命之后要做非常过分的事。可是这样的愿望他不能实现。

我们看第八章，"不准革命"。革命风潮到来之后，听说**革命党虽然进了城，倒还没有什么大异样**。没有什么大异样，这个平淡的叙述里面有不平淡的心情。按理说革命了，应该很多事情都变了，可是，**知县大老爷还是原官，不过改称了什么**，变来变去，当官的人还是那个人。革命之后，名目变了，名称变了，但是统治者和被统治者的关系没有变。

**这些名目，未庄人都说不明白——官，带兵的也还是先前的老把总。只有一件可怕的事是另有几个不好的革命党夹在里面捣乱**，革命党也开始分好的和不好的了，开始加名目了。**第二天便动手剪辫子**，剪辫子这个事可能是辛亥革命中唯一引起震荡的事情，就是中国人的头发变来变去。

应该说今天我们还是活在一个比较幸福的时代，起码头发比较自由了。过去头发不能随便改变的。清入关为了剃头留辫子，死了多少人；清朝被推翻，为了剪这个辫子，又死了多少人。每一个时代，毛发是非常重要的事情。

小说中动手剪辫子后面说了一句：**听说那邻村的航船七斤便着了道儿，弄得不象人样子了**。这里出现一个人名叫七斤。大家如果读过鲁迅别的小说，会想起这是《风波》里的人物。在鲁迅的《风波》里出现过这个人，叫航船七斤，可是他在《阿Q正传》里又提到这个人。在自己的一篇小说里，提到自己另一篇小说中的一个人，有什么作用呢？它增强了真实感，好像世界上真有这样一个人一样。通过这种在不同的作品里把人物、事件串联在一起的方法，使这些作品连成一个整体，这种创作方法叫作连环格。

就好像金庸在《飞狐外传》里提到陈家洛一样。《飞狐外传》本来写胡斐的，写到他路上遇到一个人，马上对了一掌，那个人叫陈家洛，其实陈家洛是《书剑恩仇录》里面的主人公。这种连环格的方法用在武侠小说里面是20世纪30年代的事。那时有一个叫姚民哀的，他把自己的小说串成一体，这个小说里有那个小说的人物，在这里是一号人物，那里可能变成五号，这样就显得好像真有这么一回事，有这么一个大的江湖世界一样。

但是我们看，其实在更早的时候，鲁迅就这样用了，鲁迅在1921年写《阿Q正传》就这样用了。鲁迅自己未必是自觉的，没有自觉的理论意识，他完全是靠一个艺术家的敏感，觉得这样做有好处。所以你觉得鲁迅描写的不存在的未庄世界、鲁镇世界是真实的，其实这些都是虚构的，但是好像有一样。这是我们顺便讲一个艺术描写方法。

因为要剪辫子，所以未庄人就不敢进城了。虽然不敢进城，革命一样波及他们，所以这里写的跟《风波》的主题是一样的。那么怎么样呢？**几天之后，将辫子盘在顶上的逐渐增加起来了，开始把辫子盘上。早经说过，最先自然是茂才公，就是那个秀才，其次便是赵司晨和赵白眼，后来是阿Q。**阿Q也跟着他们盘着辫子。**倘在夏天，大家将辫子盘在头顶上或者打一个结，本不算什么稀奇事，但现在是暮秋，所以这"秋行夏令"的情形，在盘辫家不能不说是万分的英断**，鲁迅不说盘辫者，叫盘辫家，像革命家一样的，给他放大了，这是些英明决断的人物。所以从这些细节来看，他说，**未庄也不能说无关于改革了。**

赵司晨一走，人家就说："豁，革命党来了！"

阿Q学赵司晨，**他在街上走，人也看他，然而不说什么话，阿Q当**

初很不快,后来便很不平。

而阿Q总觉得自己太失意:既然革了命,不应该只是这样的。他觉得自己盘上辫子就算是革命家了。况且有一回看见小D,愈使他气破肚皮了。

小D也将辫子盘在头顶上了,而且也居然用一支竹筷。阿Q万料不到他也敢这样做,自己也决不准他这样做!小D是什么东西呢?阿Q的革命思想越来越偏激了,自己这样做算是革命,却不许别人来革命。其实革命还没有开始呢,就开始打击、排斥想象中的异己。我们大家都知道的史实是,革命还没有成功的时候,革命内部就开始打击、排斥异己来。在阿Q这里,革命还没开始呢,自己算不算革命者还不一定呢,他已经开始盘算着打击异己了。革命的艰难主要不是来自革命的对象,革命的艰难主要来自革命本身。这里阿Q就要跟小D作对。

这几日里,进城去的只有一个假洋鬼子。他们和举人老爷都攀上了关系,假洋鬼子上城了。特别是上城回来的时候,他向秀才讨还了四块洋钱,秀才便有一块银桃子挂在大襟上了;弄了一个标志回来。未庄人都惊服,说这是柿油党的顶子,老百姓不懂什么叫自由党,他们认为叫柿油党。一个理论,不能接近民众,不能让民众明白,民众就会想各种办法自己去解释,一直解释到他自己能够理解为止。老百姓不知道什么是自由,他认为是"柿油"。

未庄人说这个顶子抵得一个翰林;赵太爷因此也骤然大阔,远过于他儿子初隽秀才的时候,所以目空一切,见了阿Q,也就很有些不放在眼里了。连阿Q也不放在眼里了,所以阿Q重新感到了不平,感到冷落。一听得这银桃子的传说,他立即悟出自己之所以冷落的原因了:光盘辫子是不行的,最重要的是要跟革命党去结识,你必须跟革命党攀上关系。

本来阿Q的革命是出自本能,革命的根儿在阿Q这里,他本来就是革命的主体,谁需要革命?千千万万被压迫的人,需要革命,他们才是革命的主人。可是革命一旦有风吹草动的时候,马上有强有力的人来包办、代替革命。这是革命的又一个大问题。所有事情都有包办代替,革命也有包办代替,因为老百姓自己没有革命的能力。

阿Q现在明白了,自己光有革命觉悟是不行的,把辫子盘起来,没用,得去结识革命党。我这样讲并不是说它对或是不对,而是讲它是革命过程中必然发生的一种无奈。而他生平所知道的革命党只有两个,城里的一个早已"嚓"的杀掉了,现在只剩了一个假洋鬼子。他就去找假洋鬼子去。

只见假洋鬼子正站在院子的中央,一身乌黑的大约是洋衣,身上也挂着一块银桃子,手里是阿Q曾经领教过的棍子,这是阿Q眼中的革命者形象。已经留到一尺多长的辫子都拆开了披在肩背上,蓬头散发的象一个刘海仙。对面挺直的站着赵白眼和三个闲人,正在必恭必敬的听说话。我们看阿Q眼中的革命者是这个形象,不男不女、不洋不中的。

阿Q就走过去,不知道叫什么好,叫他假洋鬼子也不行的,叫革命党也不妥。但是假洋鬼子却没有看见他,正在那里演讲:

"我是性急的,所以我们见面,我总是说:洪哥!我们动手罢!他却总说道No!——这是洋话,你们不懂的。"【众笑】这几句话特别传神,活画出假洋鬼子的灵魂,其实他自己什么也没干过,只会吹牛,只会捡革命洋落儿的假革命党,用鲁迅的话叫"伪士",用我们今天的话说叫"假海归",动不动就说我兄弟在英国的时候怎么怎么样。

那么这个洪哥是谁呢?是黎元洪。其实黎元洪还并不是真正的辛亥革命的领导者。我们不敢说他是窃据了胜利果实,反正他是巧妙地就得到了,或者说他福气比较大。辛亥革命爆发的时候他吓得钻在床底下,是士兵把他从床底下拽出来,硬推他为领袖的,说"非你领导我们不可,我们自己领导不了我们自己"。那些士兵其实也是一个个阿Q，士兵们是有革命要求的，但是自己领导不了自己，必须找人给自己来包办。革命到处充满了悖谬，充满了二律背反。

假洋鬼子在这里吹牛，阿Q就小心地跟他搭话。洋先生才看见他。

"什么？"

"我……"

"出去！"

"我要投……"阿Q想说我要投降革命党。

"滚出去！"洋先生扬起哭丧棒来了。

赵白眼和闲人们便都吆喝道："先生叫你滚出去，你还不听么！"

阿Q将手向头上一遮，跑出去了。于是心里便涌起了忧愁：洋先生不准他革命，他再没有别的路；这里阿Q不叫他假洋鬼子了，直接叫他洋先生，强调他的西洋背景、外国背景。

革命本来是中国人自己的事，是土生土长的事，却偏偏有一些自以为喝了洋墨水的人，要包办中国的事情。不但包办阿Q这样的小人物，在大人物之间，也是长期经过了"土"和"洋"的斗争。

**从此决不能望有白盔白甲的人来叫他，他所有的抱负，志向，希望，前程，全被一笔勾销了。至于闲人们传扬开去，给小D王胡等辈笑话，倒是还在其次的事。**他这里越是调侃阿Q，就越显得阿Q可怜，这样一点希望都没有了。最不需要革命的人把革命全部包办了，其实假洋鬼子是不需要革命的人，他把革命全包办了，让要革命的人"滚出去"。所以阿Q觉得无聊、无意味，只好去喝酒，喝了酒之后就能够忘却，重新高兴起来。

**有一天，他照例的混到夜深，……才踱回土谷祠去。**

**他忽然听得异样的声音，像爆竹一样。**阿Q本来是爱看热闹，爱管闲事的，就寻过去。听见脚步声，猛然间一个人从对面逃来了。阿Q一看见，便赶紧翻身跟着逃，跟着那人转弯。后来看到那个人是小D。

"什么？"阿Q不平起来了。

"赵……赵家遭抢了！"小D气喘吁吁的说。原来发生案件了。

阿Q的心怦怦的跳了。看来革命是要带来混乱的，终于带来混乱了，有钱人家被抢了。小D说了便走；阿Q却逃而又停的两三回。但他究竟是做过"这路生意"的人，格外胆大，……仔细的听，似乎有些嚷嚷，又仔细的看，似乎许多白盔白甲的人，把箱子、器具都抬出了，他想去上前看，没有动。这里强调阿Q并没有参与搬这些东西。

这一夜没有月，未庄在黑暗里很寂静，寂静到象羲皇时候一般太平。像上古一样太平，这是讽刺。然后阿Q看到自己发烦，感到无聊，就回到土谷祠去了，关好大门，摸进自己的屋子里。他躺了好一会，这才定了神，而且发出关于自己的思想来：假洋鬼子不许他革命，现在好像有人有革命行动了，可是没有叫阿Q，白盔白甲的人明明到了，并不来打招呼，搬了许多好东西，又没有自己的份，——这全是假洋鬼子可恶，这是阿Q总结的，不准我造反，否则，这次何至于没有我的份呢？阿Q越想越气，终于禁不住满心痛恨起来，毒毒的点一点头："不准我造反，只准你造反？妈妈的假洋鬼子，——好，你造反！思想开始变了，造反是杀头的罪名呵，我总要告一状，看你抓进县里去杀头，——满门抄斩，——嚓！嚓！"他想得特别过瘾，想到杀头的那个情形。

我们看这件事一发生，阿Q由一个要求革命的、愚昧的农民，忽然变成一个反革命的、愚昧的农民。一个要革命的人，具有革命本能的人的革命欲望被浇灭了、被扼杀了之后，怎么办？他还要再生存，有一线希望他就要生存，那么，他就可能会变成反革命。

其实大多数革命者，大多大户共产党员闹革命的时候，他们都没有好好读《阿Q正传》,《阿Q正传》是最好的革命教科书,把革命的重要问题讲得这样的深刻、这样的清楚。谁是革命的主人?革命有哪些问题,有哪些危险?为什么有那么多的反革命?如果你说有些人胆小不敢革命,那么反革命同样危险啊。去告人家状,让人家杀头,这也是危险的事情啊。

从阿Q身上我们就可以看出反革命是怎么样产生出来的。因为革命外在于革命的主体,最后革命的主体就会异化。我们说一下绕弯子的话,革命的主体是怎么异化成革命的对立面?非常荒谬,因为革命被那些不需要革命的人窃据着,真正需要革命的人只好反革命。就像竹林七贤魏晋名士一样,魏晋名士本来是忠孝双全的好人,可是"忠"与"孝",好的名目都被别人窃据了,他们只好不忠不孝。

一样的,本来最需要革命的人,最聪敏、最了不起的人是最需要自由的,但是"自由"这么好的词已经被别人窃据了,他们都号称自由主义分子、自由主义思想家,真正需要自由的人只好放弃"自由",说"我是坏人,我是另外的、不自由的人"。所以到此,阿Q的革命希望彻底破灭了;如果有可能的话,他就要当一个最坏的人了。

在这里还可以想到老舍先生写的《骆驼祥子》,阿Q梦想而没有实现的事情,骆驼祥子做到了,骆驼祥子出卖了一个革命者,这个革命者叫阮明。据说阮明拿了革命党的经费来收买祥子,让他参加一些革命活动,祥子最后看有悬赏捉拿革命党,就把他出卖了,卖了六十块大洋。祥子本来也是需要革命的人,但是革命一旦对他没有什么好处,外在于他,革命对他来说是看热闹的事情的时候,那他对这革命党就不心疼了,他就把革命党卖掉。当然小说里写的不是一个好的革命党,但即使是好的革命党,我想祥子一样会出卖他。只要你的革命不能解决老百姓的真正的问题,不能让人们真正的幸福——你想想,"革"就是改,革命不是杀人家的头，革命是改变命运——不能改变穷苦人家的命运，那他就要反革命。好，我们看看阿Q的结局吧。

第九章为什么叫"大团圆"呢？因为鲁迅的《阿Q正传》越写越精彩，反响越来越强烈。很多人一开始看头两章的时候，以为这是通俗小说，没注意看。到"优胜记略"的时候，议论就热烈起来了，很多人都猜："这个巴人是谁啊？谁这么损啊？"还有的人说："这写的阿Q到底是谁呢？"很多人都怀疑写的是自己，这个非常有意思。为什么说阿Q有代表性呢？因为很多人都觉得这是仇人在报复他，在害他。在《阿Q正传》发表后几年，《现代评论》上有一篇文章，作者叫高一涵，他说：

> 我记得当《阿Q正传》一段一段陆续发表的时候，有许多人都栗栗危惧，恐怕以后要骂到他的头上，并且有一位朋友，当我面说，昨日《阿Q正传》上某一段仿佛就是骂他自己，因此便猜疑《阿Q正传》是某人作的。何以呢？因为只有某人知道他这一段私事。……从此疑神疑鬼……凡是与登载《阿Q正传》的报纸有关系的投稿人，都不免做了他所认为《阿Q正传》的作者的嫌疑犯了！等到他打听出来《阿Q正传》的作者名姓的时候，他才知道他和作者素不相识，因此，才恍然自悟，又逢人声明说不是骂他。【众笑】

我们看这个很有意思，这么多人认为是骂自己。鲁迅后来把《阿Q正传》收进《呐喊》的时候，还有人问他："你到底是在骂谁跟谁呢？"鲁迅说："我只能悲愤，自恨不能使人看得我不至于如此下劣"[1]——我悲

---

[1] 鲁迅：《〈阿Q正传〉的成因》，《鲁迅全集》第3卷，人民文学出版社，2005年，第397页。

愤，我没本事啊，我没本事让人家不把我看得这么低劣，人家非得认为我是骂谁，他不能认为我是指某种普遍的现象。所以阿Q到底是谁，后来一直争论到现在。我们看阿Q被人争论着，所以它就变成一个热门话题。作为报纸的编辑，他是一种什么心情呢？他希望这个小说无限地写下去，好维持热点，报纸好畅销。就像金庸一样，写完《射雕英雄传》还不行，还要继续写《神雕侠侣》，必须写《倚天屠龙记》，人家让他无限地写下去，连载小说嘛。

《阿Q正传》就要变成连载小说这样的命运。鲁迅是不愿意写这样的连载小说的，他老想结束，但是编辑孙伏园先生不让他结束，必须继续写。终于，机会来了，孙伏园有一次出差了，让人代管。鲁迅趁他出差，迅速就把阿Q给枪毙了。【众笑】所以我们看到《阿Q正传》是这样短。有人说鲁迅为什么不写长篇小说，他不喜欢写长篇小说，他觉得问题已经写得差不多了。按他的才华，这个情节可以无限写下去，写无数的阿Q可怜可悲的事情，但是他觉得道理已经讲完了，他想把它结束，所以这一章叫"大团圆"。

鲁迅在评价中国小说的时候，是反对大团圆的结局的，他认为大团圆的结局是"瞒"和"骗"。明明生活是苦难的，你非要把它说圆了，才子佳人最后有情人终成眷属了，这是生活中非常少的事情，小说里却到处都是，所以鲁迅认为这种文艺是欺骗的文艺。鲁迅这种文艺观、创作观是精英创作观，其实大多数民众就愿意看大团圆的结尾，就像我们爱看的好莱坞大片一样，都是大团圆结尾，英雄一定得到美人。我们知道，凡是要塑造愚昧的国民，让他们都听政府的话，听电视的话，就必须有大量这样的作品。但是在那个时候的中国，鲁迅认为是需要反对大团圆的。所以这里用"大团圆"三个字是反讽，最后并不团圆，这个"大团圆"只是说并不团圆的"大团圆"。

赵家被抢了，**未庄人大抵很快意而且恐慌**，鲁迅把握人的心理总是异常准确，又快意又恐慌。**阿Q也很快意而且恐慌。但四天之后，阿Q在半夜里忽被抓进县城里去了**。不许革命、也没有机会参与革命，还不算完，你以为你不参与革命你就没事了吗？"闭门家中坐，祸从天上来"，他竟然被抓起来了。然后鲁迅描写一下：**那时恰是暗夜，一队兵，一队团丁，一队警察，五个侦探**，一支浩浩荡荡的大部队啊，所有的编制都在，**悄悄地到了未庄，乘昏暗围住土谷祠，正对门架好机关枪**；如临大敌一般，使用了正规部队。他们期待着一场激烈的战斗，**然而阿Q不冲出**。这里写得非常妙。

鲁迅说，对付看客的最好办法就是使他无戏可看，他们都希望阿Q冲出来，然而阿Q不冲出。**许多时没有动静，把总焦急起来了**，指挥官很着急，**悬了二十千的赏**，悬了高额的赏金，**才有两个团丁冒了险，逾垣进去**，跳墙进去，**里应外合，一拥而入，将阿Q抓出来**；这使我想起电视上经常看到的场面，法制节目很喜欢播这种镜头，"哗"一群人冲进去，把人家按在床上，然后大喝一声"不许动"什么的。**直待擒出祠外面的机关枪左近，他才有些清醒了**。其实他还睡着呢。动用这么多的人马，就差动用地对空导弹了，就抓了阿Q这么一个人，可见这是一群废物。

**到进城，已经是正午，阿Q见自己被摔进一所破衙门，转了五六个弯，便推在一间小屋里。他才明白被关起来了。**

但是，阿Q并不很苦闷，因为他那土谷祠里的卧室，也并没有比这间屋子更高明。对他这样的人来说，住哪都无所谓。和他蹲监牢的有两个，一个是举人老爷要追他祖父欠下来的陈租，一个不知道为了什么事。**他们问阿Q，阿Q爽利的答道，"因为我想造反。"**【众笑】阿Q居然知道自己为什么被抓，"因为我想造反"，还在这种虚幻的英雄感觉中生活呢，觉得自己是造反的人，其实这里还是写他的愚昧。

下半天阿Q便被抓出去过堂，**上面坐着一个满头剃得精光的老头子。阿Q疑心他是和尚，**【众笑】这里写阿Q的很有趣的心理状态。他越写阿Q细心观察，就越显出阿Q的愚昧、粗鲁，这是文学创作上的一个要诀：粗人要细写。你要写一个人很粗，怎么办呢？一定要写他的一些细节，写他动脑筋；越写他动脑筋，越显得他没文化，越写出他的愚昧来。《水浒传》就是这么做的，你读了《水浒传》怎么知道李逵是个粗人呢？就因为《水浒传》到处写他很细致地动脑筋，每一处动脑筋都很可笑，你就知道李逵是个没有心机的人，是个一片天真烂漫的人。鲁迅写阿Q也是这样的，他老在那琢磨事，老头剃得精光，他就认为他是和尚。

在这里呢，他**膝关节立刻自然而然的宽松，便跪了下去了。**

**"站着说！不要跪！"长衫人物都吆喝说。**

**阿Q虽然似乎懂得，但总觉得站不住，身不由己的蹲了下去，而且终于趁势改为跪下了。**

你看人家不让他跪，他到了那就跪下了。这种情形是鲁迅很喜欢描写的，给了鲁迅很深的印象，就是百姓见了官之后的态度。为什么人家不让他跪，他却自然而然地跪下了？这是千百年来，人民被培养出来的一种习性。没有人教给他，他见了官就自然发抖。

**"奴隶性！……"长衫人物又鄙夷似的说，但也没有叫他起来。**你看那些人，一方面享受着奴隶的跪拜，又要痛斥他是奴隶性，并不来解放他。中华民国之后，人们终于慢慢地不下跪了，改成其他的礼节。中华人民共和国成立之后，礼节又进步了。表面上看群众和官的关系在形式上进步很大，但是几千年延续下来的习惯，其实是很难从心灵深处去掉的。

阿Q被审问了。"**你从实招来罢，免得吃苦。我早都知道了。招了可**

以放你。"这是惯用的审问人的伎俩,先说我早就知道了,现在就看你的态度,都是这么问人的。**那光头的老头子看定了阿Q的脸,沉静的清楚的说。**

"招罢!"长衫人物也大声说。

"我本来要……来投……"阿Q胡里胡涂的想了一通,这才断断续续的说。他还知道把自己的意思说一遍。

"那么,为什么不来的呢?"老头子和气的问。越是和气的人越阴险。

"假洋鬼子不准我!"

"胡说!此刻说,也迟了。现在你的同党在那里?"

"什么?……"

"那一晚打劫赵家的一伙人。"

我们看,这个老头子审问阿Q的这段对话出现了什么问题?出现了语文问题,出现了严重的语文问题。阿Q说"我本来要……来投……""投"是可以组成各种词的,他想说什么?他想说投降、投靠、投奔,这一组词。但是老头子认为他说的是什么呢?老头子说的是你怎么不来投案自首。很可以把这个变成一道巧妙的高考题:阿Q跟他之间的交流出什么问题了?【众笑】这个老头子是那时候当官的人,应该是读过很多文章的,应该语文功夫并不差,可是这样的人都会出这样的问题,他没有想自己会有错误,自己可能会冤枉人,哪怕多问一句呢?我们从一个正常的执法者角度讲,要让被告把话说全了、说清楚了,他再不会说话你也要让他说清楚了,怎么他一说个"投"你就认为他是要投案自首呢?出现冤假错案有很多很多种原因,有一部分是语文原因。包括今天有很多法官,他们可能因为律师写的那个东西的语言问题就判错案。

阿Q就更不用讲语文水平了,他都不知道对方是怎么误会他的。对方已经误会他,他已经落到一个陷阱里面,还不自知。人家问他同党在

哪里,他说:

"他们没有来叫我。他们自己搬走了。"阿Q提起来便愤愤。

我看鲁迅要写武侠小说完全可以,他非常会制造冤假错案。两个人都误解了对方,但都认为没有误解,好像能够说到一块儿去,好像韦小宝和胡一刀越说越近一样,其实两人说的不是一回事。这里就是这样,越说越近,其实各说各的。

"走到那里去了呢?说出来便放你了。"老头子更和气了。越和气说明他已经控制住你了,越有信念。

"我不知道,……他们没有来叫我……"这是两套话语,根本不能混到一块儿去的两套话语。

然而老头子使了一个眼色,阿Q便又被抓进栅栏门里了。这就已经定案了。其实他等于承认自己和那些人是一伙的,叫没叫无所谓,自己已经是抢劫集团的一分子了。

第二天又被抓去。大堂的情形都照旧。上面仍然坐着光头的老头子,阿Q也仍然下了跪。这都没变,你说他是奴隶性,第二天他还要跪。

老头子和气的问道,"你还有什么话说么?"故意强调他和气,更显得那种吃人的气氛。

阿Q一想,没有话,便回答说,"没有。"

于是一个长衫人物拿了一张纸,并一支笔送到阿Q的面前,后面阿Q被枪毙了,可是从前面阿Q被抓,到过堂审问,一审二审,再到问他有没有话说,最后还要拿一个东西给他签字,在法律程序上没有问题,基本是按照正常的法律程序一步一步来的,不是把他抓去当场就毙了。大量的人被吃,是按照程序被吃的。用我们今天很多学者的话说,这叫"合乎程序正义"。

我们今天很多学者强调程序正义高于一切,不管实质正义,说实质正义无法证明，只要程序正义就可以。但是人们恰恰看到，好像就是在没有问题的程序中，悲剧就发生了。有人说中国法制不健全，谁说中国法制不健全？中国在清朝以前，法制是世界上几乎最健全的，但是那么健全的法制不能阻止像杨乃武、小白菜那样的案子发生。你看看杨乃武、小白菜的案子，哪一步不合乎程序？哪一步没有人证、物证、口供？都有；连严刑拷打，都是合乎法律规定的，要取口供啊，上刑具也是合法的。

如果单纯只考虑程序问题，那真是一个暗无天日的地狱，受了冤就没有办法解放、逃生，什么都没有，因为它一切都是合法的。就连阿Q这么一个人，老头子还对他那么和气，还问"你还有什么话说么"，多么人道主义啊！非常人道的，在程序上没有问题。但是我们知道，在心灵里面，他冷冰冰的，哪有一丝人道啊？他都没有想过这个人可能被冤枉。

**要将笔塞在他手里。阿Q这时很吃惊，几乎"魂飞魄散"了：因为他的手和笔相关，这回是初次。他有生以来没摸过笔，第一次有机会居然还能写字。他正不知怎样拿；那人却又指着一处地方教他画花押。**

**"我……我……不认得字。"阿Q一把抓住了笔，惶恐而且惭愧的说。**

压在民众头上的大山太多了，有法律，有程序，还有文字，还有文化。过去有很多穷人，为什么倾家荡产也要让孩子上学、念书呢？我们今天都上了学、念了书，都是大学生了，很难感到文字对我们的压力。你要是到一个贫困的山村里，这山村里只有一小部分的人能够识字，你就知道文字就是杀人的刀，文字掌握在谁手里，谁就有权力。所以我说，劳动人民不要以自己是大老粗为荣，劳动人民一定要掌握文字，一定要把自己最优秀的子弟派到知识分子中去，到达官贵人中去！要让自己的优秀子弟掌握文字、掌握知识、掌握道理。

当然这有一个风险，就是这些子弟会叛变，其中有相当一部分在半途中会叛变。但是总有不叛变的，总有掌握了知识之后仍然忠于劳动人民的知识分子，只有这些人才能为阿Q说话。阿Q在这里画一个圈、写一个字是这样的发抖，我们看人民在文字的压迫下。

"那么，便宜你，画一个圆圈！"不让他写字，让他画圆圈了。

阿Q要画圆圈了，这段写得很搞笑。**那手捏着笔却只是抖。于是那人替他将纸铺在地上，阿Q伏下去，使尽了平生的力画圆圈。**阿Q干过很多活，什么活都能干，撑船、舂米，都能干，但是这件事情对他来说是最艰巨的，他用全身的力气在画一个破圆圈。**他生怕被人笑话，立志要画得圆，**大家有空可以去观察一下劳动者，特别是手长得很粗糙的劳动者，拿着一支细细的圆珠笔写字的情景，去观察一下。**但这可恶的笔不但很沉重，并且不听话，**那些人可以拿很沉重的劳动工具，但是一支很轻的笔却真的把握不好。**刚刚一抖一抖的几乎要合缝，却又向外一耸，画成瓜子模样了。**这个情节写得好像鲁迅亲自经历过一样，不然怎么写得这么形象、这么生动呢！或者一定是亲自观察过。小孩子写第一个字的时候，就是这种情况，很奇怪的，即使是一个圆他也合不上缝儿。

**阿Q正羞愧自己画得不圆，那人却不计较，早已掣了纸笔去，许多人又将他第二次抓进栅栏门。**他想把这个事情做得好一点，很敬业，人家不管他敬业不敬业，把他抓去了。

**他第二次进了栅栏，倒也并不十分懊恼。他以为人生天地之间，大约本来有时要抓进抓出，有时要在纸上画圆圈的，**精神胜利法还依然管用，在这里使他豁达，**惟有圈而不圆，却是他"行状"上的一个污点。他还惦记着没画圆。但不多时也就释然了，**没画圆怎么办呢？就像被人打了一顿。**他想：孙子才画得很圆的圆圈呢。【众笑】**他画不圆就说画得圆的是孙子。**于是他睡着了。**

阿Q睡得很好，可是举人老爷不能睡，他和把总呕了气了。因为举人老爷主张要追赃，把总主张要示众。统治阶级内部也是有矛盾的。两个人的矛盾越过去，不讲，继续讲阿Q。

阿Q第三次抓出栅栏门的时候，便是举人老爷睡不着的那一夜的明天的上午。鲁迅写时间都是由具体的事件来描写。他到了大堂，上面还坐着照例的光头老头子；阿Q也照例的下了跪。

老头子很和气的问道，"你还有什么话么？"根据我们的文学经验，问这一句话阿Q就很危险了，大概是最后的期限到了。我们现在看到描写的一些优秀监狱警官的事迹，他也总是对犯人很人道，最后的时候总是问犯人"还有什么需要吗""还要给家里带什么话吗"，等等，很人道。所以这个很恐怖。

阿Q一想，没有话，便回答说，"没有。"阿Q是不懂他的意思的，两个人之间其实不能交流。即使这老头子有那么一星半点儿的真人道主义，阿Q也不懂得，别人没有办法进入他的心。

许多长衫和短衫人物，忽然给他穿上一件洋布的白背心，上面有些黑字。阿Q很气苦；他为什么生气呢？因为这很象是带孝，他还不知道自己要死了，认为这是戴孝。而带孝是晦气的。然而同时他的两手反缚了，同时又被一直抓出衙门外去了。

阿Q被抬上了一辆没有蓬的车，几个短衣人物也和他同坐在一处。这车立刻走动了，前面是一班背着洋炮的兵们和团丁，两旁是许多张着嘴的看客，后面怎样，阿Q没有见。但他突然觉到了：这岂不是去杀头么？阿Q终于明白了，因为这个场景他知道。死亡的本能终于唤醒了他。

阿Q其实在这个过程中，一直在稀里糊涂当中，直到临被杀头才明白。老百姓就是这么稀里糊涂死的。他一急，两眼发黑，耳朵里嚷的一声，似乎发昏了。然而他又没有全发昏，有时虽然着急，有时却也泰然；

**他意思之间，似乎觉得人生天地间，大约本来有时也未免要杀头的。**到了最后最痛苦的时候了，他仍然这样想，可见其极端的麻木，已经麻木到极端了，都要杀头了，他还想人生天地间本来是要杀头的。如果大多数民众都这么想，那么革命就真没希望了，随便杀吧。

**他还认得路，于是有些诧异了：怎么不向着法场走呢？他不知道这是在游街，在示众。**我们现在法律都进步了，都讲人道主义了，估计你们都没看过游街，我小的时候是经常看游街的，要枪毙犯人，都要游街，一般是死刑犯，要押赴刑场执行枪决，在大解放汽车上，一排一排的，其他不枪毙的犯人也陪着游街。游街的主要的角色是杀人犯，反革命杀人犯，然后有一些盗窃犯、抢劫犯、强奸犯、贪污犯等，跟着陪着游街。那时候我们就很高兴地看游街来了。到底该不该游街？我也搞不清楚。反正听现在的法学家说，游街是不人道的，不应该游街。我也搞不清楚，没有仔细地去思考过这个问题。

**但即使知道也一样，他不过以为人生天地间，大约本来有时也未免要游街要示众罢了。**对于阿Q这样的人，你损害不损害他的尊严，他都无所谓，游就游。

**他省悟了，这是绕到法场去的路，这一定是"嚓"的去杀头。**他知道这是杀头了。我们今天认为游街不好，认为游街有损于死囚的尊严，认为这是对他心灵的伤害，所以说最好不游街，判了死刑就在小屋里干掉算了，这是我们今天讲的人道主义。可是基督教讲，人死的时候要给他安慰，要派牧师来给他叨咕叨咕，牧师就说："你呀，没事没事，上帝宽恕你了，你赶快就要回家了。"给他念叨一番。

那么中国古代的游街，到底是要侮辱这个人呢，还是要安慰这个人？我们凭什么认为游街就一定是侮辱这个人？那个人本身有没有觉得是侮辱？这是很重要的。阿Q是因为麻木所以不觉得是侮辱，但是我们看很多江湖好汉，游街的时候觉得很快活啊，你要是不游街，他还不干呢，他可能在这个过程中，才会真正逃避掉对死亡的恐惧——有这么多人陪着他，连唱带吆喝的，还喝酒吃肉的，这其实不是一种很人道的办法吗？为什么什么事情凡是西方做的就一定是对的呢？东方的就一定是不人道的呢？这个问题我也没有结论，我只是有一点质疑。我们看阿Q，他要去被杀头。

**他惘惘的向左右看，全跟着马蚁似的人，而在无意中，却在路旁的人丛中发见了一个吴妈。**这个很有意思，他发现吴妈了，真是"雁过也……却是旧时相识"啊，【众笑】没想到发现老朋友、老熟人了。**很久违，伊原来在城里做工了。**吴妈也不在乡下干了，到城里来也不知道给谁家当小保姆了。**阿Q忽然很羞愧自己没志气：竟没有唱几句戏。**也没有人教，中国人犯被处死刑的时候却都知道要唱戏，这是一种文化传统，无师自通。他要唱戏。**他的思想仿佛旋风似的在脑里一回旋：《小孤孀上坟》欠堂皇，《龙虎斗》里的"悔不该……"也太乏，还是"手执钢鞭将你打"罢。他还想唱那句。他同时想手一扬，才记得这两手原来都捆着，于是"手执钢鞭"也不唱了。**那唱什么呢？

**"过了二十年又是一个……"阿Q在百忙中，"无师自通"的说出半句从来不说的话。**生活中有很多我们从来不说的话，但是到了某个时刻，忽然你就说了早就存盘的话，早就存着，到时候它自己就蹦出来了。你看阿Q就会说"过了二十年又是一个好汉"。而这既是阿Q要说的，也是大家盼望要听的，这是中国文化中固定的节目，一定要说。

**"好！！！"**鲁迅在这里用了三个惊叹号。**从人丛里，便发出豺狼的嗥叫一般的声音来。**明明是人声，他形容它是豺狼的嗥叫，他在强调这些人，没有人性。这样的仪式，对于被杀者来说，好像可以使他忘记对死亡的恐惧，但是这些看客们却没有去想这个人就要死了。

车子不住的前行，阿Q在喝采声中，轮转眼睛去看吴妈，他还记得去看她，似乎伊一向并没有见他，却只是出神的看着兵们背上的洋炮。"落花有意，流水无情"，他对吴妈有情，吴妈并不惦念他。吴妈和所有妇女一样，喜欢看新式的东西，喜欢看洋玩意儿，她看兵们身上背的大炮，比大刀好看。他和吴妈之间是深深地隔膜着的。我曾经写了一篇文章谈无产者的问题，我说全世界的资产者早都联合起来了，马克思号召"全世界无产者，联合起来"，其实无产者非常难联合，首先阿Q跟吴妈就非常难联合，因为他们是互相隔膜着，隔得远远的。

阿Q于是再看那些喝采的人们。

这刹那中，他的思想又仿佛旋风似的在脑里一回旋了。四年之前，他曾在山脚下遇见一只饿狼，永是不近不远的跟定他，要吃他的肉。他那时吓得几乎要死，幸而手里有一柄斫柴刀，才得仗这壮了胆，支持到未庄；可是永远记得那狼眼睛，又凶又怯，闪闪的象两颗鬼火。

鲁迅写动物，写狼写什么的，都写得很传神，不知道他是亲自遇见过狼，还是有意到那里观察过。我小的时候喜欢去动物园，在里面观察。大人说不要看那猛兽的眼睛，我就偏看那猛兽的眼睛。谁知你看着看着它就火了，猛兽有时真不能看，看一看它马上就凶相毕露，就扑过来。特别是狼，是很可怕的，不能去挑逗它。

似乎远远的来穿透了他的皮肉。而这回他又看见从来没有见过的更可怕的眼睛了，现在这些看客的眼睛比他遇见的狼还可怕。又钝又锋利，你看鲁迅总是把矛盾的概念组合在一起，"又凶又怯""又钝又锋利"。不但已经咀嚼了他的话，并且还要咀嚼他皮肉以外的东西，永是不近不远的跟他走。这写的是阿Q的一个心态，同时写的也是阿Q所代表的一种鲁迅想象中人的处境。人总是处在这样一种处境中，周围好像有一群狼一样的人，要吃你，又不马上吃，不远不近地跟着你。这是一种带有存在主义意味的思想。

**这些眼睛们似乎连成一气，已经在那里咬他的灵魂。**眼睛在咬他的灵魂，使他恐惧的不是那个杀人的刀。鲁迅又从看客们这里发挥他的"杀人团"的思想，这些包围阿Q的看客其实组成了一个无意识的杀人团。

"救命，……"

**然而阿Q没有说。他早就两眼发黑，耳朵里嗡的一声，觉得全身仿佛微尘似的迸散了。**

通过这个描写，我们知道阿Q是怎么死的——不是被杀头，而是被枪毙："耳朵里嗡的一声，觉得全身仿佛微尘似的迸散了"。怎么来写人临死之前最后那一刹那的感觉？这是很难的。因为所有写的人都没有经历过，你要去想象，有些没经历过的事，我们还可以请教别人，但是这个事我们无从请教。自己没有经历，又还无可请教，写出来又要让活着的人相信，这是很难的一件事。所以我读小说很注意这些体会，我看这些人怎么写人临死前的那种感觉。我觉得这写得特别棒，写得让我相信——人被枪毙的时候，首先大概有个声音，"嗡的一声"。但我也看过有的作家写，人死时连声音也听不见；还有法医证明，最后一刹那很难听见声音。听得听不见，这是两说。但是还有个感觉，身体有个感觉，他觉得全身像微尘——微小的尘土——似的，迸散了，身体一下子没了。这个感觉写得很像枪毙，而不像杀头，杀头的感觉一定是不一样的。据说杀头也不疼，但是杀头有另外的感觉，据说有一种快感。金圣叹说"杀头，至痛也"，至痛，其实不痛，"而圣叹无意得之，大奇！"[1]这是金

---

[1] 鲁迅：《"论语一年"——借此又谈萧伯纳》，《鲁迅文集全编》，《鲁迅文集全编》编委会编，国际文化出版公司，1995年，第811页。

圣叹讲杀头的话。阿Q死了，下面说阿Q死后的影响。

**至于当时的影响，最大的倒反在举人老爷，因为终于没有追赃，他全家都号咷了。**阿Q虽然死了，但是举人老爷的财产没有得到赔偿，所以他吃亏了，全家都号咷。**其次是赵府，非特秀才因为上城去报官，被不好的革命党剪了辫子，而且又破费了二十千的赏钱，要给官兵钱，所以全家也号咷了。这一家也哭起来。从这一天以来，他们便渐渐的都发生了遗老的气味。**

辛亥革命，给中国留下了大批的遗老，有个词叫"遗老遗少"。遗老遗少并不是在行为上有什么反革命的组织活动，但他们心里肯定是不满革命的，这些人在新社会里保持着旧社会的生活样子。但是遗老并不个个都是天然形成的，像举人老爷和赵家这些遗老，是因为革命没有给他们带来好处，如果革命给他们带来好处，他们就要"咸与维新"，甚至会成为最激进的革命人物，继续去包办革命。然而革命使他们吃亏了，他们要慢慢地不满革命，变成遗老。很多遗老是这样形成的。

最后一段。**至于舆论，在未庄是无异议，自然都说阿Q坏，**说阿Q坏的都是普通民众，是未庄的村民，他们都说阿Q坏。**被枪毙便是他的坏的证据：不坏又何至于被枪毙呢？**这是老百姓的逻辑：你被政府抓去了，或是警察来抓你了，所以你是坏人。你说你不坏，不坏为什么抓你呢？这是一个逻辑怪圈。**而城里的舆论却不佳，**城里不管他坏不坏。**他们多半不满足，**为什么不满足呢？**以为枪毙并无杀头这般好看；**很多人认为枪毙不好看，一枪就打死了，流血没那么多；杀头好看，杀头是一个仪式。

我记得好像是姚民哀的小说里面，有很细致的杀头场面的描写，写得非常好，但是比较恐怖，详细地写怎么杀头，那个头怎么飞起来，怎么滚出去，脖子怎么个情况。所以我可以想象那些看客们为什么会满足，的确，满足里是需要刺激的心理。**而且那是怎样的一个可笑的死囚呵，游了那么久的街，竟没有唱一句戏：他们白跟一趟了。**这些人不满是因为没看着好戏。

鲁迅在这里是有大的悲愤。我在中学读《阿Q正传》，读到这最后一段，心里面有深深的愧疚，因为鲁迅说的不仅是当年的人，即使是我上中学的时候，我觉得我们自己就是这样的人。因为我们自己就经常看游街，看游街的时候首先认为这些人都是坏人，不是坏人怎么会游街呢？肯定是坏人，所以才被警察抓来游街，这是毫无疑问的。我们从来不去关心他们这些人，只是去看热闹，我们叽叽喳喳地议论着谁长得怎么样，谁长得凶，谁胆小，哪个人有意思。我们就像在动物园看动物一样议论这些人，没有觉得有什么不妥。有的时候，今天这个游街没什么意思，我们回来也唉声叹气，说今天不好看，说今天这几个都打蔫儿，头都不抬起来，上次那个好看，上次那个瞪着大眼珠子看咱们，还有一个乐呢。我们也是这样议论的，没有觉得有什么不妥。可是我读了《阿Q正传》之后，觉得挺惭愧的，原来我也曾经那么没有人性。所以鲁迅说大家都是吃过人的人，我们发现别人吃人，最后会发现自己也吃过人，最后只有发觉到这一点，你才知道吃人的可怕。

我曾经评论过《阿Q正传》，说起鲁迅后来写过《〈阿Q正传〉的成因》，他里边说："据我的意思，中国倘不革命，阿Q便不做，既然革命，就会做的。"就是说，阿Q这个人本身是有革命的需要、革命的欲望的，没有革命运动的时候，他没有办法，他就这么过下去了，他没有办法革命，不能自己革命。一旦革命来了，他会参加革命。"我的阿Q的运命，也只能如此，人格也恐怕并不是两个。"阿Q不是一个精神分裂者，人格不是两个。

"民国元年已经过去了，无可追踪了，但此后倘再有改革，我相信还会有阿Q似的革命党出现。"鲁迅这时候看见的只是民国元年的革命,写的是那个时候的事,后来还有很多次革命,还有北伐革命、土地革命,许许多多的革命,都被鲁迅说对了。"我也很愿意如人们所说:我只写出了现在、以前的或一时期",因为到了20世纪20年代,有一批革命作家起来批判鲁迅。我昨天在山东大学做讲座,山东大学的学生水平很高,他们就提出了一个问题:鲁迅是革命派,为什么跟胡适这样的自由派对立?我就讲,鲁迅也不是革命派,胡适也不是自由派,问题复杂得很。因为真正的革命派批判鲁迅是反革命,而且是双重的反革命,既是封建社会的反革命,又是资本主义的反革命。当时有一个革命作家就写了一篇很有名的文章,叫《死去了的阿Q时代》,说鲁迅写的阿Q那都是过去的人物,没有现实意义,阿Q早都死去了,现在我们大家都觉悟了,现在的革命都是新的,新社会的朝阳就要升起来了。那么鲁迅说:我很希望他说的是真的,希望我写的阿Q只是以前的,现在都被埋葬了。

"但我还恐怕我所看见的并非现代的前身,而是其后,或者竟是二三十年之后。"这是鲁迅这个老头儿了不起的地方,他也真敢说。现在也没有一个人敢说:我写一个人物,二三十年之后还管用。一般人起码从谦虚的角度也不敢这么明说。鲁迅却是这么不谦虚,他就敢说,我写的阿Q恐怕是以后的事,"二三十年之后"他都敢说,二三十年之后鲁迅早都死了,但是历史证明了他:阿Q源源不断,阿Q的革命是源源不断。所以不断有人宣布阿Q死亡,但是没有用,因为阿Q的现象存在,无数的阿Q要革命。

20世纪90年代有一本书,叫《告别革命》,它讲革命给人们带来了很多痛苦,革命要被否定,革命是错误的,社会应该改良。其实不说改良和革命哪个更好哪个不好的问题,能改良当然要改良,革命是改良一再被拒绝,改良也要被杀头的情况下,才发生的。倘若能够不革命、能够吃点药把病治好,谁不乐意呢?谁愿意动不动就动手术呢?是因为所有的药都吃完了还不见效,打针也不见效,输液也不见效,最后才迫不得已,动了手术。

可能《阿Q正传》这个题目太沉重了,讲了几次。今天就讲到这,下课。

2006年北大选修课"鲁迅小说研究"

# 端午、粽子和金庸

—— 解读《端午节》(上)

我想在讲鲁迅先生的《端午节》之前,先"假公济私"讲一讲孔庆东的"端午节"。孔庆东有一篇博客文章叫《端端正正过端午》,他就传播了很多"虚妄"的知识。这篇博客开头是这样写的:

> 小满过了是端午,你知道"午"是什么意思吗?告诉你,端端正正叫作"午"。去过故宫吧?过了端门就是午门。所以午饭就是正餐,午夜就是黑夜正浓的时候,正房夫人下岗,就叫"午休"——谁相信谁是二百五,鲁迅说五五二十五也。

这个作者用他惯用的调侃口吻来讲,以歪衬正,以错误来衬托正确,实际上就是告诉你端和午其实是一个意思,都是正的意思。我们过了千百年的端午节,有谁去想端午节的意思跟正有关系?甚至没有人去想它是什么意思。本来端午节就是正节,所以东北人把"粽子"读成"正子",歪打正着还读对了。本来端午节就是"正当做人"的一个节。

我谈端午的文章不止一篇,有一篇是谈金庸小说跟端午、粽子的关系,叫《端午·粽子·金庸》,把这三个放一块儿。

"端午节又叫端阳节、五月节。现在的端午节,是合并了谷雨、夏至等古代所有的'五月节'的一个'节日两极分化'的产物。"大家可以去查民俗学的资料,端午节的源流,本来五月节是很多的。"本来端午节是为了辟邪的,因为农历五月,白昼长到极点,阳气达到极盛,物极必反,阴气便开始骚动,各类妖魔鬼怪、蚊虫蛇蝎,都勃然而兴,于是人类便要祭祀祭祀、镇压镇压、扫除扫除,此乃人类历史上第一个'卫生节'也。"端午节本来是卫生节,这里我们顺便普及一下知识。"挂艾草、佩香囊、赛龙舟、饮雄黄等,本来都是防毒虫、送瘟神用的。后来古人逐渐给这个节日加进了其他文化内涵,特别是地方文化特色。最著名的就是荆楚地区的纪念屈原说,吴越地区的纪念伍子胥说,浙东地区的纪念曹娥说,还有韩国江陵的祭祀城隍说以及日本的保佑男童说等。"

下面继续讲端午节的源流。"可是年深月久,人们大多忘了节日的起源,只留下仪式的末梢——吃。本人曾经撰文批判国人把一切节日都化为'饮食节'的恶俗。"我这个话好像是很尖锐的批判,其实这语气含着一点爱的意思。中国人又可爱又可恨,他不管什么,最后都归结到吃上。一说今天过什么节,马上想今天到哪儿撮一顿,哪儿吃去。想的全是这个,这是中外文化的一个巨大差别。"上元叫'元宵节',端午叫'粽子节',中秋叫'月饼节',就差没把春节叫'饺子节'了。不过吃虽然是节日的余兴,却也不能偏废,正是节日的吃喝讲究,光大了中华饮食文化。没有仪式的节日,固然是庸俗的,但完全没有吃喝的节日,也是不近人情的。"

"就拿端午节来说吧,北方的孩子们往往直呼为粽子节。北方的粽子内容简单,主要的形式为黏米小枣用粽叶一包,按照晋代周处《风土记》的论述,'取阴阳包裹未散之象'。"《风土记》里是这么解释的。不知道这个解释是附会的,还是真实的原因,反正那么一裹就说阴阳未散,阴阳合体了。"金庸《侠客行》的第九章,就叫《大粽子》",开始进入金庸小说了,金庸小说一个著名人物跟粽子发生关系了:"主人公石破天被捆绑得结结实实,放在一位姑娘的被窝里,仿佛一只大粽子,这不仅是比喻他的身体,同时也隐喻着他对男女阴阳之事,懵懵懂懂,'包裹未散'的状态。"这里是映照周处《风土记》的论述。"我读后很喜欢这种'大粽子'的精神,这很像我们北方的傻小子。但要说吃,我却更喜欢南方的粽子。金庸是江南的嘉兴人,让我们看看他笔下的粽子吧。"大家都吃了午饭,是不是?我们看看吃的描写,不影响我们的食欲。不然,如果是午饭前讲,大家下课后就都去买粽子了。我们看看杨过吃粽子。"《神雕侠侣》第十五章'东邪门人',程英照顾受伤的杨过时,问道:'你想吃什么东西,我给你做去。'"

杨过灵机一动,道:"就怕你太过费神了。"(你看这虚伪劲。)那少女道:"什么啊?你说出来听听。"杨过道:"我想吃粽子。"那少女一怔,道:"裹几只粽子,又费什么神了?我自己也想吃呢。(很会说话哈。)你爱吃甜的还是咸的?"(我小时候不知道粽子还有咸的,所以,我觉得南方人很机灵古怪,粽子还能做成咸的来。)杨过道:"什么都好。有得吃就心满意足了,哪里还能这么挑剔?"

当晚那少女果然裹了几只粽子给他作点心,甜的是猪油豆沙,咸的是火腿鲜肉,端的是美味无比,杨过一面吃,一面喝采不迭。

那少女叹了口气，说道："你真聪明，终于猜出了我的身世。"（大家学学怎么说话哈，怎么拉近距离。）杨过心下奇怪："我没猜啊！怎么猜出了你的身世？"（但杨过更聪明，他装糊涂。）但口中却说："你怎知道？"那少女道："我家乡江南的粽子天下驰名，你不说旁的，偏偏要吃粽子。"（这段对话写得非常精彩。之所以能写得精彩，是有一个道具，就是"粽子"，借粽子传播心意，两人的心意。）

"天下写粽子好吃的文字很多，但这一段不加渲染的白描，却是最具魅力的。深情款款的江南少女，亲手裹了鲜美的粽子给受伤的英雄吃，天下哪个男人不想去当那个英雄啊？程英是桃花岛主黄药师的徒弟，这里的粽子，便是嘉兴一带的风格了。我赴嘉兴金庸小说国际研讨会时，吃过著名的嘉兴五芳斋鲜肉粽子。"这顺便给他们打个广告。不过这也不用我打广告，这是全国著名品牌。"打开一看，米中含肉，肉散浓香。轻尝一口，鲜嫩不腻，滑软芬芳。那是在北方从未经历过的。"那粽子确实很好，吃了之后没有不说好的。

"不过粽子毕竟起源于北方。粽子原名角黍，农历五月北方黍子成熟，包裹成多角立体，代表季节流转。北方的粽子都是素馅的，没有肉，更没有周处记载的那种用乌龟做的。"据说古代还有用乌龟肉做的粽子。我没吃过，什么时候碰见吃一回看看。这是杨过吃粽子。我们再看另一个大英雄吃粽子，叫令狐冲吃粽子。"金庸《笑傲江湖》第八章'面壁'中写的，就是北方粽子。"

岳灵珊道："昨儿我帮妈裹了一日粽子，心里想，我要拿几只粽子来给你吃就好啦。哪知道今日妈没等我开口，便说：'这篮粽子,你拿去给冲儿吃。'当真意想不到。"令狐冲喉头一酸,心想:"师娘待我真好。"(他没有想岳灵珊待他好。)岳灵珊道:"粽子刚煮好,还是热的,我剥两只给你吃。"提着粽子走进石洞,解开粽绳,剥开了粽箬。

令狐冲闻到一阵清香,见岳灵珊将剥开了的粽子递过来,便接过咬了一口。(看下面的描写。)

粽子虽是素馅,但草菇、香菌、腐衣、莲子、豆瓣等物混在一起,滋味鲜美。岳灵珊道:"这草菇,小林子和我前日一起去采来的……"

写得好吧,这段更好是吧?首先是粽子写得好,不知道北大食堂有没有这种粽子卖,先不要说五芳斋的粽子,北大食堂的粽子有没有岳灵珊她们包的粽子好?本来吃得挺好,但是岳灵珊突然这一句话冒出一个第三者来。"这草菇,小林子和我前日一起去采来的……"大家知道这个小林子是谁,是《笑傲江湖》里边另一个重要的人物,林平之。

"北方粽子所能达到的最高境界,也就是令狐冲吃到的这样吧。可惜因为那粽子跟林平之有关,林平之夺走了令狐冲深爱的小师妹,令狐冲吃了,鲜美过后,便是无尽的苦楚也。金庸写粽子,总是与遗憾的爱情有关,这不免给粽子增添了一丝幽婉的意境。"

"比幽婉更进一层,是鬼魅。"不归纳不知道,一归纳发现我们今天顺便讲金庸了,讲金庸的文学境界。我们再看一个人吃粽子,韦小宝吃粽子。"金庸《鹿鼎记》第十七回'法门猛叩无方便,疑网重开有譬如'写到韦小宝被困鬼屋一段。"这就是我上面说到的"鬼魅"。

过了一会儿,韦小宝闻到一阵肉香和糖香。(韦小宝,首先他鼻子好使。)双儿双手端了木盘,用手臂掠开帐子。(写得如画。双手端了木盘,不能用手掠,是用手臂掠开帐子。)韦小宝见碟子中放着四只剥开了的粽子,心中大喜,实在饿得狠了,(他本来以为这里是妖魔鬼怪的地方。)心想就算是蚯蚓毛虫,老子也吃了再说,(这就是韦小宝的性格,绝对的现实主义者。)提起筷子便吃,入口甘美,无与伦比。他两口吃了半只,说道:"双儿,这倒像是湖州粽子一般,味道真好。"(金庸顺便也给湖州做广告了。)浙江湖州所产粽子米软馅美,天下无双。扬州湖州粽子店,丽春院中到了嫖客,常差韦小宝去买。(所以他有经验。)粽子整只用粽箬裹住,韦小宝要偷吃原亦甚难,但他总在粽角之中挤些米粒出来,尝上一尝。自到北方后,这湖州粽子便吃不到了。(这个细节也写得非常真实,不是亲身经历者写不出来。所以,让同样有亲身经历的读者一看,就非常亲切。)

"金庸写小说,心细如发。韦小宝偷吃粽子,是在粽角上挤出些米粒,这等细节,非亲身经历过的人,很难写出。想起小时候过端午,粽子煮熟了,父母命令不许偷吃,要等开饭时统一行动。我们小孩子便往往从粽角下手,先尝为快也。韦小宝吃粽子是用筷子,还比较文雅,我们北方孩子往往是直接捧在手里,一通乱啃,最后还要把粽叶上残存的米粒一一舔净——干干净净迎端午嘛。"这是由读韦小宝吃粽子想到生活中的细节。

"干干净净、端端正正,其实是端午节的本意。过去评价妇女们包粽子的水平,比的就是看谁包得端正,有棱有角,又玲珑可爱,恰合老子'方而不割'之意。这样的粽子,才配投到江里,祭祀屈原、伍子胥、曹娥这样的英贤。因为他们的人品,也是干净和方正的。金庸小说能够在成千上万的武侠小说中脱颖而出，成为华人文学经典，核心魅力也在于干净、方正，弘扬的是中华文明的康庄正道。"所以我每次讲《端午节》的时候，都是要强调干净和方正的意思。

这是在讲鲁迅《端午节》之前，讲讲孔老师关于端午节的一些"歪理邪说"。

鲁迅选择端午节作为一篇小说的题目，他又写什么内容呢？是写他小时候怎么过端午节？有可能，他小时候肯定也过过端午节。或是写他长大以后到了城市里来生活，大城市里的端午节？还是写端午节的时候发生了一件什么事？鲁迅那个时代小说的题目都很自然简短。鲁迅许多小说的题目只有两个字，你一想就知道，在一大堆两个字的题目里，三个字都算多了——按照鲁迅的习惯也许就叫"端午"就够了，但是他觉得"节"不能少。既然"节"不能少，非要加上个"节"，就说明鲁迅这小说还是要跟"节"有关系。端午是端午，加上一个"节"，这个节是要放假的，端午节这一天人们是不干事的。中国传统三大节日——春节、端午、中秋——是要放假的。我们现在端午节不也放假了吗？那鲁迅的《端午节》又写什么内容呢？因为鲁迅的这篇小说不太著名，所以一般人们不太注意，我们下面就来细读他的《端午节》。

先看看它的背景，这篇小说写的时间很早，距离今天快一百年了，这在古代经常是属于前朝的作品。它最早刊登在1922年9月上海出版的《小说月报》第十三卷第九号上。当时《小说月报》是中国最著名的一份文学刊物，办在上海。后来《端午节》就收在他的小说集《呐喊》中。《呐喊》是鲁迅的第一部小说集，但不是现代文学的第一部小说集，在它之前还有几个小说集，有郁达夫的《沉沦》，有冰心的《超人》，有叶圣陶的《隔膜》，然后才是鲁迅的《呐喊》，虽然《呐喊》的分量最重。《呐喊》一共有十四篇小说，《端午节》排在第十，在《阿Q正传》之后，

《白光》之前。也就是《呐喊》中鲁迅最著名的那些小说都在它前边，到了《阿Q正传》，你看了这九篇小说之后，基本上就可以不往后看了，鲁迅重要的作品都结束了。它排在《阿Q正传》之后，完全被《阿Q正传》的分量给压住了。

《端午节》具体的创作时间在1922年的6月到7月，它后面署的是6月，也许是7月写完的。鲁迅的小说一般都发表比较快，这和现在情况不一样。大概是因为鲁迅很重要，人家很重视他，也许是因为人家向他约的稿，所以他的稿子到了，基本就排上了。我们今天的很多作品，往往创作好了一年以上才有机会发表，有的是很多年了才能发表。这是关于《端午节》的一些背景资料。我们不讲太多，比如不讲1922年具体的时代背景了。1922年，五四的高潮刚刚过去，还不能说就陷入低潮了，就是高潮还没有落尽。1915年《新青年》办刊，1917年文学革命，1919年、1920年五四达到高潮，1921年五四达到最高峰，以至于促使成立了中国共产党，1922年还在五四高潮的余波中，大概是这样一个时候，《新青年》的队伍，现代文学的队伍，基本上还是团结的，还没有完全分化，像粽子一样，基本还包裹在一起，各种馅儿还能够融合在一起，阴阳包裹未散，处在这样一个状态之中。

可是在这样一个状态之中，鲁迅作为一个个体的状态已经跟别人不一样了——或许鲁迅这样的人，永远跟别人不一样。就好像一个粽子，吃起来是和谐的，但是里边总有那么一样东西，你吃着最独特，那个就是鲁迅。假如五四的时候那个团队是个大粽子的话，鲁迅是特别抢眼的，他的想法跟这个时代又合拍儿又不合拍儿，好像很先进，又好像贼落后，这就是鲁迅的特点，当然也是一切圣人的特点。鲁迅啊、孔夫子啊、耶稣啊，都是一类人。你要理解了他，你发现他最伟大，你要不理解他，会发现他怎么这么反动呢！那么我们就通过像《端午节》这样的作品来品味品味。我们看《端午节》的开头。开头是这样一段话：

> 方玄绰近来爱说"差不多"这一句话，几乎成了"口头禅"似的；而且不但说，的确也盘据在他脑里了。他最初说的是"都一样"，后来大约觉得欠稳当了，便改为"差不多"，一直使用到现在。

我们来仔细地阅读它的开头。开头首先蹦出来一个人名——方玄绰，这是现代小说的笔法，我们今天读已经觉得不太新鲜了，但是在公元1922年以前的漫长岁月里，中国古代小说，特别是白话小说，没有这样的写法。《三国演义》不可能有这样的写法，"诸葛亮昏睡在草庐之中"，不可能开头人名就蹦出来了。还没介绍这是谁，凭什么就出来一个人名啊，这是不可能的。开头一定要把那个场面铺叙好，然后才说有一个人，他姓什么叫什么，这是传统小说的写法。这种一开始就推出一个人的名字的写法，显然是现代小说。这种写法是从西方来的，而即使在西方小说中，第一个单词就是主人公名字的小说也很少有，不论是巴尔扎克还是莫泊桑，很少用这种写法。那这显然是鲁迅为了写这篇小说，故意采用的。

方玄绰姓方，端午节就要方方正正，有一点方正的意思。玄，这就有点儿玄学、哲学的意味，有点儿玄空，跟知识、跟文化有关，又跟远有关。绰呢，宽绰、阔绰。总之都是不着急，很舒缓、很迂回，有点儿抽象，给人这样一种意象。其实我们分析它这么多，鲁迅——创作者——可能一秒钟就想出来了，他可能凭直觉就想出来了。这就是小说的意象。意象是用来研究诗歌的，但是像鲁迅这样的人写的小说里面有诗，而且不一定是那些被叫作诗意小说的小说才有诗。在他普通的小说里，到处都藏着诗。所以你读方玄绰这个名字，不管小说怎么样，这名字是个好名字。如果你姓方，我建议将来你给你儿子起名就叫方玄绰，绝对有出息，而且不会重名，是现成的好名字。名字不多说，不展开了。

还不介绍方玄绰是什么人，就直接进入情节，这就叫切入。"方玄绰近来爱说'差不多'这一句话"，其实"这一句话"的"一"可以不要，就是"这句话"。"这"和"一"合起来，就是zhèi。北方人写的时候，一般都不写"一"，就写"这句话"，但是读成"zhèi句话"。所以刚来上学的南方同学，一定不知道这个奥秘。通过"这一句话"，我们就知道这个时候的鲁迅，对北京话掌握得很差。不是因为鲁迅是大师，他就句句都写得有道理，我们可以分析出他的秘密来，这里就暴露出，他对北京话了解不够。北京人不会这样写，不会写"这一句话"。一看，这是鲁迅的毛病；再一统计，基本上江浙人都这毛病，江浙人到北京时间不长的，都会写一些很生硬的北京话，但是好在他会努力，等再过两年就熟了，再接触几个语言学家，他就懂了，这个"一"可以不要的。

"方玄绰近来爱说'差不多'这一句话，几乎成了'口头禅'似的；而且不但说，的确也盘据在他脑里了。"我们看鲁迅的语言，关联词语的使用，很娴熟，也很独特。我们上学的时候都会专门练习关联词语，我发现鲁迅关联词语的使用，和老师教的经常不一样。比如他说"而且"的时候，前面经常没有"不但"，突然就来一个"而且"，可是呢，又在"而且"后边来个"不但"——"而且不但说"，这个"不但"接的不是"而且"，接的是"也"，"的确也……"正因为他使用得不一般，才保留了这些词语本初的那些作用。当我们使用这些词使用得滑顺了的时候，我们说"不但……而且……"的时候，它们已经引不起人的注意了。所以现代人，经常不去很好地理解一个关联词语联系起来的长句，当我们说"不但……而且……"的时候，读者要不就理解前一半，要不就理解后一半。而像鲁迅这样写，你只能一句一句去理解，不可能忽略前边或者后边。你就会仔细想，他到底什么意思。

方玄绰爱说的"差不多"，不光是口头禅，是他脑海里也这样想，是

"盘踞"在脑海里很固定的一个想法,说明"差不多"已经是他的思维方式。说了这个现象之后,鲁迅开始做一个简单的历史介绍:"他最初说的是'都一样',后来大约觉得欠稳当了,便改为'差不多'"。这个细琢磨就有意思:既然你认为差不多,那还改什么呢?如果差不多,那"差不多"和"都一样"也差不多,那还改?这本身就存在着一个哲学上的悖论。既然差不多,就不应该改,因为在使用上都一样嘛,说明还是不一样,还是有差别,差别就在于"稳当"不"稳当"。所以说"差不多",一直使用到现在。

那么大家根据自己的语言文字功夫,你觉得"差不多"跟"都一样",有什么差别?这个"都一样",其实来自庄子的思想,是庄子的"齐万物"的思想。每一个中国老百姓的俗语里面,都是大有文化的。凡是说了上百年的话,里面都是有深刻的中华哲学的。"都一样"来自庄子《齐物论》,大和小是一样,轻和重是一样,早和晚是一样,生和死是一样。但是表达成"都一样"呢,又说得比较死,"都一样"就是完全等同于A=B=C=D,全一样,它显得不太活泛,不太有乐趣。而"差不多"呢,妙就妙在"差","差不多"前提是"差",还是不一样,但是不一样的地方不多,就一点点不一样。也就是说,95%都一样,还有5%不一样,这叫"差不多"。"差不多"随时可以变成"还差点",所以我们看,跟"差不多"使用概率接近的叫"差点儿"。"差点儿"也是一个汉语中非常妙的词,我们经常说"差点儿"。"差点儿"这个词,也是外国人学汉语的时候很难掌握的一个难点。比如说"我昨天牙疼,差点儿疼死",还可以说"我昨天牙疼,差点儿没疼死",要把这两句话翻成外语,很可能就被翻译成两句话。而在我们中国人看来,它们是一个意思。"差点儿迟到"和"差点儿没迟到",是一个意思,"差点儿迟到"和"差点儿没迟到"都是还差半分钟进来了,还差二十秒进来了。"差点儿疼死"和"差点儿没疼死"一样。你看这个"差点儿",如此之微妙,"差不多"也是如此之微妙。那怎么理解中国人的这种思维?怎么理解"差不多"?可能在不同的时代,站在不同的立场,人们就会得出不同的看法来。

**他自从发现了这一句平凡的警句以后**,这是调侃,是很平常的话,但鲁迅说它是警句,**虽然引起了不少的新感慨,同时却也得到许多新慰安**。我们发现鲁迅用的词经常跟我们不一样,一般说安慰,他说慰安,慰安是日语词,日本人喜欢用慰安。鲁迅他们都是在日本留学的,所以他们使用这个词更注重文字本身的意义。"慰"和"安"前后的顺序是可以调整的,都差不多,都一样。所以我们不要认为天生地就应该写成"安慰"。比如这里也可以用"安慰",这里为什么要用"慰安"呢?有什么秘密吗?你们不太敏感,你们一定不熟悉古典诗词的写法,因为前半句的最后两个字是"感慨",是仄声声尾,这一句如果用"安慰"也是仄声了,所以要用"慰安",平仄相对,读起来才好听。你们已经没有时间去朗读小说了,所以体会不到音乐之美,好的小说是要读的。"新感慨""新慰安",这才好听,这才靠得住,这就要注意到这里细微之处的美。我们再说内容。

**譬如看见老辈成压青年,在先是要愤愤的**,我们看,也就是先前如果他看见老年人欺负青年人,他是要愤慨的,这说明方玄绰是什么人?说明他曾经是愤青,说明他是要改革社会的先觉者,说明他是有觉悟的知识分子。但是用了一个"在先",说明他是"觉悟"过了,这是鲁迅小说的一个主题,这个主题就是写"觉悟过"的人。"觉悟过",在这里我们看鲁迅敏锐的时间意识。鲁迅从他的第一个小说《狂人日记》开始,写的就不是现在时的战士,写的是觉悟过的战士。《狂人日记》里面的那个狂人,上次我们讲了,在我们读小说的时候,他在哪儿?他已经去当官儿了,他已经重返官场。他曾经是一个发出"救救孩子"的人,现在他重新去吃孩子了。这才是鲁迅小说的沉痛之处。

同样，你看平平淡淡的开头，随随便便就写出方玄绰的愤慨和慰安的关系，他先前是愤慨老年人压迫青年人的，可是现在呢？**却就转念道，将来这少年有了儿孙时，大抵也要摆这架子的罢，便再没有什么不平了。**你看鲁迅写的事情是平常的，平常的事情人们一般不写，有什么可写的，可是写和不写是不一样的。一个事情只要一写出来，这个事情好像就获得了否定，这就是写作的意义。写——指向否定。大家以后学文学理论的时候，注意这个写的问题，写作的意义是什么，不同的作家有不同的说法。我们可以发现，一个事情一旦被写，这个事情便岌岌可危，这个事情便不安。比如你们宿舍一个同学随便说一句话，他说就说了，也无所谓，你模仿着他说一句，你学一句他的话，他的那个话就立刻受到挑战。一个事情一旦被再现，它的意义就被颠覆。假如那个同学连续说几句话，你连续模仿几句，你俩就打起来了——你要干吗？所以我们知道，创作就是战斗，文学是你死我活的。哪怕你写一个自然景物，本来景物就在那儿，你只要一写，它就从大千世界中被你抠出来，它好像活在你的作品里面，哪怕它已经在自然里面死了。比如你说你的窗前有两株树，一株是什么树一株是什么树，这树活得好好的，你干吗非写人家呢？你一写就改变了它的生命状态。

方玄绰的这种姿态，本来大家都有，我们有时候也会这么想，可是被作者这样一写出来，他立刻好像就要面临审判。我们有时候也想，青年人长大了以后也这德行。比如咱们同学在学校里面骂贪官，将来毕业了，你也可能当公务员，你可能是贪官中的一员。那么反过来说，现在那些贪官队伍里的人，二十年前也在大学宿舍里骂贪官呢。那怎么看待这个事情？鲁迅就擅于在日常生活中发现惊心动魄，方玄绰有这么一个珠圆玉润的、令人感到舒服的名字，他的想法里面其实包含着惊心动魄。

**又如看见兵士打车夫，在先也要愤愤的，但现在也就转念道，倘使这车夫当了兵，这兵拉了车，大抵也就这么打，便再也不放在心上了。**这样的想法，在我们今天，仍然普遍存在。

而方玄绰呢，当然也不是这么简单，他像我们一样，具有自我质疑能力，自我批评能力，他还会自我反省，**他这样想着的时候，有时也疑心是因为自己没有和恶社会奋斗的勇气，所以瞒心昧己的故意造出来的一条逃路，很近于"无是非之心"**，这是《孟子》里的话，"无是非之心"。孔孟之道告诉我们，人必须有是非观念。中国文化的两大支柱是儒家、道家，儒家告诉我们，一定要名正言顺，是就是是，非就是非，特别是大是大非，要明确。但是如果我们只有儒家，我们也早就灭亡了，我们还有道家。道家告诉我们，什么都一样，差不多。然后它俩还不断地辩论，道家和儒家一直盘踞在我们的脑海中不断地辩论。有的时候人必须讲大是大非，必须有文天祥、岳飞，必须有这样的英雄人物，这个天地有正气才行。但是另一个思想也告诉我们，韬光养晦，小不忍则乱大谋，君子要吃亏等，什么都差不多，都一样。我们老是有这两条思路，像两个轮子一样支撑着我们中华民族前进。所以你看当方玄绰差不多的时候，他心里边有一个孔孟之道的声音，告诉他，你是不是没有是非之心？你这样做是不是没良心啊？我们看知识分子，什么叫有良心？有良心是有一种自我谴责能力，自我分析，然后做出新的判断、新的行动。那么方玄绰是有这两个声音搏斗的，差不多和是非概念。既然有这个想法了他就觉得，**远不如改正了好。然而这意见，总反而在他脑里生长起来。**

你看鲁迅不讲原因了，就直接给你一个结果。方玄绰有思想斗争，不是不明是非。他第一明是非，第二曾经是愤青，曾经有正义感。他不是胡适举的那么简单的例子，什么买红糖白糖了，什么请人医兽医了，不是那个简单的东西。鲁迅讲的这个"差不多"是大是大非，是老年压迫青年，士兵打车夫这样的事情，是我们今天说的社会普遍发生的大是大非。他在这样的是非问题上有心灵搏斗，可是最后还是一种倾向占了上风，这种倾向就是差不多，"总反而在他脑里生长起来"，这写得合乎实际。我们知道在任何一个时代，总有一种意见占上风。有搏斗，但是慢慢地对于一个具体的人，一伙具体的人来讲，总有一种观念占上风。

鲁迅活着的那个时候，并没有什么现代化的信息渠道去统计，但他就凭自己的生活感受，凭自己的艺术直觉，能够把握得很准确，然后随手就能写出方玄绰这样的人来。下面继续剖析方玄绰，**他将这"差不多说"最初公表的时候是在北京首善学校的讲堂上**，鲁迅随随便便写的一句话里面，你总觉得到处都有暗藏的棱角。就像一个粽子似的，再软糯，它是有角的。他随便说一个东西，比如说一个学校，他非给这个学校取名叫首善学校，你觉得这里边就没有善意，含着不善之意。

方玄绰在首善学校讲课，发表他的"差不多说"，**其时大概是提起关于历史上的事情来，于是说到"古今人不相远"**，古今人不相远是对的，这也是鲁迅和他的弟弟周作人的观念，历史就指示着今天，要了解今人就多看古人，古人今人差不多，这是没错的，再**说到各色人等的"性相近"**，这也是《三字经》里面的话，"性相近，习相远"，但是他光讲性相近，没讲习相远，**终于牵扯到学生和官僚身上，大发其议论道**：学生和官僚是一对矛盾，我们今天体会不到了。在古代，学生、官僚是矛盾的，之所以是矛盾的，因为学生要变成官僚，官僚是由学生变的。古代是这样，秀才是准备当官的，还没当官的时候，他对官有反感。五四时候也是这样，虽然教育体制变了，官和生的结构没有变。所以这个时候，方玄绰说：**"现在社会上时髦的都通行骂官僚，而学生骂得尤利害。"** 他不是说工人、农民不骂，而是工人、农民没有媒体，媒体上发表的主要是学生的声音,所以说学生骂得厉害。"然而官僚并不是天生的特别种族,就是平民变就的。现在学生出身的官僚就不少,和老官僚有什么两样呢?'易地则皆然'。"这也是《孟子》里的话,就是换位思考的意思,两个人换一下地位,一样。"思想言论举动丰采都没有什么大区别……便是学生团体新办的许多事业,不是也已经难免出弊病,大半烟消火灭了么?"方玄绰作为过来者,作为曾经是学生的老师,说的事实应该说都是存在的,一个一个看都对。"但中国将来之可虑就在此……"方玄绰的态度,是有明显倾向性的,可是这个倾向性不是单一的,在方玄绰的思维里面,就有我上次说的复调。方玄绰的脑子里不是一个声音,当然不是半斤对八两的两个声音,他的声音是复杂的,他的不同的声音都有依据,只不过此时此地一个依据占了上风,所以说方玄绰的声音是复调。

那么这个小说,方玄绰的声音是复调,鲁迅的态度是什么?这个小说的叙事者的态度是什么?这才是决定我们文学修养水平的。我们怎么看这篇小说?假如这篇小说选入中学课本了,或者在许许多多大学的课堂上有老师讲到,一般都会讲成一个声音,就说这个小说尖锐地批判了一个时代落伍者,尖锐地批判了方玄绰这种麻木不仁的虚伪的落后的知识分子,给他加一堆罪名,然后表达了鲁迅先生勇猛前进的决心。那种理解,那种讲法就是拼命地要把鲁迅压到胡适的水平,那我们干脆直接读《差不多先生传》就完了,那就不要读这篇《端午节》。

从开头到现在,我们都发现这个小说,要说什么好像还不是这么清楚,但是说得句句却都很有分量,都很实在,而且过了近百年,情况好像没什么变化。虽然没说这方玄绰长什么样,没说他的简历,但你不觉得这人有点面熟吗?你一定觉得有点面熟,不论是我当初第一次读这个小说的时候,还是我假期备课的时候,还是我今天上午又看了一遍的时候,我都会想起很多人来。这就是方玄绰吗?我们北大有好多方玄绰,我们北大中文系有好多方玄绰，都是好人，你让他说是非他也能说出好多来，你让他说差不多他也能侃侃而谈，再深一步我自己是不是方玄绰？我自己有时候是不是说差不多，有时候又很愤慨，有时候又觉得很慰安？这时候我才知道鲁迅这家伙很"坏"啊，提前近百年就来骂我，才知道什么叫经典，什么叫经典的力量，你看上去很温和，可是很有力量。

在方玄绰的思维里有好几个观念都是儒家观念，"无是非之心""性相近""易地则皆然"，全是儒家观念。中国知识分子为什么能革命？为什么有辛亥革命，有五四革命，直到共产党革命？革命这个词本身就是儒家观念。为什么西方的革命失败？苏联的马克思主义会失败？就因为他们那个革命就是一个revolution，它没有儒家观念做根基，所以它革命的时候轰轰烈烈，革命的能量消耗完了，它要走向反面。

我们中国的革命能够凤凰涅槃，中国人说，我们的现代革命是马列主义送来的，十月革命一声炮响给我们送来了马克思列宁主义——没有十月革命一声炮响，中国就不会变成现代社会了？没有阿芙乐尔巡洋舰那几声炮，中国就老是清朝？中国就老是北洋？它不可能啊。中国即使满地都是方玄绰也一样革命，只是革命的具体道路不一样而已。再一个因素是中国不是只有儒家观念，就是说在方玄绰这样的人心里，儒家观念是挥之不去的，即使他现在要做一个道家，他这道家是有儒家根基的道家，而中国人做儒家的时候，也是做有道家根基的儒家。我们看孔孟老庄本人就知道，孔子是一个简单的儒家吗？孔子自个儿有没有"差不多"思想？你去好好读读《论语》，读读《孔子家语》，你才会明白，中国文化"博大精深"，那只是一个成语。

我们再来看一段，他讲了差不多论的时候，**散坐在讲堂里的二十多个听讲者，有的怅然了，或者是以为这话对；有的勃然了，大约是以为**

**侮辱了神圣的青年；有几个却对他微笑了，大约以为这是他替自己的辩解：因为方玄绰就是兼做官僚的。**这很有意思，中国的知识分子有的是多栖的，他是学者，他是老师，但他可能在一个团体里，甚至直接在政府机关里任职。比如鲁迅是什么身份？我们经常落了鲁迅的一个重要身份，鲁迅是官僚。他老骂中华民国政府，我们以为他是反政府的，可他是中华民国政府里的重要官僚，他是教育部的重要官员，那个时候政府不像我们今天这么多人，教育部一个佥事相当于今天一个处长，国家很多教育方针是他制定的，文件是他起草的，中华民国国徽是他参与设计的，北大校徽是他设计的，很多奖是他颁布的，祭孔大典他反对，但祭孔大典是他主持的——这是鲁迅的复杂。所以他特别能体会这类复杂身份的人的心情，所以他说学生对方玄绰微笑，意思是说你就是当官的。

**而其实却是都错误。这不过是他的一种新不平；虽说不平，又只是他的一种安分的空论。**这对人的心理剖析得太深了，不是因为那些原因，这是他的不平，是不平又是安分的空论。**他自己虽然不知道是因为懒，还是因为无用，总之觉得是一个不肯运动，十分安分守己的人。总长冤他有神经病，只要地位还不至于动摇，他决不开一开口。**他跟总长认识，这很像鲁迅，鲁迅是能见到教育总长的。

**教员的薪水欠到大半年了，只要别有官俸支持，他也决不开一开口。不但不开口，当教员联合索薪的时候，他还暗地里以为欠斟酌，太嚷嚷；直到听得同寮过分的奚落他们了，这才略有些小感慨，后来一转念，这或者因为自己正缺钱，而别的官并不兼做教员的缘故罢，于是就释然了。**鲁迅一方面剖析了他的身份、他复杂的思维，同时鲁迅又把人的思想的来源，做了一个最坚实的阐释——人的思想来源于哪儿。这个时候鲁迅没有读马列主义，但鲁迅的思想恰恰是正宗马列主义，人的思想来源于他的经济地位，人的思想来源于他的阶级。正因为方玄绰的经济结构是这样的，他拿着一份官僚的钱，又拿着一份教员的钱，所以他的思想在两个身份中摇摆不定，他有正义感，可是这个正义感受到政府给他的钱的牵制。而这正是马列主义的厉害，马列主义的基础就是从人的经济身份出发——人要吃饭，从分析商品出发的。鲁迅并没有读马列，但鲁迅知道人的思想是从哪来的，所以方玄绰这样一个人物写得一点都不玄，就在于鲁迅从人的饭碗开始写人，所以鲁迅的人才写得扎实有力。

《端午节》我们在中秋节之前不可能讲完，我们中秋节之后再接着讲，祝大家中秋节愉快。

2017年北大选修课"鲁迅小说研究"第三课

2017年9月27日

# 鲁迅外号方老五

——解读《端午节》(中)

鲁迅是古文字大师,他当然知道什么叫"端",什么叫"午",他更知道"端午"就是"正当"的意思,就是正确的意思,就是堂堂正正的意思。可是这个小说刚开始我们就体会到,他写的这个故事好像跟"正"关系不大。我们中国人投票选举,一个最传统的方式就是画"正"字,这个很有意思。我们小时候选三好学生,一直到我们今天选党委委员、选优秀教师,都是由一个人在黑板上画"正"字,一个"正"字就算五票。你看中国人很有意思,五笔笔画的字不少,为什么非要选"正"字?这说明了我们潜意识中的问题。

在小说的一开始,破题就破的是"差不多",可是小说开始之后,它并不是重复胡适之先生的《差不多先生传》,并不是要批判"差不多"的。当然,对于这个问题,鲁迅的认识跟胡适是差不多的,他们都批评中国人不认真。可是鲁迅的小说落脚点不在这里,不在胡适这里,他从一开始讲出方玄绰的"差不多"心理,就开始挖掘他的意识深处。小说的主人公方玄绰自己就对这个"差不多"思想有反省,而且不是一般的反省,他能够"叩其两端而得之"。而他的这种想法,我们上次讲了,是儒家观念,"无是非之心"——他不愿意做一个无是非的人,"性相近""易地则皆然",你看,他的反省里面含有一些辩证法的意味。所以我说,这里面有一个复调存在。

鲁迅小说的一个常见的现象,就是不那么容易总结中心思想。你说他到底什么意思?为什么说不那么容易总结中心思想?因为它有复调。复调是我们借用的音乐术语,音乐上的复调很简单,就是两个旋律交叉前进,就像芭蕾舞的音乐很简单,王子出来了一个旋律,魔鬼出来了一个旋律,然后两个旋律斗争,最后王子战胜魔鬼,公主就嫁给了王子——它的复调是很简单的。而我们借用术语是用来形容文学作品中非常复杂的一种状况,首先你得确定哪个是复调,有几个调,这就很麻烦,调与调之间的关系又很麻烦。它不是简单的善与恶、光明与黑暗这样的关系。

我们继续往下看,他的"差不多论"发表的场合:

"散坐在讲堂里的二十多个听讲者,有的怅然了,或者是以为这话对;"鲁迅的语言很有意思,按照正常语序,应该先说听讲者里认为这话对的,然后就怅然了,他先说结果——有的怅然了。为什么怅然呢?大概认为他说的话对。"有的勃然了,大约是以为侮辱了神圣的青年。"认为被侮辱了,所以才勃然了,就是生气了。根据我在北大三十多年的经验,"神圣的青年"是不可侮辱的。我1983年来北大上学,那时候我就发现,凡是来北大做报告的,做讲座的,不论学者、名人、领导,在讲话的开头,都要大大地恭维北大学生一番,都要低调再低调,把自己低到尘埃里面去,说我不学无术啊,说我没什么成就啊,我今天来到北大战战兢兢啊,你们都是国之骄子、天之骄子、祖国栋梁,把北大学生捧得飘飘然,他才开始讲。我发现这是一个规律。偶尔有那么一两个,其实也没有侮辱北大学生,就是把北大学生好像恭维得还不够,他的讲座恐怕要倒霉,然后他就很难走掉,一定会有很多人围攻他。后来我读鲁迅,发现这个不是从我们这时候才开始的,从新文化运动那个时候,或者再早一点,中国的青年的地位忽然就提高了。

我们都知道最有名的一本刊物就叫《新青年》。我们古代是"尚晚"的,有尚老的传统,青年是没有地位的,尚老是理所当然的。自从梁启超写了《少年中国说》,这个情况就发生改变了。梁启超说的少年就是青年,至少得是高中生,我们现在完全理解错了,把少年当成小学生和初中生,弄一帮小屁孩在那里朗诵《少年中国说》,本身就是举国上下没有文化的一个最荒唐的例子,到处有帮孩子在那背"少年强,则中国强"。那个"少年"是青年。可是《少年中国说》其实是鼓励青年人要自强,"少年强,则国强",它没有说青年人本来地位就高,它没有说青年人比别的年龄段强。可是不知怎么发展发展,这个国家的青年人就不能惹了。

所以我们看,这里边包含着很多时代的悖论,鲁迅就顺便讽刺讽刺,"大约是以为侮辱了神圣的青年"。不过,鲁迅是新文化阵营的,鲁迅肯定是站在青年这一边的,这是没有问题的。每当青年学生受了压迫,鲁迅肯定是站在学生一边的。可是他与其他先觉者不同的就是,他的立场是站在学生这边,但是他还要在这个立场上去讽刺青年,去批评青年。鲁迅,一方面自己为青年人做了大量的牺牲,包括金钱的,时间的,名誉的等。他真是像老牛挤奶一样,自己吃草,挤出奶来哺育青年人。可是另一方面,他也受了青年人极大的伤害,他也最知道青年人里很多不是东西。他看得很清楚之后,依然要为青年人牺牲,他不因为牺牲了,就不指出事实了,他只是把握好分寸。你看这样的场合,他顺便说一句

"侮辱了神圣的青年",我们一读也就一笑而过,其实这句普通的话里,有鲁迅的许多泪。鲁迅是知道不好太得罪青年的。

"有几个却对他微笑了,大约以为这是他替自己的辩解:因为方玄绰就是兼做官僚的。"他不光是讲课的文人,他也是官僚。这其实也是传统的一个延续。中国文人本来就是要做官的,"学而优则仕",如果没有做官,说明你学而不优。学而不优只好当孔乙己,学而优要做官的。那么延续到现代,很多文人还是要做官的。

老舍写的第一部长篇小说叫《老张的哲学》,里面的主人公是官、学、商三位一体的,一个人身兼三职。我们现在人一般不能身兼三职了,但是我们却看得很清楚,这三种势力是最容易勾结在一起的。我们经常被什么势力压迫,被什么势力洗脑?你为什么要去买某一个品牌的消费品?其实背后,就是这三种势力捏合起来要榨取血汗。所以,我很佩服我们北大一个老前辈化学家,他在获得国家科技进步一等奖的时候,说了这样一句话,他说:"我们化学家都是有罪的。"我听了老先生这句话非常感动,这才是北大人!我们经常愤怒地批判那些假冒伪劣产品,它们是小商小贩生产出来的吗?或者是某个小工厂生产出来的吗?后面如果没有大量的化学博士,谁能制造出那些东西来?那些人不是从小好好学习考到北大化学院来的吗?你毕业之后干的什么事?

鲁迅能够写下这个话来,又是一个复调,这里面好像很温情,对学生有一种宽容,也对学生的各种态度都有深层的了解。当他写下"因为方玄绰就是兼做官僚"这几句话的时候,知道鲁迅生平的人会明白,这不是鲁迅自己吗?鲁迅自己的身份就是中华民国教育部的官僚,他嫌做官挣的钱还不够多,业余时间跑到北大等学校讲讲课。因为鲁迅是伟人嘛,我们会说,鲁迅不辞辛劳又跑到北大上课来了,启蒙社会教育青年——这些其实是副产品,主要是为了增加收入,这才是真的动机。当然君子爱财取之有道，不能去坑蒙拐骗，人家通过付出自己的学问和辛劳来增加收入，是正当的。但是他的身份就多重了，他是官僚。那他怎么当官僚呢？那必须得敬业吧？第一不能迟到早退，得好好上班吧？另外他上司交给他的任务，政府交给他的任务他得完成吧？那他的这个任务和他的文化人立场有冲突怎么办？比如说他是一个文人的时候，他支持学生，支持学生反对政府，反对他所就业的那个政府。不光支持学生，还要支持一些站在学生立场的教师。可是教育部要开除某个教授的时候，很可能这个命令就是他起草的。

比如说鲁迅反对尊孔，反对重新把孔子思想定于一尊，可是鲁迅亲自参加祭孔大典，非常熟悉怎样祭孔，政府要举办这些仪式的时候，他又是必到场、必尽责。所以鲁迅内心的这种纠结、这种冲突，正是他的一个核心魅力所在。钱理群先生很喜欢用一个词来形容鲁迅，叫作"挣扎"。我很同意钱老师的观点，我觉得他用的这个词很好。往往这个伟人先觉者，不是什么事都看透了，包揽了，能力巨大地站在高处来号召我们——那是我们想象的伟人，我们想象有这样一个伟人能够给我们力量，保护我们，指引我们，而伟人自己真正的状态可能是挣扎，如果伟人们都那么轻松的话，世界早解决了所有问题。我们从挣扎中可以理解到，伟人是替我们痛苦的。我们自己也经常有挣扎，可是由于我们活得浅，我们的挣扎也浅，我们简单挣扎一下迅速就屈服了，迅速就盲从了，我们可能是这样。

上面写的是听讲，学生对他的几种态度，怅然、勃然、微笑，从他自己的角度来说呢，"而其实却是都错误。"他自己清楚，"这不过是他的一种新不平"。鲁迅说话是绕来绕去的，在各种概念中，很细微地去辨析。当他说"差不多"的时候，我们很可能认为这个人是很平庸的了，已经不再当愤青了。可是就鲁迅来看他还是愤青，这是一种"新不平"，

"虽说不平,又只是他的一种安分的空论",平和不平也是挣扎在一起,到底平还是不平?"他自己虽然不知道是因为懒,还是因为无用,总之觉得是一个不肯运动,十分安分守己的人。"一个人不肯运动,安分守己,这是一个状态,那么同样是这个状态,他老去自己反省这个状态,这是不是就有了细微的差别?"总长冤他有神经病",教育总长,或者是他们司的一个最高长官,竟然认识他,说明他的地位不低。我们现在如果在教育部工作,教育部部长能认识你,还说你有神经病,说明你地位不低。这个总长很了解他,说他有精神病,神经病就神经病吧,他不去辩冤。"只要地位还不至于动摇,他决不开一开口;教员的薪水欠到大半年了,只要别有官俸支持,他也决不开一开口。"这个慢慢说到实质性问题了,当官也好,当教员也好,总得有收入。竟然有这事——大半年教员没有薪水,这是中华人民共和国成立以来,从来没有的事情。不是有那么多"国粉"吗?有那么多人赞美中华民国,说中华民国好啊。那我们退一步说,中华民国肯定是不好,四万万同胞大多数挣扎在死亡线上,半数的人温饱不能解决。一般来说,说中华民国好,大概是说当官的好吧,有钱的好吧?当官、有钱的也没多少人,是说教授好吧?因为教授也很少,可是我们现在看,连教授也有问题啊——教员的薪水可以欠到大半年。那这国家到底谁好?教员薪水欠大半年了,他也不着急。为什么呢?别有官俸支持,就是他是当官的,他有公务员的收入,这也就是他脚踩两只船的一个重要原因。"他也决不开一开口。不但不开口,当教员联合索薪的时候"——"索薪"这个词我以前是不知道的,不读鲁迅不知道,怎么还有索薪这个事呢,薪竟然需要索,这是一个妙处。

教员索薪还要联合索薪,说明事情很大,一两个人去索索不到,要联合索薪。鲁迅说的教员联合索薪,在这个时候应该不是共产党"煽动"的吧?共产党1921年才成立,根本没有时间忙乎这些事。那也就是说,索薪这种事不需要什么人煽动，这是人的生命本能，我的劳动尊严，我的劳动所得，起码的正义。共产党后来支持这些活动，不过是支持正义而已，不过是站在基本的人性的立场上。

就方玄绰来说，教员们联合索薪，"他还暗地里以为欠斟酌，太嚷嚷"。我上次说过，人的态度往往决定于他的经济地位，教员们联合索薪他不怎么赞同，"直到听到同寮过分地奚落他们了，这才略有些小感慨"。方玄绰的思想是很细腻的，很像一个文人的思维，不时地发生变化，一会儿左一会儿右，"后来一转念，这或者因为自己正缺钱，而别的官并不兼做教员的缘故罢，于是也就释然了"。他为什么释然？因为他既能考虑自己，又能考虑别人的立场，因为别的他的那些同僚和官员，并不兼做教员，所以那些人奚落索薪的教员。他自己是首鼠两端。

就鲁迅自己来说，他一方面在教育部当官，另一方面他曾经在八所学校兼职。所以鲁迅绝对是个高收入的人。但是有一种声音说，鲁迅既然拿着中华民国这么多钱，他就不应该反对中华民国。这种观点对吗？要这么说的话，我们每个人都不能批评社会，都不能批评这个国家了。我拿着北大的钱，我就不能批评北大啦？这个意见对吗？再说，是我拿北大的钱吗？是我拿北大的钱，还是我在给北大做贡献？首先这个事情的描述就存在陷阱。我们拿的钱是白拿的吗？我们拿的钱是从北大的钱库里边拿出来的，还是从国家的钱库里拿出来的，还是从所谓一大堆"混账"纳税人的口袋里拿出来的？这个经济学的道理，好像很多人这几十年来都给讲糊涂啦！比如一个工人，他拿工资，养活他的家庭，他是拿老板的钱吗？他和老板是什么关系？是他对不起老板，还是老板对不起他？这个关系这些年被赤裸裸地颠倒了。

这个道理，方玄绰好像想不明白，尽管他很聪明。他左思右想，努力地在正义、在自己的身份之间寻找着平衡。所以写到这些细微的心理，鲁迅是很拿手的。有一些人觉得像《端午节》这样的作品不太重要，他的标准可能有问题。这样的作品跟《狂人日记》《药》是不一样的。这样的作品，具有一个内向的旨归，它是指向知识分子内心的，而且在那个时代，这是很早的。在五四和五四前后的时代，大多数作品都是要改变社会、批判社会，说这个社会不民主啊，不自由啊，不科学啊，等等。而鲁迅却把笔端的一部分，指向了自己这一伙儿人。

历史证明，鲁迅发现的才是更重要的问题。我们从古到五四到新中国到"文革"到现在，这个国家最主要的问题，恐怕是知识分子的问题。钱理群老师愤然批评的精致的利己主义者，指的是哪些人？对这个话可以有不同的理解，可以有争论，但是我们按照这个话背后的意思去想，它主要指哪些人？所以可以理解，钱老师同样是抓住了我们社会上一个重要的问题。

他释然，可是他又这么说：**他虽然也缺钱，但从没有加入教员的团体内，大家议决罢课，可是不去上课了。政府说"上了课才给钱"，他才略恨他们的类乎用果子耍猴子**。这里分析方玄绰的心理，顺便我们也就了解了当时的一些情形。"大家议决罢课"，不去上课了，这个逻辑很有意思，因为没有钱，所以他们罢课，可是政府说呢，上了课才给钱，这样双方就都占住了一个道理。政府说因为你们不上课，所以不给钱，教员说，因为不给钱，所以我们不上课。这很有意思，我估计最高兴的是学生，这才好，可以光明正大地不上课了。我们现在的政府不会这样的，老师们起码有钱，政府更不会这么说话，说上了课才给钱。正因为他的身份一半是教员，所以当政府这么说的时候，他才有点儿恨。**一个大教育家说道"教员一手挟书包一手要钱不高尚"，他才对于他的太太正式的发牢骚了**。这个大教育家指的就是范源濂，有文献记载，他曾经非难北京各校教员，说他们一手拿钱，一手拿书包上课。这个话说得不太有水平。

尽管今天很多人吹捧民国时期的官员,找出他们很多很光彩的一面,说他们有道德,有学问等,我觉得大家都不要上当。同样还是钱理群先生说,中华民国的教授没什么学问,都是吹的。有什么学问啊?拿出什么科学成就,在世界上可以炫耀的?中华民国有几个大师全是清朝培养的,所以就看这话说的,这像一个大教育家说的吗?政府不给作为无产阶级成员之一的教员们发工资,本来就不对,你作为教育家,还要助纣为虐。

而周树人先生自己,就经历过这样的两难困境。我们看方玄绰跟鲁迅的关系。一开始我们分析过,方玄绰这个名字取得好,那么这里再透露,方玄绰跟鲁迅有啥关系。

鲁迅的兄弟周作人,由于做了汉奸,被中华民国判了汉奸罪,后来新中国成立了,我们共产党不计较他这些事了,因为鲁迅是他哥嘛,看在他哥的面子上,就不说这事儿了,就给他养起来了。养起来之后,我们给他很多钱,他还挺不够花,老要提前预支。他拿了钱得写东西,就写了好多鲁迅的事,算是给鲁迅研究提供一些材料,这些东西很有价值。

周作人在《鲁迅小说里的人物》里,有一部分标题是"方玄绰",专门讲方玄绰,很值得重视。他提供这么一个材料,说"民六以后",1917年以后,"刘半农因响应文学革命,被招到北京大学来教书,那时他所往来的大抵就是与《新青年》有关系的这些人,他也常到绍兴县馆里来。他住在东城,自然和沈尹默、钱玄同、马幼渔诸人见面的机会很多,便时常对他们说起什么时候来会馆看见豫才",豫才就是鲁迅,鲁迅名字叫周豫才,小时候取的,很高雅,鲁迅本来被取的名字叫豫山,周豫山——很大气的名字,但是据说在绍兴话读起来就很像"雨伞",不好听,就改成豫才。本来的意思是说他有豫章之才。当然鲁迅后来很谦虚,说自己没有那么高的水平,当不了豫章之才。所以鲁迅有时候又写成预备的预,说我预备当一个豫章之才。所以鲁迅的名字有很多,正式的叫豫才,有时候鲁迅领工资签的名字是周豫才——如果大家有机会去查史料。

刘半农老说他到会馆看见豫才——这不是刘半农原话,原话是老看见周作人,还有豫才。因为是周作人写,所以他把自己给隐藏了,其实刘半农是先认识周作人的,因为在五四开始的时候,周作人的名气比鲁迅要大,周作人是北京大学正式的教授。周作人不是官儿,是纯教授,鲁迅是当了官出来兼职多挣点钱。他兄弟两个挣钱是很多的,所以兄弟俩能够住那么大一个四合院儿,那个院子现在在北京得值十个亿以上。

"或是听见他说什么话",其实刘半农因为地位低——他虽然被招到北大来教书,但没有学位,北大校长蔡元培兼容并包嘛,他觉得谁有才就招来了——不被重视,所以为了显示自己很重要,就经常说我老去看他们哥儿俩,看周作人、周树人兄弟,这样就自抬身价。可是这些哥们儿一听,就挖苦他,他们马上想到一个人,就是《儒林外史》里的成老爹。因为成老爹说"方六房里请我吃中饭",但人家根本没请过他。刘半农这儿的方老六是谁呢?方老六就是周作人。他们就讽刺刘半农,说他老去见方老六。既然周作人被叫作方老六,周作人他哥就被叫作方老五。大家顺便长一个知识,鲁迅有一个外号叫方老五。这个是这么来的,拐了很多弯儿。这是只有他们这个圈子里,像一个小黑社会似的,互相说的黑话。哪天你要在旧货市场上买到他们的往来信件,或者谁的日记,你看那里边儿说"今天跟方老五一块儿喝酒",这封信马上就值钱啦,因为跟方老五喝酒,就是跟鲁迅喝酒,那马上就不得了啦。鲁迅有一个外号叫方老五,是这么来的。后来因此一转变,大家把方老五当作鲁迅的别名儿。周作人告诉我们了,一个时期里很多他们的来往信件中,把鲁迅叫方老五,是用得颇多的。我也在旧货市场上留心一些那个时候的信件,至今没有发现"方老五""方老六",我也想着哪天弄一个。这是顺便讲一下。

　　鲁迅不是随便把这个人物叫作方玄绰的，如果没有鲁迅方老五这个外号，这个名字也起得很好，没有这个背景，方玄绰这个名字起得也非常合乎这个人物身份。现在又加上有这么一个背景，原来方玄绰果然跟鲁迅有关系。玄绰，我们已经分析了这两个字本来的意思。这里由于有了这个背景，我们又可以想，这里边"绰"不就是"绰号"的"绰"吗？所以鲁迅写方玄绰这个名字的时候，他一定想的是自己。当然我们不能简单地把作者等同于人物，只能说这里边有作者的影子，有作者的精神。但是二者毕竟是不同的。即使一个作者完全写自己，比如说写自传，写回忆录，写的完全是自己经过的实事，可是只要一写，经过了"写"这个动作之后，事实就被这个动作给否定了。写就是反抗，写就是克服，写就是超越。比如说你失恋了，特别痛苦，甚至想自杀，你把自己这个心情写下来，写完之后你就变成另一个人了。一写，你跟他就分开啦，写了之后你就不自杀了。你看歌德写《少年维特之烦恼》，他写完之后，让很多陷在痛苦中的、恋爱中火焰烧着的年轻人，看完之后真的自杀了。可是歌德自己活得好好的，一直活到八十多岁，又谈了好多次恋爱。所以一定不要相信作者跟他人物之间的关系是一致的。通过写作，都是要超越自己。

　　那么外号和人的关系，也是很有趣的。我们知道鲁迅是用笔名用得最多的，鲁迅有一百四十多个笔名，别说他给人物起名了，光给自己起笔名就忙得不亦乐乎。我们现在仍然不敢、不能断定说这是鲁迅笔名的全部。我们过去说这是鲁迅跟国民党反动当局斗智斗勇，我觉得这样解释很高大上，另一方面我觉得他也是一个坏小子，他有趣，他就愿意把这当成一种游戏。他愿意玩。

　　鲁迅除了那么多笔名，也有很多外号。比如鲁迅小时候特别淘气，有一个外号叫"胡羊尾巴"。鲁迅还有一个林语堂给他起的外号叫"白象",看他跟许广平写的情书里面,许广平管他叫"我亲爱的小白象"。后来他和许广平生了孩子海婴,鲁迅就给他起个外号叫"小红象",由"白象"来的。鲁迅还有个外号叫"猫头鹰",这"猫头鹰"是钱玄同给他取的,因为鲁迅不喜欢剃头、理发,那个头发都是竖立起来的。我们过去解释,说是表示着他跟这个世界的势不两立。我觉得这解释得太厉害了,把头发也解释得那么革命,其实他就是懒,不愿意剃头。钱玄同看不过去,给他起一个外号叫"猫头鹰"。而猫头鹰,恰好是鲁迅喜欢的动物。鲁迅跟别人不一样,我们都喜欢小猫小狗什么的,鲁迅喜欢的东西,不是狼就是蛇,要么就是猫头鹰,都是一般人觉得讨厌的、恐怖的,鲁迅喜欢这个。

我们再看看当时跟"方老五"有关的几个人的外号。周作人外号是"方老六",先有方老六,因为这是从《儒林外史》来的。钱玄同不知道怎么回事,他的外号叫"鬼谷子",大概因为老坐那块斗心眼吧,很安静地思考问题,所以人家管钱玄同叫"鬼谷子"。马幼渔是刘半农给他起个外号,叫"鄞县马厩",因为他的籍贯是宁波鄞县的,他又姓马,不知道为什么就给他起一个"马厩"。刘半农本来是鸳鸯蝴蝶派的文人,每天都幻想着红袖添香夜读书之类的,梦想那种才子佳人的故事。其他人都认为自己是很正经的文人,认为他与伦理不合,给他起个外号叫"半伦"——说他伦理不合格。我们可以见当时文人之间很有趣的一种生活,互相打趣。

那么回到这个小说上来,方玄绰这个人物,的确有作者自己的投影。他之所以能写得这么细腻,我们想很多心情,是作者自己亲历过的,比如在官僚与教员之间的徘徊。那么不管是当官还是当老师,毕竟要回家了,方玄绰回到家里——

"喂，怎么只有两盘？"听了"不高尚说"这一日的晚餐时候，他看着菜蔬说。回家吃晚饭了，他盯着桌子上的菜，问怎么只有两盘。问谁呢，没说。**他们是没有受过新教育的，太太并无学名或雅号，所以也就没有什么称呼了，照老例虽然也可以叫"太太"，但他又不愿意太守旧，于是就发明了一个"喂"字。他说"喂"，就是叫他的太太。太太对他却连"喂"字也没有，只要脸向着他说话，依据习惯法，他就知道这话是对他而发的。**

我们看，方玄绰跟鲁迅的身份有相似之处，可是这样的夫妻对话，显然不是鲁迅的亲身经历，这显然不是鲁迅跟朱安夫人的对话方式。但是，鲁迅又想象得很细腻，写得很幽默。鲁迅说了，讽刺幽默的生命在于真实，它又很真实。虽然只是两句话，我们一看，这好像是那个时代的一个典型的写照。那个时代，很多这样的人，处在新旧之间，他们没有办法接受新的习惯、规矩，可是又被迫地往前走。在新与旧之间的徘徊，是很多文学共同的主题。看这样的徘徊，去体会中间的那个滋味。

现在我们都是受过新式教育了，我不知道各家里边的夫妻都是怎么互相称呼的，难道每一次说话都要称名道姓吗？叫"小明""大壮"，都要这么喊吗？或者是叫"亲爱的"吗？我想也未必，恐怕很多时候叫"喂"也可以。一定有很多这样的时候："喂，怎么回事啊，你买的什么东西啊？"我想时代不一定都是不同的。更关键的不是写称谓，而是写关系。他跟他太太说话就叫一个"喂"，他太太跟他说话，不用称呼，而是用方向，只要脸向着他，就是跟他说话——要不我跟谁说话呢？所以鲁迅很幽默地说"依据习惯法"。继续看他们这个夫妻关系。

"可是上月领来的一成半都完了……昨天的米，也还是好容易才赊来的呢。"伊站在桌旁，脸对着他说。这是他太太说的话。从他太太说的话，我们可以看到，上个月的工资只给了一成半。我们承认中华民国的知识分子的待遇是好的，收入跟底层人有巨大的差距，问题是你得百分之百拿到这个收入，才跟底层人有这个差距。比如说，周作人先生在北大当教授，每个月二百八十大洋，他家里雇一个仆人，只需要两块大洋。也就是两块大洋可以保证一个人一个月的温饱。在这个标准上，北大教授像周作人可以挣二百八十大洋，他如果全部拿到了，当然他是一个富人，这是没有疑问的，他的收入是普通劳动者的一百四十倍。那我们想，今天假如一个出租车司机一个月挣一万块钱，北大教授的收入如果是他的一百四十倍，那我们不疯了？是不是？那谁都愿意当北大教授，我们都热烈歌颂这个国家，这个国家做什么都是对的。可是问题是，上个月只能领一成半，百分之十五，这种情况下，知识分子当然不支持这个政府。要说领了八成半，那是另一回事，八成半和一成半是完全不同的。上个月只领了一成半，而且这一成半，我们从下半句看出，完全不够他生活，为什么呢？

"昨天的米，也还是好容易才赊来的呢。"赊这个概念，也是我们不熟悉的。我很小的时候，知道赊这个概念是从我父亲嘴里，我父亲说旧社会可以赊东西，我才知道什么叫赊，就是先消费着，后给钱，叫赊。后来我看很多现代作家的作品，特别是看老舍的作品，会看见老舍写那些下等旗人没有钱，都是"赊"东西过日子。小商小贩到他们家卖菜卖东西，然后就在门口画一道一道的，五个一道，算"鸡爪"，这叫"鸡爪子"。

《端午节》看到这里，知识分子买东西也要赊，特别强调"伊站在桌旁，脸对着他说"，很普通的一句话，只要重复，它的幽默效果就出来了。

"你看，还说教书的要薪水是卑鄙哩。这种东西似乎连人要吃饭，饭要米做，米要钱买这一点粗浅事情都不知道……"方玄绰在家里边还要进行社会批判。他太太是没有受过教育的，可是他对他太太说的这个话，是讲道理的话，可是他太太怎么接他的话呢？

**"对啦。没有钱怎么买米,没有米怎么煮……"很日常的家庭语言,但我们可以看出他们夫妻的关系。**他太太没有什么见识,没有什么思想,他说什么话,她就顺着说。可是,顺着他的过程中她有自己的逻辑,她的逻辑是很实在的,柴米油盐逻辑,就是家庭要吃饭,她想的就是钱买米,买了米煮米吃饭。

**他两颊都鼓起来了,仿佛气恼这答案正和他的议论"差不多",近乎随声附和模样**;也就是说,他和他太太的关系是传统夫妻的模式,中间并没有什么思想交流。按理说他起了这么一个头,他理想中的太太是要跟他进行社会问题探讨的,可是他太太最后就归集到没有米怎么煮,他就没法说了,怎么办呢?**接着便将头转向别一面去了,依据习惯法,这是宣告讨论中止的表示。**这个"习惯法"两次出现,说明方玄绰的家庭是很有意思的,很有意思是我们看它很有意思,在方玄绰自己是没有意思的。方玄绰又当官,又当教员,显然他满脑子都应该是社会问题。可是他回到家里并没有一个能跟他讨论社会问题的人。所以他只能宣告中止讨论。下面就是"索薪"了。

**待到凄风冷雨这一天,教员们因为向政府去索欠薪,在新华门前烂泥里被国军打得头破血出之后,倒居然也发了一点薪水。方玄绰不费举手之劳的领了钱,酌还些旧债,却还缺一大笔款,这是因为官俸也颇有些拖欠了。当是时,便是廉吏清官们也渐以为薪之不可不索,而况兼做教员的方玄绰,自然更表同情于学界起来,所以大家主张继续罢课的时候,他虽然仍未到场,事后却尤其心悦诚服的确守了公共的决议。**这是小说,但写的是实事。

"1921年6月3日",共产党还没有成立,这事绝不是共产党"煽动"的,"国立北京专门以上八校辞职教职员代表联席会",这里还要补充材料,八所学校的校长都参加了,"联合全市各校教职员工和学生群众一万多人举行示威游行",这规模了不起,在那个时候有一万多人示威游行,"向以徐世昌为首的北洋政府索取欠薪,遭到镇压,多人受伤"。[1]这是当时一个很重大的事情,北京八所重要学校校长带领教职员工等一万多人到新华门游行,跟政府的军警发生激烈冲突。不但教员被打,我们时任北大教授兼总务长的蒋梦麟也当场被打在烂泥里面。

还有人要说中华民国好,民主自由有宪法,不知道是何心肝。今天这个国家确实有很多问题,但是跟这个有天壤之别吧?当时这个事情发生最高兴的是媒体,媒体马上炒作起来,就跟今天的网络一样,特热闹。还有人说著名的文学家周树人先生在新华门前被打落门齿两颗,鲁迅还专门写了一篇文章来辟谣,说我门齿尚在。正是因为有这样的实际的事情做背景,所以小说写起来很得心应手,鲁迅特别强调"新华门前烂泥里",强调"国军"两个字。其实我们看到这个字,在幽默之余感到很沉痛,国军是用来打老师的吗?但是毕竟闹了事之后,政府为了平息事态发了一点薪水,管点用,所以他还能够还一点旧债。

他们去索薪是因为教职员们没发工资,现在又发生了一种新的情况,官俸也颇有些拖欠了。这就是人们常说的甲受迫害的时候你不关心,马上乙就受迫害了,最后就是你受迫害。教员没发薪水,现在公务员也没发工资了,那这国家的钱到哪儿去了?工人、农民受压迫不能发声,媒体不帮忙说话也就算了,知识分子没发工资,那得靠官员去镇压,官员去维护。现在官员也不发了。其实我们看中华民国之所以烂,之所以比明朝、清朝还烂,比古代都烂,中华民国是中国历史上最黑暗的三十八年,就是因为工农兵学商都没有收入,当官儿的也没有收入,完全回到野兽世界。怎么有收入?抢啊!所以军阀横行,手里有杆枪就行了,有

---

[1] 《端午节》脚注。引自鲁迅《鲁迅小说集》,万卷出版公司,2013年,第87页。

杆枪就什么都有了。

鲁迅非常善于从一个大事件影响到的一个小角落来进行描写，通过一个角落反映出主战场的情况来。类似的，推荐大家看鲁迅的《风波》，《风波》这小说写得非常好，就是张勋复辟，皇帝要回来了，这么一个国家大事，影响到一个偏僻的乡村，因为乡村里的人已经在民国把辫子剪了，突然听说皇帝要回来了，这么大一个事情在农村里引起了风波。因为有的人没有剪辫子，把辫子盘在头顶上了，这个人就很得意，皇帝又回来了，你们都把辫子剪了，你们都要杀头。这很恐怖。这就是文学的作用，通过细微的生活细节去表现大事情对人民生活的影响。

**然而政府竟又付钱，学校也就开课了。但在前几天，却有学生总会上一个呈文给政府，说"教员倘若不上课，便要付欠薪。"这虽然并无效，而方玄绰却忽而记起前回政府所说的"上了课才给钱"的话来，"差不多"这一个影子在他眼前又一幌，而且并不消灭，于是他便在讲堂上公表了。**

过不过端午节，有没有钱，投射出国家的经济状况、政治状况。我们看钱的事情翻来覆去，这里面也有学生跟着捣乱，本来人家教员经过英勇奋斗弄来一点钱，可是学生又不干了。学生说他们好久没上课了，他们不上课，就不要给他们钱，这学生又插了一杠子。

**准此，可见如果将"差不多说"锻炼罗织起来，**这个锻炼是"罗织罪名"的意思。**自然也可以判作一种挟带私心的不平，但总不能说是专为自己做官的辩解。只是每到这些时，他又常常喜欢拉上中国将来的命运之类的问题，一不小心，便连自己也以为是一个忧国的志士；人们是每苦于没有"自知之明"的。**我们知道在社会的各种场合，人们都喜欢议论社会问题、国家大事，特别是中国、美国这样的大国，老百姓议论国际形势、议论国家大事，这很常见，很普通，但是是不是发这种议论就代表自己是忧国之士？很多人把自己能够参加这种议论当作自己爱国的证明，而鲁迅的这句话告诉我们，鲁迅是不这么认为的，他说得很清楚："人们是每苦于没有'自知之明'的"。

**但是"差不多"的事实又发生了，政府当初虽只不理那些招人头痛的教员，后来竟不理到无关痛痒的官吏，**这话我觉得说得很痛苦，教员是招人头痛的，在政府看来，教员不是什么灵魂工程师，而是招人头痛的，那么我们以为当官的总得重要吧，不是，官吏是无关痛痒。就在这样一个不太著名的作品里面，我们看到鲁迅对一个国家的观察、对政府心态的观察，当官的也不重要。

**欠而又欠，终于逼得先前鄙薄教员要钱的好官，也很有几员化为索薪大会里的骁将了。**索薪从教员蔓延到了公务员。**惟有几种日报上却很发了些鄙薄讥笑他们的文字。**媒体没有变。媒体从那个时候开始就是无耻的。

**方玄绰也毫不为奇，毫不介意，因为他根据了他的"差不多说"，知道这是新闻记者还未缺少润笔的缘故，万一政府或是阔人停了津贴，他们多半也要开大会的。**他看得很透。记者们为什么这么无耻没良心，因为记者们很有钱。记者的钱倒不一定是老板发的，他用了"润笔"这个词——润笔是很含蓄的一种收入。古代文学家是没有稿费的，你请别人写什么东西，需要根据人家的名声看着给。比如说韩愈，很多人求他给写墓志铭，然后就给他很多的钱，这叫润笔，说得很文雅。因为这个笔干了就写不出来了，需要润一润，这叫润笔。韩愈的润笔是非常高的，所以韩愈写的墓志铭把那些人物都推崇得很高，他们都很了不起——你们家老爷子、你们家老太太都非常伟大，伟大的母亲，伟大的父亲。我们很多学者太老实，看古代材料，看墓志铭，墓志铭对一个人的评价是最不可靠的。因为给的润笔多了这评价就非常高，给的润笔少了评价就比较低。就像我们现在看一个科学家也好，看一个老教授也好，怎么评价他，千万不要看他学生写他的文字，他学生写他的文字都是不靠谱的。比如现在每年我看那些博士论文、硕士论文，一看后记里边把他的老师表扬得不得了啊，都是大学者，那为人那个好，全是道德典范，哪有那么多道德典范啊，我平时看你老师怎么不这德行啊。所以我们看多了，就知道人性的问题。

所以方玄绰的"差不多"说到这里就越来越深了，他绝不是胡适写的《差不多先生传》那种糊涂蛋了，方玄绰是很深刻的，他说："万一政府或是阔人停了津贴，他们多半也要开大会的。"很多记者是阔人养着的，当然也会背叛阔人。

方玄绰呢，**他既已表同情于教员的索薪，自然也赞成同寮的索俸，然而他仍安坐在衙门中，照例的并不一同去讨债。至于有人疑心他孤高，那可也不过是一种误解罢了。他自己说，他是自从出世以来，只有人向他来要债，他从没有向人去讨过债，所以这一端是"非其所长"。**他支持是支持，但是他自己不行动，他是这样一种人，这种人在知识分子里是很多的，是非常多的。**而且他不敢见手握经济之权的人物，这种人待到失了权势之后，捧着一本《大乘起信论》讲佛学的时候，固然也很是"蔼然可亲"的了，但还在宝座上时，却总是一副阎王脸，将别人都当奴才看，自以为手操着你们这些穷小子们的生杀之权。**我们看这些当官的，是不是今天又见了呢？他们退休了之后变得很和蔼，开始讲佛学了，开始讲传统文化了，也到大学里讲美学了、讲音乐了、讲美术了，表示他多才多艺了。这个时候你想一想，他在任的时候做了多少祸国殃民之事，**他因此不敢见，也不愿见他们。这种脾气，虽然有时连自己也觉得是孤高，但往往同时也疑心其实是没本领。**

大家如果读钱锺书的《围城》，里边方鸿渐，也姓方，这个方鸿渐也很像方玄绰。我想,方鸿渐遇到这种事是不是也这态度?他心里是有正义感的,又很聪明,看事情看得很透,把别人都分析得很清楚,可是最后自己不行动,自己就这么混着。鲁迅和钱锺书一样,都对知识分子这个群体看得一清二楚,而且态度很复杂,又理解又同情又恨又讨厌,他们一定都知道中国要好必须改变这个群体,因为这个群体上边连着官,下边连着民,这个群体不好中国就没有希望。

**大家左索右索,总算一节一节的挨过去了,但比起先前来,方玄绰究竟是万分的拮据**,一个国家官员过得很拮据,这个也挺令人心伤。**所以使用的小厮和交易的店家不消说**,他家还有小厮,还有小伙计,还有个仆人。**便是方太太对于他也渐渐的缺了敬意**,这个方太太本来对他是有敬意的,因为他这老公又是官又是教员,**只要看伊近来不很附和**,他太太近来对他不太附和了,**而且常常提出独创的意见,有些唐突的举动,也就可以了然了。到了阴历五月初四的午前**,端午节前的一天,五月初四,很像大年三十了,**他一回来,伊便将一迭账单塞在他的鼻子跟前,这也是往常所没有的**。家里要发生暴动了。

"**一总总得一百八十块钱才够开消……**"先告诉他经济状况,"**发了么?**"伊并不对着他看的说。我们知道前边伏笔的妙处,前边两次强调她是看着他,不对着他看,才有幽默的效果。不对着他看了,这个家庭的秩序要变化了,看来这个家庭虽然很有文化很有地位,家庭秩序得建立在钱上,没有钱,尊重附和都没有了。

"**哼,我明天不做官了。钱的支票是领来的了。可是索薪大会的代表不发放,先说是没有同去的人都不发,后来又说是要到他们跟前去亲领。他们今天单捏着支票,就变了阎王脸了,我实在怕看见……我钱也不要了,官也不做了,这样无限量的卑屈……**"

这段话里又透露很多信息,因为不发薪,所以大家团结起来索薪,

| 鲁迅外号方老五——解读《端午节》(中) | 387

可是索薪队伍的内部是有矛盾的，因为有人去参与了，有人没有参与，这就不公平，有人就说，"没有同去的都不发"。比如老师有罢课的有不罢课的，有去开会的有不去开会的，那待遇当然不一样。后来有人说都发，但要去亲领，人家不给你送。也就是说革命队伍内部有矛盾，革命队伍内部有阎王脸，这也是鲁迅自己几十年参与革命运动的亲身经历。他在辛亥革命之前，其实就是一个革命者，他就亲眼看见革命的时候大家都是正义的，一旦有了点革命胜利成果，人和人就不一样了，就有阎王脸了，这是革命之后的问题。

**方太太见了这少见的义愤，倒有些愕然了，但也就沉静下来。**

**"我想，还不如去亲领罢，这算什么呢。"伊看着他的脸说。**

他太太是没有文化的普通民众，其实倒是有一颗平常心，想的是实事求是，反正没钱嘛，亲领就亲领吧。现在强调"伊看着他的脸说"，这很幽默，前边是不看，现在是劝他去领，看。

**"我不去！这是官俸，不是赏钱，照例应该由会计科送来的。"** 我们看，由会计科送钱，大家可能没有这个体会，一直到新中国成立后，新中国公务员的钱都是由会计送的，很多工厂的工人的工资也是由会计送的，20世纪50年代还这样。好多老电影里就能看见会计拿着一摞钱去追着工人："这是你的钱，这是你的钱，签个字就行了。"都是这样的。这是顺便写出一段历史。

**"可是不送来又怎么好呢……哦，昨夜忘记说了，孩子们说那学费，学校里已经催过好几次了，说是倘若再不缴……"** 家里不光是吃饭问题，还有孩子的学费问题。

**"胡说！做老子的办事教书都不给钱，儿子去念几句书倒要钱？"他都气糊涂了。伊觉得他已经不很顾忌道理，这没文化的都看出有文化的没道理，似乎就要将自己当作校长来出气，犯不上，便不再言语了。**

两个默默的吃了午饭。他想了一会,又懊恼的出去了。

鲁迅很会写这个小家庭里的气氛,这对夫妻端午节之前这天的日子。

照旧例,近年是每逢节根或年关的前一天,他一定须在夜里的十二点钟才回家,一面走,一面掏着怀中,一面大声的叫道,"喂,领来了!"于是递给伊一迭簇新的中交票,脸上很有些得意的形色。谁知道初四这一天却破了例,他不到七点钟便回家来。方太太很惊疑,以为他竟已辞了职了,但暗暗地察看他脸上,却也并不见有什么格外倒运的神情。

"照旧例"这句话可见这些年来中华民国的经济状况,这不是今年一年的事,这些年来都得逢年过节头一天的半夜十二点才能拿着钱回家,这节过得这么惊险,这日子都是怎么过的。我们虽然有那么多的农民工需要讨薪,但起码都能回家过春节,春运的时候挤得那个样子,这说明还是拿到钱了,回家了。可是这个中华民国这么大的官,端午节之前拿不到工资。

"怎么了?……这样早?……"伊看定了他说。他太太这个"看"有多少种写法?"看","不看",还有"看定了"。

"发不及了,领不出了,银行已经关了门,得等初八。"

"亲领?……"伊惴惴的问。

"亲领这一层,也已经取消了,听说仍旧由会计科分送。可是银行今天已经关了门,休息三天,得等到初八的上午。"端午节之前拿不到钱了。他坐下,眼睛看着地面了,喝过一口茶,才又慢慢的开口说,"幸而衙门里也没有什么问题了,大约到初八就准有钱……向不相干的亲戚朋友去借钱,实在是一件烦难事。我午后硬着头皮去寻金永生,谈了一会,他先恭维我不去索薪,不肯亲领,非常之清高,一个人正应该这样做;待到知道我想要向他通融五十元,就像我在他嘴里塞了一大把盐似的,凡有脸上可以打皱的地方都打起皱来,说房租怎样的收不起,买卖怎样的赔本,在同事面前亲身领款,也不算什么的,即刻将我支使出来了。"

我们看他的那个同事跟他一样,不光有一份收入,还有房租、有买卖,房租收不到,买卖赔本,这可能是托词,即使是托词也说明这个情况不是特例,是很普遍的,他说出了当时普遍的经济状况。我们这个中国在1839年的时候,是这个地球上强大的国家。1840年我们开始败家,前面的家底太厚,败了差不多一百年才败光。但是败到中华民国这个时候是加速,不要把账都算在清朝身上,清朝赔了那么多的款,丧了那么多的地,像鲁迅、郁达夫、郭沫若这些小门小户人家的人,都可以随便出国留学,也就是说那时这个国家仍然是世界上的富国,是被打得不行了,钱还有的是,但是越来越不行,辛亥革命之后各地军阀割据,国将不国,国家变成这种情况。这是讲他向同事借款失败。

"这样紧急的节根,谁还肯借出钱去呢。"方太太却只淡淡的说,并没有什么慨然。

方玄绰低下头来了,觉得这也无怪其然的,况且自己和金永生本来很疏远。他接着就记起去年年关的事来,那时有一个同乡来借十块钱,他其时明明已经收到了衙门的领款凭单的了,因为恐怕这人将来未必会还钱,便装了一副为难的神色,说道衙门里既然领不到俸钱,学校里又不发薪水,实在"爱莫能助",将他空手送走了。他虽然自己并不看见装了怎样的脸,但此时却觉得很局促,嘴唇微微一动,又摇一摇头。

他太太没文化,但对人情世故很了解,他太太说:"这样紧急的节根,谁还肯借出钱去呢。"这个小说没有写他太太个人的生活活动,他太太出场全是跟他对话,但是从这个话里我们知道,他太太其实很精明。他太太知道怎么样跟他保持好关系,他有正常收入的时候,他太太都是向着他的脸说话,都是附和他。家里经济出了困难的时候,虽然他太太对他不太尊重了,虽然他觉得他太太有自己独创的意见了,但是这些独创的意见并不是表明他太太要背叛他，而是他太太知道他这个时候是个窝囊废，自己拿出意见来，还是要帮助这个家，并且帮他解释这个世界怎么回事。他很愤慨人家不借给他钱，他太太解释说，因为节根紧急，说明他太太了解周围人的生活，在家里管家务，肯定知道亲戚怎么生活的，邻居怎么生活的，街面上的店铺是什么样子，说不定他太太比他了解经济状况。所以方太太的话不可忽视，因为方太太的话，方玄绰才能反省自己。他恼恨金永生不借给他钱，下面这个情节很重要，他想起自己曾经也这么做过，而且人家只向他借十块钱，他怀疑人家不还给他，所以就"爱莫能助"了。

　　这里鲁迅写的方玄绰很有一种自我解剖的意味，大家如果去看《鲁迅日记》，就会看见《鲁迅日记》里面最重要的内容就是钱，里面没有什么高大上的内容，没有说我要救国救民，我要好好读书，写的就是流水账，流水账里以钱为主：今天谁的老母亲去世了，送了一块钱；今天谁借了我五毛钱，我又借了谁多少钱；买书多少钱，买什么多少钱，全是记账。所以鲁迅是非常重视钱的作用的，鲁迅的很多作品里也涉及钱，涉及钱就是涉及人们最基本的生活。从这里我们看到鲁迅为什么比那些专业学马列的革命者更了解马列主义，他更了解中国人民的生活，我们也就能理解鲁迅为什么在大学者之外，是一个大作家。

　　好，这个作品还剩一个尾巴，我们下次把它讲完。希望大家再读一下《白光》，我们下次讲完《端午节》讲《白光》，今天我们就讲到这里，下课。

2017年北大选修课"鲁迅小说研究"第四课

2017年10月11日

# 咿咿呜呜莲花白

—— 解读《端午节》(下)

我们把《端午节》最后的部分拿来看一看，上次讲到"讨薪""亲领""借钱"等问题，然后讲到他去向人家借钱未果，他想起自己也不愿意援助同乡、援助朋友。也就是说，在那样的社会中，除了政府不好、制度不好之外，还有一个很重要的，是鲁迅很重视的，就是人与人之间是冷漠的。鲁迅在他的许许多多作品里，虽然写的不是冷漠的主题，但都自觉不自觉地营造、烘托"冷漠"。从《狂人日记》，到《孔乙己》，到《药》，到《阿Q正传》，到《祝福》，到《故乡》，凡是同学们熟悉的篇目，你想想哪一个作品里面没有冷漠。人与人之间，互相没有爱，没有同情，既没有资产阶级的爱，也没有无产阶级的爱。这样的一个国家，什么制度能救得了它呢？什么制度也救不了。

这个国家到了毛主席的手上，有许多变化，其中一个巨大的变化就是：不冷漠了。资产阶级成天口口声声宣传的那个"爱",到了毛泽东时代就有了。在我小时候的年代里,家家户户亲如一家,两个邻居昨天刚吵了架,今天他家煮饺子,就端了一盘送到邻居家去,就跟昨天没吵架一样。谁家大人下班晚了,孩子就在别人家吃晚饭,没有人担心。饺子煮好了,忽然发现没醋了,马上到邻居家拿一瓶来,"对不起,饺子刚煮好,发现没醋了",哪有说借不到钱的时候。一个当官的都借不到钱,没听说过。所以,毛泽东时代,中国的一个关键词叫作团结。毛泽东倒没讲爱,他讲的是团结。团结也是新中国成立前的一个常用词,有一首歌叫《团结就是力量》。

  从这里我们可以看到,方玄绰借钱借不到,生活在那样一个社会,谁要说这个社会好,那就真的不知道他的心肝是怎么长的。我们这个社会经过这几十年的变化,是不是又开始冷漠起来了?你不出事可以,当你有了一点事的时候,你忽然觉得平时那么大的朋友圈,现在没用。这个朋友圈里面,谁能真正帮你呢?谁能借你五万块钱?谁能去帮你顶一件事?你想一想有多少人愿意为你付出多大程度的牺牲,最大的牺牲是为你去死,你活了一辈子,有没有人愿意为你死?哪怕有一个人——就值了,你能感动一个人,他愿意为你而死,或者为你牺牲点儿名誉,而不是平时客客气气地"你先吃,你先喝"。我们去体会方玄绰先生生活的那个时代,假如我是方玄绰,活得是怎样的麻木、辛苦、恣睢,和"豆腐西施"也没啥区别。后来,一个叫张爱玲的作家,给她的那个时代概括了一个词,叫荒凉。荒凉、苍凉,还有悲凉,都可以概括那个时代。

  当年钱理群老师和陈平原、黄子平一块儿写《论"二十世纪中国文学"》的时候,钱老师就提出二十世纪的中国文学的美学特征是什么,钱老师想用悲凉,但是我想悲凉只能概括二十世纪前半叶,后半叶不是悲凉,前半叶也不完全是悲凉。我说除了悲凉,是不是还有一个词叫悲壮呢？如果没有这个"壮"，我们今天能开十九大吗？因为有这个毛泽东说的"为有牺牲多壮志"的"壮"，才"敢叫日月换新天"。但是，悲壮恐怕是从悲凉生出来的，悲凉可能是底色。也就是前半叶是悲凉为主，里面有壮，后半叶是悲壮为主，里面有凉。我们今天，2017年前后的中国的美学特征又是什么？方玄绰生活的那样一个时代，是感到冷的，感到凉的。鲁迅把这个冷给写出来了。可是日子还得挨过去啊，方玄绰怎么挨呢？

**然而不多久，他忽而恍然大悟似的发命令了**：他一分钱没有了，还能发命令，**叫小厮即刻上街去**，家里还有小厮，方玄绰地位还是比较高的，**赊一瓶莲花白**。莲花白是北京人爱喝的酒，度数不高，有点滋味，中产阶级喝点莲花白还可以。他没有钱了还敢去喝酒，而且不是买，是赊。你们这代人很少有赊账的经历，"赊"对你们来说可能是个生僻字。我小的时候，这个字就不常用了，很少有人赊东西了。"赊"就是先消费着，后给钱，这是旧社会的常用词，当时很多人家都是赊的。当然，赊有两种，一种是穷人，没有钱所以只好赊；一种是富人，太有钱，所以店家不让他给现钱，给现钱显得他像穷人，多不好意思啊——"您先使着，吃着，喝着，尝着，用着，逢年过节来算总账"，而算总账的时候就是算一笔糊涂账，富人为了显示自己家富豪，往往要多给钱，所以平时店家都把消费品送到富豪的门上，逢年过节一块儿来算。方玄绰此时的情景显然属于穷人，他的地位不是穷人，可是现在沦落成穷人了，要计算一瓶莲花白了。**他知道店家希图明天多还账**，这句话是什么意思呢？也就是他已经不止赊了一瓶莲花白了，他已经赊了若干次东西了。赊这个行为很有意思，你只要赊过一次，就可能赊第二次，因为他如果不让你赊第二次，可能第一次的钱他也没有了。这是穷人经济学。就好像一个同学向你借了一百块钱，说下个星期还，下个星期他不但不还，还说：

"哎呀，这个星期又没钱了，再借我一百，我一块儿还你。"这时候很麻烦，你说借不借他？你要不借他，那一百块钱可能没了，你希图他将来一块儿还，你就又得借他一百。积小债为大债，这就是"赊"的道理。所以他知道店家的心理，希图多还账，**大抵是不敢不赊的**，这个话越听越像说鲁迅自己，鲁迅自己是没有穷的时候的，一个原因是他比较有钱，一个原因是他很会精打细算，鲁迅从小就理家，从小他就经营一大家，弟弟都是他养大的，所以他不会有这种尴尬的时刻，但是他很了解这个心理，因为他小时候穷过，穷得身无分文，要去当东西，高高地把当品举起来送到柜台上。**假如不赊，则明天分文不还，正是他们应得的惩罚**。他算好了店家的心理。

**莲花白竟赊来了**，他喝了两杯，青白色的脸上泛了红，我们看他经济很困难，但是既然没有办法，方玄绰就索性麻醉自己，喝杯酒把日子混过去。**吃完饭，又颇有些高兴了**。他点上一枝大号哈德门香烟，烟不知道是不是赊来的，大号的，然后**从桌上抓起一本《尝试集》来，躺在床上就要看**。这很有意思，方玄绰这样的人，穷困潦倒过不了节，喝两杯赊来的莲花白，要看书，看什么书呢？看《尝试集》。

我们知道《尝试集》很有名，堂堂的中国现代文学史上第一本白话诗集，是讲现代文学史必讲的，这是基本常识。鲁迅为什么要写他看《尝试集》呢？文学往往在细微处、不经意处，暗藏着某些意思，它藏的意思还不一定是作者故意藏的，作者就是很随便地写出来，你写得越自然，其实里面藏的秘密越多，你故意制造一个包袱，反而可能浅薄。他好像写得非常随便，方玄绰就抓一本《尝试集》来，说明《尝试集》影响很大，政府里的官僚都要看；说明《尝试集》是时髦的书，官员都要拿来做门面的。官员也的确能读懂，因为《尝试集》你一看就知道，太"尝试"了，是个人就能读懂的。这方玄绰为什么不从桌上抓起一本《呐喊》来呢？所以你想想，鲁迅有点坏，他不写《呐喊》，一般人有这机会，都会把自己的著作往里塞，如果我写就会写"马上就抓起一本《47楼207》来"，乘机给自己的书做个广告，而鲁迅并不这样写，他非要说人家看《尝试集》。更深的寓意很可能是《尝试集》的思想，跟这个社会是匹配的。他为什么不看别的？也就是此时的《尝试集》和莲花白差不多，你说它不是酒，它也是酒，但是它跟白开水差不多，喝了也没什么害处，也不解决什么问题，钱也要不到，节也过不好。所以你想来想去没法换成别的书，换成《呐喊》肯定是不行的，换成《古文观止》也不对，想来想去最后鲁迅随笔这么一写，竟然是不可换的，这个地方《尝试集》最合适。什么都不行，更不可能是《国家与革命》。

他要混过去了，可是这时候我们看不起眼的方太太的形象慢慢地清晰起来了。"**那么，明天怎么对付店家呢？**"**方太太追上去，站在床面前，看着他的脸说。**不断地重复方太太跟他说话的时候看什么地方，就从冷静中造出一种幽默来，从不看着他到看着他，看着他的脸。我们看男人啊，平时都显得很威风，比女的强，特别是在旧社会，男的挣钱女的不挣钱，可是往往生活遇到真正困难的时候，会显出来女人更认真对付，或者女性更坚强，男人有的时候会被生活压垮，这还不论好人坏人，好像这是一个通例。大家看看老舍的《四世同堂》，也是在生活困难的时候，家里最坚强的人不是这几个老爷们，而是韵梅，是大儿媳妇，是那样一个普通的没什么文化的一个市民妇女支撑着全家。你看这个时候方玄绰回避生活矛盾，喝点酒，拿着《尝试集》糊弄人，他觉得拿一本文学书就显得比太太高雅了，可他太太不管他读什么，直接问他，明天怎么对付店家——他太太是执着的现实主义，别拿《尝试集》搪塞。

"**店家？……教他们初八的下半天来。**"他给支到初八去了，这天没到初五呢。

"我可不能这么说。他们不相信,不答应的。"

"有什么不相信。他们可以问去,全衙门里什么人也没有领到,都得初八!"方玄绰之所以敢这么说是因为这不是他一个人的事,是全衙门的事。也就是说端午节之前,整个衙门没有发工资。——这国家能不革命吗?如果像革命作家所写的,最底层的老百姓过不下去,那很多国家很多时代都是那样。我相信今天中国也仍然有极少数的穷人真的是生活还有困难,无论哪个太平盛世都有极少数的穷人确实活得特别悲惨,但是那个不影响国家大局;如果中华民国四万万人口里有四万人过不下去,没事,这国家是太平的,国家可以主要总结其成就。但是衙门发不出工资,你可以想到多少多少问题!那国家的钱在哪儿呢?

也正因为全衙门都没有领到,他作为成员之一,无所谓。**他载着第二个指头**,这个动词用得非常好,名词动用,用方天画戟的"戟",**在帐子里的空中画了一个半圆,方太太跟着指头也看了一个半圆**,这两个动作很有意思,写的是夫妻关系,**只见这手便去翻开了《尝试集》**。方玄绰坚持回避矛盾,他太太要纠缠下去,当然还得跟着他的手指头转,因为她毕竟不是一个独立妇女,是家庭主妇。

**方太太见他强横到出乎情理之外了,也暂时开不得口**。没办法。

"**我想,这模样是闹不下去的,看来总得想点法,做点什么别的事……**"伊终于寻到了别的路,说。看见她男人没什么办法了,她也不敢公开反对她男人,她只好自己来想辙,提供其他思路。

"什么法呢?我'**文不像誊录生,武不像救火兵**',别的做什么?"这个话倒是写出了中国知识分子的一点实际问题,说起来是知识分子,可是实际上你这知识分子到底会什么?我们今天讲知识分子,好像对应的是古代的士大夫的"士",士跟知识分子有什么区别?古代有这么一伙人叫士,在百姓和朝廷之间,混得好上到朝廷,混得不好跟老百姓打成一片，被迫深入人民群众。现在呢，有这么一伙人叫知识分子，知识分子这里弄得越来越含糊，什么叫知识分子？现在弄得好像上了大学都叫知识分子，那将来岂不人人都是知识分子啦？所以告诫同学们，千万别把自己当知识分子，越早这样想越清醒，一定要把自己的定位往低了定，至少低定一格。博士把自己当硕士，硕士把自己当本科，北大的别把自己当北大学生，当成我们临近学校的，这样呢，保证一种清醒的人生态度，你才能够不断地上进。否则你小小年纪，小学就搞大数据研究去了，不把自己坑害一辈子吗？方玄绰说得很形象，"文不像誊录生，武不像救火兵"，也就是说真正让你干事的时候，你什么都干不了，文武都不会。社会的坏跟知识分子的没出息是有着密切联系的，所以我们这个社会要想从旧时代跃进新时代，其中一个重要的环节是改造知识分子，改造得要么像"誊录生"，要么像"救火兵"，你得能干事，别躺在床上就会念《尝试集》，是个人都能干的事不需要你干。

他推托说自己别的不会做，还得他太太一样一样想办法，他太太反而这个时候很实际，比他这个政府官员实际。"你不是给上海的书铺子做过文章么？"这个话说得很实在，他太太把那种地方叫作书铺子，其实就是出版社，你一想，是啊，出版社不就是书铺子吗？

"上海的书铺子？买稿要一个一个的算字，空格不算数。你看我做在那里的白话诗去，空白有多少，怕只值三百大钱一本罢。收版权税又半年六月没消息，'远水救不得近火'，谁耐烦。"他是能够写作的，而且他也写过白话诗，为什么读《尝试集》？可见是一路的，写过白话诗。可是人家胡适有名啊，人家胡适的白话诗集肯定是不按一个一个的字数去算稿费的，人家是按本算的。他肯定是没有名的诗人，那只能算字，要是算字的话，那写白话诗是最亏的。算字的话写长篇小说最好，按字数算嘛，谁愿意写诗呢。我不知道同学们有没有写诗的，写诗是按行算的。

"那么，给这里的报馆里……"

"给报馆里？便在这里很大的报馆里，我靠着一个学生在那里做编辑的大情面，"可见方玄绰是很有资历的，他教过的学生都已经在报馆里做编辑了，方方面面讲，他都是这个社会的上流人物，即使这样，"一千字也就是这几个钱，即使一早做到夜，能够养活你们么？"他这样的人写文章，养家不了。"况且我肚子里也没有这许多文章。"这也是实话。他毕竟就是一个多栖的官员，这边挣点钱，那边挣点钱，上点课写点东西，勉强维持着。我们看正因为鲁迅写的不是最惨的下层人民的生活，你才可以想象，那底层人得惨成什么样儿啊！一个官员过节过成这样，那下边不好想了。这才叫文学的力量，它是含蓄的，不直接描写那些特别血淋淋的场面。

方玄绰反复地抵挡他太太的攻势，他太太替他想这个办法那个办法，他都给抵挡住了，都不行。"那么，过了节怎么办呢？"你说这个也不行，那个也不行。

"过了节么？——仍旧做官……"虽然做官没有工资，没有钱，可是他想来想去别的都不行，还只能做官。"明天店家来要钱，你只要说初八的下午。"我们看方玄绰这样的人，我们如果用阶级分析的观点来看他，他对社会是不满的，因为他自己也是受害者。可是他想的是，不是他一个人受害，天塌下来大家顶着，他起码能混过去，既然能混过去，他就混，他不会产生革命思想，他只会享受革命胜利果实。如果别人流血牺牲革命了，有一点成就，他可以跟着去享受一点，哪怕享受一个尾巴也行，他想的是继续做官，他自己就是维护这个吃人制度的一员，尽管他自己也被吃。所以我们看《狂人日记》的主题在鲁迅小说中的延续、延展，这里就是这样的。我们通过《狂人日记》的小序知道，那个狂人后来并没有去革命，而是去候补做官了，已"赴某地候补矣"，那个狂人后来重新回到了体制,去了之后每天也说些差不多的话,最后变成方玄绰,读点《尝试集》。吃人者和被吃的那个人,不是那么可以截然分开的。我们自己有时候,既被人家吃,也吃别人两口。社会改革的麻烦就在这里。就像我们今天说很多做反腐败报告的人自己就是腐败分子一样,你不能因为他是腐败分子,就说他那个报告不对,他做的报告又是对的,他说的也不见得是假话。他也可能真的痛恨腐败,他是发自内心地要反腐败,可是他自己由于种种原因也必须腐败,这个斗争才这么严酷。所以这个斗争跟武装斗争比,各有各的严酷。

那么怎么办呢,好在还有《尝试集》,**他又要看《尝试集》了**。我看方太太可能恨死《尝试集》了,所以一看他又要看那个破书,**方太太怕失了机会,连忙吞吞吐吐的说:**

"我想,"这都是短句,"**过了节,到了初八,我们**……"说出了一个惊天动地的主张,"倒不如去买一张彩票……"说出一个新举措来。

"**胡说!会说出这样无教育的……**"方玄绰也好,方太太好,他们的确有对美好生活的心愿,而他们对美好生活的心愿,其实一点都不高,就是想好好过个节嘛,过节之前拿到钱,买点好吃的,好喝的,一家高高兴兴地过个节,吃点粽子,吃点鸡蛋,也就是这心愿。这心愿,那个时候的社会、国家不能满足,所以逼得一个官员的太太想到买彩票。我们这个时代也有很多人买彩票,但是他们是想发额外之财,并不是指着中彩票来救急,并不是过年过节过不了,或者日常温饱维持不了才买彩票,这是两个意义。现在有的人买彩票上瘾,他只要兜里有钱,路过彩票站就买几张,他是为了有朝一日发一笔横财。而方家不是这样的,所以她嘴里说出买彩票,会让方玄绰很生气。方玄绰脱口而出就怒斥了她"胡说",这个时候已经失去了夫妻间互相的尊敬,不但说她胡说,而且指责她"无教育"——没教育的才说出这样的话,我们家里怎么能说出这种话来呢？怎么能说出买彩票呢？可是妙就妙在这里。方玄绰为什么这么生气？原来有秘密。

**这时候，他忽而又记起被金永生支使出来以后的事了。**那时他惘惘的走过稻香村，看见店门口竖着许多斗大的字的广告道"头彩几万元"，**仿佛记得心里也一动**，原来不是因为方太太有没有文化，受没受过教育，而是方太太不自觉地随便说出的一句真心话，触动了他的潜意识，其实他太太说出了他的心思，无意中揭穿了他的秘密，他才突然愤怒。人愤怒，人对别人说的某句话生气的时候，往往是因为自己被人家说中了，被人家说中了才会勃然大怒。方玄绰此时就是这样。他看见那个"头彩几万元"的广告之后，自个儿心动。**或者也许放慢了脚步的罢，但似乎因为舍不得皮夹里仅存的六角钱**，他那个时候，这么大一官儿，就剩下六角钱了，六角钱相当于现在的人民币一百元左右。也就是说一个人全家所有的钱，积蓄，到了过节前一天就剩一百块钱了。反正还不至于饿死，但这日子过成这个样子。这六角钱也不敢拿去买彩票哇。**所以竟也毅然决然的走远了。**这个话写得很好，说明下了很大的决心和勇气，走远了，其实心已经动摇了。就是说知识分子假装清高，真的到了温饱有威胁的时候，也清高不了。所以鲁迅最反对假清高，反对那些不谈钱的人，反对那些假装有洁癖的人。鲁迅说那一定是他肚子里还有食物没消化干净，他不饿，一定要饿两天之后，你看他还清高不清高。所以他听了他太太的话，心中被打动了，才那么生气，**他脸色一变**，可是毕竟他比方太太要高明，方太太不知道他为什么脸色一变。**方太太料想他是在恼着伊的无教育**，他太太之所以佩服他，就是因为自己没受过教育，她丈夫地位高，受过教育。**便赶紧退开，没有说完话。**不能再说下去，再说下去其实两个人想法是一样的。多么可怜，用可笑的笔法来写出可怜的事，才真的让人伤心。你不断地觉得这里边有很多小幽默，但背后的那个凉是真的凉透骨髓啊。所以这个谈话没有进行下去，最后呢，**方玄绰也没有说完话，将腰一伸，咿咿呜呜的就念《尝试集》**。

我不知道胡适先生读了这个小说会是什么感受，小说反复地提他那个《尝试集》，最后方玄绰还要念《尝试集》，怎么念的呢——"咿咿呜呜的念"，谁的书愿意被人家"咿咿呜呜"地念？当然这里边有对《尝试集》、对胡适的小的调侃。"咿咿呜呜"既说出《尝试集》的无聊，像水一样的无聊，被哼哼唧唧、咿咿呜呜随便念，同时也写出方玄绰有口无心，即使《尝试集》这么浅白的东西，都被他有口无心地念。所以我们看到，1922年中国社会的经济状况。提什么小康，什么中国梦，什么中华民族复兴……那个时候说这些话简直是昏话。那个时候大多数这个国家的国民是生不如死，生多少人死多少人。方玄绰毕竟没有面临死的问题，离死还远，他毕竟是大官，只是节过不好。那下边的普通老百姓，不论过节不过节，每天都有大量的人死去。所以那个时候人到四十岁就要做寿，五十岁做大寿，六十岁要普天同庆了。小孩没活到十岁都不算活下来，随时得一个病小孩就死了，满街死孩子。成年人也随时面临着各种杀戮、疾病。所以中华民族一百年人口不怎么增长，鸦片战争时我们就四万万人口，一百年过去还四万万人口。但是鲁迅不写那些最惨的，那些最惨的自然有别人去写，会有大量其他的作家去写，特别是革命作家会写，鲁迅并不标榜自己是革命作家，他只是如实描写他最了解的生活。方玄绰就是他了解的人。所以我们可以从这个小说里得到很多很多的感悟。随便提几点，供大家展开思考。

从这里我们可以认识中华民国，什么叫中华民国？按照我们从西方那里学来的一种逻辑，历史是向前发展的，历史是越来越好的，今天比昨天好，明天比今天更好。可是事实是这样吗？三国比汉朝好，金比宋好，明朝比宋朝好，清朝比明朝好，中华民国比清朝好，是这样吗？

好不好，以什么为标准？人们是追求向前的，希望前面更好，但是到了前面以后呢，真的好吗？我以前接触过几个同学，他们说："这北大还没有我们学校好呢！"没有他原来的中学好，我相信他说的是事实。我很爱北大，但北大真的没有我们哈三中好。但是我为了前进，不得不上北大。北大就是不如我的母校中学，后来我也从别的同学那里得到了同感。中华民国对于中华民族的大多数人民来说，真的不如清朝。当然清朝已经很烂很黑暗了，特别是晚清，但是中华民国不如晚清。晚清不至于一个朝廷要员过不了节吧？中华民国，在首都北京，军阀可以随便满街抢钱、烧铺子，清朝没这事吧？清朝没有谁敢领着一万兵在街上随便抢劫吧？中华民国可以。可能可以数出在某一个时段，谁谁谁过得好，可是不能持久啊，比如这个时候，某个军阀过得好，可是这个军阀可能明年就被另一个军阀杀了。

我们从中可以看到中华民国的很多情况，更重要的是看到知识分子的情况。鲁迅笔下的人物，有两个重要系列，一个是农民，鲁迅画出了中国农民的灵魂；再一个系列，就是知识分子。我们古代把人分成几种，其中一个就是士，一个就是农，士农工商。鲁迅把士、农给活画出来了，士、农这两个阶层，被鲁迅写到了极致。还有两个阶层，工、商，把中国现代工、商写到经典程度的，是茅盾先生。所以我们现在中国两大文学奖，一个叫鲁迅文学奖，一个叫茅盾文学奖。茅盾是把中国的工、商写到经典的人，鲁迅是把士、农写到经典的人。鲁迅的《端午节》这样的小说，就活画了中国的知识分子，我们在生活中可以遇到好多方玄绰。

前面我们也涉及了，在写方玄绰这个形象的同时，鲁迅也在展开他的自我解剖。鲁迅的很多小说里面，都有自我解剖，只是或明或暗，或隐或显，或多或少，我们随便列一些鲁迅小说，就可以看到这里面都有他自己，比如《孔乙己》。《故乡》大家都学过，那是最明显的了，《故乡》里直接就有第一人称。我们今天学的《端午节》，还有《幸福的家庭》《祝福》也有自我解剖，被认为自我解剖离鲁迅这个"叙事者"最近的作品是《在酒楼上》和《孤独者》。大家可以到网上找到我讲这两篇小说的录音。还有《伤逝》，这里边都有鲁迅自己的影子。

《伤逝》是鲁迅唯一的专门写爱情的小说，可是周作人有一个很特殊的解释，说《伤逝》写的是兄弟之情，周作人认为《伤逝》写的是他们哥俩的事。这如果不是周作人说，没有人会相信，周作人说了，大多数人也不信，但是可以作为一个参考，周作人为什么有这样的感触，说明周作人自己读了很感动，起码他读出了鲁迅的一种心声。不管是写兄弟之情还是写男女爱情，这里边有鲁迅，《弟兄》里边也有，《离婚》里边也有。鲁迅能把别人解剖得好，把社会解剖得好，源于他善于自我解剖。自我解剖不见得要像写检讨书那样明明白白地说出来，说自己有什么缺点错误。鲁迅的自我解剖并不表现在去写检讨书上，我们从他写别人的作品中，有时候更清晰地看到他自己。文学上的这个现象，钱锺书先生有很深刻的论述。钱锺书先生说，你要想知道一个人是怎么看自己的，你就去看看他怎么写别人，你在他写别人的作品中能够更真实地看见他自己，你要想看看他心目中的别人，你去看他的自传。你看他的自传，不是为了看他怎么样，是看他接触过的别人怎么样。钱锺书先生这个论述是非常深刻的，我读书也是这样读的。比如我读某个人的自传，我一般不相信他自传里对自己的评价，而相信他自传中不小心写的其他人的事情。而怎么看这个人呢？去看他写别人，他写别人的时候正好暴露了他自己。

《端午节》这篇我们今天看来不是很著名的作品，其实无论从思想内涵、历史价值，还是文学性上，都具有相当重要的意味。这也是一篇我很喜欢的小说，默默地读一遍，很有味道，那个味道又是比较悲凉的，有趣和悲凉结合在一起。而你读了这样的小说之后,你那个感觉,绝不是喝两杯莲花白能够解决的,你读了这样的小说之后,你会觉得像《尝试集》这种书,铺在地板上都嫌多余。读了这样的小说之后,你一定要吃一点、喝一点口味比较重的东西,口味比较重的东西,才配这样的作品。我估计鲁迅写这个作品的时候——鲁迅是喜欢吃零食的——一定在吃一些口味比较重的东西,不是很咸的,就是很麻辣的。《端午节》讲到这里。

2017年北大选修课"鲁迅小说研究"第五课
2017年10月18日

# 姓白不要叫白光

## ——解读《白光》(上)

我们下面讲鲁迅另一篇小说,也是跟这个时代有着密切关系的,叫《白光》。

"白光",好像是一些人的名字,有些人姓白。为什么叫"白光"?我觉得这名不是很好听,也不是很吉利。姓白叫白光不好,不姓白取一个艺名叫白光,好像也不太好。从汉字的意象上来说,这两字不太吉利。但是这两个字作为一个小说名,作为一个艺术作品的名,却很夺人眼球,容易被人记住,因为这个"白光"老让人想起"白茫茫大地真干净",什么都没有,一穷二白,都光了。

《白光》是《呐喊》中的一篇小说,简单地看看它发表的情况,也是发表在1922年,最早发表在1922年7月10日的上海《东方杂志》19卷13号。《东方杂志》是当时很著名的一本刊物,那个时候到处都向鲁迅约稿,鲁迅的稿费绝不至于像方玄绰那么可怜,按照字数算、按照什么什么算,鲁迅享受的都是最优等的稿费。因为你约他的稿子约不到,他给你一篇稿那叫赐稿，那真是叫赐稿，你不给他高的稿费，有那么多刊物约他，他下次不给你了，写文章给别人了，所以像这样名家的文章是难求的。

要是说到知识分子在稿酬上的待遇，那是分人的，有人说中华民国稿费很高，你怎么算的？你不能拿鲁迅当代表。因为鲁迅这样的人很少，鲁迅的稿费、版税都是很高的，鲁迅的版税有时候是百分之二十五，码洋的四分之一，也就是说，鲁迅的一本书如果卖四十块钱的话，他拿十块钱。我们现在一般人出书，我所了解的，拿到最高版税的就是本人，我只有百分之十五，是破天荒的，一般的作者只有百分之八，讲到百分之十都很难，我最高的两次也只有百分之十五。所以我们这个时代，知识分子的权益是大受剥削的，但这并不等于中华民国就好，中华民国大多数情况下连钱都没有，百分之一都没有。所以这是鲁迅并不从自己的生活待遇出发，去评价当时那个社会的原因。

《白光》是《呐喊》小说中的第十一篇，我们刚刚讲过的《端午节》之后就是《白光》。那我们想，鲁迅写《端午节》的时候是正好过端午节，然后他就写了《白光》。单看这个作品为什么写在那个时候，它好像跟时代结合得不是很紧密。很多写作者都愿意写跟时代关系密切的作品，鲁迅好像不是这样，可是事后你看，他的作品却被锚定在时代上了，反而他的作品跟时代是分不开的，很多主动积极来配合时代的作品，反而都成了应景之作，或者说成了应时之作。那些凡是遇到地震写抗震救灾，都留不下去。而鲁迅肯定是关心时代的人，他的文字出来却是跟时代有一定距离的。《白光》真是一篇短篇小说，不到三千字，大概两千八百字。我们来欣赏《白光》的小说艺术。

《白光》的知名度要大于《端午节》，之所以大于《端午节》有多个原因。一个重要的原因是它的内容跟《狂人日记》《孔乙己》有一定联系，让人容易联想起来；另外它知名度大也跟这个题目有一点关系，因为题目好记，《白光》，这个意象很明确，《端午节》太平淡了。大家想想，你如果在网站当编辑，《端午节》你会改个什么样的标题？你按照标题党的思维，把《端午节》改成一个特吸引人的题目，应该这么去想：一个高官在过节前夕领不到钱，赊莲花白读《尝试集》。

好，我们直接进入《白光》小说的正文。开头人物就破空而出，开头就是一个人的名字，这个人的名字叫陈士成。鲁迅很会取名，上一次我们就专门讲过方玄绰这个人名，当你看到陈士成的时候，我们中国人可以望文生义，你觉得陈士成是个什么人？就看这名字，他不像种地的吧？一看这个名字就知道他不是种地的，他不是做工的，这就是中国人名字的好处。你看了约翰，你看了玛丽，他可以是任何一种人，你看不出他的身份来，阿猫阿狗都可以叫这个名。但是你一看陈士成，只要是中国人，你马上就有感觉，名字本身是有感觉的，而这个名字又取得非常真实，好像真有这样的人存在。所以我很佩服鲁迅、茅盾、郭沫若、老舍，我很佩服他们取名的功夫，他们怎么那么会取名呢！我认为取名很难，他们取的名字，你读完作品之后觉得合适，几乎不可以换，另外那么贴切，就好像生活中真有他一样。一看陈士成，感觉真有人起这名字，读着也顺口。告诉大家一个秘密，我老给别人取名。我曾经给一个人的孩子取名就叫陈士成，当然他没有读过鲁迅，他不知道陈士成是个什么人，我是按照八字，觉得这孩子叫陈士成挺好，所以就给他取名叫陈士成。那陈士成父母给他取名的时候，肯定也觉得这个名字很好，他的名字是没错的。

破空而出一个人叫陈士成，不介绍他的生平，直接切入他生活中的某一个镜头，这是现代小说的特点。你要写传统风格的小说：在北京大学中文系，有这样一个同学，他长得肥头大耳，他来自哪个省哪个县。

这是传统小说的写法。你要写现代小说：陈士成同学，捂着肚子从理教出来。这就是现代小说，一刀切进他生活的一个横断面。鲁迅在现代文学史开始不久，就把整个中国小说带进了现代。在鲁迅之前，有写白话小说的，但白话小说不见得就是现代小说，这才是重要区别。传统小说可以用文言写，也可以用白话写。某生，浙江绍兴人也——这是文言写传统小说；陈士成同学，出生在绍兴郊区一个贫苦的农民家庭——用白话写传统小说。

但是**陈士成**下面紧接着就是**看过县考的榜，回到家里的时候，已经是下午了**。这就是现代小说，这就是工业时代的节奏。工业时代与农业时代不同，工业时代是你进了车间见了一个机器，它已经凝聚了许多人类的智慧，许多元素都在这一个部件里。有机会大家去工厂车间看看，去钢铁厂看看高炉，去仪表厂看看仪器，体会什么叫工业。再看看这句话，你要知道这是工业时代的小说，尽管鲁迅写的是农业时代。你看这一句话里面包含多少信息，人物有了，不介绍人物的生平，光告诉你他干了什么事。

"陈士成看过县考的榜"，什么叫县考？就是科举考试最初的一级，我们都知道科举考试前三甲的叫状元，进士，榜眼，这都是高级的，就相当于博士之类的。最低级的，你得先当秀才，秀才得考，得有州府县学三级考试。最低的一级叫作县考，也叫县试，就在你们县考，由你们县长亲自抓这件事，每个县规定名额，你考进这个名额，你就是你们县的秀才。每个县根据人们教育程度的不同，名额是不一样的，就好像我们今天高考，地区分配是严重不平衡的，但是我们不能因为这个不平衡，就搞大锅饭，各个省平衡，那也是错误的。但是传统上，它就是不平衡的，分配给各个省的名额有严重差别。名额最多的肯定是江浙，江浙占了大部分，有的省只有很少的几个名额，比如说云南、贵州名额就很少。

云南、贵州的人写文章如果写得很好,人家就评价——好像浙江人写的。在今天这就算地区歧视,今天谁敢这么说,那就是地区歧视,但在古代是这样。

鲁迅、周作人都是现代作家,但是他们都参加过科举考试,成绩很差。自己考得不好,肯定也接触过大量考得不好的人,所以鲁迅非常了解这个群体,非常了解大大小小的孔乙己。县考是最初级的一个考试,考试揭晓成绩的那个榜,不像我们今天是一二三四排着的,第一名王小二,第二名谁谁谁,不是这样的。它是画成一个圆形,这样就避免排序。前五十名画在一张图上,中间里面这一圈放二十个,外面据说是放三十个,这是原来的规定,具体可能有变化,它是这么放榜的,一张榜一张榜的。发了榜之后你就去查有没有你。从前的规定是这个榜上不写本人姓名,只写你的座号,其实也就是考号。这是很科学很严密的制度,但是根据鲁迅《白光》里所写,好像已经不是这样了,好像已经有变化了,这就说明这个时候这个制度不是那么完备了。

我们看"陈士成看过县考的榜",说明是县试揭晓,小说没写他看榜的情况,只写他"回到家里的时候,已经是下午了",说的是回来的时候。这种对时间的交代方法是非常先锋的。除了鲁迅的小说,我再读到这样的小说写法已经是在几十年之后的小说里了。按照小说的叙事,应该直接写他怎么看县考的榜,然后写他回家。可是他直接说这个时间,回家。"回家"这句话的状语部分写上他"看过县考的榜",鲁迅再回过头去写榜。**他去得本很早,**我们看"去得早",其实是写心情。**一见榜,**榜单已经出来,我们知道有一个相声说两个人看榜,两个人眼神不好,都说榜上写的什么字儿,在那争论,最后人家告诉他们说榜还没挂呢。陈士成看了榜之后,**便先在上面寻陈字。**这个心情很有意思,不知道大家有没有类似的经历,你去看什么名单的时候,希望上面有你,你就先注意看你那个姓。比如我要去看什么名单,我看有没有"孔"字。**陈字也不少,似乎也都争先恐后的跳进他眼睛里来,**我们看开头很像一个电影镜头,可是这个电影不像老老实实的故事片,很像动漫。鲁迅肯定不知道什么叫动漫,但是他的小说里就采用了动漫的手段,这个情节你看是不是就适合拍成动漫?他看见很多"陈",这个"陈"往他眼睛里跳,一个一个跳,非常搞笑。跳进来之后,**然而接着的却全不是士成这两个字。**鲁迅把这个场景写得这么好看,好玩,好笑,其实是在写他的心理。他看见每一个"陈",多么希望后边连着的是"士成"啊,可是每一个都不是。**他于是重新再在十二张榜的圆图里细细地搜寻。**一共十二张榜,他要细细地搜寻。其实十二张榜里即使有他,他也不见得最后是秀才,因为这是第一场,后面还有很多场。鲁迅参加科举考试是在绍兴,绍兴这么发达的地区最后秀才只有四十个名额,竞争非常激烈,所以科举考试,不是没有问题,一定也是有问题的,那么多的人读了书却考不上。因为清朝经济有了大发展,人口也多了,读书的人就多了,有那么多的补习班,大概有几千个孩子都去考,最后就录取四十个秀才,这说明教育出了问题。到底是科举本身出了问题,还是名额出了问题,我们今天研究得很不够。我们今天一股脑儿地说科举制度不好,科举制度怎么落后,一举就举《孔乙己》《儒林外史》等例子,那么《孔乙己》到底写的是什么,《儒林外史》写的是什么,《白光》写的是什么,我们有没有仔细地去琢磨?陈士成在十二张榜图里边细细地搜寻,没有,**看的人全已散尽了,**他早去,最后走,人家都散尽了,他还在这看。**而陈士成在榜上终于没有见,**我们旁观会觉得很可笑,你要把自己代入,那是个什么滋味?你就在那看,明明知道没有,多么希望看错了,看漏了,还在这仔细看。**单站在试院的照壁的面前。**我们看刚才本来是动漫,很搞笑的,到了这忽然变成很经典的影片,镜头由近拉远了,拉长了,夕阳西下，一个人的影子在那个照壁前面，忽然变得这么好玩。这是小说开头的一个镜头。

**凉风虽然拂拂的吹动他斑白的短发**，初冬的太阳却还是很温和的来晒他。这个初冬的季节，天已经凉了，**但他似乎被太阳晒得头晕了，脸色越加变成灰白**，我们还记得刚才《端午节》方玄绰的脸是青白，然后喝了酒变红，这个陈士成的脸变成灰白，**从劳乏的红肿的两眼里，发出古怪的闪光**。"光"出来了。刚写初冬的太阳，现在写到光，是他眼睛里发出来的闪光。**这时他其实早已不看到什么墙上的榜文了，只见有许多乌黑的圆圈，在眼前泛泛的游走**。他视力开始不正常，视觉开始有问题。

下面很有意思，这种写法是此前在小说中没有过的。按照一般小说的写法是，陈士成心里想的，在眼中展开一幅图画，一定有这样的叙述，可是下面没有，下面直接写——你说它是心理活动吧，又有描写，你说它是描写吧，又有叙述——**隽了秀才**，就是考中秀才了，**上省去乡试**，只有当了秀才才能去乡试。我们大家学过《范进中举》，范进早已经是秀才了，陈士成这关，范进早就过了，只是范进多年没有考中举人。就是说你考中秀才又怎么样呢，考中秀才很多年以后，你还可能像范进那样抱着一只鸡到市场上去卖。这条路太艰难了。上省去乡试，如果考中了才是"范进中举"。那个时候他还要继续考，**一径联捷上去**，……"联捷"就是连续地传来捷报，小升初胜利，中考胜利，高考胜利，考研胜利，这叫"一径联捷上去"。

我们都知道，情况变了，变的是什么呢？全都没写，全都省略。其实这就是中国最早的意识流写法。鲁迅没有学过我们学的这些文学理论，他不知道啥叫意识流，他就是直接描写人物意识流动的自然状态，不连贯，没有逻辑，就像我们脑海里东想西想乱想一样的。以前的小说都要讲究严密的逻辑，严格按照顺序排，或者是农业生活的顺序，或者是工业生活的顺序。到了今天，我们生活在信息时代，我们很容易理解，一看就知道了，不用说这是作者写错了吧。

"联捷上去"之后是什么情况呢？**绅士们既然千方百计的来攀亲**，既然是表示肯定会发生什么事情，他首先想到的是绅士们来攀亲。**人们又都像看见神明似的敬畏，深悔先前的轻薄，发昏。**从这句话里我们知道，陈士成是受过人们的轻薄的，他脑海里想的是联捷之后，轻薄他的人都后悔了，认为自己是发昏，开始敬畏他。这是一段，又想了一段是什么呢？……**赶走了租住在自己破宅门里的杂姓**，也就是说现在他有个破宅门，现在他家的破宅门里边有一些租户是杂姓。自己家的宅门为什么租给人家呢？说明自己没有经济收入，必须出租房子来挣钱，来维持生活，考中了之后，就可以把他们都赶走了。又一想，——**那是不劳说赶，自己就搬的**，想得多好，根本就不用自己赶，那些人自己就搬了，然后是——**屋宇全新了**，房子更新了，**门口是旗杆和扁额**，装潢一新，有旗杆有匾额。又一想……**要清高可以做京官，否则不如谋外放**。已经想到什么程度了？要想当清官，就到北京当官，北京当官清高。如果想做点腐败的事呢，"否则不如谋外放"。到外边某个省去——想得多好。但正是这一段意识流，其实无意中，就揭示出科举的问题。大部分人好好学习、考试，不论是考现在学校的考试，还是考传统科举的考试，人都想改变自己的生活，这是正常的人性，这没有什么错，我们不能要求每个人一学习，就是"我为了解放全人类，我为了给人类谋福利"，那是万分之一的人才有的思想，大多数人就是要改变自己生活，这是很合理的，很对的。可是像陈士成这种想法，他在这个合理的路上是不是走得太远了？他这里想的完全是自己的功名利禄，想得如此之实在，虽然是乱想，但是这个乱想，想得非常实在，就是想自己的威福，作威作福，别的没有。你看他有别的事吗？没有。有一点点私欲之外的事吗？没有。

……**他平日安排停当的前程，这时候又像受潮的糖塔一般**，这是鲁迅一个非常经典的比喻，我也经常"剽窃"他这个比喻，比喻得特别好。我原来就想，这个糖塔就挺好的，还能受潮，然后用受潮的糖塔比喻理想的破灭。糖塔如果不受潮，其实还挺坚硬。如果你用一个玻璃瓶子里边装上糖，糖凝结了之后其实挺硬的，糖也真能做出一些有形状的东西。但它一旦受了潮，就**刹时倒塌，只剩下一堆碎片了**。我估计鲁迅也是从生活中观察出来的，这个比喻只有他用过。**他不自觉的旋转了觉得涣散了的身躯，惘惘的走向归家的路。**到这才写完他在县里看完榜回家，而第一句已经介绍他看完榜回家都到下午了。这一段意识流，给人印象特别深刻，既写出了人物复杂混乱的心理，同时自然地呈现了科举本身有问题。

从科举的起源和发展史上讲，它对于中华民族的强大，发挥了不可替代的作用。全世界选拔人才的制度，很多是从我们科举这学去的。习近平主席讲不忘初心，我们想想科举制度的初心是什么，就是公平地、公正地选拔人才，治理国家。在有科举制度之前，我们国家的公务员是怎么来的？是按照门第举荐，上品无寒门。也就是法官的儿子永远是法官，贼的儿子永远是贼，世世代代官二代。到了隋唐，才打破九品中正制，慢慢地实行了科举制，特别是到了唐朝，科举制普及。在科举制之前，大家族的势力特别强，连皇帝都不放在眼里，国家就是由若干个大家族统治的，比如说"崔卢王郑"，皇帝是他们的傀儡。科举制度兴起之后，国家不再任用官二代，官二代可以当官——要考试，考得好，就行。所以慢慢很多寒门子弟也进入了统治阶级，大宅门慢慢就衰落了。所以才有那句诗，"旧时王谢堂前燕，飞入寻常百姓家"，为什么有这句诗呢？因为有了科举制度，不都是老王家、老谢家统治了。

你们看过电视剧《乡村爱情》吗？一定要看，这是当今非常好的一个电视剧。象牙山是由哪两家统治的？就是老王家和老谢家，看明白了没有？象牙山两大家族斗法，"旧时王谢堂前燕"。仔细研究，不要只看到它表面的幽默，一定要看看《乡村爱情》是怎样深刻揭露当今中国残酷现实的。那么陈士成为代表的末代的童生们，想的还是通过这种简单的考试骑在别人头上作威作福，可是他的梦想却跟他的现实形成巨大反差，梦想实现不了，他就涣散，"惘惘的走向归家的路"。

**他刚到自己的房门口，七个学童便一齐放开喉咙，吱的念起书来。**这写得很好，是非常简练的笔法，不用介绍他的生平，我们就知道陈士成是干吗的，他是个私塾先生，他不但把自己的院子租给杂姓去住，还要自己教书，自己开了个补习班，教七个孩子，自己虽然没考上，自己还糊弄七个小孩呢。通过陈士成和这七个孩子，我们可以看到当时教育的缩影，也就是当时有千千万万个孩子都是陈士成这样的老师在教着，而且陈士成随便就去县里看榜了，七个孩子在家里不知道干什么呢。一看老师回来了，七个孩子一齐放开喉咙，念书的动静特别奇怪，"吱的念起书来"——所以鲁迅很"坏"，你看他用的象声词都非常好，刚才方玄绰读《尝试集》是什么声？咿咿呜呜，这孩子念书叫"吱"，像耗子一样，像耗子一样吱的就叫起来了，说明这孩子根本就没好好念书，彼此糊弄。因为他不知道学习的目的是什么，再说他们看看陈老师这样，念这书有什么劲呢？干吗念这书啊？

**他大吃一惊，耳朵边似乎敲了一声磬。**磬的声音可不是吱，但是小孩念的吱的声在他这听着像磬，是嗡的一声啊。**只见七个头**，他看的不是七个小孩，也不是七个人，是看了七个头，**拖了小辫子在眼前幌，**动漫，又是动漫，动漫又来了，在眼前晃。**幌得满房，然后黑圈子也夹着跳舞。**我看现在有一些电影，虽然是真人演的，也开始加入动漫，真人和动漫混在一起，有时候还有弹幕一块儿出来。我觉得以后我们一定能够用影视手段再现鲁迅这样的小说，以前鲁迅这样的小说我们只能够去想象，鲁迅这个时候肯定不知道这些电影手段，我们以后就能用电影手段做到陈士成所看见的这种场面，没有那些小孩的脸，也没有小孩的身子，就七个头拖着小辫子在那晃，晃来晃去，又进来一些黑圈子夹着跳舞，黑圈子上都写着"陈士成""陈士成""陈士成"。其实我们看到这就知道陈士成已经不正常了。

**他坐下了，他们送上晚课来，脸上都显出小觑他的神色。** 学生对老师，还得显出恭敬来，"这是我们的作业，晚课，你看都写好了"，他们其实一个个偷偷地都看不起他，都知道他干吗去了，也知道他怎么回来的，彼此心照不宣，这才是悲哀，他糊弄这七个小孩都糊弄不住。

**"回去罢。"他迟疑了片时，这才悲惨的说。** 这个悲惨是真的悲惨，有啥好说的呢，没什么可说的，他也不好说人家作业写得好不好，就让人回去吧。

**他们胡乱的包了书包，挟着，一溜烟跑走了。** 学生们早就想走了，不愿意挨这时光。

**陈士成还看见许多小头夹着黑圆圈在眼前跳舞，有时杂乱，有时也排成异样的阵图，他一时安静不下来，然而渐渐的减少，模胡了。** 终于安静下来，按理说他应该回归理性，回归正常了。

**"这回又完了！"** 这倒是一句正常的话，但是一个"又"字有多少悲惨包含在里面。《孔乙己》只讲了孔乙己在咸亨酒店时被人白眼、被人奚落的场面，并没有去写孔乙己科举考试的具体遭遇，它跟《白光》这一段就可以配合起来，这一段遭遇其实也是孔乙己的遭遇，"这回又完了"，但是孔乙己比陈士成强，孔乙己每次"这回又完了"，就去咸亨酒店喝酒去了，或者是去谁家打工，那是孔乙己，陈士成不是孔乙己。

**他大吃一惊，直跳起来，分明就在耳边的话，** 原来这句话是他听见

外面有人说的。回过头去却并没有什么人,仿佛又听得嗡的敲了一声磬,自己的嘴也说道:

"这回又完了!"重复一次,我们就搞不清这话到底是谁说的了,到底是陈士成自己说的,还是他听错了,还是外边有人说,但是是谁说的已经不重要了。

**他忽而举起一只手来,屈指计数着想**,有个成语叫屈指可数,他已经是屈指不可数。**十一,超过十了,十三回,连今年是十六回**,他竟然考了十六回了,**竟没有一个考官懂得文章,有眼无珠**,这很有意思,有很多人考了许许多多年,考试内容就是写文章,他这么多年没考上,到底是自己水平差,还是他真的写得好,考官不懂,这个很难说。

我们都知道蒲松龄就是考了很多年考不上,但人家蒲松龄既不是孔乙己也不是陈士成,蒲松龄考不上,一方面继续考,一方面在门口摆个小茶摊,跟人聊天,聊完天晚上就记下来,攒多了,出一本书叫《聊斋志异》。人家这不也不用考了,什么都有了,胜过"一径联捷上去",摆个小茶摊把生活给解决了,然后名也出了,反过来就可以说那些考官有眼无珠。你看了《聊斋志异》就知道他的文笔有多么好,他的思想有多么深,不录取蒲松龄真是有眼无珠,当然也幸亏不录取他,录取了就没有《聊斋志异》了。

而陈士成这样的人也说考官有眼无珠,这就是双重悲凉。**也是可怜的事,便不由嘻嘻的失了笑。然而他愤然了**,你看他喜怒无常,笑马上转为愤然。**蓦地从书包布底下抽出誊真的制艺和试帖来**,就是他写的那些诗文,**拿着往外走,刚近房门,却看见满眼都明亮**,这篇小说鲁迅非常注重写视觉形象,光啊、明啊、亮啊。这个世界的光与暗,在此时的陈士成眼中非常敏感。一般状况下我们不会那么敏感,对于声音,对于视觉。**连一群鸡也正在笑他**,其实鸡鸭鹅狗都正常地生存,他却觉得鸡都笑他,便禁不住心头突突的狂跳,只好缩回里面了。

正是因为自己精神上有巨大的压力,才对外界疑神疑鬼。就像郁达夫的小说《沉沦》里面,他觉得满街的日本中学女生都在笑话他,都看不起他,其实人家是正常的放学,是他自己的心理压力大。陈士成此刻也是这样,他教的七个学童看不起他,这一群鸡也看不起他,类似的情景可能前十五回也有,但是一次一次地叠加、加强,可能到第十六回,一个巨大的转折就来了,渐变就要变成突变了。

好。我们下次再看突变,下课。

2017年北大选修课"鲁迅小说研究"第五课<br>2017年10月18日

# 教育是不是挖金子

——解读《白光》（下）

我们看鲁迅写光对于陈士成的意义，**他又就了座，眼光格外的闪烁**；鲁迅很少写人物整体的外貌，鲁迅一般只写眼睛，或者只写眼光，他写到这里都没写陈士成长什么样，但是写他眼光闪烁，他大眼睛小眼睛我们也不知道，反正就是闪烁，**他目睹着许多东西，然而很模胡**，这个"模胡"当时就这么写，后来我们加了一偏旁。又一次出现这个比喻——**是倒塌了的糖塔一般的前程**，前面用过一次受潮的糖塔倒塌了，现在又一次用，还加上了一个形象，糖塔不但倒塌了，**还躺在他面前**，这个动词用得很好——躺，躺在面前，就格外增加了它作为一个障碍物的意义，**这前程又只是广大起来，阻住了他的一切路**。他的路，前面通过他的胡思乱想，我们已经知道了，陈士成这样的人要科举，无非就是为个人的功名利禄。也就是说科举制本身是有问题，但是这个问题到了晚清为什么格外凸显，陈士成这样的人不会明白。鲁迅兄弟自己还去参加过科举考试，只不过他们后来明白了，他们去选择了别的道路，于是兄弟俩不再走科举的路，而是进新式学校上了几个"中专"，永远不可能进入双一流的。但是这无所谓，人上什么学校无所谓，双一流学校的学生未必是双一流的，鲁迅、周作人虽然上了那个很不好的学校，很不好的中专，自己经过奋斗自己成为N一流就行了。

**别家的炊烟早消歇了**，鲁迅很会用画面来写事物，写情节，他不写别人家怎么吃饭，说"炊烟早消歇了"，这是文学家的笔法。所以即使有人在思想上能够做鲁迅的知音，可是你艺术又不如他。**碗筷也洗过了，而陈士成还不去做饭**。从这个话可以看出，陈士成是自个儿做饭的，他以教七个小孩谋生，然后还要自己做饭，还要把自己这个院子租给杂姓的人，租给别人。下面写**寓在这里的杂姓是知道老例的**，院里住着别人，什么老例呢？**凡遇到县考的年头，看见发榜后的这样的眼光，不如及早关了门，不要多管事**。你看这个幽默中有沉痛，如此的情景不是第一次，也不是第二次，很多次了。如果多管事恐怕会惹来很大的麻烦。凡是到了这一天，人家都早早地安静，**最先就绝了人声**，先是没动静了，没动静更突出下面这个情节的瘆人，**接着是陆续地熄了灯火**，晚上灯也关了，也不看电视，**独有月亮，却缓缓地出现在寒夜的空中**。

如果有同学写毕业论文，我老推荐大家去写、去论月亮的问题，文学作品中的月亮是很值得研究的。首先有许多古今中外的作家喜欢写月亮，月亮是一大主题；其次是不同的作家，写的月亮不一样。比如张爱玲喜欢写月亮，张爱玲写"三十年前的月亮"。鲁迅也爱写月亮，大家能记起鲁迅写的月亮吗？有好多好多，比如《故乡》。鲁迅的第一篇白话小说《狂人日记》中，狂人的第一句话就是跟月亮有关，"今天晚上，很好的月光。我不见他，已是三十多年"，月亮是鲁迅特别注意的一个意象，我们发现很多优秀的作家都善于写月亮。钱锺书《围城》里有一个情节还专门调侃那些诗人，对着月亮乱作诗，没有什么感情地乱写："月亮，你这白色的妖精！"这说明钱锺书也很关注这件事，写月亮能够显示出才华。鲁迅笔下的月亮，在不同的情节中，发挥着不同的作用。这天晚上陈士成看见的月亮，很"独"，别的都没有了，别的都不动，没有亮，没有声，只有月亮，月亮"缓缓地出现在寒夜的空中"，这不就是一个电影镜头吗？就是电影镜头扫过去：炊烟消歇，灯慢慢慢慢灭，暗下去。然后镜头摇起来——月亮在长空中缓缓地移动，这样就烘托出无比凄凉的一个意境。

下面的描写，**空中青碧到如一片海**，这样的意境似乎前人有过描写，李商隐的诗"碧海青天夜夜心"，是写嫦娥的，"嫦娥应悔偷灵药"，类似的意境是有的。但是鲁迅随便一写很有特色，是在写人物心情，这个不难理解。**略有些浮云，仿佛有谁将粉笔洗在笔洗里似的摇曳**。这恐怕随手拈来的比喻都是作者的亲历。**月亮对着陈士成注下寒冷的光波来**，他写的这个光是有温度的，而且是对着一个人注下来的光波，这都是写他的主观感受。**当初也不过象是一面新磨的铁镜罢了**，把月亮比喻成镜子，这一点都不新奇，李白就干过，但是他特别强调铁镜，他为什么不说铜镜？铁镜就强调它的冷，强调它的凉，**而这镜却诡秘的照透了陈士成的全身**，我们都学过写作文，在作文中用比喻谁都会，但是鲁迅的这一个特长是抓住一个比喻连续地使用，连续地引申，连续地转喻，把一个比喻的能量给它用尽，这是大作家的力量。这个镜又冷，还又能照，照透全身，**就在他身上映出铁的月亮的影**。终于给他写出一句绝句来，前面的比喻好像都不太新鲜，但他转来转去就转出这么一句话来。我们想象这是一个电影场面，镜头最后回到站在院子里的陈士成的身上，身上是一个月亮，都不用写他穿什么衣服，我们就好像看见一个明月的影子投在这个人的身上，又是透亮的，又是特别冷，冷透骨髓的，所以"在他身上映出铁的月亮的影"。所以我们如果蓦地一看"空中清碧到如一片海",你未必判断这是鲁迅的话,但是看到最后一句,就确定这一定是鲁迅的话了——"在他身上映出铁的月亮的影",这是鲁迅的话。鲁迅这里对光的运用,是他非常本能地灌注了他自己的思想。

正是在这样的境况中,与外界隔绝,人才容易产生幻觉。有时候我遇到那些我认为是有幻觉的向我求助的朋友,我也没有什么好的方法帮助他们。他们很多人在吃药,我也不好说吃药不对,当然我是不主张吃药的,我给他们提的建议无非是让他们接触广大的人群,接触别人。我始终认为最好的治疗精神疾病、心理疾病的方法,就是"与人民群众相结合"。我越想这句话,它越伟大,与人民群众相结合能治一切病。你到胡同里转转去,你到市场上转转去,你看看那些健康的劳动人民,啥病都没有,就是说,我们知识分子倾诉的这些东西都很可笑。

所以鲁迅制造了一个陈士成与四周隔绝的情景,好便于他产生幻觉。**他还在房外的院子里徘徊,眼里颇清净了,四近也寂静。**条件都制造好了,视觉、听觉方面都没有什么打扰了。我发现有一部分人,不论是不是真的有幻觉,时间长了之后,他已经依赖这个幻觉了,他希望出现幻觉,并且,他能够为自己制造产生幻觉的环境和氛围,他知道在什么情况下,那个幻觉会来,那个声音会来,他就能制造出来,这像文学创作一样。大家有没有总结自己在什么情况下,容易做什么梦?你归纳一下你做的梦,一定有若干类别可划。比如我小时候常做从高处掉下来的梦,我想很多人都有这个原始记忆,老做从高处掉下来的梦。我长大了做被追杀的梦,我老被追杀,然后那个追杀的结构会变,我小时候老是被日本鬼子追杀,估计看战争片比较多,所以容易被日本鬼子追杀,后来就变成老被黑社会追杀。这都是我们正常生活的环境和我们心理产生的感觉之间的关系。所以鲁迅特意为陈士成制造了他产生幻觉的氛围。

都静了之后,**但这寂静忽又无端的纷扰起来,**小说里写人物做梦的时候，往往在人物入梦的时候，让读者不知不觉、不能察觉，以为是情节的自然延续，延续来延续去，你觉得特别荒诞了，然后才告诉你原来他刚才做了一个梦，这是小说的常用手法。这里也是，静是现实的，可是这静"又无端的纷扰起来"，这个话很有意思，纷扰的主语是寂静，寂静纷扰起来，这是鲁迅的修辞。寂静是有生命的，寂静自己可以忽然纷扰起来了，不自觉地就把人带到这个氛围中去，在这个纷扰中，**他耳边又确凿听到急促的低声说：**

"左弯右弯……"

幻听来的时候，往往是莫名其妙的。多年前有一个幻听的人找我，他每天晚上听到的声音就是"杀孔庆东，杀孔庆东"，所以他要来报告我，"孔老师有人要杀你"。真正幻觉都是莫名其妙的，没有上下文的，这个声音需要别人给解读。

**他耸然了，倾耳听时，那声音却又提高的复述道：**

"右弯！"

作为读者，我们根本不知道这在说什么，什么叫"左弯右弯""右弯"，好像现在开车导航，"左弯右弯""前行五百米，有测速照相"。在那个时候看到这样的话，确实让人感到迷惑。听到声音，他联想，**他记得了。**

讲陈士成的生平，不是从开始讲，而是随时穿插在小说的情节进展中，这是现代小说的特征。这种叙事手法鲁迅运用得最娴熟，但是不知道鲁迅从哪儿学来的。现代其他作家，站在巨人肩膀上的作家，应用这种叙事手法都没有超过鲁迅。比较一下跟鲁迅同时期的外国作家，也都没有他用得这么娴熟的，包括他阅读过的那些古典作家，比如托尔斯泰、契诃夫……所以鲁迅有些东西是很天才的。

"他记得了"——在他产生幻觉的时候，偏偏写他没有幻觉的记忆。

**这院子，是他家还未如此凋零的时候，**他家光景还不错的时候，**一到夏天的夜间，夜夜和他的祖母在此纳凉的院子，**这院子是他家还不错的时候，夏天夜里，他跟祖母乘凉的地方。看到这句，我们不禁想到，这不就是鲁迅自己的童年吗？这是鲁迅自己的记忆啊。我们学过鲁迅都知道鲁迅家是家道中落。他家曾经好过、阔气过，是大宅门儿，后来遭了变故，所以鲁迅才有那样的童年。鲁迅小时候也是和老人在一块儿乘凉。**那时他不过十岁有零的孩子，躺在竹榻上，祖母便坐在榻旁边，讲给他有趣的故事听。**伊说是曾经听得伊的祖母说，看着连续两个"伊"有点别扭，我们讲过，《呐喊》里边鲁迅笔下的女性，第三人称用的是"伊"，到了《彷徨》中才变成"她"。他的祖母说，陈氏的祖宗是巨富的，鲁迅他们家，周家祖上也是巨富。**这屋子便是祖基，祖宗埋着无数的银子，**这是中国传统文化的一个习俗，不是规定，不是家家都这样，有很多人家都这样，就是特别有钱的时候，把一部分财富埋在院子里，但是又不告诉后代埋在哪里了。我觉得这个心理很值得研究，很值得琢磨，是要把财富留给子孙，但又不公开地告诉他们埋在哪儿，不直接给他们，留给他们希望，埋得很隐蔽，也许真的找不着。

而鲁迅小时候，自己就有过这样的经历。我们知道鲁迅小时候曾经沦落得很难堪，到了很难堪的境地，他小的时候家里一分钱没有了，要去当衣服，当家里所有值点钱的东西。那个时候他家的邻居就告诉他："为什么不向院子里去挖呢？你们家祖上一定埋有金银，在院子里。你们家这么大一定有。去挖吧！"这给鲁迅心里留下了深刻的印象，所以鲁迅小时候就有过这样的想法，希望在家里什么地方挖出金银财宝来。

根据这个事实我们想，鲁迅一定也有过很多这样的夜晚。他那个时候不是鲁迅，连周树人都不是，周树人都是后来起的名字。就那个叫胡羊尾巴的小孩儿，家里很穷，可是自己是长子，多么希望这家里有钱哪!别人又说你家里祖上很富,这院子里能埋有财产,他一定想过到什么地方去挖。所以他这个时候写起陈士成来才写得这么生动,陈士成这样一个并不正面的形象身上都有作者自己的影子。这也告诉我们很多创作的秘密。我昨天和我的一个写作专业的研究生也谈这个创作问题,我讲,写作,一种是写自己,一种是写别人,但是不能简单地对立起来,就像我上次课讲的,写自己的时候,其实经常是在写别人,而写别人的时候,你没注意,其实写的是你自己,这才是写作的秘密。鲁迅写这些情节的时候,未必想到的是自己,他很自然地觉得在写别人,在写一个叫陈士成的家伙,但是他不自觉就把自己生命的秘密透露出来了。

**有福气的子孙一定会得到的罢,然而至今还没有现。**没有出现,鲁迅喜欢写作很精炼,"出现"他就写个"现"。鲁迅不知道在北方话里,"现"是个贬义词,说"他经常在那里现",这是贬义。比如昨天我们聚会,有一个大艺术家,我说我认识他,他经常在我们北大里现。别人就乐,后来我赶紧补充,我说,"破折号,出现"。这个"现"是丢人现眼的意思。**至于处所,那是藏在一个谜语的中间:**

**"左弯右弯,前走后走,量金量银不论斗。"**

其实它不是一个标准的谜语。标准的谜语都有标准的猜法,越难的谜语,对于文人来说越好猜,它是有规律的。就像对于我们很难的数学题、物理题,到了物理系、数学系的博士和教授手里很容易解开,它是有规律的。而鲁迅写的这样的谜语是没有规律的,它不是我们经常说的灯谜。这个谜语,应该准确地说叫隐语。因为我们讲的谜语,就像电报密码一样,是有规律的,有破解的密码。隐语没有破解的密码,你不知道哪个字有用哪个字没用,你不知道它的组合规律是什么。有的电报密码,需要一本书。它怎么破解呢?你背一首诗,比如背一首"床前明月光,疑是地上霜",然后按照这首诗的顺序,到这本书里去找这些字,把这个字所在的位置记下来，它的顺序是密码。它再难也有一个规律，但是这样的隐语是没有规律的，所以它往往会用字面的意义来误导人。比如说"左弯右弯"，就会让人以为是走路的方向，"前走后走"，会认为是走路的空间距离，"量金量银不论斗"是告诉你结果，那里有大量的金银。我们解读字面意义是这样的，那谁知道还有没有别的意思呢，不知道它还有没有别的意思。从这里我们看到，陈士成幻觉的产生，是跟他的生计有巨大关系的，生计越窘迫，他就越想挖宝，所以这里边"量金量银"都变成了一种象征。而生计与象征，反过来联系着这个小说写作的背景，就是科举的问题。

**对于这谜语，陈士成便在平时，本也常常暗地里加以揣测的，**平时虽然还没有发榜，还有希望，但其实他也在琢磨这个谜语，文人嘛，老想去猜它。**可惜大抵刚以为可通，却又立刻觉得不合了。有一回，他确有把握，知道这是在租给唐家的房底下的了，**因为院子都租给别人了，他觉得也许是在唐家的屋底下。**然而总没有前去发掘的勇气；过了几时，可又觉得太不相像了。**这种犹豫不决的想法也很实际，很像是在实际生活中发生过的，像作者亲历过的。我们自己平时有没有一些乱七八糟的想法？当时他越想越像，因为某种事情耽搁了，过一段时间越想越不像。就像成语"疑邻窃斧"里面讲的，有一个人丢了一把斧子，怀疑是他邻居偷的，越想越像，越想证据链越完整，觉得就是他邻居偷的，但是没有勇气去找他邻居要。过了几天斧子找到了，他再看他的邻居，怎么看都不像偷他斧子的，越看越不像。这个很可以挖掘，挖掘其中深刻的含义。**至于他自己房子里的几个掘过的旧痕迹，**这是在倒叙，用这种方法倒叙他以前干过掘宝的事情。那个旧痕迹怎么来的呢？**那却全是先前几回下第以后，**前几次没考中，**"下第之后"的发了怔忡的举动，**发了魔怔了。这样写又证实了这一次他发魔怔的可信度，他不是第一次了，以前就发过魔怔，以前就不正常过。**后来自己一看到，也还感到惭愧而且羞人。**他曾经发病过，病又好过，好了之后还知道惭愧、不好意思："我怎么能这样呢？"就是说陈士成是一个心灵遭受折磨的人，他内心想的是功名利禄，可是这些他不好意思直接拿出来，特别是想挖金的这个潜意识，不能拿出来。我们把情节联系起来看，对于陈士成这样的底层文人来说，他梦想的科举和挖宝有什么区别吗？他的科举之路，其实就是掘金之路，这个角度很值得琢磨，这就是科举的问题。我们今天要请教育学院的学者、社会学系的学者，其他社会科学专业的学者来探讨科举的问题，我们可以从制度上、方法上探讨，它有许多问题，可是《白光》里有这样一个思路，它把陈士成的科举之路跟他挖地下的金银财宝联系起来，不禁使我们想到，这种科举，不论有多少优点，跟掘金有联系——这是一个事实。很多人读四书五经，读四书五经干吗？其实好像读的是"有朋自远方来""三人行必有我师"，都是这些，其实在他们心中读的是什么呢？"左弯右弯，前走后走，量金量银不论斗"，其实读的是这个。他们读了这个干吗？要去挖金。

小说第三段讲，陈士成想"隽了秀才……一径联捷上去"，中举人、中进士，甚至中状元。这想的是什么？有一出黄梅戏叫《女驸马》，里边有一段很著名的唱段："我考状元不为把名显，我考状元不为做高官，为了多情李公子，夫妻恩爱花好月儿圆。"那段唱非常流畅清新，很多人喜欢唱，很多不喜欢唱戏的也会唱那一段。但中间更重要的一个问题是这段唱，打破了科举与掘金的关系，它才显得可爱。那个女驸马中了状元，是为了救她的情郎，中了状元她不做高官，只不过后来被皇上看上了，非得让她做驸马，惹了麻烦了。她掘到金了，没想掘金的人掘到金了。可是对于很多人来说，参加科举是要掘金。这恐怕是科举自己给自己埋的一个坑，最后要把自己埋进去。

参加科举是掘金，那我们今天受教育是不是掘金？如果很多人都把科举当作掘金之路，那这个国家是有危险的。很多知识分子就成了伪士。鲁迅讲，这个国家最大的危害不是人没文化，是很多人成了伪士。后来我们废了科举，废科举兴学校。我在别的场合讲过，兴学校是对的，但兴学校为什么非要废科举？兴学校跟废科举之间，选择得这么决绝，恐怕有问题。现在不说科举，光说学校教育，我们一百多年来，从西方引入的这套西式教育怎么样，直到此时此刻我们在这里上课？我批评一些同学，不要老问考试的事情，我在批判的是什么呢？我们今天很多人受教育、读博士，是不是想的还是掘金呢？还是这个"掘"字。当然掘金不容易，要求聪明、勤奋，等等，也不是所有人都能掘到，但这条路还是很可疑。我这一代人受的教育告诉我们，学习是为了攀登科学高峰，是为了对人类有所贡献，现在这些话说出来都觉得有点烫嘴，说这些的都好像是骗子。人上学怎么是为了那些呢？人上学不是为了找个好工作，不是为了月薪十万吗？想到这儿，我们也不太敢笑话陈士成了。

一开始我们是笑话陈士成，他确实可笑，也可怜，可怜到一定程度我们忽然一想，如果我们自己也在掘金的话，就不敢特别笑话他了。似乎在他身上，我们不但刚才看到了鲁迅，还看见了自己。我们自己是不是经常眼前有"白光"？恐怕不能否定。我自觉我自己还是个有高尚追求的人，但是我不能否认，我眼前也有"白光"。比如有人说，"孔老师，咱们一块儿做个事，完了咱们每人分几个亿"，这个时候我眼前也有白光，虽然我知道这事一般不靠谱。所以我们在人物身上，还要勇于发现自己。陈士成只不过被生活逼到走投无路了，他才突然爆发了，我们一般到不了这个时候，我们只是有小小的白光。今天北大各项奖学金，数量很多，奖金的额度也很高，动不动就几万，没有几个亿，有几个万，这几个万也足以引发人"怔忡"——刚才用在陈士成身上的词。

但今天铁的光罩住了陈士成，又软软的来劝他了，为什么用"软软的"？因为这个铁的光环是月亮的光，月亮的光是"软软的"。**他或者偶一迟疑，便给他正经的证明，又加上阴森的摧逼，使他不得不又向自己的房里转过眼光去。**生计问题催逼着他，同时他没有别的思路。因为参加科举本来就是掘金，当科举之路断绝之后，剩下的只有直接去掘、直接去挖。这令我想到二十多年前，二十五年前，很多知识分子为什么要"下海"，他们读书本来就是要掘金的，后来忽然发现知识分子挣钱很少，发现知识分子变得很可怜，我们当时叫"脑体倒挂"，说是造导弹的不如卖茶叶蛋的，很多人就毅然去卖茶叶蛋了，那也是掘金嘛。既然文化掘金不成功，那就直接去掘金，这是《白光》这篇小说比《孔乙己》深刻的地方。虽然它整体上没有《孔乙己》深刻，就对科举的探讨来说，它比那个小说更深，因为《孔乙己》主要写的不是科举。既然他准备到房子里去挖金银财宝了，于是在幻听之后，他又产生了幻视。

**白光如一柄白团扇，摇摇摆摆的闪起在他房里了。**白光引导他。

**"也终于在这里！"**他终于最后摇摆到这个倾向，认定有财宝。

**他说着，狮子似的赶快走进那房里去，**鲁迅的比喻有时候很奇特，用狮子这种猛兽来比喻此时的陈士成，一般人想不到。一般人现在都觉得他是个弱者，会选择弱的动物来比喻他，而在这个时候鲁迅忽然选择一只最大的猛兽来比喻。**但跨进里面的时候，便不见了白光的影踪，**其实"不见"更突出了"见"，"不见"更突出了是白光在引导着他，**只有莽苍苍的一间旧房，和几个破书桌都没在昏暗里。**这个"没"也写得很好，鲁迅笔下的光线，如果有高级的画家画出来，那是杰作。**他爽然的站着，**化用"爽然若失"这个成语，这个时候他的心好像很激动，同时又非常空虚。**慢慢的再定睛，把眼睛定住，去找那个白光。然而白光却**

**分明的又起来了，这回更广大，比硫黄火更白净，比朝雾更霏微，而且便在靠东墙的一张书桌下。**

我们看要写幻觉，恰恰要往真实了写，这是幻与真的辩证法，越写得好像煞有介事，才越能突出其幻。就是要写得在他眼中"真真的"，方位、颜色、亮度，连厚薄都有了，具体地点都有，这才能写出他幻的程度。我研究我每周收到的一些材料，其中幻觉的材料也都特别注重细节描写，都写得"真真的"，都是有根有据，有鼻子有眼，这是一个可研究的规律性的存在。那么在这里实与虚、真与幻的关系，是小说描写一个非常重要的特征。

又来了一个"狮子"，**陈士成狮子似的奔到门后边，伸手去摸锄头，撞着一条黑影。**他的屋子里有锄头，他再穷，显然也不是一个种地的，但他有锄头，说明他不是第一次拿锄头干活了。他撞着一条黑影，人在匆忙之中，总会有一些意想不到的怪事怪物出现。**他不知怎的有些怕了，张惶的点了灯，**他本来是被白光吸引着，但他现在自己有点害怕，自己点着一个灯。因为刚才看见一个影子，是锄头的影子吧，**看锄头无非倚着。**锄头没有动，**他移开桌子，用锄头一气掘起四块大方砖，**他开始发疯了，也可见他家里面的条件也还是比较好的，地是用大方砖铺的，我们如果到江南的民居里去参观考察，可以看到江南人家的家里面都是怎么样铺设的，铺设大方砖的家里应该是比较有钱的，特别是江南，有一种砖叫金砖，不是金子的砖，是那砖的质量非常好，严丝合缝，很不容易掘起来。他一口气掘起四块来，说明他掘开的是很大的一个面积了。**蹲身一看，照例是黄澄澄的细沙，**"照例"两个字说出了这不是第一次了，还那样，还是黄澄澄的细沙。**揎了袖爬开细沙，便露出下面的黑土来。**沙子下面是土，**他极小心的，幽静的，一锄一锄往下掘，**鲁迅把这个场面写得越细，节奏越慢，越突出他的悲剧性。

这一段情节按理说可以用叙述就直接带过去了，小说中什么时候用叙述，什么时候用描写，是根据不同的作用来选择的，这一段本来可以叙述过去的，陈士成挖呀挖，挖了半天也没怎么着，就可以了，可是作者不叙述，而是采用描写。描写造成的结果是什么呢？就是阅读时间长，阅读时间趋近于情节发生的时间，这两个时间越接近，就越给人造成真实感。我们为什么看电视剧就容易被洗脑呢？因为电视剧演一件事，它的演出时间和事情发生的时间几乎是等同的。我们听新闻，说昨天晚上，海淀桥那儿车轧死了一个人，你不一定相信，因为车轧死人需要很长时间，新闻几秒钟说完了，两个时间严重不匹配，一般你可以不信，但是假如他说，昨天晚上几点钟，一辆什么样的车，开到哪里哪里，这样去说，说的时间很长，你听的时间很长，你就容易相信，这就是叙事时间的一个秘密。写陈士成挖土挖沙，一锄一锄往下掘，这样就造成了一个逼真感。而陈士成的动作写得越逼真，就越显出他整个行动的虚幻。

**然而深夜究竟太寂静了，尖铁触土的声音，总是钝重的不肯瞒人的发响。**这是写声音，也是写他的心理。即使这时候，陈士成也还是不愿意让人知道他在挖掘，可是周围太安静了，他挖掘的这个声音，总是会传出来。我不知道大家有没有挖过东西，锄头铁锹挖东西的时候，那种很钝的声音，如果是在夜里，就更引人注意。

**土坑深到二尺多了，**二尺多，应该挖了很久，再挖下去就一米了。我小的时候挖过菜窖，冬天储存菜要挖菜窖，菜窖一般要挖三米深，一米是三尺，挖二尺要挖很久的。**并不见有瓮口，**因为传说中金银财宝一般是装在瓮里边，他一直希望看见瓮口，可是并不见有瓮口。**陈士成正心焦，一声脆响，颇震得手腕痛，锄尖碰到什么坚硬的东西了。**这个叙事节奏更加放慢了，**他急忙抛下锄头，摸索着看时，一块大方砖在下面。**

竟然下面还有方砖，隔了沙和土，下面还有方砖。**他的心抖得很利害，聚精会神的挖起那方砖来，下面也满是先前一样的黑土，爬松了许多土，下面似乎还无穷。**这么啰唆地写，是写他的心情，写他焦急，怎么还不出来东西，怎么还没信儿。**但忽而又触着坚硬的小东西了，圆的，大约是一个锈铜钱；此外也还有几片破碎的磁片。**这个过程写得很真实，中国大部分地区只要你随便向下挖，总是有东西的，这叫文化的积淀。

这一段鲁迅主要写陈士成不断地产生小希望，又不断破灭，一会儿又有小希望，一会儿又破灭，写他这个小心灵反复地受折磨的过程。**陈士成心里仿佛觉得空虚了，浑身流汗，急躁的只爬搔；这其间，心在空中一抖动，又触着一种古怪的小东西了，**鲁迅写这一段的时候也很残忍，得狠心才能写下来，这分明是一个受折磨的过程，我想也许是鲁迅自己亲身的经历。**这似乎约略有些马掌形的，但触手很松脆。**能写得如此之生动，不亲历写不出来的，我是写不出来的。**他又聚精会神的挖起那东西来，谨慎的撮着，就灯光下仔细的看时，那东西斑斑剥剥的像是烂骨头，上面还带着一排零落不全的牙齿。**这很可恶，他已经悟到这许是下巴骨了，**而那下巴骨也便在他手里索索的动弹起来，而且笑吟吟的显出笑影，**终于听得他开口道：

"这回又完了！"

这一段写得有点恐怖，很恐怖，恐怖、可恶中来透出可怜。这个情节是读后让人难以忘怀的，它并不是什么鬼片，不是什么恐怖小说，它分明是一个批判小说，可是用这种情节、这种描写来展示，说明作者怀有非常复杂的心态。你不能否认他是批判，但是他不是简单地批判，我想鲁迅要自己没挖出过这东西来，他绝对写不出来，肯定他自己小时候挖出来过，他没事就在百草园里挖。咱们小时候学的《从百草园到三味书屋》，绝对隐瞒了重大情节，他不定在那里干过什么坏事呢，所以他这个时候全都用上了。谁能写出挖出了一个还带着牙齿的下巴骨这种东西来,而且挖出来之后还不报案?陈士成挖到这里可能知道真的挖不出财宝来了,不知道以前有没有挖到过这儿,可能以前没有挖出过骨头来。前面一系列节奏缓慢的描写,到这里积累了一个质变。

他栗然的发了大冷,本来前面就是寒,就是冷,就是凉,这里是"大冷"了,同时也放了手,下巴骨轻飘飘的回到坑底里不多久,他也就逃到院子里了。逃,为什么要逃呢?他是怕下巴骨嘲笑他。他偷看房里面,灯火如此辉煌,下巴骨如此嘲笑,异乎寻常的怕人,便再不敢向那边看。那个嘲笑是对他整个生命的彻底否定。此时的陈士成到底明白不明白,这很值得琢磨。人类医学进步,唯独对精神病的研究进展很慢,怎么确定精神病?一个被确定为精神病的人,在多大程度上又是清醒的,在多大程度上又是超常的?比如说陈士成明明是不正常的,可是他有很多敏感之处,似乎很正常,甚至具有艺术家的敏感。我们正常人觉得这东西毕竟是死的,这有什么可怕的呢,可是陈士成非常怕,他怕的是什么呢?他怕的东西好像又是正常的,就是自己没有生路了,这一辈子永远不可能改善生活了,不可能发财了,不可能通过科举考试发财,不可能通过教书发财,不可能通过掘金发财。他又不敢把这个窗户纸完全捅破,所以剩下的就是不敢,所以才用逃。

他躲在远处的檐下的阴影里,觉得较为平安了。我们对患了精神病的人,往往就不再去思考他的内心,一下子把他放到一个文件夹——疯子——里边就不再想了。我觉得有时候我们要去想一想这样人的心理。我们生活中遇到的那些被叫作傻子的人、疯子的人,确实是有精神疾患的人,心理到底是什么样的呢?我上大学的时候,有一个暑假,到比我低两级的同学的宿舍去住,住的时候一个同学在我对面的蚊帐里边读《红楼梦》。他读一会儿,忽然就发出很尖锐的笑声,读一会儿又发出尖锐的笑声，开始我以为他读到什么好玩的段落，后来我想《红楼梦》里没有那么多好玩的地方啊，他怎么能发出这种声音来呢？后来我终于明白了，他同宿舍的同学为什么让我睡在这里。后来那个同学确实是发了精神病了，当时是我们现在的蒋朗朗老师，亲自把他送到北大校医院去的。他有精神病了，大家说这个事的时候都觉得好可笑，但是我始终在想，他到底读了哪几段会发出那样的笑声呢？我后来有时候读《红楼梦》的时候，就想起那个情节，我说我怎么找不着这样的地方让我发出这种动静呢。常去想想别人所谓不正常的心态，有助于我们更深地了解自己，了解那些被看作正常的人。

而陈士成躲在那个阴影里觉得自己较为安全，这个情况对他来说是很真实的。**但在这平安中，忽而耳朵边又听得窈窈的低声说：**

"这里没有……到山里去……"这个声音到底是哪发出来的？有时候我想，那些听到了别人听不到声音的人，听到很多话，这个话是他自己心里产生的，还是真有这样一个声音，只有他听到，别人听不到？这又涉及生理学上听觉怎么产生的问题。比如说蝙蝠很敏感，蝙蝠很恐怖，我们不愿意去想蝙蝠的事情。可是我看《动物世界》此类的片子，就想蝙蝠视觉很差，它靠着超声波活着，这超声波到底怎么回事。我们觉得视觉很差是痛苦的，蝙蝠真觉得是这样吗？它是不是觉得我们不能感受超声波才是痛苦呢？相同的道理，我们认为那些不正常的人活的那个世界，对他来说是真实的。他看着我们不能理解他那个世界，他是怎么想的？他是不是觉得我们很可怜，很可怕，很可悲？"你们怎么就听不见呢？这是明明有的啊。"我们为什么否定他呢？不过因为我们人数众多嘛，因为我们人数众多，我们就否定了只有他一个人感觉到的那个世界，我们这是不是一种不讲理？因为我们拿什么证明，别人都没听到，或者我们这些人发明的机器也没有听到，他那个就是错的？可是为了我们这些人的生存,我们又没有办法,所以我们经常把他们抓起来,关到医院里,不然我们认为他们会破坏我们的世界,想到这的时候我是比较冷的。

在这种情况下,陈士成真的走向了质变,"这里没有……到山里去……"他总要给自己留一丝希望,不能说这里没有就全都没有了,他就终于出走了。很多出走的孩子是怎么想的,这是另外一个话题,出走总是跟希望联系在一起的。到了这个时候,才能说陈士成最后走向了发疯。陈士成似乎记得白天在街上也曾听得有人说这种话,他不待再听完,已经恍然大悟了。他突然仰面向天,月亮已向西高峰这方面隐去,远想离城三十五里的西高峰正在眼前,朝笏一般黑魆魆的挺立着,周围便放出浩大闪烁的白光来。

而且这白光又远远的就在前面了。

"是的,到山里去!"

他决定的想,惨然的奔出去了。一个人发疯之后,在他自己看来似乎是理性的。我小的时候,我们楼里面既有疯子也有傻子,那个傻子我曾经写过,我也琢磨过疯子和傻子有什么区别,为什么人们给他们的命名不同,把这种叫疯子,那种叫傻子。疯子其实有一个自己独立的精神世界,是我们进不去的,我们理解不了的,在他自己看来都是条分缕析的。他可能也不想进入我们的世界,我们跟他们是对立的。而傻子似乎不是这样,傻子好像更偏于感性,傻子要进入我们的世界。我们比较容易理解傻子,我们跟傻子可以用同一套标准进行衡量,在这同一套标准下,他很低,很低很低,所以我们说他傻,前提是我们的判断得正确。而像陈士成发疯,他有自己的一套想法,只不过作者没有给他写出来。他有决定地想,他老有思想,他有判断,"惨然地奔出去了",几回的开门声之后,门里面便再不闻一些声息。只剩下前面他亲手点的灯,灯火结了大灯花，我们看这都是电影镜头，大灯花，**照着空屋和坑洞**，鲁迅很会写空镜头，特别是写一个人很孤独的情况下。《明天》中写单四嫂子，写她儿子死去了，就使用很多空镜头，这里还是。人都走了，这个镜头却很长时间地照着这个灯。灯火照着空屋和坑洞，**毕毕剥剥的炸了几声之后，便渐渐的缩小以至于无有，那是残油已经烧尽了**。那个时候鲁迅肯定是不熟悉电影的，但他运用得这么娴熟，我们现在在电影中看到这样一个画面，已经很习惯知道这是象征着什么了，灯火慢慢地要烧尽，这一点都不是浪费的。

"开城门来～～"

**含着大希望的恐怖的悲声，游丝似的在西关门前的黎明中，战战兢兢的叫喊**。这个声音写得很好，"开城门来"，很普通的四个字，可是他是写它声音的效果，这个效果是悲声，又是恐怖的悲声，含着大希望的恐怖的悲声。按理说这声音应该很大吧，又说是游丝似的。也就是作者写这个声音的角度，不是在他的身边，而是以远远地传来的角度写，游丝似的。好像导演和整个摄制组，还在他家的院里，远远地听见城门那边传来这个声音。这个角度选得非常有讲究，这才显出恐怖，发疯，人已经走了，镜头没有跟着他走，镜头留在这里，镜头很冷静。

最后我们看，**第二天的日中**，白天了，**有人在离西门十五里的万流湖里看见一个浮尸**，距离城门已经十五里，步行得两个小时的路程了，证明他出了城，有人走到那里，看见一具浮尸，**当即传扬开去**，传开了，新闻报道了，**终于传到地保的耳朵里了**，当时的社会组织成员，有保长、甲长。**便叫乡下人捞将上来**。这里采用了新闻的写法，不是全知叙事，而是采用了限制式的，把全知叙事与限制叙事结合起来，限制视角去写，**那是一个男尸，五十多岁，"身中面白无须"**，古代是没有身份证的，记载一个人的特征，很简单，那个时候也不需要这么严密的安检。我们现在安检，如果你的身份证没有照片，只写上一个"身中面白无须"，这多少人混过去了？大多数人都这样。小说开头没有这个人物的外貌描写、形象描写，岁数都不写，到这里用一个限制叙事，让读者想象，这个人就是陈士成。

那我们把这个故事联系起来看，陈士成五十多岁，已经考了十六回了，这一辈子没干别的，大概考到第N回之后，就开始在地下琢磨挖东西了。所以这个悲剧让你自己去想，不要作者去说，作者从来不对人物加以直接的评判。《孔乙己》也是一样的，《孔乙己》通篇没有说一句同情孔乙己的话。《白光》也是，通篇没有说一句"可怜的陈士成，这个科举制度的受害者"，那是我们写作文的话，鲁迅绝不会写出这样的话来。

**浑身也没有什么衣裤。** 衣裤都没了。**或者说这就是陈士成。** 或者是有人说这就是陈士成。**但邻居懒得去看，** 你看他邻居浑到什么程度，邻居都不去看，邻居肯定知道这是陈士成。这倒是跟孔乙己一样，人情淡漠，其实孔乙己真正的悲剧是写出了这个民族人与人之间的淡漠，这国家才没希望了。**也并无尸亲认领，** 也没亲戚，那面对这样的事情怎么办呢？我们可以看到当时的法律是怎么处理的。**于是经县委员，** 记住这不是县党委委员，"委员"中"委"是动词，"委员"是派工作人员。千万不要乱解释，那时候没有县委，哪来的委员呢？委员是常用的文言词，派有关人员去办事的叫委员，**相验之后，** 检验，**便由地保抬埋了。**

这个钱应该是公家出，县里出。**至于死因，那当然是没有问题的，剥取死尸的衣服本来是常有的事，够不上疑心到谋害去，** 那个时候办案也快，很利索，**而且件作也证明是生前的落水，** 那时候有法医，司法程序都是有的，但那个时候处理得很简单。**因为他确凿曾在水底里挣命，所以十个指甲里都满嵌着河底泥。** 可见鲁迅对当时的司法，包括法医都非常熟悉，怎么知道他是自己在水里挣扎的呢？看他指甲里有泥。

小说就这样结束了，不做任何评判，前面挖掘过程很费了笔墨，写得那么细致，节奏突然慢了下来，最后采取的是叙事的手法，不再描写，很有力地结束了。最后给你留下一个形象，指甲里面嵌满了泥。他死得这么不干不净，死得这么不舒服，死得这么纠结，这么挣扎，小说就结束了，任由读者去评判。

我们最后小结一下这个作品。陈士成这个人物，在鲁迅的生活中是有原型的，原型就是鲁迅的祖父兄弟的孩子，那个人当然也姓周，是他们老周家的人，叫周子敬。我们知道这个人物的原型，也要感谢周作人先生，这是周作人先生帮我们考证的，周作人先生在新中国成立后没事，讲讲鲁迅的故事，一篇一篇地帮我们提供了很重要的材料，他们有这样一个长辈叫周子敬，一辈子科举考试没有考上，然后发疯，很多情节都跟鲁迅小说写的有相似之处，但是那么仔细地在地下挖东西，很多很细致的地方，恐怕是鲁迅自己的心理过程，只不过他把它结合得很好。周子敬先生也是最后一次没有考中，1895年的时候就发了疯，用各种手段自虐，先是拿剪刀戳喉咙，又在身上扎了很多窟窿，又拿火烧自己，最后还没死，跑到桥上跳到水里，死了。这个事情在当时很轰动，所以给少年的鲁迅留下了深刻的印象。鲁迅是1881年生的，他1895年死的，给鲁迅少年时候留下了非常深刻的印象。

这个小说除了情节之外，刚才我讲的过程中，格外强调了光的意象的重要。在鲁迅小说里引导陈士成走向死亡的恰恰是光，这个白光恰恰不是什么好东西，所以鲁迅总是要揭破虚幻的表象，鲁迅不赞成用天堂、黄金世界这些意象来勾引人民群众，但他又不是否定这些，鲁迅并不是否定未来，而是不让人把全部生命寄托在未来上，鲁迅是执着于现在的，鲁迅问的是，你现在在干吗呢？你别老说明天的事，他也不否定明天，但是他反对的是老说明天好，否定的是无条件无保留地赞美光。这个思想我觉得今后一百年还是先锋的,更不要说小说在叙事结构、在语言、在修辞上各方面的先锋性。由于它题材上跟《孔乙己》有相似之处,所以这么多年来,将近一百年来,它被《孔乙己》掩盖了光芒,我们一定要承认《孔乙己》是伟大的小说,但是《白光》够不上伟大,也应该是非常出色的优秀的现代小说。

好,《白光》我们就讲到这儿。

2017年北大选修课"鲁迅小说研究"第六课
2017年10月25日

# 滥造滥毁的造物

—— 解读《兔和猫》

今天我们来涉及一下跟动物发生关系的鲁迅作品，我们发现很多哲学家、文学家都很喜欢动物，当然喜欢的动物是不一样的。我最早看钱理群老师研究鲁迅的论著《心灵的探寻》里面就专门讲了鲁迅跟一些动物的关系，比如说猫和狗。不同的作家喜欢不同的动物肯定是各有不同的原因，但是我发现一些大知识分子不是简单地把动物当成一种低级生命或者当宠物来对待，其实他们有的时候喜欢动物跟他们在人类社会的处境有关。在鲁迅的所有的小说中，像《兔和猫》这样的作品是非常非常不重要的，几乎就没有什么学者进行过认真像样的研究。还有人说这根本就不是小说，就是鲁迅想凑数，他觉得自己作品反正好不容易编成一本，太薄了又不太好意思，就尽量往里面塞点，塞一篇反正有一篇的稿费——我们也不能完全排除这种推测，鲁迅也是凡人，人家想多拿点稿费，也没什么错。但是我们不能要求一个作家出手都是一流作品，就好像我们听一个歌手的辑子，不能要求十二首歌都是精品，都能够天下到处流传。所以我有意地找一点鲁迅不那么著名的很一般的作品来看，就像我们看看金庸写的《鸳鸯刀》一样，看看金庸写的《白马啸西风》一样，看看他不太著名的作品写得如何。

如果没有读过《兔和猫》的话，有一篇小说叫《兔和猫》，不会有人想到是鲁迅写的，题目就不像，题目好像是儿童读物的。这个作品离今天已经是时代很远了，九十来年了，1922年双十节发表的，研究得很少。根据以前的研究，这个小说是干吗的呢？一般认为是表达反抗压迫的，这种解释我们都是常见的。反正我小时候读的小说一般的解释都是这样，不是反抗这个压迫就是反抗那个压迫。这么说一般也没错，因为文学的本质其实就是反抗，你说一个东西是反抗的，大概靠谱。还有人对这篇的文体有一个质疑，它是不是小说？有的人说这不像是小说，这就是散文嘛，那么关于是散文还是小说，这种质疑本身就是没多大的意思的。因为特别是在中国的语境中，只要不押韵的文章都叫散文，散文本来是跟韵文相对的。从文学体裁上、叙事体裁上讲，散文和小说没有严格的界限，因为散文里有故事，散文里可以适度虚构，虚构到百分之几叫小说这没有规定。小说也可以来源于真事，小说可以用第一人称。所以对文体的质疑根本的原因还在于大家觉得这小说不重要。我也不认为这个小说有多么重要，就因为它"不重要"，所以我们来讲一讲。

推荐一篇辅导的文章，钱理群老师有一篇讲述《兔和猫》的，在他的《鲁迅作品十五讲》这本书里，好像第一篇就叫《从〈兔和猫〉读起》。不过钱老师并不是细读，钱老师的研究风格是喜欢谈很宏大的话题，从具体的作品出发。你看他"从《兔和猫》读起"，读着读着就谈天下大事了，读着读着就很激愤、很昂扬，"中国人这么不重视生命"——就来了，那是钱老师的风格。钱老师讲课半个小时左右就满身都是粉笔末子，所以前排同学都要"遭殃"的。我20世纪80年代听钱老师上课非常激动，我记得我在一篇文章里写过我听钱老师上课从来不坐前排，倒不是怕衣服上沾上粉笔末子，是我不愿意被他巨大的思想力所裹挟，我愿意离他远一点，我坐在后面的角落里，比较冷静地去吸收他的思想。所以咱们课上坐得近的同学注意不要被我所"裹挟"，任何情况下都要保持独立思考。

那么我们就看看小说的开头，开头是这样写的：

**住在我们后进院子里的三太太，在夏间买了一对白兔，是给伊的孩子们看的。**

这一段一看真的很像儿童读物，这不就是儿童读物吗？我们想这完全可以画成漫画，一页就写上这么一句话，不论是画成丰子恺风格的还是几米风格的都可以，【众笑】这真的不像鲁迅的语言了，我们在这里好像遇到了一个陌生的鲁迅。

**这一对白兔，似乎离娘并不久，虽然是异类，也可以看出他们的天真烂熳来。但也竖直了小小的通红的长耳朵，动着鼻子，眼睛里颇现些惊疑的神色**，读到这才发现有点像鲁迅，这不是一般童话作家写得出来的，就这两句，这是鲁迅了。"眼睛里颇现些惊疑的神色"——这不像是给孩子读的。所以鲁迅想掩盖自己很难，不容易掩盖。**大约究竟觉得人地生疏，没有在老家时候的安心了。**鲁迅想装嫩，他想装孩子但他装不住，他写兔子，写两句就写到兔子的内心去了。你怎么知道兔子是这样想的呢？但是他这么一写，你觉得还真是。他开头本来是从太太孩子的视角看兔兔，【众笑】看兔子，但这时候看，他自己变成那个小兔兔了，他觉得这兔子很值得同情。**这种东西，倘到庙会日期自己出去买，每个至多不过两吊钱，而三太太却花了一元，因为是叫小使上店买来的。**叫小仆人去买来的。小说的一开头所出现的，是太太、孩子、娘、白兔、天真、小小的、惊疑、安心，这些词都是用于弱者的。通过这些代表着弱者的词的密集出现，给人造成一个值得同情的很柔弱的这样一个氛围。而这样一个氛围显然是叙事者有意制造的，但他有意制造这个氛围的同时，不自觉地还是露出这个家伙并不弱的本色。刚才我们就分析了，他写的是一群弱者，可是写这群弱者的这支笔一点都不弱，我们不小心能看出这背后有一个人这么会写，我们要换别的作家是写不出这一段文字的，一般的儿童文学作家写不出来，能够这样写的儿童文学作家只有我们系的曹文轩老师。曹文轩老师表面上写的是儿童文学，其实大人都可以读，曹老师自己就对鲁迅深有研究，其他的儿童文学作家绝对写不到这个程度。

**孩子们自然大得意了，嚷着围住了看；大人也都围着看；还有一匹小狗名叫S的也跑来，**这小狗不知道为什么不起个正经的中国名，还叫个S，【众笑】所以我怀疑这是《伤逝》里那"匹"狗，叫"阿随"，suí就是S，说明鲁迅要以这个造成一个连环格。**闯过去一嗅，打了一个喷嚏，**这个也写得非常形象。没有亲身经历过的，是写不出这个动作来的，一定是亲眼看过小猫小狗淘气，才能写得这么细致。**退了几步。三太太吆喝道，"S，听着，不准你咬他！"于是在他头上打了一拳，S便退开了，从此并不咬。**这段话纯粹是白描，白描得非常生动逼真，而且又能够通过动作写到生命的内心。有大人有孩子，重点是写的孩子们，大人点到为止。小狗淘气，其实我们要仔细分析，那小狗是淘气吗？其实狗是想看看能不能吃。我小时候住的楼里面，养了各种动物，比如邻居家养了大鹅、大公鸡，小猫、小狗也要过去看看。我小时候养的猫也是很讨厌的，看见大公鸡它要过去调戏调戏。后来我学柳宗元的《黔之驴》，我就非常有感触，老虎去挑逗那个驴，看能不能吃。那个猫也是这样，看到一只大公鸡，别看鸡很大，它过去试一试，去撩拨一下，结果那大公鸡很厉害，上去就叨了它一下，这个猫打了一个喷嚏就跑了，它知道这个家伙不好惹。所以鲁迅一定是有过亲身经历,才能写得这么形象。三太太的这句话:"听着,不准你咬他!"这一看,就很像现在的一些知识分子妇女,说话儿童化。我们现在就是这样,我们现在这个社会就培养女人说话要小孩化、儿童化、幼稚化,小孩说话宠物化,总而言之就是不让你好好说人话。然后这个S退开了,"从此并不咬",这个话读起来很有味道,很值得反复。一般就是说,不敢再咬了,以后不敢再靠前了。"从此并不咬",这就是鲁迅语言的魅力。什么叫"从此并不咬"?其实还想咬!不过慑于主人的威胁。这一段写起来还是很有童趣的,仍然可以入画。古人评点小说,像金圣叹那些人,经常在旁边就写两个字:入画。这一段写得很入画。我们今天可以说"入动漫"。下面:

**这一对兔总是关在后窗后面的小院子里的时候多,听说是因为太喜欢撕壁纸,也常常啃木器脚。这小院子里有一株野桑树,桑子落地,他们最爱吃,便连喂他们的波菜也不吃了。乌鸦喜鹊想要下来时,他们便躬着身子用后脚在地上使劲的一弹,砉的一声直跳上来,像飞起了一团雪。写得真美。鸦鹊吓得赶紧走,这样的几回,再也不敢近来了。三太太说,鸦鹊倒不打紧,至多也不过抢吃一点食料,可恶的是一匹大黑猫,常在矮墙上恶狠狠的看,这却要防的,幸而S和猫是对头,或者还不至于有什么罢。**

前面几段是童趣,到这里好像不仅是童趣了,倾向性流露出来了。他前面本来说兔子撕壁纸、啃木器脚,其实是很讨厌的动物。我知道有很多人拿兔子当宠物养,但是我还没有见过对兔子特别有感情的,对兔子有感情的就是真的很小的小孩,一旦长到一定的年龄,比如上了小学几年级之后,对兔子就没有这么深的感情。至于成年人养兔子,纯粹就是跟人家比,说我也有宠物,又不敢养猫养狗。因为兔子很讨厌,撕壁纸、啃木器,其实逮什么啃什么。可是从这个叙述里,没看见鲁迅对兔子的厌烦，只是顺便指出而已，鲁迅没有写出讨厌它。而这个兔子跳起来，这时候他马上描写成"像飞起来了一团雪"，这里面都是饱含倾向的。其实狗和猫跳起来更美，那猫飞跃的时候，真是非常优美。但是鲁迅没有那么写，他的小说不是叫《兔和猫》吗？这里猫没有出场，被提到了，是从三太太的嘴里说出来的，"一匹大黑猫"。而且猫一出来的时候说是要防的，猫在这里一开始就被作为兔的敌人，幸而狗跟猫是对头。老人们都告诉我们，猫和狗是不合的，猫和狗是打架的，即使是在一家里养着也是不合的。关于狗猫为什么不合，不知道诸位有什么研究。据专家说猫和狗彼此心里边是要和的，但是他们的动作习惯是相反的，就使对方发生误解。比如说猫表示友好的时候是把尾巴翘起来，而在狗看来这是要发动攻击。就是它们有很多动作正好能使对方发生误解。也就是说，生命和生命之间的很多战争，是由于对信号的解读不一样，这还是一个解释问题。所以我们经常看到猫和狗在那对峙着。其实一想，很奇怪，它们两个吃的饭又不一样，没有什么利益之争啊，为什么要打架呢？它们之间是老有误解。但是有的猫和狗处得很好，我观察过凡是猫和狗处得很好，都是猫把狗忽悠了，那猫可会忽悠狗了，能够趴在狗身上睡觉，大狗躺那儿，它就趴在狗肚子上、趴狗后背上睡觉，把狗就拿下了，那是属于特别聪明的猫，猫是走到哪儿，忽悠到哪儿。我在一个养马场，看到那猫把那些骏马都忽悠了。马站在那块儿，猫就趴在后背上睡觉，也不知道怎么把这个马给打动了。在这里我们看到叙事者对猫没有什么好感，而且用自己的这种倾向性在字里行间影响着读者。

**孩子们时时捉他们来玩耍；他们很和气，竖起耳朵，动着鼻子，驯良的站在小手的圈子里，但一有空，却也就溜开去了。他们夜里的卧榻是一个小木箱，里面铺些稻草，就在后窗的房檐下。**

读到这里，有一些问题开始慢慢地呈现出来，关于鲁迅的问题。多数读者为什么不认同这篇小说是能够代表鲁迅风格的小说？就因为它跟鲁迅其他的文字有太多的不一样。这里鲁迅描写兔子有"驯良"这个词，而我们读鲁迅的大部分文字，发现鲁迅是很讨厌这个词的，鲁迅许许多多的文字都在批判"驯良"，跟"驯良"战斗。因为在鲁迅看来，所谓的驯良就是奴性，就是殖民地民众最下劣的一种品性，这就叫驯良。所以鲁迅最讨厌的其实不是猫，是被人训练成奴才的狗。因为在鲁迅看来，狗本来是狼，是在原野上自由奔驰的勇士，怎么变成了对人俯首帖耳的这么一种奇怪的动物呢？大自然里本来没有这种动物，那是经过了多少屈辱，经过了多少严刑拷打，狼竟然变成了一种叫"狗"的动物。我知道很多人爱狗，我也很喜欢狗，狗跟人的关系很密切，狗给人干了很多事，但是不论怎么样，不论狗跟人的关系好到什么程度，"狗"这个字一旦用到人的身上，永远是一句骂人话。你可以喜欢狗，可以喜欢到无以复加，你不愿意别人说你是狗。我们可以说人是猫，没事，那人不会生气，"你咋这么懒呢？跟个猫似的""懒猫""馋猫"，你这么说，别人都可以接受。"狗"可不行，说人是狗，触到了人心里面最隐秘的一种东西，最隐秘的一种素质，那是生命的顶级奥秘，不能碰，这个事不能碰。哪怕你说某个地区的一部分人还是狗，那个地方的人马上就沸腾了，马上要怒了，就因为这里面深藏着奴性！

鲁迅是反对驯良的，可是这里他用驯良来说兔子，而且是证明它好，在这里鲁迅是反鲁迅的，所以大家觉得这不像鲁迅写的。鲁迅写《兔和猫》显然是他的一个独特的写作的形式。我们要透过他表面的简单，耐心地去寻找他和其他的鲁迅之间的关系。你看兔子被人玩耍还很和气，还睡一个小木箱子里面，越看越像住在鸽子笼里面那二百万香港民众，很多人一说香港就以为繁荣昌盛，不对！上百万人住在只有三平方米甚至还不到的鸽子笼一样的地方，那叫"笼屋"。大家到网上去看一看那个笼屋是什么样,就像夏衍写的包身工住的地方一样没有光、没有热、没有声音,什么都没有。

**这样的几个月之后,他们忽而自己掘土了,掘得非常快,前脚一抓,后脚一踢,不到半天,已经掘成一个深洞。**我估计现在的孩子都没有这样的生活观察,看看鲁迅的这个还能够长点知识,知道兔子怎么挖洞。**大家都奇怪,后来仔细看时,原来一个的肚子比别一个的大得多了。他们第二天便将干草和树叶衔进洞里去,忙了大半天。**这是多好的动物观察笔记啊,这就是动物观察笔记。鲁迅从日本回国之后在杭州中学任教,他主要的课程是什么呢?不是文学,是生物课。鲁迅是我们国家最早的生物老师,他是我们国家第一个开生理卫生课的老师,他经常带学生到野外去考察、去采集等,鲁迅对动植物的知识是非常丰富的。你看他三笔两笔写兔子,真是写得很可爱,特别写兔子怀孕了之后怎么挖洞、怎么铺它的窝。

**大家都高兴,说又有小兔可看了;三太太便对孩子们下了戒严令,从此不许再去捉。我的母亲,**第二个女人出场,**也很喜欢他们家族的繁荣,还说待生下来的离了乳,也要去讨两匹来养在自己的窗外面。**我们一般看鲁迅的文章觉得他狠呆呆的,好像不那么有爱,但是你看他写这类文字也很拿手!所以也曾经有学者大力推荐这篇小说进入小学课本,说让大家看看鲁迅友善的一面、可爱的一面,当然又因为另外一些学者的反对,不行。其实从这些文字可以看到鲁迅写这些东西也很拿手,他也愿意构建这样一个太平世界,假如世界真能如此,那何乐而不为呢?就像我们读老舍的《四世同堂》,假如天下都这么想,大家都和和气气过日子,大家都四世同堂,过生日吃碗长寿面,这不很好吗?如果都这样,是好的;我之所以不能这样,是有人不让我这样。太平世界只是幻想。

**他们从此便住在自造的洞府里,有时也出来吃些食,后来不见了,**

可不知道他们是预先运粮存在里面呢还是竟不吃。这个时候他采取的不是全知视角了,好像自己是个孩子。过了十多天,三太太对我说,那两匹又出来了,大约小兔是生下来又都死掉了,因为雌的一匹的奶非常多,却并不见有进去哺养孩子的行迹。伊言语之间颇气愤,然而也没有法。我虽然是在所谓大城市长大的,但是有幸的是我小的时候,城市里养这养那好像很随便,没有什么法律来管。那时候真没有那么多的繁文缛节规定你不许干这个规定你不许干那个,好像楼里的人愿意养就养,但是没有养猛犬的,没有养藏獒的,即使有养巴儿狗的也一定教育得很好不能随便咬人。至于养鸡鸭鹅狗兔,这都非常多,所以我都有机会去观察很多动物,野兽就到动物园去观察,家兔家禽在家附近就能够观察到。比如说兔子坐到洞里了,要生小兔子了这些事情,鲁迅一写都很亲切,他写的都是儿童视角,因为儿童不清楚嘛,这是最好的生物课,你亲自去观察了一个生命的来龙去脉。这个太太不理解,听这个太太说话,她就好像是一个知识分子的妇人,"言语之间颇气愤,然而也没有法",一开始并不了解生活,她并不是一个农妇。

有一天,太阳很温暖,也没有风,树叶都不动,我忽听得许多人在那里笑,寻声看时,却见许多人都靠着三太太的后窗看:原来有一个小兔,在院子里跳跃了。这比他的父母买来的时候还小得远,但也已经能用后脚一弹地,迸跳起来了。孩子们争着告诉我说,还看见一个小兔到洞口来探一探头,但是即刻便缩回去了,那该是他的弟弟罢。这些事情如果用叙事者自己的语言来说会讲得很无趣,这个时候他都是改用孩子的视角来写,转述孩子的话,就显得很可爱。从这些文字中我们能够看出作者有童心,这个童心他一直保持着,但是此刻的他已经比这个童心要深刻多了,老辣多了,所以他必须采用一定的叙事技巧才能够呈现他的童心,他一定是另有一套看法。我就思考《兔和猫》这样的小说,一方面觉得他写的是个很好的有童话风格的这样的作品，但是似乎在文字背后总感觉还有一套文字，还有一个没有发声的作者坐在那里，在看着这个童话。这就是你读《兔和猫》这类作品感觉不一样的地方，就好像能读曹文轩老师的小说的孩子，都不是一般的孩子，因为他小说里的意蕴是很丰富的，好像讲的是少年儿童的故事，这里边的道理都是成年人的道理。所以说到底，鲁迅是不适合写童话的。大家是不是学过叶圣陶写的童话？你想想叶圣陶的童话，那是很纯的童话，就是想讲一个故事，然后编一个动物的故事，说出来就行了。我们看看鲁迅的描写，和著名的科普作家、昆虫学家法布尔，是不是有相似之处？

  那小的也捡些草叶吃，然而大的似乎不许他，往往夹口的抢去了，而自己并不吃。孩子们笑得响，那小的终于吃惊了，便跳着钻进洞里去；大的也跟到洞门口，用前脚推着他的孩子的脊梁，推进之后，又爬开泥土来封了洞。我们看这些特写镜头连起来，不就像《昆虫记》一样吗？很像法布尔写的《昆虫记》。这是可以拍成纪录片的，拍成《动物世界》的。

  从此小院子里更热闹，窗口也时时有人窥探了。

  然而竟又全不见了那小的和大的。突然，情节转折了。这时是连日的阴天，天气也不好了，三太太又虑到遭了那大黑猫的毒手的事去。我说不然，那是天气冷，当然都躲着，太阳一出，一定出来的。

  太阳出来了，他们却都不见。于是大家就忘却了。

  这是很自然的描写，很真实的描写。从真实的描写中我们可以知道，其实人们对兔子没有很深的感情。兔子不见了，怀疑被猫吃了，大家可能还激动一下，但是过了很多天，真的没有了，大家也就都忘却了。我看过很多养兔子的人，兔子没了、死了，甚至就被他们家人自己吃了，没看他们多悲伤。但是养猫养狗的人是不这样的，你养的猫和狗要是遭了不幸，那个悲伤是持续很久的。可能很多人知道我现在养了两只猫，其实前年我有一只猫死去了，我一直不能平静下来写一篇文章悼念这只猫，因为两年过去了，给我的悲伤还是很深的，我不知道什么时候能够平静下来把这只猫写一写。那只猫很笨，很蠢，很可怜，被我家现在这两只猫欺负。正因为它那么笨、那么蠢，所以我更加同情它，它死得很可怜，也死得很愚昧，就像鲁迅笔下的单四嫂子、祥林嫂那样的人物。我始终找不到一个合适的叙述方法把它写出来。但是我也见过那么多什么兔子之类的死，真的没有悲伤。我自己还杀过鸡鸭，我一想我也是个杀过生的人。有的时候这些事情，会令人去深刻地思考跟生命有关的一些话题。

**惟有三太太是常在那里喂他们波菜的，所以常想到。伊有一回走进窗后的小院子去，忽然在墙角上发见了一个别的洞，这是新的洞，再看旧洞口，却依稀的还见有许多爪痕。这爪痕倘说是大兔的，爪该不会有这样大，伊又疑心到那常在墙上的大黑猫去了，**这大黑猫，作为一个背景的恶势力形象放在那里，他没有正面去写这猫，他越侧面写这猫，越写得呢——可恨、可怕。**伊于是也就不能不定下发掘的决心了。一个疑心，一个决心。伊终于出来取了锄子，一路掘下去，虽然疑心，却也希望着意外的见了小白兔的，但是待到底，却只见一堆烂草夹些兔毛，怕还是临蓐时候所铺的罢，此外是冷清清的，全没有什么雪白的小兔的踪迹，以及他那只一探头未出洞外的弟弟了。**

这个事情写得有点儿啰唆，但是正因为写得如此详细，给人身临其境的感觉，为什么写得身临其境？写关心——对那个兔子的关心。我前面介绍了钱理群老师读《兔和猫》，钱老师说，引用这些段落的时候他很激动。我就使劲想，钱老师家里什么都不养，为什么对这个兔子这么激动，后来我就暗暗地揣测，钱老师是属兔的。【众笑】我只能这么乱猜，但这是不对的，不是说家里一定要养活宠物的人才这样有爱心。反正像钱老师这样善良的人看到这一段，他是很激动的，他很恨那个恶势力。

**气忿和失望和凄凉，使伊不能不再掘那墙角上的新洞了。一动手，那大的两匹便先窜出洞外面。伊以为他们搬了家了，很高兴，然而仍然掘，待见底，那里面也铺着草叶和兔毛，而上面却睡着七个很小的兔，遍身肉红色，细看时，眼睛全都没有开。**鲁迅那一代人，很多儿童都有过如此的经历，小时候都淘气，到处东挖西挖，都见过很多动物的幼崽。鲁迅写到这段的时候，我就知道鲁迅亲自干过类似的事儿。小时候干过这个事儿你不要认为是淘气，这恰恰是真正的教育，你没见过真的生命状态你不会珍惜生命。我们现在培养的孩子看见的都不是活生生的人，看见的都是穿得整整齐齐的衣冠之人，衣冠之人不是真的人。我最近去参观一个房地产商的小区，参观一些豪宅，我说，你这个房子怎么每一个卧室都配一个卫生间哪？他说，我们现在每个人都有自己的隐私啦！我说，小孩儿有什么隐私呢？小孩儿刚生下来也一个人一个卫生间？他认为这是尊重人权。我认为这对孩子非常不利，一个小孩儿从小就没有跟别人一起上过厕所，没有跟别人一起洗过澡，这孩子一定不正常，一定不健康。再加上从小没跟别人打过架，没有被别的肉体击打过，没有击打过别的肉体，【众笑】你不要以为这样的人是文明的，是和平的，不对！这样的人是最残忍的，因为他不知道什么叫生命。只有小时候打过架，他才知道打人是疼的，打破了是痛苦的。我曾经在一个讲座中说一句极端的话，我说假如一个小学生，一个男生，把一个女生打哭了，他会记得那个女孩子哭的时候可怜的样子，他长大了才是一个尊重妇女的男子汉。小时候没欺负过女生的男生，长大后才容易成为禽兽，因为他不知道欺负女生之后人家是多么可怜，这就是教育的辩证法。所以我看到这句简单的话，这里边没有感情，鲁迅不善于抒情，反对抒情、控制、节制抒情，就从白描中让你感到那种扑面而来的生命本身的魅力。

**一切都明白了，三太太先前的预料果不错。伊为预防危险起见，便将七个小的都装在木箱中，搬进自己的房里，又将大的也捺进箱里面，勒令伊去哺乳。**这些话我都感觉有点像俄国风格。鲁迅是五四那代作家里边偏爱俄国，东斯拉夫美学的这样一个思想家型的文学家。他自己也翻译过俄国文学，不自觉中，我觉得鲁迅的笔下有那种俄国文学中的大悲悯，表面上是黑色幽默似的嘲讽，在这里好像是对三太太有一点善意的嘲讽，但这背后都有一个悲悯。俄国文学喜欢写一些粗笨的女人，看上去很可笑，没文化，愚昧迷信，但是你看完之后会觉得很可爱，甚至可敬，那些普通的劳动妇女身上有那么多优秀的品质。

**因为这个事儿，三太太从此不但深恨黑猫，而且颇不以大兔为然了。据说当初那两个被害之先，死掉的该还有，因为他们生一回，决不至于只两个，但为了哺乳不匀，不能争食的就先死了。这大概也不错的，现在七个之中，就有两个很瘦弱。所以三太太一有闲空，便捉住母兔，将小兔一个一个轮流的摆在肚子上来喝奶，不准有多少。**

**母亲对我说，那样麻烦的养兔法，伊历来连听也未曾听到过，恐怕是可以收入《无双谱》的。**

**白兔的家族更繁荣；大家也又都高兴了。**

劳动人民养活这些宠物，是任其自由生死，不管、不干涉的。动物世界真可能是合乎这个进化论的，弱肉强食嘛。兔子一窝大约生三到十只，成活率并不高，很可能一半儿都死了，也没有人照顾它们。兔子幼崽之间也是弱肉强食的。我从小到大养过无数的猫，那个猫一生也是一窝五六个，肯定有的瘦弱有的健壮。猫从小眼睛还没睁开就知道竞争了，就趴在母亲的肚子上，连蹬带踹地把别人都踹到一边儿去，它吃。只要过几天，马上强弱就分出来了，那个竞争失败的，它就甘认失败，它就等着那个强的吃完了它才能再吃，所以猫长不到一个月就有大有小。我有的时候真是看着气不过，我要打抱不平，就把这个强壮的扔到一边去，去！然后把这个弱的拿过来，你先吃！【众笑】所以我很理解这个三太太的心情，这就是这种知识分子愿意管闲事，愿意抑强扶弱。但是有时候人的力量加进去并不能改变它们的强弱对比，因为它们那个阶级已经划分出来了。比如说你家里养了两只猫，它俩之间其实是有阶级的，你有意地照顾那个弱的，可是并不能唤醒它的无产阶级意识，【众笑】有的时候你唤醒不了，你不要以为无产阶级就能觉悟。当我不在的时候，它好像做了亏心事一般，马上向那个强者去低头，去献媚，表示刚才我是迫不得已，其实我还是很佩服你的，很尊重你的，这是无产阶级的没出息。所以当无产阶级自己没有觉醒的时候，外来的革命党强行唤醒他，没有用，甚至他会出卖革命党。这个事情很多人看不明白，以为无产阶级就是好人，以为弱势群体就有道理了，其实你意识到自己是弱势群体的时候，刚刚是人生的开始。鲁迅通过母亲的视角，说没听说过这样的办法，这种做法是独一无二的，可以收入《无双谱》，《无双谱》是清朝编的一本书，写一些独一无二的事儿。

**但自此之后，我总觉得凄凉。夜半在灯下坐着想，那两条小性命，竟是人不知鬼不觉的早在不知什么时候丧失了，生物史上不着一些痕迹，并S也不叫一声。我于是记起旧事来，先前我住在会馆里，清早起身，只见大槐树下一片散乱的鸽子毛，这明明是膏于鹰吻的了，上午长班来一打扫，便什么都不见，谁知道曾有一个生命断送在这里呢？我又曾路过西四牌楼，看见一匹小狗被马车轧得快死，待回来时，什么也不见了，搬掉了罢，过往行人憧憧的走着，谁知道曾有一个生命断送在这里呢？夏夜，窗外面，常听到苍蝇的悠长的吱吱的叫声，这一定是给蝇虎咬住**

了，然而我向来无所容心于其间，而别人并且不听到……

鲁迅终于掩盖不住自己了，终于童话写不下去了。从技术上说他还可以继续写下去，继续装孩子、装妇女，继续抑强扶弱，但写到这里，那个叫周树人的终于跳出来了，从这儿我们看，这才是周树人。因为这一段，确定无疑这篇作品是鲁迅写的，至少是一个知识分子，有着五四生命般的知识分子写的。不过就是两"匹"小兔子让大黑猫吃了嘛，还不知道是不是真的，此案还不能断定，即使断定了猫吃了兔子有什么啊？但是在五四知识分子看来这是大事，这是两条生命！而且它竟然死得生命史上不着一些痕迹！知识分子最看重的是什么啊？是"人生自古谁无死，留取丹心照汗青"，是要留在史上，不能留在人类史上，也要留在生物史上，这样稀里糊涂死了，不行！可是就是这么死了。一联想，这种事太多了，经过鲁迅这么一说，我们每个人都会想起来，你在路上看见压死的这个，压死的那个，你看一眼过去一会儿就忘了，不论小猫小狗。而鲁迅的这颗心竟然还不止于猫狗，他竟然还同情苍蝇！我们明明知道在鲁迅其他的作品里苍蝇是反面的形象，苍蝇是在战士的身体上嘤嘤乱叫的，嘲笑战士有缺点的，可是在这里，鲁迅连苍蝇都同情，所以我说鲁迅有佛心嘛。你说你晚上写作睡觉晚，你老老实实写作，喝点茶、喝点酒也行，可你听窗外的叫声，听苍蝇叫，听苍蝇被蝇虎咬住了，临终前的那个惨叫……我听过苍蝇叫，但是我还分辨不出来苍蝇被什么咬住要死，我还达不到这个段位，看过鲁迅这篇作品之后，我夏夜努力地去寻找这样的机会，至今尚未听到。我比不了鲁迅，鲁迅写来写去，最后他写的是生命的断送，他最不能忘怀的、最看重的是具体的生命。所以为什么说鲁迅是超越左右，超越国民党、共产党的呢。鲁迅支持共产党，但他不是共产党，他比共产党的平均水平高多了。因为不论什么党、什么主义，最后比的是对生命的态度。共产党得到人民拥护也不过是因为重视了生命；你得不到人民的拥护，被人民骂的时候还是因为你对生命的态度。而一个连苍蝇的死都同情的人，对一只兔子的死当然会看成一件大事。那么这里鲁迅既然出场了，他就不可收了，下面说出了类似于中心思想的话：

**假使造物也可以责备，那么，我以为他实在将生命造得太滥了，毁得太滥了。**

这两句话说得太沉重了，说到点子上了。

**嗥的一声，又是两条猫在窗外打起架来。**

**"迅儿，你又在那里打猫了？"**

**"不，他们自己咬。他那里会给我打呢？"**

这里出现了一个迅儿，这显然是虚构的，因为他在生活中并不叫鲁迅。怎么可能有人管他叫迅儿呢？这都是障眼法。这种写法都是让人以为这是真的，故意造成逼真的效果。但是在生活中你叫他迅儿，那是错误的。我亲眼看见记者采访金庸："金先生您好！"金庸面如重霜，生气得不得了，竟然管他叫"金先生"。那么这里的关键就在于他对造物的态度——造得太滥，毁得太滥。这让我油然就想到了《圣经》，如果你读一遍《圣经》就会知道，《圣经》里面塑造的那个老头是何其的残暴、野蛮、愚昧，没有人性。《圣经》一开始说他造这个、造那个，造得就太滥，然后他又可以随便生杀予夺。他不高兴就可以随便毁掉，上帝的手指一摁就屠城，一摁就多少人死去，他说多少人死就多少人死。这就是这个造物。当然鲁迅说的造物不是基督教那个造物，他是通各种文明、各种宗教背后那个大的造物。假如有这么一个造物的话，鲁迅谴责他把生命造得滥，毁得滥。由一个兔和猫的关系写到了这样一个深度。

**我的母亲是素来很不以我的虐待猫为然的**，这里这个叙事者"我"是虐待猫的，他母亲不以为然。**现在大约疑心我要替小兔抱不平，下什**

么辣手，便起来探问了。而我在全家的口碑上，却的确算一个猫敌。我曾经害过猫，平时也常打猫，尤其是在他们配合的时候。但我之所以打的原因并非因为他们配合，是因为他们嚷，嚷到使我睡不着，我以为配合是不必这样大嚷而特嚷的。鲁迅的这段文字，是很多骂鲁迅、批判鲁迅的人经常拿来作材料的——看鲁迅多变态，自己都招供了。鲁迅在不止一个地方说过他不喜欢猫，他笔下猫和巴儿狗一样也常常是反面形象。但这篇不知道是小说还是散文的作品里，很明确地说他不喜欢猫的原因是猫在交配的时候大嚷而特嚷。这就给人以攻击的把柄，有人说鲁迅变态，你管人家猫怎么样呢？你是不是嫉妒人家？这样的文章不少。我想大家都有听猫叫春的经历，猫那个叫确实让人挺难受的，确实很难听，首先是很难听，其次确实很讨厌。就是说人即使不是什么变态，是正常心理，它成宿在那里哀号，那叫的声音确实很讨厌。不是鲁迅一个人，很多老百姓会拿竹竿出去轰一轰、打一打，把它们赶跑，不让它在那叫唤。好像现在科学家也没给一个权威的解释说猫为什么那样叫。我倒觉得是猫有点儿变态，猫有点儿活得太肆无忌惮了，想怎么着就怎么着。能不能小点儿声？这一段确实写出他是一个猫敌，可是这一段他写的猫敌是跟上下文有关系的，是跟那个兔做一个对比的。我们无法证实现实中鲁迅真是这样见猫就打。

**况且黑猫害了小兔，我更是"师出有名"的了。我觉得母亲实在太修善，于是不由的就说出模棱的近乎不以为然的答话来。**

**造物太胡闹，我不能不反抗他了，虽然也许是倒是帮他的忙……**

又回到造物身上，他不是去打猫，他是要反抗造物，这猫是造物的一个工具，造物通过猫来毁生命。但是他又知道这种反抗可能没用，因为你打猫不也是在毁猫吗？但是人总得有一个倾向，有一个决断。

**那黑猫是不能久在矮墙上高视阔步的了，**这个形象一写，矮墙上高视阔步的黑猫,就显出是一个象征,这不像是在写生物的猫,好像是写一个象征。**我决定的想,于是又不由的一瞥那藏在书箱里的一瓶青酸钾。**看,鲁迅说来说去还是一个工科生出身,所以想到拿工具解决问题,氰酸钾是剧毒。那么这种写法恐怕是来发泄他的恨,他未必能拿氰酸钾把黑猫毒死,因为猫是非常聪明的,弄不好把兔子害死了。小说就这样结束了。大部分写的是兔,影影绰绰地写了一个黑势力的代表黑猫,要注意鲁迅写兔就是白兔,写猫却是黑猫。为什么要把猫写成黑猫,他怎么不写成花猫或者白猫?他有意地确定了这猫的颜色,写出了它的社会角色。

小说不长,我们细读完了,我们来分析一下《兔和猫》的问题。

兔子是人类很熟悉的一种动物,特别是中国人非常熟悉,中国文化里跟兔子有关的成语、俗语很多。这都是我备课中随便想到的,守株待兔、狡兔三窟、兔死狗烹、兔起鹘落,说明我们古人对兔特别熟悉,它才能够很早以前就进入成语。乌飞兔走,兔子代表月亮;兔角龟毛,这表示不可能的事,兔子不可能长角,乌龟没有毛;白兔赤乌;玉兔东升,京剧里经常唱"玉兔东升",表示晚上月亮起来了。佛教进来之后,有"狮象搏兔,皆用全力",大动物抓小动物也是用全力的。"兔死狐悲,物伤其类""静若处子,动若脱兔",我们生活中对兔子非常熟悉。"兔子尾巴长不了",抗日战争影片里常说的。连庄子这样的哲学家,都用兔来比喻,"蹄者所以在兔,得兔而忘蹄",就相当于得鱼忘筌。《木兰辞》里面也有兔:"雄兔脚扑朔,雌兔眼迷离;双兔傍地走,安能辨我是雄雌?"说明写《木兰辞》的那个对兔子文化很熟悉,他观察到兔子发情的时候,雄兔是两只腿儿不断地蹬,而雌兔那时候眼神儿已经不对了,"眼迷离"了,观察得多仔细!我们十二生肖里就有兔。那么兔子在近代以来的生活中变成了骂人话:兔子、兔崽子。这是两个意思啊。兔子指的是过去叫"相公"的、男性同性恋里面扮演女性的一方,所以说生活中不能随便说人家是"兔子",那还不如说人家是狗呢,【众笑】因为我们现在也要尊重同性恋,这样骂人家是侵犯人权的。兔崽子,就更是骂人话了,因为同性恋不会生育后代,所以"兔崽子"在中国话中是很恶毒的骂人话。我们看到所有这些用兔的成语也好,俗语也好,诗句也好,一般是不作为被喜欢的对象来描述的,经常是作为被猎取、使用的对象。你统计一下就知道,尽管人类很熟悉兔子,中国人很熟悉,但它不是以可爱的形象出现的,不是以给人类做多大贡献的形象出现的。其实兔子还真做了很大贡献:人吃兔很多,用兔毛也很多。我们小时候,冬天都要戴皮帽子,买不起狗皮帽子,就买个兔皮帽子,兔皮帽子便宜,它没有狗皮帽子保暖,兔毛是使用价值很大的。这是兔文化。

我们再看看黑猫。黑猫在人类文化史上可是重要的动物,猫这种东西是非常重要的,有一种说法说全世界的猫都是从非洲来的,亚洲本来没有猫。最古老的、猫的最繁盛的时代是在古埃及,古埃及那个猫是神,首先猫是埃及女王的宠物、埃及女神的宠物,后来猫本身就变成神了。古埃及的猫享有至高无上的地位。有一次,有一个士兵不小心打死了一只猫,这个士兵就被愤怒的群众当众活活打死。那个时候你家里养的猫如果意外死亡,全家人要判刑。好像是19世纪还是哪个世纪,一个考古现场发掘出了三十万具猫的木乃伊,那个时候猫的葬礼非常隆重,猫死了之后要隆重地把它做成木乃伊,用盛大的仪式安葬。那是猫的黄金时代,就是在古埃及,我相信那就是猫的共产主义社会。

后来猫就没有这么高的地位了,但是猫的美学形象、宗教形象一直不一般。从中世纪到文艺复兴,黑猫有点儿倒霉了,黑猫被看成女巫的宠物,继而又被看成跟女巫一样,是女巫的化身,经常是女巫带着一只黑猫骑着一个扫帚就上天了,《哈利·波特》这类的东西里边,必有黑猫。我们看《白雪公主》里边,那个女巫就是领着黑猫的。一直到现在,黑猫在西方世界里被认为是地狱的使者。美国9·11之后，整个美国都增加了对黑猫的恐惧，如果街上走过一只黑猫，那美国人吓坏了。我们不要以为欧美科技发达，人就不迷信，这两个一点都不矛盾，完全可以平行并进。现在的西方人，最怕的事是这三个事凑一块儿：13号恰好星期五看见一只黑猫。【众笑】这人浑身哆嗦了，马上就哆嗦了——这三件事凑在一起，这人觉得我命不久矣。

而中国对黑猫态度比较复杂。中国人首先认为黑猫能够避邪，可是黑猫既然能够避邪，只要有黑猫出现就说明这里有邪，那它怎么避邪呢？所以黑猫出现又认为是不祥。如果黑猫从人的尸体上蹿过去，认为会带来诈尸。我们小时候谁家里老人死了，大人就会告诉我们，把猫狗都看住了，不许猫出来。狗是可以拴住的，尤其要看住猫，猫拴不住，猫淘气，如果从死者身上一蹿过去，大人说这老人会诈尸。我们小孩不懂，反正很害怕，有的时候就摁着自己家那猫。【众笑】

猫在东方西方都很神秘。曾经有一个宗教界的人士送给勃列日涅夫一只黑猫，他非常喜欢，亲自喂这猫，给猫一个单独的卧室，每天有专门的时间来会见这只猫，很多地方党政领导人见他见不到，他见这只猫。可是非常不幸，有一次带猫外出，这猫被汽车轧死了，勃列日涅夫从此身体迅速垮下去，几个月之后他就去世了，不知道这里存在什么心灵感应。反正大家看现在西方文艺作品，不论是纸制品还是影视作品、动漫作品，里面出现黑猫，那是什么形象？是什么氛围？

鲁迅在《兔和猫》这篇小小的作品里写的这只猫是黑猫，这不是偶然的，黑猫有它的文化背景、文化寓意。我不知道在座的有没有喜欢养猫的，我对黑猫倒没有这些迷信，我是从文化研究的角度去了解这些知识。但是以我养猫的经历和观察猫的经历，我发现黑猫确实比别的猫凶狠，更加野性一些。同样大小的猫，黑猫好像更有威慑力，别的猫更怕黑猫。比如说我家，我原来住在一楼，小区很多的流浪猫就上我家来，我家里有了现在这两只猫之后，别的猫也进来想跟它们抢地盘儿，别的猫不太害怕，有的时候还可以反击，但是黑猫来了之后，我发现别的猫很怕黑猫，还没有交手，就很怕黑猫。我有几次被黑猫咬伤、抓伤的经历，我就想看看能不能用暴力征服这只猫，发现黑猫确实很厉害，坚强不屈，跟你拼命啊！有一次黑猫咬了我，我去抓它想去揍它一顿，它是把我家的窗户撞碎了逃出去的，那一刻我很震撼！我说：小子，好样的！【众笑】我真是很佩服这只黑猫。可能是在漫长的历史中，人们有过类似的经历，觉得黑猫是很难被驯服的。所有的猫都没有被驯服过，猫所谓被驯服是假的，是它糊弄人，猫其实给人什么都不干，它就是要享受人类劳动成果，假装是你宠物，从来也没被你驯服过，都是装的，它想让你给它挠挠毛就故意打呼噜，装得很可爱，其实立场很坚定——绝不为你服务。在这些猫里边，黑猫那是拒不跟人类合作的，所以黑猫总是给人一种神秘的、可怕的印象。

回到《兔和猫》，鲁迅有意把兔写成白的，把猫写成黑的，这是他故意选择的颜色。我们完全可以找到身上既有白又有黑的兔，也能找到身上既有白又有黑的猫，当然这种兔和猫在一起的时候，你就会打消这些它们对立的念头。猫也好兔也好，本来都是生命，有分别、有相同，鲁迅要写的其实不是猫和兔就怎么过不去，猫是兔的敌人就要吃兔，正如他自己作品后来归结的，他要写的是造物之滥。鲁迅在《兔和猫》里表达的造物之滥的这种观念，被他的学生萧红在她的成名作《生死场》里边表现得淋漓尽致。

我们读一下鲁迅为《生死场》作的序里边的一段：

"这本稿子的到了我的桌上，已是今年的春天，我早重回闸北，周围又复熙熙攘攘的时候了。"因为经过一·二八事变，"但却看见了五年以前,以及更早的哈尔滨。这自然还不过是略图,叙事和写景,胜于人物的描写。"这是说萧红的《生死场》,叙事和定景更好,比人物描写更成功。"然而北方人民的对于生的坚强,对于死的挣扎,却往往已经力透纸背;女性作者的细致的观察和越轨的笔致,又增加了不少明丽和新鲜。精神是健全的,就是深恶文艺和功利有关的人,如果看起来,他不幸得很,他也难免不能毫无所得。"

在鲁迅看来,《生死场》会感动一切人,就是那些不喜欢她文艺观的人都会有收获。收获的最重要一点就是生死问题,生的坚强,死的挣扎。推荐大家没看过《生死场》的可以看看《生死场》,还有田沁鑫改编的话剧也非常好,那种老百姓乱七八糟地就把孩子生下来养活,随随便便地生活,什么都吃什么都喝,随随便便地死去,那种状况,在萧红那支笔下写得非常自然。鲁迅的笔就太沉重了,写着写着就容易写得很深刻,萧红的笔写什么东西就容易写得没心没肺,就是那种没心没肺的风格有时候看起来更震撼,一看,一个人随便把一个人打死了,就是那种对生命的感受更深沉。有的时候我们欣赏一个作品,一幅画也好,一首交响乐也好,有的时候旁边有一个内行给我们指点,这是一种感受;有的时候旁边没有内行指点可能更好,就把你自己全部投入进去;当然,如果这两种经历都有,那是最理想的。

想一想我们1949年以前的中国,家家户户生那么多孩子,可是我们的总人口不见增长,为什么?一句话就是"造得太滥,毁得太滥",可能平均一个母亲要生育七八次,活下来的有可能一半都不到。

最后我们看看小说的叙事策略。小说的叙事明显分前后两部分,刚才我们分析过了,前部是弱势的视角,太太、孩子、母亲组成。后部"我"出场了,直指"造物"。题目叫《兔和猫》,而在实际的描写中,兔子写得很实,猫写得很虚。这个叙事者努力去描绘兔的可爱,可是写来写去，我们只觉得兔子可怜，没有煽起我们的爱，你写一个东西多么好看多么善良，这个引不起人的爱，这只能引起怜。叙事者努力渲染猫的可恨，可是查无实证，具体的猫只是可疑。真正的文眼在这几句话，"但自此之后，我总觉得凄凉"——"凄凉"是个文眼。"谁知道曾有一个生命断送在这里呢？"这句话重复了两次。"他实在将生命造得太滥了，毁得太滥了。"——这是点题。总结一句就是："造物太胡闹"。所以，从这里我们看鲁迅那种问天的精神。

为什么说鲁迅的心和尼采的是相通的呢？因为在鲁迅和尼采的心中，都是"上帝死了"，鲁迅敢于指出造物太胡闹。我们中国人有迷信，就是不许说神的坏话，不许说老天爷的坏话，我们从小就被教育得不能骂老天爷，虽然中国老百姓对各种神仙不太虔诚，但是采取的是基本不得罪的态度，就是也不太相信有，怕万一有，所以尽量别得罪，一般人不能公开地骂神骂鬼。可是鲁迅公开地谴责神鬼、谴责造物。

在这里我们看到这个小说的本质，纠缠这到底是散文还是小说就没有意义了，小说的本质其实就是寓言，不是狭义的寓言，整个的小说是寓言。《新论》里面说："小说家，合丛残小语，近取譬论，以作短书，治身理家，有可观之辞。"你看《庄子·寓言》里面说："寓言十九，重言十七。"寓言的"寓"是什么意思呢？陆德明解释了："寓，寄也，以人不信己，故托之他人，十言而九见信也。"就是说你直接讲一个道理别人不信，假如鲁迅出来说别信造物，造物很混蛋，造得太滥、毁得太滥，这没有意思，必须假借一个别人的话，假借另一番话来说。这样十次有九次人们会相信，这就是文学的功效。

知道这些事的研究文学的人为什么就不写小说了呢？中文系的学者成天研究小说，为什么自己不写小说？我们经常自嘲，说我们不会写，我们很笨，最聪明的都是作家。其实当你知道了小说的秘密之后，就没必要写了，因为说来说去还是要说那几句话，你干吗投入那么多生命？不过是为了说那几句话呢。班固讲得很好，班固列小说家为十家之末九流之外，"小说家者流，盖出于稗官，街谈巷语、道听途说者之所造也"。

我记得20世纪80年代，我们北大中文系开作家班，给一帮著名作家包括莫言等上课，讲什么是小说，第一句话就讲这个，这帮作家都很气愤：原来我们都是道听途说的，都是这种人。子夏曰："虽小道，必有可观焉；致远恐泥，是以君子不为也。"在儒家看来，君子不写小说，但是也不全盘否定小说，小说有一定的作用，从小说里面我们可以看见这个道理那个道理。说了半天都是小说有用，但是"君子不为"。可见我们古人是看不起小说的。现代小说变化了，经过小说界革命，小说不简简单单是道听途说、街谈巷语了，在鲁迅这些人的手里，小说成了最重要的思想载体。所以小说不是风花雪月，你要从这里面看出它所寓的言来，看出里面藏的道。

前面我介绍过钱老师写过读《兔和猫》的文章，小说写到那个小兔子被残害了，钱老师很激动，就写了："每次读到这段文字，总要受到一种灵魂的冲击，以至于流泪，不只是感动，更是痛苦地自责，我常常感到自己的感情世界太为日常生活的琐细的烦恼所纠缠左右，显得过分的敏感，而沉湎于鲁迅所说的个人'有限哀愁'里；与此同时，却是人类同情心的减弱，对人世间人（不要说生物界）的普遍痛苦的麻木，这是一种精神世界平庸化的倾向。"天下有那么多研究鲁迅的学者，我为什么佩服钱老师呢？不仅仅因为他是我的导师，我们没有那么狭隘，是因为钱老师研究鲁迅是把自己的生命燃烧在里面的，不论钱老师是左派右派，他是用良心做学问。人的观点可能有妥有不妥，可能今天妥明天不妥，但是，有一点不能改变，你用自己的良心、用自己的生命做学问，你既然研究鲁迅，你自己有几分鲁迅精神？哪怕有一分，有两分，有两点五分都可以。所以我看到钱老师读鲁迅，他有自己的反省，就是反省有没有人类同情心。

你的同情心最关键是同情什么？应该同情当下的那些受苦受难的人，不是去同情刘备、关羽、张飞，这是替古人担忧，当然也可以，但是最重要，是你想想当今世界谁在受苦受难，哪个民族在被屠杀，哪些群体在被侮辱、被损害。也许我们帮不了人家什么，但是你能不能认识到这一点，从而摆脱自己的精神世界平庸化。鲁迅一生反的就是这个麻木不仁。虽然他谴责的是造物，说造物毁得太滥、生得太滥，我们自己是如何对待这种生命现象的呢？如何对待这些生死的呢？我想，升华到这里，我们可以超越用那种童话的视角来简单地看鲁迅的《兔和猫》这样的作品。不是读了这样的作品，鲁迅让我们去爱兔子去恨猫，绝不是这样。

最后，我备课的时候写了一首诗，表示兔猫其实都是通的。《读鲁迅〈兔和猫〉》："爱兔怜童趣，憎猫疑罪空。抽刀问造物，生死可相通。"

爱兔子，是因为童趣，我没看出鲁迅对兔子真的有什么热爱，我也没看出现实生活中有谁对兔子爱得不得了——今天我不上学了，我们家兔兔死了，【众笑】没有看过这样的。憎猫呢，并没有找到它实际的罪证，猫和兔不过是一个寓言的载体，其实都是通的。他真正是要抽刀问造物，是要冲冠一怒。这个"天问"，就像骆驼祥子那句问"凭什么"一样，这是种"天问"。而鲁迅要问的是生死的问题，为什么生命就是这样呢？鲁迅笔下写的那些可怜的人为什么就那么活着呀？祥林嫂啊，单四嫂子啊，七斤嫂啊，还有豆腐西施啊，这些人怎么就这么活着？鲁迅的大悲悯的心，从这里我们可以看到，兔子和猫既可以都是白的，也可以都是黑的。认识到这一点，才认识到佛家说的"色即是空"。

好吧,《兔和猫》就讲到这里,下节课我们讲另一个和动物有关的作品,叫《鸭的喜剧》,【众笑】大家没事可以看一看。下课!【掌声】

2014年北大选修课"鲁迅小说研究"第七课
2014年11月5日

# 比沙漠更可怕的寂寞

——解读《鸭的喜剧》

好,时间到了,我们开始上课。有些很严肃的事情,你弄得太严肃了就未免变成喜剧;而有些喜剧,你弄得太喜剧了,就成了"鸭的喜剧"。

上次已经预告过了,我们今天一起来欣赏著名作家鲁迅先生的非著名文学作品《鸭的喜剧》。一个作品是喜剧,还是悲剧,还是不喜不悲剧,还是半悲半喜剧,是不是由作品决定的?是不是由作者决定的?我们把它上升一下,我们对客观事物的一种定性判断,是不是由客观事物本身决定的?我们从小学了马克思主义、辩证唯物主义,其实不用学,大多数人也都是天生的唯物主义者,唯物主义是一种几乎不用学习的素养。可是对唯物主义的理解,可能却千差万别,可能恰恰由于你学了所谓的唯物主义,反而成了唯心主义者,这都是可能的。

有些事情,你接受它的过程,存在着这样一个复杂性。特别是文艺作品,什么是喜剧,什么是悲剧,这从来就没有人能够下最后的结论。

我们目前所查到的、我们看到的，都是某个阶段、某个人的看法，你还可以继续有你的看法，不要怕你的看法被纠正、被覆盖，这就是历史，你只能在某一个河段中游泳，只要你一游，那个地方就不是原来的那个地方了，就已经移动了。

《鸭的喜剧》在鲁迅的《呐喊》里——不仅仅是在《呐喊》里，我觉得在整个鲁迅作品里，都可以列为最不重要的、最受忽视的。我们不能把最不重要的硬说成重要，非要挖掘出什么深刻的价值来，那不是我们的目的。文艺研究不是排座次，不是让人选择谁最好，谁第一谁第二，排座次那就是粗鄙的工科思维了，高级的人是不排座次的，高级的人不能排座次。不排座次干什么？是去找出事物本身的独特的价值来。说是本身的独特价值，一旦说出来就带有了主观色彩。我们中国人认为这个作品是喜剧，可能法国人认为是悲剧，如果拿着现在的一套理论去套作品，那就会感到捉襟见肘。

我们现在学的喜剧、悲剧的观念都是西方来的，拿着这个定义就去套中国的作品，有些就套不进去。你说《窦娥冤》是悲剧还是喜剧，你要看整个故事，它是悲剧，可是结尾又是大团圆。中国大多数作品的结尾都是大团圆，如果你写的不是大团圆，有人会给你续成大团圆，【众笑】不续成大团圆誓不甘休。难道说中国所有作品都是喜剧了？所以说不是作品出了问题，是你的头脑、是你的思维出了问题。

鲁迅有意地把他的一个作品命名为《鸭的喜剧》，那么很多人读过之后说，这不像喜剧呀。我说这是喜剧不喜。我们从这个作品中去看看，跟它有关的时代的、作者的、作者所涉及人物的一些方方面面的文学史问题，而不在于说要把这个作品拔高。就像我们认识到金庸的《鸳鸯刀》《白马啸西风》《越女剑》都是很优秀的武侠小说，但是我没有必要把它说得比《天龙八部》还厉害，比《鹿鼎记》还伟大，那样就是工科思维。

我们先来介绍一下这个作品的简单的情况。这个小说最早发表于1922年12月上海《妇女杂志》第8卷第12号。对于外行来说介绍这些背景知识有什么用？有人说你介绍这些都没用，所以很多人不会去关注这些，有的人也不注意作家的一些资讯，但是对于专业人士来说它就有用。鲁迅1922年是个什么状态？为什么1922年写这个作品？那要看1921年他写了什么东西。我有一本书是专门写1921年的，就叫《1921谁主沉浮》。1921年是中国现代史一个重要年份，不仅仅因为这年有一伙人——十三个人在上海开了个会，就决定了中国的命运。其实中国的命运并不是集体决定的，真正决定命运的没几个，有的人不是来正经开会的，有的人是顺便来旅行结婚的，有的人是来打酱油的，但是最后坚持下来那两个人，最后就上了天安门，1949年只有十三个人中的两个人上了天安门。这一年很厉害，但是不仅仅是因为这件事，这一年在文学史上也很重要，鲁迅著名的《阿Q正传》就写在这一年。

到了1922年——我们发现鲁迅1922年写的东西跟1921年有明显的不一样，这些不一样由哪些原因促成？我们刚才说了这篇小说，也有人说它不像小说，是散文，不管是什么，我们看鲁迅没把它发表在《新青年》等赫赫有名的重要刊物上，咱也不知道什么原因他就给《妇女杂志》发表了。不是说鲁迅就歧视妇女，不能这么理解，但我们说刊物的重要性方面，《妇女杂志》当然不如《新青年》《新潮》《现代评论》这些刊物重要。

就好像我们将心比心设身处地，现在也经常有报刊向我约稿：孔老师给我们写什么文章写什么文章。我一般都是推辞：没时间写呀，对不起，等等。最后总要给一部分报刊文章，那就有一个选择，什么文章给《北京大学学报》，什么文章给《文学评论》，什么文章给《光明日报》，什么文章给《红旗文稿》，什么文章给《知音》……【众笑】那一定是有个选择的，因为选择不好，可能人家还不用你的文章。我记得我二十多年前写了一篇文章，就投给两个妇女杂志，因为他们看了我写的文章，同时向我约稿，让我写妇女题材的作品，我就写了一篇，是读蒲松龄《聊斋志异》的感想，叫《悍妇猛于虎》，【众笑】然后得到的结果是迅速退稿。【众笑】

《鸭的喜剧》发表在《妇女杂志》上就很有意思，根据我们对鲁迅一生的理解，1922年是他开始有所变化的一年，也是五四新文化运动高潮过去的一年。五四新文化运动从1917年开始，1919年5月4日那天发生的那件事，是一个政治层面、社会层面的高峰，在文化层面的高峰发展在1921年。此后1922年，五四时候那帮学生基本都毕业了，该干吗干吗去了，有的当国民党的官了，有的去跟共产党干了，有的嫁人了，鲁迅他们这个阵营也分化了。再下来到1923年，鲁迅的个人生活也发生了重大变化。所以有的时候一个不起眼的东西，可能发挥的作用却比较大。

《鸭的喜剧》这篇作品里边写的主人公是一个真实的人物——爱罗先珂，过去都说爱罗先珂是俄国诗人，俄国是多民族国家，其实按照现在的说法他应该是乌克兰诗人，他本人是乌克兰人。他的身份很多，主要身份是诗人和童话作家，他也写别的作品，小说、散文也都写。他在俄国文学史或者乌克兰文学史上并不是一流的作家，在人家的文学史上没那么重要，但是他五四的时候认识了鲁迅，对鲁迅可能产生了不小的影响。这个作家挺不幸，大概四岁的时候患麻疹，那个时候得了麻疹往往会有这样那样的后遗症，结果他就双目失明了，是一个盲童，后来到莫斯科的一个盲童学校去上学。他赶上李鸿章去访问俄国，李鸿章还去看看孩子——我发现当宰相的人都喜欢到学校里去糊弄糊弄孩子，好像哪个时代都一样——正好到那个学校去，跟爱罗先珂有过交谈。他学习很好，后来得到一个机会又到伦敦去学习，慢慢走上了文学创作道路。

一般来说，一个国家中，各种类型的残障作家一般都会受到人们格外的关注。像我们国家著名的张海迪，我上学的时候就很尊敬张海迪，前些年她受到人家污蔑的时候我还站出来保护她。这样的人我们一般把他看成奋斗不息的典型，我们对他格外尊敬，但是有一个前提就是你别闹事。爱罗先珂具有革命思想，所以在他所处的那个社会里面，他不能为主流所容。他先后到过日本、泰国、缅甸、印度等地，不是简单地去旅行写作，他有非常独立的性格，这种性格并不因为自己失明了就影响他对世界的认识，相反，他身上更加具有我们说的那种俄罗斯性格，那种强大的主体性。

比如说他1921年到日本的时候，就参加"五一游行"，后来日本当局认为他有革命思想，这个思想危险。我看今天我们仍然有学者认为爱罗先珂有危险思想，用的是日本军国主义政府给他加的罪名。我觉得我们今天的有些学者立场是有问题的。有革命思想怎么就危险？你不革命的思想就安全？那咱比较一下，是革命的人死得多还是不革命的人死得多？显然是不革命的人死得多，革命的人死的比例远远小于不革命的人，而不革命的人不但死得多而且死得毫无价值，革命的人不但死得少而且多数都当官了。我们按照世俗的观点来说，你想苟活，恰恰因为不革命你苟活不了，你只能苟死，所以你凭什么说革命就是危险的？不革命才是危险的。

那么他在日本待不下去，后来转来转去就转到中国。他会好多国家的语言，特别是会世界语。在20世纪初的时候，世界语曾经盛行一时，因为国际的交往，大家迫切需要有一种语言，大家公认的"地球普通话"。有些人就想创造一种"地球普通话"，所以世界语运动很像今天的环保运动，蔚然成风，中国有人在提倡世界语。世界语运动持续很久，一直到20世纪80年代，我们国家的世界语运动还是很有声势的。我有一段时间都动心了，想去学世界语，但是我也意识到，世界语不可能成功。因为世界语没有母语，是凭空创造的一种语言，它是脱离生活的，它的语法一定是死的，它的词每一个都需要现制造。而有母语的语言，是每日每时都在生产着、汹涌着、流动着，语法天天在变，词天天在增加和减少，它是活的语言。所以我想世界语不能持久，一定会被强势语言所吞没。

现在事实放在这里，20世纪90年代之后由于社会主义阵营的崩溃，由于中国的改革开放，这个世界成了英语的世界，严格地说还不是英语的世界，是纽约语的世界。伦敦话现在成了土话，以前伦敦话是绅士的标志，现在说伦敦话是土的，必须说纽约话，其实纽约翻译成汉语应该叫"新乡"。【众笑】也就是说"新乡方言"成了全世界的普通话，本来很土的话，变成了最洋气的话。原因何在？是这种语言好吗？不是。"枪杆子里面出普通话"，就因为它背后有航空母舰、有导弹、有原子弹，它就最牛，管你什么绅士不绅士，就连英国人也要装模作样地卷着舌头说纽约音。世界语现在几乎销声匿迹了，也许北大还有几个老师在研究世界语，到社会上很难遇见对世界语感兴趣的，甚至有人不知道什么是世界语——"世界语不就是英语吗？"

因为爱罗先珂还会世界语，所以1922年他到了中国，到了北京，到了北大，北大校长蔡元培就请他在北大任教。他在北大任教，蔡元培对他照顾有加，把他安排到八道湾住在老周家，跟周氏兄弟住在一起。因为周氏兄弟都会日语，他也会日语；第二，老周家院子比较大，当时鲁迅买的大院子，别说他哥儿仨住，哥儿九个都能住下。那个时候北京房价太令人羡慕了，写一本书能买一个四合院，现在写一百本书也买不了一个四合院，这知识分子的地位真是令人感慨。爱罗先珂就住在鲁迅他们家后院，周作人两口子旁边的东屋里面。所以周氏兄弟都跟他关系很好，他每次出去演讲都是周作人陪着他，又照顾他又给他当翻译。周作人的性格是很淡的，或者说有几分冷漠，本来不适应干这个事，但是周作人都拿出很大的热情陪他东跑西跑。而鲁迅更是经常跟他彻夜交谈，有时候跟他交谈的时候未免就冷落了别人，别人会提意见。鲁迅为什么跟他能谈得那么好，一定是他身上的某种东西打动了鲁迅，或者是从他身上鲁迅看到了一些所谓的俄国的东西，俄国的性格。

鲁迅曾经翻译过他的《桃色的云》《爱罗先珂童话集》等。这中间，1922年7月，爱罗先珂说要去芬兰开会，去了之后就没有消息了，周氏兄弟都很怀念他，鲁迅就在这个时候写了《鸭的喜剧》。后来他又回来了，1923年再次离开中国，再走之后音讯渺茫。爱罗先珂后来的生平是我们新中国成立后才搞清楚的，他后来真的回到苏联，后半生还比较平稳，没什么事，新中国成立初期的时候他就去世了。周作人还写过几篇文章来怀念爱罗先珂。今天也有一些学者研究爱罗先珂和周氏兄弟的关系，我们后面再说。

这个作品不长，可能是鲁迅先生小说里面差不多最短的之一。我们把这个作品简单地捋一下。

小说开头这样写：

**俄国的盲诗人爱罗先珂君带了他那六弦琴到北京之后不久，便向我诉苦说：**

**"寂寞呀，寂寞呀，在沙漠上似的寂寞呀！"**

**这应该是真实的，但在我却未曾感得；我住得久了，"入芝兰之室，久而不闻其香"，只以为很是嚷嚷罢了。然而我之所谓嚷嚷，或者也就是他之所谓寂寞罢。**

这是开头便引出主人公的一个结构，可是在引出主人公的角度方面就显出作者不同的选择，他有意选择北京的"寂寞"。开头一句，"俄国的盲诗人爱罗先珂君",这很像日语小说的口气。特意加了一句"带了他那六弦琴到北京之后不久",我们知道六弦琴是诗人的象征,是艺术的象征。爱罗先珂到北京,带的东西一定很多,干吗非得挑六弦琴来说呢?六弦琴和下文的寂寞就构成了一个冲突,在这里可能是说对牛弹琴。

我想在座的同学也许大多数不是本来的北京人,我不知道你们对北京有何感受,即使你本来就是北京人,你在北京土生土长,这里你有很多亲人同学,你对这个城市充满了感情,那么你有没有觉得北京寂寞?这个寂寞绝对不能用工科思维去理解,它不是没声,不是物理学、声学上的寂寞,不是没动,相反,北京动静太大了。焰火晚会那天,这焰火我在五环外就听到了,就看到了,我站在阳台上看着焰火,北京动静太大了。可是许许多多的人就是在这样绚烂的焰火轰鸣的炮声中,感到的是寂寞。相反,我们到一些小城镇去,街道很清静,没什么人,我们却不感到寂寞。我们到小饭馆、小茶馆里去坐,比如说茶馆里一共有二十张桌子,只有四五张桌子上有客人,坐在那里喝喝茶、聊聊天,你没有感到寂寞。相反,在北京,川流不息,当你开一辆车在西直门立交桥上盘来盘去,当你走到西客站的时候,人山人海,你却感到寂寞。这不是一个对不对的问题,你不要说你判断它对还是不对,它是一个存在。我遇见许许多多的人,特别是文人学者,都感觉到北京寂寞。

而周氏兄弟更是对北京充满了意见,但是这个意见不是代表他不爱这个城市。你发现这些批评北京的人,并不是要离开北京,相反,他好像对这个寂寞还有点爱。你看鲁迅一方面说北京风沙扑面,虎狼成群,可是他就愿意在这待着,他就要在风沙扑面、虎狼成群的地方待着,因为这个环境才是英雄的环境。

我到过很多山温水软的地方,不管是不是自己的故乡,有时候到了那儿会发感慨:真好啊,空气好、交通好、人也好,吃得好喝得好,什么都好,有文化、有历史,什么都有,但是在那里待不了两三天。为什么呢?就是太舒服了,人这么舒服干吗,没有战斗不行。北京这个城市适合战斗,它是一个战斗的城市。鲁迅多次表达过类似的感受,他现在是借一个外国人,借一个盲诗人之口讲出寂寞来。然后他发感慨,"这应该是真实的,但在我却未曾感得",这是典型的鲁迅语言。你要每一句话都反复琢磨,到底寂寞不寂寞。"我住得久了,'入芝兰之室,久而不闻其香'",他故意只说前半句,不说后半句。下面他说得很好,"嚷嚷"和"寂寞",恰恰是吵吵闹闹中你才感到寂寞。有时候你一个人在家,不跟别人聚会的时候,那个感觉可能不是寂寞,只是孤单,一个人未必寂寞。有的时候恰恰是你跟很多人聚会的时候,忽然,一阵寂寞就袭上心头。我们知道佛祖释迦牟尼是怎么出家的,是不是因为没人理他,他才出家的?是因为孤单才出家的?不是。恰恰是他早上起来一睁眼,身边躺着一片美女,寂寞啊,沙漠一样的寂寞啊!【众笑】然后他出家了,不干了!这才是美学上的寂寞,不能从物理学的角度来鉴别。那么下面小说接着写:

**我可是觉得在北京仿佛没有春和秋。老于北京的人说,地气北转了,这里在先是没有这么和暖。只是我总以为没有春和秋;冬末和夏初衔接起来,夏才去,冬又开始了。**

这个话就今天的人来说,一点儿都不新鲜,多少人现在都会这么说,但是这是鲁迅先说的,鲁迅1922年就说过了。原来我们今天觉得北京没有春天和秋天,并不是我们刚发现的,鲁迅那时候就这样了,春天和秋天特别短。北京的四季最美的应该是秋天,秋高气爽这个成语最适合北京,可惜北京这个秋越来越短。这个问题倒是可以请气象学家、物理学家来解释,据说地球变暖已经有上千年的历史了,从宋朝开始整个地球慢慢变暖,我们过去的农历,是按照几千年前的气候的状况来设定的,但是近一千年来发生变化了。那个时候"老于北京的人说,地气北转了",可是鲁迅仅仅是在说季节物候吗?显然不是。春天和秋天,四季中的这两季对于中国人来说,具有别样的意味,格外重要。一年四季,春夏秋冬,孔夫子写的这本历史,怎么不叫《夏冬》,非叫《春秋》呢?它不是一年四季吗?它可以叫《夏冬》啊,它要叫《春秋》。春秋长一点,似乎人们是高兴,人们不喜欢夏和冬长一点。所以春和秋,不仅仅是写气候。没有春和秋,就仿佛少了人文,少了生命。下面继续写孤独。

**一日就是这冬末夏初的时候,**其实就是春天,他把它叫"冬末夏初",哪有一个季节叫冬末夏初的,这明显是故意违反常识,是文学语言。如果你写作文说冬末夏初的一天,老师就要批判了。**而且是夜间,**春夜,春天的一个夜晚,**我偶而得了闲暇,去访问爱罗先珂君。**这是小说虚构,鲁迅不是偶尔得了闲暇,他是经常去访问,经常跟他谈话。**他一向寓在仲密君的家里;**仲密是周作人的一个笔名,周作人在五四的时候写文章用"仲密"这个笔名。熟悉的人一看就知道这是周作人。**这时一家的人都睡了觉了,天下很安静。**其实就是院子里很安静,他却要写天下很安静,这都不是物理学的感觉,这种安静是你感到整个世界是安静的。在整个世界的安静中,有一个诗人,他怎么样了呢:**他独自靠在自己的卧榻上,很高的眉棱在金黄色的长发之间微蹙了,**一个速写画面。怎么样写一个人的形象?鲁迅显然是为了突出他的精神状态:高眉、金发、微蹙,这是一个典型的诗人形象。我们不用看这个人的照片,会想象到这个人的气质。**是在想他旧游之地的缅甸,缅甸的夏夜。**他住在北京,他想缅甸,这很有意思,他想的也不是他们老家,想的是更南的缅甸,热带的一个国家。

"这样的夜间,"他说,"在缅甸是遍地是音乐。房里,草间,树上,都有昆虫吟叫,各种声音,成为合奏,很神奇。其间时时夹着蛇鸣:'嘶嘶!'可是也与虫声相和协……"他沉思了,似乎想要追想起那时的情景来。

我开不得口。这样奇妙的音乐,我在北京确乎未曾听到过,所以即使如何爱国,也辩护不得,因为他虽然目无所见,耳朵是没有聋的。

这其实仍然扣着小说开头寂寞这个主题,所以他偏要写音乐,而这个音乐不是人工的音乐,是大自然的音乐,是各种昆虫吟叫合奏的音乐。他不但能听见昆虫吟叫,还能够听见蛇鸣——"嘶嘶"。我记得我中学的时候也研究过生物,蛇好像没有发音器官,不会叫,好像也没有耳朵。可是对于这个艺术家来说这都无所谓,那个"嘶嘶"的声音管它从哪儿发出来的呢,反正是音乐的一部分,蛇和虫合奏。我们想象中既有那些声音,更觉得这是一个大自然和谐的画面,可是这种画面、这种音乐难道只在缅甸有吗?肯定不是。北京真的没有吗?但是他把这个场面放在了缅甸,似乎格外引人遐想,觉得放在缅甸好像最合适。其实我估计门头沟也能找到这种情况,门头沟、大兴应该也有这样的地方,但是那就不典型。所以作者即使想说中国也有这样的地方却辩护不得,因为在北京确乎未曾听到过。我想这也许跟鲁迅不是老北京有关,如果爱罗先珂对老舍说这番话,我想老舍会不以为然,老舍会举出另一个北京,充满生命充满乐趣的、也有虫子也有蛇的,老舍会问他:"你知道什么叫蝈蝈吗?你知道什么叫蛐蛐吗?我告诉你蛐蛐有上百种。"鲁迅呢,来到北京以后他的地位就很高了,就是教育部的官员,没有和北京底层老百姓住在一起,所以他对北京的认识显然跟老舍是不一样的。这是鲁迅关于北京的认识,跟爱罗先珂有同感。

"北京却连蛙鸣也没有……"他又叹息说。北京越来越不好,北京什么都没有。

"蛙鸣是有的!"这叹息,却使我勇猛起来了,于是抗议说,鲁迅终于不能承认北京什么都没有。"到夏天,大雨之后,你便能听到许多虾蟆叫,那是都在沟里面的,因为北京到处都有沟。"这一点鲁迅还是实事求是的,不能说着说着把北京说得什么都没有了,蛤蟆是到处有的。

北京,大家随便打开地图,叫沟的地方太多了,有一个区就叫门头沟区,叫沟的地方就更多了,二里沟,还有著名的龙须沟……北京蛤蟆是很多的,我现在不住在学校里,不知道晚上未名湖的蛤蟆声你们听得见听不见,我上学的时候,晚上还能听见蛤蟆叫,有的蛤蟆叫的声音很大,哇哇地叫。所以说爱罗先珂未免冤枉北京了。

但是我们从这里面看他对北京的批评,却看到了这个诗人一种挺宝贵的性格。我们大多数人到了其他的国家,往往不肯当面提意见,为了面子也好,为了自己要受到好一点的招待也好,我们一般不好意思说人家国家不好,说人家城市不好,优点缺点都有的情况下,我们往往只说优点,缺点我们会忽略。特别是这些不重要的缺点,可能连缺点都算不上的地方,我们说它干吗?我们一般不会说。特别是我们中国人,我们中国人勇于批评自己,可以糟蹋自己的国家,说得体无完肤,不愿意到人家国家说人家国家不好。

所以你看看我们中国人写的到外国去的游记,随便找个游记,百分之九十九点九都是挑好的说,没有挑坏的说的。比如说到巴黎,写埃菲尔铁塔、香榭丽舍大街、美女、浪漫,写的全是这些东西。只有我们的系主任陈跃红教授,从巴黎回来写了一本书,里边有一篇醒目的文章,叫《巴黎的尿骚味》,他勇敢地指出,你们这些人说巴黎这好那好,到巴黎你没有闻到大街小巷充满了尿臊味吗?你们没有发现那么多的巴黎人随地大小便吗?这才是学者,敢于一枪挑开假面:我不在乎你们怎么看我,事实如此。而这种精神是我们大多数中国人,中国知识分子不具备的。

而这个爱罗先珂，北京人对他很好，北京人那么照顾他，他说北京不好，而且说得还不见得准确，他都敢说。所以我就想是不是爱罗先珂的这种性格对鲁迅有触动，使得鲁迅更加尊敬他。因为鲁迅不喜欢和那些敷衍地说假话的人在一块儿聊，鲁迅老跟他半宿半宿地聊，聊什么？可能就喜欢听他说真话。但是虽然喜欢听他说真话，他说得不对，鲁迅也要抗议，你说北京连蛤蟆都没有，这不行，他抗议说蛙是遍地有的。爱罗先珂说：

"哦……"

**过了几天，我的话居然证实了**，引出一个情节来，现在北京不是有蛙了吗？他一个人去打听了。**因为爱罗先珂君已经买到了十几个科斗子。**我们小时候看动画片《小蝌蚪找妈妈》，有蛤蟆就有蝌蚪，他竟然买来了，可见这个人很认真。**他买来便放在他窗外的院子中央的小池里。那池的长有三尺，宽有二尺，是仲密所掘，以种荷花的荷池。**本来是周作人挖了种荷花的。**从这荷池里，虽然从来没有见过养出半朵荷花来，然而养虾蟆却实在是一个极合式的处所。**这个话不自觉地对仲密君有所批评、有所讽刺，说你挖的这荷池其实只适合养蛤蟆，这话不能再深讲，再深讲是更深的一个讽刺。反正爱罗先珂听他抗议北京有蛤蟆之后，就去买了蝌蚪。

**科斗成群结队的在水里面游泳；爱罗先珂君也常常踱来访他们。有时候，孩子告诉他说，"爱罗先珂先生，他们生了脚了。"他便高兴的微笑道，"哦！"** 从这里我们看到爱罗先珂很有童趣，他愿意生活在这样的环境里，他自己有童心。人的可爱的地方，往往在怎么对待动物的身上，爱动物爱到什么程度，可见他确实是爱动物的。

**然而养成池沼的音乐家却只是爱罗先珂君的一件事。**什么叫"养成池沼的音乐家"？就是他等着这蝌蚪长大，好蛙鸣，变成蛙好叫唤，然后这儿变成缅甸的夏夜，所以他在这里培养"池沼的音乐家"。可是这是他的一件事。**他是向来主张自食其力的**，这是他的社会主张，爱罗先珂尽管被认为有危险思想，他不是真正的革命者，他只是要反抗秩序，他对现实的资本主义世界不满，像今天的绿色环保主义者一样，他主张自食其力。**常说女人可以畜牧，男人就应该种田。所以遇到很熟的友人，他便要劝诱他就在院子里种白菜；也屡次对仲密夫人劝告，劝伊养蜂，养鸡，养猪，养牛，养骆驼。后来仲密家里果然有了许多小鸡，满院飞跑，啄完了铺地锦的嫩叶，大约也许就是这劝告的结果了。**

鲁迅用很和缓的、讽刺的笔法写爱罗先珂君，从他的写法中我们能够看到鲁迅并不赞成他的主张，不赞成他这种劝告的，但是鲁迅也不是反对他，不赞成未必意味着反对，是觉得这个人很可爱。主张自食其力肯定是对的，人应该自食其力，但是自食其力是不是什么产品都要自己亲手制造？那这个问题《孟子》里早都说清楚了，孟子驳斥了这种不切实际的无政府主义幻想——如果什么东西都是自己制造，那社会就不能进步，我们永远停留在原始社会，我们吃的饭的每一个环节都是自己去做，我们穿的衣服每一个环节都自己去搞，那社会就停滞不前了。社会要进步必须分工，分工与自食其力并不矛盾，不是你吃的每一样东西都是需要自己造。

而这个爱罗先珂显然是带有诗人的幻想，你想北京这样的大城市怎么养骆驼、养牛呢？所以仲密夫人虽然听他的话，也只能做到养鸡，养鸡是上限了，你不可能在四合院养几头猪，这不现实。我记得我小时候楼里有几家养鸡，大家就开始抗议了，因为养鸡不是现代化城市居民所应该做的。但是越不适合现实，我们越能看出他的理想比较纯，有这样理想的人自然地就会倾向革命，但是他不是一个成熟的革命者。革命队伍里有许多浪漫的知识分子，他们在革命之外的时候，对革命来说是一个同盟军、是一个支持者,但是这些充满浪漫情调的知识分子一旦进入革命阵营,一旦他们在革命阵营中获得了某种权力,很容易做出极端的事来。因为这些极端的事会破坏革命,他们会把一些不切实际的幻想通过权力去强行操作,结果会适得其反。爱罗先珂的后半生,并不是一个真的革命者,这是幸运。

**从此卖小鸡的乡下人也时常来,**小说情节发展是很自然的,由寂寞说到蛤蟆,又从蛤蟆说到蝌蚪,从蝌蚪说到养鸡养鸭,这鸡就来了。**来一回便买几只,**我小的时候,经常有乡下人到城里来卖小鸡,我也经常买,我也因此会挑小鸡长什么样健康,什么样好养。**因为小鸡是容易积食、发痧,很难得长寿的;**确实鸡的成活率比较低,特别是我们不会挑,往往买了十只会死掉七八只,真是那样的,多数养不长,特别是我的家里还有猫,【众笑】那就更养不长了。而且有一匹还成了爱罗先珂君在北京所作惟一的小说《小鸡的悲剧》里的主人公。后面我要给大家介绍《小鸡的悲剧》。**有一天的上午,那乡下人竟意外的带了小鸭来了,咻咻的叫着;但是仲密夫人说不要。**因为鸭子长得会比较大,特能吃,而且叫声比较讨厌。**爱罗先珂君也跑出来,他们就放一个在他两手里,而小鸭便在他两手里咻咻的叫。他以为这也很可爱,于是又不能不买了,一共买了四个,每个八十文。**鲁迅很注意记载钱的数目,对钱很敏感,对价钱很熟悉,他一定是买贵了,买得很贵。这篇小说叫《鸭的喜剧》,到这里,鸭才出场,而且是小鸭子,可它是跟鸡放在一块儿出场的。

**小鸭也诚然是可爱,遍身松花黄。**鲁迅观察得很准确,是这样的。**放在地上,便蹒跚的走,互相招呼,总是在一处。**鲁迅的笔法确实很厉害,随随便便几笔,非常精炼,又很自然,就非常传神。**大家都说好,明天去买泥鳅来喂他们罢。爱罗先珂君说,"这钱也可以归我出的。"**他真的很有爱心,给大家带来快乐的事情,他都做。

他于是教书去了；大家也走散。不一会，仲密夫人拿冷饭来喂他们时，在远处已听得泼水的声音，跑到一看，原来那四个小鸭都在荷池里洗澡了，而且还翻筋斗，吃东西呢。等到拦他们上了岸，全池已经是浑水，过了半天，澄清了，只见泥里露出几条细藕来；而且再也寻不出一个已经生了脚的科斗了。这妙在最后一句，前面写得这么可爱，但是，福兮祸之所伏，本来是因为爱，爱生命，结果却变成了杀生命。所以人的爱有时候是一种暴力，有时候强行介入自然秩序，会导致我们意想不到的、违背我们初衷的一个结果。

我昨天在网上看一个视频，可能大家也都看到了：一头八岁的小象打败了十四只要吃它的狮子，就是十四只狮子围攻一头小象，要吃它，在那儿扑上来扑上去的，象当然力气很大，但是狮子也太多。那个拍视频的记者说，他当时差点儿就去帮助这只象，但是他忽然想到不应该破坏大自然本身的秩序，不能把自己的感情加进去，所以他就忍耐着，理性地把它拍摄完了。最后他觉得挺好，因为那只象挣脱了，跑掉了。十四头狮子最后很失望，很气愤地抓了一头水牛吃了。【众笑】就是它们吃什么，我们人可能会投入某种感情，但是我们要不要把感情变成力量介入进去？我们觉得这是爱嘛！你这爱其实是一种暴力。所以人有时候想多了挺麻烦的。这个蝌蚪，前面写得那么可爱，现在这个小鸭子也是可爱的，小鸭子来了之后，蝌蚪就没有了。这里面是不是包含着作者对爱罗先珂君的某种评价？这个评价是比较复杂的，不是那么简单的。这不能像我们欣赏一般的有情节的、有很突出的鲜明的鲜活的人物形象的那些小说去欣赏。

"伊和希珂先，没有了，虾蟆的儿子。"傍晚时候，孩子们一见他回来，最小的一个便赶紧说。那我们就明白了，因为这孩子最小，还不太会说话，这是模仿小孩结结巴巴地报告，模仿得很传神。小孩也说不清楚他到底叫什么，就管他叫"伊和希珂先"，而且先是"没有了"，什么没有了——"虾蟆的儿子"，他不会说蝌蚪，就说蛤蟆的儿子没有了。

"唔，虾蟆？"

仲密夫人也出来了，报告了小鸭吃完科斗的故事。

"唉，唉！……"他说。什么也没说，只能是叹息。原来是叹息北京是沙漠，寂寞，现在叹息的是什么呢？

待到小鸭褪了黄毛，长大了，爱罗先珂君却忽而渴念着他的"俄罗斯母亲"了，这是俄国人常用的说法，俄国人把自己的国家都叫"俄罗斯母亲"。俄语里母亲和祖国是一个词根родина。便匆匆的向赤塔去。这是他离开中国。很快小说就结束了。

待到四处蛙鸣的时候，小鸭也已经长成，两个白的，两个花的，四只小鸭子倒是都长大了，都活下来了。而且不复咻咻的叫，都是"鸭鸭"的叫了。荷花池也早已容不下他们盘桓了，幸而仲密的住家的地势是很低的，夏雨一降，院子里满积了水，他们便欣欣然，游水，钻水，拍翅子，"鸭鸭"的叫。把这个鸭子写得很生动。

现在又从夏末交了冬初，其实是秋天了，但是他却不写是秋天。而爱罗先珂君还是绝无消息，不知道究竟在那里了。

只有四个鸭，却还在沙漠上"鸭鸭"的叫。

这篇小说，用现代小说起承转合来衡量，它不太典型，倒很像中国散文八大家写的那些叙事的记人的散文，一种睹物思人结构的散文。前面写了很热闹很好玩儿的事，现在呢，这个人不在了，但是跟他有关系的东西还在，小鸭子还在。他说这里是沙漠，他已经走了，沙漠里的生活还在继续。这个结尾是余音袅袅。它的题目叫《鸭的喜剧》，好像是西方小说似的题目，可是这篇文章的内容，文章的格式，是中国传统散文的格式。十月份正是典型的北京秋天，作者却不肯写春，不肯写秋，分别把它们叫"冬末夏初"和"夏末冬初",为什么这么写呢?就是要去掉绿色,突出沙漠。因为这个人不在了,所以这个沙漠就显得更寂寞了。

我就想,1922年,难道是鲁迅开始要再一次进入寂寞的这样一个时刻吗?对于作者来说,第一关键词显然是"寂寞"。那么这个小说到底是什么含义呢?一般学者不会去研究这样一个不起眼的小说,我就在网上随便找到一个青年学生写的读《鸭的喜剧》有感,我想很多青年学生,恐怕都会这么写吧。我把它读一下,介绍给大家,看看青年学生怎么理解《鸭的喜剧》。

鲁迅的《鸭的喜剧》选自于《呐喊》,《鸭的喜剧》首次发表于一九二二年十二月《妇女杂志》第八卷第十二号。(这我们都知道,简单的情况介绍。)

《鸭的喜剧》主要讲述的是俄国盲诗人爱罗先珂居住在北京。他觉得十分无聊,寂寞,便托人买了一些蝌蚪,待它们长大后就可以听到交响乐般的"蛙鸣声"。当他从孩子口中得知"他们生了脚了","他便高兴的微笑道"。(这有点别扭,但是说得也对,对原文的情节介绍没有错误,是对的。)

然而,他又买了四只"诚然是可爱,遍身松花黄"的小鸭。小鸭固然可爱,但它们在游泳的时候,"吃掉"了河中爱罗先珂的蝌蚪。使他梦寐以求的"蛙鸣交响乐"就这样破灭。事后,他带着遗憾离开了"沙漠"般的北京。(这好像也没什么错。)

文章不长,但是字里行间鲁迅先生所运用的修辞手法却是十分精辟的,他把北京比喻成"沙漠",从中体现出北京的安静、干燥等特点。文中鲁迅写到的小鸭形象,虽然不过一两句话,但十分形象、生动地体现出小鸭可爱的样子。而文章的最后两节，总觉得有些凄凉：景在，人已不在。真有点可惜了，如此可爱美丽的景色，竟无人欣赏，是不是有些可惜了呢？

　　鲁迅的文章有一个共同的特点，不易懂，这篇也是如此。但这篇文章看似有些复杂，但告诉我们的道理很简单：坚持下去，不要留下遗憾。【众笑】

　　看，我们的高考作文把大家害成什么样了，本来看前两段，觉得下面可以写出不错的读后感，但到后面入了高考作文的套了——"坚持下去，不要留下遗憾"，多么像高考作文的思维，所以我很为此遗憾。《鸭的喜剧》是鲁迅小说里最简单的，有人非要把它向着某种主旋律去靠拢，去坚持一个很高大上的主题。"坚持"，这和坚持有什么关系？坚持，他就怎么的了？爱罗先珂不走就好了，就欣赏这美景了？后面两段就越说越不靠谱。

　　这个小说真正值得我们思考的有哪些问题呢？我想我们可以列出点问题来思考一下。第一个，鸭子把蝌蚪吃了，可是我们没有看到小说中表现出愤怒。上一次我们刚刚讲了《兔和猫》，在那里面，作者的倾向性很明显，一个生命把另一个生命吃了，作者是那么的愤怒。假如我听到某人打死猫、打死狗我也很愤怒，我看见赶马车的车夫使劲抽那个马，我都很愤怒，人对动物是有倾向性选择的。鲁迅是很爱生命的。可是他在这篇小说里所体现出来的倾向性和《兔和猫》就不一样，他就不愤怒。为什么鸭子吃了蝌蚪——蝌蚪不是更弱的吗——你不愤怒呢？这是一个问题。可见即使鲁迅这样的人，也并不是要时时地把自己的世界观投在每一个课题上。因为在这篇小说里，他要写的不是谁吃谁，不是吃人的问题，不是说这蝌蚪多么可怜，被凶残的鸭子吃掉了，它是个无意中发生的悲剧。而且鸭子吃蝌蚪也不算残害，那就是它的食物，鸭子就是吃这水中各种乱七八糟的生物的。正是因为吃了这些蝌蚪、虫子什么的，这鸭子才长得好。我们现在吃的烤鸭为什么味道越来越不好？即使全聚德的烤鸭都越来越不好。我吃过特供的烤鸭，都觉得没有二十年前的好吃。二十年前那时候，我们吃烤鸭觉得很贵，但是那个味道确实不一样，因为那时候烤鸭的鸭子，是潮白河畔的农民圈起来养的，鸭子一定吃了很多蝌蚪，它才好吃。现在的鸭子是饲料供养的，它肯定就不好吃。但是小说关键不是写这个，他是要借蝌蚪和鸭子写出寂寞，写出诗人的寂寞。小说几次突出鸭子"鸭鸭"的叫，那个叫显然不是缅甸夏夜那种交响乐，越叫就越寂寞，越叫就越热越烦躁。这是小说的一个意象：蝌蚪和鸭子衬托着寂寞。

再有一个意象是沙漠，开头就提出沙漠，结尾扣的还是沙漠。北京这个沙漠意象，在这里是一个社会环境的象征。我们从现在环保角度说，从宜居指数的角度说，我们希望北京的环境越来越好；可是从美学上讲，我们真不希望北京变成杭州、苏州、南京、无锡那样的地方。一旦变成那样的地方，北京恐怕就不是北京了。我们一面骂着北京的风沙，另一面好像还喜欢这个风沙。我们有时候对一个城市实事求是地描述，不是只有简单的爱和憎，而是没有这些风沙成就不了我们在北京的事业。风沙——包括自然的风沙也包括社会的风沙，包括每天这些枪林弹雨，这是北京这个城市的品格，北京不是一个山温水暖的城市，北京注定是枪林弹雨的城市。

周树人先生假如不到北京来工作，他从日本回来之后就在杭州、绍兴工作，他就成不了鲁迅，尽管他满腹经纶。他之所以成为鲁迅是在斗争中成为的。我们看他从中年到晚年，那么多人天天骂他，这些人其实是他的恩人。这些人不骂他，他成不了鲁迅。所以在我们成长的道路上回头一看，高高低低站满了我们的恩人。所以在沙漠里和在山清水秀的江南水乡是一样的，从这个意义上讲，我们去理解萨特的存在主义哲学，人永远是自由的。自由是不可剥夺的，自由不是乞求来的，自由不是乞求别人不管你，是你心灵的能力决定了你有多大的自由度。所以你在沙漠上、在水乡都是自由的。

这个小说的形式的特点，刚才我们讲它是典型的散文化小说，套路是睹物思人的套路，刚才我们说了它很像唐宋八大家的散文，可以还原成文言散文。那么我们前面提到爱罗先珂在北京写的小说，顺便我们就介绍一下爱罗先珂的《小鸡的悲剧》，这是鲁迅翻译的。我们看看爱罗先珂的风格。

一

这儿时，家里的小小的鸡雏的一匹，（鲁迅翻译得就有点儿别扭，）落在掘在院子里给家里的小鸭游泳的池里面，淹死了。（句子很长，就是小鸭游泳的池塘里边，一只小鸡淹死了。）

那小鸡，是一匹古怪的小鸡。无论什么时候，毫不和鸡的队伙一同玩，却总是进了鸭的一伙里，和那好看的小鸭去玩耍。家里的主母也曾这样想："小鸡总是还是和小鸡玩耍好，而小鸭便去和小鸭。"然而什么也不说，只是看着罢了。这其间，那小鸡却逐渐的瘦弱下去了。家里的主母吃了惊，说道：

"唉唉，那小东西怎么了呢。不知道可是生了病。"

于是捉住了那小鸡仔细的来看病，但是片时之后，主母独自说：

"小鸡的病是看不出来的，因为便是人类的病，也不是容易明白的啊。"（我们看这主母有点糊涂。）

一面却将那生着看不出病的小病夫,给吃蓖麻油,用针刺出翅子上的血来,想医治那看不出的病,然而一切都无效。(这大概是西医的治法,我想。)小鸡只是逐渐的瘦下去了,他常常的垂了头,惘然的似乎在那里想些什么事。主母看到这,便道:

"唉唉,那小东西,不过是鸡,不过是小鸡。却在想什么呢?便是人类想,也就尽够了。"

这样说着,自己也常常不知不觉的落在默想里了。而且在这些时,主母在嘴里便低声说:

"仍然是,小鸡总还是和小鸡玩耍好,而小鸭便是和小鸭。"

我们看这个人说话有点像九斤老太,【众笑】这可不是鲁迅的作品,是鲁迅翻译成这种样子,所以翻译者翻译的东西就带有他自己的特点。第二段:

## 二

有一天,小鸡仍照常和小鸭游玩着。这时候,太阳已经要落山了。小鸡对着小鸭说:

"你最喜欢什么呢?"

"水啊。"小鸭回答说。

"你有过恋爱么?"【众笑】

"并没有有过恋爱,但曾经吃过鲤儿。"

"好么?"

"唔唔,也还不错。"

白天渐渐的向晚了,小鸡垂了头,看着这白天的向晚。

"你在浮水的时候,始终想着什么事呢?"

"就想着捉那泥鳅的事啊。"

"单是这事?"

"单是这事。"

"在岸上玩耍的时候,想些什么事呢?"

"在岸上的时候,就想那浮水的事。"

"总是这样?"

"总是这样的。"

(这段对话写得很好,写得很有意思,有点儿金庸小说的味道。接着……)

白天渐渐的向晚了,小鸡已经不再看,只是垂了头。他又用了低声说:

"你睡觉的时候,可曾做过鸡的梦么?"

"没有。却曾做过鱼的梦。梦见很大的,比太太给我们的那泥鳅还要大的。"

"我可是不这样。……"

沉默又接连起来了。

"你早上起来,首先去寻谁?"

"就去寻那给我们拏泥鳅来的太太呀。你也这样的罢。"

"我是不这样,……"

已经是黄昏了,然而垂着头的小鸡,却没有留心到。

"我想,我如果能够到池里,在你的身边游泳,这才好。"

"但是,怕也无聊罢,你是不吃泥鳅的。"

"然而到池里,难道单是吃泥鳅么?"

"唔,不知道可是呢。"

到了黄昏之后,家里的主母便来唤小鸡。小鸭和别的小鸡都去了,只有这一匹,却垂了头,也垂了翅子,茫然的没有动。主母一看到,说道:

"唉唉,这小东西怎么了呢。"

最后一段:

三

第二天,清晨一大早,小鸡是投在池子里,死掉了。听到了这事的小鸭,便很美的伸着颈子,骄傲的浮着水说:

"并不能在水面上浮游,即使捉了泥鳅,也并不能吃,却偏要下水里去,那真是胡涂虫啊。"

家里的主母从池子里捞出淹死的小鸡来,对着那因为看不出的病而瘦损了的死尸,暂时悯然的只是看。

"唉唉,可怜的东西啊,并不会浮水,却怎么跑到池里去了呢。不知道可是死掉还比活着好。但是无论怎样,也仍然,小鸡总还是和小鸡玩耍好,小鸭去和小鸭,……我虽然这样想,……虽然这样想,……"

伊独自说,对着那因为看不出的病而瘦损了的小小的死尸,永远是悯然的只是看。

朝日渐渐的上来了。

这就是爱罗先珂在北京所写的一篇童话体的小说,鲁迅给他翻译了。我想大家读了这个之后,可能会有一点儿明白鲁迅为什么喜欢爱罗先珂,他们的精神在某种方面是相通的。我想爱罗先珂一定跟他谈了很多话。他为什么那么强调"寂寞"这一点？这个寂寞为什么又是跟那个嚷嚷连在一起的？寂寞和喧嚣同时存在，或者说正因为有了喧嚣我们才感到寂寞。从小鸡和小鸭的对话里我们能够感到鸡同鸭根本没有办法沟通，爱罗先珂可能并不知道中国有这样一句话叫"鸡同鸭讲"，这是我们中国的俗语，他不知道中国有，但是他却写了个故事，恰好就是这个成语最好的注解。他写了一个永远不能被对方理解的爱情，我们知道，那只小鸡是爱上那只小鸭了，她不断地试探他，可是那只鸭根本就不懂。那段短短的对话是非常经典的。

我读的时候就想起《梁山伯与祝英台》十八相送，他们两个学成下山，一路上祝英台就挑逗梁山伯，用了各种景物做比喻，梁山伯都不懂，甚至还生气：你怎么胡乱比喻啊！这种寂寞的、不被对方所理解的爱情，似乎永远是动人的、感人的。这也让我们想到金庸小说里类似的一系列爱情：对方根本不理解，而这一方既然爱了，她不放弃，她为这个而死，她死了之后还不被对方所理解。你爱的那个对象甚至会嘲笑你，不拿你的死当一回事，不认为你的死有什么价值，这是种很凄惨的爱。我不知道爱罗先珂有过什么样的感情经历，他怎么会有这么深的体会。但是这里讲的显然不仅仅是爱情，不仅仅是男女之情，是更具有普遍意义的一种隔膜，在这种鸡同鸭讲的隔膜里边，像他们这种境界的人，深深地感到了一种精神的沙漠。所以，爱罗先珂也好，鲁迅也好，是不是经常感到跟某些人说话是"鸡同鸭讲"？你看刚才那个故事里小鸡和小鸭说话的时候，那鸭子根本就不懂，鸭子就知道吃，一切都是为了泥鳅，一切都是为了吃，就像我在微博上的表现，最后都归结为吃。但是那小鸡并不向它解释，并不说：你好笨呐！你难道看不出我爱你吗？假如那么一说就成了庸俗的电视剧，电视剧为什么那么低俗？就因为要把话都说出来，只要把话都说出来就一定低俗。

关于"沙漠"这个意象,鲁迅在另一篇文章里也写到过,我介绍一下这篇文章,名字起的是《为"俄国歌剧团"》,鲁迅对俄国发生兴趣,我想可能其中有一部分是爱罗先珂的原因。文章里边有一段这么说:

> 有人初到北京的,不久便说:我似乎住在沙漠里了。(读了《鸭的喜剧》,我们知道这话就是爱罗先珂说的。)
> 是的,沙漠在这里。
> 没有花,没有诗,没有光,没有热。没有艺术,而且没有趣味,而且至于没有好奇心。
> 沉重的沙……

我想这些话不能够按照理工科思维较真儿去理解:北京没有花吗?你不能这么说。北京没有诗吗?北京这么多诗人,北京不有徐志摩吗?那些都不叫花,不叫诗,不是他要说的那个意思。我很奇怪,因为有的人一到北京就产生了类似的感觉。在鲁迅看来,那些唱唱跳跳的、很热烈的俄国歌剧团,带有点吉卜赛风格的,是对这个沙漠的反抗,是带来了光和热,带来了花和诗,带来了生活。鲁迅不怕别人反对他,他最讨厌的就是没声,最讨厌的就是那种寂寞,他对看客文化的批判都可以联系到他这沙漠感里,他也知道沙漠的杀伤力是最大的,所以鲁迅认为报复敌人的最强有力的手段是沉默,是让坏人无戏可看。我们看鲁迅有时反驳别人、批评别人,或者是用很尖锐的言辞骂别人,那都是看得起对方,相反都是成全他们,被鲁迅骂过的人基本都成名了,至少都进了《鲁迅全集》,都在某个注释里写着,这人为什么被鲁迅骂。鲁迅真正报复人是一个字都不答复他,连看都不看他,没提这个人,让你进不了以后的《鲁迅全集》,【众笑】这才是最大的报复。鲁迅是憎恨沙漠的,沙漠是最可怕的。

这里顺便提到一个跟爱罗先珂来北京有关的"魏建功事件"。魏建功先生是中国著名语言学家,当过我们北大中文系系主任、北大副校长。爱罗先珂到北京之后,周氏兄弟陪着他去看戏看演出,看了北京大学的演出,看了北大学生演剧,燕京女学生演戏。爱罗先珂这个人没有城府,到人家国家,人家请你看戏,你还不说好。像我这么尖锐的人,我到哪块人家请我看节目,我都说好,演得不错。他竟然不说好,还写文章批评人家,由鲁迅翻译后发表在《晨报》副刊上。那《晨报》不得了,相当于今天的《新京报》。他在这篇文章中就批评演员演得不好,尤其说他们学幽灵学得不好。结果北大才子魏建功同学就写文章进行反驳,这个文章就写得很过分了,题目叫《不敢"盲从"》,"盲从"专门加了引号。

在今天看来,如果魏建功不是后来的大学者,不是当过我们系主任的话,我都要骂他。这个人太不道德,至少是不厚道,人家是盲人,你故意地说不敢盲从,而且文章中对"视""看""观"这些字全都加了引号,有意讥讽:你一个瞎子看得懂什么?就是这个意思,讽刺他是一个盲人。文章写得无论怎么样,哪怕魏建功以后当了圣人,这个文章也是他的一个污点。所以鲁迅和周作人看了之后都非常生气,鲁迅写了一篇《看了魏建功君的〈不敢盲从〉以后的几句声明》,在声明里严厉地批评了魏建功嘲弄残疾人,说他是轻薄的嘲弄。鲁迅这次真是非常生气,言辞非常的激烈,说了这样一句话:"我敢将唾沫吐在生长在旧的道德和新的不道德里,借了新艺术的名而发挥其本来的旧的不道德的少年的脸上!"这话太厉害了,鲁迅在别的文章里还没有这么严厉地骂过一个人,这次可能是骂得最厉害的。

可是歪打正着,魏建功后来马上勇于自责,勇于做了自我批评,居然成为鲁迅忠实的学生,不打不相识。也有的人死不认账,由此成为鲁迅的敌人,但魏建功这一次确实认识到自己错了,少年人一时气盛,没有考虑到道德影响,但是君子知耻近乎勇,所以魏建功后来反而多次出现在鲁迅日记里,"魏建功君来访"或者"给魏建功写信"等,他再没犯过类似的错误,后来成为在学术上颇有建树的这样一个人。当然这件事也很有教训意义,提醒我们如何对待别人的批评,且不说魏建功这种文风,假使他不用那些刺激的词,人家一批评你,你马上反驳——人家是一个外国人,到你们国家来,怀着善意,并不是歧视,他并不是一个帝国主义者,他是从艺术角度进行的批评——那样的暴跳如雷是不对的,应该有胸怀。爱罗先珂也是走到哪儿批评到哪儿,所以有点不受欢迎,在日本受驱逐,在中国也待不下去,后来还是回到苏联去了。这是顺便介绍一个魏建功事件。

　　由《鸭的喜剧》这篇小说,我们能够得到的一个鲁迅的世界观,我想就是他对待沙漠的态度。第一个是他敢于指出这是沙漠;第二个是他并不因为身处沙漠就不乐观,甚至绝望。鲁迅对生活的绝望是本来就有,不管你好不好。相反他很喜欢沙漠,我们不能想象鲁迅这样的人战斗在江南水乡,尽管他是出生在江南的人,他应该出生在江南却战斗在漠北,沙漠反而是他最好的衬景。鲁迅在《华盖集》题记里这样写:"还是站在沙漠上,看看飞沙走石,乐则大笑,悲则大叫,愤则大骂。"我觉得这几句话很值得我们借鉴,人的本性希望环境好一些,但这其实是一种懦弱的表现,外在世界不以我们的意志为转移,你何必要盼它好,不如对外界环境的好不好无动于衷。范仲淹说"不以物喜,不以己悲",管它好不好呢。那么,为了便于锻炼自己,为了便于牺牲自己,为了让自己的生活更丰富,还不如条件不好一点,温室里其实没什么意思。如果有天堂和地狱可选择,鲁迅说,我选择地狱。因为天堂里没劲,他觉得天堂里没意思，一年四季开满了桃花，天天去看有什么意思啊？看完桃花吃桃子，没什么劲，地狱里很刺激。这是鲁迅的生命观和世界观。

所以，你看他站在沙漠上，他并不感到无聊，坐在那等水，而是"看看飞沙走石"。这个"飞沙走石"我们今天可以理解为人生百态，各种政治动荡、国际风云，包括民不聊生、军阀混战，都包括在里面了，政客的表演、敌人的打击，这都是"飞沙走石"，可以看。你的反应可以随着情绪的波动有不同——"乐则大笑，悲则大叫，愤则大骂"，笑也好，叫也好，骂也好，这前面有一个"大"字。这个"大"其实就是鲁迅一再说的那种生命的"大飞扬"，我们人活一回要活一个生命的大飞扬。当然有的时候，在具体的情况下，我们要忍，"小不忍则乱大谋"，那是为了办事，但是忍是为了不忍，为什么要忍啊？忍不就是为了不忍吗？我们为什么要"韬光养晦"，韬光养晦就是为了有一天不韬光养晦。如果说永远韬光养晦，那还叫"韬光"吗？那不是永远当孙子了吗？你把拳头收回来，不就是为了有一天更有力地打出去吗？如果收回来永远不打了，那还要这个胳膊干什么！忍的目的还是要最后更大地飞扬。

很多人东藏西躲，把所有的冤屈都忍下，活了一辈子不敢说一句真话，不敢表达真实的想法，最后连真实想法都不会产生了，等于没有生活过。鲁迅的寿命并不长，但他的五十岁等于人家五百岁，是那样的丰富，因为他大笑过、大叫过、大骂过！鲁迅研究界概括鲁迅的人生哲学是反抗绝望。这四个字说出来，显得太硬了，我觉得我们还可以加进一个角度理解，鲁迅的反抗是快乐的反抗。你看他这一段话，就知道他这个形象：他站在沙漠上，这样一个侠客，看着飞沙走石，愿意笑就笑，愿意叫就叫，愿意骂就骂，这不是快乐的反抗吗？所以鲁迅的灵魂是一个真正自由的灵魂，他为了时代的需要，为了国家民族的利益，他可以调整自己，但是这个调整不改变他的本质，他是自由地做政治选择，而不愿意反过来被政治所选择。

　　正因为这样，所以在这篇作品里，他不再去计较鸭子把蝌蚪吃了那件事，那就是一个小节了。他显然并不完全赞同爱罗先珂的世界观，但是他对爱罗先珂的那个他不同意的层面有着深刻的理解，并进行了善意的讽刺，无非就是说你不通世故，这个世界哪能听你的呢？爱罗先珂那种"绿色环保主义"其实是一种无政府主义的表现，只顾自己的理想。鲁迅固然是反对专制政治，但是他同样不喜欢无政府主义。国家总要有一部分有权力的人来管，国家总要雇一部分人来管事，只要一部分人来管理，他们就必然有特权。特权也未必都是坏事，有些特权是必须的。但是有些特权是要反对的，比如贪污。贪污那么多钱，最后进监狱里，说不定还要被枪毙，图什么呢？你平时缺吃缺喝缺穿吗？什么也不缺呀。在中国，只要有工作，就不缺温饱啊。那么，缺的是什么呢？缺的是这种态度——"看看飞沙走石，乐则大笑，悲则大叫，愤则大骂"。我们不能做到鲁迅那么"大"，我们可以做小一点，对得起自己的生命，适当地释放自己的生命，让自己该哭就哭，该笑就笑，这样也对得起朋友，对得起周围的人，大了说，也对得起民族国家。很多人都这么做了，这个国家的精神才真正地健旺起来，我们才真正能不在乎自然界的阴霾啊、沙尘暴啊，我们心里面是一片蓝天。

　　好了，我讲《鸭的喜剧》并不能改变今天的天气，只能让大家心里面稍微温暖一点。今天的《鸭的喜剧》就读到这里，谢谢大家！

2014年北大选修课"鲁迅小说研究"第八课<br>2014年11月15日

# 开启了《朝花夕拾》

——解读《社戏》(上)

天气越来越冷了,不希望看见同学们坐到地上听课。今天还凑合,今天天气比较晴朗,好像有点小阳春的感觉。抬眼一看都是白光,很励志的光芒。

给大家推荐一本书:《范曾插图鲁迅小说集》,是我们北京大学出版社今年(2017年)春天出版的。这个书的首发式我去参加了,还去发了言,很多著名的学术界、文化界的人士都参与了。我们大家知道,鲁迅的小说是很难插图的,不是说一个著名的画家,有比较高的美术造诣,就能给鲁迅小说画插图。给鲁迅小说画的插图也不少了,但是能够让专家读者都满意的很难有。首发式那天我就说了,很多杂志上都登载丰子恺先生给鲁迅小说作的插图,丰子恺是大画家也是作家,非常有名,但是在我看来呢,丰子恺先生给鲁迅小说所作的插图,只能算丰子恺先生自个儿的创作,那是丰子恺先生自己心中的江南水乡风俗图。在我看来,丰子恺先生的绘画起码没有表现出鲁迅小说的内涵,他画的人物都十分圆润。对比之下，范曾先生画的鲁迅小说的人物，包括他画的鲁迅，都说明他对鲁迅小说有深刻的理解，得之于胸，然后才能得之于手。那么对范曾先生其人其画，江湖上也都有很多争议，但是不管那些怎么说，我认为他画的鲁迅小说人物，是没有第二个人能够取代的。比如说我们看《白光》里边的插图，无论从整体布局到人物神韵，到细部线条勾勒，都是非常传神的。鲁迅小说、范曾先生插图，这两个是珠联璧合，所以我说这个版本是能够流传下去的。好，我这是课前顺便给大家介绍一本书。

在整个的鲁迅小说研究中，《社戏》不是很重要的一篇，也不是一直被选入语文课本的，曾经中断过。我是大力主张课文中要有《社戏》的，为什么呢？为的就是要纠偏。曾经有人说，鲁迅就是一个"横眉冷对"的战士，还有人说鲁迅没有爱，只有仇恨。抹黑鲁迅的言论很多，我说，这些人连《社戏》都没有读过吗？所以我主张中学课本选入《社戏》，是为了起一个平衡的作用。让青少年从小就知道，鲁迅还有这样的一个侧面。先不讲那么多，就先让你有一个印象，你读过鲁迅的《社戏》，你就会知道，鲁迅怎么是只有恨没有爱呢？鲁迅怎么是整天横眉冷对的呢？当年在《百家讲坛》讲鲁迅的时候，我用了很大的力量主要是讲鲁迅不是整天举着炸药包，"我跟你拼了"——那不是鲁迅。我这样说一百遍，不如大家看一遍《社戏》，当然不止一篇《社戏》，鲁迅还有好多好多呢。就我们刚刚欣赏过的《端午节》和《白光》，你看看那里边有恨吗？鲁迅到底有一个什么样的情感世界，好像不是用三言两语，用爱恨两个坐标就能够把它说清楚的。

我们下面先看一看《社戏》的发表时间。也是写在1922年。1922年，鲁迅写的东西很多，小说很多。这个时候，共产党成立一年了，共产党成立的这个事鲁迅知不知道，我们无从晓得，但鲁迅一定会知道，他曾经的朋友、同事陈独秀好像正在忙一件很重要的事,他肯定会感觉到 ——"忙啥事,也不跟我说,也不告诉我"。他另外一位朋友,胡适先生也很忙 ——"也在忙很多事,也不跟我说,也不告诉我"。所以鲁迅写诗,"两间余一卒",那些大将们都忙着自己开辟战场,去开拓世界了,就剩下我一个小卒子,我在这干吗呢,"荷戟独彷徨",自己扛着一个巨大的方天画戟,也没有敌人,在这来回溜达。所以这几年成了他小说创作的一个高峰期。当然,鲁迅不会像陈独秀、胡适他们那样,直接从事政治。假如,他要直接从事政治了,也就写不了这些小说了。

这个小说也是发表得很快,10月份写的,12月就发表了。发表之后收录到《呐喊》,成了《呐喊》的最后一篇。大家学语文课的时候,老师是不是讲过《社戏》很像散文,小说的标志不明显?叙述性散文和小说的差别在哪儿呢?为什么我们有时候觉得一篇小说像散文或者觉得一篇散文像小说呢?它们不都是叙事性的吗?它们都有六要素 ——时间、地点、人物、原因、经过、结果,结构详略这些都一样嘛。小说与叙事性散文的一个区别就在于是否虚构。我去登泰山,一路遇见很多传奇的人、传奇的事,这是小说还是散文?如果真是我亲身经历,那就是散文,可是散文有的时候比小说还惊奇。我也可能写一篇几个人一块儿去登泰山的小说,可是由于我的艺术才华平平,写得平淡无奇,人家说这不是散文吗,这不是游记吗?这是周末你们去泰山玩嘛。特别是第一人称的小说很难判断。当我们无法判断清楚,没有证据说它是虚构还是真实写实的时候,我们只好模糊地判断,说它是散文体小说,很像散文的小说或者很像小说的散文,散文和小说是有这样一个交集之处的,就像散文和诗一样。

正因为如此,所以《社戏》也被认为是开启了《朝花夕拾》。鲁迅后来写了十篇回忆他童年生活的散文,基本上都用真人真事,比如范爱农、长妈妈、百草园，这些都是他童年生活的真实回忆。这样一对比，《社戏》这篇作品分明应该收入《朝花夕拾》嘛。《朝花夕拾》本来叫《旧事重提》，后来改了这样一个更富有文学性的名字——《朝花夕拾》。这个名字起得好。《社戏》其实应该收入《朝花夕拾》的。所以哪篇作品收入哪部集子并不重要，鲁迅的集子里面收的作品其实是乱七八糟，很乱的，鲁迅的全部文章合起来都可以叫"杂文"，并不只是某一类叫杂文，全部都是杂的。在《呐喊》这个集子里，有《孔乙己》《药》这样一流的小说精华，那大家还学过《一件小事》，《一件小事》到底算小说还是算散文呢？它有点跟《社戏》类似。

所以我们这样理解，只不过是因为它写在1922年，现在要出书，他不能把这一篇落下，只能把这一篇编到《呐喊》里面去。他后来连续写了十篇回忆文章，很可能就是受了《社戏》的启发，《社戏》把他回忆的习惯勾起来了，他有空就写了，写了之后编了一本《朝花夕拾》，就没有把《社戏》再挪过去。但是有一篇小说曾经编在《呐喊》里，后来他却放到别的集子里了，就是《不周山》。这篇《不周山》就是写女娲补天的。有一个革命文学家叫成仿吾，后来当过中国人民大学副校长，成仿吾当年是创造社的革命干将，主要是批判鲁迅的，批判说《呐喊》写得极差，把鲁迅《呐喊》骂得狗血喷头，但是全部否定《呐喊》吧，好像跟社会上的评价又差异太大，想了想，他说鲁迅有一篇小说写得还不错，就是《不周山》。就是说他为了全盘否定《呐喊》，把《不周山》肯定了一下，说《不周山》写得不错。鲁迅说，啊，你认为这篇写得好啊？那这篇我拿掉了。鲁迅再编《呐喊》的时候不要《不周山》了。那《不周山》拿掉自己吃亏了，少得不少稿费呢，所以鲁迅把《不周山》改了一个名叫《补天》，收入后来的第三本小说集《故事新编》。《故事新编》里的第一篇《补天》，本来是《呐喊》里的《不周山》。我们看鲁迅的文集，要有这样一个历史的知识,同样还要有对作者心态的一个理解。

那么我们下面先来看看《社戏》的题目。我想大家当年学《社戏》的时候,老师也一定讲过什么叫"社戏",什么叫"社",什么叫"戏"。我看一些中学老师的教案,都把这个"社"讲成"社区",说是表示一个地域。这个讲法很容易产生误导。现在北京市很多小区都搞精神文明建设,小区里都组织演出,我家旁边的一个小区就举行过圣诞节演出,那叫"社戏"吗?那怎么能叫"社戏"呢?不但你小区组织的不叫,就是海淀区组织的也不能叫社戏。所以把"社"解释为"社区"是有问题的,这都属于读书而不识字。读书要先识字,比如"社"是什么意思先要搞清楚。凡是有这个偏旁的字,都是跟神有关系,都是跟心灵有关系的。你记住这一个规律就行了,你遇见所有是这个偏旁的字都是跟神有关系的。偏旁部首再加上一个"土",这很清楚了,不用查字典就知道了,"社"就是土地神。我为什么说汉语伟大呢?当我们后来产生一个词叫"社会"的时候,洋人哪知道我们社会的"社"是如此之神圣呢!我们的社会是有神的,而且是土地神。我们北京有社稷坛——为什么叫社稷坛?江山社稷的"社稷"是什么意思?"社"是土地神,"稷"是谷神,是粮食神。

"社"首先是土地神。土地神要拜,中国有许许多多的祭神活动,各种土地神、地方神的祭拜活动今天日本保留得很好,日本各个地方保留着很多祭他们的土地神的活动。看上去很土很原始,但是这是一个真正的传统文化的延续,虽然它是跟中国学的,但它一直没有断。我在日本的时候就去看,三天两头就有一个地方祭个什么神。正是因为各地祭各地的,所以给人产生了一个社区的印象,好像这是各个社区的活动。这个不正确的印象是这么来的。因为农村各个地方都要祭拜他们的大大小小的神,村里镇上都有土地神,一个胡同一条街上往往也搞一个土地庙。土地庙很小,就是一个鸡窝、猪圈那么大的地方,塑一个老爷爷、一个老奶奶，就叫土地神、土地奶奶。有一个土地神的对联写得很好玩，上联是，这一街许多笑话；下联是，我二老从不作声。土地神其实管不了什么事，但是他是劳动人民一个纯朴的心愿。大家如果看《西游记》就知道，孙悟空经常欺负土地神，孙悟空到一个地方找不到妖怪："土地给我出来！"把土地揍两下。通过这样的描写，你知道中国人和土地神的关系是非常密切的，土地神是可以被欺负、被糊弄的，他没有那么大的法力，没有那么大的威风，他天然地带着人情味。所以各地拜土地神的时候，还有一些娱乐，最典型的娱乐就是演出，演出被叫作"戏"。但是这个戏，不完全是我们现在讲的这种正式的完整的戏剧，这个戏前头可以加一个"百"，叫"百戏"，百戏就是各种娱乐，用一个电视上的栏目《综艺大观》来说——中国老百姓本来就是要看《综艺大观》的。关于什么叫戏，大家可以参考我的一本书，专门讲《红色娘子军》的，顺便讲中国戏剧发展，叫《红色娘子军：中国戏剧发展纵论》，里面我专门探讨了"戏"这个概念。

那么社戏从概念上说，本来是给神演的，演给神看的。西方也是这样，西方最早的戏剧也是要娱乐神仙的。名义上是娱神的，但实际上是人在看。人和神，这个关系就很好玩。比如我们过年过节给神上供，给神摆上好吃的，摆上桃子、苹果，摆上月饼、粽子，有些地方还摆上什么包子、馅饼的，最后都谁吃了？最后还是人吃了。我们到教堂去，牧师分给我们吃，说是让我们吃耶稣的身体，听上去很让人害怕，我第一次去很害怕，牧师说是神把他的儿子贡献给我们了，现在把耶稣的身体分给我们了——我听了一怵，后来一看，面包很好吃，赶紧吃。宗教不一样，但是人神转换具有相似的结构。所以"社戏"本来是很高大上的一个概念，可是由于它是各个地方——不论穷乡僻壤还是繁华的村镇——都要举行的活动，就变得世俗化了。它就让人以为"社"是社区了,以为各个地方自己组织的文艺活动就都叫社戏了。天长日久人们就真的把神给忘了。但是你忘了不要紧,它只要有这个因素,在需要的时候这个因素自己会蹦出来,它会发扬光大。

我们今天这个社会就使得社戏很难存身。鲁迅写《社戏》,到底写的时候怎么想的,我们不知道,反正他无意中等于做了传承文化遗产的工作,我们今天研究戏剧、研究民俗,《社戏》经常被拿来引用,不是作为文学研究对象被看,是作为其他学术研究的对象被看。还有一位著名学者马一浮——是作为民国大佬经常被吹捧的人——写过一首诗叫《社戏》:"前村筘鼓赛江神,峒舞蛮歌爨演新。一树斜阳鸦雀散,上场(cháng)都是拆台人。"这首诗写得很好,前面很准确地描绘了社戏的演出情况和内容。"前村"不是他们村儿,听见前村的什么声音呢?"筘鼓"。大家知道蔡文姬《胡笳十八拍》,笳是北方少数民族的乐器。"前村筘鼓赛江神","赛"就是祭的意思。中国的这个"赛"字也很神圣,本来也是祭神的意思。我们今天动不动就拳王争霸赛,什么锦标赛,只把它看成一种野蛮的比较,野蛮的比试,其实用汉语的"赛"来命名的东西都带有神圣性,这里边有神。"赛江神",不是江神在那里比赛百米,"神"是"赛"的宾语。"峒舞蛮歌"是南方少数民族的歌舞,比如沈从文写茶峒。"峒舞蛮歌爨演新","爨"在这里不是那个灶的意思,不是北京"爨底下村"明文化村的那个"爨"的意思,这里的"爨"是短小的戏剧演出。金元杂剧一个专有的名词叫"爨",比如叫什么"百花爨"。我们看,他写的这个《社戏》专门用了"爨",说明是小戏。社戏一般不演大戏,演小戏,我们今天叫折子戏,可以十几分钟,长一点几十分钟演完的,不演大戏,叫"爨演新"。

前两句写的是演戏的情况。后两句就只有文人才能写出来了,是含有深意的。"一树斜阳鸦雀散",它这个戏是白天演的,演到黄昏,鸦雀都散了。"上场都是拆台人"，这个写得很好，戏演完了，该把台子拆了，道具什么的，舞美都拆了。但是这句话显然不是只说工人上去把台子拆了，"拆台"我们都知道是什么意思，舞台经常被用来比喻，其实再庄严隆重的大会，开完了之后，不都适合这句话吗？最后开会的人走了，演戏的人走了，上场的不都是拆台人吗？所以"拆台""上台""下台"，这些话是不能随便说的。多年前有位领导到某地去剪彩，坐在主席台上，那个主持人宣布剪彩活动开始的时候，就说请某某——请这个领导——下台，请某某下台！领导没动，看他两眼，他还不知道，还在继续喊：请某某下台。大家知道结果是什么了吧。下台的话是不可乱说的。马一浮先生的这首诗，是借社戏来谈政治，来谈拆台的问题。我们把《社戏》的一些外围知识扫清一下。

鲁迅先生写的《社戏》，我们大家都熟悉。开头是这样说的，**我在倒数上去的二十年中，只看过两回中国戏，前十年是绝不看，因为没有看戏的意思和机会，那两回全在后十年，然而都没有看出什么来就走了。**开头的这个长句子，是不是有点像《一件小事》的语气？也是说我怎么怎么着，我对一个事情的态度，最后的态度是没什么劲，没什么意思，有点儿无精打采。创作是需要受众的，一般搞创作的人总是需要调动精神，使得受众愿意看，使得受众提起神儿来。可是鲁迅的创作不是这样，鲁迅的创作往往从一开始就坏人情绪，就搞破坏，就好像不愿意让人读它似的。一开始就懒洋洋，"我这没啥意思，我一点儿没劲，这两天不舒服"——成天给人这样的印象。鲁迅就没有一篇小说开头就精精神神的。"昨天晚上北京大学发现一具女尸"——他从来不这么写东西。他写东西，的确，你光看语言，似乎不打算让人看似的。可是结果呢，你老想看。我多次琢磨过这个问题，我原来以为这是欲擒故纵，后来我觉得好像把鲁迅想得太阴险了，因为他不是弄一个技巧，他这个心情是真的。

他很坦荡地把他这个懒散的心情放在这儿，结果你就愿意看。后来我又研究金庸，金庸的小说这么棒，这么著名，开头也是不怎么给力的。他只有几个小说的开头要给力，因为他原来是要写成剧本，比如"嗖"的一声响，一支箭射了过来，但是很多小说开头都是平平淡淡的。像《射雕英雄传》，这么伟大的小说，开头很平淡，"钱塘江浩浩江水，日日夜夜无穷无休"，这三流作家都会写，中学生都会写，他就这么写。所以这老使我去想，什么是杰出的伟大的艺术。

鲁迅这个话写得没精打采，但是没精打采中，有值得琢磨的地方。你可以学他的形，你学不到他的神。比如一般人不会说"我在倒数上去的二十年中"，一般人就说，二十年来，这二十年，从什么到什么的二十年。鲁迅说话即使懒散着，都和人不一样。哪有这么说话？"我在倒数上去的二十年中"——你觉得这人还是别扭。就说明他无聊中，他还在数，他往上数了二十年。那好，我们刚才说了，小说写于1922年，咱往上数二十年吧。数一个十年，是1912年，1912年是中华民国元年；再数一个十年，1902年，梁启超搞新民运动。其实我们现代是从1902年开始的。经过了八国联军侵华、庚子事变之后，这个国家真正地要励精图治，才知道我们清朝的改革全是错的。什么挣钱呀，开邮局呀，挖矿山、修铁路啊，都是胡扯，最后都是亡国。中国真正摆脱亡国道路是从1902年开始，有人认识到中国别的都不重要，重要的是精神。没有精神了，丧失自信了，清朝才亡国的。鲁迅是1881年出生的，比毛主席大一轮，差十二岁，他俩都是属蛇的，一定要记住这个。

鲁迅这么一数，"倒数上去的二十年中，只看过两回中国戏"。也就是他从二十岁到四十岁，就看过两回中国戏。下边讲得更有意思。这二十年又分成两段：前十年是"绝不看"，那既然不看你把它数进来干吗呢？这不合数学规矩是吧？准确地应该说"我在倒数上去的十年中，只看过两回中国戏",这才是对的。他又加上十年,那十年是零回啊。也就是说他很重视1902年,他一定要数到1902年。在1922年的周树人看来,中国进入他理解的"新时代"是从1902年开始的。他不肯数到1912年。当然1912年是一个界线,可他很重视1902年前后那个时间,所以要把前十年放进来。前十年是"绝不看,因为没有看戏的意思和机会",一句话把理由全说明白了。"没有看戏的意思",就是他不想看戏,没有欲望,没有兴趣;客观上是没机会,也没人请他看。其实鲁迅这个时期去日本留学,当然也没有机会了。但是他要算上这个时间,他故意这样说,就使人感到冥冥中他是有目的的,他是在强调"时代与戏"的关系。他看不看戏好像是懒懒洋洋地说,可是无意中就把时代装进来了,只看了两回,都在中华民国。

这二十年分成的两个十年,意义可不一样。从政治上说前十年还是大清,后十年是中华民国。大清时不看戏一句话就解释了,没意思和机会,好像不赖大清,都是自个儿的事。那两回全在后十年。中学讲《社戏》讲到它详略得当的时候一定会说,前两次看戏是略写,最后一次看社戏是详写。

可是我们还要注意到,"前十年是绝不看,因为没有看戏的意思和机会",这是最略的。第二个十年却是详的——他要写第二个十年看的戏。如果没有后面的社戏部分,把前面重新写一写,前面这个部分可以命名为《民国看戏记》《民国观戏记》。民国的时候怎么看戏?这两回全在后十年,这么一说,很引人兴趣要读读,这两回怎么看的。可是他一句话又把人的兴趣打灭了——"然而都没有看出什么来就走了"。鲁迅的语法有意思,他无精打采,偶尔把人的兴趣挑起来,你刚有点兴趣,他又给你掐灭了。他是这样的。

我就想起来小时候看电影,电影院里一片漆黑,偶尔有人偷着抽烟，一两处闪着烟头的亮，刚有点亮，马上管理员出来了，"抽烟的掐死，抽烟的掐死"，抽烟的都掐死了。那个节奏感很好。所以有时候读鲁迅小说，我觉得我是坐在电影院里读，刚有点亮，灭了，刚有点亮就灭了。刚说"两回全在后十年，然而都没有看出什么来就走了"，作为一个读者，你觉得挺没劲的，你还往不往下看？奇怪的是，他越这么写，你还越愿意往下看。如果按一般传统的写法——"我下边写得可有意思了，看官你可不要走，接着往下看"，那反而有的人就走了。

所以我上面用感性说的鲁迅小说写法，也可以叫"逆锋起笔"——一个书法的名词。他不是顺着说，也就是说鲁迅的这种写法，我们可以把它叫作一种"陌生化"，你希望是怎么写，他偏不这么写，他和你的欣赏习惯是别着的，但是最后的结果是你被他征服，你认为他这样写是对的。

下面就写第二个十年的两回看戏。**第一回是民国元年我初到北京的时候**，这好像只是简单地讲了一个时间，其实这个时间是有意义的，可以考三要素的，第一次看戏什么时候？民国元年——一个新时代来临了。新时代来临，我们想想，一切都应该是新的呀，有新气象啊。假如1959年的时候，有一个作家回忆他1949年到北京来第一次看戏，能这么写吗？肯定不是这感觉。那一定怎么写，我们能想象得出来。"那一天，我走进了人民大会堂……"得那么写。而鲁迅其实跟民国元年关系很深，他虽然政治上地位不高，他也属于辛亥革命时候的革命家呀；他虽然不是在武昌、在北京闹革命，他在绍兴闹革命啊，他也是当时地方上一个小头儿啊，他怎么能民国元年到北京呢？就因为他有一个好老乡嘛。

这个老乡是辛亥革命的元老，辛亥革命成功之后，就成了中华民国教育总长，后来兼北京大学校长，他叫蔡元培。那么蔡元培需要自己的人马，需要自己的哥们儿，需要自己的老乡，一想，嗯，周树人还闲着呢，他就把他的哥们儿从绍兴调到北京来了。鲁迅为什么能在中华民国教育部任职啊？他考公务员了吗？没考吧？他是怎么来的呢？"朝里有人好做官"嘛。情况并没有发生什么变化，中华民国和大清可能是一样的，甚至还不如大清。大清都不能说六部衙门随便就把自己的老乡调进北京来做官，而中华民国却可以这样做。我们从鲁迅的经历就知道中华民国更腐败，尽管蔡元培做的是一件好事，从我们的角度来讲，这是蔡元培的一个大功劳，把鲁迅弄来了。所以评价一个人、评价一个事，要看你站在哪个角度。我们今天是站在"事后诸葛亮"的角度，说他做的都是大好事。但其实从历史的现场来看，它是不符合法度的。

这样，鲁迅到了北京教育部任职，当了一个其实级别很高的官，个人生活改善了，可是他对这个中华民国并没有什么好印象。尽管他是支持辛亥革命的，他也是蔡元培这一伙的，而你看鲁迅凡是写中华民国的时候，都是"逆锋起笔"。他倒不是说清朝好，但是分明他更恨中华民国。而鲁迅的这种态度，是整个中华民国知识界的主流态度。所以中华民国是很惨的，混得很惨。你这个国度的知识分子，主流是恨你的，是不喜欢你的，是嘲笑你的，是希望你崩溃的。革命作家批判不可怕，因为革命者永远是要革命的。不革命的、非革命的，甚至反革命的作家，都糟蹋这个国家，那说明这个国家一定有大事。从鲁迅，到周作人，到张爱玲，到钱锺书，到沈从文，你看谁说这个国家一句好话？就没人说这国家好的。

我们说过马一浮先生，他说蒋委员长，那一看就是个偏安一隅的气象。蒋委员长是全国的领袖，马一浮一看，说他就是偏安一隅的气象，一句话说对了，后面就偏安到台湾去了。也不知道他怎么看出来的，起码是代表了一种人心。所以你看鲁迅说他民国元年刚到北京，我们想，1949年、1950年，如果有一个地方上的知识分子，因为某种原因被调到北京来，那心情是多好啊，同样是一个新时代，那应该是朝气蓬勃、奋发向上的，看什么都好，看戏也好，看老百姓生活也好。可是鲁迅不是，中华民国元年,而且是初到北京,他下边写的都是砸场子的话。**当时一个朋友对我说,北京戏最好,你不去见见世面么?** 这个话是很真诚的。各地都有戏,但北京是六百年古都,这里集中了一流的艺术家,特别是京剧形成不久。

朋友这么好心,这个"我"呢,"我"是这么想的,**我想,看戏是有味的**,这叫什么话?就可见他对戏剧艺术没有什么景仰,他说的是看戏是有味的,意思相当于有趣的,这事挺好玩。**而况在北京呢。**意思是北京更有味,北京更有趣,他带着一种不严肃的态度,看热闹的心情,接受朋友的好意。**于是都兴致勃勃的跑到什么园,**他朋友兴致勃勃,因为要请他;他也兴致勃勃,他为了有味。"跑到什么园",他到底是真的记不清楚,还是不愿意记清楚,反正就这么一写,严肃感全无了。用"什么"来代替那个实词,实词被淹没了之后,严肃感就没有了。就好像很多年前,我有一个同学兴致勃勃地告诉我说:我出差的时候在南方,看到一副对联,写得可好了,横批我没记哈,上联我忘了,下联是什么什么什么春。加上这个"什么什么什么",就把严肃感全都破坏掉了,他还说这对联很好。我想鲁迅就是用的类似的修辞手法,先说这个戏有味,在北京最好,他们还兴致勃勃,结果是跑到什么园,什么园他都不记得。

去了,**戏文已经开场了**,老百姓把戏叫作戏文,这并不是指剧本、台词,戏文就是戏。戏文已经开场了,**在外面也早听到冬冬地响**。鲁迅用象声词,不像我们今天这么规范。**我们挨进门**,鲁迅的大作家身份,有一个地方是掩盖不了的,就是他使用动词。看大作家的水平主要看他使用的动词,极其鲜活生动准确,"挨进门"。**几个红的绿的在我的眼前一闪烁,**这又是典型的鲁迅语言,鲁迅一般不全面介绍、描写他写的对象,而是注重写感官印象。他应该说几个人穿着或戴着红的什么、绿的什么,他不说,因为没必要说,我们也知道红的绿的一定是人,不会是狗。这种写作方式不就是印象派吗？它其实就是印象派。印象派不把线条画得特清晰，反正人们的感官就是一团红的一堆绿的过去了。你要想大概是人吧，其实一般人也不想。我们在一个乱哄哄的场合，人很多的时候，挤过去时也不想，大概都是人。所以这样写反而准确，以模糊达到准确。我们看莫奈的画，远看乱乎乎，但是你越想越觉得很准确。我们走在路上，坐在车上，看见的大多数景物其实是乱乎乎的，是模糊的。据说司机开车的时候一秒钟要判断上千个形象，他怎么能判断得过来呢，大多数是模糊着过去的，他只选择最有效最有必要的几个对象来看。

一闪烁，**便又看见戏台下满是许多头**，还是不写人，能看见什么就写什么，红的绿的，满是许多头，看见的是头。这种写人多场面的方法，又让我们想起鲁迅的一篇小说《示众》。写很多人拥挤在一起的场面，鲁迅给我们做出了榜样。怎么写人多的场面？不一个个写人，一团一堆地写，用印象派的方法写颜色，写视觉。这里甚至让我们想到一些动漫的手法，画漫画就画一些圆圈——头——就行了。**再定神四面看**，又四面看，**却见中间也还有几个空座**，除了空座就是头，这样人多的场面就写得比较清晰了。**挤过去要坐时**，有空座要坐，**又有人对我发议论**，就是有人说话了，他偏要说"发议论"，都是暗含着讥讽，不好好说话。**我因为耳朵已经喤喤的响着了**，前面是"冬冬"，现在是喤喤。其实还没有看戏，他已经开始写戏了，"冬冬""喤喤"显然是演戏发出的声音，演戏发出很多声音，他怎么只听见"冬冬"和"喤喤"呢？如果是别的人去，可能就听的是别的声，有些人听的是"咿咿呀呀"，他听的非得是"冬冬""喤喤"，非得选择这两个刺耳的象声词。**用了心，才听到他是说"有人，不行！"**用了心，才听到"他"说的，这主要不是写"他说"，是写"冬冬""喤喤"声音之大，自己得用心，才听清对"他"发议论。"有人，不行"，这哪是议论呢，这不是议论，这是拒绝：这不能坐，有

| 开启了《朝花夕拾》——解读《社戏》（上） | 509

人。这种场面我们可能都亲历过,人多的地方,你找到一个空座,结果被人占了,我们看戏也好,上课也好,常遇见这个场面,可是这个场面被鲁迅一写,就很经典。他为什么能写得这么经典?不就是人很多,他找的座被人占了吗?他怎么就写得这么令人难忘呢?他是利用声音之间的对比,不光写找不着座,还写出了人的心情。本来兴致勃勃的,被他这么一写一看,真是扬来抑去,抑来扬去,一会儿扬一会儿抑。看到这儿,我们觉得他就是成心不好好写。下面的戏我们一定知道,肯定没什么可看的。

**我们退到后面,一个辫子很光的,**鲁迅从来不写一个什么什么的人,一个工作人员,一个差役,他不,他写的就是一个视觉印象,"一个辫子",别的不写。人有那么多特征,他只写一个特征。鲁迅只写胖的、瘦的、红的、绿的、花白胡子的,这里是一个辫子很光的。辫子也有各种特点,辫子有粗的、细的、长的、短的,他偏要写辫子很光的。能把辫子梳得很光,这是一条信息,更重要的信息是,中华民国元年,戏园子管事的人梳的是辫子,而且辫子很光,这才是鲁迅的"阴险之处"。中华民国之前好多人都已经把辫子给剪了,到了中华民国更应该剪了,而且这儿是中华民国的首都,可不是鲁迅写《风波》的那个乡下,不是航船七斤、九斤老太他们家。这是首都啊,天子脚下的地方,还真有忠于天子的,不但留着辫子,而且辫子很光。辫子很光,说明天天打理,天天使用高级化妆品来护养,来打理这辫子。其实鲁迅就是从这些蛛丝马迹,最早发现中华民国是挂羊头卖狗肉,中华民国跟大清朝是一样的。既然一样,你为什么还要革命?既然一样,你就本色呗,如果两个东西是一样不好,那么伪装好的显然是更坏的,如果中华民国和大清都一样,那你叫民国,显然不如大清,所以说中华民国比大清更坏。鲁迅就是从挂羊头卖狗肉这种现象上,看出了还不如直接卖狗肉,相比之下直接卖狗肉，堂堂正正，公开干坏事，你挂羊头卖狗肉的，肯定是更坏。所以鲁迅表面上是戏谑的话，后面有着很严肃的一双眼睛，盯着世界的变化。

这个辫子很光的人却来领我们到了侧面，**指出一个地位来**。其实就是位置，**所谓地位者**，凡是这么不好好说话的时候，就是要谑话了，**原来是一条长凳，然而他那坐板比我的上腿要狭到四分之三，他的脚比我的下腿要长过三分之二**。我们可以想象那个长凳是什么样子，可以想象现在吧台的高脚座，高高的，但是连成一排，几个人趴在那喝酒。我们坐上去之后，脚离着地还有一尺多，那么高的。**我先是没有爬上去的勇气**，凳子老高，要有爬上去的勇气，又由于窄，**接着便联想到私刑拷打的刑具，不由的毛骨悚然的走出了**。

他说他联想到刑具，可能是谑话，也有可能是真实的联想。因为鲁迅有几方面很敏感，第一是对医学方面，人的身体方面很敏感；第二，他其实是个画家，对色彩非常敏感；第三，他对法律非常敏感，鲁迅如果当律师，那没有人能辩得过他。攻击他的人说他是最厉害的刀笔吏，可以以笔杀人的。好好的看戏的一个凳子，被他这么一看，变成刑具了。这是别人写不出来的，而他这么一写，你就觉得那真像是刑具，而且是私刑拷打的刑具。他一定看过很多，还研究过这些刑具。被他这么一写，我也想到我参观过的一些刑具，我去烈士纪念馆看那些当年拷打革命烈士的刑具，有的好像是类似这样的凳子。本来是一个看戏娱乐的地方，被他这么慢悠悠地写来写去，最后变成毛骨悚然地走出了的地方。看鲁迅的东西，一方面你觉得他不正经，另搞一套，但是看来看去总觉得这里边有非常正经的东西，非常沉重的东西，因为他的指向其实是不变的。

我们过去说写散文要形散神不散，那个神是什么？鲁迅写来写去，他的神是什么？他的神就是要毁灭中华民国。而他写这些的时候，中华民国才成立几年啊？十来年。大家都在好好建设中华民国的时候，即使对中华民国有意见，都觉得这刚开始，以后会变好吧，但鲁迅好像已经看出，好不了，不会好。因为他字里行间处处地让你体会到，他对这个社会、对这个制度、对这个国体，是没有一点肯定的，尽管他是这个国家政府里比较重要的官吏，他是管着这个国家很多文件的。国家的很多大会，重要的仪式，很多社、赛，他都去参加的。但那是他敬业，为了工作必须得去。他真实的精神世界却是这样，到这个国家的首都看一场戏，他认为跟上刑似的。他实际写出了，让我看戏不是受罪吗，不是上刑吗？我走行不行啊？他走了。

**走了许多路，忽听得我的朋友的声音道，"究竟怎的？"** 他走了，竟然没顾他的朋友，是朋友请他来的，两个人挤散了，他也不找他朋友，就走了。**我回过脸去，原来他也被我带出来了。** 你不管朋友，朋友还要管你。**他很诧异的说，"怎么总是走，不答应？"我说，"朋友，对不起，"** 他当时说话不可能叫"朋友"，应该有具体的称呼的，但是他把这个称呼隐去了，说明他对这个朋友也不太重视。这朋友也许就是一个同事。**"我耳朵只在冬冬喤喤的响，并没有听到你的话。"** 他让朋友也很没面子，朋友好心好意地请一个刚到北京来的人去看戏，结果座也没有，人也不耐烦，然后转一圈就挤出来了。

**后来我每一想到，便很以为奇怪，似乎这戏太不好，** 到底这戏好不好，他用了一个"似乎"，其实他根本都没听，——**否则便是我近来在戏台下不适于生存了。** 这句话才是钢刀利剑，就像刚才我们看马一浮先生的诗一样。前边好像好好地写着社戏，后边突然来一个"上场都是拆台人"，这哪是写戏啊，一下子就把台的意义给写出来了。所以我们中国人老把戏台就看成人生，为什么叫人生大舞台呢？人生就是舞台，舞台就是人生。人都在做戏。

我昨天发一条微博，微博很快就被删掉了。转发我这个微博的，有的被销了号。我感到很惭愧，我自己没被销号转发我微博的被销号了。其实我就是开玩笑，我到一个地方去旅游，看见干裂的土地，都裂得一道儿一道儿的，我就蹲下去，面对那土地，做出很痛苦的样子，看上去很同情，同情老百姓疾苦。然后我就发了一个微博，我招谁惹谁了，就给我删了，删了就删了吧，别人转发我的还被销号了。我一想，这就是台，不是随便什么人都可以上台的，我还是适合在台下待着。鲁迅早都说了，"我近来在戏台下不适于生存了"，这个话很沉痛，你想上台不行，你想下台当一个看客呢，也不行。在戏台下有戏台下的规矩。戏台下都坐满了，没有空座了，你想挤一个空座，"对不起，有人了"，戏台下不适合你。在戏台下有在戏台下的生存法则，怎么想办法在戏台下给自己找一个好的合适的位置，这是我们大多数人的命运。我们大多数人一辈子其实就是想方设法给自己找一个戏台下的空座。多年前有一首歌唱大学自习室的——我找了一个靠门的座，今天天气挺好，挺风和日丽的，我们今天没课，我就去上自习，一进门找了一个靠门的座。这歌当时为什么流行？它不是简单地描摹一个大学上自习的情况，这里边处处有象征，它有意趣。

　　鲁迅的这句话，我们一读有弦外之音，这肯定写的不是简单的看戏，他写的是政治文化，你方唱罢我登场。刚才我们说的"两间余一卒，荷戟独彷徨"也是一个戏剧场面，也是一个演出的空间。鲁迅自己已经认识清楚了，自己不是振臂一呼应者云集的英雄，自己不是上台演出的人，可是台下又是如此不适合生存。鲁迅总是敏感地感到自己不适合生存。

　　其实难道我们比鲁迅更有生存的本事？我们没有他的本事，我们没有的是他的敏感。其实鲁迅按我们的标准他生存得很好，又当官又挣那么多钱，又是大作家又是学者，他什么都干了，用世俗的标准衡量，什么好事他都有。只要他愿意，这些都可以保存，都可以发展，可以当更大的官，挣更多的钱，出更大的名，他都能做到。但是他比我们敏感，他老觉得他不适合生存，所以后来这些他都不干了，他全都辞去了，也不到学校上课了，官也不当了，首都北京也不住了，从体制内完全退出了。他能够按照我们的标准生存得特好，我们今天追求的那些他轻轻一伸手就拿到，可是他最后选择了不拿，拿到的也不要了。这是圣人和我们不一样的地方。

不过他说的虽然是弦外之音，可是我们就戏来看戏，似乎还能够发现一个事实，这个事实就是，鲁迅对演戏不感兴趣。如果说，鲁迅不是一个完人，鲁迅有短腿，有弱项，他的弱项是什么呢？鲁迅的弱项就是戏剧。鲁迅小说是一流的，散文是一流的，散文诗是一流的。鲁迅写的旧体诗词完全可以放进晚唐诗集，你看不出来。鲁迅干什么都是一流的。但是鲁迅不是剧作家，这是一大缺憾。鲁迅没有好的剧本，而且他也不看旧戏。鲁迅有一些小品写得像剧，用剧本写的，但是那要真演，不行。所以如果说鲁迅在知识结构上有什么弱项，那就是戏剧。不过他也如是说了，他没有意思和机会。他对戏就不感兴趣，也不爱看戏。他倒是很坦诚。

鲁迅中年以后，晚年的时候，特别喜欢看电影，几乎每个星期都去看电影。当时的好莱坞大片他一个都不落，都看遍了。但是他看完电影不写影评。在我看来这有点浪费，我好不容易看个电影，看电影我花了一百块钱买张票，那我得写个影评，写完影评赚五百块钱，不能白看，我是这样的想法。但是鲁迅看了就看了，看完不写影评，他看电影纯粹是为了玩，看电影就是娱乐，他不把这个当成他的工作。所以我觉得，这是鲁迅的一点遗憾。

我觉得鲁迅有若干个遗憾，他不喜欢看戏，而且他不喜欢猫，这都是我"看不上"鲁迅的地方。但是我又想，也许这个成就了鲁迅，使他看透很多东西。我太喜欢看戏了，所以很多鲁迅的批判的眼光我是没有的。我是看了鲁迅才从他那里学到、悟到。我一看戏就受戏剧的这些话语影响，比如我觉得梅兰芳特好，那鲁迅一说梅兰芳，哎呀，我忽然发现，原来是这样的，鲁迅说的是对的。一般人说梅兰芳怎么怎么好，也对，但是鲁迅发现了别人发现不到的，鲁迅说梅兰芳是死鱼眼，这是唱戏的人没发现的。鲁迅虽然不懂戏，但他能看见这个，可能就是因为他不懂戏，才能看出来了。

从《社戏》我们能够发现鲁迅跟真真假假的戏剧的关系。把戏当成一个象征，鲁迅体会得太好了。但是就戏剧这种文艺演出形式本身来说，我们可以分明地知道，他一点兴趣都没有，对于一个真的对戏有兴趣的人，戏园子里那种拥挤也是个乐趣啊，不会进去就听见咚咚喤喤的。这怎么会呢？这一看就是外行。用梨园行的话，用戏曲界的话，怎么形容鲁迅呢？不能说外行，这不就是个棒槌嘛。但是鲁迅不避讳他的棒槌身份，就用这个棒槌身份写出了与众不同的东西来。这是鲁迅第一次看戏。

倒数上去二十年，第一个十年一句话概括，第二个十年两个戏，又是一个比一个详。第一回看戏，没看，没找着座，又看见刑具了，毛骨悚然就出来了，这是第一回。现在写第二回。

**第二回忘记了那一年，总之是募集湖北水灾捐而谭叫天还没有死。**这一句有很多版本的注释，恐怕都有问题。前面说了鲁迅自己不懂戏，我们国家的大部分鲁迅研究专家都不懂戏，他们比鲁迅还不懂戏，我们很多鲁迅专家一辈子跟同学们一样，一次戏也没看过。他们只知道查资料。查资料是对的，是学者严谨的态度，但是资料是死的，查资料一定会查出很多错误，只靠查资料是做不了学问的。因为你不懂生活，不懂生活就一定会犯错误。

对鲁迅这句话的很多解释都是错的，他们都不好好去查材料，查了材料也查不懂。其实鲁迅这句话要认真去推理也不难搞清楚，首先你把"募集湖北水灾捐"搞清楚，湖北大水是1916年，北京梨园行有很多的湖北人——我们知道徽班进京，京剧和北京其实没什么关系，京剧不论是唱还是念都不是北京话，而是安徽话、湖北话的混合，所以唱京剧的大佬原来有很多湖北的——这些湖北的明星要募捐，那是1916年，而谭叫天还没有死。

谁是谭叫天？我们今天说的谭叫天其实是谭鑫培，可是谭鑫培的父亲也曾经被叫过谭叫天，其实要没有谭鑫培，他父亲的名字就会淹没在京剧史上，谁知道谭志道呢？后人没有谁知道谭志道。谭鑫培太有名了，当时叫无腔不学谭。老谭家太厉害了，一直到今天，七辈没有改行，七辈都唱谭派老生，谭志道、谭鑫培、谭小培、谭富英、谭元寿（《沙家浜》里的郭建光）、谭孝曾，一直到今天他们家最年轻的孩子，七辈唱谭派，这也是世界艺术史上的一个奇迹。很多注解说谭叫天是谭志道，谭志道哪年死的？谭志道在鲁迅六岁那年就死了，他怎么能听到他的戏呢？所以这个谭叫天就是谭鑫培，谭鑫培是1917年死的，鲁迅只可能在这个时候听到谭鑫培的戏。这个谭叫天就是谭鑫培，而由于他父亲也曾经被叫过谭叫天，所以，谭鑫培年轻的时候被叫过小叫天，他就等于有两个外号，他又叫谭叫天，又叫小叫天。这是梨园行的一些掌故。

大家知道京剧史上还有一个盖叫天，盖叫天是演武松的。今天有很多人说这个盖当姓的时候不读gài，应该读gě，盖叫天应该读gě jiào tiān，这又是胡扯。这些人想当然认为盖叫天姓盖，盖叫天不姓盖，盖叫天姓张。那他为什么叫盖叫天呢？他要盖过谭叫天。我就是专门盖你的，你干吗叫我叫gě呢？他是专门盖谭叫天的，所以叫盖叫天。好，我们先把这个人物考证清楚。

总之湖北发大水，北京的梨园行要赈灾，所以搞义演。义演又不是自己专门拿钱去赈灾，义演反而要募捐，**捐法是两元钱买一张戏票。**两块钱不得了，两块大洋有今天四百块人民币的购买力，那也够贵的了。你想，四百块钱，除非是张学友演唱会，可以，让你去看场戏，一般人不会花这么多钱。两块钱买一张戏票，**可以到第一舞台去看戏，**第一舞台很多版本也都注解错了，他们都不了解老北京的建筑。**扮演的多是名角，其一就是小叫天。**就是谭叫天。我想他在不远的句子中，一会儿叫谭叫天，一会儿叫小叫天，这也表明鲁迅对戏曲不熟，否则不应该这么乱写，这个事有鲁迅的责任。**我买了一张票，**本是对于劝募人聊以塞责的，人家来募捐，你有钱嘛，不好意思，只好拿两块大洋买一个，你又是教育部成员，**然而似乎又有好事家乘机对我说了些叫天不可不看的大法要了。**他又欲抑先扬，先把这个吹捧起来，谭叫天，不可不看。**我于是忘了前几年的冬冬喤喤之灾，竟到第一舞台去了，**于是去了。但大约一半也因为重价购来的宝票，总得使用了才舒服。就好像今天你本来不想买什么东西，但人家送给你一张购物券，只好去了。**我打听得叫天出台是迟的，而第一舞台却是新式构造，用不着争座位，便放了心，**第一，名角出场很迟，都是最后才来，压轴的；第二，新舞台不像戏园子那么乱。**延宕到九点钟才出去，**他觉得九点够晚的了，说明他不懂戏，九点钟正戏才开始。**谁料照例，人都满了，连立足也难，我只得挤在远处的人丛中看一个老旦在台上唱。**

为了更好地理解鲁迅看戏的经历，我建议不大了解戏的同学，也看一看翻一翻关于旧戏的知识，也可以查一查民国北京的戏园子都有哪些，"第一舞台"在什么位置。咱们下次接着说，下课。

2017年北大选修课"鲁迅小说研究"第七课

2017年11月1日

# 重视的是野外和散漫

——解读《社戏》(中)

到了大学再来读《社戏》这样的文章，我们就要展开自己的思路，比如说我们要注意鲁迅与戏的关系。我们上一次一开始就讲了社戏的问题，注意到鲁迅从一开头，就把戏跟自己放在一个微妙的坐标系里去描绘。前二十年他就看两回戏，仔细说的其实是后十年，这十年，根本一次都没看着，冬冬喤喤，他就走了，然后总结出他在戏台下不适于生存。到这里我们已然看出，这戏已经不仅仅说的是舞台上演的那种艺术，"戏台下不适于生存"。我们二十多岁的青年同学，有很多还保留着那种人类的童心，赤子之心。有没有同学觉得自己不适合在戏台下生存呢，就是你每看到别人演戏就难受？我想很多同学一定还保留着这份童心，当你在很多场合，不论是开会还是聚会，看到一些人在表演你就难受，你不愿意配合，你恨不能赶快离开。其实那种情况就是鲁迅写的，"在戏台下不适于生存"。那么，每遇到同学跟我说这种情况，我也处在一个两难的阶段，你说我是鼓励他好呢，还是批评他好呢？一方面说明你很纯洁你很好，你不愿意配合演戏，可是你不配合演戏，你就真的难以生存了。这和社会制度没有关系，任何社会制度，任何时代，都需要演戏。我们今天有一个词叫作秀，我们经常骂哪个领导作秀，可是领导作秀是必须的，作秀是没有罪的。问题是你作的那个秀和实际情况是否吻合。比如说领导到群众中去，总要表现得平易近人，问寒问暖的，大家都一样，你可以说他是作秀，但不能用这个来褒他或者贬他。我们褒贬他得看他实际做得怎么样，他有没有真的改善群众的生活状况，有没有解决那个不充分不平衡的矛盾。如果他在电视上是问寒问暖，实际中也是这么做的，真的解决了广大老百姓的燃眉之急，那这是一个好领导。反之呢，他在电视上问寒问暖，帮着农民工讨工资，可实际情况是人民群众的生活越来越差，那他就会得到他应该得到的那份评价。所以每个人都面临着一个演戏和看戏的问题。

而鲁迅在一个貌似回忆童年生活的作品中，已经把这个道理隐含在里边了。文章的脉络是接着写看戏。上一次课最后，我总结说我们从这里还能够看出，鲁迅本人对中国传统戏曲确实是有隔膜的。一个人再有学问，再有思想，可是你缺乏实践，你就不了解。而鲁迅不了解，就很坦荡地承认：我就是不了解，那就对自己所了解的那一部分来发言。他虽然不了解，但是记得都很清楚，比如说在哪看戏——第一舞台，出场的名角是谁——谭叫天，小叫天。为了让大家了解他讲的第一舞台的情况，我也给大家找了一些第一舞台的资料，给大家介绍一下。

鲁迅看的第一舞台，当年确实是非常风光的。"第一舞台是北京最早的新式剧场。"我讲戏剧课的时候，很重视讲剧场的问题，因为戏剧和其他文学形式不一样。我们看小说，拿着一本书，在任何地方都可以看，上课可以看，回家可以看，到图书馆、自习室可以看，坐车可以看。而看戏必须在剧场。而我们大学里讲戏剧的老师都不懂剧场，都不讲剧场。

剧场是有一个很漫长的演变历史的，无论中国还是西方。古代的时候的那个剧场，是四面都可以观看的，人物在中间演出，四面都有人，大家想象古罗马斗兽场。我夏天刚去过罗马的斗兽场，是四面观看。那么你想，你作为一个演员该怎么样表演？剧场慢慢有了变化，由四面观看变成了有一面不能观看、大半圆观看，比如现在有的演唱会，大半圆都可以观看。你看那个歌星很累，拿着话筒跑来跑去，这边握个手那边握个手。这些歌星为什么这样来回奔忙？再以后，变成那种半圆形。我们现在的剧场是什么样子？我们一般习惯的剧场，是只有一面有演出的剧场。现在的剧场，基本上是一个放大的电视屏幕，是面对面的，演员从边上进出，观众在这边。我们看现在的剧场的格局是一个什么格局？就是一个教室的格局，就是上课的格局。谁说现代化是越来越自由？现代化是越来越专制。你花了钱其实是去上课，是台上的人给你洗脑。而且每个人都编了号，必须坐在几排几号，不能乱坐。一般为了让大家看得清楚，还要把灯关掉。大家都在黑暗中老老实实地按规矩向台上行注目礼。这是现代的剧场。

"第一舞台是北京最早的新式剧场"（介绍第一舞台的引文皆引自薛林平《北京民国时期的剧场建筑》），民国三年开业，也就是1914年。

鲁迅这次看戏是1916年。剧场位置大概就在珠市口那边，现在没有了。他从西单到珠市口那不远，用今天的北京地图看是非常近的，当然他不会步行去，肯定是叫个洋车去，大概二三十分钟就到了。第一舞台是杨小楼等人筹建的，找了大款，各入了股。剧场在1914年竣工，叫"第一舞台"。

下面介绍第一舞台的格局。"第一舞台临街是欧式铁栅一道。门内是长50米、宽20米的前院，前院搭有洋铁皮罩棚。"今天要是有人用洋铁皮当罩棚是很土的，但是当年是很雅的。当年的铁片叫洋铁皮。我们家小时候拎水的那个桶叫洋铁桶。"东西两侧为二层楼房，正面为三个拱形大门，进门即为观众席，观众席共三层，第一层分为池座与廊座，第二层为前沿设有木隔板之包厢，第三层为散座。第一舞台就当时而言，是非常新颖、完备的剧场，在北京剧场史上具有重要的意义。"

下面讲了几点重要的意义。第一，"舞台采用镜框式，椭圆形，前面有一个大台唇，没有台柱子，开北京之先河。"也就是说，这个舞台确实是镜框式的，跟以前不一样，跟戏园子不一样。可是它前面有一个大的台唇出来，需要的时候，人物可以到这里来，可以站在台唇这里。我们今天看到的某些剧场也具有这个特点，基本上是镜框式的，在需要的时候演员可以突出。当然，今天很多演话剧的，如果是演小剧场话剧的，就更灵活了，小剧场话剧可以用一个长长的竖着的板子，一直扎到观众席上面来，他们可以走到观众席上来。有的剧场没有这个设备，但是根据剧情需要，演员可以跑到观众席上来。甚至有的演员从观众席上台。所以不研究舞台，你是不可能懂得戏剧的奥妙的。而这种情况以前是没有的，它是开北京之先河。"台面高1.3米，台口宽8米，台口高7米，台面深7米。"挺大的，有五十多平方米。"其次，座席已经是靠背椅，一排排朝向舞台"，从这个剧场就可以看到，中国已经由封建社会开始走向现代了。

什么叫现代化？现代化就是组织化，就是把一盘散沙的成员按某种秩序归置起来。封建社会四万万人民，我看不见四万万人民在哪儿；现在四万万人民要整齐地坐好，从剧场就能看出来。这一排排朝向舞台，它就开始要上课了。所以现代化是伴随着另一个词"规训"来的，现代化的人都是接受规训的人。大家有共同的规则理念，从一个空间出来，脑子基本是一样的。上了一课，这些人都认为，三角形内角和是180°；上了一课，就知道$(A+B)^2=A^2+B^2+2AB$。一课一课地就给你们训练成一样的大脑，看见某些事情一块儿愤怒，看见某些事情一块儿呐喊，一块儿举手，这就叫现代化。现代化肯定是有它的好处，当你享受了现代化的好处之后，再想想它有什么坏处，遇到坏处的时候，你凭什么又不干了？你都享受人家的好处了。剧场就是这样。

"取代了旧式的戏园长条凳，但当时第一舞台还未有标座位号的做法"，虽然是一排排的了，但是还没有按号入座，进去还随便坐。这种剧场在我小的时候还个别存在，一般是一些单位的礼堂。我是在哈尔滨长大的，哈尔滨有很多大工厂、大企业，企业里边就像一个小城市一样，企业里边都有自己的礼堂俱乐部。礼堂平时开会，周末也可以演节目、放电影。但有的礼堂就没有标号，开会的时候就随便坐嘛，"一车间这边，二车间那边"，这么坐，去看电影，买了票进去随便坐。所以我们这些小孩子就早早去抢占有利地形，坐在自己认为最好的地方。现在一般没有这样的了。可第一舞台从座位布置就可以看出，它是过渡性，是由传统到现代过渡的一个舞台。

"其三，台口采用大幕，不再用戏园中的门帘台帐，为当时一创举。"它有明显的仪式感——开幕、闭幕，以前是没有的。以前的戏园子，一个演员来了，他就在那唱，你唱得好，你就能吸引人给你鼓掌；有的时候你唱得再好，也没人理你。观众来了，就是来玩的，他该说话说话，该聊天聊天，该吃零食吃零食。而台上的演员彼此之间也不配合，一个人唱，其他人该干什么干什么，其他人抽烟的、喝水的都有，那个舞台是那样的。

大家知道梅兰芳，现在都把他看成代表京剧传统的一个符号。其实梅兰芳在中国戏剧史上，是革命家，他的了不起在于他不断地创新改革、跟上时代。经常有人说梅老板怎么演的，梅老板怎么唱的，这都是胡说，梅老板自己跟自己都不一样。梅兰芳原来也是这么表演，是传统表演。

他演王宝钏，唱完后在一边歇着，该薛平贵唱了，薛平贵在那唱得激情满怀，梅兰芳在这边喝水、挠挠头，他跟那个演员毫无关系。有一次台下来了一位大理论家，是帮助梅兰芳一辈子的齐如山。齐如山在西方学了戏剧，回来之后看见中国戏剧这样，他要改革。回家后他给梅兰芳写了三千多字的长信：我非常喜欢您的戏、您的艺术，但是我昨天看您的戏，您那么演是不对的。你想，王宝钏苦守寒窑十八载，丈夫回来了，丈夫在那倾诉他的心情，你在那儿跟没事人似的，一会儿喝水，一会儿弄弄这儿弄弄那儿，跟他毫无关系，这怎么叫戏呢？齐如山还为梅兰芳亲自设计了身段——当薛平贵唱到某一句的时候，您应该怎么着，您的表情应该是什么样的，应该做什么样的水袖——都一一给他指点到位。梅兰芳真是具有革命家的胸怀，梅兰芳没有给他回信，过了几天齐如山又去看戏，还是梅兰芳演的王宝钏，一看完全变了，他就是按照齐如山的指点。台下的观众都感到非常新奇，从来没有看过这样演戏的，这个人唱，那人在旁边不断配合，这是以前没有过的。

我讲这个例子，是帮助大家去理解鲁迅为什么不爱看传统的戏。他后来并没有看到梅兰芳的戏剧改革，他对京剧的印象还是留在那个乱哄哄的戏园子时代，所以他也不愿意去看。从鲁迅与戏这一对关系中，我们可以看到中国近代以来许许多多领域的变化进展。

"其四，舞台中部设有人工转台。其五，演出时，较多地采用布景。"这一点是有争议的。中国的戏曲是不讲究布景的，就放一桌子，它什么都是，一桌一椅，什么都代表。后来我们学习了一些西方的戏剧技术，适当地增加了布景。特别是话剧，话剧是全部写实的，舞台上演一个家庭的戏，就把所有的家具都摆上，床、沙发、桌子、椅子、梳妆台都放上，墙上挂着各种装饰。近年来的话剧，又向戏曲靠近，大面积地取消这些布景。戏曲舞台上到底要不要布景，这就涉及虚和实的关系。比如演武松打虎,肯定不能弄一只老虎上来,弄一只老虎上来,那结果不可知了。弄一个假老虎好吗?弄一个演员演老虎好吗?如果弄一个演员演老虎,这演员怎么演呢?是完全扮演成无限接近老虎的一个兽形,还是他仍然是一个人,但是去模仿老虎的"神"呢?哪一种更好,以什么为标准?传统戏是弄一个武生演员披着虎皮,弄一行头爬着上来,然后武松三拳两脚把他打趴下,就算完了。

样板戏《智取威虎山》,就有杨子荣"打虎上山"的一场戏,那场可以说是把中华戏曲的写意艺术发挥到登峰造极。杨子荣打虎完全是空的,不但没有老虎,连装老虎的人都没有,什么都没有,就是杨子荣一个人的表演,加上音乐伴奏。音乐里边隐隐地传来了虎啸、马嘶,马也没有,他是骑着马的。京剧里边没有马,这是传统,这容易做到,拿着一个马鞭子,通过舞蹈动作,就代表骑着马。杨子荣上山,这马被老虎惊了,然后他跳下马来,怎么样准确地击毙那只老虎,整个身段设计得你就仿佛看见了一只斑斓猛虎怎么跳出来,怎么被解放军的英雄所击毙,又怎么样把土匪引来。所以实的布景和虚的写意如何结合,这是戏剧演出的一个难题。今天西方的戏剧也都开始学习中国的戏曲艺术,开始采用写意。写意需要观众的水平比较高,观众和舞台上的演员得有一个默契。他明明没骑着马,你们都认为他就骑着马;他明明就四个人转一圈,你认为就是千军万马。"关云长战长沙"带五百削刀手,其实就是四个人一转,你认为这就是五百个削刀手。这是戏曲艺术对默契的需求。

《北京民国时期的剧场建筑》讲背景的时候特别讲到,有一年演"《天河配》,台上就用喷水的莲池,鹊桥上嵌镶了好多小电灯泡,别开生面"。在那一百多年前,台上忽然亮了很多小灯泡,这确实是非常吸引人的。那个时候舞台艺术都采用了声光画电。不过当时也有人批判,说这是歪门邪道,影响演员的表演等。"第一舞台是一个改良性的'洋式'剧场,其空间格局主要模仿上海大舞台",梅兰芳也回忆过,"第一舞台主体为砖木结构,可容纳观众约2500人,为当时京城之最大的剧场"。容纳两千五百人在当时可以说是非常非常大了,你看到这个数字应该觉得"这票能卖完吗",就应该有这样的疑问,当时能有两千五百个人来看一个戏吗?平民百姓是看不起戏的,首先要把百分之九十的平民百姓刨出去。1914年《顺天时报》讲:"珠市口新建筑之第一舞台,为北京空前之戏园。其建筑费及其一切组织约在二十万元之巨。"可见二十万元多值钱,今天要建这么一个大剧场得多少钱,两个亿不够吧?也就是当时的二十万顶现在的两个亿。民国年间的《民国趣史》讲了第一舞台形式壮丽、结构辉煌,大有压倒一切之概。当然第一舞台是模仿上海大舞台的,新式舞台最早是上海的大舞台。

这个材料还讲了,"第一舞台的缺点也是明显的。首先,在建筑设计没有充分考虑观众的疏散。正门为唯一的通道,没有设计侧门,有较大的安全隐患"。

"其次,音质不佳。不少座位听不见或听不清演员的唱和念",这句话有利于告诉我们,鲁迅去看戏的时候,他为什么印象不好。因为他本来就不懂戏,再加上音响效果不好。第三是"观众席太大,脱离市场条件,难于满座"。两千多人的剧场,恐怕票卖不完。有这么多的缺点。

给大家介绍这个历史资料,不然今天光根据鲁迅的《社戏》,你是没法去想象,他看戏那个场景。鲁迅花巨款,花两块大洋买票,兴致勃勃地去看,想这回看一个吧,结果看半天,在这样一个剧场中,出来一老旦。

**那老旦嘴边插着两个点火的纸捻子**,这也属于传统戏剧的一个噱头,比如说一般的小孩,不喜欢看戏,但是他愿意看热闹,吞个剑、着个火什么的插曲。**旁边有一个鬼卒,我费尽思量,才疑心他或者是目连的母**

亲。从这可以看到鲁迅很熟悉目连戏，他一看怀疑是目连，说明鲁迅小时候是看过目连戏的，一看就联想，这大概是目连救母。**因为后来又出来了一个和尚。然而我又不知道那名角是谁，就去问挤小在我的左边的一位胖绅士。**你发现没有，鲁迅第一对绅士没有好感，第二对胖人没有好感，每写绅士或胖子，他一定是想办法讽刺一下，还说挤小的胖绅士。人是有很多特点的，你干吗非得写人胖呢？还胖绅士。胖绅士现在是挤小了，他造的这个词挺好，"挤小"，很形象，又像动漫一样。他去问他那名角儿是谁，**他很看不起似的斜瞥了我一眼，说道，"龚云甫！"**很不屑的——龚云甫你都不知道？龚云甫那是名气盖天的，那是老旦第一人，相当于谭鑫培在老生中的位置。这个人一说，**我深愧浅陋而且粗疏，脸上一热。**所以很多外行向内行打听的时候，如果遭了这等羞辱，就很容易丧失信心，丧失继续成为内行的信心。真要成为内行就得不怕羞辱，不断地问。**同时脑里也制出了绝不再问的定章，**不问了，那只能瞎看。鲁迅这一段文字经常被拿来做语文分析。**于是看小旦唱，看花旦唱，看老生唱，看不知什么角色唱，**这是唱。**看一大班人乱打，看两三个人互打，**这个戏如果换一个内行写，换一个欣赏戏的人来写，就完全是另一套文字，被鲁迅写成了这样。再看他写时间：**从九点多到十点，从十点到十一点，从十一点到十一点半，**还慢了，越来越慢。**从十一点半到十二点，**为什么不直接写从九点到十二点？不就是从九点到十二点吗？他非得拆成这么多截儿来说。你咋不说从十一点半到十一点四十呢？再写就更厉害了。——**然而叫天竟还没有来。**

  这一段可以用来分析鲁迅驾驭语言的能力。我们一般的语文课，经常拿鲁迅的文章说，你看他文字简练。这是胡扯。这文字简练吗？这是简练的反面。也就是说文字好不一定要体现在简练上，有时候文字好恰恰体现在啰唆上，冗长、啰唆、不厌其烦。关键看你用在什么地方。这一段文字好就好在不简练，这里简练就错了。如果鲁迅说"我从九点多一直等到十二点，叫天也没有来"，就没有这个效果。他这样写，先是一个小时，然后是半个小时的节奏，就把那种焦急等待的心情和这个过程中是多么难熬、多么无聊，就写出来了。"竟"字的效果才出来，"叫天竟还没有来"——也就是说，他其实就等看看叫天什么样，可是谭叫天就是没出来。其实这个时候已经是戏很精彩的地方了，龚云甫都出来唱了，龚云甫那是超一流的明星，就好像今天你非得要看于魁智，为了看于魁智，李胜素在那儿唱，你不听，一个道理。这是故意制造延宕的效果。

**我向来没有这样忍耐的等待过什么事物**，而况这身边的胖绅士的吁吁的喘气，这胖绅士是倒了霉，不断地躺枪，跟人家有什么关系啊？你自己不懂戏，还要赖人家，连喘气儿也不对。**这台上的冬冬喤喤的敲打，红红绿绿的晃荡**，什么事情，只要被外行一写，就惨啦，被棒槌一写就什么价值都没有。所以鲁迅的文字也同样给我们这样的启发。我们再爱看的节目，我们再爱听的课，如果在不喜欢的人笔下，就完全是另一种情况。网上说北大有一只学术猫，经常到教室里听课。我的课堂上没有遇到过那只猫。你想那只猫假如会写日记，它将怎么写它听的那节课呢？我估计就能写成猫界的《社戏》。**加之以十二点**，其实老戏曲有一个特点——你说是优点也好，缺点也好——它都是在十二点左右才达到最高潮，十二点左右是压轴戏。压轴戏不是最后一出戏，很多人都理解错了，把最后一个节目叫压轴，不对。最后一个节目是大轴，压轴是倒数第二个，倒数第二个节目是最精彩的，那叫压着轴——压轴。**忽而使我省悟到在这里不适于生存了**。这个关键词又出来。本来就是看戏，被鲁迅一弄又上升到生存的高度。你就说你看不下去算了，还说在这里不适于生存。没有这两个字的时候，我们也就淡淡地看看，鲁迅因为自己看不懂，他不喜欢，加上旧戏确实有缺点，他就故意地调侃，糟蹋它。可是当他一写不适合于生存了，我们再想想前面写的"戏台下不适于生存"，前边这一段写的乱唱乱打，这个时候忽然具有了崭新的性质。我们分析这段，说它的文字好，故意用啰唆制造延宕效果，写出了看不懂的人眼中，这个舞台上各种角色换来换去。可是加上不适合生存之后，这一段突然就变了。这个时候我们再看舞台上哪里是小旦、老旦、老生，一班人乱打、两班人互打，这分明是中华民国的军阀混战！民国初年的中国大地不就这样吗？就是鲁迅诗里写的："梦里依稀慈母泪，城头变幻大王旗。"什么中华民国，就是今天王大帅打李大帅，明天张大帅打赵大帅，这就是中华民国，就是今天的西亚世界，就是天下纷争、民不聊生。你不用仔细看，闭着眼睛稍微一看，就这么回事儿，就是"一大班人乱打，两三个人互打"。如果不是专业的研究现代史的学者，谁能说清楚中华民国初年打了多少仗？我们一般人只能说清楚以后那些仗，抗日战争开始那些仗，百团大战、南京保卫战，后来的孟良崮战役、三大战役，这些我们都能说清楚，你能说清楚抗日战争之前，中国大地上发生的那些战争吗？谁也说不清楚，不知道打了多少仗。闭上眼睛一想，不用说清楚，鲁迅已经概括了，就是"一大班人乱打""两三个人互打""小旦唱""花旦唱""老生唱""不知什么角色唱"，你方唱罢我登场。结合鲁迅的诗，就明白鲁迅写的是什么意思了。

　　我想鲁迅写这段文字的时候，绝不仅仅是回忆他当年看戏，当他写到乱唱乱打的时候，他眼前浮现的就是中华民国的图景。所以到下边就写了"不适于生存了"。生存是鲁迅最基本的一个关键词，鲁迅说人活着有三大需求：一要生存，二要温饱，三要发展。而中华民国不要说温饱和发展，不要说今天我们两个一百年梦想，建设小康之类的，不要说这些，生存有问题。中国人民生存不下来。他就写这么一篇回忆的文章，都把他的思想装在这里。既然不适于生存了，**我同时便机械的拧转身子，用力往外只一挤，觉得背后便已满满的，大约那弹性的胖绅士**——这绅士真倒了霉，跟他在一块儿，刚才被他写得叫"挤小"，下面这个词更精彩，**早在我的空处胖开了他的右半身了**。这绅士被他写得一会儿"挤小"，一会儿"胖开了"，这动词用得如此之形象，是胖"开"了，好像一个胖大海，"胖开了他的右半身了"。假如真有这么一个绅士看见鲁迅的这段话，得气死了——这人这么损。**我后无回路，自然挤而又挤，终于出了大门**。街上除了专等看客的车辆之外，车辆其实就是洋车，骆驼祥子拉的洋车，**几乎没有什么行人了**，大门口却还有十几个人昂着头看戏目，戏目就是戏单，看戏单、海报。**别有一堆人站着并不看什么**，鲁迅特别喜欢观察别人的眼睛，喜欢写看客，喜欢注意别人看什么，包括别人不看什么，他琢磨人家要看什么。**我想：他们大概是看散戏之后出来的女人们的**，他琢磨到了，因为看戏的女子一般都是上层社会的，都要打扮得比较漂亮，有的人等着看散戏的女人，**而叫天却还没有来……**他跟叫天还记上仇了。

所以好的文学作品，往往有多重意蕴。多重意蕴不一定是我前面所讲的复调，也可以是在文字表层的意思之后，另有更大的象征。表层写得并不虚，表层写的也是真实的，他确实站到那看过戏，他确实不喜欢戏，也不懂戏，但即使他不懂戏也不喜欢，他仍然能从中挖掘出喜欢戏的人、懂戏的人也写不出来的意蕴。那么多懂戏看戏的人，包括戏剧大师自己，都不能总结出"你方唱罢我登场"。他们可能会说这样的话，但是他们认不出这样的现实，而鲁迅一眼就认出了。所谓中华民国，就是一帮人乱打——这就是我曾经为之呐喊、奔走过的辛亥革命，就这德行。孙中山先生还活得好好的，那么多民国要人都威风凛凛、有滋有味地活着，鲁迅就已经把它概括好了。一直到这个时候，孙中山先生还活着,所以这个"叫天还没有来",是说一个著名的演员还没有出场吗?"叫天"此时都脱离了具体的人物,变成象征了——是说我们期盼的人民的美好生活,永远不来,不知道什么时候来。实在等不及了,叫天天不应,叫地地不灵。

我们的很多老师讲《社戏》,前面都是简略地讲,起个对比作用,很快就忽略过去,主要讲后边回忆小时候的部分。其实前面这里用意很深。你只有抓住了鲁迅与戏这个纲,所有的细节我们就都看清楚了。所以毛主席说"路线是个纲,纲举目张"[1],毛主席说的是政治问题,其实用在一切问题上都合适。做学问、分析文学作品、做买卖、跟人打交道,都是要抓住一个纲。纲抓住了,所有的网眼都张开了。当然纲不止一个,纲可以有N个,我们只抓住鲁迅与戏这个纲,看所有的地方我们都能看清楚了。你这样才知道什么叫文学大师,你才知道鲁迅不是任何其他一个作家就能更替的。你说鲁迅有文采,详略得当,任何一个作家的文章都可以拿来用,用鲁迅的文章讲这些就叫暴殄天物。就像网上有人称赞我,"孔老师,我发现你挺渊博啊,知道事挺多",我说"谢谢,谢谢"。

在这种状况下,鲁迅要离开。"离开"也是鲁迅的一个关键词。大家去读鲁迅作品,看看有多少作品里,是写离开的。鲁迅第一篇小说《狂人日记》最后狂人就是离开了。大家熟悉的《故乡》,"我"离开了。我们再往后数,好多篇里都有离。跟"离开"相对的,是"死亡"。这并不是鲁迅自己理性的设计,他绝不是写东西之前就想好了,我这回主要写"死亡"和"离开",是他不经意就写出来了,只不过我们深挖,给他总结出来。再看看金庸的小说是不是这样?金庸小说的结局,大英雄死去

---

[1] 田湘波《毛泽东名言问世记》,中国青年出版社,2013年,第171页。

了,郭靖牺牲了,萧峰牺牲了。剩下那些人呢,是离开。张无忌离开了,杨过离开了,令狐冲离开了,最后韦小宝都离开了。通过死亡和离开,否定了现场的意义。假如听我课的人,除了死亡就是离开,那我还活个什么劲啊,那就是对我这个讲课最大的愤怒的声讨。

文学作品的意义就是这样,他通过离开,对"戏"有一个批判,当然这个"戏"不只是说中国戏曲,这个"戏",是"做戏"。鲁迅并不那么执着地站在某个具体的政治立场上,他并不是一定要说共产党好还是国民党好,而是说你要做什么就认认真真地做,不能做戏。假如标榜三民主义,就好好地搞三民主义,鲁迅绝不是因为反对三民主义而支持共产党,而是鲁迅清醒地看到你们根本就不搞三民主义,相反你们搞得民不聊生。你们要好好地搞三民主义,鲁迅肯定是支持的。正是因为他看破了宣扬三民主义的是做戏的虚无党,他才去支持那些被迫害、被追杀,把脑袋挂在裤腰带上成天奔走的真正的革命者。后来他在共产党里边,也发现了一些做戏的,使他又增添了一种新的痛苦。所以鲁迅一生的一个侧面就是反做戏,不管干什么,你能不能好好干,认认真真地干,不要做戏?

离开了这里,你看,**然而夜气很清爽,真所谓"沁人心脾",我在北京遇着这样的好空气,仿佛这是第一遭了**。其实北京的空气一向是非常好的,20世纪90年代以来,这二十年北京的环境整个被破坏,地下水被污染。原来咱们北大校园里湖泊纵横,到处都是水泡子。西门对面的蔚秀园里全是水,从蔚秀园往西,一片片水泡子,未名湖以北,全是水,有大大小小的水泡子。当年王瑶先生家门前,季羡林先生家门前,全是水。现在中文系所在地那一片,景致美极了。北京这地方作为首都,它的环境是极其好的。我们不声讨现在的环境坏了,就是说北京本来空气就好,鲁迅却说是第一遭,这显然不是科学描述,这是对比,形容他那么不喜欢剧场里的空气,尽管那是北京当时最新式的、最洋式的、最现代化的好剧场,他都不喜欢。这已经革新了。他离开,否定那里,他喜欢外边自然的空气。

总结一下,**这一夜,就是我对于中国戏告了别的一夜**。看一场戏,没看见叫天出来,他就对中国戏告了别了。经过前面我们的分析,这里不用多讲,"中国戏"既是指中国传统戏曲,也包含着中国的一切"戏"。中国的"戏"太多了。中国的很大问题还是鲁迅指出来的做戏,而且是有中国特色的做戏,这才是中国的大问题。

**此后再没有想到他,即使偶尔经过戏园,我们也漠不相关,精神上早已一在天之南一在地之北了**。鲁迅是到了中华民国,才跟中国戏告了别。他可不是在清朝告了别的。中华民国,是最新的舞台,是都经过了革新的舞台了,虽然还没有对号入座,但是已经在向对号入座前进了。这是写告别的。

下边由此发挥了他对戏的看法。但是前几天,我忽在无意之中看到一本日本文的书,可惜忘记了书名和著者,总之是关于中国戏的。其中有一篇,大意仿佛说,中国戏是大敲,大叫,大跳,使看客头昏脑眩,很不适于剧场,但若在野外散漫的所在,远远的看起来,也自有他的风致。我不知大家的看戏经验如何,大家同意这本日本书的观点吗?它说得对吗?中国戏是那样的吗?**我当时觉着这正是说了在我意中而未曾想到的话,因为我确记得在野外看过很好的戏,到北京以后的连进两回戏园去,也许还是受了那时的影响哩。可惜我不知道怎么一来,竟将书名忘却了**。书名不重要,重要的是鲁迅看到一本日本人写的书,评中国戏和他想的一样。鲁迅有这样的想法,我们已经分析过了,是由于他的个人经历,由于他的个人思想,由于他所处的中华民国初年的文化氛围。这有鲁迅的道理。可是日本书里边说中国戏是这样的,首先,它说的中国戏是什么戏？中国戏都是这样的吗？中国戏没有不"大敲，大叫，大跳"的吗？有吧，你看过浙江小百花越剧团的戏没有？是大敲大叫大跳吗？不是吧。这是从地域上说。从时间上说，昆曲是这样的吗？是大敲大叫大跳吗？不是吧。就京剧说，京剧所有的戏都是大敲大叫大跳的吗？《锁麟囊》是吗？《锁麟囊》不是吧，《贵妃醉酒》是吗？不是吧。就可见写书的这人，整个一棒槌！他就不懂戏，他是污蔑，正好似不懂戏的外国人以偏概全。

二十年前我在中文系当秘书，经常陪外国朋友去看戏。当然，我知道外国朋友看不懂中国戏，他又非要看戏，说到北京一定要看京剧，他又看不懂，中文都说不利落，我能领他去看《二进宫》吗？我能领他去看《大探二》这些戏吗？我能领他去看《四郎探母》吗？那他肯定看得瞌睡连连，一会儿就要离去了。我领他看什么戏？肯定是看《大闹天宫》，要么就《三家店》，也就是在他看来挺好玩的戏，几个人乱打，一大帮人乱打，唱的时间不能太长，一个人唱两分钟又换另一个人再唱，看着挺热闹的。锣鼓点砰砰不断地敲，一排小伙子出来呼啦翻十多个跟头过去了。他就热烈鼓掌，说中国人真好，这些人怎么不去参加奥运会呀，都能拿金牌呀。也就是说，什么人只能看什么戏。外国人接触中国戏也就能接触这样的，就像古代晏子使楚，楚国人侮辱他："你们国家的人个儿怎么就这么高啊？"晏子个儿矮嘛。晏子说："我们国家不一定都是这样，见到好的国家就派大高个儿出来，到坏的国家，就派我们小矮子出来。"所以那书对中国戏的评价是不对的，是以偏概全的，但是确实有一部分中国戏是这样。那么外国戏不是这样吗？古希腊的戏不是这样吗？所以这就是不会做学问的人。

古代的戏，由于在露天演出，观众四围，所以所有民族的戏都需要大大地唱、叫、跳。现在去一些少数民族的地方，看他们过节，那个演出也都是要动作非常夸张，声音必须巨响，脸谱必须刺激，脸谱不够，还要披上兽皮，带上牛角，这是由演出形式决定的。就相当于我们经济学里面讲的生产力决定生产关系，所以这绝不是中国戏的特点，只能说是一些民间的传统的野戏的特点，而且还不带有民族性。但是鲁迅引用这句话，主要是为了引起下文，说剧场不适合这个戏。如果一个很小的剧场，把京剧伴奏的班子、场面，都搬上来，那就不适合。比如说后来搞的戏剧革命，充分考虑了这一点，样板戏采用西洋乐队伴奏，后来还有交响乐。很多人不知道样板戏具体有哪些，沙家浜占了两个，一个是京剧《沙家浜》，一个是交响乐《沙家浜》。后来样板戏中的京剧《智取威虎山》也搞了交响乐《智取威虎山》。交响乐怎么配京剧？样板戏之一《红灯记》演变出另一个节目叫钢琴伴唱《红灯记》。当时中国杰出的音乐大师殷承宗，在"文革"中改名叫殷承忠，在王府井大街摆上钢琴，在那儿弹奏《红灯记》，《红灯记》里面演铁梅的刘长瑜就在旁边唱，广大人民群众在那儿围着，跟着在那儿一块儿唱。那是一个艺术上极大的创新，因为这很容易失败，首先钢琴配京剧，就不容易成功，另外还露天演。

所以鲁迅的意思主要是在讲剧场与野外的区别。这里的剧场和野外形成一个对立，这个对立既是具体的戏剧演出的形式的对立，同时仍然有象征的意义。由此就过渡到，他记得他在野外看过戏，他后来连进两回戏园子，结果戏园子让他失望了。下面还要回忆，他在野外看戏的经历。也就是这个文章分成两段，前面是虽然，后面是但是。而我们今天的人理解力差，我们看句子经常会看一半，看不懂一个长句子。他要么只看"虽然"那一部分，要么只看"但是"那一部分。我们今天的人，虽然号称受了十几年的教育，看不懂一个"虽然……但是"的逻辑，看不懂一个"因为……所以"的逻辑。而为了顺应这个低下的文学水平，我们中学的语文不断地降低要求,在讲这些句法关系的时候很不认真,而高考的时候也不着重考这一方面。其实用好这些关联词语,对于训练我们民族成为一个认真的民族是非常有用的。你理解不了"虽然"和"但是",你就不能理解鲁迅这样的文章,前后都不可忽略,前后要结合起来看。前面写剧场,剧场象征中华民国,否定了。文章的前一半,是否定了中华民国。后半边,他要肯定的是什么呢?他也不知道,但他肯定的是野外散漫的所在,肯定的是野外、散漫。

矛盾就来了,大清朝之所以被人家打败,李中堂成了汉奸——李中堂肯定自己也不愿意成为汉奸,没办法,他处在那个位置,条约只能他去签——不就因为大清朝是野外散漫的吗?人家怎么打败大清朝的?就因为人们看了几百年的剧场里的戏呀。人家的部队都是一排一排的,横平竖直的,就跟剧场里的阵型是一样的。从拿破仑到鸦片战争,西方的步兵的排阵,和课堂、剧场不是一模一样的吗?也就是这样训练出来的国民,就能打败你这样野外散漫的国民,因为他们是没有脑子的,是没有自由的。它恰恰是最统一的,最独裁的,最专制的,他的人就跟从流水线上下来的一个产品,一瓶矿泉水一样,标准化的。哪个不一样,返工;考试不及格的,留级,这就是现代化。人家就是靠这个打败了你。然后你就向人家学习,你学习什么呢?你学的不就是一排排吗?排排坐吃果果吗?你学的就是这个。而实事求是地说,我们学得很不够,我们学了很多年,还是散漫的。可是就在我们学得不够,还需要认真地加速学的时候,鲁迅很早就抽身出来发现——此中有问题。我们这儿剧场还没建几个呢,还建得很不现代化呢,鲁迅就已经否定了这个剧场,他又重新去怀念野外散漫。其实他怀念的那东西不是很落后的么,那不就是一盘散沙的中华民族吗?

下面他就要怀念了。他怀念的东西被我们中学讲课时美化成了歌颂劳动人民之类的正确的话语，其实鲁迅未必很清楚地知道他怀念的是什么。**至于我看那好戏的时候，却实在已经是"远哉遥遥"的了**，我们看过《社戏》知道，他连看的什么戏都不知道的，他说是好戏。其实时代"却实在已经是'远哉遥遥'的了"，"远哉遥遥"是《左传》里面引来的。**其时恐怕我还不过十一二岁**。鲁迅是1881年生的，他十一二岁时，是19世纪90年代前期，一八九几年，也就是甲午战争之前。甲午战争之前那十多年，其实是大清朝很好的一段时光。曾国藩替朝廷灭了太平天国，后来李鸿章李中堂继续奋战，又灭了捻军，基本上天下太平。另外有几处农民起义，包括带有民族矛盾性质的农民起义，都平了，中国广大地区又一片太平，洋务运动也搞得不错，就是当年的现代化。北洋水师兵强马壮，号称亚洲第一，世界第四。那个时候中国上下看着特别好。当时北洋水师访问日本，就像后来的美国大兵在日本一样横行霸道，随便殴打日本警察，以致激起日本国民上下愤慨，一定要掀翻大清朝，当时的国家是那个样子的。

这个时候鲁迅十一二岁。我刚才说的那个层面，是站在朝廷的角度去看中国什么样，而鲁迅所生活的那个空间，跟朝廷有什么关系？所以通过这种关系的观察，你也会知道甲午战争为什么是那个结果，日本为什么能够打败大清朝。你看看他们鲁镇是怎么生活的就知道了，当然鲁镇是一个虚拟的地名，其实就是绍兴。

**我们鲁镇的习惯，本来是凡有出嫁的女儿，倘自己还未当家，夏间便大抵回到母家去消夏**。不仅是鲁镇，中国很多的地方都这样。**那时我的祖母虽然还康健，但母亲也已分担了些家务，所以夏期便不能多日的归省了**，特别是已经生了儿子的年轻母亲，在婆家已经有了比较重要的地位，她就不能老回娘家了，这涉及中国女权的问题。一般来说，封建社会都是男尊女卑的，女权主义者一说起来就愤愤不平。其实不同的女人的权利是不同的。比如说女儿还没有出嫁的时候，在家里当女儿的时候，其实是比较滋润的。如果哥哥娶了媳妇，有了嫂子的时候，这个女儿的权力更大，小姑子经常欺负嫂子，这是传统文化的一个重要现象。可是轮到你自己出嫁了，你到人家去当儿媳妇，这个时候的地位是最低的，离开了自己的父母兄弟姐妹到人家去，在人家又寸功未立，所以这时地位很低，谁都可以欺负你。你原来在你们家欺负嫂子，现在你在婆家有小姑子可以欺负你，小姑子大姑子欺负你，上边还有婆婆。那什么时候地位改变呢？如果生了儿子，你地位发生重大变化，也就是，女人证明自己价值必须为人母，特别是为儿子的母亲，地位马上就变了。随着儿子年岁的增长，你的地位也不断增长，最后如果儿子又生了儿子，那你就是老奶奶了，老祖母了，这个时候你可能是这家里最有权力的人。大家看《红楼梦》便知道，《红楼梦》里最有权力的不是贾政，而是贾母。所以不能一概地说妇女没有地位，要分析。而作者这里写的母亲，因为在家里有地位了，所以不能多日归省。

**只得在扫墓完毕之后，抽空去住几天，这时我便每年跟了我的母亲住在外祖母的家里。那地方叫平桥村，是一个离海边不远，极偏僻的，临河的小村庄；**这是他的外祖母家。有一年我领着我们中文系的留学生专门去过鲁迅的外祖母家，那个小村子很舒服很不错，也像鲁迅写的，人不太多。他写当年是**住户不满三十家，都种田，打鱼。**那一带确实是鱼米之乡，而且商业文化还挺发达的。**只有一家很小的杂货店。但在我是乐土：因为我在这里不但得到优待，又可以免念"秩秩斯干幽幽南山"了。**用《诗经》里的一句话代表念书。你看鲁迅的文章里，经常表现出他对读书的不耐烦，经常表现出他对传统文化的内容的嘲讽，可是我们不要读偏了。他怎么能随时随地就引用呢？这恰恰说明他学得好，他都学到骨髓里去了。比如说他前边一句话——至于我看好戏的时候，离现在已经很远了,这是正常说话,他非要加一个"远哉遥遥",这不是故意用典,这是这些文字已经深入骨髓了,随便就冒出来了,随随便便看水烧开了,咕嘟咕嘟就出来了。首先是人家烧开了,已经达到传统文化大师的境地了,把孔孟之道学得滚瓜烂熟了,才有能力、有资格批判孔孟之道。这是鲁迅的情况。

由民国看戏回溯到他小时候在野外看野戏。写看野戏之前先把环境、时代都交代得非常清楚了。而前面写民国看戏,他不去铺垫,不说我在教育部干什么,不说我在西单每天下了班干什么,他把自己弄成一个抽象的我,进了剧场不舒服,然后离开,否定。而现在要写另外一种状态的时候,他铺垫得非常仔细,让你有身临其境之感。因为所有的小孩子几乎都不愿意念书,这是人类教育的一个困境。为了让孩子好,必须得让他念书,还要念得好,可是孩子的本性,不愿意念,都是愿意玩。人的本性就是动物性,就是小猫小狗,怎么样把人从一个动物改造成社会性的人,那是教育的两难。在教育问题上同样存在极"左"极右,要不就出现虎爸虎妈,不让孩子玩,非得学,要么就出现一种所谓快乐教育,不负责任,父母跟孩子是好朋友,孩子要干什么就让他干。所以从鲁迅这里,我们也可以想到很多教育的问题。

**和我一同玩的是许多小朋友,因为有了远客,他们也都从父母那里得了减少工作的许可,伴我来游戏。在小村里,一家的客,几乎也就是公共的。**假如你是城里的孩子,你小时候有没有到农村家的亲戚那里去玩?假如你是农村的孩子,你有没有接待过城里的亲戚来玩?有的话就会有类似的感觉。我从小在城市长大,我到我父系的亲戚、母系的亲戚的农村家里都去住过,所以鲁迅的这种描写对于我很亲切。在村子里确实一家来客人全村都知道,给全村都带来了新鲜感。最后你差不多把全村都认识了,特别是孩子都认识了。**我们年纪都相仿,但论起行辈来,**

**却至少是叔子，有几个还是太公。**农村是讲辈分的，不光一个家族要讲辈分，一个村子里的人都要论辈分，都要搞清楚。辈分一论，有时候就和实际的年龄不吻合。我们现在这种称呼都是跟传统文化断了根的，我们都是凭着年岁来称呼人，看见比自己大二十岁的就叫叔叔阿姨伯伯，我们是这么叫的。传统社会是不能这么乱叫的，要先论，见面的时候不能冒叫，都得先问您哪里人，从哪来，您祖上，您邻居，您怎么认识我的。把这些论完之后才能确定，你跟我是什么关系，不能仅凭着岁数称呼对方。比如我小的时候回到山东老家，遇见我们姓孔的，那都不能乱论。我看见年纪很大的，一把白胡子，看着当时都六七十岁了的老头——我是一个十来岁的小孩——那不能乱叫爷爷，我就不吱声，先冷静地，以静制动。老头就问我，你是哪一辈的，我说我是庆字辈的，我叫孔庆东，"老爷爷，老爷爷"，他管我叫老爷爷。所以那个时候就感到，原来另外有一种文化，这种文化是非常强大的，我必须尊重了解这种文化，没有办法逆着这种文化。你说，这不合理啊，他都那么大岁数怎么管你叫爷爷呢？再比如这家生了一个小孩，那家的儿媳妇过来抱抱这个孩子，那我们现在一个年轻的女的来抱孩子，肯定是说，让阿姨抱抱，对吧？那不能这样，因为这个年轻的母亲比这个小孩辈儿小，她过来说，让我抱抱二叔。这是她二叔，她要抱抱她二叔。我是在农村有了这种很新鲜的经历，才知道什么叫传统文化。不是读《三字经》《百家姓》叫传统文化，传统文化是活的，像孔子说的礼失求诸野，它活生生地就在我们老百姓的生活中，每日每夜地延续着。鲁迅写得都是很真实的。

**因为他们合村都同姓，是本家。然而我们是朋友。**有这种文化，但是又不必特别严谨地守这种文化。这个文化是一个底线，因为我们是朋友，**即使偶而吵闹起来，打了太公，一村的老老少少，也决没有一个会**

**想出"犯上"这两个字来**,因为他从小念"四书五经",所以他懂得犯上。人家村里人没有这个词,**而他们也百分之九十九不识字**。鲁迅有那么大的学问,在京城这个中华民国精英堆里生存着,可是他却跟这个圈子格格不入,就因为他从小深入劳动人民中间,他从小就跟草根在一起。这些人不管是他的叔辈、太公辈,还是比他小的辈分,他们都是朋友。他在这里了解到了一种真的文化,这个真的文化和他在书本上学的文化结合起来,使得鲁迅真的成为文化大师,他才知道什么是中国人,什么是中国文化,他对中国文化的批判和他对中国文化的热爱才是那样水乳交融在一起。

在文字上所体现出来的鲁迅,给我们的印象往往是对中华文化评判得多,这是因为时代的需要,为了这个民族前进,为了这个民族能够前进到我们今天这一步,让我们今天的一个普通市民能到欧洲去随便买一打LV的包。我们怎么从鲁迅的那个时代变成今天的?得多亏有鲁迅这些人批判。可是你不要看了那些批判,你就觉得他不喜欢这个民族,很恨这个民族。他不喜欢的是做戏,不喜欢的是虚妄,他从根上是真的爱这个民族的。所以我们要从他的文字里面,去看到他跟这个民族真正的关系来。很多人知道这个民族做戏,那就跟着一块儿做嘛。也有很多人把这个民族也都看清楚了,把官场、商场,乃至情场,都看透了——既然一切都是假的,大家就一块儿玩吧,一块儿逢场作戏。而鲁迅总不忘他的这些发小。这是不是也是某种意义上的不忘初心呢?这也是不忘初心。

他跟他们玩,他先不写看戏的事,怎么玩呢,**我们每天的事情大概是掘蚯蚓**,我们童年未必都掘过蚯蚓,但我们一定有自己的好玩的游戏,看鲁迅写的这些细节很好玩。鲁迅兄弟,他和周作人,都很擅于写童年的故事,当读到这些文字的时候,你就感到格外温暖。**掘来穿在铜丝做**

的小钩上，这写得很有画面感，**伏在河沿上去钓虾**。钓虾钓鱼的经历我没有，所以我很羡慕他们。**虾是水世界里的呆子，决不惮用了自己的两个钳捧着钩尖送到嘴里去的**，他写得很细致很形象。**所以不半天便可以钓到一大碗**。过去的水都是没有污染的，那钓来的一只一只的虾绝对好吃，比今天的有名的虾好吃多了，今天要想吃到好的虾非常难。

**这虾照例是归我吃的。他是客人，这是钓虾**。**其次便是一同去放牛**，那个村子很富裕，鱼虾、牛都有，我原来小时候以为江浙一带没有牛羊，我去得多了，发现那里的牛羊很多，特别是那里的羊肉馆子很多，浙江的羊也很好吃，和内蒙古、新疆的相比，另有一种滋味儿。**但或者因为高等动物了的缘故罢，黄牛水牛都欺生，敢于欺侮我**，其实就是写童年的好玩的经历，可是鲁迅的文笔就是这样，顺便他就要讽刺什么，黄牛水牛跟高等动物有什么关系呢？他顺便要讽刺高等动物，虾被他吃了，因为是低等动物，他写得很好，黄牛水牛就要躺枪，因为是高等动物。敢于欺侮"我"，**因此我也总不敢走近身，只好远远地跟着，站着。这时候，小朋友们便不再原谅我会读"秩秩斯干"，却全都嘲笑起来了**。这写出很友好的气氛中其实还是有文化的对立，从这里我们是不是读到了《故乡》里面老爷和闰土的那种感情？这些人里面其实就有闰土那样纯洁的孩子，他们小时候虽然已经有文化差异，但是可以玩得其乐融融，几十年之后，这些一块儿玩的孩子，就会叫他老爷了。这是让他最心痛的事情。

**至于我在那里所第一盼望的，却在到赵庄去看戏。赵庄是离平桥村五里的较大的村庄**；五里其实不太远，2.5公里，2500米。**平桥村太小，自己演不起戏，每年总付给赵庄多少钱，算作合做的**。两个庄，"合做"。当时我并不想到他们为什么年年要演戏。现在想，那或者是春赛，是社戏了。赛，就是祭神。汉语里面所有带赛字的都有神圣性。我们今天用它来直接翻译西方的体育比拼，都有点亵渎这个字，什么邀请赛、锦标赛、公开赛之类的，都不再去想赛是有神圣性的，赛是要祭神的。如果想到赛是祭神的，你就不好意思在比赛中作弊了，你还好意思服用兴奋剂吗？那金牌不是给你的，那金牌、银牌都是给神的。我们心里面没有神了，所以就可以无恶不作。因为有春赛，所以这个戏叫社戏。

既然有社戏就点着题了，因为小说的名字叫《社戏》，要进入正题了。**就在我十一二岁时候的这一年**，这日期也看看等到了。又重复他这一年，太平岁月的一年看社戏。**不料这一年真可惜，在早上就叫不到船。** 欲扬先抑的手法。**平桥村只有一只早出晚归的航船是大船**，大船是航船，他在《风波》里写过航船七斤。**决没有留用的道理。其余的都是小船，不合用；**小船不行，**央人到邻村去问**，可见村跟村不远，大概北大南墙到北墙的距离。**也没有**，早都给别人定下了。因为都要看戏，可见那一片经济状况不错，江南水乡。**外祖母很气恼，怪家里的人不早定，絮叨起来。母亲便宽慰伊，**《呐喊》小说的最后一篇，女性第三人称仍然用"伊"，这是鲁迅小说用"伊"的最后一篇，马上就要用"她"了。**说我们鲁镇的戏比小村里的好得多，一年看几回**，从这里透露出，鲁迅不只是这个时候看戏，他其实看过许多戏，一年都看几回呐，而且比这个档次要高。**今天就算了。**所以鲁迅的叙述里仍然有漏洞。**只有我急得要哭，母亲却竭力的嘱咐我，说万不能装模装样，怕又招外祖母生气，**这里处理母女关系、亲情关系都写得很实在。**又不准和别人一同去，说是怕外祖母要担心。**这都很合理。总之制造了一个想看戏却没法去的氛围，吊人胃口。

**总之，是完了。没法看了，到下午，我的朋友都去了，戏已经开场了，我似乎听到锣鼓的声音，**到底听到没听到？距离2.5公里也许真的能听到，如果是大敲大唱的话，也许小孩的耳朵能听到。但是听不听到不是重要的，最重要的是最后这一句，**而且知道他们在戏台下买豆浆喝**。

真正看社戏的场面，下次再继续来欣赏，今天就讲到这里。

2017年北大选修课"鲁迅小说研究"第八课

2017年11月8日

# 其实什么戏也没看

——解读《社戏》(下)

好,我们上两次讲《社戏》,重点解决了鲁迅与戏的关系的问题,顺便讲了剧场的问题。上一次我们终于回到了这篇作品所谓的中心部分,终于去看社戏了。

他们平桥村要和赵庄联合地请戏班来演出。他事后推想起来,这就是春赛,是社戏,本来是严肃的具有祭神性质的活动,但是在小孩子看来,就是一个娱乐的机会。娱神和娱人,在各个民族中最后都会融合为一体,只剩下一个娱乐。这就是严肃的话语要不断更新的原因,任何高大上的一种话语,在演变的过程中,最后都会沦为好玩的娱乐。所以随着时代的变化,就要重新来正名。我小的时候,毛主席发表了一段新的讲话,《人民日报》报道了,然后各单位就要庆祝。对于我们小孩子来说,我们非常高兴,我们并不知道毛主席讲的什么事情,但只要毛主席讲话了,我们知道今天晚上肯定很热闹,今天晚上有提灯晚会,都是免费的,可以看表演,大街上灯火辉煌,我们就去玩。对我们来讲,谁讲话都一样,关键是要娱乐。所以列宁早都说过,"革命就是人民盛大的节日"。人民为什么喜欢革命?平时太苦了,太麻木了,每一场革命都是狂欢节。如果大家都把这个很严肃的事情娱乐化了,那么这个事情本身就被颠覆了,它就被瓦解了。所以,每个时期都需要重新来正名。我们想想,其他宗教不都一样吗?那些星期天去教堂的人,他们真的信基督吗?那些上庙里烧香拜佛的人,他们想过佛是什么吗?他们恐怕都具有一样的结构,一样的功能。可是在小孩子的心里,只有高兴,只有快乐。

上一次说,戏要演了,可是叙事者"我"竟然又失去了机会。别的小朋友都去了,他只能在这想象人家买豆浆喝。于是,就像戏的主角最后出场一样,终于有了一个令人欣喜的转折,**这一天我不钓虾,东西也少吃。母亲很为难,没有法子想**。都到了晚上,一天都过去了。**到晚饭时候,外祖母也终于觉察了,并且说我应当不高兴,他们太怠慢,是待客的礼数里从来没有的**。这个大家不一定能够理解,外孙住姥姥家属于贵客。一个是女儿归省,何况又带着外孙回来,这应该是贵客,应该受到很周到的礼遇和招待。这些今天都不讲究了,因为今天邻居之间都不认识了。你爱上谁家玩就上谁家玩。比如你们楼里谁家忽然来了一群人,大人领着孩子,你也不知道他们是什么关系。过去不一样,如果是外孙回来,那大家都要来看望的,要使这个外孙很高兴。我虽然从小住的楼房,就是城市长大的,但是我们那个楼房的环境仍然跟农村一样,谁家来什么亲戚都知道,都是按照传统文化的礼节对待。回姥姥家是一件大事,我们小时候有一个童谣,后来知道其他省也有,"拉大锯,扯大锯,姥姥家唤大戏。接姑娘唤女婿,小外甥也要去"。后来我到北京、河北、天津,大家都一样,各省都有这个童谣,说明这是传统文化顽强的生命力,就是说回姥姥家是大事。我小的时候读《社戏》,就不能体会到这个重要性，现在体会到了，因为现在没有了，没有了才知道。这里保留了很重要的信息，这叫"怠慢"。**吃饭之后，看过戏的少年们也都聚拢来了，高高兴兴的来讲戏。**要注意，其他的孩子都看过了，其实那些孩子不必再去了，他们都已经玩过了，豆浆也喝了，戏也看了。

**只有我不开口，他们都叹息而且表同情。**这些孩子也都知道，这个外来的小伙伴没有看戏，是今天我们村的一件大事。这不是这小孩一个人没看戏的问题，是大家觉得这事不圆满。我小的时候，楼里来了亲戚，我们这些不相干的孩子一定要让他高兴，领他去玩各种调皮捣蛋的游戏，领他去冒险。然后大人会假装生气地批评我们：又教人家学坏！"教人家学坏"是一个最高级的待客礼节，会给他留下终生难忘的印象，一定要带他干坏事！干什么坏事呢？我们到街上去，把有轨电车的两个大铁杆子给它拽下来，让那个司机开不动。司机一开，怎么开不动了，下来一看那杆子掉下来了。那司机就追我们，我们就跑，一定要带着小客人干点坏事才行。那么怎么解决这样一个礼数不周？人物出来了。

**忽然间，一个最聪明的双喜，**双喜是这个小说里一个重要人物，**大悟似的提议了，他说，"大船，八叔的航船不是回来了么？"**我们在《风波》里读到有个"航船七斤"，鲁迅的小说虽然不像武侠小说那样，各个作品中的人物名字相同，造成一种连环效果，但是它也有互相启发的作用。读了这篇小说，你会觉得那篇小说好像是真的，因为在这里得到证明了，这有一个互相证明的作用。**十几个别的少年也大悟，**儿童、少年，在过去都是区分得不严格的，都是混用的，有交集的，说儿童也行，说少年也行。**立刻撺掇起来，**"撺掇"我不知道是不是南方人也用，这是北方各省通用的方言，华北东北西北都用"撺掇"。鲁迅使用"撺掇"是到了北京以后学的，还是浙江话里本来就有这个词，我没有研究过。**说可以坐了这航船和我一同去，我高兴了。然而外祖母又怕都是孩**

子们，不可靠；这事还是有麻烦，**母亲又说是若叫大人一同去，他们白天全有工作，**这不可能是他母亲的原话，他母亲不可能说出"工作"这个词来。因为"工作"这个词是日本人造的，刚刚传回中国不久，中国老百姓不可能知道这样一个现代的双声汉语词，这是作者替他母亲翻译成书面语，让我们懂的，他母亲一定说的是当地的土话。**要他熬夜，是不合情理的。在这迟疑之中，**那怎么解决呢，这是有矛盾的。船有了，孩子们可以去，可是没有大人去不放心，又不能让他们熬夜。**双喜可又看出底细来了，便又大声的说道，"我写包票！"**包票这个词是上海的词。你看鲁迅在小说中怎么样参与汉语建设。我们现在所说这些现代汉语，是鲁迅那一代作家用他们的作品创造出来的，通过上学，我们模仿，我们练习，然后我们也会说会写这样的话，其实这是有一个很长的过渡的。现代作家担负的任务多了，他们担负的一个重要任务是创造现代汉语，在这里做出很大贡献的不仅有鲁迅，还有朱自清、冰心，一大堆人。后来是新华社，我们现在写文章的结构基本是新华体。在鲁迅这里，他把东西南北的语言都放在这。所以有的时候我们看人物语言，不能够简单地想这就是人物原汁原味说的话。"我写包票"是当时绍兴地区会说的这个话吗？"**船又大；迅哥向来不乱跑；**"这话肯定不是原来的话，他怎么叫迅哥呢？他当时不叫鲁迅。他是新文化运动开始以后了，才叫鲁迅。叫了鲁迅，人们都不知道鲁迅就是中华民国社会教育司的周科长，谁知道这是周科长的笔名呢？所以当年的双喜不可能知道他叫迅哥，这就是细微之处的创作技巧。这里他为什么要叫迅哥呢？他怎么不说自己小时候真实的小名呢？他小时候有个外号叫胡羊尾巴，他怎么不说"胡羊尾巴从来不乱跑"？这就是小说的迷惑性。因为作者叫鲁迅，又是用第一人称叙述的，所以这里叫迅哥，造成一种假象——好像真是"我"的故事。而我们经过研究又知道，这确实是他的故事，故事是他的，这个细节有很多创造的地方，他分明不叫迅哥。所以这要鉴别，有时候很像那么回事的往往是虚构，不像的、看上去不合理的，有时候往往是真事。

我小的时候，上小伙伴家去玩，他的父母怎么称呼我？我要说出来大家可能不信——我很小的时候，所有的大人都称呼我老孔，我也不知道为什么从小长这么老，到谁家都说"老孔来了"，都管叫我老孔。我只有将近三十年前到中学去当老师的时候，中学里有几个女老师，突然管我叫小孔，吓我一跳，因为特别不习惯，但是时间长了，她们慢慢地又叫我老孔，后来我想，原来老和小不是跟年龄挂钩的，"老孔"是一种范儿，是一种气质，我从小就是"老孔"的范儿，所以我从小就被叫"老孔"。因为我从小被叫老孔，还产生了很多的误会。比如有人到我家敲门，我妈开门："你找谁啊？""我找老孔。"我妈说："他上班了。"我妈以为找我爸呢。叙述称呼，是文学修辞研究中的一个细节，问题不大但是也是很有意思的。

**"我们又都是识水性的！"** 一个少年，准确地把握了大人的心理，各方面的愿望，小客人的愿望，大人都担心什么，怎么解决——他几句话全都解决了。船是大的，这些人都识水性，迅哥又不乱跑，就把大人担心的所有理由都给堵住了，所以这个转折才能够发生。

**诚然！** 这个诚然不是下面为了转折的，就用的是这个词本来的意思，确实如此，真是这样，而且用在这里有一种松了一口气的感觉。**这十多个少年，** 把人数写出来了，人还很多，十多个少年。所以我们想当时的人口，三十多家的一个小村子，就有十多个少年，可见那个时候生育率是很高的，从这些细节中能看出来。我们现在如果一个楼某一个单元有三十多家，肯定不会有十多个年龄差不多的少年，这是不可能的。这说明晚清民初生育率极高。那么高的生育率人口怎么不增加？人口为什么老是四万万呢？这么高的生育率人口早应该是二十亿了！那说明死亡率也非常高。别看他们都是少年，能长到成年的不多；长到成年之前要死一批，长到成年再死一批，正因为这样，所以有人估计中华民国民众的平均寿命才只有三十多岁。真是"随便随便生，随便随便死"。这样才能理解"伟大"的中华民国。你再看看萧红、萧军等人的作品，就知道他们写的那是一个什么社会！

而从素质上说，并不能说这些人自己素质不好，十多个少年，**委实没有一个不会凫水的，而且两三个还是弄潮的好手**。他们是报了什么游泳班学的吗？不是吧。我们今天家长花钱给孩子报了游泳班，能成为弄潮的好手吗？弄潮就不是一般的会游泳，它指的是涨潮的时候都能在水里玩。我有两次去钱塘江看钱塘江大潮，那真是恐怖啊，千军万马从天边杀来，势不可挡！毛主席写诗，写钱塘江潮，写千军铁马一场大战之后返身归来，这种气魄！古代的词里这样写："弄潮儿向涛头立，手把红旗旗不湿。"这是怎么做到的？我们也知道每年可能都有一些看潮的人被卷进去，命都没了，可我们古代有水性那么好、技术那么高的，像我们在电视里看见的冲浪一样。冲浪是有特殊的工具、特殊的训练，古人怎么能达到冲浪那样的技术？因为没有家长担心孩子出去游泳就死了，有一点担心，嘱咐嘱咐还是让孩子出去了。

所以这个双喜一打包票，**外祖母和母亲也相信，便不再驳回，都微笑了。我们立刻一哄的出了门。**这一段很写实的描写，会让很多人回忆起自己的童年。我们童年就是这样的，想出去淘气，大人表示担心，然后我们三言两语就把大人骗过了，大人就会笑着说，去吧。偶尔也会出点事，偶尔也有受了伤的、打了架的回来了，然后大人生气，这很平常的，一代一代就是这么过的。而我们今天把孩子呵护得无微不至，可是今天儿童的意外事故伤亡率是非常高的，伤残率极高。因为今天的孩子没有能力自我保护，只要受点伤就很严重，一摔就骨折，因为家长不敢让摔，他从小没摔过跤，没打过架，没受过委屈，上车就有座。我们小时候摔过多少跤啊，受过多少伤啊，没听说谁骨折过。我们都是比着从高处往下跳，看到底能从多高跳下来不受伤，不断地增高，不断地增高，经过反复试验，觉得不能超过二层楼。所以我们是知道从二层楼跳下来是什么感觉——两腿"嗡嗡"地发颤，还得有技术，跳下来慢慢地站起来，一缓，知道不能再高了，再高真的危险。所以我们听说有人从三楼跳下来，马上就知道什么结果，三楼弄不好就容易摔死，一般来说肯定摔伤。再高，那就是摔死，四五层楼多数会摔死。

**我的很重的心忽而轻松了**，"轻松"二字用来做心的谓语，心怎么样了呢？心轻松了。这个用法很独特，是鲁迅喜欢用的，鲁迅很注重心的感觉。中国汉语非常重视这个"心"字，这是在其他语言中没有办法对应的。因为"心"我们今天很容易简单地把它翻译成精神、意识，其实中国人说的心就是心脏，由心脏引出精神层面的意思，但是不能脱离心脏。可是我们现在受的是西方的教育，我们认为心就是供给血液的一个器官，心是不能够思考的，心是没有思想的。经过研究，我们接受的知识储存在上边头脑里边，跟胸腔里那个东西没关系。可是我们学习来的这种知识，分明和我们的生理感觉好像不一样。

**身体也似乎舒展到说不出的大**。这是鲁迅式的语言，心轻松，身体大。**一出门，便望见月下的平桥内泊着一只白篷的航船**，这只是写景物吗？为什么突然写了"月下的平桥内"？就说前面看见船在水边不就行了吗？有月有桥背景下的白篷的航船，这写的都是他高兴。人在不同的心情下，看见的是不同的风景，不同的画面。只有此时这个心情，他才看见月下平桥内泊着一只白篷的航船。我上次让大家注意月亮，什么时候有月亮？怎么看月亮？这个地方也表现出江南人的细致。我们北方人也从小看月亮，八月十五、正月十五，我们也看月亮，看得很简单。一轮大白月亮升起来，多漂亮！看月亮多亮啊！你看月亮油汪汪的，多好，像刚出锅儿的似的。我觉得我的形容已经够生动了，但是跟南方人一比，我们北方人还是很粗的。人家南方人看月亮从来不好好看，一定要在水里看，或者在什么桥洞底下看月亮。苏州人：桥洞里面看月亮。【苏州话发音】好好一个月亮为什么非得跑桥洞底下去看？它有地方文化色彩。

那么鲁迅在这里，月下平桥内，看见白航船了。**大家跳下船，双喜拔前篙，阿发**——又出来一个阿发，**拔后篙，年幼的都陪我坐在舱中，较大的聚在船尾**。母亲送出来吩咐"要小心"的时候，我们已经点开船，没人注意大人的嘱咐，下面这几个动词也写得好，"点开船"，**在桥石上一磕，退后几尺，即又上前出了桥，于是架起两支橹，一支两人，一里一换，有说笑的，有嚷的，夹着潺潺的船头激水的声音**。大家想一想《故乡》的结尾，也写潺潺的水声，但那和这里的心情、氛围是相反的。《故乡》的结尾是安静的，是思考的——他躺在船里听潺潺的水声，想着闰土的命运。这里是写小孩子那种高兴，潺潺的船头击水的声音。所有这些语言都是独特的，都是在别的地方看不到的。**在左右都是碧绿的豆麦田地的河流中，飞一般径向赵庄前进了**。所有动词都强调利索、快、简单，其实写的是像箭一样的心情。有成语叫归心似箭，他这里不是归心，是看戏的那颗心似箭，去心似箭。他前边写啰唆的时候，能够极尽其本事，写出何等啰唆，现在需要快的时候，你就可以看到鲁迅使用动词的神妙。契诃夫、果戈理都讲过，看一个作家伟大不伟大，就看他怎么使用动词，凡伟大作家，都是使用动词的神手。平时我们都没用过的那些动词，你发现他用起来那么娴熟。我们看，前面鲁迅为什么说心轻松，鲁迅很注重轻松这样的事情。举几个例子："初春的夜，还是那么长，长久的枯坐中记起上午在街头所见的葬式，前面是纸人纸马，后面是唱歌一般的哭声。我现在已经知道他们的聪明了,这是多么轻松简截的事。""轻松简截的事"——这是一个轻松。这是鲁迅哪个小说里的?
【同学回答:《伤逝》】

"我们一同走出店门,他所住的旅馆和我的方向正相反,就在门口分别了。我独自向着自己的旅馆走,寒风和雪片扑在脸上,倒觉得很爽快。见天色已是黄昏,和屋宇和街道都织在密雪的纯白而不定的罗网里。"这是哪篇小说的——同学们都很熟,这是《在酒楼上》的结尾。

还有一句,"我的心地就轻松起来,坦然地在潮湿的石路上走,月光底下"。这是哪篇小说的结尾?同学们都知道,是《孤独者》。《伤逝》《孤独者》《在酒楼上》这几篇小说,都是鲁迅写自己的小说。

它们虽然不是散文化的,不是像《社戏》这样的题材,可是它们都是写自己的。当写自己的时候,鲁迅很注意在什么情况下自己要轻松,也就是说鲁迅其实很稀缺、很向往轻松。这正说明鲁迅经常处在沉重之下,他的心经常是沉重的,沉甸甸的。幸亏他有那么多的爱好,他有书法,他有古董等。但是一个人太渊博了,想的问题太高深了,难免要经常沉重。因为沉重,所以他很注意轻松,他的心忽然轻松的时候,他会记得,他会用各种方式把它写出来。那几篇小说中,他都不自觉地提到轻松。他写《社戏》的时候,回想自己得到戏看的一刹那,忽然地,心轻松起来,身体仿佛也大了。这一段文字,经常被老师们拿出来举例,说你看鲁迅的文笔多么好,写的东西多么美。这说的都是对的,但是关键我们要从这里看见写这些文字的那颗心。两个问题是放在一起的。

**两岸的豆麦和河底的水草所发散出来的清香,夹杂在水气中扑面的吹来;月色便朦胧在这水气里。**朦胧在这里不是形容词,而是作动词用,月色朦胧在里边。文字在鲁迅手下怎么用都行,文字在他手中就是一团面,怎么揉都能揉成艺术品,他就随便捏泥人。因为他年轻的时候,跟章太炎把中国文字都学透了，每一个字在他这里都是可以随时放出去独当一面的，每个文字都是他的兵，都是他的战士。**淡黑的起伏的连山，仿佛是踊跃的铁的兽脊似的**，我看鲁迅这些文字，总是能受到很多启发，就是人家这字、这词，怎么用的？你读了之后，你明白、你理解，可是你好像学不到。我们说毛主席用兵真如神，鲁迅用字真如神！**都远远的向船尾跑去了**。这一段文字太美啦！**但我却还以为船慢**。写快衬托慢。**他们换了四回手，渐望见依稀的赵庄，而且似乎听到歌吹了**，唱的奏的都听见了。**还有几点火，料想便是戏台，但或者也许是渔火**。我们会想到"江枫渔火对愁眠"，可是心情完全是相反的，这里一点儿都不愁，而是无限的孩子的期待。

**那声音大概是横笛，宛转，悠扬，使我的心也沉静，然而又自失起来**，描写一个孩子的心，能想得这么细。孩子自己肯定是写不出来也想不到的，什么叫心又沉静、又自失？自失是个什么状态？这个自失其实就是忘我——失去了，忘了。忘，是中国文化一个非常高级的心理状态。庄子讲"坐忘"。现在如果你学了一点什么气功、养生，不论哪个流派的，其中的一个很重要的环节就是忘，包括让你打坐、坐禅，或者是过程，或者是结果，一定要达到忘。而我们学习的最高境界也不是记住，学习的最高境界一定是忘。当然你一开始就没学好，那是另一回事，那是最低级的，最低级的根本就没学。忘一定是记住之后再忘，先有再失，一定要拿得起、放得下，如果你根本就拿不起，你说我放下了，那叫没心没肺。要拿得起再放得下，这才是有力量的人。可是一个少年肯定不可能这么细地自我分析，是一个非常有文化修养的成年人回过头来回忆，说我当时是自失，**觉得要和他弥散在含着豆麦蕴藻之香的夜气里**。当时这个感觉应该是真实的，可是当时不能写出来，事后才把它写出来，也就是觉得灵魂要散掉。人最舒服的时候是没有"我"了，"我"没有了。

鲁迅学了很多宗教之后，强调生命要有一种大飞扬，生命的大飞扬。

可是我读了这句话之后，不自觉地想到《阿Q正传》的结尾。阿Q被枪毙了，他写阿Q被枪毙的一刹那的生理感觉，也是心灵崩散了，生命散掉了——也就是人死亡和人最快活是相似的，所以人才经常说"哎呀，舒服死了"。为什么说"舒服死了"？就是那个最高的境界和死是一样的。正因为鲁迅能够在很高的境界体会这种生理的感受，所以他才能回过头去，写少年时那个瞬间真实的心灵状态。愿望实现了，一切都好，景物好，友情好，前面就要看到戏了，横笛悠扬婉转，心是这样的。这是几乎任何一篇回忆自己青少年时代美好生活的文章里边，我们所看不到的美。所以不论我们的老师把一篇文章讲得多么好，我们只要一读原文，就觉得还有好多东西是没讲的，只能感悟，只能感受。我小的时候学习鲁迅，所有的老师、官方媒体都告诉我们，鲁迅是革命家，鲁迅是战斗的，鲁迅是革命的，鲁迅是伟大的……这些我都体会到了，但是总觉得鲁迅还有很多很多东西，是他们没讲的，是没人告诉我的，鲁迅跟他们全都不一样。只要一读鲁迅，那就无限地上瘾，无限地入迷，他跟谁都不一样。这是他独特的感官描写。

下面这一段，写到渔火了：

**那火接近了，果然是渔火；我才记得先前望见的也不是赵庄。那是正对船头的一丛松柏林，我去年也曾经去游玩过，还看见破的石马倒在地下，一个石羊蹲在草里呢。**中国到处都有传统文化的遗迹，大部分并不是哪个运动给破坏的，岁月自然就会破坏、会湮没大多数遗迹。农村，说不定哪朝哪代有石马、石羊，谁去维护？也没有必要维护，因为每朝每代还会有新的文物、新的建筑崛起，各个民族都是如此。**过了那林，船便弯进了叉港，于是赵庄便真在眼前了。**终于到目的地了。

**最惹眼的是屹立在庄外临河的空地上的一座戏台，**戏台本来是中国大地到处都有的建筑，以前也没有人想到要去保护、去发现，因为到处都有，太多了，跟土地庙一样。过去那土地庙建建毁毁，没有人发表什么评论，现在因为没有了，所以我们当成文物来保护了。现在有专门的书，一个省一个省地整理，还有哪些戏台，那都成宝贝了。**模糊在远处的月夜中，和空间几乎分不出界限**，前面他怎么写北京的戏园子的，怎么写第一舞台的？这显然不全是客观描写，就是客观描写也没错，但是为什么要这么写？还没到呢，就把戏台写得这么美，专门给它一个大的背景，临河空地，模糊月夜，和空间分不出来，**我疑心画上见过的仙境，就在这里出现了**。所以我们如果去类似的地方参观，一定不要带着鲁迅给我们的先入之见，以为去参观仙境，我们一看，那一定非常粗糙，没什么可看的。但是在鲁迅的笔下，就成了仙境。

**这时船走得更快，不多时，在台上显出人物来**，这个"显"用得非常好，因为原来是模糊在月夜中，分不出界限，然后随着船的移动，它是在动态中，我们要想象这是一个镜头，在镜头下，慢慢慢慢地，原来看到的只是一堆亮、色彩，现在看出是人形了。不但显出人物来，还**红红绿绿的动**，没有办法用另外一句话来代替它。**近台的河里一望乌黑的是看戏的人家的船篷**。这个镜头是代替人物的眼睛的，少年的眼睛先看到戏台模糊，月夜，然后人物，他肯定是先不看船的，到此时镜头一仰，把船再包括进去。

"**近台没有什么空了，我们远远的看罢。**"阿发说。虽然是晚上，前面已经没地儿了，他们远远地看。但是我们想，他前面写的在北京看戏，不也人很多很挤吗？不也是没地儿了吗？都是很挤，他却用不同的笔触来写，也就是说他有一个主题横亘在心里。他本来就不喜欢北京，也不喜欢北京那个戏，所以从他一落笔，他就没打算把它往好了写。比如咱们哪天去江南水乡，或者山西山东什么地方看社戏，因为很挤，我们可能就没有这种心情了,就说"唉,太烦人了,不看了,乱七八糟什么呀,这么脏。走了,找地方吃火锅吧"。我们很可能是这种心情,也就是现场绝不像他写的这么好。但是他故意地要选取镜头,把它往好了写。为了写这个,我们也可以说前面都是为此处服务的,前面都是铺垫。在貌似客观的回忆中,藏着他的强烈的意识形态的立场。

**这时船慢了,不久就到,果然近不得台旁,大家只能下了篙,比那正对戏台的神棚还要远**。正对戏台有神棚,这里点出来了。**其实我们这白篷的航船,本也不愿意和乌篷的船在一处,而况并没有空地呢……**这是两种船,是有等级的,一般老百姓都坐乌篷船,到了江南常见这种乌篷船,白篷是大航船,很漂亮。

下面看戏了。**在停船的匆忙中,看见台上有一个黑的——**鲁迅写人写场面,最早注意的就是颜色。我们可以发现,他经常直接就写某种颜色,红的绿的白的,前面写"红红绿绿的动",其实这就是当时西方正盛行的印象派绘画。虽然鲁迅和这些画家没什么讨论、联合,但是他们所使用的手法是一样的,不注意工笔细描。而我们人的感官,在反映事物的时候,的确并不注意线条。比如现在我看你们几百个同学,这么一眼看过去,肯定没有分什么线条,我不会那样的,其实首先看见的是色彩,一片色彩。谁穿得比较艳一点,我的印象可能就深一点,那坐了一个黄的,那坐了一个红的……这恰恰是真实的感官。我们看见印象派的绘画,我们觉得画的都是一堆颜色,其实这一堆颜色画的正是我们真实的感官效果。而把人物画得很分明的,你觉得好像很真实,线条很清楚,那恰恰是假的,那不是我们眼睛看到的效果。眼睛其实看不见线条,线条是我们后加的。

很多次我实验让我家猫看电视,它是看不懂的,大多数猫看不懂,因为它看就是一堆颜色。那么我们人是真的看懂电视了吗?不,我们是受过训练的，我们从小受了很多训练，约定俗成知道这一堆表示什么，那一堆表示什么。后来我发现猫主要能看懂什么节目呢？《动物世界》。它为什么能看懂《动物世界》？一个是画面能唤起它一些熟悉的印象；第二，这里边有动物的声音。我有一只猫，它最早看懂电视，就是听《动物世界》里面狮子叫，一叫它赶紧过来了。过来之后，它还没有辨清楚这是个什么东西，它趴着长时间地看，才发现，哦，这是动物。它慢慢地能看这个节目。通过这样的实验我们就去想，人的感官的一些秘密，感官是什么？人的感官是不是我们物理学上学的那些光学知识？我们看见的东西都是倒的，到视网膜上再倒过来，是不是这么回事？

鲁迅的美术造诣是非常高的，他写的反而合乎我们真实的印象。他首先看见是黑的，台子上有一个"黑的"**长胡子的背上插着四张旗**，他说的都不是术语，戏曲舞台上这个胡子叫髯口，一说胡子，这就是棒槌。但是一个小孩不懂这些，不能说"戴着髯口的"，就说胡子，他并不懂演员和人物的区别，这种描写也是本色的。人最早看戏，就是不区分演员和人物，不区分演员和他扮演的那个对象。所以最早演戏的人经常被当成他演的那个角色的本身。真的要把演戏的人献给神，是有的。比如用童男童女来祭河神，仪式结束之后，真的就把小孩扔河里了献给河神吃。我们今天会觉得这很残忍，不人道，这不对。这在古人看来这才是认真的，这是对的，因为他不区分演员和演员所扮演的角色。我们是经过多少年理性的发展，才觉得跟神糊弄糊弄就行了，不用那么认真。所以这种描写，恰恰是人的真实感受。这个黑的人**捏着长枪**，"捏"字用得很好。如果是在剧本里，肯定不是写"捏着长枪"，可是在小孩看来是捏着，其实也是捏着，舞台上的道具都是假的，沉重的兵器都非常轻，你到舞台上一拿就知道了。包括关二爷的青龙偃月刀，你不要以为它真的八十二斤，连八斤二两都没有，但是演员拿的时候要表现得非常沉重，抬刀备马,要非常重。所以说小孩看出来是捏着,反而很准确。

**和一群赤膊的人正打仗。**这个写得很好。京剧舞台上能有赤膊的人吗?没有吧?不但京剧没有,评剧、秦腔、黄梅戏、越剧,哪个戏曲舞台上有赤膊的人?没有。都得穿上行头,各个行当有各个行当的行头,这是不能差的,而只有这种地方野戏、乡间小戏,才有赤膊的人,因为它还没有正规化。就像我们现在看见世界各地的战争,有士兵赤膊吗?不可能。没有一个国家的部队会让士兵赤膊打仗。我们只能看见在红军时代、八路军时代,才有赤膊打仗,因为没有正规化,条件不具备,只好赤膊。而戏也是这样。只有在那个地方能看见赤膊的人在戏台上表演。赤膊本来是一种条件不够,而孩子恰恰不关注这些正规化还是不正规化,孩子看这个很过瘾,因为演员背上插着四张旗,它显然是一个象征。真正的战场上没有大将身上插着旗的。要像戏剧舞台上扮成那样,那怎么打仗?后面插了四张旗,上面有两个大翎子,那没法打仗,那都是假的。而这种人更不可能跟赤膊的人一块儿打仗,可是小孩看来这都是真的。

**双喜说,那就是有名的铁头老生,**这大概是当地有名戏班子的一个演员,叫铁头老生,**能连翻八十四个筋斗,他日里亲自数过的。**这个很有意思啊。这个人很有名,是当地著名的演员。人们认为他著名,是因为他翻跟斗翻得多,"能连翻八十四个筋斗",这个评价标准很有意思,标准就是典型的棒槌——不懂戏的人——的标准。在大城市里,我们能这样评价一个演员?这演员功夫好,能翻好多好多跟头。这样的人连三流都入不了。我们是怎样评价四大须生的?我们是怎么评价四大名旦的?说梅兰芳《霸王别姬》舞剑,能舞出多少个花样来?绝不是这样。而且为了证明这一点,双喜还亲自数过,确实是八十四个,没撒谎,这人真有这功夫。这种人到了北京都属于跑龙套的。名角唱完,这种人上台从这个角,啪啪啪翻到那个角,再找另外一条对角线,接着再翻,下面的观众就热烈鼓掌，好！好好好好！这是为了下一个名角上场之前串场用的，这是傻小子卖功夫，这是龙套里的优秀演员。除非你翻之后啪站起来，唱一段，震惊全场，那厉害！那行！比如说于魁智，于魁智原来也是龙套，翻跟头也很厉害，但后来人家唱得好，你现在看于魁智演哪出戏翻跟头？他只要一翻跟头，一世英名就毁了。越是有本事的，越是有名的，越不能动，就站那儿一气唱四十分钟。这叫大家。只要你一翻跟头，完蛋了。可是老百姓的评价标准和专家不一样。鲁迅为什么要看这种戏？为什么要说这种戏好？这种戏好在哪儿？他是用老百姓的标准评价的。你要是站在那上面唱四十分钟，那老百姓恨死了，老百姓要的就是翻跟头，转个转，老百姓要看这个。艺术趣味的不同，这里面蕴含的问题是通向四面八方的。你做很多领域的研究，都能从这儿得到素材和启发。

**我们便都挤在船头上看打仗**，他们看什么？不是看戏，没一句写这是什么戏，我们看了半天，都不知道这是什么戏，他们看的是打仗。我想起我们小时候最爱看的也就是打仗，爱听的也是打仗。我小时候一大特长就是给小伙伴们讲故事，我会讲好多好多故事。放学了，找个地方一坐，他们给我买冰棍——老孔讲个故事。讲什么呢？打仗的！百分之八十的情况下，都是要讲打仗的，甭管谁跟谁打，打仗就好，我知道最多的故事就是打仗的。小孩最喜欢看暴力。尽管我们这个社会批判暴力，可是为什么屡禁不止？暴力是人性，谁不爱看别人挨揍啊？我们必须清醒地认识到这一点，其实我们都希望看见别人挨揍。这样才会明白很多事，明白很多艺术。

**但那铁头老生却又并不翻筋斗，只有几个赤膊的人翻。**虽然这个铁头老生能翻八十四个筋斗，但他也不是经常翻，他毕竟是有地位的人，主要是那些小喽啰没行头的人翻。**翻了一阵，都进去了，接着走出一个**

小旦来，咿咿呀呀的唱。唱什么不管，他只是写效果，效果是咿咿呀呀地唱。双喜显然知道迅哥是想看翻跟斗的，双喜还给他解释，**双喜说，"晚上看客少，铁头老生也懈了，"**这应该是当地方言，方言往往联系着文言，其实是累了、疲惫了，一个字"懈"，很传神，恰恰文言残留在方言里。"谁肯显本领给白地看呢？"其实前面写了晚上看客也并不算少，都挤得没地儿了，说明白天更挤。**我相信这话对，因为其时台下已经不很有人，乡下人为了明天的工作，熬不得夜，早都睡觉去了，疏疏朗朗的站着的不过是几十个本村和邻村的闲汉。**本村和邻村一共没有多少人家，能有几十个人也不算少了，出场率并不低了。**乌篷船里的那些土财主的家眷固然在，然而他们也不在乎看戏，多半是专到戏台下来吃糕饼水果和瓜子的。**这一点其实和北京的戏园子里一样，很多人来看戏，就是为了来乘凉，来聊天儿，来社交，来吃零食的。**所以简直可以算白地。**

　　然而我的意思却也并不在乎看翻筋斗。那他要看什么？难道是要看大段的唱腔吗？不是。**我最愿意看的是一个人蒙了白布，两手在头上捧着一支棒似的蛇头的蛇精，**他爱看这个。**其次是套了黄布衣跳老虎。**小孩子爱看的恰恰是孔夫子所反对的怪力乱神，子不语怪力乱神。孔子为什么强调把怪力乱神放在一块儿呢？因为孔夫子显然知道，怪力乱神是人性之所需。要提升人性，就要从我们的审美习惯入手。人和人艺术区分的差别就在这里。多数人喜欢怪力乱神，当你批评他的时候，说他水平不够的时候，他说好看呐。我们要知道怪力乱神确实好看，如果完全把艺术推向市场，没有外力干预，那么最后全部市场都会是怪力乱神的市场。比如说十年前，二十年前，全国各地都流行录像厅，小县城小城镇都有录像厅，录像厅里都演什么？你把录像厅门口的海报拍下来看，都是什么？全中国都是怪力乱神，妖魔鬼怪，很黄、很暴力的东西都集中在那里。"80后""90后"，其实受的几乎全是怪力乱神的教育。你让他们写作文，他们也批评怪力乱神，可是批评完了还会去看。那么能不能就靠简单的道德超越或批判就把怪力乱神消除了、禁止了，让大家都去看阳春白雪呢？阳春白雪，自己有什么问题？我们都可以从这里受到一些启发。

鲁迅并不讳言自己喜欢看的都是最简单的蒙小孩的游戏，他说的这些就是蒙孩子的游戏嘛。**但是等了许多时都不见，小旦虽然进去了，立刻又出来了一个很老的小生。**他的描写又故意开始使人烦，把这种矛盾的词语放在一起，很老的小生。**我有些疲倦了，托桂生买豆浆去。他去了一刻，回来说："没有。卖豆浆的聋子也回去了。"**聋子都走了，这很有意思，聋子是听不见戏的，聋子来这里就是为了卖豆浆。这里是各种人都有机会的一个场合，聋子来这里卖豆浆，赚钱。**"日里倒有，我还喝了两碗呢。现在去舀一瓢水来给你喝罢。"**尽地主之谊。

**我不喝水，支撑着仍然看，也说不出见了些什么，只觉得戏子的脸都渐渐的有些稀奇了，那五官渐不明显，似乎融成一片的再没有什么高低。**这其实是写一个小孩困的时候，怎么写出他困呢？是通过视觉画面写他困，我们不由得想起一句古诗叫"儿童强不睡"。过年过节的时候，儿童本来就困得不行了，儿童平时很少熬夜，能熬夜的是大人，小孩真的不能熬夜，可是小孩为了好玩的事强撑着不睡。所以那小孩强撑着不睡的时候是很可爱的。脑袋一会儿耷拉过去，一会儿又强撑着挣起来。我又说到我家猫了，我家那猫强撑不睡，它本来已经很困了，但它知道，我一会儿要吃鱼吃肉，它就挺着，非得熬到那个时候不可。一会儿脑袋就耷拉下去了。我看着它很可爱，说睡吧睡吧，偏不睡。鲁迅这种描写太好了。我想，我怎么用一段文字来表现我家这猫硬撑着不睡呢？学习鲁迅的技法写这么一段。

**年纪小的几个多打呵欠了，大的也各管自己谈话。忽而一个红衫的**

**小丑被绑在台柱子上，给一个花白胡子的用马鞭打起来了，大家才又振作精神的笑着看。**这个写得很好，大家愿意看什么，凡是有怪力乱神出场的，大家才看。这里有奇怪的东西，有暴力的东西，颜色要鲜艳，还一定要有对身体的摧残，孩子们才要看，孩子跟动物是一样的。而且，**在这一夜里，我以为这实在要算是最好的一折**。鲁迅一点不卖弄自己是大艺术家，有境界，他把自己很低的境界都如实地写出来，这个才形成了美。美学有很多流派，有很多理论。这里我们不禁想到一派，美就是真实，如实的描写是美，不作假，不装孙子，它就是美。一个小孩子，没有什么高大上的艺术趣味，他要看的就是暴力，就是奇奇怪怪。你演什么，他不懂，就看一个人打另外一个人，过瘾，这好，这都不困了，刚才五官都看不清了。而且这个印象这么深刻，他说这是这一夜里最好的一折。恐怕是鲁迅这一生中看过最好的戏。就是一个红衫小丑被一个花白胡子拿马鞭子使劲抽，这好看。

我看了这个，也很受感染。可惜我小的时候中国艺术已经发展到非常高的状态，我从小看的都是高大上的，从小没有看过很黄很暴力的东西，都成年了才看到，小时候没看到，所以我看了这个，很向往，我小时候怎么没有看到舞台上公开地抽打一个人呢？我小的时候有很多战争片，现在想起来演得都非常文明，从来没有血腥场面，不论是抗日的剧，还是解放军打仗的戏，没有血肉横飞的场面。革命志士被敌人抓去严刑拷打，就没有拷打的场面，只见皮鞭子举起来之后，墙上一道黑影闪过，从来不去表现刑具落到人身体上，真实的血肉不堪的场面。革命作品恰恰是非常人道的。我是到了20世纪八九十年代之后突然看到，竟然有有血有肉的这种暴力场面。我最早看一个香港片，一个人被绑在柱子上，然后别人一刀把他的胳膊切下去，镜头是跟着拍的，当然拍得很有技术，看起来很真实，当时我的心一震，但是从那一瞬间我就知道，香港文化是什么了，通过一个细节我就知道了。虽然你拍得很真实，但是艺术怎么能这样呢？而在这种艺术中长大的孩子是什么样的心灵？表面上说话很客气——你好，对不起，对不起啦——但是看这样的艺术长大的，心理一定很残暴不堪。当然接触各种艺术之后，你有一个衡量，有一个选择，有些人能够超越，有些人未必。当两个东西放在你面前的时候，你未必知道选择哪个是对的。所以鲁迅真实地写出一个少年人看野戏的这种心灵状态。

**然而老旦终于出台了。老旦本来是我所最怕的东西，**这句中写老旦是东西，然后有个定语，"最怕的"。**尤其是怕他坐下了唱。**这段描写，这种感觉是绝对真实的。凡是不懂戏的人，一定是这样的。第一怕唱，第二怕老旦唱。我幸亏从小就受了高级教育，接触的样板戏里边就有非常精彩的老旦唱段。比如《红灯记》里的李奶奶唱的，《沙家浜》里的沙奶奶唱的，还有其他一些戏里的老奶奶，那都是中国最典型的最优秀的老旦。老旦本来不是戏曲行当里最重要的角色，但是后来重要性就越来越强，特别到了样板戏阶段。由于样板戏里经常要塑造一个很高大的革命的母亲，这也使老旦这个行当得到了很大的突出。演李奶奶的高玉倩，有几段经典的唱段，那实在是太出色了！当然也借鉴了传统京剧很多的优点。比如传统京剧中有一出著名的《钓金龟》。前面讲的是龚云甫，后面还有李多奎。《钓金龟》里的老旦一段唱有多长呢？二百四十句，那真是站那不动就唱几十分钟。我们可以设想一个孩子要看这戏，那孩子折磨死了。能看这戏的一定是内行，懂戏的人，要一句一句欣赏的人才能看。可是，再好的唱，唱几十分钟，这是不是也违背艺术规律啊，所以传统戏要改革。

尽管我们对鲁迅不懂传统戏曲有所微词，可是从《社戏》里面写怕老旦坐下来唱，我们也看出传统戏好像真的有问题，不管野戏还是大戏，不管北京还是绍兴，如果一个老旦往那一坐下，唱几十分钟，这好像是一个问题。所以京剧再好，传统京剧不算文学。我们的文学史里为什么不讲京剧？它里面什么算文学？样板戏才算文学。讲文学史一定讲样板戏，从延安讲起，从京剧革命讲起。文学史里边不能讲梅兰芳，不能讲马连良，不能讲谭鑫培，因为不是文学。特别是一个人仗着自己嗓子好霸占那么长时间，就完全把京剧中有一点的可怜的文学全给破坏了。

**这时候，看见大家也都很扫兴，才知道他们的意见是和我一致的。那老旦当初还只是踱来踱去的唱，后来竟在中间的一把交椅上坐下了。**"竟"字写得非常好。我很担心；**双喜他们却就破口喃喃的骂。**原来是人同此心，大家都很愤慨，就开始骂了。**我忍耐的等着，许多工夫，只见那老旦将手一抬，我以为就要站起来了，不料他却又慢慢的放下在原地方，仍旧唱。**他只关心他唱的这个动作，恨不得马上结束了不唱；能不能马上结束了，站起来开始打人？这是他心里希望的，最好还是这个赤膊打。**全船里几个人不住的吁气，其余的也打起哈欠来。双喜终于熬不住了，说道，怕他会唱到天明还不完，还是我们走的好罢。大家立刻都赞成，困，无聊，和开船时候一样踊跃，三四人径奔船尾，拔了篙，点退几丈，回转船头，驾起橹，骂着老旦，骂着老旦，**这个缺德的人，**又向那松柏林前进了。**懂戏的人看来，这一段戏其实是精彩的，能霸占那么长时间的应该是名角，应该比铁头老生地位还重的，可是他们却恰恰不看。这就是他们看戏的经过。不论我们对戏有什么态度，就文字来说，这写得真好。即使我们不挖掘其中包含的那些深刻的意义，仍然是非常美的文字。可是更好玩的东西恰恰在看戏之后。

又写月了，**月还没有落，仿佛看戏也并不很久似的。**月还没有落，其实半夜已经过了，月从升到落，是后半夜了。**而一离赵庄，月光又显得格外的皎洁。回望戏台在灯火光中，却又如初来未到时候一般，又漂**

渺得像一座仙山楼阁，满被红霞罩着了。吹到耳边来的又是横笛，很悠扬；我疑心老旦已经进去了，**孩子还想看热闹，但是又怕回去一看还是老旦。但也不好意思说再回去看。**

**不多久，松柏林早在船后了，船行也并不慢，但周围的黑暗只是浓**，可知已经到了深夜。他们一面议论着戏子，或骂，或笑，一面加紧的摇船。**这一次船头的激水声更其响亮了**，因为更静了，所以更响亮。**那航船**，这句话写得非常美，**就像一条大白鱼背着一群孩子在浪花里蹿**，你要没有亲身坐过那样的船，这种感受是不会有的。我们现在如果去旅游区，在江里、河里、湖里坐快艇，可以非常快地在水面上兜一圈，花几十块钱转一圈，可是你没有这种感觉，你只是体验了一个速度，很刺激，挺快。有的时候驾驶员故意卖弄一下，把快艇给你开得翻一点，让水都进来，你会感到更刺激，女士会惊叫起来，但是你没有这个感觉，大白篷的航船是一条大白鱼，白鱼背着孩子在浪花里蹿。它可不是机动船，是人摇橹的船，能摇出这个感觉来，必须在月夜之下，这种心情之下，看过戏之后，在农村中，还得是那个时代，才有这个感觉。这个感觉恐怕人类永远丧失了，想再找一个地方体验是没有的。**连夜渔的几个老渔父，也停了艇子看着喝采起来。**可见这帮孩子的划船技术确实很高，大人都喝彩，说好，划得好，漂亮。能把船划成这样，确实厉害。下边要到作品的高潮，不是戏的高潮，戏没了。

**离平桥村还有一里模样**，几百米。**船行却慢了，摇船的都说很疲乏，因为太用力**。确实，摇船是很累的，划小船都会很累，你到圆明园去划船划半小时都很累的。**而且许久没有东西吃。**过去孩子容易饿。**这回想出来的是桂生**，几个孩子名字可以统计，有好几个，阿发、双喜，这又出来一个桂生。**说是罗汉豆正旺相**，这是方言，旺相，意思是正在最好的季节。**柴火又现成**，大船上都有柴火，大船上可以做饭的，**我们可以**

**偷一点来煮吃的。大家都赞成，**小孩偷东西不能用法律的眼光去看，偷这个字本来也不纯粹是一个法律术语，偷本来的意思就是在别人不知道的情况下干点事，结果现在跟盗窃联系在一起了。鲁迅还能写出这样的跟偷有关系的好玩的故事。我不知道我们大家学《社戏》的时候，老师有没有专门讲偷这个问题，怎么挖掘这个偷。小说中一说偷，大家没有觉得这个不对，都赞成。**立刻近岸停了船；岸上的田里，乌油油的都是结实的罗汉豆。**

**"阿阿，阿发，这边是你家的，这边是老六一家的，我们偷那一边的呢？"**说这个话的时候，他脑子里没有法律意识，甚至也没有道德意识，大家就好像东西摆在眼前随便选一样，没有任何顾虑，这才是孩子。我们不能想到中文系去偷书，说："看，这是王教授的，这是刘教授的，偷哪一个？"这一定是孩子才有的心境。

**我们也都跳上岸。阿发一面跳，一面说道，"且慢，让我来看一看罢，"他于是往来的摸了一回，**这是没有亲历写不出来的。**直起身来说道，"偷我们的罢，我们的大得多呢。"**能不能说这个小孩大公无私？这也不是大公无私，他连公和私的意识还都没有，真是百分之百单纯地就看哪边好吃，没有心眼儿说是保护自家的或者是故意奉献自家的，这都不存在。**一声答应，大家便散开在阿发家的豆田里，各摘了一大捧，抛入船舱中。双喜**以为再多偷，倘给阿发的娘知道是要哭骂的，双喜比较大，双喜是懂事的，毕竟知道后果，说不能再多偷。那不多偷还不够吃怎么办呢？**于是各人便到六一公公的田里又各偷了一大捧。**其实最好玩的、最能感到时代变迁，是这一段。今天有哪个家长和老师支持我们做这种事呢？大家都说这个课文写得好，都说这个文章写得好，没有人会支持孩子做这种事，更不可能带领孩子做这种事。我走到全国各地，为什么大大小小的孩子都拥护孔老师？不是孔老师说很多虚伪的话，是我知道孩子们要干什么，我就主张，我甚至就可以带领孩子们做这样的事，我不怕我个人名誉的损害，孩子就应该做这种事。当然这展开了是很深的伦理学问题。

**我们中间几个年长的仍然慢慢的摇着船，几个到后舱去生火，年幼的和我都剥豆。不久豆熟了，便任凭航船浮在水面上，都围起来用手撮着吃。**我认为这比写风景的还要美，人的心灵世界焕然迸发出来。**吃完豆，又开船，一面洗器具，豆荚豆壳全抛在河水里，什么痕迹也没有了。**这表现了小孩儿偷东西吃之后的那种快活，而且他们也知道这个事不能让人知道。我小时候也和小伙伴偷吃过很多东西，偷西瓜、偷西红柿、偷萝卜、偷土豆，那种快活，是永远不可再现的。**双喜所虑的是，他年纪大，知道有事，用了八公公船上的盐和柴，这老头子很细心，一定要知道，会骂的。**那怎么办呢？这一定会被破案的，大家得商量。**然而大家议论之后，归结是不怕。他如果骂，我们便要他归还去年在岸边拾去的一枝枯柏树，而且当面叫他"八癞子"。**小孩儿的逻辑很有意思。其实大人平时也干坏事，小孩都记在心里，需要的时候拿出来报复，原来这老头其实也偷过东西。

**"都回来了！那里会错。我原说过写包票的！"双喜在船头上忽而大声的说。**

**终于到家了。我向船头一望，前面已经是平桥。桥脚上站着一个人，却是我的母亲，**这一句话写出为孩子操心的一个母亲的心，别的都不用多说，夜这么深了，母亲在桥头等着。**双喜便是对伊说着话。我走出前舱去，船也就进了平桥了，停了船，我们纷纷都上岸。母亲颇有些生气，说是过了三更了，怎么回来得这样迟，但也就高兴了，笑着邀大家去吃炒米。**因为他母亲也是这村上的客人，人家招待了你的孩子，她要回报。

**大家都说已经吃了点心，又渴睡，不如及早睡的好，各自回去了。**

第二天，我向午才起来，并没有听到什么关系八公公盐柴事件的纠葛，下午仍然去钓虾。果然没有东窗事发。

"双喜，你们这班小鬼，昨天偷了我的豆了罢？又不肯好好的摘，踏坏了不少。"我抬头看时，是六一公公棹着小船，卖了豆回来了，船肚里还有剩下的一堆豆。小孩做事再机密，大人也很容易发现，既然被发现了，孩子们就承认。

"是的。我们请客。我们当初还不要你的呢。你看，你把我的虾吓跑了！"双喜说。

六一公公看见我，便停了楫，笑道，"请客？——这是应该的。"于是对我说，"迅哥儿，昨天的戏可好么？"又一次强化迅哥儿，好像小说主人公真叫鲁迅似的。

我点一点头，说道，"好。"

"豆可中吃呢？"

我又点一点头，说道，"很好。"

不料六一公公竟非常感激起来，将大拇指一翘，得意的说道，"这真是大市镇里出来的读过书的人才识货！我的豆种是粒粒挑选过的，乡下人不识好歹，还说我的豆比不上别人的呢。我今天也要送些给我们的姑奶奶尝尝去……"他于是打着楫子过去了。这一段话似乎出于意外，不但没有埋怨偷他的豆，反而还夸奖，其实这倒是真实的人情。因为偷点豆不是大事，农村人家里种的东西多多少少都被人偷过，特别是城里人老去偷东西吃。他只要没卖成钱，其实是可以偷的，这是潜规则，而且被偷呢，好像还有点荣耀，说明他家东西好。类似的经历我就有过，我小的时候不论到我父亲家的亲戚家里去，还是到我母亲家的亲戚家里去，只要到了农村，第一，受到全村的欢迎，第二，我说的话特别有权威，很多人拿我说的话证明他的地位，他说，你看这大城市来的，人家说的和我说的一样。即使你偷吃了他们家什么东西,他也是感到光荣,恐怕你跟他们家不发生关系,你越跟他们家发生关系他越有面子,这是真实的人情。

**待到母亲叫我回去吃晚饭的时候,第二天的晚饭,桌上便有一大碗煮熟了的罗汉豆,就是六一公公送给母亲和我吃的。**偷吃了人家的豆,人家还又送他一大碗。听说他还对母亲极口夸奖我,说"小小年纪便有见识,将来一定要中状元。"这都是恭维的话,我们知道鲁迅兄弟在科举考试中考得很差,离状元远着呢。虽然没有到《白光》的程度,反正考得不好。但是鲁迅在另一个战场上成了状元,不然我们不可能今天在这里讲他,他真的成了大状元了。"姑奶奶,你的福气是可以写包票的了。"**但我吃了豆,却并没有昨夜的豆那么好。**其实我们想,昨天晚上已经比较过了,是阿发家的豆更好,后来他们怕不够,又去六一公公家随便捧了一大捧,今天六一公公送来的豆一定是他们家质量最好的,从科学角度是这样的,可是作者却认为没有昨夜的豆那么好,这显然不是豆本身的问题,所以这里面才有戏。

**真的,一直到现在,我实在再没有吃到那夜似的好豆,**豆,永远消失了,情境不可复制。——**也不再看到那夜似的好戏了。**其实那夜他什么戏也没看着,他哪看着戏了,戏他也不懂。演戏的精彩部分他都没看,他看见的就是一场暴力殴打,一个穿红衣服的被人家绑在那儿,一顿抽,他觉得这是好戏,他看见的是最好的一折。所以我们如果纯粹从戏剧艺术来讲,鲁迅应该是被批评的,可是我们又知道他写的不是那个意思,他是说那种人情,那种世界,永远过去了,永远没有了。鲁迅作为辛亥革命的拥护者,他肯定是否定大清朝的,可是他写的恰恰是大清朝人情之美。恐怕没有人敢这么讲,说鲁迅赞美大清朝,他在政治上不会赞美大清朝,但是他写出来了,清朝就是这么好,中华民国就是这么糟。而让人痛苦的是中华民国的建立他参与了,他还享受中华民国的好处,没有中华民国他不可能一个月挣三百大洋。中华民国使他从绍兴到北京,到教育部当那么大的官,一个月三百大洋,一共逛过四百八十次琉璃厂,每个月至少花几十块钱买古董,那是非常大的投入。可是他在感情上,我们看得很清楚,他不喜欢中华民国,他并没有意识到自己的这篇文章是对大清朝最后岁月的温情赞美。这个国家已经不行了,这个国家在北京已经腐败得一塌糊涂了,签订了多少卖国条约,可是在乡下是这么的美好,这是这个作品中的味道。

2017年北大选修课"鲁迅小说研究"第九课

2017年11月15日

# 致谢

本书经东博书院书友会、月刊编辑部整理校对,我们对此深表感谢!